Moakin
Tod eines Diebes

Markus Mayer

Umschlaggestaltung: Adrian Fessler

Widmung

Dieses Buch widme ich den ersten Siebenhundert,
die „Ankwin – Tod eines Kriegers", den ersten Teil der Saga,
bereits gelesen haben.

Ihnen ist es zu verdanken, dass ich genug Ausdauer und Geduld
fand, auch diesen zweiten Teil der Geschichte fertig zu stellen.
Habt vielen, vielen Dank.

DANKSAGUNG

An dieser Stelle danke ich allen meinen Beta-Lesern, deren
kritische Geister dieses Werk voranbrachten:

Julia

Macko

Martin

Anja

Torsten

Wolfgang

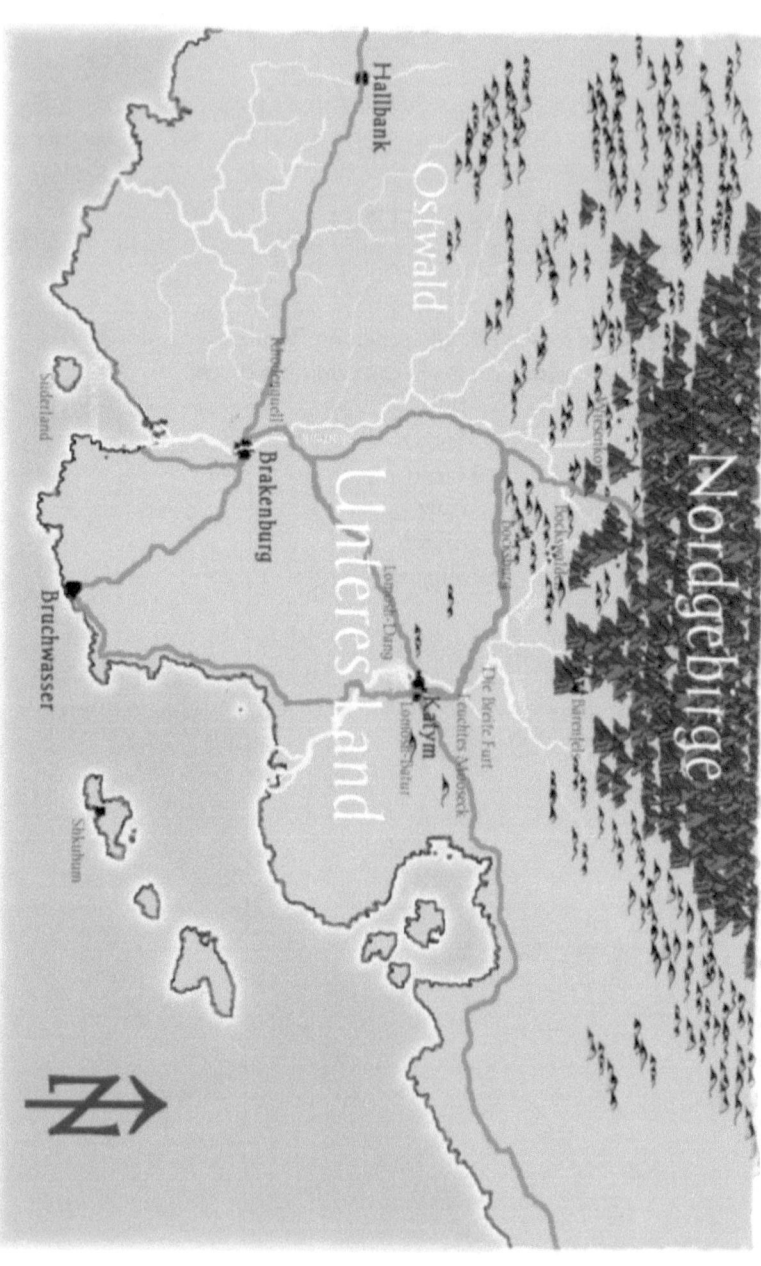

DIE WICHTIGSTEN PERSONEN

Ankwin - junger Krieger von Burg Bärenfels
Aresco - oberster Heiler
Baddo - Magier
Beol - Fallensteller
Bermeer - Assassine
Biree - oberste Schwester
Bravion al Kara - Magier
Brenkus I. - Fürst der Ländereien um Birgenheim
Dekmanto - Kopfgeldjäger
Farig Tartan - Aufseher des Fürsten Brenkus I.
Garock - Berisi-Krieger
Helmin Aga Rothaar - Kräuterfrau, Hebamme von Birgenheim
Hrothekaarr - Schlachtross
Lavielle a Shan Savè - Heilerin
Magonn - Magier
Miretta - Hauswirtin
Miron - oberster Diener im Hause Brakenstein
Morrtag'or – die rechte Hand eines Herrn
Moakin - Sohn Helmins
Murajin - Fremder aus Birgenheim
Pitto - der Jüngste der Shervendi
Rahag III. von Benkriet - Erzherzog
Regorie - Lehrmeister Ankwins
Remeli - Stallmeister vom Hause Brakenstein
Ruthegarn - Ankwins Vater und Herr vom Bärenfels
Tarion van Degen - Magier
Theodus - Magier
Uharan – oberster Magier
Weiland - Heiler
Weißwind - Ankwins Pferd
Winnegast - König im vierten Jahr des Löwen

MORRTAG'ORS BERICHT
(weit im Westen)

Zaghaft stieg er die Stufen hinauf, wie schon so oft zuvor. Er hasste diese Stufen, verhießen sie doch immer wieder Erniedrigungen, Beleidigungen und Angst. Sein Herr war zwar ein äußerst geduldiger Mensch, das äußerte sich aber nicht etwa in Nachsicht seinen Mitmenschen und Untergebenen gegenüber, sondern glich eher dem Warten einer Katze auf den richtigen Zeitpunkt, eine Maus zu fangen. Er duldete keine Fehler und Fehler, die man wiederholte, glichen einem Todesurteil.

Morrtag'or überwand die letzten Steinstufen mit einem Knoten im Magen. Er war ein starker Mann und ein geschickter Kämpfer und er fürchtete nichts und niemanden - außer seinen Herrn.

Er klopfte an die Tür. Die Zeit verstrich und sein Herz pochte laut in seinen Ohren, so dass er befürchten musste, die Aufforderung einzutreten zu überhören. Morrtag'or schluckte trocken und versuchte sich zu beruhigen. *War da etwas?* Hatte er ein ›Herein‹ gehört? Der Herr sprach nie laut.

Er legte seine schweißfeuchte Hand auf die schmiedeeiserne Klinke, drückte sie nieder und steckte seinen Kopf durch die Tür. »Darf ich eintreten, Herr?«

»Wieso solltest du nicht eintreten dürfen, wenn ich ›Herein‹ gesagt habe? Schwachkopf.«

Morrtag'or hielt es für besser, nicht auf die Frage seines Herrn zu antworten, und atmete kaum, als er sich vor ihn stellte und eine tiefe Verbeugung machte.

»Nun, was bringst du für Kunde?«

»Oh, Herr, endlich sind wieder große Lücken gefüllt und es ergibt sich ein besseres Bild.«

Der Mann auf dem Stuhl mit der hohen Rückenlehne beugte sich nach vorn und sprach noch leiser als zuvor. »Ihr habt endlich alles in Erfahrung gebracht, was ich über Ankwin und seine Gefährten wissen wollte?«

Der Vasall schluckte wieder trocken. »Nun, was die Zeit nach dem fehlgeschlagenen Sturz des Königs anbelangt, so liegen uns jetzt sehr genaue Berichte vor. Wir waren in der Lage, alles bis zum Tod van Degens zusammen zu tragen.«

Die Augen des großen Mannes verfinsterten sich. »Weißt du etwas über den Verbleib der Kiste oder über Ankwin?«

»Ja, Herr, die Kiste ist damals in Birgenheim mit verbrannt worden und Ankwin mit ihr. Dann wird von einem Drachen berichtet und …«

»Halt, du Narr. Erzähl mir die Geschichte von Anfang an und lass ja kein Detail aus, hörst du?«

»Ja, Herr.« Morrtag'or begann von neuem die Geschichte zu erzählen. Er hatte sie seinem Herrn schon hunderte Male erzählen müssen und immer, wenn eine neue Einzelheit gefunden war, so musste er sofort zu ihm eilen und ihm die Geschichte von Neuem berichten.

»Alles begann vor dreißig Jahren im vierten Jahr des Löwen. König Winnegast III. regierte das Land und war außerdem für seine großen Feste und sein Desinteresse an der Politik bekannt. Es war Frühling, als der junge Krieger Ankwin vom Bärenfels, der dritte Sohn Ruthegarns, zu seinem Onkel Bungad von Brakenstein in die Königsstadt geschickt wurde. Er sollte dort am Hofe eingeführt werden und Einblick in die umfangreichen Geschäfte seines Onkels erhalten. Dem Vater wäre Recht gewesen, wenn er dabei vielleicht auch gleich eine angemessene Braut gefunden hätte.

Zur gleichen Zeit fand ein bis dahin einmaliger Prozess in Brakenburg statt, bei dem ein Berisi-Krieger des Mordes an mehreren Stadtgardisten und Zivilisten bezichtigt wurde. Da dieser seiner Art gemäß nicht sprach, meldete sich zu seiner Verteidigung eine junge Heilernovizin namens Lavielle. Die Wortgefechte zwischen ihr und dem späteren Ankläger Plikon sollen legendär gewesen sein.

Der Vorsitz des Gerichts wurde von Richter Bungad geführt, denn dieser war neben einem äußerst wohlhabenden und erfolgreichen Kaufmann auch Mitglied des Stadtrates und hatte damals das Amt inne.« Morrtag'or bekam einen trockenen Hals und musste sich räuspern. Angstvoll blickte er zu seinem Herrn, doch dieser hatte die Augen halb geschlossen, und schien sich nicht daran zu stören, noch nicht.

»Die Novizin Lavielle soll atemberaubend schön gewesen sein und man munkelt, dass sich Ankwin damals als Zuschauer bei der öffentlichen Sitzung in sie verliebt hat. Da war er sicherlich nicht der Einzige, doch der junge Krieger ging weiter. Als der erste Ankläger Brinthardt während er Eröffnung ermordet wurde, verfolgte er den Attentäter. Niemand anderes ging zu diesem Zeitpunkt von Mord aus, was für seine gute Beobachtungsgabe sprach. Die weiteren Umstände sind noch unklar, doch gelang es ihm, sich Lavielle zu nähern und mit ihr gemeinsam die Morde zu untersuchen.

Theodus Plikon wurde neuer Ankläger. Ankwin und Lavielle kamen sich, trotz eines ausdrücklichen Verbotes seines Onkels, noch näher. Es gelang ihnen dann, mit Hilfe eines unbekannten Zeugen, den Prozess herumzureißen. Ankwin wurde wegen dieser Liebschaft und der damit verbundenen Missachtung seines Onkels von diesem dann festgesetzt.

Lavielle gelang die aussichtslose Verteidigung Garocks. Der Grund konnte wie gesagt noch nicht geklärt werden, da die Akten spurlos verschwunden sind.« Nervös blickte Morrtag'or zu seinem Herrn, wusste er doch, dass dieser solche Lücken im Bericht als äußerst unbefriedigend empfand.

»Der Berisi-Krieger wurde zum Dienst bei den Heilern verurteilt und später begnadigt. Lavielle legte ihr Gelübde als Heilerin ab. Ankwin, der sich aus der Haft befreien konnte, erreichte Lavielle zu spät und somit blieb sie für den Krieger unerreichbar.« Dieses Mal unterbrach ein unwillkürliches Husten seine Rede. Wieder musste er sich räuspern. Sein Herr hatte eben noch verzückt gelächelt, doch dann öffnete er die Augen für einen Moment ganz weit und schloss sie dann wieder halb, was Morrtag'or an ein Raubtier erinnerte, das kurz davor war, seine Beute zu schlagen. Der Diener begann heftig zu schwitzen.

DER BRANDBERG

(Birgenheim im Winter)

Beol fluchte vor sich hin. Es war so kalt. Der Winter war wieder einmal sehr hart. Das einzig Gute daran war, dass der Schnee die Pirsch erleichterte. Das Wild allerdings war mager und Wilderei ja bei Strafe verboten. Das Jagen lohnte sich im Winter kaum, doch deswegen war Beol auch nicht hier. Er hatte aufgepasst.

Moakin, der Junge der Kräuterfrau, hatte irgendetwas vom Nachlass des Halben gestohlen und war abgehauen. Das ganze Dorf sprach darüber. Die alte Helmin zehrte sich fast auf vor Sorge, aber das geschah ihr ganz Recht, der alten Hexe. Beol verzog bei dem Gedanken hämisch seinen Mund und fasste sich unterbewusst an die Stirn. Dort hatte sie ihn vor wenigen Wochen mit dem Stock erwischt, als er nach den Hinterlassenschaften Ankwins schauen wollte. Sofort kam ihm die Heilerin in den Sinn, die ihm gleich danach die Hand aufgelegt hatte. ›Geh‹ hatte sie nur gesagt. Dieses Wort würde er nie wieder vergessen. Es schien sogar noch zu seiner jetzigen Situation zu passen. Beol hatte etwas vor, das nicht Recht war. Er schüttelte den Kopf – *Recht hin, Recht her, davon werd' ich auch nicht satt.*

Seine Gedanken wanderten wieder zu seinem Vorhaben und zu dem Jungen. Die Soldaten des Fürsten hatten Moakin tagelang gesucht und nicht gefunden. Schließlich hatten sie aufgegeben und waren nun sicher froh, dass sie sich in der Burg aufwärmen konnten. Trotz des dienstbeflissenen Aufsehers würde hier bei den Überresten der Hütte so schnell keiner mehr auftauchen, und soweit er wusste, waren die beiden anderen Fremden gegangen.

Beol grinste böse und sah in den Himmel. Dunkelgrau und dicht hingen die Wolken tief über den Bäumen und ließen dem fahlen Mond kaum eine Chance, Licht zu bringen, doch dank des Schnees sah man genug. Hang abwärts konnte man die Reste der zerstörten Hütten des Halben nur noch erahnen. Überall sah man

4

als stumme Zeugen des großen Scheiterhaufens größere oder kleinere verkohlte Stämme aus der Schneedecke ragen. Im Norden stand der dichte Tannenwald und trennt den grauen Himmel mit einem dunklen Strich vom weißen Schnee.

Er redete sich einmal mehr ein, dass die Geschichte mit dem Drachen, der bei der Bestattung im Gegensatz zu ihm hier gewesen sei, nicht wahr sein konnte. Alle hatten davon erzählt und jeder redete nur noch vom Drachen und vom Brandberg. Der Hügel hier wäre verflucht, hieß es. Nachts würden die unheimlichsten Wesen hier tanzen. Beol hatte Angst gehabt, denn er glaubte an alle möglichen Geister und Dämonen, doch die Gier nach Gold hatte ihn trotzdem hier her getrieben.

Die Leute vom Dorf hatten nämlich auch erzählt, was für eine Menge Schätze mit dem alten Ankwin, wie der Halbe ja eigentlich geheißen hatte, verbrannt worden waren und der Drache war ja nun nicht mehr hier. Also warum sollte er nicht ein bisschen im Schnee stöbern, um den ein oder anderen Goldbatzen oder Edelstein der verbrannten Grabbeigaben zu bergen?

Die Menschen hatten große Angst vor dem Feuervieh und dem Brandberg und so war es bis jetzt versäumt worden, hier einen ordentlichen Grabhügel aufzuhäufen, der die Überreste der Grabbeigaben geschützt hätte. Soweit Beol wusste, hatte der Fürst diese Arbeiten auf das Frühjahr verschoben, kurz bevor die Bauern wieder ihre Felder bestellen mussten.

Noch einmal orientierte sich der Fallensteller und zog dann sein Grabholz vom Rücken. Hastig und wo er nun eben stand, begann er im Schnee zu wühlen. Nach nur kurzer Zeit hatte er bereits eine Handvoll rußiger Goldklumpen und sogar einen Edelstein gefunden.

***

Die Nacht war schnell vorangeschritten und Beols Beute auf ein ansehnliches Häufchen angewachsen, das den alten Leinensack schwer nach unten zog. Immer wieder hatte er sich wachsam umgesehen, ob nicht doch jemand vorbeikam, doch diese langen, kalten Nächte verbrachte jeder lieber zuhause am Feuer.

Der Fallensteller richtete sich schließlich ächzend auf und drückte mit der linken Hand in seinen schmerzenden Rücken. Trotz der Kälte tropfte Schweiß von seiner Nase. Er sah sich um und bemerkte erst jetzt, dass er in seiner Gier die Suche nach den Kostbarkeiten völlig ungeplant angegangen war. Eine Fläche so groß wie der halbe Dorfplatz war ohne erkennbares Muster aufgewühlt und mehr schwarz als weiß.

Beol wollte zuerst wieder fluchen, doch dann wurde ihm klar, dass ihn die Früchte seiner Arbeit bereits zu einem reichen Mann gemacht hatten. Bester Laune warf er sich den schweren Sack ächzend auf die Schulter und stapfte in Richtung Wald. In seinem Haus im Dorf würde er das Gold bestimmt nicht verstecken. Nein, Beol war nicht dumm. Er hatte tief im Wald eine alte Bärenhöhle zu einem Unterschlupf umfunktioniert, der die Wilderei unterm Jahr sehr erleichterte. Dort konnte er die erlegten Tiere in Ruhe aufbrechen und räuchern und dann Stück um Stück ins Dorf bringen und unauffällig verkaufen.

Dort würde er seinen Schatz verstecken, bis er im Sommer nach Brakenburg oder nach Katym ging und ein neues Leben begänne. Jetzt hätte man sich gewundert, wo er im Winter hin wollte, aber im Sommer war er manchmal wochenlang im Wald und keiner vermisste ihn. Ja, im Frühjahr sollte es sein.

Beol ließ den dichten Tannenwald hinter sich und kletterte mehr, als dass er lief, durch den urigen, verschneiten Laubwald. Der Sack war schwer und machte den Weg mühselig. Die Dämmerung würde erst nach einer ganzen Weile hereinbrechen. Er hatte noch ein gutes Stück des Weges vor sich.

Nachdem er sich an einem Felsen vorbei durch ein besonders widerspenstiges Dickicht gekämpft hatte, stand Beol plötzlich auf einer kleinen Lichtung. Er hätte es bei dem schlechten Licht beinahe nicht bemerkt, doch mittlerweile war der Vollmond durch die Wolken gebrochen und er sah es ganz deutlich.

In der Mitte der Lichtung nahe dem Felsen waren der Schnee und die Erde sonderbar beschaffen. Vor ein paar Wochen hatte es zu schneien aufgehört und die Schneedecke war überall geschlossen. Der Fallensteller dachte zuerst an Wild, das in der Erde nach Nahrung gesucht hatte, doch das sah anders aus.

Er grübelte kurz, dann konnte er sich einen Reim darauf machen. Irgendjemand hatte ihm erzählt, dass der alte Ankwin gar nicht auf seinem Scheiterhaufen verbrannt worden wäre. Der angebliche Drache hatte ja den Scheiterhaufen zerstört und so hätte man den Halben irgendwo im Wald begraben. Beol hatte es als unwichtiges Gerücht abgetan und beinahe wieder vergessen, doch jetzt, wo er die Stelle sah, die nicht weit vom Brandberg lag, wusste er, dass es wahr war.

Als ihm durch die Bewegungspause wieder kalt wurde, zuckte er mit den Schultern und wollte weiter, doch dann kam ihm ein Gedanke. Wenn ein so reicher Mann abseits von seinem eigentlichen Grabhügel heimlich bestattet wurde, so hatte das bestimmt seinen Grund. Hier gab es vielleicht auch noch etwas zu holen und er wusste schließlich genau, wo er graben musste. Der gute alte Ankwin würde es sicher nicht mehr brauchen.

Mit neuem Elan ließ Beol den Sack vor sich auf den Boden fallen und nahm das Grabholz wieder in die Hand. Vorsichtig begann er zu graben, schließlich wollte er den Leichnam ja nicht schänden, sondern nur fleddern. Verstümmelte Tote waren bei Hann, dem Totengott, nämlich nicht gerne gesehen. Sie wurden oft zurückgeschickt, um ihre fehlenden Glieder zu holen. Ob dieser Ankwin noch all seine Glieder hatte?

Nach einer kleinen Ewigkeit hatte er den Toten von der eisigen Erde befreit, doch zu seinem Ärger trug der nur ein einfaches Gewand. Die Kapuze des Gewandes war dem Toten über das Gesicht geschlagen worden. Die bleichen Hände ruhten auf seiner Brust, als ob er sich eben erst zu Ruhe gelegt hätte. Die Kälte hatte ihn gut erhalten.

Beol kniete bei der Leiche nieder und legte das Grabholz neben sich ab. Er beugte sich vor und durchsuchte den Leichnam noch einmal gründlich, aber er fand nichts. Leise fluchte er der vergebenen Mühe wegen, doch dann fiel der Blick des Fallenstellers wieder auf den prallgefüllten Sack und er musste lächeln.

Beol griff nach dem Grabholz und wollte gerade aufstehen, als sein Handgelenk von irgendetwas Kaltem, Erdigem eisern umschlossen wurde. Sein Herz schien in einem Eispanzer zu stecken und schlug dennoch umso heftiger weiter. Aus dem Schrei, der ihm im Hals stecken blieb, wurde nur ein heißeres Krächzen. Ungläubig sah Beol nach unten und folgte so dem grünen Schimmer, der immer heller wurde.

Die Leiche hatte seinen Arm gepackt, die Kapuze war etwas zur Seite gefallen und ein grün leuchtendes Auge sah ihn an. Die Haut schimmerte ebenfalls grün.

Beol entfuhr ein weiteres panisches Krächzen und er wollte sich losreißen. Erst nach ein paar Momenten hektischen Zerrens und angstvollen Stöhnens entließ in die kalte, schmutzige Hand, sodass er durch die unerwartete Freiheit das Gleichgewicht wieder verlor und rücklings im Schnee landete. Mit völlig unkoordinierten krampfartigen Bewegungen zerwühlte der Fallensteller den Boden, während er sich auf die Beine arbeitete. Er begann, zu laufen. Er schrie und lief und lief und schrie. Rabenkrächzen begleitete seine Schreie bis tief in den Wald.

KALTE SPUR
(Nahe Birgenheim im Winter)

Alles zwischen seinen Knochen und dem Sattel schien lediglich aus dünnem Leder zu bestehen. Seine Finger spürte er schon eine ganze Weile nicht mehr und das Einzige, was er in den letzten Wochen gesehen hatte, war der Nacken seines Pferdes, Schnee, wenige Spuren und dumme Bauern, die nicht fähig oder willens waren, einen geraden Satz heraus zubringen.

Dekmanto war dem verdammten Magier nun schon eine ganze Weile auf den Fersen. Die investierte Zeit war nicht das, was diese Suche so anstrengend machte. Es war das Wetter, die Jahreszeit und die wenigen Hinweise, die er hatte. Normalerweise jagte Dekmanto irgendwelche flüchtigen Sträflinge, Wegelagerer oder verdingte sich als Leibwächter. Die Sträflinge waren meist einfach zu finden, man musste nur die Freudenhäuser gut kennen und ab und zu ein paar Huren bestechen. Die meisten Wegelagerer und Viehdiebe waren nur arbeitsscheue Einfaltspinsel, die man in der Nacht überraschen konnte und für einen Leibwächter war er allemal gut genug.

Manchmal nahm er auch einen Auftrag der Flussschiffer an, die keineswegs das waren, was ihr Name verriet. Als er noch ein blutiger Anfänger gewesen war, hatte er einmal einen alten Fährmann gefragt, ob er auch zu den Flussschiffern gehörte. Als Quittung hatte er nur die drei gelb braunen Stumpen im lachenden Mund des alten Mannes gesehen.

Die Flussschiffer hatten vielleicht irgendwann einmal tatsächlich mit dieser Zunft zu tun gehabt. Und sie nutzen auch heute noch die Schiffer und Fährmänner als Boten, aber es war eine Vereinigung von Kopfgeldjägern, die jede andere Quelle genauso nutzte. Sie waren nicht gerne gesehen, aber vom König geduldet, da er doch dann und wann ihre Dienste brauchte, denn sein Einfluss in den Provinzen war ja immer von seinem Verhältnis zu den einzelnen Fürsten abhängig. Und die Flussschiffer hatten ein großes, gut funktionierendes Netz von Informanten.

Dekmantos Verhältnis zu ihnen war eher lose. Ab und zu nahm er Aufträge von ihnen an, meist, wenn ihm nichts anderes übrig blieb oder, wenn die Verdienstmöglichkeit sehr hoch war.

Einmal war er so monatelang einem Meisterdieb hinterhergejagt und hatte ihn schließlich auch erwischt. Bei der Erinnerung an das Geld hätte er gelächelt, aber dazu war sein Bart zu vereist.

Der Kopfgeldjäger hatte auch dieses Mal einen Auftrag der Flussschiffer angenommen. Er war auf der Suche nach Theodus, einem flüchtigen Magier, der aufgrund eines Mordes an einem Rauschhändler gesucht wurde, und Dekmanto war nicht der Einzige seiner Zunft, der hinter ihm her war. Der Magierrat selbst hatte den Bund der Kopfgeldjäger beauftragt und ein Kopfgeld ausgesetzt, dass es jedem seines Gewerbes schwer machte, nicht darüber nachzudenken.

Er war damals sofort darauf angesprungen. Er hatte auch einiges herausgefunden, aber für die eigentliche Suche nach Theodus hatte es ihm bis jetzt nichts gebracht. Selbst die Tatsache, dass der Magier muschelsüchtig war und den Kopf seines Rauschhändlers im Pilzwahn mit einer Schranktür zu Hackfleisch verarbeitet hatte, war nicht von Nutzen gewesen. Das Einzige, was Dekmanto vielleicht später noch zu seinem Vorteil nutzen konnte, war die Erkenntnis, dass es die Drei Weisen, der Magierrat selbst, durch diesen Theodus berauscht, mit einer Edelhure getrieben hatten. Der Universitätsdiener, ein gewisser Milby, hatte von der Orgie mitbekommen, als er von den völlig berauschten Meistern für irgendwelche Dienste gerufen worden war. Dieses Mal gelang dem Lächeln der Weg durch den eisverkrusteten Bart.

Wenn er den Rat erpressen wollte, musste er allerdings sehr vorsichtig sein, oder er verkaufte die Information einfach weiter an die Flussschiffer.

Er hob den Kopf und sah sich die Umgebung prüfend an. Der Himmel würde vielleicht noch aufbrechen. Geschneit hatte es schon länger nicht mehr, aber der Schnee lag hoch. Dekmanto wollte nicht noch eine weitere Nacht im Freien verbringen, also richtete er sich im Sattel auf, klopfte seinem Pferd den Hals und beschleunigte seine Geschwindigkeit. »Immer weiter, mein Dicker, dann gibt's heute Abend vielleicht 'nen schönen Stall.« Sein Pferd benötigte genau wie er dringend eine Pause, schließlich war er in Ermangelung eines guten Lagerplatzes und der Kälte wegen die Nacht durchgeritten.

Mit ein bisschen Glück wäre er am Abend in Birgenheim, irgend so einem götterverlassenen Dorf am Rande des Gebirges. Die Spur von Theodus hatte er eigentlich schon seit Tagen verloren, aber er hatte gehört, dass hier oben eine hohe Persönlichkeit beigesetzt worden und dabei irgendein Feuerwesen erschienen wäre.

Der Kopfgeldjäger hatte nicht viel Ahnung von solchen Dingen. Magische Wesen und Fabeltiere waren nicht sein Metier. Er wusste von den Aargeiern, riesigen Vögeln, die in den Steilwänden des Nordkliffs nisteten. Sie konnten angeblich einen ausgewachsenen Mann tragen. Und er hatte immerhin schon einmal einen echten Greif gesehen, ausgestopft auf irgendeiner Burg, aber ein Feuerwesen, was sollte das sein? Ein Dämon, ein Drache oder nur die falsche Menge Ölamphoren im Feuer des Scheiterhaufens gepaart mit einem starken Windstoß und einem Idioten, der seine Fackel nicht im Griff hatte.

So oder so wusste der Kopfgeldjäger, dass große Beerdigungen viele Leute anzogen, und viele Leute bedeutete viele, die vielleicht etwas gesehen hatten, und das war in Gegenden wie diesen blankes Gold wert. Und wenn tatsächlich etwas an den Gerüchten dran war, dann würde der gesuchte Magier gut ins Bild passen.

Er spürte es ganz deutlich in seinen Eingeweiden, dass er hier weiter kommen würde.

DIE ERSTEN OPFER
(Brakenburg im Frühling ... vor langer Zeit)

Verlassen stand die mit Fleischbrühe gefüllte Schale auf dem Tisch und wurde allmählich kalt. Der Tonkrug mit dem Dünnbier leistete ihr nur klägliche Gesellschaft und wurde wie zum Trotz warm.

Ankwin hatte keinen Appetit und war aufgestanden. Er hatte eine Weile abwesend aus dem Fenster gestarrt und lief nun wie eine Raubkatze im Raum auf und ab. Ein kalter Regen klatschte an die Butzenglasscheibe und es schien, dass die Wettergötter vergessen hatten, was Frühling hieß. Vielleicht zollten sie auch den schweren Stunden, die Ankwin hinter sich hatte, Respekt. Es war ein scheußlicher Morgen.

Erst gestern hatte Ankwin seinen Leibdiener, den kleinen Villon, und Bungad, seinen Onkel und Herrn des Hauses, beerdigen müssen. Der plötzliche Verlust seines Onkels, den er ja selbst getötet hatte, setzte dem Bärenfelsener bereits zu. Dass Villon jedoch durch die wirren Taten seines Onkels ebenfalls hatte sterben müssen, wollte Ankwin einfach nicht verstehen. Letzten Endes hatte er selbst seinen Tod zumindest mitverschuldet.

Hinzu kam, dass Lavielle ihr Gelübde abgelegt hatte und nun eine unberührbare Heilerin war. Sie war die Liebe seines Lebens, das spürte Ankwin trotz seiner jungen Jahre ganz deutlich. Bittersüß streifte sein Geist die Erinnerung an jene Nacht, ihrer Nacht, wie unschuldige Kinderaugen Galerien uralter Gemälde. Und jetzt, jetzt war sie unerreichbar für ihn. Auch, wenn er sie nie vergessen würde, so hätten ihm jetzt ein paar Tage Abstand ganz gutgetan. Und doch brachte er es nicht übers Herz, von Brakenburg fortzugehen. Schon die Gedanken an sie waren schmerzhaft und wenn sie in seiner Nähe war, ertrug er es fast nicht, doch weiter als ein paar Steinwürfe von ihr entfernt zu sein, schien ihm im Augenblick unmöglich.

Sie hatte sich für den heutigen Tag bereits wieder angemeldet und wollte nach seiner Verletzung schauen. Der Hohn des

Schicksals - oder der der Frauen. Sie wollte nach seiner Verletzung schauen - die an seinem Körper oder die an seinem Herzen?

Der junge Krieger war zum Stehen gekommen und tief in seine Gedanken versunken entfuhr ihm ein schwerer Seufzer. Wie gerne würde er jetzt mit Weißwind ausreiten und den Kopf freibekommen, doch das war mit der Verletzung, die ihm sein Onkel beigebracht hatte, nicht zu machen.

Er wusste auch nicht, welche Bedeutung er diesen vermaledeiten Dracheneiern zukommen lassen sollte. In jener Nacht in den Katakomben hatte er von ihnen gekostet. Da war nur diese flüsternde Stimme tief in seinem Inneren, die ihm riet, die Umstände von Bungads Tod geheim zu halten, bis der Zeitpunkt kommen würde. Ankwin fühlte sich schrecklich.

Der Tod ist des Kriegers Handwerk. hatte Regorie ihm beigebracht, doch erst jetzt begann er zu erahnen, was das alles bedeuten konnte.

Zeiten der Gefahr heißen den Krieger vorwärts zugehen, nie rückwärts.

Er musste sich auf den Augenblick, auf das Hier und Jetzt konzentrieren, sonst würde er wahnsinnig. Mit einem Ruck, den er durch den Schmerz unter seinem Verband sogleich bereute, drehte er sich um und rief nach Miron. Schon nach wenigen Augenblicken erschien dieser wie immer mit einer Mischung aus Teilnahmslosigkeit und Hochmut im Gesicht in der Tür.

»Ihr habt gerufen, Herr.«

»Miron, lass den Verwalter, äh ... Wintur ... lass ihn mir rufen. Ich muss dringend mit ihm reden. Die Zeit, in der mein Onkel mich eingewiesen hat, war nur kurz bemessen.«

Mit einem angedeuteten Nicken bestätigte der oberste Diener des Hauses den Auftrag und verschwand sogleich.

Ankwin war nur einen Tag mit seinem Onkel unterwegs gewesen, um dessen Güter in der Stadt anzuschauen. Die Ländereien außerhalb waren ihm völlig unbekannt. Er würde sich ein genaueres Bild aller Güter und Geschäfte seines Onkels verschaffen müssen, wenn er den Besitz der Familie nicht völlig verwahrlost an seinen Vetter Siekoff übergeben wollte. Dieser war auf unbestimmte Zeit auf einer Auslandsreise, um neue Geschäftsverbindungen zu knüpfen.

Bei dem Gedanken an dessen Rückkehr fuhr es Ankwin in den Magen. Er würde ihm sagen müssen, dass sein Vater ein Hochverräter war und dass er ihn getötet hatte. Und er würde ihn auch über die laufenden Geschäfte ins Bild setzen müssen. Der Erzherzog selbst hatte ihm die Verantwortung über den Besitz seines Onkels gegeben.

Von Siekoff war seit seiner Ankunft hier in Brakenburg nichts zu vernehmen gewesen, keine Nachricht, kein Bote. *Vielleicht ist er tot? Auf weiten Reisen kann viel passieren!* Ankwin erschrak über den gewisperten Gedanken. Doch sein Vetter konnte noch zum Problem werden. Müsste er ihm alles sagen? Er könnte ihm ja die offizielle Geschichte erzählen? Onkel Bungad war ja nach Meinung der Öffentlichkeit an einem Wundfieber gestorben und der Erzherzog hatte diese Version noch am Grab bestätigt. Ankwin hatte ein komisches Gefühl dabei. Er begriff in diesem Moment, dass in der Schlacht die Wahrheit das erste Opfer war.

Dann war da noch diese Kiste mit den Dracheneiern. Die musste er noch verschwinden lassen. Irgendwie schienen das sonderbare Behältnis und sein finsterer Inhalt der Beweis für den Mord an seinem Onkel. Stumme Zeugen, die immerzu flüsterten, was geschehen war und, dass sein Onkel vielleicht hätte gerettet werden können. *Die Truhe muss weg!* Aber das würde nicht billig werden.

Ankwin verließ den Speiseraum und sein unangetastetes Frühstück und begab sich in das Arbeitszimmer seines Onkels.

Wo würden die ganzen Gegenstände aus den Katakomben landen? Die königliche Garde hatte alles abgeriegelt.

Als er das große Zimmer betrat, fiel ihm sofort der mächtige Schreibtisch seines Onkels auf, der das Zimmer beherrschte. Er war nicht unordentlich, aber doch voll mit allerlei Schriften. Darunter einige Bilanzen und Listen seiner Geschäfte.

Ankwin kam eine Idee. Die Beamten in Brakenburg waren sehr gründlich, so viel hatte er schon mitbekommen. Beim Prozess gegen Garock war auch alles fein säuberlich aufgeschrieben worden.

Garock, dieser große Klotz, machte ihm auch Kopfzerbrechen. Jedes Mal, wenn er Lavielle nach diesem verfluchten Prozess gesehen hatte, war er auch da gewesen. Der Berisi war ihr näher als er und das ständig. *Pah!*

Der junge Krieger riss sich von den Gedanken an den Hünen los. Er würde vielleicht nur den Gerichtsschreiber, der ja alles genauestens verzeichnete, mit einer größeren Summe bedenken müssen. Glücklicherweise war dieser auch ein Magier, wenn also herauskäme, dass die Truhe magisch war, würde sie in der Magiergilde landen. Somit wäre der Schreiber immer noch der richtige Mann.

Es galt also, zuerst einmal den Namen des Schreibers herauszufinden. Das sollte nicht schwer sein.

Für einen Augenblick war Ankwin fast zufrieden mit sich, denn er hatte sich aus seiner Starre befreit und war wieder aktiv und das war schließlich auch eine Art, mit Trauer umzugehen. Dann allerdings wurde dem jungen Mann klar, dass er hier im Grunde etwas Unrechtes tat, um seine Taten zu vertuschen.

Wo sollte das enden? Er war ein Krieger, dem genaue Vorstellungen von Ehre und Aufrichtigkeit schon mit der Muttermilch eingeflößt worden waren. Er sollte hier in Brakenburg seine Ausbildung als Krieger und Adliger abschließen und nun, nun begann er zu lügen, zu zweifeln und Dinge zu vertuschen. Die Wahrheit starb im Kampf zuerst und ihr folgte die Unschuld.

Das unerwartete Klopfen an der Tür riss ihn unsanft aus seinen Gedanken. Einem unsicheren ›Ja‹ folgte ein entschiedeneres ›Herein‹.

Die Tür öffnete sich beinahe lautlos und Lavielle betrat den Raum. Nur für einen Moment sahen sie sich wortlos direkt in die Augen – einen Moment ratlosen, betretenen Schweigens lang, der mehr als tausend Fragen in sich barg. Lavielle fand als erste ihre Fassung wieder und holte Luft, um etwas zu sagen, als sie von einer ältlichen Stimme davon abgehalten wurde.

»Verzeiht, Lavielle, aber hättet Ihr die Güte, mich noch etwas zu führen. Ich kenne mich in diesem Haus nicht aus.« Mit starrem etwas hilflosem Blick und ausgestreckten Armen wackelte Weiland tastend hinter der schönen Heilerin ins Zimmer. Etwas nervös begann Lavielle augenblicklich, dem blinden Heiler herein zu helfen.

»Seid gegrüßt, tapferer Ankwin.« Der Heiler stand nun mitten im Raum und starrte nur knapp an dem jungen Krieger vorbei.

»Seid gegrüßt, Weiland, und auch Ihr, Lavielle.«
Lavielle nickte nur und lächelte etwas unsicher.

»Ein einfacher alter Mann wie ich kann wohl nur erahnen, welchen Schmerz und welche große Verantwortung Ihr nun tragt. Mein Beileid zum tragischen Verlust Eures Onkels. Möge sein Namen in kommenden Zeiten nur mit Ehrfurcht ausgesprochen werden.«

»Habt Dank für Euer Mitgefühl, wobei ich mir sicher bin, dass Ihr in Eurem langen Leben bestimmt auch schon viel habt ertragen müssen.«

Weiland lächelte mit einer Mischung aus Bitternis und Belustigung. »Nun, auch mir hat Mawana schon so manche Prüfung auferlegt, doch ich hatte das Glück aus jeder stärker und dankbarer hervorzugehen.«

Ankwin presste für einen Moment seine Lippen nachdenklich aufeinander und erneut entstand ein peinliches Schweigen.

»Wir sind gekommen, um nach Eurer Verwundung zu sehen.« Lavielle klang jetzt gefestigt.

»Ich habe mir erlaubt, Miron anzuweisen, etwas heißes Wasser und ein paar gekochte Binden zu bringen.«

Ankwin spürte beim Klang von Lavielles Stimme neben einem Stich im Herzen auch seine Verwundung wieder. Er hatte beinahe sagen wollen, dass das alles nicht nötig sei, doch war er Krieger genug, um zu wissen, wie wichtig die Wundversorgung einer so tiefen Stichverletzung war.

Lavielle bemerkte sein Zögern, holte gerade Luft und wollte ansetzen, als sich die Tür öffnete und Brinja mit einem Stoß frischer Binden hereinkam. Miron folgte ihr ins Zimmer. Er trug einen kleinen dampfenden Kessel. Seine ruhigen und gleichmäßigen Bewegungen ließen das heiße Wasser in dem Behälter nur leicht umherschwappen.

»Hier sind die Dinge, nach denen Ihr verlangtet, hohe Lavielle.«
Er verneigte sich leicht gegen die Herrschaften, setzte den Topf ab,
wartete bis Brinja ihren Knicks vollzogen hatte und folgte ihr mit
stoischer Miene wieder hinaus.

Ankwin ließ sich auf dem großen Stuhl seines Onkels nieder
und zog durch den Schmerz verlangsamt sein Hemd aus. »Wo ist
denn Euer großer Schatten, Lavielle?«

Lavielle schien der leicht beißende Unterton Ankwins nicht
aufzufallen. »Er hat sich bei dem Kampf ebenfalls einige
Verletzungen zugezogen und seine alte Wunde ist auch wieder
aufgebrochen. Er wird gerade behandelt.«

»Dann muss ich mich ja geehrt fühlen.«

Lavielle schaute ihn nun böse an. »Herr Ankwin, ich kann mir
auch durchaus schönere Beschäftigungen vorstellen, als einen
übellaunigen, undankbaren Krieger zu behandeln, der meckert wie
ein Ziegenbock!«

Weiland zog vor Schreck die Augenbrauen hoch, verkniff sich
dann allerdings eine Bemerkung. Hatten die Heiler ihren Patienten
gegenüber auch stets höflich zu sein, so wusste er doch um das
gescheiterte Glück der beiden jungen Menschen.

Ankwin schloss für einen Moment die Augen. »Verzeiht
Lavielle. Das war sehr unhöflich von mir. Meine Trauer kann kein
Grund sein, Euch so zu behandeln.«

Nach einer Weile des Schweigens gelang es Weiland, ein
entspannteres Gespräch zu entwickeln, indem er Lavielle die
Wundversorgung genau beschreiben ließ.

Die Wunde hatte sich gut geschlossen, schien allerdings
entzündet zu sein.

»Ich war beim obersten Heiler und, auch wenn es nicht üblich
ist, es ohne Not anzuwenden, so hat Bruder Aresco sogar
ausdrücklich darauf gedrängt, das Lied der Heilung bei Euch
anzuwenden … wenn Ihr denn damit einverstanden seid.«

Ankwin verzog unmerklich das Gesicht. Aus irgendeinem
Grund hielt er es nicht für gut, doch ihm fiel keine plausible
Erklärung ein es abzulehnen. »Verzeiht und habt Dank für Euer

großzügiges Angebot, aber manche Dinge sollten auf normalem Wege abheilen. Habt die Güte und wechselt nur den Verband.«

Weiland kniff die matten Augen unmerklich zusammen, doch Lavielle sah man die Sorge an. »Der oberste Heiler selbst hält es für richtig. Ihr müsst Euch nicht bestrafen für ... für Villon.« Sie hatte den Namen des Jungen ganz leise und behutsam ausgesprochen.

Ankwin sah an die Decke und schwieg.

»Heile nur den, der geheilt werden will ... Werter Ankwin, wir sind froh, Euch auf dem Wege der Besserung zu wissen. So können unsere Kräfte anderen Bedürftigeren zu teil werden. Nicht wahr, Lavielle?«

Lavielle sah man an ihren Kiefermuskeln an, dass sie noch auf einer Antwort kaute, diese aber nie ein Ohr erreichen würde. Sie nickte nur langsam.

Ankwin ertrug ihren Zorn fast nicht, doch er konnte nicht anders. Er wünschte sich ihre Nähe so sehr und war trotzdem nicht in der Lage, eine Heilung zu zulassen. Um keinen Preis wollte er sie jetzt fortgehen lassen, denn er brauchte ihre Nähe. Der Krieger fühlte sich, als würde er von vier Pferden in vier verschiedene Richtungen gezogen.

»Verzeiht, Lavielle. Ich sehe, ich habe Euch schon wieder gekränkt und das tut mir leid. Wenn ich auch Eure Wundertat verschmähe, vielleicht kann ich Euch bei einem kleinen Wunder von Mintane, meiner Köchin, milde stimmen. Bleibt doch noch zum Abendessen. Ihr natürlich auch, werter Weiland.«

Ankwin gelang ein ehrliches Lächeln. Lavielles grüne Augen wurden dunkler, doch ihr geplantes Lächeln endete nur in einem unsicheren Zucken der Mundwinkel. Nach einem Moment der Unentschlossenheit, die zwischen den drei Personen förmlich greifbar war, ergriff Weiland das Wort.

»Wir danken für diese Ehre, sind die Speisen dieses Hauses ja legendär, und doch müssen wir ablehnen. Wir haben noch einiges zu tun. Es gibt viel Leid in der Stadt.«

Ankwin nickte verständnisvoll. »Dann vielleicht ein ander Mal. Den nächsten Verbandswechsel wird Miron vornehmen können.« Es war eine Absage für weitere Besuche. Er wollte Lavielle schützen. Er wollte sie beide schützen vor weiterem Leid und dennoch, er fühlte sich schmutzig.

Lavielle sah zu Boden.

Als sich die beiden Heiler dann empfohlen hatten, stand Ankwin wieder allein am Fenster und starrte hinaus.

Er hatte gesehen, zu was Weiland durch das Lied der Heilung fähig war. Alles sprach dafür, es in Anspruch zu nehmen, und doch war da diese Stimme tief in seinem Innern, dieses kaum wahrnehmbare Flüstern. Wenn es eine Sprache war, so verstand Ankwin sie nicht und doch wusste er genau um die Bedeutung der Worte. Die Wunde würde durch das Lied nicht besser heilen, das wusste er.

***

Dieser dickköpfige, trotzige, arme, eingebildete Krieger! Lavielle war wütend. *Glaubte er etwa, der Einzige zu sein, der verletzt ist? Da geht man für ihn zum obersten Heiler, macht sich zum Affen und bettelt um die Anwendung des Liedes und er schlägt es gleichgültig aus! Will er sich mit der verweigerten Wundheilung etwa selbst strafen oder am Ende vielleicht sogar mich? Dieser einge …!*

Ihr Heilergelübde hatte ihre Seele entzweigerissen. Tief in ihrem Inneren liebte sie Ankwin von ganzem Herzen, aber das war jetzt vorbei. Sie musste sich auf ihre weiteren Aufgaben konzentrieren. Energisch schritt die junge Heilerin über die vom Regen frisch gespülten Pflastersteine Brakenburgs, während die Frühlingssonne einen erneuten Vorstoß durch die Wolken wagte.

»Verzeiht, gute Lavielle, aber mich …« Schweres Atmen unterbrach die Worte des Blinden. »… dürstet. Ich höre einen Brunnen.«

Lavielle drehte sich um und sah den alten Mann zuerst völlig verständnislos an, dann wurde sie Schweißperlen auf seiner Stirn gewahr. Mit einem schlechten Gewissen führte sie Weiland an den plätschernden Straßenbrunnen direkt neben ihnen. Während er trank, sah sich Lavielle um. Sie waren bereits ein gutes Stück vom Hause Brakenstein und Ankwin entfernt. Jetzt erst wurde ihr richtig bewusst, wie schnell sie gegangen sein musste. Und auf der ganzen Strecke hatte sie Weiland mitgezogen.

Nachdem dieser seinen Durst gestillt hatte, nahm auch Lavielle ein paar Schlucke zu sich. Weiland ließ sich derweil ächzend auf der nassen Steinstufe direkt vor dem Brunnen nieder.

Genau genommen hatten die beiden überhaupt keine Eile. Weilands Aufgaben unterlagen keiner Zeitnot und Schwester Biree selbst hatte ihr nahegelegt, es ein paar Tage lang ruhiger anzugehen. Also setzte sich Lavielle neben den alten Gärtner des Seelengartens, denn das war seine eigentliche Aufgabe. Jedoch durch die Ereignisse der letzten Tage involviert, hatte er es sich nicht nehmen lassen, Lavielle bei Ihrem Hausbesuch zu begleiten.

Sein Atem beruhigte sich zusehends. »Wisst Ihr, Lavielle, oft vernebelt einem der Schmerz die Sicht auf die Dinge. Dann muss man etwas dagegen tun.«

»Was meint Ihr?«

»Nun, uns ist beiden nicht entgangen, dass Ihr weit mehr für Ankwin empfindet, als für Eure Berufung gut ist. Und dass der gute Ankwin Euch zutiefst zugetan ist, sieht ein Blinder.« Weiland starrte ernst an Lavielle vorbei ins Nichts, dann lachte er verschmitzt.

Lavielle war von seinen Worten beinahe zu Tränen gerührt, musste aber dann doch mitlachen. Halb lachend, halb weinend nahm sie den alten Heiler in den Arm und drückte ihn.

»Seht Ihr, Lavielle, die Sonne gibt auch nie auf, durch die Wolken zu brechen, so wie Euer Lachen.«

Nach einer ganzen Weile löste sich Lavielle schließlich wieder von Weiland »Ihr seid ein wahrer Seelengärtner, danke.«

Nicht glücklicher, aber doch entspannter und ein bisschen schicksalsergeben führte Lavielle Weiland zurück zu seinem Häuschen im Seelengarten. Es lag in einem abgelegenen Teil des großen Gartens der Heiler und duckte sich hinter ein paar Büschen. Man bemerkte es meistens erst dann, wenn man direkt davor stand. Was die beiden aber schon lange vorher hörten, war ein dumpfes rhythmisches Schlagen.

Am Haus angekommen sahen sie Garock, der beim Holzhacken war und das wohl schon eine ganze Weile. Der Stapel an Spaltholz hatte beträchtlich abgenommen. Daneben lag außerdem ein riesiger Haufen frischer grüner Birken- und Buchenzweige.

Lavielle setzte gerade zu einem rügenden Satz an, als ihr Weiland zuvorkam. »Danke, lieber Garock, das ist sehr fein von Euch. Trotz der warmen Frühlingstage ist es abends doch noch recht frisch und ...« Er wandte sich zu der jungen Frau. »... meine alten Knochen können die Wärme am Abend noch gut gebrauchen.«

»Mit einer frisch genähten Wunde sollte man sich aber trotzdem nicht übernehmen.« Mit zusammengezogenen Augenbrauen sah sie dem Hünen von unten ins Gesicht.

»Dem Bedürfnis nach Bewegung an der frischen Luft sollte man aber in jedem Falle nach gehen. Das sagte schon der gute alte Vabaletti, und das war ein Heiler sondergleichen.« Diesen Kommentar Weilands quittierte Garock mit einem grimmigen Zähneblecken, bei dem Lavielle aber inzwischen genau wusste, dass es sein Grinsen war.

Die Heilerin hätte beinahe noch weiter gemeckert, aber der Haufen mit den ordentlich gestapelten frischen Zweigen ließ ihre Neugierde die Oberhand gewinnen. »Für was sind denn die vielen Zweige, Garock?«

Der Hüne schwieg wie eigentlich immer, wusste er doch, dass Weiland ihr sogleich die Antwort geben würde.

»Der gute Garock war so freundlich, uns schon einmal die Zweige für den Auszug der Heilsbringer zu schlagen. Ihr wisst doch, nach dem Gelübde gehen die jungen Heiler mit ihrem Mentor auf die Wanderschaft durch die Lande Billgats, um das Heil unter die Menschen zu bringen. Der Auszug ist morgen.«

Auf Lavielles Stirn zog sich eine kleine Querfalte, was ein sicheres Zeichen für Enttäuschung war. Nachdenklich wandte sie sich an Weiland »Warum dürfen nur die Heiler auf die Wanderschaft, warum nicht wir Heilerinnen?« Eine lange Reise weit weg von Brakenburg wäre genau das gewesen, was Lavielle jetzt gut hätte gebrauchen können, aber der Hauptgrund für ihre Frage war ihr zutiefst ausgeprägtes Gerechtigkeitsempfinden.

»Aber Lavielle, Ihr wisst doch, dass die Ordensregeln unser Leben ganz genau festlegen. Seit hunderten von Jahren ist es Brauch, dass die Brüder unsere Botschaft ins Land hinaus tragen und dass die Schwestern in den Orden verbleiben, um den Bedürftigen vor Ort beizustehen. Das war schon immer so und hat sich auch bewährt. Zumal in den Schriften steht, dass selbst die erfahrenen Schwestern das Zeichen Mawanas nicht so gut erkennen, wie ihre Brüder.«

Lavielle schien nicht überzeugt und doch wusste sie nicht, was sie hätte erwidern sollen. So stand es nun mal in den Ordensregeln und so würde es bleiben, bis in alle Zeit. Sie seufzte. *Warum kann man die Ordensregeln nicht ändern?*

EIN FRÜHER GAST
(Birgenheim im Winter)

Moakin sieht furchtbar müde aus. Sein Gesicht ist Dreck verschmiert und von Tränen verquollen. Sein ausgemergelter Körper scheint beinahe unwirklich über den Menschen zu schweben, aber er steht auf einem hölzernen Podest. Sein dünner, zerbrechlich wirkender Hals steckt in einer derb geflochtenen Schlinge. Jetzt schaut er direkt in ihre Augen und sagt fast tonlos »Mutter, heute halt ich Hochzeit mit des Seilers Tochter.«, dann fällt sein Körper mit einem lauten Klack in die Tiefe, bis ein schreckliches Knacken das Seil spannt. Der zappelnde Leib tanzt, als ob ein wahnsinniger Puppenspieler am Werk wäre. Moakin ...!

Helmin schreckte hoch und gleichzeitig fuhr ihr ein Schmerz in den Nacken. Wo war sie? Und wo war Moakin, ihr Sohn?

Verwirrt blickte sie sich um und registrierte im letzten glimmenden Rotorange des Feuers, dass sie wieder einmal auf dem Stuhl neben der Kranken eingenickt war. Ein Blick zu der im Halbdunkel liegenden Frau bestätigte Helmins Vermutung, dass sich an ihrem Zustand nichts geändert hatte. Lavielle lag nun schon seit Tagen so da.

Die Kräuterfrau fröstelte, stand mit einem Ächzen auf und rieb sich den schmerzenden Nacken. Nirgends drang Licht durch die Ritzen der Hütte, also war es wohl noch Nacht oder sehr früher Morgen. Sie schleppte sich zur Feuerstelle und legte matt ein paar Scheite nach, während sie etwas Schleim abhustete.

An Schlaf war nach diesem Traum nicht mehr zu denken. Sie würde sich einen Tee bereiten, um die Geister der Nacht zu vertreiben.

Nachdem sich Helmin durch das Entzünden einer Kerze und die Zubereitung des Tees ein wenig abgelenkt hatte, begannen ihre Gedanken wieder um ihren Sohn und die letzten Tage zu kreisen.

Es war zum Verrücktwerden. Seit Ankwin gestorben war, hatte sich so viel ereignet, dass es nach Helmins Meinung für zwei Leben

23

gereicht hätte, und doch war die Feuerbestattung gerade mal drei Wochen her.

Sie selbst hatte den Drachen nicht gesehen, doch als sie etwas im Dorf besorgen musste, hatte man von nichts anderem gesprochen. Die beiden Gefährten Ankwins, dieser quasselnde Bermeer und der schweigsame Hüne Garock, hatten sie erst vorgestern verlassen, um Moakin zu suchen. Sie hatten die Geschichte mit dem Drachen mehr oder weniger bestätigt. Aber die Gefahr wäre vorüber, hatten sie gesagt. Die einzige Gefahr, die jetzt noch bestünde, ginge von den Dracheneiern aus, die Moakin gestohlen hatte. Ach, Moakin. Wo war der Junge nur?

Was hatte sich der Bengel nur dabei gedacht, etwas zu stehlen? Und dann noch zwei Dracheneier. Helmin hatte keine Ahnung, wie sie sich die Dracheneier vorzustellen hatte, aber sie waren bestimmt groß. Nach allem, was in den letzten Tagen passiert war, hatte sie eigentlich auch keinen Grund, daran zu zweifeln, dass es Dinge wie Drachen und dergleichen gab, aber auch das konnte und wollte sich Helmin einfach nicht vorstellen. *Ach, der Junge.* Wo mochte er nur stecken? Was tat er gerade? Ging es ihm gut? Er war doch noch so jung.

Tränen schossen der Kräuterfrau in die Augen, dass es sie beinahe schmerzte. Sie saß weinend am Feuer und hielt ihren kälter werdenden Tee, der durch ihr Schluchzen immer wieder überschwappte. Irgendwann wurde aus dem schluchzenden Zucken ein nervöses, kurzes Ein- und ausatmen.

»Jung wird alt und alt wird tot.

Was alt und tot wird neu gebor'n.

Aus zwei wird eins und ist doch viel,

viel mehr als wie zuvor'n.«

Trotz der Kraftlosigkeit, mit der die Stimme Lavielles die früh morgendliche Stille durchschnitten hatte, war Helmin zutiefst erschrocken. Sie blickte zu dem Bett hinüber, nur um den völlig teilnahmslosen Blick der Kranken zu erwidern, der sie und doch nicht sie traf.

»Wie geht es Euch, Lavielle?« Das Verantwortungsbewusstsein der Kräuterfrau gewann schnell die Oberhand.

»Jung wird alt und alt wird tot.
Was alt und tot wird neu gebor'n.
Aus zwei wird eins und ist doch viel,
viel mehr als wie zuvor'n.«

Als hätte sich die Zeit einfach nur wiederholt, hatte Lavielle völlig unverändert ihre Worte noch einmal gesagt.

Matt drehte sich Helmin zu ihrem Tee. Sie würde wohl ein weiteres Mal tage- oder sogar wochenlang an der Seite eines Menschen verbringen, der hoffnungslos erkrankt und verwirrt war. Das eigentlich Schlimme an dem Gedanken war für Helmin, dass sie nicht wusste, ob sie die Kraft dafür noch ein weiteres Mal aufbringen konnte. Das lag nicht einmal daran, dass sie nun wieder selbst zum Dorf gehen und Besorgungen machen müsste, nein. Das einzige Licht in ihrem Leben war verschwunden, Moakin.

Sie begann, sich in Gedanken dafür zu geißeln, wie oft sie hart und streng zu ihm gewesen war, dabei hatte es der Junge von vorneherein nie leicht gehabt. Wieder musste sie weinen, als sie plötzlich ein Rauschen vernahm.

Sie wusste es zuerst nicht recht einzuordnen, doch dann war Helmin klar, dass es ein ganzer Schwarm Vögel gewesen sein musste. Irgendetwas hatte sie aufgeschreckt. Sofort verdrängte der Überlebensinstinkt alle anderen Gedanken in Helmins Kopf. Sie blickte sich suchend um, bis ihre Augen an einem Besen hängen blieben.

Hier in der Gegend gab es für gewöhnlich keine Diebe oder Räuber. Dafür gab es hier einfach zu wenig, was man hätte stehlen können. Aber seit den letzten Ereignissen würde sie wohl wieder auf der Hut sein müssen.

Für einen Moment schoss ihr die Situation mit Beol durch den Kopf, wie er vor ihr gestanden war und die Hütte Ankwins hatte plündern wollen. Angestrengt konzentrierte sie sich nun wieder auf die Geräusche vor der Hütte, während sie den Besen mit ihren Händen fester umschloss.

Sie stand nun direkt an der Tür. Erst war lange Zeit kein Laut zu hören, dann vernahm Helmin ein Scharren. Ihr Herz begann zu pochen und angespannt lauschte sie weiter in die sterbende Nacht.

»Jung wird alt und alt wird tot.

Was alt und tot wird neu gebor'n.

Aus zwei wird eins und ist doch viel,

viel mehr als wie zuvor'n.«

Lavielle blickte zwar in Helmins Richtung, doch starrte sie wieder durch sie hindurch.

Der alten Frau war ein Stich bis in die Magengrube gefahren vor lauter Aufregung. Sie verdrehte die Augen und bedeutete Lavielle hektisch, still zu sein.

Diese registrierte keine der Bewegungen Helmins. »Jung wird alt und alt wird tot ...«

Die alte Kräuterfrau wisperte so laut, dass sie auch hätte normal sprechen können. »Sei still. Ich muss doch hö ...«

Ein lautes Pochen an der Tür ließ Helmins Herz für einen Moment aussetzen. Es hatte deutlich geklopft. Zuerst wollte sie die Tür aufreißen und wer auch immer da stand, sollte ein hartes, hölzernes Frühstück bekommen, doch dann kam ihr ein Gedanke. Welcher Räuber klopfte an? War es vielleicht sogar Moakin, der sich eines Besseren besonnen hatte und zurückgekehrt war?

Hastig, beinahe euphorisch riss Helmin die Tür auf und der Name ihres Sohnes blieb ihr im Halse stecken, als sie in dem schlechten Licht eine schmutzig dunkle Gestalt erfasste.

»Hil ...« war das Einzige, was die Person noch über die Lippen brachte, bevor sie Helmin kraftlos entgegen sank.

Helmin schleifte den Fremden, allein durch dessen Gewicht gezwungen, rückwärts weiter in den Raum ins Licht des Feuers, legte ihn ab und schloss schnell die Tür, um die Kälte nach draußen zu verbannen.

Sie zitterte am ganzen Leib und ging vorsichtig wieder auf die Gestalt am Feuer zu. Diese war über und über mit Dreck und Eisklumpen bedeckt, trug weder Schuhe noch Mantel und als Helmin die Kapuze zaghaft zurückschlug, stockte ihr erneut der Atem. Vor ihr lag Ankwin, den sie erst vor vier Wochen beerdigt hatten.

Lavielles Blick war durch den Tisch in der Mitte des Raumes versperrt und doch starrte sie in seine Richtung.

»Jung wird alt und alt wird tot.
Was alt und tot wird neu gebor'n.
Aus zwei wird eins und ist doch viel,
viel mehr als wie zuvor'n.«

Helmin setzte sich kreidebleich und zitternd an den einfachen Tisch und wusste nicht, was sie tun sollte. In ihrem Bett lag eine seelisch kranke Frau, die nur wirres Zeug von sich gab. Vor ihrer Feuerstelle lag ein Mann, der eigentlich tot sein müsste und gar nichts sprach.

Helmin, reiß dich zusammen. Wenn du es nicht tust, wer dann?

Sie blickte sich sorgenvoll um und versuchte die Situation zu erfassen. Lavielle lag unverändert im Bett, nur von Zeit zu Zeit hatte sie noch einzelne Worte oder Teile ihres sonderbaren Ausspruchs hören lassen. Am Ende war sie dann wieder eingeschlafen.

Helmin hatte so etwas Ähnliches schon einmal erlebt. Vor ein paar Jahren war ein junges Mädchen im Nachbardorf in ein schweres Fieber gefallen und hatte auch immer wieder die gleichen wirren Worte vor sich hin gestammelt. Es drehte sich damals um ein Pferd und ein rotes Hemd. Das Mädchen war wieder gesund geworden und wenige Tage später trabte ein Pferd ins Dorf. Es war völlig erschöpft und zog seinen toten Reiter hinter sich her. Dieser war wohl schon vor Tagen heruntergefallen und lange hinter dem Pferd her geschleift worden. Die vielen kleinen Verletzungen und Abschürfungen hatte sein Hemd durch und durch rotbraun gefärbt. Bestimmt lagen Lavielles Worte eine Vision zugrunde.

Ankwin oder die Person, die so aussah wie er, Helmin war sich da aus irgendeinem Grund nicht mehr so sicher, lag vor dem offenen Feuer. Seine Kleidung war über und über mit Erde verschmiert. Die Eisklümpchen an dem Gewebe und in den Haaren schmolzen und sammelten sich in kleinen Pfützen am Boden, und der ganze Leib fing in der Wärme des Feuers an, zu dampfen. Hinzu kam etwas, dass Helmin erst jetzt auffiel. Die Haut hatte einen ganz leichten grünen Schimmer. So etwas hatte sie noch nie gesehen.

Bei dem Gedanken, einen Wiedergänger zu beherbergen, stellten sich ihr alle Nackenhaare. Es gab Geschichten von Wiedergängern, die einfach nach Hause zurückkehrten, um dort weiterzuleben. Jedoch endeten diese Geschichten immer mit furchtbaren Bluttaten.

Helmin kniff sich entschieden in den Unterarm. Dieses Etwas, dieser Mensch war völlig erschöpft aus der Kälte gekommen und hatte sie um Hilfe gebeten, also würde sie ihm helfen.

Die Sache war Helmin zwar unheimlich, aber die Angst schwand gemeinsam mit den Wasserpfützen auf dem Boden. Tief in ihrem Inneren machte sich ein Gefühl breit, dass hier keine Gefahr drohte.

Ein Stöhnen verriet, das der Fremde wohl bald erwachen würde. Die Kräuterfrau entschied, sich auf das Hier und Jetzt zu konzentrieren. Sie nahm ihn kurz in Augenschein, ob er irgendwelche Verletzungen hatte, und stieß dabei auf die große Wunde in seiner Brust. Sie stammte von dem Dolch Garocks und sie selbst hatte sie damals mit grobem Nähzeug wieder geschlossen.

Doch, und das versetzte Helmin einmal mehr in Staunen, sie war durch geronnenes Blut geschlossen und hatte bereits begonnen zu heilen. Ihre groben Fäden ragten noch daraus hervor. Weitere Verletzungen fand sie nicht.

Vor ihr lag ein schwerverletzter und erschöpfter Mensch, der mit Sicherheit etwas Warmes vertragen konnte und ihr ging es da ganz ähnlich. Die Kräuterfrau erhob sich und kramte in ihrer Küchenkiste. Garock hatte ihr dankenswerterweise fast alle Flaschen kegulanischen Kirschbrands überlassen. Das war jetzt genau das Richtige. Sie goss Wasser aus einem Eimer in den einzigen Topf und begann es zu erhitzen. Das Wasser kochte und der Fremde begann sich zu regen.

Kaum hatte Helmin eine weitere Kerze entzündet, zwei Becher auf den Tisch gestellt und mit heißem Tee und Kirschbrand aufgefüllt, richtete sich der Mann auf. Bei dem nun helleren Licht konnte man es ganz deutlich erkennen. Vor ihr auf dem Boden saß Ankwin. Der Text seiner Lebensgeschichte, den ihm Lavielle für

28

das Bestattungsritual auf den Körper geschrieben hatte, war sogar noch in Teilen zu erkennen. Er sah sich verwirrt und ängstlich um.

Helmin kniete sich hinter ihn und half ihm auf die Beine, während sie beruhigend zu ihm sprach. »Jetzt setz' dich erst mal hin und trink etwas. Du bist hier in Sicherheit. Weißt du noch, Ankwin, ich bin Helmin?« Instinktiv wusste sie, egal was Ankwin durchgemacht hatte, er hatte bestimmt einen Schock oder Ähnliches.

Ankwin saß schließlich am Tisch und Helmin schloss ihm die Finger um den warmen Becher. »Trink.«

Hölzern und laut schlürfend trank der Mann, während Helmin ihn weiter musterte. Es war zwar ohne Zweifel Ankwin, doch er sah irgendwie verändert aus. Anfangs konnte sie es nicht einordnen. Zum einen wirkte er trotz seiner Falten gesund, wie lange nicht mehr, und zum anderen wollten seine Bewegungen und die Blicke seiner Augen nicht zu den Erinnerungen passen, die Helmin von Ankwin hatte.

Die Stimmung war sonderbarerweise völlig entspannt und vertraut. Lavielle atmete gleichmäßig in ihrem Schlaf, Ankwin war mit seinem Kirschbrand beschäftigt und Helmin hatte durch die kurze Nacht und die große Aufregung jetzt eine Schwere in den Knochen, die eher behaglich als unangenehm war. Es gab viele Fragen, doch sie wusste, was zu klären war, würde sich auch klären. Ihr Gegenüber blickte von dem Becher auf und sah sie direkt an. »Mein Name ist nicht Ankwin.«

Helmin hatte an diesem frühen Morgen mittlerweile so viele Schreckensmomente erlebt und war so abgeschlagen, dass sie Ankwin, der nicht Ankwin war, gleichgültig antwortete. »So, und wer bist du dann?«

»Ich ... ich weiß es nicht.« Der Namenlose kniff die Augenbrauen zusammen, als wolle er damit seinem Kopf das Geheimnis seines Namens entlocken.

»Zuerst war es dunkel. Ich lag in der Erde, dann begann es grün zu leuchten ... überall. Ich ... ich fühlte mich schrecklich einsam, als hätte ich ein Menschenleben lang niemanden gesehen. Ich schlug die Augen auf und sah diesen Mann, er kniete neben mir ...

Ich wollte unbedingt und so schnell wie möglich einen Menschen berühren, um zu wissen, ob ich träume. Der Mann hat Angst bekommen und lief weg.« Mit einem nachdenklichen, aber auch enttäuschten Gesichtsausdruck saß der Namenlose nun da und starrte in seinen Becher.

»Was ist nur aus den Menschen geworden? Jetzt gräbt man schon die Toten wieder aus.« Der Mann schaute sie verwundert an. »Bei dir war das gut, sonst wärst du wohl nicht hier, aber wo kommen wir denn da hin?« Helmin merkte, wie sie sich in ihren eigene Worte verstrickte. Es war zum aus der Haut fahren. »Wie sah der Mann denn aus?«

»Ich weiß es nicht. Ich habe ihn nur kurz gesehen. Dann war er weg. Er hat geschrien. Und sonst ist da nichts ...«

Von Gedächtnisschwund hatte Helmin in ihren vielen Jahren als Kräuterfrau der umliegenden Dörfer durchaus schon gehört. Es hatte sich um Unfälle gehandelt, bei denen das Opfer von den letzten Stunden vor dem Ereignis nichts mehr wusste.

»An was erinnerst du dich denn?« Ihre Neugier war nun doch größer als ihre Angst oder ihre Abgeschlagenheit.

Der Namenlose blickte nach rechts unten und oben, als ob er bestimmte Erinnerungen in seinem Kopf suchen würde, dann schloss er kurz die Augen, um sich zu konzentrieren. Schließlich blickte er Helmin wieder direkt an.

Ein weiteres Mal fiel Helmin auf, was für bemerkenswerte Augen dieser Mann hatte. »Ich erinnere mich an nichts.«

»Also, ich bin Helmin. Warum bist du genau zu mir gekommen, wenn du dich an nichts erinnerst?«

»Ich weiß es nicht. Ich bin einfach nur gelaufen, bergab. Ich dachte, in einem Tal treffe ich eher auf Menschen als auf einem Berg.«

Helmin stand auf und ging zum Feuer. Während sie ein weiteres Scheit nachlegte, versuchte sie, ihre Gedanken zu ordnen.

»Ankwin?« Lavielle hatte die Augen wieder aufgeschlagen und blickte über den Tisch hinweg direkt auf den Namenlosen. Eine Spur von Glück umspielte ihre Augen. Helmin schoss es in diesem Moment siedend heiß durch ihr Bewusstsein. Sie hätte die beiden trennen müssen. Der Anblick Ankwins konnte Lavielle einen weiteren Schock versetzen und sie vollends den Verstand verlieren lassen, schließlich hatte sein Tod ihren jetzigen Zustand verursacht.

Der Namenlose blickte zu Helmin. »Ich heiße nicht so, oder?«

Helmin wollte ihm gerade antworten, als Lavielle leicht enttäuscht aber nicht unglücklich weiter sprach. »Nein, du bist nicht Ankwin. Du bist zwei ... «, Lavielle fing an zu lächeln, wie ein Kind, das ein Geheimnis weiß, es aber nicht sagen will. »Du bist Murajin.«

***

Helmin war dieser Murajin, wie Lavielle ihn nannte, ein vollkommenes Rätsel. Auch das Lavielle ihn offensichtlich nicht wieder erkannte, aber doch einen Namen für ihn hatte, war ihr unerklärlich.

Im Herbst die Ernte, im Frühjahr die Saat. So sagte man hier. Sie musste eine Sache nach der anderen angehen. Da Lavielle bis auf diesen einen lichten Moment, in dem sie Ankwin umgetauft hatte, nichts mehr sprach und wieder an die Decke starrte, suchte Helmin erst einmal Kleider für Murajin, während er etwas Brot und Käse zu sich nahm. Sie hatte die Kleiderkiste ihres Mannes hervorgezogen und hielt immer wieder eine Hose oder ein Hemd prüfend ins Licht. Bei dieser Gelegenheit wurde ihr bewusst, wie lange sie die Kleider bereits aufbewahrte.

Gunno war gestorben, kurz bevor Moakin geboren wurde. Das war jetzt mindestens dreizehn Winter her, eher vierzehn.

Sie hatten die Kiste erst vor Kurzem schon einmal durchsucht, für den gleichen Mann, aber für einen anderen Anlass. Das Totengewand, das Murajin trug, stammte auch aus der Kiste, ein schäbiges Hemd mit Hose und ein alter flickenbesetzter Mantel. Aber weder Bermeer noch Garock, geschweige denn Lavielle, waren damals in der Verfassung dafür gewesen, Einwände vorzubringen. Helmin hatte das erste einigermaßen intakte Kleidungsstück, das Ankwin gepasst hatte, dann einfach genommen.

Endlich wurde sie fündig. Eine gute Lederhose kam zum Vorschein und auch ein einfacher Überwurf. Sogar ein dicker Mantel war da. Helmin begutachtete noch einmal die Statur Murajins und war zufrieden. Dieser hatte seinen Krug geleert und schaute ihr zu, als wäre ihre Tätigkeit das Bemerkenswerteste, was er je gesehen hätte.

»Auf, auf. Probier' die Kleider an. Du wirst doch wohl nicht weiter in deinen Grabeskleidern herumlaufen wollen.«

»Grabeskleider?«

Helmin hatte mit der Kleidersuche ein bisschen Alltag erzeugen wollen, doch jetzt wurde ihr wieder klar, wie bizarr die Situation eigentlich war. War sie es vielleicht, die den Verstand verloren hatte, und gar nicht Lavielle? Oder war Murajin tatsächlich ein böser Geist, der sie nur narren wollte?

Der Fremde bemerkte sofort den Schrecken in Helmins Gesicht und schien zu hadern zwischen seiner scheinbar unstillbaren Neugier und einem Gefühl, das ihm riet, noch einen Moment zu warten.

Trotzig, als ob sie den bösen Geist herausfordern wollte, warf sie ihm die Worte hin. »Du bist ... du warst Ankwin ... und, und, und ... du warst tot! Wir haben dich beerdigt!« Helmins Unterlippe begann zu zittern und sie sank wimmernd auf die Kleiderkiste.

Ungläubig sah sie der Mann an ihrem Tisch an, dann verzog er das Gesicht und fasste sich an die Brust.

Helmin begriff in ihren Tränen erst nicht, doch dann sprach sie heulend weiter. »Ja, ja, schau nur. Schau dir nur deine Brust an. Dort hat ein riesiger Dolch gesteckt, mitten in deinem Herzen.« Schleim lief ihr aus Nase und Mund und ihre Stimme war mehr ein schluckendes Winseln. »Wie ist das möglich? Bist du ein böser Geist, der mich holen will?«

Murajin griff sich in den Halsausschnitt und riss das alte Gewand entzwei. Mitten auf seiner Brust grinste ihn eine rosafarbene, breite Narbe an. Ein paar Garnstücke fielen herunter. Sofort betastete er sie prüfend.

Helmin stockte für einen Moment und vergaß sogar ihr Schluchzen. Vor Kurzem noch war dort keine Narbe, sondern eine Wunde gewesen.

Murajin blickte ungläubig und entgeistert darauf, wurde aber dann von Helmins verheultem Gesicht wieder in die Gegenwart gerissen. »Helmin,« er versuchte so behutsam, wie möglich, zu sprechen, »ich weiß nicht, wer ich bin, ich erinnere mich an nichts. Aber ich versichere dir, ich will weder dir noch sonst jemandem etwas antun.«

Helmins nervöses Zwerchfell ließ sie zitternd einatmen, während sie sich ihre Nase am Ärmel abwischte.

»Ich trage keine bösen Gedanken in mir. Ich bin hier und entweder bin ich eine Laune der Götter oder das Myriton hat noch etwas mit mir vor.« Für einen Moment stockte er und schien über das, was soeben gesagt hatte, nachzudenken, dann blinzelte er. »Um das herauszufinden, werde ich vielleicht deine Hilfe brauchen.«

Die alte Kräuterfrau sah ihn durch ihre verquollenen Augen an, atmete zweimal kurz ein und einmal lang aus.

Lavielle war erwacht, richtete sich im Bett auf und strahlte über das ganze Gesicht. »Murajin hat Myriton gesagt, hi, hi.« Sie kicherte, als ob ein kleines Mädchen bemerkt hätte, dass der Onkel, der gerade zu Besuch war, einen Sprachfehler hatte.

Murajin blickte fragend zwischen Lavielle und Helmin hin und her. Helmin war nicht klar, ob sie dieser Bemerkung überhaupt eine Bedeutung beimessen sollte, aber irgendetwas daran schien wichtig zu sein. Grübelnd schaute sie zuerst zu Lavielle und dann wieder zu dem alten Mann an ihrem Tisch.

Irgendwie aus dem Konzept gebracht sprach Helmin weiter. Ihre Stimme war belegt, sodass sie sich räuspern musste. »Probier' das an, ich mache etwas Wasser warm, dass du dich waschen kannst.« Sie warf die Lederhose fast lieblos auf den Tisch und fing mit entschiedenen Bewegungen an, einen Holzbottich hervorzuzerren. Auch beim Wasserholen und dem Einheizen wirkte sie sehr finster.

Der verwirrte Murajin wechselte ratlose Blicke mit Lavielle, die daraufhin lautlos kicherte. Dadurch musste Murajin auch unweigerlich lächeln, was ihn kurzzeitig um Jahre jünger aussehen ließ.

Schließlich war das Wasser warm und Helmin zog sich in die hintere Kammer zurück.

Murajin beschloss, seine Neugier hintenan zustellen und sich tatsächlich erst einmal zu waschen. Auch wenn er wusste, dass er das wohl schon zigmal gemacht haben musste, genoss er das heiße Wasser dennoch wie beim ersten Mal. Die Hose und der Überwurf passten gut, nur die Füße mussten nackt bleiben.

Helmin hatte den Raum inzwischen wieder betreten und wollte gerade etwas zu den fehlenden Schuhen sagen.

»Hallo? Ist jemand zuhause?« Eine Männerstimme drang von draußen zu ihnen herein. Helmin riss die Augen auf. Es war nicht ratsam, Murajin, den die Dörfler ja als den Halben kannten, hier herumspazieren zu lassen.

Gerade wollte sie ihren sonderbaren Gast in die hintere Kammer schieben, als schon die Tür aufging und ein eisiger Windhauch ins Zimmer kroch.

Der Tag war noch jung und die Sonne noch nicht über dem Kamm, aber der weiße Schnee ließ die große Silhouette in der Tür tiefschwarz erscheinen.

»Verzeiht, wenn ich so hereinplatze, aber 's ist kalt hier draußen.« Die Stimme des Mannes war überraschend sympathisch und stand in sonderbaren Kontrast zu der dunklen Erscheinung. Murajin war besorgt in die Höhe geschossen, aber mehr darum besorgt, zu erahnen, warum Helmin so besorgt und hektisch geworden war. Diese war in der Bewegung erstarrt, wie ein Mädchen mit der Hand im Honigtopf.

»Ein Eierdieb ...« Lavielle hatte die Beine unter der Decke angezogen und betrachtete den Eindringling ausdruckslos.

Dieser schloss die Tür hinter sich und drehte sich lächelnd zu ihnen herum. Er war ein großer Mann mit ungepflegtem Bart. Er trug einen viel geflickten Fellumhang, Lederzeug und lange Stiefel. Für einen Moment sah man ein langes Schwert an seinem Gürtel hängen.

Er schien die Situation ein wenig auszukosten und sah grinsend in die Runde. »Ich bin kein Eierdieb, wobei ich jetzt ein paar gebratene Eier durchaus vertragen könnte. Mein Name ist Dekmanto und ich suche den werten Herrn Theodus.«

Helmin sagte der Name nichts. Lavielle hielt kichernd die Luft an, als ob nun gleich ein Zaubertrick oder etwas Ähnliches erfolgen würde. Murajin allerdings sah für einen Moment so aus, als fiele ihm etwas ein.

Dekmanto registrierte diese Eindrücke ganz genau, während er fortfuhr. »Im Dorf sagte man mir, hier wären ein paar Fremde und so hegte ich die Hoffnung, ihn hier zu finden.«

In Helmins Kopf rasten die Gedanken fieberhaft umher. Der Fremde kannte Ankwin und Lavielle offensichtlich nicht, also musste er Murajin für ihren Mann halten.

»Setzt Euch doch, guter Mann.« Sie nahm dem Fremden den Mantel ab, wandte sich an Murajin und hoffte, er würde mitspielen. »Gunno, sei doch so gut und lege noch Holz nach. Ich werde uns ein Frühstück bereiten.« Mit einem Seitenblick zu Murajin, der sich tatsächlich in Bewegung setzte, drehte sie sich zu Dekmanto und wies ihm einen Stuhl.

»Mein Name ist Helmin. Das ist mein Mann und das die Heilerin Lavielle, die schwerkrank zu Bett liegen muss.«

Dekmanto wollte sich gerade setzen, erhob sich aber sogleich wieder, um der Heilerin den nötigen Respekt zu erweisen. Dann setzte er sich, nicht ohne alle Anwesenden genau zu beobachten.

»Einen Herrn Theodus sucht Ihr? Der ist uns nicht bekannt. Oder, Gunno?«

Murajin blickte vom Feuer auf und Dekmanto direkt in die Augen. »Nein, den kennen wir nicht.«

»Zu Schade. Ich habe eine so lange Reise hinter mir. Äußerst wichtige Angelegenheiten in Brakenburg verlangen seine Anwesenheit, müsst Ihr wissen.«

»Theodus wurde von dem Drachen gefressen.« Lavielle wippte mit eingezogenen Knien hin und her.

Helmin machte sich mittlerweile große Sorgen, was noch alles aus der kranken Heilerin heraussprudeln würde. »Ihr müsste verzeihen, seit dem großen Unglück bei der Bestattung ist die Arme so verwirrt.«

»Ein Unglück sagt ihr? Bei einer Bestattung?«

»Ja, ein Adliger namens Ankwin wurde hier bestattet und dabei ist es zu einem Unglück gekommen.«

»Oh, Ankwin? Doch nicht etwa Ankwin vom Bärenfels?« Dekmanto hatte einen völlig belanglosen Plauderton angeschlagen. Murajin stutzte für einen Moment.

»Doch, genau so hieß er.« Helmin legte gerade einen Schinken auf den Tisch und warf einen verstohlenen Blick zu Murajin.

»Und ein Unglück ist geschehen?« Dekmanto schnitt sich sofort ein Stück herab und kaute schon mit vollem Mund, während Murajin schweigend am Tisch saß und Helmin aus lauter Verzweiflung ihre gesamten Vorräte plünderte.

»Ich war nicht dabei, aber die Leute erzählen, es wäre ein Drache gewesen.«

»Ein Drache! Nein!« Der Kopfgeldjäger verleibte sich ein großes Stück Käse ein.

Helmin fiel es äußerst schwer, unbeschwert mit diesem Mann zu plaudern und den Schein von Unwissenheit zu waren. Das Thema war ihr unangenehm und seine Fragen so klebrig, dass sie sich wie eine Fliege in einem Spinnennetz vorkam.

Es vergingen ein paar schweigsame Momente, in denen sich Dekmanto intensiv der vielen Speisen annahm. Die unangenehme Stille schien sich nicht auf seinen Appetit auszuwirken. Helmin konnte jetzt wenigstens gedanklich durchatmen und hatte schon die Hoffnung, das Schlimmste sei vorüber.

»Theodus ist also von einem Drachen gefressen worden?« Dekmanto blickte überaus freundlich und interessiert zu Murajin.

Dieser wusste nicht recht zu antworten und Helmin half aus.

»Wir wissen es nicht. Wenn dem so war, dann hat nur sie es gesehen und dabei den Verstand verloren.«

Dekmanto blickte noch einmal zu Lavielle, die jetzt ihre Augenbrauen nach oben gezogen hatte und ihn von unten her anstarrte, als ob sie auf etwas von ihm wartete.

Der Rest dieses Gastmahls verging mit belanglosem Geplänkel über Dekmantos Reise, das Wetter und Brakenburg. Am Ende erhob sich der Kopfgeldjäger und griff an seinen Gürtel.

»Ich weiß Eure Gastfreundschaft sehr zu schätzen und normalerweise wäre das eine Beleidigung, aber ich weiß auch, dass hier oben der Winter hart und die Vorräte knapp sind. Habt Dank und gehabt Euch wohl.«

Er legte ein paar Glänzer auf den Tisch, die den Wert seines Verzehrs mehr als aufwogen.

»So will ich Eure Zeit nicht länger beanspruchen. Ich werde noch drei, vier Tage im Dorf sein. Wenn Euch also etwas einfällt, das mir weiterhelfen könnte, oder wenn Ihr gar meine Dienste benötigt, so gebt Bescheid. Es soll Euer Schaden nicht sein.«

Dekmanto ließ sich seinen Mantel geben, lächelte noch einmal in die Runde und schloss hinter sich Tür. Helmin blies die Backen auf und ließ die Luft geräuschvoll entweichen, während sie Murajin mit großen Augen ansah.

Lavielle ahmte Helmin nach und kicherte dann wie ein kleines Mädchen.

DER ALTE UND DER NEUE ANKLÄGER
(Brakenburg im Frühling ... vor langer Zeit)

Theodus saß grübelnd in seinem Arbeitszimmer und starrte aus dem Fenster. Auf den Straßen tobte das blanke Leben, denn Brakenburg feierte immer noch, wie seit einer Woche, als wäre nichts geschehen. Die großen Feierlichkeiten um Kostans Beisetzung waren trotz des Brandes auf der Ratswiese in vollem Gang. Selbst der nasskalte Morgen hatte die Menschenmassen nur für kurze Zeit von den Straßen verbannen können. In diesen letzten Tagen war eine ganze Menge geschehen.

Erst vorgestern hatte er geholfen, ein Komplott gegen den König aufzudecken, der schon eine ganze Weile geschwelt haben musste. Er hatte dabei sehr bemerkenswerte Menschen kennengelernt.

Der junge Magier war nie derjenige gewesen, der ohne tieferen Grund auf Menschen zuging. Freundschaften oder auch nur Bekanntschaften zu schließen, war ihm nie leicht gefallen. Und eben vorgestern hatte er gleich vier sehr besondere Menschen näher kennengelernt. Sie waren gemeinsam in die Katakomben unter dem Ratshaus vorgedrungen und hatten einander ihr Leben anvertraut. Theodus überkam ein Gefühl, das er nicht recht einzuordnen wusste.

Da war zu allererst Lavielle, eine außergewöhnlich schöne Heilerin, die ihm als Verteidigerin Garocks schwer zu schaffen gemacht hatte. Ihr Mundwerk befand sich im dauernden Wettstreit mit ihrem Verstand, wer der schnellere wär. Garock selbst war für Theodus am schwersten einzuschätzen, ein riesiger, verschwiegener Brocken aus Berishad, einem Land weit im Süden jenseits des Meeres.

Der Blutbote Bermeer hatte den jungen Magier besonders beeindruckt. Über dessen Moralvorstellungen und tiefergehenden Motive war er sich allerdings überhaupt nicht einig. Zu guter Letzt war da noch Ankwin vom Bärenfels. Trotz seiner jungen Jahre und seiner Hitzigkeit strahlte dieser Krieger bereits ein Charisma aus, das seinesgleichen suchte. Doch auch er gab Rätsel auf. Hatte er den ehrenwerten Richter, seinen Onkel, wirklich erschlagen, nein, köpfen müssen? Was war in diesem Raum tief unter dem Ratshaus genau geschehen?

Plötzlich zog irgendetwas auf der Straße Theodus in die Gegenwart zurück. Ein Diener wurde dort aus einem nicht erkennbaren Grund von seinem Herrn gerügt. Der Magier zwinkerte mit den Augen und rieb sich dann das Gesicht mit den Handflächen.

Seufzend drehte er sich zu seinem Schreibtisch, auf dem er die gesamten Unterlagen des verlorenen Prozesses noch einmal ausgebreitet hatte. Auch wenn Garock frei war, so war seine Tätigkeit als Ankläger noch nicht vorüber. Er würde noch einmal alle Aussagen der Stadtwache überprüfen müssen und gegebenenfalls neue Anklagen erheben.

Der Gedankenstrang brachte ihn auf die Frage des Vorsitzes weiterer Prozesse. Theodus war gespannt, wer wohl neuer Richter werden würde, da Bungad ja ebenfalls gestorben war. Normalerweise wäre das kein größeres Problem gewesen, aber der Rat, der den Richter bestimmte, war selbst nicht beschlussfähig, da zu viele Ratsmitglieder fehlten. Die letzten Tage hatten immerhin fünf von ihnen das Leben gekostet. Schicksalsergeben wollte Theodus die Unterlagen trotzdem noch einmal durchsehen und setzte sich. Obenauf lag ein Pergament, das mit alledem nur insofern zu tun hatte, als dass er hier ebenfalls als Ankläger für weitere mögliche Prozesse zuständig war. Das Gesetz Brakenburgs war hier eindeutig. Jedem weiteren Prozess aus einem bestehenden musste derselbe Ankläger vorstehen. Für einen kurzen Moment entzündete sich ein Funken der Wut in seiner Magengrube. Er hätte aussichtslosen Adepten die Geheimnisse der Magie näherbringen oder irgend ein magisches Mysterium erkunden sollen. Stattdessen saß er hier und musste Ankläger spielen. Doch die Wut hatte wenig Chancen. Theodus erstickte sie bereits vollständig in seiner Selbstdisziplin und seiner strikten Arbeitsauffassung.

Das Pergament war ihm erst heute Morgen vom Erzherzog geschickt worden. Das Wappen in dem dunkelroten Wachssiegel glänzte ihm kraftvoll entgegen. Es war das Verhörprotokoll des Magiers, der in den Katakomben gefangen genommen worden war. Schmerzlich erinnerte sich Theodus an das magische Duell, das er sich mit ihm geliefert hatte. Hätte Lavielle ihn nicht gestützt, er wäre unterlegen.

Dieser Magier Tarion van Degen war direkt nach seiner Festnahme durch die königliche Garde auf die Festung verbracht worden. Man hatte ihn sofort verhört und dabei war er gestorben.

Dass ein Gefangener bei einem Verhör starb, war nicht ungewöhnlich, bedachte man die Brisanz der Sache. Was Theodus allerdings stutzig machte, war die Tatsache, dass Magier, egal welchen Ausbildungsgrades und welcher Tätigkeit auch immer, nur von anderen Magiern verhört werden durften. Das stand so in den Statuten der Gilde und soweit er wusste auch im Stadtkodex. Das war hier nicht geschehen. Uharan höchst selbst war zwar zugegen gewesen, die Fragen aber hatte ein Beamter gestellt. Er würde Uharan darauf ansprechen müssen.

Theodus wunderte sich auch darüber, dass ihn die Frage, wie das Verhörprotokoll zustande gekommen war, mehr interessierte, als das, was darin stand. Er wähnte sich in dem Glauben, sich das Wichtigste zusammenreimen zu können, als er es das erste Mal überflogen hatte. Ein neugieriger, aber frustrierter Magier, dessen Talente von der Gilde zu wenig gewürdigt worden waren, war zu gierig geworden und hatte sich vom Charisma des hohen Bungad einwickeln lassen. Schon hatte die Verschwörung gegen den König einen Mitstreiter unter den Magiern. Bedauerlich, wie wenig manchen ein Schwur bedeutete oder wie weit sie ihn auslegten. Wie so oft musste der Magier an den Moment denken, als er selbst den Schwur geleistet hatte. Das Wohl der Menschen, die Mehrung des Wissens und der Kampf gegen das Böse waren die zentralen Elemente dieses Eides, die nur durch Ausdauer, Enthaltsamkeit und ein starkes Herz zu erreichen waren.

Schlimm genug, dass bei all der Auslese und der harten Ausbildung trotzdem noch schwarze Schafe unter ihnen weilten.

Nicht ohne eine gewisse Bitternis kamen Theodus jetzt auch Bilder seiner eigenen harten Ausbildung in den Sinn und ein nicht weniger bitterer Gedanke. Vielleicht gerade, weil die Ausbildung so hart und so lange war, gab es solche schwarzen Schafe unter den Magiern, vielleicht.

So saß der junge Magiermeister gedankenverloren an seinem Schreibtisch. Der Bericht ödete ihn an. Mit entschlossener Miene riss er sich schließlich davon los und drehte sich schwungvoll zur Tür.

Ein Besuch bei dem alten Uharan war sowieso überfällig, denn er musste ihm noch über die Vorfälle in den Katakomben berichten und was er mit alle dem zu schaffen hatte. Dabei würde er vorsichtig versuchen herauszufinden, wer wohl diesen van Degen verhört hatte und warum es nicht Uharan selbst gewesen war.

Forsch, beinahe keck, bewegte sich Theodus durch die Flure seiner Universität. Ja, er fühlte sich fast so, als ob sie ihm gehörte und das ihn nichts aufhalten konnte. Ein kleiner Teil in den Tiefen seines Bewusstseins beschäftigte sich gleichzeitig mit der Frage, warum er so fühlte und ob es erste Anzeichen von Größenwahn waren. Als ob sie es geahnt hätten, zeigten sich die Adepten, die ihm gerade begegneten, besonders ehrerbietig. Der Magier schmunzelte gut gelaunt, als ihm plötzlich ein Gedanke brennend heiß ins Bewusstsein trat.

Durfte Uharan wissen, dass er im Grunde auf Rahags Geheiß ins Ratshaus eingedrungen war? War sein Verhalten überhaupt eines Magiers würdig gewesen? Während er lange Flure, hohe Hallen und verwinkelte Treppen hinter sich ließ, ging er mit sich selbst ins Gericht.

Zuerst hatte er geholfen, einen Attentäter zu stellen. Das war durchaus ehrenwert und gestattete auch Zauberei innerhalb der Stadtmauern. Weil sich wiederum herausgestellt hatte, dass Herr Ankwin zu dieser Zeit von der Stadtwache gesucht wurde, hatten sie sich auf Vorschlag der Heilerin hin in den Seelengarten zurückgezogen. Das war zumindest fragwürdig für einen Magier, der sich gerade intensiv mit dem Stadtrecht auseinandergesetzt hatte und zur Zeit oberster Ankläger der Stadt war. Schließlich waren sie auf Befehl des Erzherzogs, den nur ein Schwachsinniger beweisen konnte, ins Ratshaus eingedrungen und hatten auch mit Hilfe seiner Zauber eine Verschwörung gegen den König zerschlagen. Das wiederum müsste für einen Magier doch in Ordnung gehen.

Wieder schmunzelte Theodus. Er war der Meinung, dass er Uharan schon irgendwie überzeugen würde.

Schließlich stand er wieder leicht außer Atem vor der großen, dunkelbraunen Doppeltür mit der Schutzrune und wollte gerade die Hand heben, als ihm das Ende des letzten Gespräches wieder einfiel. Uharan hatte keinen Zweifel daran gelassen, dass er einen kurzen Prozess wünschte und wohl auch, dass der Angeklagte verurteilt werden sollte. Nun, der Prozess war recht kurz gewesen, der Angeklagte Garock allerdings war auf freiem Fuß und dafür war die gesamte Stadtwache in den zweifelnden Blick der Bürger Brakenburgs geraten.

Theodus konnte gerade noch einmal schlucken und durchatmen, als sich auch schon die Tür wie von Geisterhand öffnete. Er hatte noch nicht einmal mit dem Ring geklopft.

Diesmal war es wenigstens noch helllichter Tag, sodass durch die schmalen, hohen Fenster doch einiges Licht in den Saal fiel. Beim letzten Mal war Theodus der Raum durch die Düsternis viel kleiner vorgekommen.

Schwere Teppiche schluckten die Schritte des jungen Magiers. Trotz seiner Größe wirkte den Raum unübersichtlich und beinahe beengend. Bei dem schlechten Licht seines letzten Besuches hatte er kaum etwas von alledem gesehen, was ihm nun entgegen prangte. Große ausgestopfte Tiere, unterschiedlichste Regale mit Büchern und allerlei gelehrtem Krimskrams, Tafeln mit Runen und Formeln, große Schriftrollen auf verstaubten Ständern, die Abbildungen der sonderbarsten Dinge zeigten, alles immer wieder unterbrochen von zahllosen Bücherstapeln – ganz offensichtlich hatte der alte Uharan bei seinen Studien den Überblick verloren und es nicht einmal für nötig befunden, sich eines Ordnungszaubers zu bedienen. Theodus konnte sich nicht vorstellen, dass ihm jemals so etwas passieren würde.

»Nur herein, nur herein …« Eine belgete, aber kräftige Stimme forderte ihn auf, näher zu treten. Dieses Mal sah er Uharan sofort. Er wirkte weit weniger altersschwach als angenommen. Der oberste aller Magier stand zwischen einem kleinen Skelett, das wie eine Mischung aus Eidechse und Vogel aussah, und einer Karte eines unbekannten Meeres und hielt ein kleines, unscheinbares Buch in der Linken, während er mit der Rechten Theodus zu sich herwinkte.

»Kommt, junger Magier. Seht her, was ich gefunden habe.« Theodus macht nicht nur aus Höflichkeit einen interessierten Gesichtsausdruck. In diesem Punkt waren sich aller Magier gleich. Gab es etwas Neues zu entdecken, zu enträtseln oder zu untersuchen, gab es kein Halten mehr.

»Dank dieses kleinen Buches hier konnte ich den Herkunftsort dieses außergewöhnlichen Knochenfundes auf gerade mal zweihundert Seemeilen einengen.« Uharan strahlte über das ganze Gesicht, wobei seine zahlreichen Altersflecken beinahe wie die Sommersprossen eines kleinen Bengels wirkten. »Jetzt können wir eine Expedition in diesen Teil der Welt schicken und das Geheimnis um diese kleinen, fliegenden Tiere hier endlich lüften.«

Theodus musste angesteckt durch so viel Entdeckerfreude selbst etwas lächeln. »Bemerkenswert. Wo habt ihr das Büchlein her?«

»Ein von einer anderen Expedition zurückkehrender Kollege brachte es mit und wollte es schon im Keller einlagern, doch dem Myriton sei Dank habe ich es vorher noch gesehen und seinen Wert erkannt.«

Im Keller befand sich ein angeblich riesengroßes Archiv für Zauberartefakte, die die Gilde im Laufe ihres Bestehens angehäuft hatte. Theodus hatte bis jetzt nur einmal die Gelegenheit gehabt, dort hinzugehen. Er hatte etwas für eine Vorlesung benötigt, doch in Ermangelung der Beleuchtung hatte er nicht viel davon gesehen. Außerdem war der Archivar irgendwie unsympathisch gewesen.

Da er nicht recht wusste, was er Uharan nun entgegnen sollte, entschied er sich dazu, einfach nur zu lächeln und abzuwarten, ob Uharan nach dem Grund seines Besuches fragte.

Nach einem kurzen Moment des Schweigens wurde der Blick des obersten Magiers ernster, gleich einem Kind, das jetzt endgültig begriff, dass es keinen Apfel mehr bekam. Als er wieder zu sprechen begann, hatte sich auch seine Stimme verändert. Er war nun dem gebrechlichen Greis, den Theodus kannte, wieder ein Stück näher.

»Ihr nennt Euch nun also nur noch Theodus?«

Dem jungen Magier war die Frage peinlich. Er hatte über den Ausgang des Prozesses mit sich selbst gewettet und verloren. »Ein kleiner Preis für eine große Niederlage, den ich mit mir ausmachte.«

»So, so ... mir scheint, dass es eher ein großer Preis für eine kleine Eitelkeit war und das macht das Ganze erst zu einer wirklich großen Niederlage. Ihr solltet Euch nicht selbst bestrafen, für Dinge, die in der Natur der Sache liegen.«

»Verzeiht Meister, ich kann Euch nicht ganz folgen.«

«Dass Ihr ein ambitionierter, ehrgeiziger, junger Magier seid, dem eines Tages alle Türen offen stehen, ist ebenso offenkundig wie zwingend, dass Ihr auf eine bloße Andeutung hin einen Prozess von vorneherein gewinnen wollt, liegt in Eurem Naturell. Ihr wärt sonst nicht da, wo Ihr Euch jetzt befindet. Aber dass Ihr Euren ersten Namen auf dem Altar Eures Ehrgeizes opfert, das ist nun wirklich eitel.«

Theodus wurde einmal mehr bewusst, wie genau der alte Mann trotz seiner augenscheinlichen Zerfahrenheit die Dinge wahrnahm und durchschaute. Er war nicht umsonst der höchste Magier im Lande. Theodus deutete eine Verneigung an. »Lektion verstanden, Meister.«

Uharan bewegte sich in Richtung Schreibtisch, setzte sich und wies Theodus einen Platz. »Zur Sache. Ihr habt den Prozess nicht unnötig behindert und zu einem, wie ich hörte, sehr unerwarteten Ende gebracht? Außerdem habt Ihr noch geholfen, Gefahr vom König abzuwenden.«

»Nun, zu Ende gebracht hat den Prozess eigentlich die Verteidigerin Lavielle in Zusammenarbeit mit einem Zeugen, dessen Name nicht genannt werden kann. Den König konnte ich tatsächlich vor größerem Schaden bewahren.«

»Hört, hört. Wer mag wohl dieser Zeuge sein, der ganz Brakenburg vom Platze fegt und einen bereits entschiedenen

Prozess noch einmal herumreißt? Wird wohl ein Adliger gewesen sein, sonst hätte das Protokoll nicht gegriffen. S'wird wohl der Erzherzog gewesen sein, sonst hätte er den Prozess nicht mehr verändert …« Uharan zwinkerte listig. »Eure Verblüffung zeigt mir, dass ich Recht habe und dass Ihr von den Vorgängen in dieser Stadt noch nicht viel begriffen habt.«

Theodus lächelte unsicher und spürte, wie das Blut in seinen Ohren pochte. »Soll ich Euch nun berichten, was genau vorgefallen ist?«

»Das ist nicht nötig. Ich denke, die wichtigsten Einzelheiten schon zu kennen. Ihr müsstet auch wissen, warum. Schließlich habt Ihr das Protokoll schon erhalten. Das bringt mich zu einem Punkt, den ausführlich zu erörtern ich zurzeit nicht Willens bin, dessen Dringlichkeit und Bedeutung Euch aber dennoch klar sein muss.«

Der junge Magier horchte auf. Was mochte jetzt kommen?

»Der Magier, der durch Eure Hilfe festgesetzt wurde, musste in Anbetracht der gesamten Situation schnellstens verhört werden, um größeren Schaden zu verhindern. Wie Ihr zweifellos wisst, darf das aber eigentlich nur durch seinesgleichen, durch uns Magier, geschehen.« Uharan machte eine bedeutungsvolle Pause. »Der Umstand, dass überhaupt ein Magier an der Verschwörung beteiligt war, wirft ein sehr schlechtes Licht auf die Magiergilde, und diese hat zurzeit sowieso nicht die besten Beziehungen zur Krone. Ich gestattete also eben diesem unserem Erzherzog Rahag III., die Befragung van Degens von einem seiner Beamten durchführen zu lassen. Es war mitten in der Nacht und der Bote wollte eine Antwort.

Ich kam zu der Befragung erst später hinzu. Das Verhör war schon in vollem Gange. Ich war also selbst zugegen, gefragt hat jedoch ein anderer. Ich glaubte, für die Gilde und das Königreich das Richtige zu tun, doch van Degen ist nun tot. Wie mir scheint, bevor er wichtige Fragen beantworten konnte. Ich fürchte nun, dass mein Handeln für mich, und somit zumindest für eine Weile auch für die Magiergilde, schwere Folgen haben wird.«

Theodus unterbrach den alten Magier mit großer Sorge. »Ihr meint, der König wird gegen Euch vorgehen? Nach all den Jahren Eurer treuen Dienste?«

Uharan lächelte bitter. »Zum einen der König, dem die Gilde seit Langem zu mächtig ist. Er wird mir wahrscheinlich eine Verbindung zu van Degen unterstellen oder zumindest, dass ich nicht weiß, was in der Magiergilde vor sich geht. Und so werde ich zurücktreten müssen. Das wäre nicht das Schlimmste. Ich bin schon sehr alt und weit über meinen Zenit und es gibt genügend Jüngere, die die Führung der Gilde übernehmen könnten.« Dabei schaute er Theodus direkt in die Augen. »Doch da liegt ein weiteres Problem. Einige der Jüngeren an dieser Schule sind sehr zielstrebig und wirken nicht nur daran, dass ich gehe, sondern auch daran, dass sie meinen Platz einnehmen. Ich habe die Befürchtung, dass sie durch ihre Methoden große Unruhe und vielleicht auch Leid über die Gilde bringen.«

»Ihr meint, der König unterstellt Euch die Verschwörung und jemand aus der Gilde die Verletzung des Magierrechts und die Auslieferung eines Gildenmitglieds an den König?«

»So ist es.«

»Wer sind diese jüngeren Magier? Kann ich helfen?«

»Ich kann weder Namen nennen noch Euch in ein Gefecht schicken, dass nicht das Eure ist.« Uharan lächelte schwermütig. »Ich weiß selbst nicht einmal genau, auf wen es zu achten gilt und mir fehlt es an endgültigen Beweisen. Es ist mehr Intuition als Logik.«

»Eine Zwickmühle.« Theodus wurde nachdenklich. »Und der Erzherzog? Der will, was der König will?«

»Nein, nein, nein. Der Erzherzog will, was der Erzherzog will. Ich halte ihn für einen sehr fähigen Mann, dessen einzige Sorge dem Land und seinem Einfluss in demselben gilt. Unruhe in den Reihen der Magier oder ein Ungleichgewicht der Mächte wird auch er nicht wollen.«

»Nun, Meister, was kann ich tun, um Euch zu helfen?«

»Durchaus ehrenwert, guter Theodus, und habt Dank dafür, doch das Sinnvollste, was Ihr tun könnt, ist Euch von mir fernzuhalten, denn untergehen werde ich und alle, die mir nahestehe. Das ist nur eine Frage der Zeit. In ein paar Tagen wird es vermutlich eine Versammlung in der Aula geben. Vorher passiert wohl nichts Offizielles. Haltet Euch also fern und lasst Euch nicht vor einen Karren spannen, dessen Ladung Ihr nicht kennt.«

***

Theodus hatte sich schließlich von dem alten Magier verabschiedet und war nun wieder auf dem Weg in den belebteren Teil der Universität. Er versuchte, seine Gedanken zu ordnen. Die Hinweise Uharans erfüllten ihn mit Sorge und doch konnte er sie noch nicht recht einschätzen. Was ihm fehlte, waren einmal mehr Informationen. Das war in letzter Zeit öfter vorgekommen. Vielleicht würde er sich daran gewöhnen müssen auf dem Weg, den er gerade beschritt. Auch dieser Weg war ihm noch nicht klar genug. Der junge Magier ertappte sich dabei, wie er vor einem großen Wandgemälde stand, ganz in Gedanken versunken. Ein roter Ritter attackierte einen schwarzen Drachen.

Er schüttelte leicht den Kopf, als wolle er die lästigen, unreifen Gedanken loswerden. Zuviel Grübelei war genauso gefährlich wie unüberlegtes Handeln. Spontan entschied er, zum Universitätsverweser zu gehen. Dieser entschied zwar nicht, welches Mitglied der Schule wo sein Amt verrichtete, aber er hatte genaue Aufzeichnungen darüber, denn er war für die Löhne und Gehälter aller Magier und Angestellten zuständig.

Theodus würde zwar den Rat Uharans befolgen und versuchen, sich von ihm fernzuhalten. Aber er musste seine Aufgabe als Ankläger wahrnehmen, und wenn das dazu führte, dass er dem obersten Magier helfen konnte, dann war das umso besser. Er musste mehr über van Degen heraus bekommen. Wo hatte er sein Arbeitszimmer? Wer ging mit ihm um? Wer hatte etwas gegen ihn? Alles Fragen, die Theodus durchaus für wichtig befand, um weitere Rückschlüsse auf die Königsverschwörung ziehen zu können, und das Wohl und Wehe der Gilde betraf es auch. Die Fruchtlosigkeit des Verhörs wurde mit einem Mal klarer. War van Degen vielleicht ermordet worden? In Gegenwart des obersten Magiers? Theodus verwarf den Gedanken als lächerlich.

Am Ende eines ausladenden Flures sah er schließlich die Tür zum Reich des Verwesers. Der Flur war an beiden Seiten mit allerlei Sitzgelegenheiten ausgestattet und diese wiesen auch enorme Gebrauchsspuren auf. Theodus war eher selten hier. Er hatte wie alle Magier das Privileg, dass sein Geld von einem bewaffneten Boten direkt zu einem Geldverleiher oder auf Wunsch zu ihm nach Hause gebracht wurde. Der Geldverleiher hatte den Vorteil, dass das Geld bewacht wurde und er auch noch Zinsen darauf bekam.

Alle Angestellten der Universität allerdings wurden hier am Ende jeder Woche ausgezahlt. Und das waren nicht wenige. Da gab es die zahllosen Gärtner und Reinigungskräfte, die Bibliotheks-assistenten, Universitätsdiener und diverse andere Bedienstete für allerlei Tätigkeiten, für die sich eben kein Student mehr fand. Früher, so hatte man Theodus erzählt, hatte die Adepten noch selber reinigen müssen, doch seit die Universität allen Magiern des vereinten Königreiches vorstand, war genügend Geld vorhanden. Nur noch ab und zu wurde ein Adept zum Zwecke der Maßregelung zu Reinigungsdienstes eingeteilt.

Zu Theodus Erleichterung war jetzt nichts los, sodass er gute Chancen hatte, den Verweser in Ruhe zu sprechen. Dieser war ein korrekter Mann und durchaus darauf bedacht, seinen Dienst sehr gewissenhaft zu erledigen.

Das Klopfen wurde auch prompt durch ein knappes ›Herein‹ quittiert. Ein kurzes, höfliches Gespräch und ein paar Belanglosigkeiten später war Theodus nicht sehr weit gekommen. Der Verweser, eine unauffällige Erscheinung, hatte sich durchaus kooperativ gezeigt, jedoch waren sämtliche Unterlagen über den abtrünnigen Magier bereits auf direkte Anweisung Uharans an Beamte des Erzherzogs ausgehändigt worden, wie auch einige weitere von Magiern, die, wie der Verweser vermutete, mit van Degen in Kontakt gestanden hatten. Der Verweser hatte ihm lediglich den Flügel und das Stockwerk nennen können, in dem van Degen sein Arbeitszimmer hatte.

Zielstrebig bewegte sich Theodus zu dem Gebäudeteil. Er hätte zwar ahnen können, das Rahag III. keine halben Sachen machte, aber es beeindruckte ihn doch, mit welcher Gründlichkeit und Geschwindigkeit dieser Mann Maßnahmen ergriff. Er erhoffte sich wenig von dem Dienstzimmer, aber vielleicht hatte er ja Glück.

Schon, als er den Flur betrat, spürte er, dass hier die übliche Ruhe empfindlich gestört worden war. Er konnte es an keinem äußerlichen Anzeichen festmachen und doch war das Gefühl deutlich. Ein paar Schritte später bestätigte sich dieser Eindruck dann durch grobe Bretter, die hastig über vier nebeneinanderliegenden Türen genagelt worden waren. An jedem hing ein Schreiben mit dem Siegel des Erzherzogs. Den Text las Theodus nicht einmal. Er konnte sich denken, was darauf stand.

Mit einer Mischung aus Enttäuschung und Sorge drehte er sich langsam zum Gehen, als plötzlich ein Mann vor ihm stand.

MOAKINS PLAN
(Nordgebirge im Winter)

Hastig fingerte er an dem kalten Stück Holz herum. Seine Hände spürte er schon beinahe nicht mehr. Das monotone Krächzen begleitete ihn nun schon seit Tagen. Moakin hörte es kaum noch, nur in Momenten wie diesen. Seit er mit den Eiern davon gelaufen war, waren diese Raben seine ständigen Begleiter. Manchmal waren sie nicht zu sehen, doch sie kamen immer wieder. Zuerst hatte er sich nichts dabei gedacht, aber mittlerweile wusste er, dass sie ihm folgten.

Immer dann, wenn er begann, an sich zu zweifeln, wenn er sich nicht sicher war, dass Richtige zu tun, wenn diese Stimme zu ihm sprach, dann nahm er die Raben wahr, dann drangen sie in sein Bewusstsein und genau dann begannen sie, ihn zu stören.

Der Junge war nun schon seit Tagen unterwegs und hatte keine Menschenseele zu Gesicht bekommen. Sorgfältig hatte er auf jedes Anzeichen für eine Siedlung geachtet und alles gemieden, was nach Menschen aussah. Er begann die Einsamkeit von Tag zu Tag mehr zu schätzen.

Moakin hatte sich ein Kaninchen fangen können, worauf er sehr stolz war. Nun saß er unter einer schneebedeckten Tanne und versuchte schon eine kleine Ewigkeit, ein Feuer zu entfachen. Sein Zunder war ihm ausgegangen und die Nadeln, mit denen er es nun versuchte, wollten kein Feuer fangen. Schließlich hatte er begonnen, die Nadeln mit seinem Dolch noch weiter zu zerkleinern. Seine Hände waren schon wund vom Drehen des Holzes und das Zerkleinern der Nadeln hatte daraus eine Blase in seiner Rechten entstehen lassen. Er betrachtete missmutig die Verletzung, als sein Blick auf den Dolch mit dem dunkelbraunen Griff fiel. Der Halbe selbst hatte ihn ihm einst geschenkt. Es war einer der wenigen Momente, in denen er alleine mit dem Fremden gewesen war. Seine Mutter hatte nach einem gebrochenen Bein im Dorf schauen müssen und Ankwin hatte ihn zu sich gerufen und ihm den Dolch in die Hand gedrückt. Er hatte nichts weiter gesagt, aber sein Blick hatte Moakin zutiefst berührt. Der Halbe hatte geweint.

Jetzt saß Moakin von zu Hause und einer schützenden Hütte weit entfernt unter einem Baum und brachte kein Feuer zustande – und er hörte die Raben krächzen.

Matt steckte er den Dolch weg, seufzte und begann das Holz wieder zu drehen. Einmal mehr verfluchte er den Moment, als er vergessen hatte, den Feuerstein einzupacken, doch wenn er ehrlich war, hatte er seine Mutter nicht um den teuren Stein bringen wollen. Schließlich hatte er schon vier Goldmünzen mitgenommen, davon steckte eine im Rucksack und drei in einem Beutel am Gürtel.

Drehen, drehen, drehen. Die Blase hatte er sich im Nu aufgescheuert. Drehen, weiter drehen. Trotz der Kälte begann ihm der Schweiß von der Nase zu tropfen und wenigstens wurde die Hände wieder warm. Drehen, Drehen, ein dünner Rauchfaden. Beinahe wäre ihm ein Schweißtropfen von der Nasenspitze direkt darauf gefallen. Drehen, drehen, der Rauch wurde stärker. Schnell nahm er den Stock aus der Kuhle und legte vorsichtig etwas von dem kleingehackten Zunder auf das qualmende Holzmehl. Mehr hauchend als pustend hob er sein Gesicht an den winzigen Funken und verstärkte ihn zu einem kleinen Flämmchen.

***

Satt von dem besten Kaninchenfleisch in seinem Leben legte Moakin ein weiteres Stück Holz ins Feuer. Wie man Feuer machte, hatte er von Beol gelernt, nur fehlte ihm die Übung. Er war einen Sommer lang unter den missmutigen Blicken seiner Mutter mit dem Fallensteller auf die Jagd gegangen und hatte einiges von ihm gelernt.

Schließlich hatte Helmin es beendet. Damals hatte Moakin es nicht verstanden, doch heute wusste er, was Beol für ein Mensch war, nichts weiter als ein Tagedieb, der nur seinen Vorteil suchte.

Doch wer war eigentlich er selbst? Er hatte zwei große Eier gestohlen, von denen er nicht einmal wusste, ob und was jemals daraus schlüpfen würde, und er war ohne ein Wort des Abschieds von seiner Mutter weggelaufen, dem einzigen Menschen auf der Welt, dem er etwas bedeutete.

Von neuem bereute Moakin seine Entscheidung, doch jetzt war es zu spät. Im Dorf wussten sie nun längst, dass er abgehauen und zum Dieb geworden war. Selbst wenn er wollte, konnte er nicht zurück.

Er hatte die Eingebung gehabt, dass diese Eier unheimlich wertvoll sein mussten und schlagartig war in seiner Phantasie ein viel schöneres Leben, als er es bis jetzt geführt hatte, entstanden.

Moakin blickte grimmig vor sich hin. Die Eier waren bestimmt von einem seltenen Vogel und viel wert. Er würde sie zu Geld machen und dann würde er heimlich zurückkehren und seine Mutter mitnehmen in eine große Stadt. Und dort, ja dort würden sie endlich ein besseres Leben führen können, ohne Kälte und Hunger, und ohne Spott.

FICHTENBLUT
(Nordgebirge im Winter)

Der Verband juckte Garock entsetzlich, aber das lenkte ihn wenigstens von der Kälte ab. Sein ganzer, rechter Arm war bandagiert und die Verätzungen heilten nur sehr schlecht. Die ersten drei Wochen hatte er noch an eine Besserung geglaubt, doch seit ein paar Tagen hatte die Wunde wieder zu nässen begonnen, was dem Berisi-Krieger durchaus Sorgen bereitete.

Bermeer schien seine Rippenbrüche und die anderen Verletzungen gut weggesteckt zu haben. Ohne ihn würde Garock wohl schon im Wundfieber darnieder liegen. Sein Freund war zwar kein Heiler, aber mit Kräutern kannte sich der Blutbote wirklich gut aus. Besser als er selbst, musste er sich eingestehen, obwohl er so viele Jahre an Lavielles Seite verbracht hatte.

Wäre doch nur Lavielle hier, sein Arm wäre schon längst abgeheilt. Doch er vermisste sie keineswegs nur ihrer Heilkünste wegen. Ein weiteres Mal machte sich der Krieger schwere Vorwürfe, dass er seine langjährige Weggefährtin einfach so bei der Kräuterfrau zurückgelassen hatte, doch die Umstände hatten sie eben dazu gezwungen. Auch sein Herz hatte ihm eindeutig geraten, den Jungen zu suchen, und so folgte er Hankumas Weg ein weiteres Mal, obwohl es mit großen Entbehrungen verbunden war.

Garock brauchte nicht über die Schulter zu blicken, um seinen alten Freund Bermeer zu sehen. Er konnte ihn spüren. Er war froh, dass Bermeer ihn begleitete. Schließlich war er sein letzter Freund. Ankwin und Theodus waren tot und Lavielle nur noch ein Schatten ihrer selbst. Wie lange würde ihn Hankuma wohl noch auf ihren verschlungenen Pfaden führen. Er war müde.

Sein Freund war völlig anders als er selbst. Bermeer sprach für seine Verhältnisse nicht viel, aber für den Berisi reichte es immer noch über Gebühr. Vor allem musste er all die Worte ertragen, die sonst an Lavielle gerichtet wurden. Garock war den quasselnden Todesgaukler einfach nicht mehr gewohnt.

53

Jahrzehnte lang hatte er an Lavielles Seite nur sehr wenig sprechen müssen und sie hatte ihn sofort verstanden. Der Assassine aber hüpfte ständig wie ein Eichhörnchen um ihn herum. Es schien, als würde er das Schweigen ausgleichen wollen, dass er beim Belauern oder Ausspionieren seiner Opfer immer einhalten musste.

Garock wurde plötzlich durch irgendetwas aus seinen Gedanken gerissen. Er entschloss sich, wieder mehr auf den Weg und die Spuren zu achten. Wenn er eine entdeckte, was selten genug vorkam, gab Bermeer wenigstens Ruhe und hielt sich hinter ihm. Der Todesgaukler war kein schlechter Spurenleser, doch Garock war eindeutig der bessere. Er blieb stehen und lächelte, was aussah, als ob ein Raubtier die Zähne bleckte.

»Der Hüne bleibt nun stehen?

Dann gibt es was zu sehen.«

Neugierig kam der Todesgaukler auf Garock zu.

***

Bermeer hatte es aufgegeben, in Garocks Gesicht etwas lesen zu wollen. Stattdessen schaute er sich aufmerksam in der näheren Umgebung um, denn wenn der Berisi stehen blieb, hatte er eine Spur gefunden oder jemand war in der Nähe.

Bermeer war des Spurenlesens durchaus mächtig, doch sein Können bezog sich mehr auf die Stadt. Was sah er also? Schnee, schneebedeckte Tannen, noch mehr Schnee, den grauen Himmel, einen Tannenzweig … Moment, der Tannenzweig war nur mit einer ganz dünnen Schicht Schnee bedeckt, während die restlichen Äste des Baumes unter der weißen Last nach unten hingen. Darunter war eine Vertiefung im Schnee. Vorsichtig näherte sich Bermeer der Vertiefung und konnte jetzt noch weitere entdeckten, die von verwehtem Schnee nur unzureichend bedeckt wurden. Sie führten zwischen die Bäume. Garock blieb stehen, Bermeer wusste, dass er ihnen folgen sollte. Während er sich vorsichtig durch den Schnee und die Bäume arbeitete, musste er an Garocks Arm denken. Er hatte zwar nichts gesagt, aber beide waren sie erfahren genug, um zu wissen, dass Garock den Arm durchaus verlieren konnte, wenn sich nicht bald etwas tat. Beide wussten allerdings auch, dass sich die Suche nach Moakin und den Dracheneiern nicht aufschieben ließ.

Schließlich stieß er unter einer Tanne auf die Reste eines kleinen Feuers und ein paar abgenagte Tierknochen, vermutlich Hase. Der Kleine war nicht dumm und immerhin in der Lage, im Winter zu überleben. Und den Spuren nach zu urteilen war er allein.

Sie waren also immer noch auf der richtigen Fährte, denn die Fußabdrücke passten zu keinem ausgewachsenen Mann und um diese Jahreszeit lagerten sehr wenige Menschen mitten im Wald unter einer Tanne. Die fürstlichen Jäger gingen ihrem Handwerk nur in der Nähe einer Burg nach, die es hier nicht gab, und Wilderer hatten meist einen versteckten Unterschlupf, in dem sie ihre Beute zerlegen und sich aufwärmen konnten.

Nachdem sich der Blutbote überzeugt hatte, dass nichts weiter vorhanden war, als die bereits entdeckten Spuren, begab er sich zu Garock zurück.

»Er war allein, sons keiner mehr,
machte ein Feuer und aß Hase.
Nach dem Wetter 'ne Woche her,
sagt meine mir blaue Nase.«

»Kaninchen.« Garock nickte unmerklich und besah sich den Himmel.

»Ob Karnickel oder Has',
an den Knochen siehst du das?«

Bermeer erwartete keine Reaktion, kannte er doch diesen Blick und wusste, dass sie sich bald auf die Suche nach einem Lagerplatz machen mussten. Es würde schnell dunkel werden. Immerhin hatten sie jetzt ungefähr eine Woche aufgeholt, der Vorsprung des Jungen schmolz täglich.

»Hab 'ne Idee, gib gut acht.
Der Platz hier, der ist gut,
machst Feuer für die Nacht.
Ich sammle Holz und Fichtenblut.«

Der Berisi-Krieger schaute, wenn man die kaum wahrnehmbare Regung überhaupt interpretieren wollte, etwas verwundert, war aber einverstanden. Er nickte kurz und stapfte zu dem alten Lagerplatz zwischen den Bäumen. Bermeer kam ihm nach, um sein Gepäck abzulegen, und verschwand dann Reime und Sprüche murmelnd zwischen den schneebedeckten Rottannen.

***

Sie hatten gegenüber dem Jungen den Vorteil, dass sie nicht darauf achten mussten, wenig Spuren zu hinterlassen, wobei der Junge bis jetzt nicht wirklich darauf geachtet zu haben schien.

Garock riss von den umstehenden Bäumen einige große Zweige ab und legte sie auf die wenigen Lücken, die der provisorische Unterstand noch hatte. Darauf warf er Schnee und drückte ihn vorsichtig fest. Die Arbeit im Inneren ihres behelfsmäßigen Lagers war nun etwas schwieriger, zumal der Hüne doch recht wenig Platz hatte, um sich gut bewegen zu können. Trotzdem gelang es ihm, die unteren abgestorbenen Äste abzubrechen, ohne das Schneezelt zum Einstürzen zu bringen. Die waren gut, um das Feuer zu entfachen. Erst wollte er noch die dicke Nadelschicht aus dem Lager schieben, so hätten sie mehr Platz gehabt, entschied sich dann aber doch dagegen, da ihnen die Nadeln Schutz vor der kalten Erde boten. Nachdem er geprüft hatte, ob im Geäst über ihm genug Lücken waren, sodass der Rauch abziehen konnte, entfachte er mit geübten Handgriffen ein kleines Feuer.

Garock saß noch nicht lange und wollte gerade seinen Arm ausbinden, als Bermeer auch schon mit einem breiten Grinsen im Eingang erschien. Er hatte einen Armvoll Feuerholz dabei.

»Seid Ihr die holde Maid,
die auf ihren Prinzen harrt,
oder gar die Winterhex'
mit der Warze und dem Bart?«

Bermeer spielte auf den borstigen Bart an, der Garock aus Ermangelung an Zeit für die Rasur inzwischen gewachsen war. Ein kurzes Poltern verriet, dass Garock gelacht hatte.

Während der Hüne das Feuer fütterte, setzte sich der Gaukler auf seinen Umhang und begann, etwas aus einem Beutelchen heraus zu nesteln. In einem kleinen Töpfchen erhitzte er, Schweineschmalz und Fichtenharz. Nach einigem Rühren und Prüfen der Konsistenz goss er den Inhalt durch ein Tuch in einen zweiten Topf, sodass Nadeln und andere Pflanzenteile zurückblieben. Den zweiten Behälter stellte er kurzerhand in den Schnee.

Garock waren Salbenherstellung und Kräuterkunde nicht fremd, aber er war doch immer wieder erstaunt, wie schnell und sicher sein Gefährte in so einer Umgebung arbeitete.

Nach einer kurzen Weile holte Bermeer den Topf aus dem Schnee und steckte seinen Finger in die Salbe.

»Mach deinen Arm jetzt frei
für diesen Heilerbrei.«

Garock löste den Verband von seinem Arm, was bei den letzten Streifen durch Verklebungen äußerst schmerzhaft war. Bermeer besah sich erst den Arm, der unverändert schlecht aussah, und dann den schmuddeligen Haufen Verband.

Während Garock seine Hände, so gut es ging, im Schnee reinigte und dann die Salbe mit seiner Linken auftrug, versuchte Bermeer, die Verbandslappen zu reinigen, was mit den kleinen Behältnissen sehr schwierig war. Leidlich sauber trockneten sie die Lappen am Feuer, was wiederum ihre volle Aufmerksamkeit erforderte, sonst wären die Lappen in Flammen aufgegangen.

Nach einer ganzen Weile hing ein sonderbarer Geruch von Baumharz, Rauch und Krankheit in der Luft, aber Garock hatte wenigstens wieder einen Verband, der ein oder zwei Tage halten würde.

Bermeer holte etwas von der Trockenwurst und dem alten Brot hervor, das sie noch dabei hatten. Beide wussten, dass auch ihr Proviant allenfalls noch ein bis zwei Tage reichte. Sie würden wohl oder übel einen Tag für die Jagd einlegen müssen, wenn nicht bald eine Siedlung kam.

Garock schaute Bermeer direkt in die Augen. Ohne den Blick von ihm zu wenden, griff er in seine Tasche und holte eine Steingutflasche hervor. Sein kleiner Freund lächelte.

»Ei, ei, ei der Hünenfreund
hat was in der Hand.
Flüssig, klar und leicht gebräunt,
guter Kirschenbrand.«

Sie hatten schon öfter in den letzten Tagen gefroren, doch an diesem Abend passte der kegulanische Kirschbrand ganz besonders gut.

Nach ein paar Schlucken wurde Bermeer nachdenklich. Sein ganzes Leben war er irgendjemandem hinterhergelaufen, geschlichen oder gejagt. Er hatte auf dieser rastlosen Reise andauernd Schmerzen und Entbehrungen zu ertragen gehabt. Viel Leid und Tod waren auf seinem Weg und doch wollte er keinen einzigen Tag tauschen mit irgendeinem anderen Menschen, denn Bermeer wusste, er war nicht allein. Sie prosteten sich noch einmal zu und legten sich zum Schlafen.

HÖFLICHKEITEN
(Brakenburg im Frühling ... vor langer Zeit)

Der Dicke keuchte ein bisschen, als hätte er sich von irgendwo hierher beeilt. Sein Lächeln wirkte aufgesetzt und sein Händereiben unterstützte diesen Eindruck. Theodus grüßte ihn und wollte schon an ihm vorbeigehen, als der Dicke ihn ansprach. »Zu Schade, das mit van Degen.«

»Verzeihung?«

»Oh, nein. Ich bin der, der um Verzeihung bitten sollte. Mein Name ist Bravion Al Kara.« Er grüßte noch einmal mit einer angedeuteten Verbeugung. »Ich meinte, es sei schade um den guten van Degen.«

»Nun, ja ...«, Theodus fühlte sich zwar geködert, aber vielleicht konnte er durch sein Gegenüber auch etwas erfahren. »... er war offensichtlich an einem Komplott beteiligt.«

»Offensichtlich ... Für wahr ... Das muss er wohl gewesen sein. Wissen wird man es wohl nie ... Wie ist den Euer werter Name?« Bravion lächelte undurchsichtig.

»Oh, mein Name ist Theodus.« Theodus versuchte, sich dumm zu stellen. Irgendwann würde sein Kollege Farbe bekennen oder einen Rückzieher machen müssen.

»Theodus, der einst Plikon hieß ... wie man so hört.« Wieder lächelte Bravion schmierig. »Ihr habt einen beachtlichen Aufstieg hinter Euch, werter Kollege, und wenn ich mich nicht irre, ist noch kein Ende abzusehen.«

Theodus war ein Gespräch über seine Karriere mit dieser unangenehmen Person nicht recht. Er versuchte, das Gespräch wieder in die alte Richtung zu lenken. »Wie ich hörte, ist er bereits vernommen worden. Es wäre wohl alles offenkundig.«

»Tja ja, alles offenkundig.« Bravion machte eine künstliche Pause. »Aber was soll man nun glauben. Ich meine, wo doch die Befragung gar nicht durch einen anderen Magier durchgeführt wurde.«

»Ach.« Theodus war tatsächlich verwundert, woher Bravion das so schnell wissen konnte, zog aber lediglich die Augenbrauen nach oben. Die Richtung, aus der der Wind kam, war deutlich zu spüren.

»Ja, ja. Genauso wird es wohl bei den anderen drei Kollegen sein.« Bravion wandte sich mit dem Oberkörper ein wenig in Richtung der vier versiegelten Türen.

»Wirklich?« Theodus entschied sich, ein wenig mitzuspielen. »Ist das den rechtens? Muss ein Magier denn nicht nur anwesend sein?«

»Nein, nein.« Sofort hatte Bravion den Zeigefinger erhoben und war ganz in der Rolle eines Lehrmeisters. »Laut den Statuten der Gilde muss ein Magier die Befragung durchführen.«

»Und van Degen wurde ohne jeglichen fachkundigen Beistand verhört? Das mag ich kaum glauben. Uharan hätte das bestimmt nicht geduldet.« Theodus hatte jetzt den obersten Magier ins Spiel gebracht und war gespannt, wie sein Gegenüber reagieren würde.

»Nun ja.« Bravion rieb sich erneut die Hände und sah sinnierend nach rechts ins Leere. »Sagen wir mal so, er muss es geduldet haben, denn er war bei der Befragung ja schließlich zugegen, wenn auch nicht ganz in der Zeit ... was man so hört.«

Theodus gaukelte Erleichterung vor. »Na, dann ist ja alles in bester Ordnung. Wenn der oberste Magier zugegen war, wird schon alles seine Richtigkeit haben. Hat mich gefreut.« Er drehte sich ab, als wolle er gehen, worauf ihn Bravion leicht am Arm hielt.

»Aber nein, versteht doch, werter Kollege. Uharan hat die Befragung nicht selbst durchgeführt. Er war nur anwesend. Und das ist ein eindeutiger Verstoß gegen die Statuten.« Verschwörerisch neigte Bravion seinen Kopf zu Theodus, sodass dieser sogar dessen Atem spürte. »Man munkelt schon über Uharans Rücktritt.«

Theodus fiel es zusehends schwerer, den Unbeteiligten zu spielen. Diese kleine fette Wanze, die sich Kollege und Magier schimpfte, spie gerade auf den Namen Uharans und er musste mitspielen, wollte er nicht zu früh seine Karten auf den Tisch legen. Doch jahrelange Übung in der Beherrschung seiner Gefühle ließ ihn weitermachen. Er entschied sich zum nächsten Schritt.

»Wenn Uharan zurücktritt, was soll denn dann werden? Wer könnte denn in seine großen Fußstapfen treten?«

Jetzt glaubte Bravion Theodus da, wo er ihn haben wollte.

»Nun, da gibt es wohl eine ganze Zahl von Kollegen, die fähig und willens wäre, Kollegen mit steilem Aufstieg. Ich persönlich halte mich da eher an die Jungen und Aufstrebenden. Frisches Blut muss her.«

Daher wehte also der Wind. Man wollte ihm den Posten schmackhaft machen. Doch warum? Theodus wurden die Situation und das ganze Possenspiel mit einem Mal zuwider.

»Wollen wir vielleicht noch warten, ob Uharan tatsächlich zurücktritt?«

»Nur eine Frage der Zeit ... wie man so hört.«

»Verzeiht, werter Bravion. Mir scheint, dass Ihr sehr vieles hört. Vielleicht solltet Ihr Euch wieder mehr der Magie widmen und beim Hören mehr auf zuverlässige Quellen stützen. Ich möchte Eure kostbare Zeit nicht länger beanspruchen. Es warten noch wichtige Studien und ein paar unliebsame Arbeiten auf mich, die keinen Aufschub dulden. Hat mich gefreut.« Damit ging er an Bravion vorbei, der ihm listig hinterher sah.

»Einen schönen Tag, Herr Magier.«

Im Gehen beschäftigte sich Theodus weiter mit der Frage, woher dieser Bravion so genau über das Verhör und wer anwesend war, Bescheid wusste.

Als er seine Gedanken sortierte, wurde ihm auch klar, dass es sich hier offensichtlich um eine Sackgasse handelte. Nach den Festnahmen Rahags würde sich wohl keiner dazu bereit erklären, noch irgendetwas über die verhafteten Magier zu sagen. Interessant und befremdlich war für Theodus auch, wie schnell sich die Geier über dem sterbenden Tier versammelten. Uharan würde wohl tatsächlich zurücktreten müssen.

Dennoch wollte er zum einen diesem großen Magier irgendwie helfen und zum anderen wissen, wer hier den König und Brakenburg verriet. Es war nicht nur sein Berufsethos, der seine Neugier schürte. Hier waren dunkle Mächte am Werk und allein das war Theodus schon von Grund auf zuwider. Wieder einmal schritt er äußerst energisch durch die Hallen der Magiergilde. In der Bewegung konnte er immer noch am besten denken.

Es gab wohl noch weitere Verräter unter den Magiern. Und einige Kräfte an der Universität waren schon bemüht, ihre Pfründe zu sichern.

DER WILLE DES FÜRSTEN
(Birgenheim im Winter)

Ein Kichern ließ sie die Augen öffnen. Helmin saß an ihrem Tisch und musste über all den Ereignissen aus Erschöpfung eingeschlafen sein. Ihr war kalt, ihre Knochen taten weh und sie fühlte sich schrecklich alt und immer noch müde. Auf der Suche nach der Quelle des Kicherns wanderte ihr Blick durch die Stube, die durch das nur spärlich eindringende Tageslicht schlecht beleuchtet war.

Ankwin, nein, Murajin saß bei Lavielle auf der Bettkante und hatte seine Hände erhoben. Sie sah ihm gespannt zu, während er einen seiner Finger augenscheinlich mit einem kleinen Trick immer wieder verschwinden und erscheinen ließ. Wieder musste sie kichern.

Helmin schossen augenblicklich die Tränen in die müden Augen. Sie kannte Lavielle nicht gut und doch wusste sie allein aus der Tatsache, dass die Heilerin ihren Verstand verloren hatte, dass sie sehr tiefe Gefühle für Ankwin gehegt haben musste, ja dass er die Liebe ihres Lebens gewesen war.

Von Ankwin wusste sie, dass er Jahrzehnte lang in der Einsamkeit gelebt hatte. Sie selbst hatte einst versucht, ihm diese Einsamkeit zu nehmen. Jahrelang waren diese beiden Menschen in einem anderen Leben nebeneinander durch Freud und Leid gewandert, in dem Bewusstsein neben sich die unerfüllte Liebe zu wissen. Und nun? Nun saßen sie da wie zwei unschuldige Kinder, lachten völlig unbeschwert miteinander und ahnten nicht, was hinter ihnen lag oder was sie alles geteilt hatten.

Die Rührung Helmins verwandelte sich mehr und mehr in eine Beklommenheit. Sie hatte keine Schuld an dem Schicksal der beiden und doch fühlte sie sich schuldig, weil sie sich einst auch in Ankwin verliebt hatte und nun irgendwie zwischen ihnen stand. Sie konnte es sich nicht erklären, doch plötzlich überkam sie der starke Wunsch danach, etwas tun zu können, etwas zu unternehmen. Sie wollte Lavielle helfen. Bei allen Göttern, sie war vielleicht keine

Heilerin, aber sie war immerhin eine Kräuterfrau und sie war genauso um das Wohl anderer besorgt. Vielleicht konnte sie Hilfe holen. Sie musste doch etwas tun können.

Helmin wollte aufstehen, doch der Gedanke an Moakin durchfuhr sie wie ein Blitz. Donnernd hallte es in ihrem Bewusstsein nach, dass der Junge ja irgendwann nach Hause kommen könnte. Sie konnte doch nicht einfach fortgehen und ihren Jungen allein lassen.

Wieder musste Helmin weinen. Es klopfte an der Tür. Murajin und Lavielle sahen sie fragend an. Trotzig wischte sie sich schnell die Tränen ab und bedeutete Murajin entnervt, dass er sich verstecken solle. Was war nur an diesem göttervergessenen Wintermorgen hier draußen los? Das war nun schon der dritte unangekündigte Besuch.

Hastig warf sie sich ein Tuch um den Hals und ging an die zugige Tür. Murajin hatte sich inzwischen in das hintere Zimmer verzogen und Lavielle schaute knapp über die Decke hinweg gespannt zu, wie Helmin die derbe Tür mit einem Ruck aufzog.

Anfangs musste Helmin sehr blinzeln. Der Tag war bereits um Stunden gealtert und die Sonne hatte wohl ein Loch in der Wolkendecke gefunden. Sie warf ihre Strahlen auf den weißen Schnee und verwandelte die eisige Landschaft in eine weiße Pracht, die beinahe Lust zum Wandern verschaffte. Die grellen Flächen schmerzten in den Augen der Kräuterfrau, worauf sie diese stark zusammen kneifen musste.

Vor der Hütte standen einige Reiter mit dem Wappen des Fürsten und erst jetzt bemerkte Helmin den Schatten, der die Hälfte ihres Blickfeldes einnahm. Direkt vor ihr stand ein großer Mann.

»Der Fürst schickt mich. Ich habe wichtige Kunde für Euch. Lasst mich ein, Helmin Rothaar.«

Langsam ahnend, dass es sich um den Verwalter des Fürsten handeln musste, trat Helmin einen Schritt zurück und machte so den Weg frei. Farig trat ein und ging direkt auf die Feuerstelle zu, allerdings nur, um enttäuscht festzustellen, dass dort nur ein erbärmliches Häuflein Glut vor sich hin knisterte.

Helmin begriff und begann sofort, Holzscheite nachzulegen und das Feuer zu entfachen.

»Verzeiht, hoher Herr. Ich habe Euch nicht erwartet. Nur einen Moment.«

Während die Kräuterfrau das Feuer schürte, sah sich Farig um und blieb schon einen Moment später an Lavielle hängen. Sie hatte die Decke immer noch bis unter die Augen gezogen. Trotz oder vielleicht gerade wegen ihres Zustandes fand er Ihre Augen noch schöner als sonst und hätte sich augenblicklich darin verlieren können.

»Seid gegrüßt, hohe Heilerin.« Nicht ohne Wehmut in seiner Stimme verneigte sich Farig vor Lavielle. Noch nie war ihm eine so außergewöhnliche Frau begegnet und nun saß sie geistig verwirrt wie ein Kind im Bett.

Geräuschvoll zog Helmin einen Stuhl ans Feuer. »Setzt Euch doch, Herr. Ich bereite Euch einen heißen Wein.«

Dankbar ließ sich Farig nieder. »Ich hoffe, ich habe Euch nicht erschreckt, gute Helmin.«

»Nun, gespannt bin ich schon, welche Kunde Ihr bringt. Ich bin solchen Besuch nicht gewohnt. Sonst musste ich immer zum Fürsten, wenn was war.«

»Nun, dem Fürsten ist durchaus bewusst, dass Ihr die Heilerin pflegt und nicht abkömmlich seid.«

»So seid Ihr gekommen, um mir zu helfen?« Helmin biss sich sofort auf die Lippe. Sie wusste, dass ihr diese Antwort zu dreist geraten war, doch die letzten Wochen und Monate und vor allem dieser Morgen hatten ihr so zugesetzt, dass sie nicht anders konnte. Sie riskierte sogar, auf eine Entschuldigung zu verzichten.

Farig stockte für einen Moment, entschied sich dann aber für eine versöhnliche Antwort. »Ihr scheint in der Tat Hilfe dringend nötig zu haben. Nun, zur Sache. Der Fürst schickt mich, da ihm der Zustand der werten Heilerin Lavielle große Sorgen macht. Außerdem hat ihr Besuch im Dorf ihm gezeigt, wie dringend wir hier eine Heilerin bräuchten und dass Ihr aus vielerlei Gründen, die nicht Euer Verschulden, sondern eher die Folgen von Alter und Arbeit sind, die Versorgung dieses Dorfes sowieso nicht mehr gewährleisten könnt.« Der Aufseher sah betreten zu Boden und Helmin spürte, dass es ihm nicht leicht gefallen war, das zu sagen. Wie fast alle hier hatte sie auch Farig auf die Welt gebracht.

»Der Fürst gebietet Euch, Lavielle mir zu übergeben. Ich werde sie nach Brakenburg bringen und sie dem dortigen Heilerorden übergeben. Dort werde ich dann in seinem Auftrag um eine Heilerin für diese Ländereien hier bitten. Er ist der Meinung, Ihr seid nun zu alt, um Euren Künsten nachzugehen. Eine Nachfolgerin habt Ihr auch nicht. Und es wird sowieso Zeit, dass der Größe des Fürstentums entsprechend hier eine richtige Heilerin Ihren Dienst tut.«

»Jetzt im Winter wollt Ihr aufbrechen? Warum nicht bis zum Frühjahr warten? Die Strapazen wären nicht gut für Lavielle.« Helmin schlug das Herz an die Rippen und gleichzeitig glaubte sie, jemand hätte ihr in den Magen geschlagen. Der Boden schien zu schwanken. Zittrig nahm sie das heiße Wasser vom Feuer und goss die Tasse mit dem Wein auf.

»Der hohe Brenkus ist der Meinung, dass die Versorgung des Volkes keinen Aufschub duldet ... Danke.«

Behutsam umschloss er den dampfenden Becher, den ihm die Kräuterfrau gereicht hatte, mit beiden Händen und sah sie mit einer Mischung aus Demut und Mitleid an.

Helmin ließ sich kraftlos auf einen Stuhl sinken. Ihr Gesicht wirkte eingefallen und war aschgrau. Gerade wollte sie sich dem Willen des Fürsten beugen, als ein Funkeln sich ihres Blickes bemächtigte. Sie hatte ja sowieso Hilfe holen wollen und so nahm ihr der Fürst die Entscheidung eben ab. »Ich werde sie selbst nach Brakenburg bringen. Das bin ich ihr schuldig.« Trotzig hatte sie die Augenbrauen zusammengezogen und den Unterkiefer nach vorne geschoben.

»Der hohe Fürst hat so etwas vermutet und entlässt Euch aus seinen Diensten. Ihr möget dann aber auch gleich in Brakenburg bleiben. Auf alte Kräuterfrauen und ihre diebischen Söhne könne er verzichten.«

Helmin entglitten sämtliche Gesichtszüge und das Wasser stand in ihren geröteten Augen. Ihre Unterlippe fing an zu beben.

Farig wusste nicht recht, wo er hinsehen sollte. »Das waren die Worte des Fürsten und er hat mir aufgetragen, sie genauso an Euch weiter zugeben.« Als ob jemand mithören könnte, senke er die Stimme. »Der eigentliche Grund für diesen Entschluss steckt im Grab von Ankwin. Der Fürst kann seine Schulden nicht mehr bezahlen, die Männer warten auf ihren Sold und selbst den Köhlern schuldet er noch Geld für die Kohlen des letzten Winters.«

Helmin horchte auf und unterbrach ihr Schluchzen, während Farig mit kaum hörbarer Stimme weiter sprach. »Er will die Stelle des Scheiterhaufens umgraben lassen der Grabbeigaben wegen. Und die Anwesenheit einer hohen Heilerin, verwirrt oder nicht, ist ihm dabei gar nicht recht.«

Für eine Weile schwiegen die beiden und es war nur das Knarren des alten Bettes zu hören. Lavielle hatte begonnen, nervös mit dem Fuß zu wippen. Sie schien die Anspannung der beiden zu spüren.

Helmin wirkte völlig kraftlos. »Wann wollt Ihr aufbrechen?«

»Morgen.«

»Und wenn ich sie hinbringe, wann muss ich gehen?«

Farigs Augen weiteten sich. Er hatte nie geglaubt, dass die alte Helmin es tatsächlich in Erwägung zog, eine so lange Reise zu unternehmen, zumal sie bestimmt nie weiter als vier Tage vom Dorf weggewesen war. Und ihr Sohn konnte ja auch jederzeit zurückkommen. »Helmin! Bedenkt, welche Strapazen das wären. Ihr könntet dabei sterben.«

»Mein Mann ist tot. Mein Sohn ist fort, die Menschen hier zerreißen sich schon seit Langem die Mäuler über mich und der Fürst braucht mich auch nicht mehr. Und ich bin es Lavielle schuldig.«

Farig wollte noch etwas erwidern, doch Helmins Gesicht wurde zu Stein. Schließlich sprach er doch weiter.

»Ihr müsstet spätestens übermorgen aufbrechen. Ich würde Euch noch ein Stück begleiten, bis ihr auf der königlichen Straße seid. Von da an findet Ihr den Weg allein, denn der Fürst will in dem Fall nicht, dass ich bis nach Brakenburg mitkomme.«

Helmin schob abwesend ein paar Brotkrumen vom Frühstück auf dem Tisch hin und her, während sie den Unterkiefer wieder nach vorn schob. Ihre Backenmuskeln traten kurz stark hervor. »Dann soll es eben so sein.« Sie richtete sich auf und blickte Farig fest ins Gesicht. »Habt Dank für Eure Aufrichtigkeit. Wenn Ihr so nett wärt, mich übermorgen hier abzuholen. Ich will alles vorbereiten für die Reise.«

Farig nickte stumm, verbeugte sich noch einmal in Richtung Lavielle und verließ die Hütte. Nach wenigen kurzen Befehlen, die dumpf durch die Tür drangen, war nur noch etwas Hufgetrampel zu hören, dann war es still. Lavielle hatte aufgehört, mit dem Fuß zu wippen. Nur das Feuer knisterte vor sich hin. Der Becher mit dem warmen Wein stand dampfend auf dem Tisch.

HORIB
(Nordgebirge im Winter)

Moakin riss die Augen auf und wusste erst nicht, wo er war. Wild atmend richtete er sich auf. Da war ein Geräusch gewesen, ein Knacken. Jetzt realisierte er wieder, wo er sich befand. Der Baum, unter dem er geschlafen hatte, hielt immer noch schützend seine schneebedeckten Zweige über ihn. Das Licht, das durch die Schneedecke zu Moakin drang, war nur schwach und milchig. Es musste über Nacht stark geschneit haben, denn selbst der Eingang war wieder mit Schnee verschlossen.

Moakin begann am ganzen Körper zu zittern. Das Feuer war wohl schon lange vor der Zeit ausgegangen und die Decke hatte ihn nur eben grade so gewärmt, sodass er in einem wenig erholsamen Halbschlaf dahin gedöst hatte. Durch sein plötzliches Aufrichten war die Decke verrutscht und hatte jetzt auch den letzten kläglichen Rest an Wärme preisgegeben. Sein Magen knurrte und ihm war schlecht vor Hunger. Seit dem Kaninchen vor ein paar Tagen hatte er außer dem letzten Rest trockenen Brotes nichts gegessen.

Verzweifelt suchte der Junge mit einem Stöckchen in der Asche nach etwas Glut, die vielleicht noch übrig geblieben sein mochte, doch umsonst. Am Ende wühlte er sogar mit den bloßen Händen in dem schwarz grauen Grund, allerdings nur, um festzustellen, dass selbst die Asche vollkommen erkaltet war. Ein schnelles Feuer würde er heute Morgen bestimmt nicht wieder entfachen können. Sein Magen knurrte erneut und schon flüsterte die Stimme ihm wieder zu und er glaubte so etwas wie ›Trinken‹ verstanden zu haben. Er brachte einfach keinen Sinn in das lästige Gewisper. Sollte er etwa eines der Eier austrinken? Wie alt mochten die sein? Die sinnlose Raterei machte ihn wütend.

Die wachsende Wut in seinem Bauch nährte ihn zwar nicht, verdrängte aber wenigstens den Hunger für einen Moment. Mit zitternden Händen raffte er seine wenige Habe und den Rucksack mit den Eiern zusammen und verließ seinen Unterstand.

Was immer das für ein Geräusch gewesen sein mochte, das ihn geweckt hatte, wenn er hier wartete, brächte das auch nichts. Wahrscheinlich war es sowieso nur ein Ast gewesen, der unter der Last der Schneemassen nachgegeben hatte.

***

Er war nun bereits seit Stunden unterwegs und erst jetzt breitete sich langsam wieder die Wärme in ihm aus. Das Feuer war zu früh ausgegangen und so waren seine Kleider klamm geworden. Das nächste Mal würde er dem Feuer wieder mehr Aufmerksamkeit schenken müssen.

Der Junge stolperte und bemerkte, dass sich sein rechter Fußlappen schon wieder gelockert hatte. Moakin kniete sich hin und wollte sich um das Problem kümmern, als ihm augenblicklich der Rucksack ins Genick schlug, wobei dessen Hornschnalle so freundlich war, ihn beim Vornüberfallen auch noch in den Hinterkopf zu picken. Wütend riss er sich den Rucksack vom Rücken. Der hatte vom zu schnellen Packen am Morgen viel zu schlecht gesessen. Kaum war der Rucksack unsanft im Schnee gelandet, als er sich wieder um seinen Fußlappen kümmern wollte. Unangenehm kam ihm zu Bewusstsein, dass sich zwei Eier in dem Rucksack befanden. Diese schienen zwar aus Stein, aber wer wusste schon, wie viel so ein Ei aushielt. Schnell griff er zu dem Gepäckstück und warf einen Blick hinein, um erleichtert festzustellen, dass sie unbeschädigt waren.

Wieder wollte er sich um seinen offenen Fußlappen kümmern, als sein Knie zu schmerzen begann. Die Hose war durch den gepressten Schnee mittlerweile wieder nass und die Kälte brannte auf seiner Haut.

Leise fluchend ignorierte er den Schmerz und nestelte an dem Knoten des Fußlappens herum, der, steif gefroren wie er war, nicht nachgeben wollte. Nun begannen seine wunden Finger wieder zu schmerzen. Endlich gab der Knoten nach und Moakin konnte seinen Fuß wieder richtig einwickeln. Seine Laune war nun auf dem absoluten Tiefpunkt angekommen – kein Frühstück, Kälte, Nässe,

Schmerzen, keine Mutter. Moakin saß ein dicker Wutkloß im Hals, der sich mit dem Gefühl der Verzweiflung in seinem Herzen überhaupt nicht vertrug. Es rauschte in seinen Ohren und das Flüstern wurde stärker. Mit einem Mal befiel ihn das Verlangen, noch einmal nach den Eiern zu sehen. Vielleicht könnte er ja eines davon austrinken? Hektisch richtete er sich auf und wollte gerade nach dem Rucksack greifen, als ihn ein giftiges Sirren erstarren ließ.

Knapp links hinter ihm steckte ein Pfeil in einem umgestürzten Baum. Sein befiedertes Ende wackelte noch.

Sofort blickte er nach rechts, wo sich auch schon eine große Gestalt auf ihn zu bewegte. Instinktiv griff Moakin nach seinem Dolch und senkte den Oberkörper etwas.

»Ruhig, ganz ruhig, Junge. Du kannst von Glück reden, dass ich so gut mit dem Bogen umgehen kann. Ich schieß' nur daneben, wenn ich es will.«

Moakin wusste nicht recht, was er von dem mit Fellen bekleideten Mann halten sollte, der ihn nicht unsympathisch angrinste.

»Hab' dich im ersten Augenblick für'n Wildschwein gehalten, wie du da so gekniet hast. Wärst'n stattlicher Braten geworden. Ha!«

Der Junge richtete sich langsam wieder auf, behielt aber den Dolch noch in der Hand.

»Hast dich anscheinend genauso erschreckt, wie ich mich.« Der Mann grinste breit und schien in Moakin keine Gefahr zu sehen. »Bin zwar ein Wilderer, aber ein Mörder bin ich nicht. Horib mein Name.« Er streckte dem Jungen die Hand entgegen.

»Mmmoakin.«, murmelte derselbe und ergriff die Hand. Sie war herrlich warm. Unsicher und etwas trotzig blickte er Horib in die Augen.

»So, so. Moakin also. Was macht ein Junge, ich meine, ein junger Mann wie du so allein hier draußen?«

»Mmuss zu meinem Gevvvvatter. Der ist Schmihied und braucht einen Lllehrling.« Er hatte sich diese Geschichte zurechtgelegt, da er gewusst hatte, dass er irgendwann auf Menschen treffen würde. Und Menschen waren nun mal neugierig, zumindest die in seinem Dorf. Zudem wunderte sich Moakin, wie wenig er stotterte.

»Ach. Schmied ... na ja, wie auch immer. Ich glaube, auf den Schrecken sollten wir erst mal was trinken.«

Horib befreite den quer liegenden Baum vom Schnee, setze sich und zog seinen Pfeil heraus. Prüfend betrachtete er die Spitze und schien zufrieden.

Moakin stand unentschlossen da, als ihn der Wilderer schließlich zu sich herwinkte. »Na komm' schon, setz' dich. Wenn sich zwei mitten in der Wildnis treffen, dann ist das was Besonderes.«

Moakin machte Anstalten, sich zu setzen, als ihm Horib den Pfeil hin hob. »Da, schenk ich dir. Der bringt dir bestimmt Glück, wo er dich doch verfehlt hat.«

Der Junge nahm das Geschoss entgegen, und, noch während er es fasziniert betrachtete, holte der Mann eine in Korb eingeflochtene Steingutflasche hervor und nahm einen Schluck. Für einen Moment verzog er das Gesicht, als hätte er Schmerzen, dann folgte ein erfülltes Seufzen, das Moakin aufmerksam machte.

»Hier, das brennt dir die Kälte aus dem Leib.« Das Grinsen im Gesicht des Wilderers erinnerte Moakin irgendwie an Beol, den Fallensteller aus seinem Heimatdorf, aber es war offener und irgendwie ehrlicher.

Entschlossen ergriff der Junge das Behältnis, nickte Horib zu und nahm einen großen Schluck. Er hatte ja schon Kirschbrand getrunken und der hatte ihm geschmeckt. Allerdings war dieses Getränk ganz und gar nicht sanft und schmeckte nach Rauch und Feuer in einem. Moakin überkam ein Hustenanfall, der ihn beinah ersticken ließ. Tränen schossen ihm in die Augen, sein Hals fühlte sich wie ein Reibeisen an und schnürte sich zu.

Dumpf drang das Lachen des Wilderers zu ihm durch, der ihm die Flasche sogleich wieder abnahm, jedoch mehr darauf bedacht, nichts zu verschütten, als Moakin zu helfen.

Als er wieder klar sehen und einigermaßen atmen konnte, hielt ihm Horib ein Stück Brot hin.

»Das wird dir helfen.« So aßen sie Brot und Horib nahm noch ein paar Schlucke aus der Flasche. Moakins Magen hörte auf zu brennen, aber in befiel jetzt ein leichter Schwindel.

»Wie heißt er denn? Vielleicht kenn' ich ihn ja.«

»Wwer?« Moakin fühlte sich überrumpelt.

»Na, dein Gevatter, wie heißt er. Schmiede gibt es nicht so viele hier.«

»G ... Gunno.« Das war der Name seines verstorbenen Vaters. Ihm war nichts Besseres eingefallen.

»Gunno ...« Horib schien zu überlegen. »Nein, einen Gunno kenn ich nicht. Wo wohnt er denn?«

Siedend heiß wurde Moakin klar, dass er sich seine Geschichte in Zukunft besser würde zurechtlegen müssen.

»Iin der Nnähe vvvvv ...«

»Bockswalden?«

»Jjjaa, genau.« Das war wohl das erste Mal, dass ihm seine Stottern zum Vorteil gereicht hatte.

»Da bist du aber ein bisschen vom Weg abgekommen. Du musst dich weiter südlich halten. Weißt du denn auch, wo genau? Bockswalden ist ganz schön groß mit seinen umliegenden Gehöften. Ich bin da manchmal. Die Leute dort zahlen schlecht. Und die Flößer kommen zu selten durch.«

Moakin wollte erst antworten, hielt es aber dann für besser, einfach den Kopf zu schütteln.

»Na, da wirst du aber 'ne Weile suchen müssen. Ich kenn' da einen, der heißt Ainno. Ist mit mir früher durch die Wälder gezogen. Kannst ihn ja mal fragen und bestell' ihm einen schönen Gruß von mir. Er arbeitet jetzt für einen Händler ... äh ... Penteref. Händler kennen viele Leute. Der kennt ihn bestimmt.«

Der Junge witterte seine Chance, die Eier zu verkaufen.

»Wwas für ein Hähändler ist er denn.«

»Penteref? Der handelt mit allem, was ihm unter die Nägel kommt. Weißt du was? Ich glaube, es wird Zeit für meine Knochen, dass ich sie in Bockswalden ein bisschen aufwärme. Ich bring dich zu dem alten Ainno. Was hältst du davon, Moakin?«

Moakin strahlte über das ganze Gesicht. »Das wwäre t...toll.«

Nach wenigen Momenten machten sie sich auf. Horib ging voraus und Moakin ging hintendrein. Sie gingen schon eine ganze Weile, als Moakins Magen so laut knurrte, dass es Horib sogar noch hören konnte, obwohl er gute zehn Schritt vor ihm lief. Er drückte dem Jungen noch ein Stück Trockenfleisch in die Hand, dann ging es wieder weiter.

Sie hielten sich weiter südlich und liefen den ganzen Tag, ohne zu rasten. Horib hatte nur gemeint, dass das Wetter bald umschlagen würde und wenn sie nicht in einen ausgewachsenen Schneesturm geraten wollten, müssten sie sich beeilen.

Schließlich blieb Horib stehen und hatte wohl ein Einsehen. »Sammle Holz, Moakin, ich bereite uns inzwischen ein Lager.«

Völlig erschöpft schleppte sich Moakin durch das Gestrüpp und sammelte beinahe schlafend Feuerholz. Er konnte keinen klaren Gedanken mehr fassen. Unterbewusst nahm er wieder das Flüstern wahr. Es hielt ihn irgendwie wach, aber verstehen konnte er es nicht.

Als er endlich wieder bei Horib angelangt war, hatte dieser bereits ein kleines Feuer entfacht und war dabei, Tee zu kochen. Die Feuerstelle lag in einer Kuhle unter der Wurzel eines riesigen umgestürzten Baumes. Mit wenigen Handgriffen hatte der Wilderer aus den herausstehenden Wurzeln und ein paar Zweigen einen passablen Unterschlupf gemacht.

Matt ließ sich Moakin auf einen Haufen Laub fallen, den Horib ihm gewiesen hatte.

»Rreicht das Hholz für die Nacht?« Moakin war bei der Frage beinahe eingeschlafen.

»Ja, Moakin, das reicht dir bestimmt. Hier trink etwas Tee, bevor du schläfst, sonst fängst du an zu frieren.«

Kaum hatte der Junge den heißen Tee getrunken, glitt er zur Seite weg, zog den Rucksack mit den Eiern fest an sich und war eingeschlafen. Er hatte vor lauter Müdigkeit sogar seinen brennenden Hunger vergessen.

Trotz der großen Erschöpfung war sein Schlaf äußerst unruhig. Immer wieder mischten sich flüsternde Stimmen und Bilder von Schlangen mit dem Gefühl zu verbrennen. Seine Mutter tauchte auf, verweint und voller Sorge. Selbst ein Bild seines Vaters waberte durch seine Träume, doch er konnte sich später nicht mehr an dessen Gesicht erinnern. Mit einem Mal riss ein Monster seinen Schlund auf und spie Feuer. Es klang wie ein schreckliches Pfeifen.

Moakin riss keuchend die Augen auf. Vor ihm lag ein großer Haufen Glut, in die er beinahe im Schlaf hineingerutscht wäre. Im Gegensatz zu gestern Morgen fror er nicht einmal. Der Wind heulte schrecklich laut und trieb die Schneeflocken vor der Öffnung des Unterschlupfes, die fast gänzlich zugeschneit war, waagerecht durch die Luft.

Gestern. Ein endloser Fußmarsch. Horib hatte keine Rast eingelegt. Horib! Wo war Horib?

Moakin richtete sich langsam auf und blickte umher. In dem kleinen Unterschlupf waren nur noch seine Sachen, etwas Feuerholz, der Gluthaufen und die Stelle, an der Horib gestern gesessen hatte.

War der Wilderer nur Einbildung gewesen. Entschlossen durchsuchte Moakin sein Gepäck und fand auch gleich, was er suchte. Der Pfeil, den Horib ihm geschenkt hatte, war immer noch da. Nachdenklich betrachtete er das Geschoss. Warum war Horib fort? Er hatte ihm doch angeboten, ihn nach Bockswalden zu führen. Moakin überkam ein ungutes Gefühl. Noch einmal durchwühlte er seine Sache, aber dieses Mal daraufhin, ob etwas fehlte. Die beiden Eier waren noch da.

Wieder einmal nahm Moakin eines der beiden grauen Objekte heraus und betrachtete es. Was waren das bloß für Eier. Welches Tier legte so etwas und warum glaubte er, sie teuer verkaufen zu können? Das Wispern in seinem Kopf wurde schlagartig lauter. Behutsam legte er das Ei zurück und überlegte. Wieder knurrte sein Magen. Für einen Moment dachte er sogar daran, eines der Eier zu öffnen und zu esse. Dann drängte sich der Wilderer wieder in sein Bewusstsein.

Horib hatte bestimmt etwas mitgenommen. Auf den Eiern hatte er die ganze Zeit geschlafen und die Goldmünze im Rucksack war auch noch da. Plötzlich fasste sich Moakin an den Gürtel. Der Beutel mit den drei großen Goldmünzen war weg.

DER WEINKELLER
(Brakenburg im Frühling ... vor langer Zeit)

Auch wenn er, kaum dass seine letzte Arbeit abgeschlossen war, von seinem Auftraggeber bereits die nächste Aufgabe erhalten hatte, so war Bermeer trotzdem bester Laune.

Heute Morgen in aller Frühe war einer der Stadtsoldat, der an der unseligen Landpatrouille beteiligt gewesen war, leider an einem Herzstillstand gestorben. Für diesen speziellen Schlag auf das Brustbein hatte der Todesgaukler lange üben müssen.

Seine Arbeit beinhaltete zwar das Töten, doch wirklich Gefallen fand er daran nie. Vielleicht war es bis jetzt immer genau der Umstand gewesen, der ihn so effizient gemacht hatte. Doch das Ableben seines letzten Kunden heute Morgen hatte ihn mit tiefer Genugtuung erfüllt. Schließlich war er derjenige gewesen, der damals die kleine Sirif als Geisel genommen hatte.

Garock, dieser beeindruckende Berisihüne, hatte deswegen aufgeben müssen. Dann waren dann die letzten beiden Männer der Shervendifamilie ermordet worden.

Wie zur Bestätigung seiner Tat war ihm auch heute schon der kleine Pitto erschienen, der mit seiner Leichenblässe und der furchtbaren Verletzung am Kopf mittlerweile ein häufiger Gast in Bermeers Bewusstsein war. Auch wenn der Assassine zuweilen an seinem Verstand zweifelte und jedes Mal bis ins Mark erschrak, wenn er den Geist des Jungen sah, so fühlte er im Nachhinein nie Angst, sondern eher eine Leere. Eine Leere, die wie eine peinliche Frage ohne Antwort ihm Raum stand. Er konnte oder wollte sie nicht beantworten und doch war sie da.

Schließlich riss sich Bermeer mit einem grimmigen Lächeln aus diesen Gedanken. Er hatte eine neue Aufgabe und die galt es zu bewältigen, nicht nur für seinen Auftraggeber. Nein, auch Bermeer selbst wollte wissen, wer alles an der Verschwörung beteiligt war. Schließlich hing das indirekt mit dem Überfall auf die Gauklerfamilie zusammen.

Einer dieser Beteiligten hatte jetzt dafür gesorgt, dass der Magier Tarion van Degen bei seinem Verhör gestorben war, oder hatte zumindest damit zu tun.

Sein Auftraggeber mit dem teuren Parfüm hatte keinen Zweifel daran gelassen, wie wichtig es war, dass er herausfand, wer der Gegner war. Viele Beteiligte des Königskomplotts war entweder festgenommen, des Landes verwiesen oder getötet worden, doch irgendjemand war noch da draußen und musste gefunden werden.

Bermeer hob den Arm und winkte der Magd des Hauses, die ihm daraufhin breit lächelnd noch ein Dünnbier eingoss. Er hatte sich als einfacher Tagelöhner verkleidet und war dem Folterknecht, unter dessen Händen dieser van Degen gestorben war, einfach gefolgt.

Dieser hatte sich, bevor er zu Weib und Kind nach Hause zurückkehrte, dafür entschieden, noch ein Dünnbier zu sich zu nehmen. Aus diesem Dünnbier waren allerdings bereits drei Starkbier geworden und er hatte auch schon eine Lokalrunde gegeben. Auf die Fragen oder Bemerkungen der Anwesenden ob seines plötzlichen Reichtums hatte er nur etwas von einem guten Geschäft gemurmelt und zum Wirt geblickt. Der Herr des Hauses hatte seinen Blick fröhlich erwidert und sogar gemeint, dass es wohl ein sehr gutes Geschäft gewesen wäre.

Bermeer ließ seinen Blick durch das Gasthaus wandern. Es waren nur Menschen anwesend, die auch hier hineinpassten. Tagelöhner, die ihr frisch verdientes Geld versoffen, anstatt es der Familie zu bringen, Handwerkergesellen, die sich nach einem langen Tag noch ein Bier genehmigten und sogar ein paar Angehörige des unteren Bürgertums, Krämer, fahrende Händler oder Pilger, die hier eine kostengünstige Unterkunft fanden. Darunter mischte sich natürlich eine nicht zu knappe Zahl an Halsabschneidern, Tagedieben und Huren, die alle versuchten, hier ihr Einkommen zu finden. Zwei der leichten Damen, die offensichtlich zum Haus gehörten, hatten sich auch schon an den feuchtfröhlichen Folterknecht gehängt und brachten ihn dazu, seine Zeche zu erhöhen.

Der Wirt drehte sich immer wieder zu dem großen Brett hinter der Theke, auf dem mit Kreide allerlei Namen angeschrieben waren. Sorgfältig zog er Striche dahinter, unter anderem auch hinter dem des Folterknechts – Chroster.

Es waren schon eine ganze Menge an Strichen, und wenn Bermeer richtig gerechnet hatte, betrug die Zeche bereits mehr, als ein niedriger Beamter in einer Woche verdienen konnte. Dieser Chroster war nur ein Knecht.

Während sich der Assassine sein weiteres Vorgehen zurechtlegte, suchte er sein Umfeld nach verschiedenen Informationen ab. Zum einen war da ein zechender Knecht, an dem zwei Huren klebten, dann war da eine kleine Meute von Mitzechern, die sich nur ums Saufen scherten. Der Rest der Gäste war unauffällig. Zwei Mägde versuchten, dem Durst der Gäste Herr zu werden, während der Wirt immer wieder Bier zapfte, Anweisungen gab oder Wein in Becher goss.

Wartete Bermeer, bis Chroster nach Hause ging, würde das bestimmt noch dauern, außerdem wäre der dann nicht im Stande, seine Fragen zu beantworten. Das musste also noch warten. Der Wirt hingegen musste nüchtern bleiben und wusste vielleicht mehr über den plötzlichen Wohlstand seines Gastes.

Um nicht durch einen ungeleerten Krug aufzufallen, trank Bermeer den Rest seines Bieres in einem Zug aus und drängte dann zum Ausgang. Die frische Luft tat gut. Ohne Hast ging er in eine kleine Gasse, konzentrierte sich und begann, zu würgen. Auch diesen Trick verdankte er seiner langjährigen Ausbildung. Er konnte kleinere, nicht allzu kantige Gegenstände beinahe nach Belieben verschlucken und wieder hochwürgen. Dieses Mal allerdings entledigte er sich nur des Bieres. Er wusste, dass Alkoholverträglichkeit meist eng mit dem Körpergewicht zusammenhingen, und davon hatte Bermeer nicht viel. Außerdem brauchte er einen klaren Kopf.

Als sein Magen geleert war, trank er schnell aus einem der kleinen Straßenbrunnen, die es überall in Brakenburg gab, und stopfte sich ein Stück trockenes Brot und ein kleines Bündel

Kräuter in den Mund, um den Magen zu beruhigen und klar zu bleiben.

Schon war er um die Ecke geschlichen und stand nach einer blitzschnellen Kletterpartie auf der schmalen, hohen Mauer, die ein Tor beherbergte und den Hinterhof des Gasthauses von der Straße abtrennte. Der Hof war nur spärlich beleuchtet und doch fanden die Augen des Todesgauklers das, was er suchte, den Eingang zum Keller.

Durch einen prüfenden Blick auf den Wirt hatte er vorher festgestellt, dass der einen großen Schlüssel um den Hals trug, der augenscheinlich für den Weinkeller war. Der Schlüssel war so grobzahnig, dass Bermeer das Schloss wahrscheinlich mit einem alten Nagel hätte öffnen können.

Lautlos sprang er in den Hof und war, ohne einen Schatten auszulassen, schon bei der schräg eingebauten Kellertür. Zwei Atemzüge später war die Tür offen und nach fünf weiteren hinter ihm wieder verschlossen.

Jetzt brauchte er nur noch zu warten, bis der Wirt Nachschub für seine durstigen Gäste holen musste.

***

Gut gelaunt stand Erakun hinter seinem Tresen und freute sich über das volle Haus. Dank Chroster blieben einige seiner Gäste länger als gewöhnlich, in der Hoffnung noch die ein oder andere Lokalrunde mitzunehmen. Trotz allem musste er sich den Schweiß von der Stirn wischen, denn er hatte alle Hände voll zu tun. Schon wieder neigte sich die eben noch halbvolle große Weinkanne dem Ende zu. Seufzend goss er den Rest in eine kleinere Kanne, gab Mirie ein Zeichen und verließ den Schankraum dann summend über den Hinterausgang.

Die Laterne neben der Tür beleuchtete den Hof nur schwach, aber für die paar Stufen in den Keller reichte es. Erakun nahm sie quietschend aus ihrer Halterung und ging zur Kellertreppe. Unwillig drehte sich der grobe Schlüssel, dann hob der Wirt den einen Flügel an, um die Treppe nach unten zu gehen.

Am vorletzten Fass machte er schließlich halt und stellte die große Kanne unter den Hahn. Gerade als er ihn geöffnet hatte und die hellrote Flüssigkeit in die Kanne schoss, war ein Klappen zu hören. Die Kellertür war wieder zu gefallen. Als der Wirt in Richtung Treppe leuchtete, ergriff etwas seinen Arm, zwei Augen blitzten vor seinem Gesicht auf und dann war der Schein der Laterne auf ihn gerichtet. Eine Hand drehte seinen Arm so weit nach hinten, dass Erakun sich nach vorne beugen und sogar etwas in die Knie gehen musste, damit das Gelenk nicht brach.

Das Einzige, was er wirklich wahrnahm, war der stechende Schmerz in seiner Schulter und in seinem Ellenbogen und ein Paar Stiefelspitzen vor ihm auf dem Boden.

»Chroster hat sehr viel bestellt.

Woher kommt das viele Geld?«

Die Stimme folgte einem sonderbaren Singsang. Es war kein Flüstern und doch hatte er es kaum gehört.

»Aua ... ahh ... was wollt Ihr verdammt noch mal?« Erakun konnte noch keinen klaren Gedanken fassen. Plötzlich wurde der Schmerz heftiger, um dann gleich etwas nachzulassen.

»Wirtsleut' brauchen Arme fein.

Red' oder ich brech' dir die Elle.

oder tunk' dich in den eignen Wein

und zum Abschluss eine Schelle.

Wer gab Chroster so viel Geld,

dass für all' er mitbestellt?«

Erakun tänzelte durch die Schmerzen auf seinen Zehenspitzen und sah bereits Sterne vor den Augen, aber jetzt wusste er, wovon sein Peiniger sprach. Er schuldete Chroster nichts und hatte ihn früher immer wieder anschreiben lassen. »Da war so ein Kerl in feiner Robe. Der kam neulich am Vormittag, als ich noch geschlossen hatte, und gab mir einen ganz Sack voller Braken.«

Augenblicklich entspannte sich der Griff des Unbekannten weiter, doch der Wirt schaute stur vor sich auf den Boden. Er war lange genug im Geschäft, um zu wissen, dass es manchmal besser war weniger zu sehen. Das bewies sich in der heutigen Nacht einmal mehr. »Es war ein kleines Vermögen und er sagte zu mir, dass das alles für Chrosters Schulden sei und ich solle meinen Mund halten. Wie ich da genau abrechne, sei ja meine Sache.«

»Hast du noch etwas vergessen,
so sei dein Leben kurz bemessen?«

»Sein Gesicht habe ich durch die Kapuze nur halb gesehen, doch wenn mich nicht alles täuscht, trug er seinen Bart, wie ihn die Heiler stutzen, und das Haar war dünn und licht. Er war vielleicht fünfzig oder sechzig Winter. Mehr weiß ich nicht.«

»Guter Wirt, gib fein acht,
stolpern kann man in der Nacht.«

Erakun hörte ein Pusten und schlagartig war es dunkel. Der Schmerz ließ nach. Ein Scheppern, ein paar leise Schritte und ein Klappern später war er wieder allein. Trotz des guten Weins, der über die volle Kanne auf den Boden plätscherte, und der Dunkelheit war er erleichtert.

Schnell fanden seine Hände den Hahn und mit einem kurzen Quietschen hörte den Wein auf, zu fließen. Erakun leckte seine weinfeuchten Finger – Schade um den Wein. Summend tastete er sich zum Ausgang, um die Laterne erneut zu entzünden.

***

Kaum stand Bermeer in der düsteren Gasse, hatte er den Umhang gewendet und die Kappe getauscht, um wieder als Tagelöhner durch die Straßen zu gehen.

Er war unzufrieden, zumal ihn der Besuch bei dem Wirt ja auch nicht wirklich weiter gebracht hatte. Immerhin war da der Hinweis auf einen Heiler. Das konnte sich vielleicht noch als ganz brauchbar erweisen. Doch Heiler gab es viele, auch über Fünfzigjährige und eine feine Robe war nicht wirklich ein eindeutiger Hinweis.

Der Assassine würde wohl noch jemand anderen bemühen müssen.

GRAUPENEINTOPF
(Nordgebirge im Winter)

Sie schritten nun schon wieder eine ganze Weile stumm durch den Schnee. Garock konnte zwar besser Spuren lesen als Bermeer, aber er musste seinen Arm schonen. Er beschränkte sich auf das gleichmäßig Marschieren. Bermeer sprang ein gutes Stück voraus von hier nach da und musste ihn nur manchmal zu Rate ziehen, wenn er die Spur verloren hatte, oder nicht recht wusste, ob es eine war. Mittlerweile folgten sie schon ein gutes Stück einem deutlichen Spurenpaar. Dieses lief zwar in einer Spur, war aber oft deutlich zu unterscheiden. Der Junge hatte Gesellschaft bekommen.

Die Abdrücke im Schnee waren nicht älter als einen Tag. Sie waren dem Jungen jetzt also viel näher, als sie gedacht hatten. Doch wer mochte sein Begleiter sein? Den Spuren nach zu urteilen, jemand mit Fellstiefeln, der wusste, wie man sich hier draußen bewegt, ein Einsiedler oder Wilderer vielleicht.

Garock blickte finster in die Richtung, in der sie den Jungen vermuteten. Bermeer, der sein Halten bemerkt hatte, folgte seinem Blick. Über den Bäumen am Horizont kam eine dicke, milchig graue Wolkenfront auf sie zu. Es würde bald wieder schneien und die Spuren würden dann nicht mehr zu lesen sein.

»Da finden wir kein' Spurenpracht,
wissen auch die Richtung kaum,
was meinst du, was der Junge macht?
Sprich mit mir, du Riesenbaum.«

Garock schwieg, doch Bermeer kam bei seinen eigenen Worten ein Einfall. Flugs war er an einen großen Baum herangetreten und unter den Schnee beladenen Zweigen verschwunden.

Reglos beobachtete Garock, wie sein kleiner Freund einem Eichhörnchen gleich zwischen den schneebedeckten Ästen nach oben kletterte.

Bermeer kletterte so hoch, dass der Stamm selbst unter seinem geringen Gewicht mächtig schwankte, und doch schien der

Blutbote das Schwanken und die Höhe zu genießen. Er blickte sich nach allen Seiten um und kam schon nach kurzer Zeit wieder herunter.

»Im Westen sah ich nur den Sturm,
im Osten nichts als Tann und Strauch,
im Süden trübe Wolke nur,
im Norden wähnt' ich etwas Rauch.«

Nach einer Pause und weil Garock sowieso nichts gesagt hätte, fügte Bermeer noch lakonisch hinzu.

»Glaub' ich meinem Bauch,
folgen wir dem Rauch.«

Als das Wetter schließlich umschlug und sich die kalte Luft mit waagerecht dahin treibenden Schneeflocken füllte, verloren sie die Spuren sehr schnell. Sie schlugen den Weg nach Norden ein.

Immer öfter trafen sie auf gerodete Waldstücke. Dann kamen sie kaum einen viertel Tag später an ein Dorf. Die Hütten waren klein und gedrungen. Auffallend waren die vielen schneebedeckten gleichmäßigen Erdhügel und die unzähligen Holzstapel. Rauch drang allerdings nur aus den Hütten.

»Ei, ein Köhlerdorf im Eis.
Haben hoffentlich noch Kohle.
Mir erfriert der Steiß,
Am Fuße Zeh' und Sohle.«

Die Dämmerung setzte bereits ein und so gingen die beiden zielstrebig auf die größte Hütte zu. Schon als sie der Hütte oder eher dem Haufen Holz, der sich Hütte nannte, näher kamen, drangen Gesang und Gelächter durch die mit Moos und Laub abgedichteten Bretter.

Bermeer betrat zuerst den Raum und keiner nahm so recht Notiz von ihm. Erst als Garock sich herein beugte, wurde es schlagartig still. Schon oft hatten die beiden erlebt, wie das einfache Volk vom Land auf Garock reagierte und doch war es jedes Mal aufs Neue unangenehm. Garock war auch die Witze gewohnt, mit denen Bermeer dann für gewöhnlich das Eis zu brechen versuchte.

»Seid gegrüßt, ihr Rußgesellen.
Keine Sorg', er beißet kein'n.

Will nur spielen, tut nicht bellen.
Ist noch Platz am Feuerschein?
Will die Gesichter Euch erhellen
mit meiner Kunst, die schmal und klein.«

Noch während Bermeer in das Schweigen hinein sein Sprüchlein tat, hatte er aus einem unerfindlichen Winkel seines Gewandes ein Stück Seil hervorgeholt, dieses geknotet und den Knoten, als ob er zaubern könnte, weggepustet.

Die zustimmenden Bemerkungen und überraschten Lacher der vielleicht zwanzig Anwesenden wurden durch die laute Stimme eines großen Mannes mit breitem Grinsen jäh unterbrochen.

»Nur hereinn, Ihr Gaukla, heute ist meijn Glüggstag. Seid auch Ihr meine Gäste. Raja, noch'ne Runnde!«

Im Nu war die Lautstärke, die noch vor ihrem Eindringen geherrscht hatte, wieder erreicht und den beiden ein Platz zugewiesen. Bermeer machte die Zuschauer noch mit ein paar kleinen Tricks neugierig, erbat dann aber für sie beide etwas zu essen.

Kurze Zeit später hatte sie sich ihrer schweren Mäntel entledigt, saßen am Feuer und aßen einen Eintopf, der genauso dampfte wie sie.

Es zeigte sich, dass der Redner von vorhin wohl ein Wilderer war, der aus irgendeinem Grund feierte und alle Anwesenden einlud. Es gab zwar nur Graupeneintopf mit Speck aus einem riesigen Topf über dem Feuer und Schnaps aus einfachen Tonflaschen, aber von beidem reichlich.

Zwei der drei anwesenden Frauen, die in Haartracht, Kleidung und Körperpflege den Männern in nichts nachstanden, hingen an dem großen Gönner, wobei ihre Absichten eindeutig waren. Die Dritte war wohl eine Art Wirtin. Zumindest sorgte sie für den nötigen Nachschub an Schnaps und machte fleißig Kerben auf einem Holz.

Wieder aufgewärmt belustigte Bermeer das Köhlervolk wie versprochen noch mit ein paar Zaubertricks und ließ sich sogar zu einer kleinen akrobatischen Einlage hinreißen. In einer kurzen

Pause neigte sich der tödliche Gaukler zu seinem Hünenfreund und raunte ihm zu.

»Ich weiß, du magst es nicht vor allen,
deine Kraft zur Schau zu stellen,
doch bitt' ich dich um den Gefallen,
stöbern werd' ich in den Fellen.«

Garock sah ihn finster an, aber Bermeer wusste, dass er sich auf seinen Freund verlassen konnte. Nach einem Blick in die Runde stand Garock langsam auf, was alleine schon die Aufmerksamkeit aller Anwesenden auf sich zog, da man nun, ohne den Mantel, seine mächtigen Muskeln und seine Tätowierungen deutlich sehen konnte. Langsam ging er auf ein Regal an der Wand zu, auf dem ein rußiger Lappen lag. Diesen wickelte er sich bedächtig um die linke Hand, während ihm alle gebannt zuschauten. Dann drehte sich der Riese zum Feuer und schritt darauf zu. Mit der umwickelten Linken ergriff er den Bügel des riesigen Eisentopfes, der immer noch gut halbvoll war, und begann ihn am ausgestreckten Arm anzuheben.

Die Augen der Zuschauer waren mindestens genauso groß wie bei der Vorführung Bermeers. Garock drehte sich einmal langsam um die eigene Achse, als er aber den Topf wieder einhängen wollte, verfehlte er den Haken und musste mit seiner zwar bandagierten, aber eben verletzten Rechten unterstützen. Zischend schloss sich seine mächtige Faust um den heißen Eisenbügel und er hängte den Topf wieder ein. Die Menschen johlten, pfiffen und klatschten und wer Garock kannte, wusste, dass er gerade eine Verbeugung andeutete, worauf er sich wieder setzte. Nachdenklich schaute er auf den angesengten Verband seiner Rechten. Sonderbarerweise hatte er keine Schmerzen empfunden.

Wenig später saßen die beiden Freunde wieder beieinander und Bermeer beugte sich zu dem Riesen.

»Danke für die Schau und Pracht.
Bestätigt hat sich mein Verdacht..
Der Wilderer, der hat volle Taschen.
Tat nicht nur 'nen Blick erhaschen.«

Der Gaukler öffnete seine Hand so, dass nur Garock hineinsehen konnte, und zeigte seinem Freund drei goldene

Münzen. Es waren Goldmünzen aus Shkuhum, der Stadt, von deren Heilerorden Garock mit Lavielle zusammen in den Norden gereist war. Garock kniff die Augen zusammen.

Der Gaukler hüpfte wie bei einer seiner Vorführungen in übertriebener Bewegung von einem auf das andere Bein.

»Ist's dem Zufall gar gelungen,
fress' ich nur noch Pferdemist.
Die Münzen stammen von dem Jungen.
Der Mann muss wissen, wo er ist.«

Hinterhältig lächelnd schaute sich Bermeer um, war er doch schon so oft Männern wie diesem Wilderer begegnet, die ihren unselig erworbenen Reichtum nicht bei sich behalten konnten.

Garock erinnerte sich an die Situation mit dem Gold. Er hatte Hrothekaarr mit Hafer füttern wollen und Helmin für den Sack die Goldmünzen geboten. Moakin hatte sie dann eingesteckt. Ach, Hrothekaarr, alter Freund.

Dieser betrunkene Angeber wusste also, wo der Junge war. Durch Garock ging ein Ruck, doch ehe er sich erheben konnte, legte ihm Bermeer die Hand auf die Schulter.

»Die Zeche prellt er, hab' Geduld.
Dann ist er auf uns angewiesen.
Führt uns dann und zahlt die Schuld,
s'wird ihm wohl den Tag verdrießen.«

Garock entspannte sich wieder und sah auf seine verbundene Hand.

Sorgenvoll blickte Bermeer ebenfalls darauf. Schon jetzt waren wieder einige Stellen feucht und er wusste, dass der Arm trotz seiner Salbe wieder zu nässen angefangen hatte. Ihnen war klar, dass sie beide eine Pause nötig hatten und der Junge würde bei dem Wetter auch nicht schneller vorankommen. Der Schneesturm hielt an und sie entschieden sich für die, die Nacht hier zu verbringen.

***

Wohl durch den harten Alkohol, der in Strömen floss, dauerte das Gelage, das ja bereits am Nachmittag begonnen hatte, nur bis in den frühen Abend. Abgesehen von ein paar hartgesottenen Köhlern, die sich um ein derbes Brettspiel aus Holz und Knochen versammelt hatten, wurde es still.

Bermeer verfiel in seinen üblichen Halbschlaf, denn gleich einem Hund konnte er immer sofort hellwach sein. Garock schlief gar nicht. Er hatte Schmerzen.

Am nächsten Morgen, es roch nach kaltem Rauch, kaltem Schweiß, kaltem Eintopf, Erbrochenem und Schnaps, regten sich die ersten Gemüter. Die Wirtin machte sich als Erstes daran, die Kerben im Holz des Wilderers zu zählen. Dann gab sie ihm einen Tritt. »He, Horib, alder Säufer! Aufstehen, ich krieg noch 'ne ordentliche Menge Geld vonnir. Die Zeche zahlt sich nich von allein!«

Sie benötigte mindestens fünf weitere Tritte und einen Krug mit kaltem Wasser, um Horib ein Lebenszeichen zu entlocken.

Nach einer ganzen Weile war er zwar blass aber zumindest wieder ansprechbar und begriff, was die Alte von ihm wollte. Tapsig griff er nach seinem Fellmantel. Mit noch blasserem Gesicht musste Horib allerdings feststellen, dass seine Beute vom Vortag nicht mehr da war.

»Man hat mich bestohlen! Ihr Lumpenpack! Erst macht ihr mich blau, dann schneidet ihr mir den Beutel ab. Schneidet mir doch gleich die Kehle durch, ihr verlausten, dreckigen Tagediebe!«

Jetzt kam ziemlich schnell Bewegung in die ganze Gesellschaft. Garock und Bermeer rafften beiläufig ihre Habseligkeiten zusammen und warfen sich schon einmal die Mäntel über.

Im Nu waren die schmutzigen Gesellen auf den Beinen und hatten den Wilderer eingekreist. Die Wirtin keifte und wedelte mit ihrem Kerbholz in der Luft herum. Die Stimmfärbung des Wilderers wechselte nach und nach von empört zu kleinlaut.

Der Kreis wurde schnell enger und schon prasselten die ersten Schläge auf Horib ein.

Garock und Bermeer setzten ihre Mützen auf und, während der Todesgaukler sich um den Mantel des Wilderers kümmerte, trat Garock in die Menge und teilte sie wie ein mächtiges Schiff die Wellen.

Bermeer hörte seinen Freund selten genug sprechen, umso mehr genoss er das Wort, das nun folgen sollte.

»Ruhe ...« Garock hatte nicht gebrüllt. Er hatte nicht einmal seine Stimme erhoben. Es hatte eher nach dem kehligen, tiefen Knurren eines mächtigen Raubtieres geklungen. Schlagartig waren alle still.

Nun gesellte sich Bermeer zu seinem Freund und übernahm in äußerst höflichem Ton.

»Werte Köhler, schwarze Gesellen.
Er sollte sich was schämen.
Jedoch Prügel sind's genug und Schellen.
Wer wird die Zeche übernehmen?«

Die Köhler wussten nicht recht, was sie von dem ungleichen Paar zu halten hatten. Bermeer war so flink mit der Zunge und Garock so schrecklich groß und stark.

»Wir füllen Eurer Kasse Loch,
wir brauchen seine Dienste noch.«

Und damit warf der Blutbote der Wirtin ein klimperndes Säckchen vor die Füße.

Sogleich hob sie es auf und blickte prüfend hinein. Ihr schwarz fauliges Grinsen verriet allen Anwesenden, dass es wohl genügte, um die Zeche zu begleichen.

»Verzeiht uns, wertes Fräulein fein,
der Schinken soll es auch noch sein.«

Fluchs hatte Bermeer noch einen der großen Schinken, die von der Decke hingen, herunter geschnitten und verließ nach Garock und Horib die Hütte. Der Hüne hatte den Wilderer einfach im Genick gepackt und nach draußen geführt.

Wenig später standen Garock und Bermeer mitten im verschneiten Wald und sahen dem Wilderer zu, wie der mittlerweile nur noch Galle von sich gab. Zitternd kniete er im Schnee.

»Du wirst uns zu dem Jungen führen,
sonst muss ich dir den Hals abschnüren.«

»Wer seid Ihr?« Die Angst in Horibs Stimme war nicht zu überhören.

»Tut nichts, bring uns zu dem Jungen gleich, sonst war das hier dein letzter Streich.«

Mit den letzten Worten hatte Bermeer blitzschnell einen Dolch gezückt und Horib knapp unter dem Auge verletzt.

»Ich nehm' dich auseinander
Stück für Stück
und schick dich in Schnitzeln
zu deinen Ahnen zurück.«

Den Rest des Tages verbrachten sie damit, Horib nach dessen Richtungsangaben durch den Wald zu stoßen und mit Bermeers unmissverständlicher Art zum Weitergehen zu ermutigen.

Schließlich standen sie vor der zugeschneiten Wurzel, an der Horib Moakin ausgeraubt und zurückgelassen hatte. Außer einem Haufen Asche und ein paar Spuren, die sich allerdings durch die Verwehungen schnell verloren, fand sich nichts.

»Lasst Ihr mich nun gehen?« Zitternd und angsterfüllt starrte Horib den Blutboten an.

»Was hatte der Junge an Gepäck?
Lass nichts aus, sonst sind die Ohren weg.«

»I ... ich weiß ... er hatte nur einen Rucksack, doch darauf hat er geschlafen. Ich wollt' nur wissen, mit wem ich es zu tun habe, da habe ich seine Taschen durchsucht. Den Rest kennt ihr.«

»Was sprach er? Sprach er viel?
Wie war sein Name, was sein Ziel?«

»Er ... er hieß Moakin und er ... er hat gestottert. Zu seinem Gevatter Ganner oder Gunner wollte er ... nach Bockswalden!«

Bermeer beugte sich zu dem knienden Wilderer hinunter und sah ihm direkt ins Gesicht. Seine Dolchspitze schwebte kurz vor Horibs linkem Auge.

»War da noch was, was wir wissen müssen,
bevor sich Stahl und Auge küssen?«

»Nein ... äh, ja! Er ... er wusste nicht genau, wo ... wo sein Gevatter, ein Schmied, wohnte. Ich sagte, ich wüsste einen Kerl, der bei einem Händler arbeitet und der würde sich in Bockswalden bestimmt gut auskennen. Ainno heißt der ... und der Händler heißt Penteref ... P ... Penteref heißt er. Ihr könnt ihn nicht verfehlen.

Von hier geht's genau nach Osten, nur zwei Tage noch zu Fuß, drei vielleicht bei dem Schnee!«

Seine Stimme hatte sich am Ende mehrfach überschlagen und man konnte seine Angst beinahe riechen.

Bermeer richtete sich langsam auf. Er hatte in seinem Leben genug Menschen verhört, um zu wissen, dass der Wilderer die Wahrheit sagte. Normalerweise hätte er ihn kurzerhand getötet. Er wusste aber, dass Garock derlei Blutvergießen überhaupt nicht schätzte, doch Strafe musste sein. Flink packte er die rechte Hand Horibs.

»Stehlen ist 'ne hohe Kunst.

Auch mir erbot sich diese Gunst.

Doch 's Kind im Schlafe zu bestehlen

lässt dich dein Ziel nun oft verfehlen.«

Fest und schnell schnitt Bermeer tief in die Innenseite der Finger. Schreiend quittierte der Wildere den Schnitt.

»Bist ein guter Bogenschütz' ...

gewesen, die Rechte ist zu nichts mehr nütz'.

Wirst mit links das Schießen üben

und keinem mehr die Suppe trüben.«

Ohne sich noch einmal umzudrehen, ließen sie den Wilderer und Dieb Horib hinter sich im rot befleckten Weiß und stapften durch den tiefen Schnee nach Osten.

FÜRSTLICHER ABSCHIED
(Birgenheim im Winter)

Die beiden vergangenen Tage hatten Helmin voll in Anspruch genommen. Sie hatte ihren ganzen Haushalt nach Dingen durchsucht, die sie auf der langen und beschwerlichen Reise vermutlich brauchen konnten, nur um sie dann wieder bei Seite zu legen, da ihre beiden Kraxen sonst zu schwer geworden wäre. Ein Pferd hatte sie schließlich nicht.

Außerdem hatte sie noch riskiert, ins Dorf zu gehen und Proviant einzukaufen. Murajin konnte anscheinend gut mit Lavielle und ihr war nicht viel anderes übrig geblieben. Trotzdem hatte sie ein paar bissige Bemerkungen über die Vernachlässigung der Heilerin einstecken müssen, obwohl die meisten wohl schon wussten, dass sie vom Fürsten verstoßen worden war. Nur Hanger, den sie auf der Straße traf, hatte ihr Hilfe angeboten. Sie war allerdings gezwungen gewesen, diese auszuschlagen, um die Anwesenheit Murajins nicht zu verraten. Ihr kamen wieder Moakin und die sonderbaren Umstände um Murajins Erscheinen in den Sinn.

Als sie dann am Abend heimgekehrt war, standen zwei Pferde unter dem Vordach ihres Hauses. Zuerst war sie erschrocken, doch es war Farig zu verdanken gewesen, dass ihr von einem der Knechte der Burg ein Pferd gebracht worden war. Er saß noch in der Hütte und hatte nur ausgerichtet, eine Heilerin müsse im Fürstentum des Brenkus nicht zu Fuß gehen. Murajin hatte sich die ganze Zeit im hinteren Zimmer versteckt.

Sie war dankbar um das Pferd und trotzdem wütend auf den Fürsten, der ihre Dienste mehr als einmal in Anspruch genommen hatte.

Heute Morgen war sie dann lange vor der Dämmerung aufgestanden, um mit dem, der einst Ankwin war, das Pferd zu packen und Lavielle für die Reise vorzubereiten. Durch das Pferd konnten sie wenigstens mehr mitnehmen.

Dann war Murajin vorausgegangen. So gut es eben ging, hatte sie ihm den Weg beschrieben, wusste sie doch, das Farig sie nur bis zur Straße begleiten würde. Wenn Murajin die Himmelsrichtungen fand, konnte er sich eigentlich nicht verlaufen. Wie ein Schnitt durchtrennte die Straße die Wälder hier oben von Nord nach Süd. Und doch machte sie sich Sorgen, zumal es bis zur Straße bei dieser Witterung gut und gerne zwei bis drei Tage Fußmarsch waren.

Jetzt stand sie im ersten Tageslicht vor ihrem Haus, in dem sie nun schon so lange gelebt hatte. Sie erinnerte sich an glücklichere Tage, Zeiten, in denen Gunno noch gelebt hatte.

Ach, Gunno! Wärst du doch nur hier.

Seit er damals gestorben war, war alles immer härter geworden. Immerhin hatte sie das Häuschen einigermaßen in Schuss halten können, doch würde es jetzt ohne Pflege schnell unter den Einflüssen des Wetters herunterkommen.

Noch einmal schluckte sie trocken und drehte sich dann zu Farig um, der auf seinem Pferd saß und neben Lavielle auf sie gewartet hatte. Er hatte die Zügel von Lavielles Pferd an seinen Sattel gebunden und wendete sich jetzt zum Gehen.

Schweren Herzens stapfte die letzte Kräuterfrau Birgenheims dem Aufseher des Fürsten hinterher. Dass sie Moakin nicht einmal eine Nachricht hinterlassen hatte können, versetzte ihr einen Stich ins Herz. Weder sie noch Moakin konnten lesen oder schreiben. Hanger hatte sich immerhin dazu bereit erklärt, Moakin auszurichten, was geschehen war.

ABSICHERUNG
(Nordgebirge im Winter)

Moakin war der Verzweiflung nahe. Bereits der erste Mensch, der ihm begegnete, hatte ihn hintergangen und ausgeraubt. Ohne Frühstück war er aufgebrochen und schon eine Weile unterwegs. Das Krächzen der Raben war am Rande der Unerträglichkeit und mischte sich auf äußerst unangenehme Weise mit dem Flüstern in seinem Kopf, dass er immer noch nicht recht einzuordnen wusste. Beides verursachte eine Unruhe in dem Jungen, die ihn immer weiter durch den Schnee trieb.

Horib hatte gesagt, er müsse sich weiter südlich halten. Leichter gesagt als getan. Moakin versuchte, sich zu erinnern, in welche Richtung sie gestern gelaufen waren, doch da war keine Erinnerung. Zu lange hatte er völlig erschöpft hinter Horib her gehen müssen. Er wusste nicht einmal recht, ob Horib wenigstens in diesem Punkt die Wahrheit gesagt hatte.

Ihm blieb nichts anderes übrig, als sich auf sein Bauchgefühl zu verlassen. Wenn er ehrlich war, konnte er nicht einmal das erspüren. Das Flüstern und das Krächzen stritten sich in seinem Kopf um die Vorherrschaft. Ihm fiel einzig und allein ein Trick ein, den ihm ironischerweise Beol einmal beigebracht hatte. Er suchte in der Richtung, in der er gehen wollte, einen möglichst weit entfernten Punkt aus und ging stur darauf zu. So konnte er die Möglichkeit, im Kreis zu laufen, verringern.

Der einzige herausragende Geländepunkt, den Moakin aber in weiterer Entfernung sah, war ein umgestürzter Baum, also ging er darauf zu. Als Nächstes kam ein auffälliger Busch im Unterholz, dann ein Felsen oder ein besonders hoher Baum. Mit knurrendem Magen verbrachte der Junge den Vormittag damit, von Punkt zu Punkt zu laufen.

Trotz seiner Mütze fühlte er seine linke Kopfseite kaum noch, da der Wind beständig aus Osten schräg von vorn auf ihn eindrang.

Die Lunge stach mittlerweile bei jedem Atemzug, und Hunger und Durst wurden stärker.

Wenigstens waren die Raben ruhiger geworden und auch das Geflüster nahm er kaum noch wahr. Um sich weiter abzulenken, überlegte Moakin, wie er in Bockswalden weiter vorgehen sollte.

Er hatte kein Geld. Er würde vielleicht zuerst arbeiten müssen, um überhaupt ein Unterkommen zu haben, oder sogar stehlen. Er hatte noch die eine Goldmünze aus dem Rucksack, doch die wollte er noch nicht riskieren. Ihm würde wahrscheinlich sowieso niemand glauben, dass er sie zu Recht besaß. Er versteckte sie tief in seiner Hose.

Vielleicht könnte er sich aber auch direkt zu diesem Penteref durchfragen und ihm die Eier zum Kauf anbieten. Die Raben und das Flüstern wurden schlagartig lauter. Langsam dämmerte Moakin, dass mehr daran war, als er zunächst glauben wollte. Die Raben und dieses lästige giftige Flüstern mussten etwas mit den Eiern zu tun haben. Das Flüstern schien ihm immer wieder zu äußerster Vorsicht zu raten, wobei er es nicht verstand. Und die Raben trachteten danach, das Flüstern unverständlich zu machen.

In einem Punkt hatte das Flüstern aber offenbar recht. Es war viel zu unsicher, beide Eier bei sich zu haben. Dass er leichte Beute war, das hatte ihn Horib bereits geleert. Sein einziger Vorteil bestand also darin, dass er zwei Eier hatte. Wenn sie tatsächlich etwas wert waren, so wollte der Käufer bestimmt beide haben. Er würde eines vor Bockswalden irgendwo im Wald verstecken. Moakin grinste dem eisigen Wind trotzig entgegen. Er war vielleicht nur der stotternde Junge einer Kräuterfrau, aber sie würde schon sehen.

***

Endlich stand er am Ende des dichten Nadelwaldes und sah in ein flaches Tal. In dessen Mitte lag eine große Stadt. Es waren mehr Häuser, als Moakin je zählen konnte. Der kleinere Kern der Stadt wurde von einem Erdwall mit Holzpalisaden umschlossen. Der größere Rest schloss sich von außen her dicht daran an. Moakin hatte keine Ahnung vom Siedlungsbau, aber anscheinend war die Stadt nach dem Anlegen des Walls noch einmal beträchtlich gewachsen.

Er wollte gerade zielstrebig auf sein neues Leben zugehen, als ihm einfiel, dass er ja noch eines der Eier verstecken wollte. Trotz der Tatsache, dass weit und breit kein Mensch zu sehen war, blickte er sich verstohlen um.

Ein gutes Stück weiter südlich führte ein breiterer Weg von der Stadt in den Wald, an dessen Rand er stand. Vor ihm erstreckten sich offene Wiesen. Aus den aus dem Schnee ragenden Grenzsteinen und Pfosten schloss Moakin, dass das ganze Land vor ihm Weide- und Ackerland war. Er entschloss sich, wieder ein Stück in den Wald zurückzugehen, um ein geeignetes Versteck zu suchen.

Nicht lange und er wurde fündig. Unter der Wurzel eines gestürzten Baumes in einem Dickicht schob er eines der Eier tief ins Wurzelwerk und deckte es noch mit Erde, Laub und Schnee zu. Moakin trat ein paar Schritte zurück und betrachtete sein Werk, da fielen ihm seine eigenen Spuren auf. Kurzerhand brach er einen der Nadelzweige in Reichweite ab und wedelt damit seine Fußstapfen ein ganzes Stück des Weges so ab, dass man nichts mehr erkennen konnte.

Noch einmal blickte er zu dem Dickicht und prägte sich dann den Weg zum Waldrand ein, so gut es eben ging.

Kurz darauf war Moakin auf dem Weg nach Bockswalden. War das überhaupt Bockswalden? Für einen Moment kamen dem Jungen Zweifel. Doch so viele so große Städte konnte es in dieser Gegend wohl kaum geben. Es musste Bockswalden sein.

EIERDIEB
(Nahe Birgenheim im Winter)

Der zottige Nacken des gutmütigen Gauls schwankte behäbig hin und her. Der intensive Geruch des Pferdes gab Helmin Sicherheit, war sie doch mit Pferden aufgewachsen. Seit sie von ihrer Hütte aufgebrochen waren, hatte Farig kein Wort gesagt, und sie war dankbar darum. Ihr war überhaupt nicht zum Reden zumute. Ihr Kopf war ein Gewirr aus Sorgen und Gedanken an die Zukunft. Wo in aller Götter Namen war nur Moakin? Würde der rätselhafte Murajin, dessen Existenz Helmin immer wieder Kopfschmerzen verursachte, ihrer Wegbeschreibung folgen können?

Ein Stampfen riss Helmin aus ihren Gedanken. Ein Reiter in den Farben des Fürsten preschte heran, überholte sie und kam direkt vor Farig zum Stehen.

»Werter Farig, seid gegrüßt. Der hohe Herr schickt mich. Ihr sollt sofort umkehren, ein Vorfall erfordert umgehend Eure Anwesenheit.«

Für einen kurzen Moment konnte Helmin im Gesicht des Aufsehers echte Sorge sehen. Diese verflog aber sofort und schlug in Traurigkeit um. Helmin hätte klar sein können, dass der Fürst auf seinen wichtigsten Mann niemals einfach so mehrere Tage verzichten würden, nicht für eine verstoßene Kräuterfrau und eine verrückte Heilerin. Schuldbewusst schaute Farig sie an und wollte gerade zu einer Entschuldigung ansetzen, als die Kräuterfrau ihm mit einem beruhigenden Lächeln das Wort abschnitt. »Ist schon gut, ab hier kommen wir alleine zurecht. Passt auf Euch auf, Farischi.«

Farig erwiderte ihr Lächeln überrascht, hatte sie ihn doch soeben mit seinem Kosenamen aus Kindertagen angesprochen.

»Farischi, Farischi, hi, hi, hi« Lavielle wiederholte den Namen, als würde sie von jemandem gekitzelt.

Farig wurde rot. »Lebt wohl, Helmin. Alles Gute, hohe Lavielle.«
Ohne weitere Worte galoppierte Farig mit dem Boten davon.

»So ein stattlicher Mann. Oooh ...« Helmin musste lächeln, als sie die Heilerin so auf dem Pferd sitzen und den beiden Reitern nachblicken sah.

Es waren noch mindestens drei Tage bis zu der königlichen Straße. Allein standen die beiden Frauen mit dem gutmütigen Ross mitten im Wald.

Die Brauen der Kräuterfrau verfinsterten sich und ihr Kinn schob sich nach vorne. Fürst hin oder her, Brenkus hatte sich damit nicht als solcher erwiesen. Es war eine Schande. Es war Helmin nicht einmal wegen ihrer Person, aber eine hohe Heilerin des Ordens, die nicht bei Sinnen war, wurde nur in Begleitung einer alten verstoßenen Kräuterfrau auf die lange Reise geschickt.

Helmin stapfte ihren Zorn in den Schnee. Sie kannte nur den einen Fürsten, ansonsten kannte sie keine Adligen. Außer Ankwin, aber der war ja ... was war er eigentlich? Helmin verdrängte die Frage. Als Ankwin auf jeden Fall noch der Halbe war, war er in seiner Schweigsamkeit hundert Mal gütiger gewesen als dieser Brenkus. Zornig schritt Helmin voran. Der Weg bis Brakenburg war weit.

Wie mochte diese Stadt wohl aussehen? Helmin hatte keinerlei Vorstellungen, nur nebulöse Bildfetzen, die wohl mehr an eine Götterwelt als eine Menschenstadt erinnern würden. Diese Stadt war sicher gefährlich und auch die Reise dorthin, doch sie würde Lavielle sicher zum Orden der Heiler bringen.

Da kam der alten Kräuterfrau ein Gedanke. Sie wusste noch nicht genau wie, aber irgendwer würde es bestimmt auch als große Schande ansehen, was Brenkus angeordnet hatte. Vielleicht konnte sie ihrem Fürsten ja noch einen Gruß aus der Königsstadt schicken. Gerade wollte sich ein grimmiges Lächeln auf ihren Lippen formen, als sie unterbrochen wurde.

»Hi, hi, hopp, hopp, hopp« Lavielle kicherte laut während sie im Sattel auf und ab hüpfte. Helmin war vor Zorn so schnell geworden, dass der brave Gaul sich nicht entscheiden konnte, ob er nun im Schritt oder im Trab ginge. Sofort verlangsamte Helmin ihren Schritt wieder, schließlich wollte sie Lavielle an einem Stück nach Brakenburg bringen.

Kaum hatte sie das Pferd gebremst, als ihnen plötzlich ein Reiter den Weg versperrte.

»Der Eierdieb ...« Helmin musste von unten gegen die Sonne schauen, doch Lavielle hatte Dekmanto sofort wieder erkannt.

Dieser lachte freundlich. »Nein, ich bin kein Eierdieb. Seid gegrüßt, hohe Heilerin, und seid auch Ihr gegrüßt werte Kräuterfrau. Wo ist den Euer guter Mann?«

»Murajin«, kicherte Lavielle, während Helmin fieberhaft über eine Ausrede nachdachte. Am besten war wohl, die Wahrheit zu sagen, zumindest ein Teil davon.

»Der ist schon vorausgegangen ... um an der königlichen Straße eine Mitfahrgelegenheit aufzutun. Vielleicht können wir die hohe Lavielle ja in einem Wagen nach Brakenburg bringen ... ist ja viel bequemer.«

Der Kopfgeldjäger blickte etwas skeptisch. »So, so. Dann werdet Ihr wohl gegen etwas Gesellschaft nichts einzuwenden haben, denn wie es der Zufall will, bin ich auch auf dem Weg nach Süden. Ich will auch nach Brakenburg.«

Jetzt blickte Helmin zweifelnd drein. »Ich dachte, Ihr hättet noch vier Tage in Birgenheim zu tun?«

»Ja, ja, das ging schneller als erwartet. Wenn Ihr also nichts einzuwenden habt, würde ich Euch gerne behilflich sein auf der langen Reise.«

Helmin war sich unschlüssig. Einerseits stellte der Kopfgeldjäger ganz schön lästige Fragen, andererseits wäre ein Schwert an ihrer Seite bestimmt nützlich auf dem langen Weg zur Königsstadt. Und selbst wenn er herausfinden sollte, wer Murajin einmal gewesen war, was konnte er schon tun. So wie sie es verstanden hatte, wurde dieser Theodus gesucht und nicht Ankwin. »Na, meinetwegen. Also, Herr Dekmanto, auf gute Reise.«

»Der Eierdieb kommt mit ...« Lavielle kicherte und gluckste vor sich hin, doch Dekmanto blieb ungerührt.

Nach einer ganzen Weile des Trabens und Schneeknirschens fragte er schließlich: »Warum nennt sie mich einen Eierdieb? Ich meine, wie kommt sie auf dieses Wort?«

»Was? Na wegen der gestohlenen Dracheneier natürlich.«
Helmin war völlig in Gedanken gewesen und hatte die Frage
einfach beantwortet. Sofort wurde ihr siedend heiß klar, dass ja
Moakin der eigentliche Eierdieb war und der wurde zumindest
offiziell gesucht, auch wenn sich der Fürst einen feuchten Kehricht
um den Jungen oder ihre Belange kümmerte.

»Dracheneier? Ihr meint, das Vieh vom Brandberg hat auch
noch Eier zurückgelassen?« Dekmanto klang, als ob er die ganze
Geschichte nicht glauben würde.

»Äh ... ja, ja. Was die Leute halt so reden. Aber das ist natürlich
Unsinn.« Helmin versuchte ein Lachen, was ihr auch einigermaßen
gelang. Der Kopfgeldjäger stimmte kurz mit ein und das Thema
schien beendet.

»Nein, nein, nein. Es ist wahr. Er ist kein Eierdieb, hat aber die
Eier mitgenommen.« Lavielle hatte die Pause beendet.

»Wer hat die Eier mitgenommen?« Dekmantos Gesicht war eine
Mischung aus Neugier und Höflichkeit.

»Gar nichts wurde mitgenommen. Die hohe Lavielle ist verwirrt
und braucht Ruhe. Diese Reise bringt sie ganz durcheinander.
Dieser Fürst ist ...« Helmin stockte mitten im Satz. Beinahe hätte sie
sich schuldig gemacht, war doch die Beleidigung eines Fürsten
unter Strafe gestellt. Dieser verflixte Fürst, sollte der Schwarze
Zwerg ihn doch hohlen. Lavielle konnte ihren Schnabel nicht halten
und Dekmanto stellte immer blödere Frage. Sie hatte sogar
›Murajin‹ gesagt, anstatt Gunno. Helmin wurde trotz der Kälte und
des Windes heiß. Das konnte noch eine schöne Reise werden.

Dekmanto ergab sich dem Schweigen, das Helmin jetzt wie eine
Wand vor sich her trug und Lavielle plapperte noch ein paar Mal
›Nein, nein‹ und dann war auch sie still.

DAS TREFFEN
(Brakenburg im Frühling ... vor langer Zeit)

Die Sänfte bog schwankend in die kleine Gasse des Kräuterviertels ein. Die Sonnenstrahlen des heißen Sommertages tanzten nur auf den Dächern der Stadt. Die kleinen, engen Gassen waren nicht ihr Revier. Selbst, wenn sie gewollt hätten, die dichtgedrängten Häuser hätten sie nicht vorbei gelassen. Deswegen war es hier unten trotz des lauen Windes düster, stickig und schwül und es roch nach einer sonderbaren Mischung aus Gewürzen und Unrat, bei der man nicht wusste, ob man den Atem anhalten oder tief inhalieren sollte. Der tagelange Regen hatte zwar die Straßen sauber gewaschen, der Geruch jedoch verschwand nie ganz.

Die Schritte der Sänftenträger hallten unwirklich von den Wänden wieder, als wollten die schiefen Häuser auch den Schall aus ihrer Mitte verbannen. Schließlich hielten die Männer vor einem unscheinbaren, schmalen Eingang, der nicht richtig zu einem der Häuser gehören wollte, sondern irgendwie dazwischen hing. Knarrend setzte die Sänfte auf und der Verschlag wurde geöffnet. Ein etwas unförmiger Mann mit Bauchansatz und spitzen Knien trat heraus. Seine wässrig blauen Augen wirkten gelangweilt, als sie die Umgebung musterten. Der Mann trat auf die Türe zu und wartete. Es schien, als ob er horchte. Schon wollte einer der Träger zu Diensten sein, als dessen Eilfertigkeit im wässrigen Blick des Mannes unterging. Dieser ergriff schließlich den Türknauf, öffnete die Tür und verschwand in der Dunkelheit.

Die beiden Träger stellten sich links und rechts neben der Türe auf, verschränkten ihre mächtigen Arme und schauten grimmig in die Gasse. Es folgte ein Moment der Stille.

Plötzliche waren Schreie hinter der Tür zu hören, dumpf und doch schrill. Sofort streckte der eine Träger seine Hand in Richtung Knauf und wollte die Tür öffnen. Er rüttelte daran, doch sie kam ihm zuvor, flog ihm entgegen, riss ihn mit und zerquetschte ihn und die Sänfte an der gegenüberliegenden Wand.

Der zweite Träger griff sofort an seinen Gürtel, um einen Dolch zu ziehen. Er drehte sich zu der ausgefranzten Öffnung, wo eben noch eine Tür gewesen war. Seine Augen weiteten sich und er starb in schwarz blauem Grauen.

***

Theodus eilte mit wehender Robe durch die Straßen Brakenburgs. Der Universitätsdiener hatte sich ziemlich ungenau ausgedrückt, was der Magier überhaupt nicht leiden konnte. Hatte der Mann auch ein eher seichtes Gemüt, so war er doch ein erwachsener Mensch und Diener der größten Magierschule des Landes. Es war Theodus ein Rätsel, wie ein Mensch überhaupt ohne genaue Vorstellungen von dem, was er sagte, bestehen konnte. Und so ein Mensch raubte ihm dann noch Zeit und Nerven. Genau die hatte es Theodus nämlich gekostet, um dem völlig hektischen Baski die Worte ›Ihr müsst schnell kommen. Man lässt Euch bestellen, dass Eure Person unabdingbar ist für diese Sache. Ihr sollt alles untersuchen und begutachten.‹ zu entlocken.

Auf die Frage, um welche Sache es sich denn drehe, hatte der Diener wild mit den Armen gewedelt und etwas von einem Blitzschlag und Dämonen mitten im Kräuterviertel gefaselt.

Theodus hatte nun ein gutes Stück des Weges hinter sich und ärgerte sich, dass er nicht doch eine Sänfte hatte rufen lassen. Er musste zugeben, er war von der Hektik des Dieners angesteckt ziemlich unüberlegt losgestürmt.

Der forsche Schritt hatte seinen Kreislauf jetzt in Schwung gebracht und trotz der ersten Schweißperlen, die ihm auf die Stirne traten, kam er gedanklich zu Ruhe. Er, Theodus, war also auf dem Weg ins Kräuterviertel, um etwas zu untersuchen, was wohl einem Blitzschlag am nächsten kam. Es konnte aber kein gewöhnlicher Blitz gewesen sein, denn erstens hatte es seit gestern Mittag nicht mehr geregnet und zweitens, wäre es ein normaler Blitz gewesen, hätte man wohl die Stadtwache gerufen, um die Löscharbeiten zu koordinieren und eine Katastrophe für die Stadt zu verhindern.

Doch er war gerufen worden. Folglich musste es sich also um etwas mit magischem Hintergrund handeln, das eines Fachmannes bedurfte. Ja das machten durchaus Sinn, war er doch einer der jüngsten Magier seines Standes. Ein selbstgefälliges Lächeln umspielte seinen Mund. Doch plötzlich stockte Theodus für einen Moment und der Universitätsdiener, den er kurzerhand mitgenommen hatte, wäre beinahe aufgelaufen.

Er beschleunigt wieder, doch der Gedanke, der ihn in seinem Schwung unterbrochen hatte, ließ ihn nicht mehr los. Es handelte sich offensichtlich nicht um ein normales, sondern um ein magisches Phänomen. Und es war so wichtig, dass sofort ein Magier benötigt wurde. Aber warum er und nicht einer der Fakultätsleiter? Die wurden bei unerlaubten Zaubereien innerhalb der Stadt immer gerufen. Gut, er hatte sich mit der Anklage Garocks ein bisschen hervorgetan, aber gewonnen hatte er schließlich nicht.

Da begann es ihm zu dämmern. Ein Magier hatte augenscheinlich mit zwei Ratsmitgliedern und sogar mit ausländischen Kräften kollaboriert und Hochverrat am König begangen. Da an Uharans Stuhl bereits gesägt wurde, ging nun das Hauen und Stechen um die einzelnen Posten und letztendlich auch um die Kontrolle über die gesamte Gilde los. Theodus war von Uharan als Ankläger eingesetzt worden. Und nun hatte man ausgerechnet ihn geschickt.

Das konnte bedeuten, er sollte sich weiter beweisen oder er sollte sich übernehmen, war er doch in manchen Augen schon ein Kandidat für den Rat. Theodus wusste genau um seinen Hang zur Selbstüberschätzung, warum sollte dieser Wesenszug anderen verborgen geblieben sein? Durch ihn hatte er schließlich schon einen seiner Namen verloren. Er würde also aufpassen müssen.

Einigermaßen zufrieden, zumindest gedanklich wieder Herr der Lage zu sein, bog der junge Magier um eine weitere Ecke. Endlich kam sein Ziel in Sicht.

Das wusste der Magier nicht, weil er sich sonderlich gut im Kräuterviertel auskannte, sondern, weil die Menschentraube in der

Gasse vor ihm um diese Zeit selbst für die Königsstadt auffällig war.

Mühselig drängte er durch die Leiber gaffender und tratschender Menschen, bis er auf einen Posten der Stadtwache stieß, der die Menge mit einer Hellebarde entschlossen zurückdrängte. »Ich bin Theodus, Magier der Gilde. Lasst mich durch. Man erwartet mich.«

Der Mann ignorierte ihn zuerst, sah ihn dann aber finster an und wollte sich gerade zu ihm drehen, als ein weiterer Soldat, offensichtlich sein Vorgesetzter, Befehl gab, ihn durch zulassen. Es dauerte dann noch eine Weile, bis klar war, dass Baski auch zu ihm gehörte. Schließlich standen die beiden vor dem Unteroffizier und Theodus strich keuchend seine Robe glatt.

»Seid gegrüßt, Herr. Ich wusste nicht, dass die Magier sich so schnell um die Dinge kümmern.«

Leicht irritiert von dem Krach der Menge brachte Theodus nur ein ›Wie?‹ hervor.

»Wenn Ihr bitte hier entlang gehen würdet?« Der Mann wies auf den Eingang zu einer noch engeren Gasse.

Als Theodus sie betrat, stockte ihm der Atem und er hob unwillkürlich die Hand vor den Mund. Die kleine Gasse war übersät mit Holzstücken und Körperteilen. Das Blut der Toten bildete bereits große Rinnsale, die sich rot schwarz mit dem Gassendreck unter seinen Schuhen vermengten.

BITTERKALT IM WINTERWALD
(Nordgebirge im Winter)

Obwohl Bermeer dagegen gewesen war, hatten sie einen Gewaltmarsch durch die winterliche Nacht gemacht. Garocks Arm wurde immer schlimmer, das sah der Assassine. Der Verband hatte viele dunkle Flecken und mittlerweile begann er auch zu riechen. Garock war jedoch fest entschlossen und wich keinen Fingerbreit von seinem Entschluss ab. Sie würden die Dracheneier zurückholen.

Der Gaukler hatte seinen Freund schon oft mit schweren Verletzungen umgehen sehen, doch dieses Mal machte er sich große Sorgen. Wenn er allerdings ehrlich war, hätte Garock vor Schmerz wahrscheinlich sowieso nicht schlafen können. Trotzdem sollte der Hüne auf keinen Fall in einem einsamen Winterwald am Wundbrand sterben. Was ihn beinahe zornig machte, war der Umstand, dass er Garock nicht einmal hätte richtig tragen können. Sein großer Freund wog bestimmt über das Doppelte.

Der Marsch in der eisig feuchten Dunkelheit war eintönig und kräftezehrend dahin getröpfelt. Bermeer wusste sich selbst zumindest in der Nähe seiner körperlichen Grenzen. Er wollte sich gar nicht vorstellen, was der schweigsame Berisi-Krieger gerade durchmachte.

Am Ende dieser wortlosen und schmerzhaften Nacht reichte das spärliche, fade Dämmerlicht des neuen Wintertages, um dem Assassinen einen sarkastischen Reim zu entlocken.

»He, Garock, schau doch nur,
die Sonne will uns wecken!
S'wird doch nicht schon Frühling sein,
dass die Blumen sich schon recken?«

Ein Poltern, als würden zwei schwere Steine aneinandergeschlagen, verriet Bermeer, dass Garock gelacht hatte.

Ermutigt durch die Gemütsregung seines Freundes setzte er noch einen drauf.

»Komm und lass uns rasten hier,
an der Luft, die frisch und pur,
fehlt zum Gelage auch das Bier,
reich die Früchte der Natur.«

Darauf zog er den Schinken hervor, den ihm die Köhlerwirtin mehr oder weniger freiwillig überlassen hatte, und schnitt jedem ein großes Stück herunter. Stumm kauten die ungleichen Gefährten ihr einseitiges Frühstück im Zweilicht, um nur kurz darauf wieder weiter zugehen.

Nur widerwillig wich die winterliche Nacht einem schwachen Tag, doch das Licht genügte, um sich etwas Mut zu zusprechen. Bermeers Gedanken wanderten zu Ankwin und seiner Verwandlung in einen Drachen. Theodus, der sich im Maul des Drachen geopfert hatte, um ihnen eine Chance zu verschaffen, kam ihm in den Sinn. Dann musste er mit großer Sorge an Lavielle denken, die durch die Ereignisse den Verstand und sich selbst ganz und gar verloren hatte. Drei Freunde, die innerhalb von kürzester Zeit so oder so vom Schicksal ereilt worden waren. Er klammerte sich an die Tatsache, dass Lavielle noch lebte. Vielleicht konnten sie ihr doch irgendwann helfen, sich selbst wieder zu finden. Finster blickte er nach Osten. Verdammt sei die ganze Drachenbrut!

Doch was war das? Vögel. Weit im Osten konnte man, wenn man ganz genau hinsah, ein paar schwarze Punkte erkennen, die immer wieder auf- und abstiegen. Die einzigen Vögel, die zu dieser Jahres- und Tageszeit überhaupt in größerer Zahl unterwegs waren, waren Raben. Und wo viele Raben waren, waren meist auch Menschen, denn dort gab es immer wieder etwas zu erhaschen. Raben fraßen alles.

Kaum hatte Bermeer sie ausgemacht, wollte er seinen Arm heben, doch Garock wies schon mit seiner gesunden Linken in die Richtung der Vögel.

Allein durch die Hoffnung auf bisschen Zivilisation und Wärme beflügelt beschleunigten sie erneut ihre Schritte durch den verharschten Schnee.

Da sie jetzt ein Ziel hatten, musste sich Bermeer nicht mehr auf die Spuren konzentrieren und konnte sich ganz seinen Gedanken hingeben.

Der Assassine begann sofort, sich einen Plan zurecht zulegen, wie sie in der kleinen Stadt vorgehen würden. Garock war zwar trotz seines verletzten Armes im Kampf immer noch zu mehr zu gebrauchen, als jeder andere, aber für ein überlegtes Handeln unter vielen Menschen hatte der wortkarge Berisihüne jetzt wahrscheinlich überhaupt keinen Kopf. Um unnötiges Aufsehen zu vermeiden, müsste er zuerst einmal außerhalb der Stadt bleiben. Es gab zwar hierzulande immer wieder außergewöhnliche Gestalten, aber die hielten sich eben doch meist in größeren Städten auf oder waren in den Diensten reicher Herren. Bockswalden war aber mit Sicherheit ein verschlafenes kleines Kaff. Bermeer selbst würde sich erst einmal umhören müssen.

Wo fragte ein Junge, der nicht von hier war, ohne Geld aber mit Diebesgut in der Tasche, nach einem Händler namens Penteref? Bermeers Gedanken kamen ins Stocken. Bei irgendwelchen Tagelöhnern, Kopfgeldjägern, Mägden, Leibwachen, Dieben, Beamten, Händlern oder wohlhabenden Herrschaften hätte er mit Sicherheit einen guten Ansatzpunkt gewusst. Sie alle folgten meist irgendeinem typischen Muster und vor allem waren sie erwachsen. Doch es fiel Bermeer zusehends schwer, Moakin einzuschätzen. Er wusste zu wenig über ihn und er war noch einhalbes Kind.

Der Junge war dreizehn oder vierzehn Winter alt. Er war mit Sicherheit müde und mittellos. Seine Kleidung war bestimmt Anlass genug, ihn aus jedem besseren Gasthaus zu werfen. Und er hatte zwei Dracheneier bei sich, die seine Überlebenschancen bei jedem, der ihren Wert kannte, rapide sinken ließen. Außerdem war der Junge von diesem Wilderer übers Ohr gehauen worden. Wenn er daraus gelernt hatte, war er vielleicht so schlau, die Eier oder wenigstens eines davon zu verstecken und nicht so dumm, das in der Stadt zu tun.

Der Todesgaukler kam zu dem Schluss, dass der Junge nicht viele Optionen hatte. Das Schlimmste, das passieren konnte, war, dass er einfach den Nächstbesten fragte, wo Penteref sich aufhielt.

Das würde einem Händler wie Penteref, den sogar irgendwelche zwielichtigen Wilderer aus den Wäldern kannten, wohl schnell zu Ohren kommen.

Die andere und weitaus vernünftigere Möglichkeit bestand darin, dass der Junge sich erst einmal ein Unterkommen verschaffte, um ein bisschen zur Ruhe zu kommen. Dafür sprach, dass er wahrscheinlich nicht wusste, wie nahe sie ihm waren oder dass sie ihn überhaupt suchten. Doch Bermeers Bauchgefühl sagte etwas anderes.

Moakin war aus seinem Heimatdorf abgehauen und hatte dabei seine Mutter zurückgelassen. Und so entschlossen, wie der Junge sich fortbewegte, schien er seine Entscheidung nicht zu bereuen. Er wollte die Welt sehen und das ging nur, wenn er schnell an Geld kam.

Die einzige Möglichkeit, die ihnen beiden also blieb, war die Augen offen zu halten. Bermeer müsste direkt zu diesem Penteref gehen und ihn beobachten. Garock müsste schauen, dass er irgendwie in der Nähe blieb. Das könnte schwierig werden, ohne dabei aufzufallen.

Eine weitere Sorge kam Bermeer ins Bewusstsein. Wenn sie der Eier jetzt nicht habhaft wurden, stiegen die Chancen, dass Garock an Wundbrand starb, weiter in die Höhe. Sein Arm musste dringend versorgt werden.

***

Schritt für Schritt. Schmerz um Schmerz. Garocks Arm war ein Meer aus Schmerzen und der Gestank des Armes machte ihm Sorgen. Seit dem Frühstück hatten sie kein Wort mehr gewechselt und das war für einen Mann wie Bermeer sehr ungewöhnlich. Entweder er dachte angestrengt nach oder er war erschöpfter, als Garock angenommen hatte. Schritt für Schritt. Schmerz um Schmerz. Garock zwang seine Gedanken in eine andere Richtung.

Dabei wurde ihm erst jetzt richtig bewusst, wie lange er eigentlich schon keine Verletzung länger als vielleicht ein oder zwei Tage hatte erdulden müssen. Zum einen hatte es schon lange keinen Anlass für einen Kampf mehr gegeben, bei dem sich Garock ernsthaft verletzen hätte können, und außerdem war Lavielle in den letzten drei Jahrzehnten immer zur Stelle gewesen und hatte ihn geheilt.

Zwanzig Jahre hatte sie ihren Weg mit ihm sogar alleine geteilt. Und nun hatte er sie Hals über Kopf verlassen müssen und zudem in einem Zustand völliger Orientierungslosigkeit. Hankuma, gib Kraft. Hankuma gib Weisheit. Garock biss die Zähne zusammen. Schritt für Schritt. Schmerz um Schmerz.

Endlich gaben die schneebedeckten Tannen den Blick auf eine große flache Senke mit einem kleinen Städtchen frei. Sie standen nun direkt am Waldrand. Nur wenige Schritte rechts von ihnen führte ein Weg aus der Stadt direkt in den Tann.

Bockswalden, wie wohl anzunehmen war, wurde seinem Namen durchaus gerecht. Es war zwar zehnmal so groß wie Birgenheim aber eben doch nur ein unwirtliches Kaff in einer unwirtlichen Gegend. Die Kuh des armen Mannes war zum Stadtnamen geworden.

Kaum hatte Garock das Städtchen wahrgenommen, begann Bermeer auch schon, das lange Schweigen zu brechen.

»Guter Freund, siehst du die Scheun'?

Geh' in die Näh' auf leisen Sohlen.

Ich eil'..., schau, wo der Händler weilt.

Wenn ich's weiß, komm ich dich holen.«

Bermeer kannte Garock nun wahrlich schon lange, aber dessen knappes Nicken hatte auch er beinahe übersehen. Schon stapfte der Riese weiter durch den Schnee zu dem vereinbarten Gebäude. Der Gaukler verdrängte die Sorgen und prüfte kurz sein Äußeres, verstaute hier etwas, steckte da etwas zurecht und wechselte die Kappe. Kaum hatte er ein paar Schritte getan, sah er einem Ziegenhirten ohne Arbeit ähnlicher als einem Gauklersmann.

APFELWEIN
(Nordgebirge im Winter)

Das kleine orangene Licht tanzte schon eine ganze Weile vor ihr auf
und ab und wurde durch das schwindende Tageslicht des
ungastlichen Wintertages mehr und mehr zur einzigen Lichtquelle
im großen Meer der schweigsamen Kälte. Seit dem frühen
Vormittag hatte Helmin nicht mehr mit Dekmanto gesprochen. Die
wenigen Male, an denen sie gerastet hatten, um Lavielle zu
versorgen, hatte Dekmanto nicht wirklich helfen können und sich
eher auf Abstand halten müssen. Nur vom Pferd herunter und
wieder hinauf hatte er sie gehoben. Das unschuldige Lächeln, das
Lavielle dabei trug, war der Kräuterfrau unangenehm gewesen. Es
machte ihr immer wieder schmerzlich bewusst, wie angreifbar sie
und die hohe Heilerin hier draußen im Grunde waren.

Helmin wusste, dass zu viel Schweigen genauso verdächtig war
wie zu viel Plappern. *Verdächtig.* War sie denn eine Vogelfreie, eine
Diebin? Bei Mawana, sie war die Kräuterfrau des Dorfes gewesen.
Und jetzt? Jetzt musste sie in Schimpf und Schande nach
Brakenburg ziehen, wusste nicht, wo ihr Sohn war oder wie es ihm
ging, hatte einen Wiedergänger, oder was er auch immer war, aufs
grade Wohl in die Wildnis geschickt und dieser Kopfgeldjäger war
bestimmt nur auf seinen Vorteil bedacht.

Der ungewohnt lange Fußmarsch im verharschten Schnee hatte
sie hundemüde gemacht, aber sie würde wohl noch ein paar Worte
mit Dekmanto wechseln müssen, um nicht seinen Argwohn zu
erregen.

Endlich kam das Licht näher und stellte sich als eine Öllampe
heraus, die neben der Tür eines kleine, geduckten Gehöfts hing.
Das Zeichen für Unterkunft. Ein Hund bellte im Inneren und
wurde mit einem Zischen beruhigt. Neben dem kleinen
Hauptgebäude befand sich ein noch kleinerer Stall. Doch alles sah
ordentlich und gepflegt aus. Der Besitzer hatte wohl öfter Reisende

zu Gast und war darauf eingerichtet. Dekmanto klopfte und schon wenige Augenblicke später öffnete sich die Tür.

Ein feister kleiner Mann mit freundlichem breiten Gesicht winkte sie eilig herein, sagte etwas über die Schulter hinweg und ein dürres Mädchen in zu großen Kleidern huschte an ihm vorbei und half dem Kopfgeldjäger, die Pferde zu versorgen.

Helmin und Lavielle betraten die dämmrige, warme Stube. Es roch nach Mensch, Vieh und altem Käse. Sie war größer, als von außen zu sehen und hatte noch einen niedrigen zweiten Boden, von dem herunter sie von einigen Gesichtern gemustert wurden. Mindestens fünf kleine Kinder und zwei Männer, vermutlich ebenfalls Reisende, blickten sie an. Der Hund, ein großer gutmütiger Mischling, kam wedelnd auf sie zu, schnupperte an Lavielles Hand und legte sich wieder auf seinen Platz. Als seine feuchte Nase sie berührte, kicherte die Heilerin.

»Guten Abend miteinander.« Helmin war müde, wusste aber, was sich gehörte. Lavielle sagte nichts, doch ihr kindliches Lächeln war Gruß genug.

Nach dem kurzen Verhandeln über den Preis mit Ramser, wie der Wirt hieß, saß Helmin mit Lavielle an dem einzigen Tisch und der Hausherr trug ein spätes Abendbrot auf: geräucherter Fisch, Brot, Käse und heißer Apfelwein. Schließlich gesellte sich auch Dekmanto nach einem kurzen ›N'Abend‹ zu ihnen.

»Der Eierdieb.« Lavielle strahlte den großen Mann an, worauf dieser sich eine Bemerkung verkniff, aber schlecht unterdrücken konnte, dass es begann, ihn zu stören.

Durch die Wärme und die Vorfreude auf das Essen milde gestimmt, besann sich Helmin auf die gebotene Höflichkeit. »Danke, Dekmanto.«

»Gern geschehen. Meinem Zossen tut es bestimmt ganz gut, wenn er mal mit etwas Gesellschaft im Stall steht.«

»Nicht für's Pferdeversorgen. Ich meine, ich war heute ziemlich mundfaul. Ihr müsst verst ...«

»Nun, ich hörte im Dorf das ein oder andere und wenn ich alles richtig zusammensetze, müsstet Ihr nicht gerade glücklich sein über die Reise. Ich kann gut verstehen, dass einem da einiges durch den Kopf geht.«

»Danke.«

Nach dem einfachen aber sättigenden Essen half Helmin Lavielle auf den großen Ofen, wo sei bei einem alten Mütterchen liegen durfte. Das war so in Decken gehüllt, dass es Helmin anfangs gar nicht aufgefallen war.

Dekmanto stopfte sich gerade ein Pfeifchen, als er leise wieder das Gespräch eröffnete. »Verzeiht meine unhöfliche Direktheit, Helmin. Mich geht nicht an, ob Euer Sohn ein Eierdieb ist oder warum Ihr aus dem Dorf gehen müsst. Was ich aber schon gern wüsste, ist, wer ist der Mann, den wir an der königlichen Straße treffen? Denn Euer Mann ist es nicht, der ist schon lange tot. So sagte man mir zumindest in Birgenheim. Wer also ist Murajin?« Der Kopfgeldjäger hatte in einem völlig ruhigen Tonfall gesprochen. Nur der Wirt war noch wach und hatte nicht einmal von seiner Schnitzerei aufgeblickt.

Helmin zog sich der Magen zusammen und sie presste die Kiefer aufeinander. Es entstand eine Stille, die sie zu lähmen schien, je länger sie andauerte. Doch gleichzeitig stieg eine Wut in ihr auf, die sie in ihrer Heftigkeit zuletzt verspürt hatte, als sie Beol geschlagen hatte. Sie neigte den Kopf ein wenig und malte die Worte mehr zwischen ihren Zähnen, als dass sie sie aussprach. »Vielleicht habe ich Euch nicht die Wahrheit gesagt. Ja, das kann gut sein, aber gerade ein Mann eures Berufes müsste wissen, wie wenig Fremden zu trauen ist ... und wie viel weniger dem Dorfgeschwätz.« Dekmanto schien zwar eine Reaktion erwartet zu haben, die Heftigkeit, mit der die Worte sich ihm entgegenwälzten, überraschten ihn aber doch.

Helmin hatte nun das Gefühl, ein wenig aus der Defensive herauskommen zu können. »Auch ich habe im Dorf etwas über Euch gehört. Und das war nicht das Beste. Es gibt Dinge, die lassen sich nicht mit ein paar Worten bei einem unerwarteten Frühstück oder jetzt beim Abendessen erklären. Und wer seid Ihr schon, als dass ich Euch trauen könnte? Ihr seid ein Mann, der Menschen für Geld jagt. Ich bin hier draußen allein mit einer schwerkranken

Heilerin und mein Gefährte ist weit. Ich bin also in Eurer Hand. Das weiß ich ... und doch sage ich Euch, öffnet besser nicht die Tür, an der Ihr gerade rüttelt.«

Dekmanto bog die Mundwinkel nach unten und zog die Brauen hoch. »Ich bin auch ein Mann, der eine Warnung ernst nimmt ... also lassen wir Murajin erst einmal Gunno sein. Und danke, offene Worte sind mir lieber als unwirkliches Gewäsch. Es ist spät. Gute Nacht.« Mit einem Lächeln stand der Kopfgeldjäger auf, klopfte seine Pfeife am Kamin aus, trat die Stiefel von den Füßen und machte es sich auf einer der noch freien Strohmatratzen gemütlich.

Helmin trank noch einen weiteren Becher Apfelwein. Sie war zum Umfallen müde und wusste doch, dass sie jetzt nicht schlafen konnte. Viel zu viel ging ihr durch den Kopf. Schließlich ging die kleine Talkkerze genauso wie der Weinkrug zur Neige und nur noch die Glut der Feuerstelle sandte einen orangenen Schimmer in die Stube.

Die Kräuterfrau erwachte, wo sie eingeschlafen war, am Tisch. Es war noch mitten in der Nacht. In Ermangelung von Wasser steckte sie sich eine der Nüsse vom Tisch in den Mund und lutschte darauf herum. Sie tastete sich griesgrämig mit schwerem Kopf und klebrigem Gaumen durch die Dunkelheit und legte sich zur Ruhe.

Sofort fiel sie in einen unruhigen Schlaf, der von Durst und vielen schlimmen Bilder durchzogen war. Der Halbe entstieg seinem Grab und Moakin, der ihn ausgegraben hatte, legte sich hinein. Beide waren blau gefroren, lachten aber böse. Gegen Ende des Traums sah sie, wie sich Dekmanto mit Lavielle unterhielt. Beide lachten wie zwei kleine Kinder und hielten sich immer wieder die Finger vor die Münder, um dem anderen zu bedeuten, leiser zu sein. Dann schwebte Helmin mit dem Gefühl des Verlassenseins und der Hilflosigkeit im wirren Nichts des Halbschlafs.

***

Das Meckern einer Ziege riss Helmin wieder in die Wirklichkeit. Ein vielleicht sechsjähriges Kind molk sie, während sie blökte und Kot fallen ließ. Helmin richtete sich auf und stieß sich an einem der

Querbalken, was das Pochen in ihrem Kopf nur noch verstärkte. »Lavielle?«

»Hier oben.« Fröhlich strahlte die Heilerin sie vom Ofen herab an. »Ganz weit oben. Pass auf, der Balken ist hart?« Offenbar entwickelte Lavielle langsam wieder einen Sinn für ihre Umgebung, was Helmin im Augenblick allerdings noch schwerfiel. Sie sah sich um und außer dem Sechsjährigen war sonst niemand da. Durch ein paar Ritzen in der Tür drang helles Licht. »Dekmanto? Wo ist er?«

»Der Eierdieb ist weg. Wir haben ein Spiel gespielt. Ich war ganz leise. Er findet Moakin, ganz bestimmt.«

»Moakin! Wie, warum? Was hast du ihm erzählt?« Trotz des Schwindels war Helmin jetzt auf den Beinen.

»Er findet Moakin und dann ... dann stiehlt er ihm vielleicht das Ei. Ja.« Lavielle war feierlich und voller Freude, die Helmin überhaupt nicht mit ihr teilen konnte.

»Seit wann ist er weg? Wir müssen ...« Helmin hatte schon die ersten Sachen zusammen gerafft, als sie mitten in der Bewegung verharrte. Was war sie denn im Begriff, zu tun und warum? Sie wollte einem Kopfgeldjäger hinterherjagen, der mit Sicherheit schneller war als sie und sie musste auf Lavielle aufpassen. Helmin heulte vor Wut. »Was hast du ihm alles erzählt?« Mittlerweile duzte sie die hohe Heilerin. Respekt hatte sie nicht mehr, eher Mitleid.

»Moakin ist ein tapferer Junge. Und stark. Der Eierdieb wird zu ihm gehen und versuchen, ihm das Ei abzunehmen. Das Ei ist nicht gut für Moakin.« Lavielle riss während ihrer Worte immer wieder die Augen weit auf und flüsterte wie ein Kind, das ein gefährliches Geheimnis verriet.

»Was wird er? Moakin das Ei ...? Wieso überhaupt ein Ei? Moakin hat doch zwei Eier bei sich.« Helmin war hin und hergerissen zwischen den Worten Lavielles und der Tatsache, dass sie nicht mehr ganz bei Sinnen war.

»Nein, nein, nein. Moakin hat nur noch ein Ei. Das andere ist in Sicherheit.«

Helmin stellten sich die Nackenhaare. Lavielle hatte in letzter Zeit immer wieder Worte von sonderbarer Zweideutigkeit oder gar visionären Charakters gesprochen. Hatte sie das zweite Gesicht?

MORRTAG'OR BERICHTET WEITER
(weit im Westen)

»Wein?« Der Herr hatte nur die Hand in Richtung der Karaffe gestreckt.

»Oh, Herr. Das ist zu viel der Ehre. Ich ...«

»Nun trink schon oder soll ich den ganzen Tag auf das Ende deines Berichtes warten?« Die Stimme war völlig ruhig geblieben, aber Morrtag'or spürte die drohende Eruption seiner Wut ganz deutlich. Mit zitternden Händen goss er sich etwas Wein ein und trank einen hastigen Schluck. Der Wein tat seine Wirkung und der Hustenreiz war weg.

»Ankwin wollte zu seinem Onkel, um sich mit ihm zu versöhnen, doch wurde er noch von der Stadtwache gesucht. Er versuchte, ihn heimlich zu treffen, was nicht gelang. Lavielle und Theodus verdächtigten im Zuge ihrer Untersuchungen unabhängig voneinander die Stadtwache der Bestechlichkeit und wollten ebenfalls zu Richter Bungad. Der Spion Bermeer führte einen Anschlag auf mehrere korrupte Beamte durch, darunter auch auf den Richter, doch Bungad überlebte. Bei einen zweiten Anschlag auf Bungad müssen die Fünf irgendwie zusammengekommen sein. Auch hier befindet sich leider noch eine Lücke, aber vermutlich hat der Erzherzog die Gruppe beauftragt, eine Verschwörung aufzudecken, in die Richter Bungad verwickelt gewesen sein soll. Dieser muss damals mehrere Dracheneier gefunden haben. Was das aber mit dem Sturz des Königs zu tun hat, ist noch unklar.«

Morrtag'or räusperte sich wieder und spürte sofort den scharfen Blick seines Meisters auf sich.

»Die Gruppe konnte dann tatsächlich in den Katakomben unter dem Ratshaus Brakenburgs zu den Verschwörern vordringen, doch was dann geschah, ist sehr schwierig, zu klären, da alle Beteiligten entweder tot sind, sich im Ausland aufhalten oder der Gruppe angehörten. Und ihr hattet mir ja ganz ausdrücklich verboten, direkt mit den ...«

»Ich weiß, was ich gesagt habe. Mach weiter.«

»Verzeiht, Herr. Ankwin hat auf jeden Fall seinen Onkel damals dort in den Katakomben erschlagen. Die Art und Weise, wie das geschah, wurde dann sogar vertuscht. Offiziell starb der Richter an einem Wundfieber, dass noch von dem ersten Anschlag herrührte.« Der Diener warf einen Seitenblick zu seinem Herrn, doch alles schien in Ordnung.

»Der Erzherzog übergab dann Ankwin die Verantwortung über das Brakensteinsche Vermögen und alle Güter, da Siekoff, der Sohn Bungads, auf einer langwierigen Auslandsreise war. Er ist bis heute nicht nach Brakenburg zurückgekehrt. Auch hier sind unsere Bemühungen bis jetzt vergebens. Wir haben noch keine Spur von ihm. Im Weiteren zeigt sich, dass Ankwin alles daran setzte, geheim zu halten, wie der Richter gestorben war. Denn dann ...«

DER UNIVERSITÄTSDIENER
(Brakenburg im Frühling ... vor langer Zeit)

Langsam sank seine Hand herab, während Theodus immer noch mit offenem Mund in der Gasse stand. Irgendetwas riss ihn schließlich aus der Starre und seine Professionalität gewann die Oberhand. Schon begann sein Verstand die Erinnerungen an diverse Zeichnungen und Schnitte aus den unzähligen Büchern seines Magiestudiums zu durchforsten, ob er schon jemals etwas auch nur annähernd Vergleichbares gesehen hatte.

Gleichzeitig prägte er sich die Szenerie ein. Zu seiner Rechten gähnte ihm eine dunkle Türöffnung entgegen, an deren Angeln noch Holzfetzen hingen. Die dazu gehörige Tür, ein Blatt aus dicken Brettern, hing links an einer Hauswand auf den Trümmern von etwas, das wohl einmal eine Sänfte gewesen sein musste. Sie hatte kein Wappen, war also vermutlich eine der Mietsänften. Zwischen den Holztrümmern trat ein breiter, roter Rinnsal hervor. Eine Hand war zu sehen, doch so, wie alles ineinander gedrückt war, war klar, dass von dem dazugehörigen Menschen nicht viel übrig sein konnte. Einige Fliegen hatten sich bereits eingefunden, um sich gütlich zu tun. Theodus versuchte, sich einen Überblick über die anderen Körperteile in der Gasse zu verschaffen. Sie gehörten anscheinend zu einer weiteren Person, die aber auf der gesamten Fläche vor der Türöffnung verteilt worden war. Das machte also zwei Tote – bis jetzt.

»Herr Unteroffizier!« Es folgte keine Reaktion.

Theodus entließ schließlich den Universitätsdiener, da es hier nichts für ihn zu tun gab, jedoch sollte er noch den Unteroffizier zu ihm schicken, der sein Rufen wohl nicht gehört hatte. Theodus blieb an Ort und Stelle stehen, denn er war sich noch nicht im Klaren, wie er weiter vorgehen wollte. Endlich kam der Soldat.

»Wer hat die Stadtwache verständigt?«

»Ein Beckergeselle, der gerade von der Arbeit kam. Er wohnt gleich hier.« Der stämmige Soldat wies mit seinen kurzen aber kräftigen Armen auf das Haus neben dem Türloch. »Er heißt Wroko. Er sagt, das Häuschen gehört einem Ni'wubor. Soll ich ihn rufen, Herr.«

»Nein. War jemand hier, als Ihr kamt?«

»Bis ungefähr da, wo Ihr jetzt steht, Herr, war die Menge schon vorgerückt, aber weiter hatte sich noch keiner getraut.«

»Und wie ist Euer werter Namen?« Der junge Magier blendete das blutige Chaos um sich herum mehr und mehr aus und begann alles wie ein Rätsel zu betrachten.

»Dolan, Herr.«

Theodus ließ seinen Blick weiter wandern, während er mit dem Soldaten sprach. Da blieb er an einem der Köperteile hängen. Es war ein Stück vom Rumpf, an dem noch der blutverschmierte Gürtel hing. Beim Anblick der Gürtelschnalle weiteten sich seine Augen für einen Moment.

»Dolan, dass mir niemand ungefragt hier hereinkommt. Ich betone, niemand! Fordert besser noch ein paar Mann an und, nichts gegen Euch, aber ich glaube, ein Hauptmann wäre angebracht, denn das hier könnte länger dauern und mehr Befehlsgewalt erfordern.«

Der Unteroffizier schien zuerst nicht zu begreifen, machte aber dann mit einem ernsten Gesicht kehrt und begann seinen Männern Befehle entgegen zu bellen.

Auf der Gürtelschnalle, die normalerweise vom Wams verdeckt wurde, war ein Wappen zu erkennen — eine Lanze mit drei Blumen, das Wappen derer von Benkriet.

Wenn der Erzherzog hierin verwickelt oder gar eines der Opfer war, durfte Theodus keinen Fehler machen. Er begann sich ernsthafte Sorgen über sein weiteres Vorgehen zu machen.

Es gab in der Magierausbildung keinerlei Inhalte, die sich mit der Untersuchung derartiger Vorfälle beschäftigten. Im Wesentlichen ging es um den Umgang mit den Künsten der Magie, ihrem Ursprung und ihren Auswirkungen. Das würde wohl auch sein einziger Ansatzpunkt sein. Welche Magie, welcher Zauber hinterließ eine derartige Verwüstung? Theodus fiel dabei ein, dass er noch nicht einmal genau wusste, ob es sich überhaupt um Magie handelte. Vielleicht war ja auch etwas völlig anderes die Ursache. Doch das ließe sich klären.

Er faltete die Hände, kehrte die Handflächen nach außen, hob dann die Arme zum Himmel und löste die Finger wieder. Während dieser Bewegung murmelte der Magier einen verhältnismäßig einfachen Spruch, den er schon ganz früh erlernt hatte – ein Spruch, der eigentlich zur Austreibung von bösen Geistern diente, und deswegen alles sichtbar machte, was nicht von dieser Welt war.

»Geister, Geister saget mir,
wirkt die Kraft der Byten hier
oder gar eure eig'ne Hand?
Bringt hervor, was eurer Welt.
Bringt hervor und auch erhellt,
was sonst bleibt in eurem Land.«

Während sich seine Arme senkten, lösten sich kleine blaue Funken aus seinen Fingerspitzen und verteilten sich überall um ihn herum wie blauer Schnee. Immer mehr der kleinen Lichter schossen aus seinen Finger, bis alles in einem Umkreis von zwanzig Schritten mit blauen Funken bedeckt war. Zufrieden blickte sich Theodus um, dann klatschte er in die Hände und das blaue Glitzern zerstob in alle Richtungen und war ebenso schnell wieder verschwunden, wie es gekommen war. Doch an einigen Stellen waren die Funken geblieben und der Magier wurde weiß vor Schreck. Am Türrahmen war deutlich der blaue Abdruck einer riesigen klauenbewehrten Pranke zu sehen und es führten Spuren aus der Öffnung heraus bis zu dem Oberkörper der zerfetzten Leiche. Die Spuren stammten ebenfalls von Pranken, die keinem Tier gehören konnten, und maßen mindestens zwei Ellen. Jemand hatte offensichtlich einen Dämon beschworen und dieser war, nachdem er seinen Blutzoll erhalten hatte, wieder verschwunden. Manche Magier beschäftigten sich auch speziell mit Dämonen, jedoch geschah dies nur mit höchster Genehmigung unter größten Sicherheitsvorkehrungen in menschenleeren Regionen. Dies hier war Dämonenmagie höchster Ordnung und in der Nähe von Menschen bei Todesstrafe verboten.

Mit gestellten Nackenhaare und bedacht auf jeden Schritt arbeitete er sich nun zwischen den Trümmern und Körperteilen in Richtung Tür vor. Was war dort drinnen vorgegangen?

Theodus durchschritt die Türöffnung mit dem Gefühl, eine Schwelle in eine andere Welt zu überschreiten. Im Halbdunkel des Inneren waren zuerst nur undeutlich Schemen auszumachen. Der Magier verharrte einen Moment, bis sich seine Augen schließlich an das Dämmerlicht gewöhnt hatten.

Es handelte sich um einen schmalen Flur, in dem die blauen Spuren der Bestie deutlich zu sehen waren, selbst an der Decke. Sie kamen aus dem sich anschließenden Raum dahinter. Theodus kroch ein sonderbarer Geruch in die Nase, der ihn unwillkürlich an eine Schlachterei denken ließ. Auch hier surrten Fliegen durch die stickige Luft.

Ein hellblau leuchtender Fleck in der Mitte des Raumes dominierte die Szenerie. Das einzige natürliche Licht drang durch ein winziges Fenster in der rechten Wand. Es war unstet. Die Wolken verdeckten offenbar immer wieder die Sonne. Theodus ahnte bereits, was ihn erwartete und glaubte, es würde nicht so überraschend wie beim ersten Mal werden. Entschlossen setzte er seine Hand in Flammen. Das blaue Flackern entriss dem Dämmerlicht sein furchtbares Geheimnis. Die Kammer war übersät mit Blutflecken, Knochensplittern und Gedärmen. Die Reste der ärmlichen Einrichtung ließen lediglich auf einen Tisch und zwei Stühle schließen. Die Stühle waren sich offenbar gegenüber gestanden, der Tisch hingegen musste in der Ecke gestanden haben. Das Zentrum des blauen Lichts kam von der Stelle des hinteren Stuhls.

Was war hier geschehen? Ein Gesandter des Erzherzogs, ein Angehöriger seiner Familie oder gar er selbst waren hier mit der Sänfte angekommen. Diese Person war dann in das Gebäude gegangen. Aufgrund der Anordnung der Stühle hatte sie sich wohl auf den Stuhl an der Tür gesetzt. Eine weitere Person saß auf dem anderen Stuhl und muss dann aus irgend einem Grund geplatzt oder gar irgendwie zerrissen worden sein. Den Spuren des Dämons nach zu urteilen war er wahrscheinlich sogar in dieser Person inkarniert und hatte sie förmlich auseinandergerissen. Diese Explosion hatte der Besucher unmöglich überleben können.

Was wusste Theodus über so einen Dämon? Seine Beschwörung erforderte mindestens ein Menschenopfer. Hinzu kamen eine Art Auslöseritual und eine Kreideformel, die den Ort bestimmte. Theodus ging in die Hocke. Ein Würgen konnte er erfolgreich unterdrücken. Unter all dem Blut und den anderen Körperteilen lag ein Teppich. Mit spitzen Fingern hob Theodus das Blut durchtränkte Gewebe an. Wie vermutet leuchtete ihm auch hier das magische Blau entgegen. Es handelte sich um eine Beschwörungsformel, die mit spezieller Kreide dort aufgemalt worden war.

Das ließ den Schluss zu, dass zumindest der Besucher nichts davon gewusst hatte. Es war also eine Falle. Und, abgesehen von einem Fanatiker, war wohl keiner dazu bereit, sich für einen Anschlag von einem Dämon zerreißen zu lassen. Das Blut der beiden Personen war über den gesamten Raum verteilt. Aber irgendetwas fehlte Theodus in diesem Szenario. Er wusste nur nicht recht was.

Der Magier fasste noch einmal alles zusammen. Eine nicht gekennzeichnete Sänfte, der Erzherzog, eine unauffällige Adresse im Kräuterviertel, zwei Stühle, vier Tote und ein Dämon. Eins war klar. Er würde alle Erkenntnisse absolut vertraulich behandeln müssen. Doch wem konnte er trauen? Die Magiergilde entwickelte sich gerade zu einer Schlangengrube. Die Stadtwache hatte infolge der andauernden Festlichkeiten und des Personalwechsels in der Führung wahrscheinlich genug mit sich selbst zu tun, und wäre mit so einer delikaten Angelegenheit überfordert. Der Rat selbst war schwer angeschlagen und der König war sicherlich mit dem Ausrichten prunkvoller Bankette beschäftigt.

Dann musste Theodus schmunzeln. Eigentlich hätte er gleich drauf kommen können. Er war es nur noch nicht gewohnt, mit anderen zusammen zu arbeiten, doch Ankwin, Lavielle, ihren Riese und diesen Bermeer würde er wohl ins Vertrauen ziehen können, zumal Bermeer ja genaugenommen ein Bediensteter Rahags war.

Doch Theodus besann sich. Er wusste nicht einmal genau, ob tatsächlich der Erzherzog das Opfer war. Er würde zuerst einmal herausfinden müssen, ob Rahag III. vielleicht zu sprechen war. Wäre das der Fall, würde er nach einem Besuch bei Uharan dann ihm Bericht erstatten.

Der junge Magier schaute sich noch einmal um. Die Spuren der Geisterwelt hatte er alle gesehen. Die Sache war klar. Jemand hatte die streng verbotenen Rituale durchgeführt und Rahag oder eine seiner Gesandten getötet. Dabei waren vier Menschen gestorben. Er klatschte erneute in die Hände und die blauen Spuren verschwanden. Draußen waren jetzt Stimmen zu hören. Theodus wollte gerade die Kammer verlassen, als ihm schon eine grimmige Gestalt den Weg versperrte.

»Seid ihr Theodus?«

»Das ist richtig und mit wem habe ich die Ehre?« Theodus hatte diesen Menschen irgendwo schon einmal gesehen.

»Ich handle im Auftrag des Erzherzogs, mein Name tut nichts zur Sache. Das sollte genügen.« Der Mann hob Theodus einen Siegelring entgegen und es sah beinahe so aus, als sollte Theodus diesen küssen. Der zweifelnde Gesichtsausdruck des Magiers verstärkte diesen Eindruck. Als dies dem Gesandten auffiel, ließ er den Arm peinlich berührt schlagartig wieder sinken.

Theodus hatte den Siegelring eindeutig erkannt, war sich jetzt aber seiner Rolle als Ermittler nicht mehr sicher. Schließlich wies er seinen Träger als Bevollmächtigten des Erzherzogs aus. »Lasst mich raten, alles hier unterliegt natürlich der absoluten Verschwiegenheit.«

Der Gesandte ging gar nicht auf seine Bemerkung ein. »Er irrt sich nie in der Wahl der Menschen, die Aufgaben für ihn erledigen. Was habt Ihr bis jetzt herausgefunden?«

Theodus war es durchaus gewohnt, sich an Hierarchien zu halten, war doch die Magiergilde sehr auf Stände, Posten und Zuständigkeiten bedacht, trotzdem musste er seinen Stolz hinunter schlucken. Er setzte den Mann kurz uns Bild und der nickte nur. Als Theodus berichtete, dass der Besucher hier an Ort und Stelle zerfetzt worden war, flackerte dessen Blick allerdings für einen Moment.

Die Stimmen auf der Straße wurden leiser. Offenbar drängten die neu eingetroffenen Soldaten die Menge weiter zurück.

»Wie geht es jetzt weiter?« Theodus war kein Freund von Nebenrollen. Er war schließlich auch wer und hatte sich seine Stellung von ganz unten erarbeitet, nein erkämpft. Außerdem hatte er in dem vergangenen Prozess schon das Gefühl, nur benutzt worden zu sein.

»Ihr behaltet absolutes Stillschweigen über alles, auch Eurer Gilde gegenüber. Falls Euch noch irgendwelche Erkenntnisse überkommen sollten, werdet Ihr mich unverzüglich in Kenntnis setzen. Haben wir uns verstanden.«

Draußen wurden es wieder unruhiger. Der Mann rollte seine Augen seitlich zur Tür. Theodus durchschaute ihn mit einem Mal.

»Und an wen soll ich meine möglichen Erkenntnisse denn weiter geben, an den Herrn Tut-nichts-zur-Sache?«

Der Mann warf seine Augen hektisch hin und her. Offenbar war ihm sein Denkfehler erst jetzt aufgefallen, was Theodus zu dem Schluss brachte, dass er sich in einer ungewohnten Situation befand. Das und die Reaktion des Mannes auf seinen Bericht über den Hergang der Sache erhärtete wiederum seinen Verdacht, dass Rahag selbst das Opfer war.

»Rubon, richtet Eurer Botschaften an Rubon, Berater des Erzherzogs. Ich habe eine Amtsstube im Ratshaus.« Rubon sah sich hektisch um, als suche er nach einem Versteck. »Ein vertrauter Stadtgardist ließ mich durch die Absperrung. Meine Gegenwart hier muss unentdeckt bleiben, um keine Rückschlüsse auf meinen Herrn zuzulassen.«

Theodus reagierte sofort und trat dem gerade herein stapfenden Hauptmann entschlossen entgegen. »Haltet ein, guter Mann. Dies ist ein Ort höchst empfindlicher Spuren und es geht hier um Personen, die höchste Diskretion erfordern.«

»So ... Habt ihr mich gerufen? Wie ist euer Name, Herr?«

»Mein Name ist Theodus, königlicher Ankläger der Stadt Brakenburg. Ich habe Grund zu der Annahme, dass meine Dienste hier vonnöten sind. Es handelt sich offensichtlich um einen Verstoß gegen die Magiergesetze.«

Theodus schritt jetzt entschlossen auf den Hauptmann, der die Kammer noch nicht betreten hatte, zu. »Was ich Euch jetzt sage, bedarf der absoluten Vertraulichkeit, um unnötige Panik im Volk zu vermeiden. Hier wurde ein Dämon beschworen. Ich bin in doppelter Funktion hier. Zum einen als Ankläger, zum anderen als erster Magier vor Ort. Ich habe somit vorläufige Befehlsgewalt über Euch und Eure Männer.«

Der Hauptmann wollte gerade Luft holen, als Theodus weiter schritt und weiter sprach. »Riegelt die nächsten vier angrenzenden Gassen ab. Verhört die Bewohner der Häuser und lasst niemanden rein oder raus, außer ich gestatte es.«

Der Hauptmann war kein Dummkopf und wollte sich den Schneid nicht so schnell abkaufen lassen. Er setzte gerade zu einer Erwiderung an, als Theodus mit einem kurzen Murmeln seine rechte Hand in blaue Flammen setzte. Sofort sah man dort, wo das unwirkliche Licht sich ausbreitete, die Spuren des Dämons wieder. Das verfehlte seine Wirkung nicht. Dem Hauptmann fiel der Kiefer herunter und Angst erfüllte sein Gesicht.

»Baski, wo steckst du denn? Hast du alles aufgeschrieben? Beeil dich! Meine Beobachtungen müssen doch sofort zur Gilde.« Theodus hatte sich mittlerweile von dem erstarrten Soldaten abgewandt und rief in die kleine Kammer hinein.

Schließlich kam Rubon heraus und tat ganz dienstbeflissen Er hatte sich seine Kapuze übergeworfen und tief ins Gesicht gezogen. »Wie Ihr wünscht, Herr.«

Der Magier drehte sich nun wieder zu dem Hauptmann. »Nun, Herr Hauptmann. Ich denke, Ihr habt einiges zu tun.«

Das riss den Soldaten aus seiner Reglosigkeit. Er salutierte kurz, dreht auf dem Hacken und stob hinaus. Nur Augenblicke später waren draußen wieder jeder Menge Befehle und die dazugehörige Unruhe zuhören.

Rubon sah Theodus zweifelnd von der Seite her an. »Baski?«

»Das ist der Name unseres Universitätsdieners. Ein durchaus ehrenwerter Name, findet Ihr nicht?« Ein Schmunzeln konnte Theodus jedoch nicht unterdrücken.

Rubon trat mit eine Brummen an ihm vorbei und verließ das Haus.

Theodus musste nun grinsen. Er stand inmitten von Blut, Eingeweiden und blau leuchtenden Dämonenspuren und doch musste er grinsen. Als es ihm bewusst wurde, setzte er schnell eine ernste Miene auf, doch die Aufgekratztheit in seinem Inneren konnte er nicht leugnen.

Der Magier spürte die Erregung über die Herausforderung seines Intellekts und seiner magischen Fähigkeiten. Vor allem aber hatte er dieses eine Gefühl, das ihn schon damals in der Leichenhalle im Seelengarten ergriffen hatte – die Jagd war wieder eröffnet.

KARTOFFELN
(Bockswalden im Winter)

Als Moakin die ersten Hütten des Städtchens passierten, beschlich ihn eine sonderbare Mischung aus Erleichterung, Heimweh und einem altvertrauten Gefühl – der Schmerz des Außenseiters. Trotzdem freute er sich, wieder unter Menschen zu sein.

Beim Anblick einer älteren Frau musste er an seiner Mutter denken. Wie es ihr wohl ging? Wie würden die Menschen hier reagieren? Was, wenn er vor lauter Stottern nicht einen Satz herausbekam. Hier kannten sie ihn nicht. Hier wussten sie nicht, was er wollte.

Moakin zog seine Augenbrauen zusammen, als wolle er damit seine Bedenken einfach wegdrücken.

Es war später Vormittag und auf den Wegen und Straßen war hier und da jemand zu sehen. Ein Mann, der Holz trug, eine Frau mit einem Sack auf dem Rücken oder ein paar rotbäckige Kinder, die johlend irgendwohin rannten, um den kurzen Tag zu genießen. Zuhause gab es um diese Zeit des Jahres für sie sowieso nicht viel zu helfen. Die meisten der Menschen, denen er begegnete, waren bis zur Nasenspitze eingepackt und darum bemüht, ihre Vorhaben so schnell wie möglich hinter sich zu bringen, um möglichst bald wieder an den heimischen Herd zu gelangen.

Hier im äußeren Teil der Stadt sah der Junge keine Gelegenheit, irgendjemanden anzusprechen. Schließlich kam er an einen Durchlass in dem Erdwall, der den inneren Teil der Stadt einschloss. Ein Tor war nicht vorhanden, trotzdem bewunderte Moakin die aufwendigen Erdarbeiten. Er hatte so etwas noch nie gesehen. Das einzige Bauwerk, das noch prächtiger war, als jedes hier in der Stadt, war die Burg des Fürsten zuhause, was ihn mit etwas Stolz erfüllte. Doch die Burg war weit weg. Sein Heimatdorf hatte nichts an Pracht zu bieten. Die Hütten und Häuser hier schienen durchweg größer und irgendwie stabiler zu sein.

Zumindest kam es Moakin so vor, hatte er doch noch nie wirklich auf die Bauweise der Hütten in seinem Heimatdorf geachtet.

Schließlich kam er dem Zentrum immer näher. Auf einer größeren freie Fläche war ein Brunnen und einige Frauen standen darum herum und schwatzen trotz der Kälte. Unangenehm kam Moakin sein eigener Dorfbrunnen ins Gedächtnis. Einmal hatte er vergessen, den Eimer festzubinden und ihn mit samt dem Seil hinein geworfen. Er war für eine ganze Woche das Gespött des Dorfes gewesen.

Um den Platz waren bestimmt die größten Häuser der Stadt gebaut, ein paar waren sogar so hoch, dass man ein zweites Geschoss hatte einziehen können. Das war Moakin bei gewöhnlichen Wohnhäusern noch nie begegnet.

Eines dieser Häuser war besonders lang und das Erdgeschoss war nur aus Stein. Obenauf auf war mit Holz und gekälktem Lehm weiter gebaut worden und das Dach hatte sogar Ziegel, wie bei der Burg des Fürsten. Moakin stand für einen Moment staunend da. Hier wohnte bestimmt der wichtigste Mann von Bockswalden, da war er sich sicher.

Außer den schwatzenden Frauen waren auch hier nicht wirklich viele Menschen unterwegs. Moakin hatte großen Hunger und getrunken hatte er nun auch schon länger nichts mehr. Sein Magen knurrte und ihm war schlecht. Hinzu kam, dass die Raben auf dem Platz und auf den Dächern ringsum wieder viel lauter zu krächzen schienen. Auch das Flüstern machte sich wieder in seinem Bewusstsein breit. Er musste etwas zwischen die Zähne bekommen.

Der Junge gab sich einen Ruck und ging auf eine der Frauen zu.

»Gu ... guten Tag, gute FFFrau. Hahabt Ihr etwas zzu essen für mmich? I ... ich wwürde Euch auch helfen, Euren sch ... schweren Ssack zu trahagen.«

Von einem Moment auf den anderen hatten die Frauen wie auf ein Signal hin aufgehört, zu sprechen. Alle schauten ihn jetzt an. Die Angesprochene war eine recht hochgewachsene Frau mit spröden Gesichtszügen und die Falten um ihren Mund ließen darauf schließen, dass sie nicht viel zu lachen hatte. Die durch die langen düsteren Wintermonate blasse Haut ließ die vor Kälte rote und spitze Nase weit hervortreten. Sie musterte den Jungen von oben bis unten, dann drehte sie sich zu den anderen um und begann lauthals zu lachen.

Moakins ohnehin schon kleiner Magen zog sich noch weiter zusammen.

Als das erste Lachen abebbte, wandte sie sich ihm wieder zu. »Was haben wir denn da für einen stotternden Tagedieb? Scher dich fort, bevor du uns noch die Saat ihm Frühjahr verdirbst!« Wieder lachte sie und die Frauen mit ihr, dass die wenigen Menschen auf der Straße ringsum auch schon begannen, sich umzudrehen.

Das Flüstern war mittlerweile zu einem aufdringlichen Wispern geworden und die Raben schienen direkt in seinem Kopf zu krächzen, als wollten sie das Wispern herauspicken. Moakin spürte, wie ihm das Blut im Kopf zu pochen begann. Er hatte plötzlich keinen Hunger mehr. Sein Magen war gefüllt mit Zorn. Er zitterte.

Der Junge nahm seinen Kopf nach unten. Finster blickte er die Frau an. Er war nur der stotternde Sohn einer Kräuterfrau, aber sie sollten schon sehen. In einer Entladung seines unbändigen Zornes stieß er die überraschte Frau, dass diese weit nach hinten stolperte und beinahe in den Brunnen gefallen wäre.

Die Raben überall auf dem Platz und auf den Dächern schossen wild krächzend in die Höhe.

Halb nach den Umstehenden greifend, halb von ihnen ergriffen riss die stürzende Frau am Gewand einer anderen. Ein, zwei runzlige Äpfel und ein paar kleine verschrumpelte Kartoffeln kullerten daraus hervor und über den schmutzigen Boden.

Überrascht von der Heftigkeit dieses plötzlichen Gewaltausbruchs waren die Frauen für einen Moment wie betäubt. Moakin selbst war ebenfalls zutiefst erschrocken über seinen plötzlichen Wutausbruch, aber vor allem darüber, dass er in diesem Augenblick keinerlei Empfindung hatte. Da war weder Wut, noch Angst, noch Reue, nicht einmal gekränkter Stolz, selbst das Wispern war fort.

Einem plötzlichen Impuls folgend raffte er von den kargen Früchten zusammen, was er zu fassen bekam, und rannte, so schnell ihn seine Beine trugen davon.

Nur Augenblicke später hatte sich die Frauen besonnen und schrien und keiften durcheinander, dass man den Jungen doch aufhalten solle.

Dieb und Mörder wurde er gerufen, doch Moakin rannte. Schnell begann seine Lunge durch die kalte Luft zu brennen. Er hatte bereits ein paar Häuserecken hinter sich gelassen, als er sich in einer kleinen Gasse an eine Hauswand presste und keuchend auf seine Beute starrte. Hastig biss er in die noch mit Erde verkrustete alte Kartoffel und atmete dabei hektisch durch die Nase. Kaum hatte er sie verschlungen, blickte er sich panisch um. Ein Versteck war jetzt das, was er am dringendsten brauchte.

Zwei Schritt links von ihm war eine Lücke zwischen zwei Häusern. Dort roch es zwar nach Urin und Unrat, doch Moakin hatte keine Wahl. Schnell zwängte er sich hinein und aß den Rest seiner Beute auf. Dieses Mal kaute er allerdings langsamer, denn die erste Kartoffel lag ihm schon schwer im Magen.

In seinem Versteck zog es zwar, aber er hatte Glück. Bei dem einen der beiden Häuser war die Feuerstelle wohl direkt hinter der Wand, sodass diese recht warm wurde. Eng drückte er sich an die Mauer und schaute sich immer wieder um.

Nach und nach stabilisierte sich seine Verfassung und er konnte wieder klar denken. Was hatte er da nur angerichtet? Ach, hätte sie ihm doch einfach eine verschrumpelte Kartoffel gegeben. Nein, sie musste ihn ja verhöhnen. Geschah ihr ganz recht, dieser dummen alten Gans.

Moakin überlegte, ob er bis zur Dunkelheit hier warten sollte. Erfrieren würde er nicht, aber diesen Penteref würde er so auch nicht finden. Immer noch kauend trat er langsam auf die Gasse, als sich plötzlich eine Hand schmerzhaft um sein Genick schloss.

»Hab ich dich, du kleiner Bastard!«

Moakin verschluckte sich vor Schreck und musste furchtbar husten. Er bekam kaum Luft und seine Augen füllten sich mit Tränen.

Noch bevor er richtig zu Atem kommen konnte, hatte ihn der Besitzer der Hand schon ein gutes Stück über die Gasse geschleift.

Langsam klärte sich Moakins Blick wieder. Der Mann war grobschlächtiger und trug so etwas wie einen Waffenrock. Darauf war unter einigen Speiseresten ein Wappen zu erkennen. Immer wieder fauchte er dem Jungen ins Ohr, dass er ihn endlich erwischt habe. Moakin versuchte unter Tränen zu beteuern, dass er das nicht gewollt habe und das es ein Versehen gewesen wäre, doch vor lauter Aufregung brachte er nur eine furchtbare Mischung aus Husten und Gestotter zuwege, die den Stadtknecht nur noch mehr anstachelte.

Die kurze Reise zum Stadtzentrum nahm nach vielen Schlägen und Grobheiten endlich ihr Ende. Auf dem Platz hatten sich jetzt einige Menschen versammelt. Ihr Kern wurde aus den Frauen von vorhin gebildet, die ihr Gekeife und Gekreische in keiner Weise abgemildert hatten. Die Beraubte forderte immer wieder ihre Kartoffeln und ihre Äpfel zurück, während die Gestoßene nach einer Prügelstrafe für den Jungen schrie.

Moakin wurde von dem großen Mann immer noch festgehalten, als der ihn in die Mitte der Menge zerrte. Immer wieder wurde er gezwickt, geschubst oder am Ohr gezogen, während der dicke Knecht keuchend versuchte, Ruhe in die Menge zu bringen. Das machte ihn selbst so unruhig, dass er den Jungen aus lauter Fahrigkeit sogar losließ, doch Moakin bemerkte es nicht einmal. Einem Häuflein Elend gleich stand er da und wusste weder ein noch aus.

»Ich kaufe ihn!« Die nicht unangenehme Stimme eines älteren Mannes hatte die Wortwogen der Menge einfach geteilt und nur wenige Augenblicke später herrschte Ruhe. Verwirrt sahen die beiden Frauen in die Richtung, aus der die Stimme kam.

Ein untersetzter Mann mit einem großen Pelzmantel starrte beinahe amüsiert in die Runde. Sein Backenbart war groß, hatte graue Strähnen und rahmten einen kleinen Mund ein. Die runde Nase saß zwischen zwei listigen graugrünen Augen. Links und rechts des Mannes stand je ein Knecht, wobei der eine gewissenloser aussah als der andere.

Die Größere der beiden Frauen machte einen kleinen Knicks und versuchte zu lächeln, was ihr aber nicht gelang. »Guten Tag, Herr Penteref.«

»Guten Tag auch dir, Lille. Ich kauf dir den Bengel ab.«

Moakin traute seinen Ohren nicht. Immerhin hatte er diesen Händler gefunden, doch warum wollte er ihn kaufen?

Während der Dorfbeamte schon erleichtert aufatmete, weil sich eine Lösung anbahnte, die ihn wenig Arbeit kosten würde, sah Lille ungläubig drein. »Ihr wollt ihn mir abkaufen?«

»Aber ja.«, Penteref lächelte schief. »Du willst Gerechtigkeit. Und du Sanje willst deinen Schaden ersetzt haben. Also kauf' ich ihn euch ab. So hat jeder etwas davon.«

»Aber er gehört uns doch gar nicht.« Unsicher flackerten Lilles Augen.

»Aber Lille, wenn ihr ihn jetzt verprügeln lassen wollt, muss vorher erst der Rat zusammentreten. Da bekommt ihr eure Kartoffeln auch nicht wieder und nach den Prügeln ist der Rotzlöffel frei. So wie der aussieht, ist er ein Waise, vielleicht sogar vogelfrei. Stattdessen löse ich ihn bei Naddes hier aus und gebe euch, sagen wir, je drei Glänzer. So haben alle etwas davon und ein paar Prügel wird er bei mir schon beziehen.«

Moakin zuckte unwillkürlich zusammen. Lille und auch Sanje blickte nachdenklich drein, bis sich nach wenigen Augenblicken Lilles Gesicht als erstes aufhellte. »Einverstanden.«

»So sei es.« Sofort zückte Penteref sechs silberne Münzen aus seinem Beutel und zählte sie den Frauen in die Hand. Dann wandte er sich an Naddes. »Nun, Naddes, welchen Preis sehen die Statuten der Stadt vor für einen Gefangenen, der ein paar Kartoffeln gestohlen hat?«

Unsicher kratzte sich Naddes am Kopf, bis er schwer keuchend antwortete. »Na, bestimmt vier Glänzer.« Beiden war klar, dass der Stadtknecht keine Ahnung hatte, was für so einen Fall in den Statuten der Stadt vorgesehen war.

»So, eins ... zwei ... drei und vier. Ainno, pack' dir den Burschen.« Noch während er dem Stadtknecht das Geld gegeben hatte, war sein bislang freundlicher Ton schlagartig in einen äußerst harten, geschäftigen umgeschlagen.

Der fießgesichtige Ainno schleifte Moakin samt seiner Tasche vom Platz weg die Straße entlang. Penteref machte sich mit dem zweiten seiner Knechte daran, weiter über den Platz zu promenieren, als wäre es seine Stadt, was wohl auch so ziemlich der Wahrheit entsprach. Er lächelte in sich hinein, hatte er doch soeben wieder ein gutes Geschäft gemacht. Ein Junge dieses Alters brachte im Süden bis zu einem Kunnig, das dreißigfache dessen, was er soeben gezahlt hatte.

GETRENNTE WEGE
(Nordgebirge im Winter)

Die gute Helmin schlief bestimmt noch tief und fest. Dekmanto lächelte in den kalten Morgenwind. Sie hatte bei dem Apfelwein ganz schön zu geschlagen, seine Hilfe war nicht einmal nötig gewesen. Und dann hatte ihm die verwirrte Heilerin alles erzählt.

Bei Lichte betrachtet war das allerdings nicht viel gewesen, aber bei Kastos, dem Gott der Diebe, sie war wunderschön. Sie war trotz ihres Alters schöner als die meisten Frauen in ihrer vollen Blüte. Dekmanto musst sich von den Erinnerungen an sie losreißen.

Der Sohn Helmins hieß Moakin und hatte, wenn er sich das süße Gebrabbel der Heilerin richtig zusammen reimte, zwei Dracheneier gestohlen. Woher die waren, hatte er nicht erfahren und es war ihm vorerst auch egal.

Der Junge war von Birgenheim in Richtung Osten geflohen und das kurz nach der Wintersonnwende und er stotterte stark. Das war wirklich nicht viel, aber immerhin doch genug, um ihn zu finden. Den flüchtigen Magier gab er auf. Die Spur war kalt. Er würde Moakin finden, ihm die Eier abschwatzen und sie an einen reichen Sammler verkaufen. Dann könnte er sich zu Ruhe setzen.

Der Kopfgeldjäger kam ins Grübeln und musste dann wieder lächeln. Er hatte schon oft größerer Geldsummen für schwierige Aufträge erhalten. Es hatte nie lange gereicht. Wenn er ehrlich war, würde er zu aller erst ein paar alte Schulden begleichen müssen, aber was dann übrig blieb, würde mit Sicherheit für ein bis zwei Jahre reichen. Nur Gasthäuser, Badehäuser und Huren und das alles natürlich im Süden. Sein Lächeln wurde zu einem breiten Grinsen.

Der einsetzende Regen riss Dekmanto aus seinen Gedanken. Das Frühjahr kam. Er würde sich beeilen müssen, wenn er noch vor der Dunkelheit bei der Breiten Furt sein wollte. Dort kamen im Frühling die Flößer aus den Dörfern im Gebirge den Ska herab, wenn sie ihr Holz nach Katym brachten. Vielleicht hatte einer was gehört und außerdem konnte er dort eine kleine Belohnung für Informationen über einen stotternden Tagedieb aussetzen. Sein Vorteil war, dass außer den zwei anderen, diesem Garock und diesem Bermeer, noch niemand die Dracheneier suchte und das sollte auch so bleiben.

Über diese beiden hatte er auch nicht viel heraus bekommen können. Die grünen Augen der Heilerin hatten geleuchtet, als sie von ihnen erzählt hatte, doch er wusste nur, dass der eine, Bermeer, sehr klein und schnell und der andere, Garock, unheimlich groß sein musste. Doch Dekmanto war schon lange genug im Geschäft, um zu wissen, dass er sie nicht unterschätzen durfte. Eine sehr hohe Heilerin kannte sie sehr gut. Sie waren bei der Bestattung des großen Ankwin dabei gewesen und jetzt hinter zwei gestohlenen Dracheneiern her, an deren Existenz nur wenige Menschen überhaupt glaubten. Vielleicht konnte er an der Furt auch etwas über sie in Erfahrung bringen, schließlich war so ein ungleiches Paar recht auffällig.

Dekmanto gab seinen Pferd mit der Ferse einen leichten Stoß in die Seite, worauf es schneller trabte. Bis zur Ankunft hatte er noch genug Zeit, sich seinen Reichtum auszumalen, aber er musste vorankommen.

***

Jetzt, als sie wieder aufgebrochen waren und Helmin Zeit zum Nachdenken fand, geriet sie dem Abgrund der Verzweiflung immer näher. Sie hatte dank des süßen Apfelweins schreckliche Kopfschmerzen und in ihrem Magen rumorte es entsprechend. Sie fühlte sich elend. Was sollte nur werden?

Inbrünstig hoffte sie, dass Garock und Bermeer ihren Sohn vor diesem scheinheiligen Kopfgeldjäger fanden und ihn vor größeren Dummheiten bewahrten. Hoffentlich brachten sie ihn an einem Stück zurück. Helmin wurde ein weiterer Umstand klar. Die beiden wussten ja gar nicht, dass sie nicht mehr in Birgenheim war. Als sie daran dachte, dass sie, selbst wenn sie Moakin je wieder sehen würde, nicht einmal mit ihm ins Dorf zurückkehren könnte, übermannte sie für einen Moment eine große Leere. Ihre Schritte wurden immer kleiner und dann blieb sie stehen. Ihr Gesicht war aschfahl und durch die Sorgen um Jahre älter. Mit ausdruckslosen Augen starrte sie in den Schnee. Was war ihr geblieben? Die Götter hatten ihr alles genommen, was ihr lieb und teuer war. Sie fühlte sich so unendlich schwach.

»Ihr Junge ist stark und Murajin kommt bald.« Für einen Moment hatte Lavielle nicht wie ein kleines Mädchen geklungen. Helmin erinnerte sich noch gut daran, wie Lavielle Moakin schon einmal als stark bezeichnet hatte. Es war erst ein paar Wochen her und doch schien es ihr wie eine Ewigkeit. Ihre Augen fingen an zu brennen, dann spürte sie Lavielles Hand auf ihrer Schulter und die Tränen flossen ungehindert. Sonderbarerweise spürte sie jetzt allerdings keine Verzweiflung, sondern Wärme, eine Wärme, die sie lange nicht mehr gespürt hatte. Helmin empfand Hoffnung.

Lavielles Hand löste sich von ihrer Schulter und das Gefühl ließ für einen kurzen Moment nach, nur um sogleich noch stärker wieder zurückzukehren. Helmin blickte Lavielle über ihre Schulter hinweg an. Diese strahlte wieder in kindlicher Naivität, doch spürte Helmin, dass da noch mehr war. Sie nickte der Heilerin zu, wischte sich die Tränen aus dem Gesicht und stapfte weiter durch den Schnee.

Zu ihrem Glück hatte es die letzten Stunden nicht geschneit, so dass sie einfach den Spuren Dekmantos folgte. Sie wusste, er würde auch zuerst zur königlichen Straße reiten, um dann schneller voranzukommen. Hoffentlich fand Murajin auch den Weg dorthin. Für einen kurzen Moment spürte sie einen lauen Wind, dann setzte der Regen ein.

SPÄTE SPEISEN
(Brakenburg im Frühling ... vor langer Zeit)

Mintane flatterte wieder mit einer neuen Ansammlung von Köstlichkeiten auf dem Tablett herein. Ihre Wangen glühten und eine kleine Strähne klebte auf ihrer verschwitzten Stirn. Sie hatte alle Hände voll zu tun und war dennoch überglücklich, wieder einmal richtig kochen zu dürfen. Außerdem war sie froh, ihren Herrn wieder essen zu sehen.

Doch jedes Mal, wenn Mintane in der Küche verschwand, verschwand die gute Laune mit ihr. Das Tischgespräch zwischen Lavielle, Ankwin und Weiland floss zäh vor sich hin, bestand es doch fast ausschließlich aus höflichem Geplänkel. Lavielle war schließlich verstummt und Weiland konnte das Fähnchen der Unterhaltung nur kläglich hochhalten. Garock, der aus Ermangelung an Platz Ankwin gegenüber saß, hatte naturgemäß wenig, um nicht zu sagen, nichts beizutragen. Er war kurz vor dem Abendessen gekommen und hatte nach Lavielle gefragt, was Ankwins Stimmung einen weiteren Stich versetzt hatte. Ankwin bereute beinahe, die Einladung zum Abendessen erneut ausgesprochen zu haben.

Entweder Garock hielt sich einfach nur an seine Mentorin, die Lavielle ja war, oder er suchte die Nähe der Heilerin aus einem anderen Grund. *Verdammter Berisi!* Ankwin erschrak über seine Gefühle. Der Hüne hatte schon mit ihm zusammen gekämpft und sich als loyaler Kampfgefährte erwiesen. Bei diesen Gedanken kaute Ankwin nicht nur auf dem Brocken Fleisch in seinem Mund herum.

Aus dem großen Redeschwall des Berisi-Kriegers hatte man nicht viel entnehmen können. ›Ist Lavielle hier?‹ war das Einzige, was er bis jetzt gesprochen hatte. Ankwin hatte ihn natürlich dem Gastrecht gemäß zum Essen eingeladen. Da die hohen geschnitzten Stühle zu schmal für seine brachiale Statur waren, hatte man ihm kurzerhand eine schwere eisenbeschlagene Holztruhe herangezogen und ein Kissen darauf gelegt.

Die Tür war gerade hinter Mintane zugefallen, als wieder der Eisenring der großen Eingangstür zu hören war. Wenige Augenblicke später trat Miron herein. »Der hohe Theodus bittet um Einlass, Herr.«

Erleichtert über den unerwarteten Gast winkte Ankwin mit der Hand. »Lasst ihn nur ein, Miron. An der Tafel ist noch Platz.« Er kannte sich zwar überhaupt nicht mit Magie aus und konnte auch nicht nachvollziehen, wie man sich freiwillig und tagelang in Büchern vergraben konnte, aber Theodus redete gerne und das machte ihn für Ankwin im Moment äußerst sympathisch. Auch Weiland schmunzelte. Er erwartete sich wohl Ähnliches.

»Guten Abend, die Herrschaften. Ich wünsche, wohl zu speisen.« Theodus war hereingetreten. Sein Blick war ernst.

»Setzt Euch doch zu uns, Theodus. Es wird auch noch für einen Magen mehr reichen.« Ankwin lächelte den Magier fröhlich an, wurde aber dann dessen Stimmung gewahr.

Pakto, der Diener, zog einen Stuhl vom Tisch.

»Habt Dank für die Einladung. Gerne nehme ich an, habe ich doch seit heute Morgen nichts mehr gegessen.« Für einen Moment schien es, als wolle Theodus noch etwas anderes hinzufügen, doch dann entschied er sich dagegen und sagte nur halblaut. »Mit einem vollen Magen ist's wohl besser.«

Wie erwartet besserte sich das Gespräch, als Theodus daran teilnahm, wobei er eigentlich nicht daran teilnahm, sondern als einziger sprach. Lediglich Weiland warf ab und zu ein paar Bemerkungen ein. Der Magier plapperte mehr, als dass er sprach, über allerlei Begebenheiten in der Stadt und Belanglosigkeiten seiner Arbeit.

Lavielle konnte spüren, wie sich Theodus zusehends entspannte. Sie hatte ihn vor Gericht und in der Öffentlichkeit erlebt und selten war ihr ein so beherrschter Mann begegnet. Ihn hier so frei von der Leber weg einher plappern zu hören, machte sie glücklich, ja sogar ein wenig stolz. Sie hatte im Heilerorden gehört, dass er einst als Waisenkind in die Gilde aufgenommen worden war und ganz früh mit dem Studium begonnen hatte. Das musste eine harte Zeit gewesen sein und wenn sich dann ein Mensch so öffnete, hieß das, dass er einem vertraute. Lavielle spürte jedoch auch, dass trotz der abfallenden Spannung da noch etwas war. Sie war sich sicher, dass es Garock oder zumindest Weiland auch bemerkte. Bei Ankwin war sie sich überhaupt nicht sicher. Aber wann war sie sich schon einmal bei Ankwin sicher. *Dieser Sturkopf!* Sie verbarg ihr Gesicht hinter einer großen Tasse Tee und wischte sich unauffällig eine Träne aus dem Auge.

Schließlich war der Hauptgang vorbei und man befand sich bei den Nachspeisen, als Theodus ernst wurde. »So. Ich glaube, jetzt ist der Zeitpunkt gekommen. Wir haben ein Problem. Ganz Brakenburg hat ein Problem.« Er atmete noch einmal durch, denn er wollte alles der Reihe nach erzählen. Nach einem Moment der absoluten Stille begann er, darüber zu berichten, dass weitere drei Magier verhaftet worden waren. Als Theodus dann bei dem feisten Bravion angekommen war, unterbrach ihn Ankwin.

»In Ordnung, Rahag räumt auf und in der Magiergilde kommt es zu Machtkämpfen. Das ist nicht wirklich überraschend. Wenn der Leitwolf geht, kämpfen die anderen um eine neue Ordnung. Wo ist das Problem?«

Der Vergleich mit dem Tierreich brachte Theodus aus dem Konzept und er geriet ins Stocken. »Nun ... äh ... da ... danke für diese Anleihe aus der Natur, aber schließlich geht es hier um die Gilde, die einflussreichste Macht in den Weiten Billgats. Das darf man nicht unterschätzen. Hinzu kommt eine weit schlimmere Tatsache ...«

»Verzeiht, wenn ich so plump hier störe,
aber wenn's anders ging, ich schwöre,
die Vordertür hätt' ich genommen,
so bin ich durch die Küch' gekommen.«

Bermeer stand in der kaschierten Tür, die zur Küche führte, und schlug seine Kapuze nach hinten. Alle außer Weiland sahen ihn schweigend an. Der alte Heiler starrte vor sich hin und schmunzelte wieder einmal. Theodus hatte ein großes Fragezeichen im Gesicht und Ankwin zog die Augenbrauen zusammen. Er schien über den

Besuch nicht gerade erfreut zu sein. Man konnte ein Poltern hören. Garock hatte kurz gelacht und musterte den Todesgaukler aus seinen kaum geöffneten Augen. Lavielle war nur überrascht über Garocks Lachen.

»Nun denn, ob Hinter- oder Vordereingang. Auch Ihr seid mir willkommen, auch wenn ich mich an die Art Eures Erscheinens wohl noch gewöhnen muss. Setzt Euch. Esst.« Ankwin verdrehte die Augen absichtlich überdeutlich, hatte sich aber offenbar wieder beruhigt. »Ich vermute, Ihr habt auch etwas zu den Geschicken dieser Stadt beizutragen.«

Bermeer zog sich einen Teller heran und beäugte die verschiedenen Speisen.

»In der Tat, so ist's, mein Herr.
Der Bote hier hat neue Mär.
Man befahl mir ohne Scham
van Degens Schinder zu beschatten.
Nun ..., Chroster war sein Nam',
fand ich heraus bei Ratten.
Der van Degens Licht ausblies,
ich folgte ihm ab dem Verlies.
Er hielt die ganze Kneipe aus,
der Wirt hat fein gestrahlt.
Den quetschte ich wie eine Laus.
Der Chroster wurde bezahlt.
Des Zahlers Kleid nach Heilerart,
doch durchaus keins der Schlichten,
und er trug 'en Heilerbart,
einen ziemlich lichten.«

Weiland riss die blinden Augen auf und öffnete den Mund, doch es kam kein Wort über seine Lippen. Lavielle leget beruhigend ihre Hand auf die seine. »Ein Heiler? Seid Ihr sicher?«

»So zumindest sprach's der Wirt,
s'gibt keinen Grund, dass der sich irrt.«

Es folgte ein Moment des Schweigens. Keiner wusste recht, was er nun sagen sollte, als schließlich Theodus das Wort ergriff. »Dazu kann ich noch etwas ergänzen. Doch ich muss zuerst eine

Kleinigkeit erledigen.« Der Magiermeister erhob sich von seinem Platz und schloss die Augen. Dann murmelte er Worte in einer sonderbaren Sprache und vollführte ein paar ungewöhnliche Gesten mit den Händen, wobei auch die Finger sonderbare Stellungen einnahmen.

Nach einem kurzen Moment wuchs zwischen seinen Händen eine blass schimmernde durchsichtig blaue Kugel, die stetig wuchs, bis sie an die Wände, die Decke und den Boden stieß und sich diesen anpasste.

»So, nun sollten wir ungestört reden können. Die Sphäre schützt uns vor ungebetenen Ohren aller Art.« Wieder machte er eine kurze Pause, in der die Anwesenden beeindruckt auf das blaue Schimmern an den Wänden blickten, dann sprach er weiter.

»Uharan war bei diesem Verhör zugegen und jetzt, da Bermeer davon sprach, fällt mir ein, dass Uharan meinte, van Degen sei gestorben, bevor er wichtige Fragen beantworten konnte. Hier besteht offenbar ein Zusammenhang.« Die Anwesenden schauten kritisch drein, murmelten den ein oder anderen Gedanken und schienen, das Gesagte zu verdauen, als der Herr des Hauses weitersprach.

»Rahag vermutet also einen Zusammenhang zwischen van Degens frühem Tod und der Königsverschwörung.« Ankwin kniff die Augen zusammen.

»Rahag ist tot.« Die augenblickliche Stille und die fragenden Blicke trieben Theodus schnell zum Weitersprechen. »Heute Mittag wurde ich von ...«, der Magier stutzte, »Wer hat mich eigentlich benachrichtigt?«

»Würdet Ihr bitte fortfahren? Das fällt Euch bestimmt wieder ein.« Lavielle saß nun wie auf Kohlen.

»Nun gut. Ich wurde also heute Mittag ins Kräuterviertel gerufen. Eine ganze Menge Menschen drängten sich dort in einer Gasse. Ich arbeitete mich zum Anführer der Stadtwache durch und wurde sofort in eine kleine Seitengasse weitergeleitet. Es war schrecklich. Alles war voller Blut ...«, Theodus stockte, »Ich muss mich fassen.« Er atmete bei der Erinnerung an die blutigen Bilder noch einmal durch. »Ich fand eine völlig zertrümmerte Sänfte und viele Leichenteile vor. In dem kleinen Haus, aus dem wohl eine große Macht die Tür auf die Sänfte und ihre Träger geschleudert hatte, fand ich Spuren eines weiteren Toten und Anzeichen der Daimon D'annh.« Theodus blickte in die Runde, doch sah er nicht das Verständnis, das er erwartet hatte. Die Anwesenden blickten zwar besorgt, aber doch auch unwissend drein. Fragend blickte er von Gesicht zu Gesicht.

Weiland erlöste ihn. »Guter Theodus. Zum einen, warum nur Spuren eines Toten? Woher wisst ihr denn, dass jemand tot ist, wenn ihr nur Spuren findet? Und zweitens, weiß hier wohl kaum einer, was die Daimon D'annh ist. Ich glaube, ihr müsst uns da ein wenig aushelfen.«

Theodus hatte vor lauter Aufregung nicht bedacht, dass er ja mehr oder weniger der einzige am Tisch war, der tiefe Einblicke in die Künste der Magie hatte. Er wusste weit mehr über das Wirken der Daimon D'annh, als der Aberglauben der einfachen Menschen normalerweise zuließ.

»Verzeihung.« Sofort sprach Theodus routiniert in seinem besten Lehrmeisterton weiter. »Als die Daimon D'annh werden gemeinhin alle Aktivitäten bezeichnet, die den magischen Bund mit Dämonen beinhalten. Umgangssprachlich handelt es sich also um schwarze Magie.« Er machte eine künstlerische Pause, um seine Worte zu unterstreichen. »In dem kleinen Raum waren ebenfalls überall Blut und Gedärme. Meinen Untersuchungen zu Folge muss ein Dämon innerhalb eines Menschen inkarniert sein und hat ihn dadurch förmlich zerrissen.«

»Das ist ja furchtbar.« Lavielle hob entsetzt die Hand vor den Mund.

»Wie kommt ihr darauf, dass einer der Toten Rahag war?« Ankwin hatte die Frage gestellt.

»Bei einer der Leichenteile fand ich eine Gürtelschnalle mit seinem Wappen. Außerdem hat sich kurze Zeit später Rubon dort eingefunden. Er ist anscheinend die rechte Hand des Erzherzogs. Er wies mich an, alles höchst vertraulich zu behandeln. Die Anwesenden hier darauf aufmerksam zu machen, erübrigt sich denke ich. Ich gab also dem Kommandanten Order, alles abzusperren und die Leute zu befragen. Weiterhin begab ich mich dann noch in die Bibliothek, um ein paar Nachforschungen über Dämonenbeschwörungen zu tätigen und jetzt bin ich hier, um Euch zu Rate zu ziehen. Den obersten Magier habe ich leider nicht mehr angetroffen. Morgen früh wollte ich mit ihm und wieder mit dem Stadtkommandanten sprechen.«

»Bermeer, Garock, was meint Ihr? Wir sollten uns das Häuschen morgen noch einmal anschauen.« Ankwin klang äußerst entschlossen.

Garock blickte als Erstes zu Lavielle, die bereits zu einer Erwiderung ansetzte. Bermeer nickte und Weiland räusperte sich. »Nun, Ankwin. Das scheint der nächste logische Schritt, doch lasst uns erst noch etwas darüber nachdenken. Wir haben ja noch etwas Zeit bis Morgenfrüh. Zum einen müssen wir höchste Vorsicht walten lassen und zum anderen sollte vielleicht auch ein Heiler zugegen sein. Schließlich ist einer aus unseren Reihen offenbar darin verwickelt und neben Euren großen Fähigkeiten der Spurensuche kennt sich ein Heiler mit der Anatomie des menschlichen Körpers bestimmt besser aus.«

»Aber, verzeiht, Ihr seid doch blind.« Ankwin wollte Weiland nicht recht verstehen.

Dieser lächelte. »Tja ja, aber die gute Lavielle hier zu meiner Rechten hat nicht nur schöne, sondern auch scharfe Augen und einen scharfen Verstand. Und sie ist eine Heilerin.«

Lavielle, die die ganze Zeit recht zornig dreingeblickt hatte, weil Ankwin sie überging, zog nur bestätigend die Augenbrauen hoch.

Mit einem kurzen Seitenblick zu ihr gab Ankwin klein bei. Hätte er rot werden können, er hätte geleuchtet wie ein Apfel im Herbst. »Ihr habt wohl Recht, Weiland. Verzeiht, Lavielle.«

»Gehe ich Recht in der Annahme, dass Ihr alle mir also nicht nur mit Rat, sondern auch mit Tat zur Seite steht?« Theodus sah in die Runde und alle nickten.

»Dann ermächtige ich Euch hiermit offiziell, mir als königlichem Ankläger zu helfen.« Der Magier strahlte feierlich. Das Gefühl in seiner Brust ob so viel selbstverständlicher Hilfe hätte er nicht in Worte fassen können. Mit einem euphorischen Unterton fuhr er fort.

»Vielleicht sollten wir zusammentragen, was wir bis jetzt alles haben.« Theodus erhob sich von seinem Stuhl und begann hin und her zulaufen. »Da wäre zum einen der tote Magier, der auf wundersame Weise bei der Folter gestorben ist, obwohl wie üblich ein Heiler und sogar Uharan zugegen waren. Dann hätten wir einen gedungenen Folterknecht, der von einem vermeintlichen Heiler angeheuert wurde und wir haben weitere drei verhaftete Magier. Hinzu kommt die Beschwörung eines Dämons mitten im Kräuterviertel, die zum Tod des Erzherzogs und zwei seiner Bediensteten geführt hat.«

»Rubon dürft ihr nicht vergessen,
war er doch sogleich bereit.
Mag gut sein, dass ich vermessen,
doch wer gab ihm wohl Bescheid?«

»Gut, also, Rubon. Dem muss ich auch noch Bericht erstatten.« Theodus nickte und rieb sich nachdenklich das Kinn.

»Hat Rubon vielleicht seinen Herrn hintergangen?« Ankwin sah fragend in die Runde.

»Bedenkt man die Ereignisse der letzten Tage, riecht diese Mischung gar nicht gut. Magier, Heiler und der Rat, alles vermischt mit schwarzer Magier. Das ist nicht gut. Gar nicht gut.« Weiland schüttelte den Kopf, während er mit seinen blass grauen Augen ins Nichts starrte.

»Stellt sich also die Frage, wer der mysteriöse Heiler ist und warum er zuließ, dass einer der wichtigsten Gefangenen der letzten Jahrzehnte stirbt. Vielleicht könntet Ihr Euch morgen etwas umhören, werte Lavielle?« Theodus blickte zu Lavielle.

»Es ist noch nicht erwiesen, dass er ein Heiler ist, aber - ja.« Die schöne Heilerin wirkte müde und finster.

»Gut, dann denke ich, wir hätten unsere nächsten Schritte. Morgen früh schauen wir uns gemeinsam noch einmal das Kräuterviertel näher an. Die werte Lavielle hört sich im Heilerorden um, und ich ... ich werde wohl in der Magiergilde mein

Studium der Daimon D'annh noch etwas vertiefen müssen, zumal ich heute nicht wirklich fündig geworden bin.«

Der Assassine erhob sich, während er mit ausladenden Mund- und Zungenbewegungen Essensreste in seiner Mundhöhle suchte.

»Ich werd' jetzt wieder verschwinden
und sagen euch, wie ich zu finden.
Wenn Ihr mich dringend brauchen solltet,
geht morgens zu dem Marktplatz hin,
tut, als ob ihr 'nen Löhner wolltet.
Sucht mich nicht, hat keinen Sinn.
Bleibt ein Weilchen, gehet dann.
Ich treffe Euch, sobald ich kann.«

Nach einem Schmatzen fügte er noch hinzu:

»Ich knöpf' mir den Chroster vor.
und vielleicht die andern Schergen.
Ich ziehe sie an Nas' und Ohr
und schaue mal, was sie so verberg ....«

Bermeer stockte mitten im Wort und kniff die Augen nachdenklich zusammen.

»Er musste über die Klinge wandern,
ihm folgen vielleicht auch die ander'n.
Wenn einer will die Ruh' im Haus,
dann löscht er *alle* Lichter aus.«

Noch ehe die anderen den Sinn seiner Reime verstanden hatten, sprach er im Gehen weiter.

»Vielleicht kann ich sie ja bewahren,
bevor sie mit dem Fährmann fahren,
oder ich treff' vielleicht den Täter.
Zum Kräuterviertel komm ich später.«

Schon war er in der Tür zur Küche verschwunden.

Ankwin sah ihm verdutzt hinter her. »Hat irgendjemand verstanden, was ...?«

»Bermeer hat Recht. Wenn van Degen vielleicht schon ermordet wurde, dann könnte den drei anderen Magiern das gleiche Schicksal blühen.« Theodus schien einen weiteren Gedanken zu formen. »Ich muss vielleicht heute Nacht noch in die Festung.«

»Das würde auffallen. Warum solltet Ihr mitten in der Nacht die Verhöre überprüfen, wenn Ihr die Protokolle sowieso morgen auf dem Tisch habt? Man würde merken, dass Ihr Verdacht geschöpft habt.« Ankwin hatte gedanklich aufgeholt. »Natürlich seid Ihr der Ankläger und hättet jedes Recht zu diesem Besuch, aber ich bin mir sicher, Bermeer bekommt das auch gut alleine hin und, wenn etwas an der Sache dran ist, treiben wir auf Eure Weise den Gegner vielleicht zu größerer Vorsicht.«

»Meint Ihr wirklich, Bermeer ist in der Lage, alle drei zu retten?« Lavielle hatte sich vom Tisch erhoben.

»Vielleicht, vielleicht auch nicht, aber Herr Ankwin hat Recht. Wir wollen den Gegner nicht zu früh aus der Deckung jagen, sonst verscheuchen wir ihn nur. Außerdem müssten die Verhöre schon abgeschlossen sein. Wenn man sie töten wollte, sind sie wahrscheinlich schon tot. Bleibt also alles wie besprochen.« Theodus wandte sich zum Gehen.

»Zum Kräuterviertel komme ich auch mit, aber danach habe ich eine unaufschiebbare Angelegenheit zu erledigen.« Ankwin erhob sich ebenfalls.

»Ich werde die Leiche des guten van Degen genauer untersuchen. Garock, Ihr geht mir doch sicherlich zur Hand? Vielleicht bringt uns das weiter. Hoffentlich habe ich morgen nicht drei weitere Gäste im Totenhaus.« Weiland blickte trotz seiner matten Augen sehr besorgt und verärgert drein.

Lavielle war offensichtlich nicht so recht damit einverstanden, wie nüchtern Theodus den Tod der Magier bereits als Tatsache in seine Überlegungen mit einbezog, aber ihr fiel auch kein gutes Argument an. Das führte zu einem äußerst unzufriedenen Gesichtsausdruck. Finster schweigend griff sie zu ihrem Mantel.

»Wer hat Euch gerufen?« Die tiefe, steinige und vor allem unerwartete Stimme Garocks hatte sie alle stocken lassen. Der Hüne erhob sich auch und die Truhe gab ein erleichtertes Knacken von sich. Eindringlich oder neugierig, so genau ließ sich das in dem ledrigen Felsengrund seines Gesichtes nicht unterscheiden, sah er Theodus an.

Theodus war beeindruckt. Der Riese sagte nicht viel, aber er hörte genau zu. »Ihr habt Recht. Daran hatte ich gar nicht mehr gedacht. Da werde ich noch mit Baski reden müssen. Sehr gut, Herr Garock. Dann also bis morgen früh bei Sonnenaufgang im Kräuterviertel. Die kleine Gasse ist ganz in der Nähe des Alt-Ritterbrunnens und die Gardisten werdet ihr nicht verfehlen können.« Er klatschte in die Hände und das blaue Schimmern an den Wänden verschwand.

Ankwin geleitete seine Gäste zur Eingangstür. Kaum hatte er die Tür hinter ihnen geschlossen, dachte er bereits wieder wehmütigen an Lavielle, deren blumiger Duft immer noch in der Eingangshalle hing. Er schlug halbherzig gegen den Türrahmen, als ihm sofort wieder seine Wunde ins Bewusstsein trat. Er hatte Lavielle mit ihrem großzügigen Angebot zurückgewiesen und wusste nicht einmal genau warum. Aber er war nicht zum ersten Mal seinem Gefühl gefolgt. Die Wunde hatte schon während des ganzen Abends keine Ruhe gegeben und brannte jetzt äußerst unangenehm. Dass er das hatte verdrängen können, war nur der Tatsache geschuldet, dass die Neuigkeiten wirklich bedenklich waren. Wenn Rahag und van Degen wirklich ermordet worden und diese Daimon D'annh im Spiel war, hatten sie noch einiges zu erwarten. Und er selbst hatte noch etwas Wichtiges zu erledigen. Wieder stach seine Wunde.

Er würde eine Entscheidung treffen müssen. Die Verletzung wurde nicht besser. Er hatte schon oft genug Verletzungen gehabt, um das einschätzen zu können. Sie hatte sich zwar mehr oder weniger geschlossen, aber heilen wollte sie nicht recht. Müde und traurig schleppte sich Ankwin die Treppen nach oben.

»Benötigt Ihr mich noch, Herr?« Miron stand oben an der Treppe.

»Nein, nein, Miron. Löscht das Licht und geht ins Bett. Ich komme zurecht.«

»Wie Ihr meint, Herr. Ich wünsche eine angenehme Nachtruhe.« Steinern wartete der alte Diener, bis Ankwin an ihm vorbei gegangen war, und schritt dann aufrecht die Treppe hinunter.

145

Ankwin betrat sein Gemach und setzte sich vorsichtig auf das Bett. Aus Miron wurde er nicht recht schlau. Er schien die verlässlichste Seele im ganzen Haus zu sein und doch war er immer absolut unnahbar. Er hatte noch nie so einen Menschen getroffen. Das lag wahrscheinlich einfach nur an der Tatsache, dass Miron eben seinen Onkel gewohnt war. Er vermisste diesen bestimmt genauso wie er selbst und ihm mussten die Umstände seines Ablebens verdächtig vorkommen. Miron kannte schließlich die offizielle Version der Geschichte, doch wusste er ja genau, dass sein Herr in jener Nacht außer Haus gewesen war und keineswegs am Fieber darnieder gelegen hatte. Er würde mit Miron sprechen müssen, schließlich lebte er mit ihm in einem Haus und musste ihm vertrauen können.

Vertrauen. Das war so ein Begriff. Warum konnte er Lavielle nicht mehr vertrauen und ihr einfach alles erzählen? Nein, sie würde bestimmt ... Ja, was würde sie wohl tun? Die Heilerin, die er nie mehr zu Braut nehmen konnte. Warum war alles so kompliziert? Wieder trat die Wunde in sein Bewusstsein, begleitet durch das leise Flüstern.

Ankwin sank in die Kissen und nahm die Beine nach oben. Er versuchte zu meditieren. Nach mehreren Minuten, die mit ergebnislosem Augenflattern vergangen waren, richtete er sich wieder umständlich auf. Er hatte mit einem Mal einen riesigen Appetit. Der Krieger hatte den ganzen Abend nicht recht essen wollen. Er erhob sich und schlich trotz seiner Schmerzen in die Küche. Die alte Holztreppe kannte er mittlerweile gut genug, um ohne ein Knarren nach unten zu gelangen. Im großen Saal war alles dunkel, nur durch die hohen Fenster drang ein unbestimmtes Licht. Es roch nach gelöschten Kerzen und kaltem Essen. Schließlich stand er in der Küche.

Das Licht der hellen Mondnacht drang nur schwach durch ein kleines Fenster und gab einen vagen Eindruck von dem, was sich hier befand.

In der Feuerstelle glomm es orange durch die Löcher eines tönernen Gefäßes und das ergänzte das Mondlicht um eine rötliche Nuance. Mintane deckte nach dem Kochen die Glut immer mit einer speziellen Tonschale ab. So hatte sie es am nächsten Tag meist leichter, ein Feuer zu entfachen. Ankwin hatte das bis jetzt nur hier in Brakenburg gesehen.

Er schlich weiter zur Speisekammer und sein Heißhunger wurde stärker. Seine Lustlosigkeit zu essen, die den ganzen Abend angehalten hatte, wurde von dem Geruch der vielen Speisen restlos verdrängt. Neben einigem Rauchfleisch und geräucherten Würsten hingen Kräuter und auch Trockenfleisch in einem groben Leinensack. Es sollte offenbar noch abhängen und an der Luft trocknen. Ankwin wollte erst zu einer der Würste greifen, doch das Trockenfleisch reizte ihn plötzlich mehr. Es flüsterte.

Er nahm den Sack vom Haken und öffnete ihn. Im Inneren hingen einzelne Fleischstreifen, die dick mit Salz eingerieben waren. Sie hingen noch nicht lange darin, das Fleisch war noch feucht. Das Flüstern wurde lauter und lauter. Der Geruch des rohen Fleisches ließ ihn gierig werden. Schnell holte er einen Streifen heraus, riss ihn von dem dünnen Faden und steckte ihn sich in den Mund.

Der saftig blutige Geschmack des Fleisches vermengte sich mit dem Salz und Ankwin entfuhr ein leises Stöhnen. Dann schossen ihm Bilder von Blut, Ei und seinem toten Onkel durch den Kopf. Das Fleisch erinnerte ihn an den Schluck von dem Drachenei. Sofort spuckte er alles aus und musste würgen.

Was geschah mit ihm? Schweiß drang ihm auf die Stirn. Er musste weiter würgen und erbrach sich. Er sank auf die Knie, denn sein rebellierender Magen ließ seine Wunde schmerzen, bis er Sterne sah. Es brauchte eine Zeit, bis er wieder Herr seiner selbst war. Schließlich öffnete Ankwin die tränenden Augen. Den Mageninhalt unter sich roch er mehr, als dass er ihn sah. Erschrocken sah er sich um. Hatte Mintane oder einer der anderen Bediensteten ihn gehört? Er fühlte sich wie ein Einbrecher im eigenen Haus. Sein Wunde hämmerte im Takt seines Herzens. Wieder hörte er das Flüstern und der Tontopf mit der Glut kam in sein Blickfeld.

Ankwin wusste nicht wie, aber schon stand er bei der Feuerstelle, nahm die dicken Lappen und hob den Topf von der Glut. Sie zog ihn wunderbar an und das Flüstern wurde lauter. Die

Glut, das Fleisch, das Flüstern – alles versprach Heilung. Ihm wurde schwindelig, dann riss Ankwin sich das Hemd vom Leib. Sein Verband zeigte einen großen dunklen Fleck und ein fauliger Geruch stach ihm in die Nase. Auch den Verband entfernte er. Die Wunde war wieder aufgegangen und grinste ihn im fahlen Licht eitrig an wie ein böser Mund, der schief in seiner Seite saß. Dann griff Ankwin nach der Glutzange.

Er nahm eines der großen glühenden Kohlestücke und sah es an. Das warme Glühen war so wunderschön und es versprach Heilung – Heilung. Entschlossen drückte er es auf die Wunde. Ein Zischen und Ankwin unterdrückte einen Schrei. Schmerzen schossen durch seinen Leib, doch sofort verwandelten sie sich in Behagen. Es war nicht zu begreifen. Er fühlte Schmerz und Wohlbehagen auf einmal. Fester und fester presste er das Glutstück in die Wunde. Es brannte heller, bis es zu Asche zerfiel. Dann griff er sich das Nächste. Jetzt tat es nur noch gut, das Flüstern wurde schwächer.

Matt ließ der junge Bärenfelsener die Zange sinken. Er fühlte sich gut, endlich wieder gut. Schnell beseitigte er die Spuren seines Handelns, so gut es die Dunkelheit zu ließ und ging wieder auf sein Zimmer. Erst dort entzündete er eine Lampe und besah sich seine Wunde. Außer Ruß war nicht viel zu sehen. Er reinigte die Stelle mit dem Lappen aus der Waschschüssel. Die Wunde war fort, doch was er sah, konnte er nicht glauben. Dort, wo die Glut seine Haut hätte verbrennen müssen, war neue Haut zu sehen. Aber es war nicht seine Haut. Sie war grünlich und hatte kleine Schuppen.

DIE SCHEUNE
(Bockswalden im Winter)

Bermeer hatte die ersten Häuser passiert und verfiel sofort in einen sonderbaren Lauf. Er spürte instinktiv, dass sowohl bei Garock als auch bei Moakin jetzt jeder Moment zählte. Auf wunderbare Weise nutze er jedwede Deckung, um nicht unnötig von jemandem gesehen zu werden, sah aber auf den ersten Blick nur aus, wie jemand, der es eben eilig hatte. Außerdem bewegte er sich auf keiner Straße, die breiter als ein Eselskarren war. War die Deckung gut genug oder eben die Gelegenheit da, so sprang er auch schon mal auf einen Schuppen oder hechtete durch ein Kräutergärtlein. Auf hinterlassene Spuren konnte er jetzt keine Rücksicht nehmen.

Nur kurze Zeit später war es Bermeer gelungen, bis zu einem Platz im Zentrum der kleinen Stadt vorzudringen, ohne von jemandem wirklich wahrgenommen zu werden. Er blickte um eine Ecke und sah das, worin er sich am liebsten bewegte, Menschen. Und nicht einmal wenige, bedachte man das kalte Wetter und dass heute offensichtlich kein Markt war. Irgendetwas Besonderes war hier los. Schon mischte sich Bermeer unter die Leute und versuchte aus den aufgeschnappten Wortfetzen herauszuhören, was passiert war. Mit Sorge musste er hören, dass es sich wohl um einen Jungen drehte. Von Diebstahl und Mord war die Rede.

Gerade als sich der Assassine schnell und nahe genug herangearbeitet hatte, ohne wirklich aufzufallen, sah er nur noch, wie ein zwielichtiger Knecht Moakin davon schleifte. Ein offensichtlich wohlhabender Mann im Zentrum der Menschenansammlung grinste selbstgefällig und stolzierte dann weiter über den Markt.

Moakin durfte er nicht verlieren. Wer dieser Mann war, erschloss sich dem Todesgaukler nur wenige Augenblicke später, als er mehrfach in dem Gemurmel der Leute den Namen ›Penteref‹ hörte.

Schmunzelnd machte er sich an die Verfolgung Moakins. Wenn er wusste, wohin der Junge gebracht worden war, konnte er Garock

149

holen. Vielleicht ergab sich auch eine Gelegenheit, ihn gleich zu befreien.

Dass dieser Penteref den Jungen oder die Eier plötzlich verschwinden ließ, schien Bermeer unwahrscheinlich, sonst hätte er sich wahrscheinlich nicht die Mühe gemacht, Moakin wegbringen zu lassen. Und selbst wenn Penteref schon von den Eiern wusste, so musste er diese zuerst einmal in eine wirklich große Stadt bringen, um überhaupt einen Käufer zu finden, der ihn angemessen bezahlen konnte. Dracheneier waren schließlich ein Vermögen wert.

Zudem würde ein einigermaßen vernünftiger Händler solch wertvolle Wahre immer selbst begleiten und nach einem Mann, der spontan auf einem Pferd davon ritt, sah Penteref nicht aus.

Kaum hatte Bermeer seinen Gedankengang beendet, war auch schon die Verfolgung an ihrem Ende. Kurz nachdem der Knecht angehalten hatte, um an einer Tür zu klopfen, war Bermeer schon hinter einer Treppe verschwunden.

Das Gebäude war das eines verhältnismäßig reichen Mannes. Das Haupthaus hatte drei Stockwerke und die Scheune direkt daneben war fast genauso so hoch. Die Tür, an der der Knecht geklopft hatte, war Teil eines großen Hoftores.

Bermeer wartete eine Weile, um sicherzugehen, dass das hier nicht nur ein Zwischenhalt war, und durchstreifte im Anschluss die Straßen und Gassen rund um das Gehöft eingehend. Nachdem er sich ein genaues Bild gemacht hatte, bewegte er sich genauso schnell, wie er gekommen war, wieder zurück zum vereinbarten Treffpunkt.

***

Moakin versuchte, sich seine Chancen auszurechnen und überlegte, wie er weiter vorgehen könnte. Der Knecht, dieser Ainno, hatte ihn ziemlich grob und ohne jede Gemütsregung über die Gassen bis zu einem großen Haus gezerrt. Dem Jungen kam es wie ein Palast vor. Drei Stockwerke hatte das Haus und alles war sauber verputzt und gekalkt.

In dem kleinen Verhau, einem abgetrennten Teil einer großen Scheune, in den ihn der Knecht eingesperrt hatte, roch es allerdings ziemlich unangenehm nach Tier, Urin und verschimmelten Heu und das fahle, sterbende Tageslicht drang nur spärlich bis zu ihm vor.

Durch die Spalten zwischen den derben Brettern konnte er nur sehr wenig von der Scheune einsehen. In dem Verhau waren überall Eisenringe an der Wand und es lagen auch viele Ketten herum, aber nirgends war ein Tier zu sehen. Lediglich ein größerer Haufen Heu lag in der einen Ecke.

Auf dem Weg zu seinem Gefängnis hatte er vorher am unteren Ende des Hofes einen Stall und einen abgespannten Wagen ausgemacht, doch hier waren keine weiteren Tiere.

Auf dem Scheunenboden oben schien anstatt irgendwelcher Vorräte nur einiges Gerümpel herumzustehen. Doch Moakin konnte es weder richtig erkennen noch einordnen.

Er hatte noch nicht viel von der Welt gesehen, aber doch schon einige Scheunen, und so eine war ihm noch nie untergekommen. Welchem Zweck diente sie?

Neugierig bewegte er sich an den Spalten der Wandbretter hin und her und versuchte, mehr auszumachen, doch außer einer Esse rechts von ihm und zwei Brandeisen war da nichts weiter.

Brandeisen? Was für Tiere wurden hier gekennzeichnet. Moakin wusste, dass manche der reicheren Bauern und der Fürst selbst ihre Tiere mit Brandzeichen versahen, doch trotz des Winters war hier kein einziges Tier. Dann schoss es ihm ins Bewusstsein, wie ein Blitz in die Nacht. Penteref war Sklavenhändler.

Als er vielleicht acht oder neun gewesen war, hatte ihm Beol einmal mit großem Abscheu und auch mit Angst davon erzählt. Sklavenhändler handelten mit Menschen. Sie behandelten sie wie Vieh und verkauften sie in den Süden. Man konnte Glück haben und im Haushalt eines gutmütigen Reichen landen, aber meistens wurde man für harte Arbeit auf dem Felde oder in der Viehzucht eingesetzt.

Moakin begriff wohl zum ersten Mal den großen Unterschied zwischen einer Schauergeschichte, wie sie seine Mutter oder Beol ihm manchmal erzählt hatten, eine Geschichte, vor der er sich fürchtete, und der echten Welt, vor der sogar die Erwachsenen Angst hatten. Und genau dort war er jetzt, bei einem Sklavenhändler.

Jetzt begannen seinen Gedanken erst richtig zu rasen. Wie sollte er den Händler dazu bringen, ihm überhaupt zuzuhören? Er müsste ihm wohl gleich von den Eiern erzählen. Panisch sah er auf sein Gepäck, das unweit von ihm vor dem Verhau auf dem Boden lag. Ainno hatte es ihm abgenommen und achtlos dort hingeworfen.

Also gut, Moakin. Er versuchte, sich zu beruhigen. *Du bist ein stotternder Junge und ein Penteref hat dich gekauft. Du kannst dem Sklavenhändler aber immerhin ein Ei zeigen, dass seinesgleichen sucht. Hoffentlich ist es noch heil.*

Aber das Ei würde sich der dicke Händler ja sowieso nehmen. Moakin ließ die Schultern hängen, doch dann fiel ihm das zweite Ei wieder ein. Er hatte es ja versteckt. Grimmig kniff der Junge die Augen zusammen. Sie sollten schon sehen, wer er war.

Der Sklavenhändler war bestimmt so gierig, dass er sich die Chance auf ein zweites Ei nicht entgehen lassen würde, aber wie sollte er sich den Preis auszahlen lassen, ohne von Penteref wieder gefangen genommen zu werden. Was war überhaupt der Preis? Was sollte Moakin für zwei Eier verlangen, von denen er zwar wusste, dass sie selten waren, aber mehr auch nicht.? Er presste die Augen zusammen, als könne er so die Gedanken herauszwingen.

Er wusste, dass fünfzig Braken für seine Mutter und ihn ein Jahr gereicht hätte. Aber er wollte ja nicht irgendwo in einem Bergdorf leben. Er wollte in einer Stadt leben, in einer Stadt wie Bockswalden.

Halblaut begann Moakin an den Fingern abzuzählen, um die Summe wenigstens zu erahnen, obwohl er ganz genau wusste, dass er nicht mehr als bis zwanzig zählen konnte. Rechnen konnte er nur ganz kleine Beträge. »Also das Doppelte von fünfzig Braken ... und das für ein ganzes Leben ... Wie alt werde ich überhaupt?«

»Hundert.«

Erschrocken fuhr der Junge herum. Seine Augen hatten sich mittlerweile an das Halbdunkel in dem Verschlag gewöhnt, doch was er nun sah, überraschte ihn.

In der Ecke seines kleinen Gefängnisses stand ein zerzaustes Etwas, das sich wohl unter einem Haufen Heu und Stofffetzen versteckt haben musste. Seine Kleider waren noch ärmlicher als Moakins und vor allem in viel schlechterem Zustand. Die Dämmerung hatte draußen eingesetzt und Moakin konnte nicht richtig erkennen, wer da stand. Die Stimme musste die eines Mädchens sein, so viel stand fest.

»Ich b...«, ein Poltern unterbrach Moakin und ließ das Mädchen zusammenzucken. Einer der Knechte betrat die Scheune.

DIE ANDERE SEITE

(Brakenburg im Frühling ... vor langer Zeit)

Mit einem letzten Schwall aus dem Eimer spülte er das Blut und was der letzte Gefangenen noch so alles auf seiner Folterbank hinterlassen hatte fort. Chroster gähnte lange und ausgiebig. Die Luft hier unten war einfach schlecht. All die klagenden Gefangenen und ihr Schreien und Stöhnen als Ergebnis seiner Folter, das machte ihm nicht zu schaffen, aber die Luft hier unten in den Verliesen setzte ihm zu. Das spürte er ganz genau. Heute war wieder ein langer Tag gewesen. Durch die Festlichkeiten der letzten Zeit waren nicht nur mehr Menschen nach Brakenburg gekommen. Es hatte auch viel mehr Abschaum als sonst hier herunter in die Verliese des Königs gespült. Hinzu kam, dass die hohen Herren durch die Ereignisse auf dem großen Platz jetzt viel nervöser waren, als sonst und die Ergebnisse der Verhöre noch schneller erwarteten.

Und an wem blieb es wieder hängen? An Chroster, dem Foltermeister. Doch er war nicht unzufrieden. Der sonderbare Heiler hatte ihm eine Menge Geld verschafft und er hatte dafür nicht einmal viel tun müssen. Er hatte nur bei der Arbeit nicht aufgepasst und da war der Gefangene eben tot. *So was kommt manchmal vor.* Bei den Dreien von heute hatte er noch weniger Gewissensbisse. Die waren sogar ohne sein Zutun gestorben. Er grinste und musste husten.

Mit langsamen matten Bewegungen nahm er die letzte brennende Fackel im Raum aus der Halterung und schlurfte zu der schweren Gittertür. Er zog sie auf und wurde sofort durch ihr unsägliches Quietschen aus seinen Gedanken gerissen. *Verdammt!* Er hatte wieder vergessen, sie zu schmieren. Klagende Opfer waren ihm einerlei, aber diese Tür ging ihm seit Tagen mit ihrem erbärmlichen, rostigen Gewimmer auf die Nerven. Na ja, es war spät. *Draufgeschissen.*

Chroster ließ die Gittertür offen. Ohne ihn kam eh keiner hier unten raus oder rein. Und stehlen würde bestimmt auch keiner etwas. Bei dem Gedanken musste er plötzlich lachen, was wieder einen Hustenanfall zur Folge hatte. *Diese miese Luft! Verdammt nochmal.*

Am Ende des Labyrinths der Verliese angekommen griff er sich an den Gürtel, um sein Halstuch umzubinden. Er griff ins Leere. Chroster überlegte, ob er einfach ohne nach Hause gehen sollte. Doch wenn man aus den stickigen Mauern ins Freie kam, zog es meist noch schlimmer als im letzten Verlies, zumal er sowieso schon erkältet war. Er murmelte ein paar Flüche und machte sich auf den Weg zurück in die Folterkammer.

Er ergriff im Hineingehen die Gittertür und wollte sie schon aus Gewohnheit zuziehen, ließ aber noch rechtzeitig los. *Dieses Mal nicht.* Er lachte und hustete, dann hob er die Fackel höher und sah auch schon sein Halstuch. Es lag neben den großen Zangen. Dann wimmerte die Eisentür doch und alles wurde schwarz.

***

Ein furchtbarer Schmerz und Chroster riss die Augen auf. Etwas biss ihm in die Bauchdecke. Er hob den Kopf, sah allerdings nur den Ansatz seines entblößten Bauches. Er wollte schreien, doch fehlte ihm die Puste, irgendetwas drückte ihm in den Rücken. Langsam ließ der Schmerz nach. Etwas hatte ihn versengt. Er roch verbranntes Fleisch. Panisch sah er sich um. Über ihm war die Decke des Folterkellers mit dem schweren Haken, an dem sie manchmal einen hochzogen. Es brannten viele Fackeln an den Wänden. Seine Arme waren gebunden und erst jetzt wurde er den ziehenden Schmerz in den Schultern gewahr. Man hatte ihn auf seine eigene Streckbank gefesselt. So hatte er sie allerdings noch nie benutzt. Seine Hände wiesen in entgegengesetzte Richtungen und er lag nur mit den Schultern quer auf der Bank, während der Rest seines Körpers in sehr unangenehmer Stellung davon herunter hing. Neben den Schmerzen in den Schultern wurde er sich jetzt auch denen im Rücken bewusst. Sie machten ihm das Atmen schwer. Er versuchte, mit den Füßen halt zu bekommen, um den Rücken zu entlasten, doch es wollte ihm nicht recht gelingen. Er keuchte und hustete, was ihm erneute Schmerzen im Rücken bescherte und an seinen Armen zerrte. Der dicke Foltermeister war schon den Tränen nahe, als plötzlich von einer Zange gehalten über seinem Bauch, einer kleinen aufgehenden Sonne gleich, ein Stück glühende Kohle in sein Blickfeld wanderte.

»Vorsicht und ruhig Blut.

Bin etwas zittrig mit der Glut.« Die ruhige Stimme war an der Grenze zwischen Flüstern und Krächzen.

»Wer seid Ihr? Was wollt Ihr von mir?« In Chroster stieg Panik auf und er schluckte trocken.

»Aber, aber, werter Knecht,

Ihr wisst doch, wie das geht.

Kennt Ihr Euer Handwerk schlecht?

Schenkt Eure Ohren meiner Red'.

Der mit der Zange stellt die Fragen,

der andere tut die Antwort sagen.«

Chroster schossen die Tränen in die Augen und er fing an zu wimmern. Die Schmerzen waren unerträglich. Doch was viel schlimmer war, er wusste genau, wie es weiterging, und die Stimme seines Peinigers ließ keinen Zweifel daran, dass er es auch wusste. Verschwommen sah er die glühende Kohle vor seinen Augen tanzen.

»Hat der Heiler dich bezahlt,

für van Degens Sterben?

Sprich jetzt schnell, du fetter Aal.

Die Kohle bringt Verderben.«

»Meint Ihr den Magier, der hier gestorben ist? Ein Mann ... er suchte mich schon vor dem Verhör bei mir zuhause auf. Er machte nicht viel Worte. Er meinte nur, ich wäre meine Schulden los, wenn ...«, Chroster musste schlucken und husten, »... wenn der Magier stirbt, bevor er etwas sagt ... und ... und dass er dabei wäre und ich nichts zu befürchten hätte.«

»Wie hoch war der Lohn

für diese falsche Fron?«

»Ich ... ich wei ... weiß es nicht, aber wenn ich Erakun richtig verstanden habe, war es bestimmt mehr, als ich in zwei Jahren verdiene. Ach, Herr, ich habe doch nur getan, was man mir gesagt hat. Lasst Gnade walten, ich habe Frau und Kinder.«

Chroster hörte das typische Geräusch der Streckbank, wenn die Winde weiter gedreht wurde und beim nächsten Zahn einrastete. Er glaubte, die Haut auf Brust und Rücken würde reißen und seine Arme würden aus den Gelenken fahren. Er schrie heißer.

»Jetzt wird der Zimmermann zum Balken.
Wag es ja nicht, mich zu bitten.
Wie Teig werd' ich dich walken,
dass keiner kann dich kitten.
Wie kamen denn die anderen um?
Durch Folter starben sie nun nicht.
Ich streck' dir deine Schulter krumm,
lügst du mir jetzt noch ins Gesicht.«

»Damit hab ich nichts zu tun, Herr. Denen wurde bestimmt etwas ins Essen gemischt. Er hat sie alle drei vor dem Verhör noch besucht.« Die Stimme des Folterknechts überschlug sich.

»Beschreibe mir den Heiler,
der Augen Farbe, Haartracht, Bart.
War was an ihm ungewöhnlich,
was nicht jeder an sich hat?«

Die Streckbank wurde zwei Zähne zurückgedreht und Chroster konnte wieder besser atmen. »Die Augen waren ... waren ... blau, nein, braun und er hatte seinen Bart kurz aber ge ... geflochten ... aber der war ganz dünn ... und ... und er hatte eine sehr angenehme Stimme. Mehr weiß ich nicht. Er ... er ist noch nicht lange fort. Ihr müsst ihm doch begegnet sein.« Wieder schossen dem Folterknecht Tränen in die Augen.

Plötzlich spürte er ein Tuch auf seinem Gesicht und die Stimme des Peinigers war ganz dicht an seinem rechten Ohr.

»Meld' dich krank für ein paar Tage,
und wehe dir, du sprichst von mir,
dann werde ich dir zur echten Plage
und quäl' auch Frau und Kinder dir.«

Ein Rattern war zu hören und die Spannung auf seinen Armen ließ vollends nach. Chroster sank von der Bank auf den Boden und weinte bitterlich. Die Tür fiel rostig wimmernd mit ein.

VERHANDLUNGEN
(Bockswalden im Winter)

Vorsichtig schob er den dünnen Stiefeldolch in die Spalte zwischen Türblatt und Rahmen. Ein beherzter aber kurzer Ruck und der Riegel gab die kleine Tür frei. Bermeer hing mit einer Hand am Dach der Scheune und angelte mit der anderen nach der Tür, den Dolch nun zwischen den Zähnen. Der Assassine öffnete sie ganz langsam, um das erwartete Quietschen nicht zu laut werden zu lassen.

Bermeer hatte sich mit Garock beraten und sie waren übereingekommen, dass es am sinnvollsten war, bis zur Nacht zu warten. Der Assassine konnte sich dann besser bewegen, denn die Nacht war sein Revier. Beide waren schließlich immer noch angeschlagen, besonders Garock, wobei Bermeer seine Rippen durchaus noch spürte. Auch der Marsch hierher war anstrengend gewesen.

Sie wollten den Jungen samt der Eier in der Nacht befreien. Bermeer hatte Garock, so gut es eben ging auf kleineren Umwege um das Zentrum des Städtchens herum geführt. Es war zwar ein großes Risiko, dass sie jemand sah, aber andererseits hatte sie ja nichts verbrochen, noch nicht und, wenn es schnell gehen müsste, war eine Trennung von großem Nachteil. In einer Seitengasse in der Nähe des Händlers hatten sie dann einen Heuwagen entdeckt. Aus irgendeinem Grund stand der nicht im Stall. Er enthielt keine Ladung und es lagen lediglich ein paar leere Säcke darauf herum. Garock hatte sich in der frühen Dämmerung einfach unter die Säcke gelegt und so war er in Rufweite Bermeers.

Ein Schwingen, ein Sprung, wieder ein leises Quietschen, und der Assassine hockte auf dem Dachboden der Scheune zwischen allerlei Kisten und Säcken. Schon war der Dolch wieder im Stiefel.

Von unten drang eine Männerstimme gedämpft zu ihm herauf und es roch, neben dem üblichen Heu, Staub und Moder auch nach Rauch.

Soweit er sie sehen konnte, orientierte sich Bermeer an den Nägeln, mit denen die Bodenbretter befestigt waren. Trat man auf diese, war es viel unwahrscheinlicher, dass die Bretter knarrten. Schritt für Schritt tastete er sich bis zur Kante vor. Dort stand eine größere Kiste, die sich als Deckung anbot.

Immer deutlicher verstand er die Worte des Mannes unter ihm. Dem Alter und der Sprachmelodie nach zu urteilen war es der Händler selbst.

»... noch ein paar Scheite ins Feuer, Ainno. Ich hasse es, zu frieren. So, und nun zu dir, mein Junge.«

Bermeer konnte jetzt einen großen Teil der unteren Scheune einsehen. Moakin stand vor einem kleinen Käfig, dessen Tür offen war. Er schien soweit gesund, doch sein Gesichtsausdruck sprach Bände. Vor dem Jungen hatten sich der dicke Sklavenhändler und drei seiner Knechte aufgebaut, wobei Penteref ziemlich nahe an einer Esse in der Ecke stand und seine Hände wärmte. Dort brannten nämlich wohl erst seit kurzem ein paar dicke Holzscheite und ein Brandeisen lagen in der Glut. Ainno hatte eine Ochsenpeitsche in der Hand. Penteref war also Sklavenhändler.

Der Händler sah kurz zu Moakin.

»Wie ist dein Name, Bursche?«

»Mmoakin.« Der Junge hatte trotz des kleinen Hängers entschlossen gesprochen.

»Mmoakin, aha.« Penteref hatte Moakin nachgeäfft und sogleich begannen seine Knechte zu grinsen.

Der Händler beschäftigte sich eingehend mit der Wärme des Feuers und seinen Händen, während er mit dem Jungen sprach. »Du kannst dich geehrt fühlen, Mmoakin. Normalerweise mach ich wegen einem Sklaven kein so großes Aufheben, aber ich bin ehrlich. Die nächste Lieferung kommt erst noch und der Winter ist lang. Mir ist langweilig.«

Moakin schwieg in Ermangelung einer guten Antwort, sah aber sehr trotzig drein.

»Woher kommst du?«

»A ... aus ... BBBergenbach.« Wieder einmal hatte ihm seine Stotterei Zeit verschafft. Bergenbach war zwar nicht weit von Birgenheim, aber eben doch ein anderes Dorf.

»Wo ist deine Familie?«

Moakin hatte mittlerweile begriffen, was für ein Schicksal hier in Aussicht stand und wusste instinktiv, dass er seine Mutter da raushalten musste. »Ich bin allein. Mein Vater starb vor meiner Geburt und meine Mutter kurz vor dem Winter. Der Schmied hat mich aufgenommen und ich hätte bei ihm in die Lehre gehen sollen. Da bin ich abgehauen.«

»Tja, Mmoakin.« Immer noch machte sich der Händler über den Jungen lustig. »Es scheint, dass du hier und heute wohl doch noch Bekanntschaft mit dem glühenden Eisen machen wirst, allerdings auf andere Weise, als es vielleicht der Schmied im Sinne hatte.« Penteref lächelte und seine Knechte grinsten noch böser, während Moakin beim Anblick des inzwischen dunkelrot glühenden Brandeisens die ersten Schweißperlen auf die Stirn traten.

»Weißt du, Junge, wenn ich dich in den Süden verkaufe, bringst du mir gutes Geld ein. Zähe, junge Arbeitskräfte sind immer gefragt. Kinder sterben zu schnell weg und junge Männer kann man nicht mehr recht formen, aber du bist genau im richtigen Alter. Deshalb habe ich mich auch entschieden, dich zu behalten.«

Moakin schauderte bei der Vorstellung, sein Leben lang diesem oder einem ähnlichen Mann zu dienen. So hatte er sich seine Zukunft in einer Stadt bei Weitem nicht vorgestellt.

»Ich bin immer auf der Suche nach gutem Personal und, wenn du dich an meine Regeln hältst, wer weiß, vielleicht stehst du ja eines Tages auf der anderen Seite des Brandeisens.«

Moakin schien nicht davon überzeugt, dass jetzt der richtige Zeitpunkt war, um zu sprechen, aber andererseits spürte er, dass es bei diesem Mann wohl nie den richtigen Zeitpunkt gab. »Ich habe ein magisches Ei! Das kann ich Euch verkaufen, hoher Herr.« Moakin war nichts Besseres eingefallen.

Ainno wollte schon mit der Ochsenpeitsche ausholen, als Penteref die Hand hob. »Oh, merkt auf, meine Knechte, wie haben hier einen Händler vor uns. Nun, werter Mmoakin. Was ist denn der Preis für dein ... magisches Ei?« Das letzte Wort hatte er fast geflüstert wie ein Gaukler, der ein schwieriges Kunststück ankündigt.

Moakin hatte zumindest die Aufmerksamkeit des Händlers und das Brandeisen würde so auch noch etwas warten müssen. »Tausend Braken sollen es sein.« Moakin hatte kein einziges Mal gestottert. »Und das Mädchen.« Dabei nickte er mit dem Kopf in Richtung der kleinen Holzzelle hinter ihm.

Die Knechte schaute irritiert und unschlüssig drein, doch Penteref konnte sein süffisantes Lächeln kaum unterdrücken. »Tja, Ihr seid ein harter Verhandlungspartner, Herr Mmaokin Und ihr wisst ganz genau, was Ihr wollt.. Wo ist denn das Ei? Ihr müsst verstehen, ich kaufe nicht gerne die Katze im Sack. Ich muss die Ware ja begutachten.«

»Es ist in meinem Rucksack.«

Penteref schnipste mit dem Finger und schon eilte der zweite Knecht zu der Tasche, die immer noch da lag, wo Ainno sie hatte fallen lassen. Schon war er bei seinem Herrn und hob ihm das geöffnete Behältnis hin. Ungeduldig wedelte dieser mit der Hand, worauf der Knecht das melonengroße Ei vorsichtig heraus holte und wieder seinem Herrn hin hob. Aus Bermeers Sichtwinkel schwebte das Ei jetzt genau über dem Feuer, was ihm ein ungutes Gefühl in der Magengegend verschaffte.

Der Händler betrachtete es kritisch. »Tja, erster Fehler beim Verhandeln, Mmoakin. Du besitzt das Ei ja gar nicht mehr, wie könnte ich es dann kaufen?« Wieder begann er zu grinsen und die Knechte lachten wie auf Kommando.

Moakin schaute den Penteref beinahe wütend etwas von unten her an. »Weil ich noch ein Zweites habe. Es ist versteckt.«

Bermeer senkte seinen Körper, wie eine Katze kurz vor dem Sprung. Irgendetwas passierte hier gleich, das war zu spüren.

Das jetzt eintretende Schweigen wurde Moakin augenblicklich unangenehm. Der Händler war in seiner Bewegung erstarrt und die Knechte schauten sich unsicher an. Hatte er sich im Ton vergriffen oder war der Händler interessiert?

»Zweiter Fehler beim Handeln. Man sollte sein Gegenüber nie unnötig reizen durch Angebote, die man nicht halten kann.« Der Tonfall Penterefs hatte jetzt eine Kälte, die gut zu der frostig düsteren Dämmerung passte, die draußen gerade ihrem schwarzen Ende entgegen strebte.

»Ich hab' das Ei aber, es ist ...« Beinahe hätte sich Moakin auch noch verplappert. Jetzt presste er die Lippen zusammen und versuchte, seine blanke Angst mit einem trotzigen Gesicht zu vertuschen.

»Immerhin befolgst du eine der wichtigsten Regeln beim Handeln. Wenn ich schon etwas Unwahrscheinliches anbiete, dann bleibe ich auch dabei.« Dann fing Penteref an zu lachen. Lauthals brüllte er los, dass sein Mantel nur so wackelte, bis seine Männer schließlich mit einfielen. Der Knecht hielt seinem Herrn immer noch das Ei hin. Plötzlich wurde Penteref ernst. »Allerdings befolgst du noch nicht die wichtigste Regel.« Der dicke Händler machte eine kurze Pause. »Handle nie mit einem Sklavenhändler, wenn du selbst ein Sklave bist.« Mit einem kurzen Schlag seiner Rechten stieß er das Ei aus der Hand des überraschten Knechts.

Dieser schaute jetzt recht dümmlich drein, Moakin wurde kreidebleich und Bermeer holte tief Luft. Die Zeit schien für einen Moment still zu stehen, dann passierte einiges gleichzeitig.

Das Ei landete direkt in der Glut der Esse. Bermeer pfiff durchdringend während er nach unten sprang. Das Mädchen rannte aus dem Gatter. Draußen war zuhören, wie ein Schwarm Raben sich aufgeregt in die Lüfte erhob. Ainno holte mit seiner Ochsenpeitsche aus.

Bermeer war zwischen Moakin und dem Knechten gelandet.

»Regel Nummer drei:
Ich schneid' dich entzwei.«

Heißer hatte Bermeer seine Drohung gezischt. Durch die Überraschung auf seiner Seite konnte er gleich seinen ersten Schlag anbringen. Kreischend ging der Knecht zu Boden, während er sich sein blutendes Knie hielt. Der Todesgaukler hatte ihm die Sehne unterhalb der Kniescheibe durchtrennt.

Schon musste Bermeer dem Peitschenhieb Ainnos ausweichen, indem er sich seitlich abrollte. Der dritte Knecht zog einen Unterarm langen Stock mit Nägeln hervor, der wohl zum Züchtigen der Sklaven diente. Der Weg zur Esse war versperrt. Wo blieb Garock? Das Ei musste sofort aus dem Feuer.

Penteref beugte sich zur Glut und griff nach dem jetzt hellrot glühenden Brandeisen. Das Mädchen schnappte sich Moakins Tasche, nahm ihn bei der Hand und riss ihn mit sich. Schon waren sie zum Tor hinaus.

»Macht ihn fertig und holt mir die beiden!« Penteref brüllte so energisch, dass er dabei gleichzeitig Speichel spie, dann drehte er sich mit dem glühenden Eisen dem Todesgaukler zu.

Die Gegner Bermeers waren schlau genug, ihn von drei Seiten und gleichzeitig anzugreifen. Schmerzhaft kamen ihm die kaum verheilten Wunden ins Bewusstsein, als er die heftigsten Ausweichbewegungen machen musste. Er rief nach Garock.

»Beeil dich, du Stein,
wir sind in der Scheun',
das Ei aus dem Feuer,
sonst wirst du's bereun!«

Während seine Knechte weiter angriffen, schaute Penteref zu Tür. Er hatte durch Bermeers Rufe begriffen, dass dieser nicht alleine war.

Draußen sahen sich Moakin und das Mädchen hektisch auf dem dunklen Hof um. Der einzige Weg schien das Hoftor zu sein. Gerade, als sie sich darauf zu bewegen wollten, erscholl ein Donnern, das sie zusammenzucken ließ. Das ganze Tor hatte gebebt.

Moakin ahnte sofort, dass es sich um den riesigen Begleiter Bermeers handeln musste. Jetzt zog er das Mädchen mit sich. Seitlich vom Tor stellten sie sich in die Ecke, wobei Moakin ohne lange nach zu denken das Mädchen mit seinem Körper abdeckte.

Schon im nächsten Augenblick donnerte es erneut und das einfache Torschloss hatte sein Unterfangen, den Schlägen eines entschlossenen Berisi-Kriegers standzuhalten, aufgegeben. Die beiden Torflügel flogen auf und der Hüne rannte sofort hinterher.

In diesem Moment eilten zwei Bedienstete aus dem Haupthaus, die den Lärm aus der Scheune gehört hatten und ihrem Herrn zu Hilfe eilen wollten. Der eine wurde von Garock einfach umgerannt, der andere floh bei dem Anblick des Riesen in vollem Lauf panisch ins Haus zurück. Schon war der Krieger in der Scheune verschwunden.

Flugs schaute Moakin hinter dem Torflügel, der sie verdeckt hatte und zitternd wieder aufschwang, hervor und rannte dann mit seiner neuen Begleiterin hinaus auf die Gasse.

Kaum war Garock in die Scheune getreten, erfasste er die Situation. Bermeer hatte mittlerweile einen weiteren Knecht zu Boden geschickt. Während Ainno Garock den Rücken zuwandte, sah Penteref den Riesen und hob ängstlich das Eisen in seine Richtung.

Bermeer schrie.

»Die Glut, das Ei!

Sonst ist's vorbei!«

In Bermeers Stimme erkannte Garock die blanke Panik.

Er unterbrach seine Bewegung nicht für einen Moment. Ohne jedes Zögern stapfte er auf den Händler zu, der sich als einziger zwischen ihm und dem Ei befand. Dieser ließ das Brandeisen herabfahren. Ohne große Mühe drehte sich Garock in der Bewegung halb zur Seite, sodass das Eisen ins Leere lief. Seine Linke schoss nach vorne, packte Penteref am Hals, dann warf er ihn weg, wie eine Puppe. Gleichzeitig griff der Berisi mit seinem verbundenen Arm mitten in die Flammen. Obwohl der Verband bereits überall stark genässt hatte, fing der ganze Arm sofort Feuer. Garock begann zu knurren. Durch die plötzlichen Flammen war seine Sicht behindert und er hatte das Ei durch seine schnelle Bewegung weiter nach hinten in die Esse gestoßen. Seine Größe machte ihm zusätzlich zu schaffen, da der Rauchabzug verhältnismäßig niedrig hing.

Bermeer sah seinen brennenden Freund, hörte mit großer Sorge sein Knurren und übersah dadurch den nächsten Angriff Ainnos. Schon wickelte sich die dünne Lederschlange um seinen Hals und er wurde von den Füßen gerissen.

Garock fiel es schwer, sich trotz der Schmerzen in seinem Arm auf das Ei zu konzentrieren, zumal er durch das Feuer und den von seinem Verband stammenden dicken Rauch schlechter sah. Die Flammen bissen in sein ohnehin schon wundes Fleisch und die Schmerzen, die seine Finger empfanden, als sie fieberhaft in der heißen Glut nach dem Ei stocherten, ließen ihn beinahe den Verstand verlieren. Es durfte kein weiterer Drache geboren werden. Endlich bekam er das sonderbare Rund zu fassen und riss es aus den gierigen Flammen.

Bermeer lag am Boden und musste gerade einige Tritte über sich ergehen lassen. Seine wunden Rippen meldeten sich schmerzhaft zu Wort, während er versuchte, die Peitsche von seinem Hals und endlich wieder Luft zu bekommen. Da sah er seinen Gefährten. Sein Arm brannte lichterloh. In seiner Hand ruhte das Ei. Der Berisi schrie, ja er schrie vor Schmerz. Bermeer vergaß das Atmen, er vergaß die Tritte. Er hatte Garock noch nie so entsetzlich schreien hören.

Der Berisihüne sackte auf die Knie und kippte dann nach hinten um. Das Ei rollte aus seiner Hand und blieb dampfend aber unversehrt im muffigen Stroh liegen.

Bermeer musste jetzt etwas tun. Die fehlende Luft ließ ihn verschwommen sehen. Unter Aufbietung seines gesamten Willens warf er die Beine nach oben, nur um sie sofort danach wieder unter den Körper zu reißen. Schon stand er wieder aufrecht. Sein Brustkorb brüllte vor Schmerz.

Die unerwartete Bewegung schleuderte Ainno in die Richtung des Todesgauklers. Der hob beinahe wie zum Tanz sein rechtes Bein und zog den Stiefeldolch. Blitzartig drehte er sich in die Peitsche und wickelte sie dabei auf. Der Knecht ließ sie nicht rechtzeitig los und nur einen Lidschlag später war er zu dem Assassinen gezogen worden, der ihm nur noch den Dolch entgegenhielt. Ein kurzes schmatzendes Geräusch und Ainno war tot, bevor er es begriffen hatte.

Bermeer zwang sich zur Ruhe. Noch während der erstochene Knecht in sich zusammensackte, hob er die Hände zum Hals und entknotete die Peitsche. Er sah wie jemand aus, der sich vor einem

Spiegel gelassen ein Halstuch band, mit dem Unterschied, dass sein Kopf hochrot war und ihm jeden Moment die Sinne zu schwinden schienen.

Endlich gab das dünne Leder den Weg für Luft und Blut frei und gierig sog Bermeers Lunge die modrig rauchige Luft der Scheune ein. Langsam klärte sich sein Blick.

Zwei Knechte waren tot und der dritte brüllte die ganze Zeit wegen seines Knies. Bei Penteref war so nicht auszumachen, ob er noch lebte. Garock lag immer noch genauso da, wie er zusammen gebrochen war.

Kurzerhand band Bermeer den Händler mit der Peitsche, um den Rücken frei zu haben, und herrschte den brüllenden Knecht an.

»Sei jetzt still, du Humpelwurm!

Sonst wird es hier erst richtig Sturm!«

Wimmernd wurde der Knecht leiser. Der Blutbote zog den Dolch aus Ainnos Leiche, wischte ihn kurz an dessen Kleidung ab und löste mit schnellen Schnitten ein paar Stofffetzen daraus. Die warf er dem blutenden Knecht hin.

»Still das Blut
und dein Gemüt,
sonst hol ich Glut
und dein Knie glüht.«

Seit dem Sprung vom Scheunenboden herunter war nicht viel Zeit vergangen und doch lagen fünf Menschen am Boden.

Jetzt sprang Bermeer zu Garock, der reglos vor der qualmenden Esse lag. Sein rechter Arm war schwarz verkohlt und dampfte zischend. Ein prüfender Griff an den Hals und Bermeer war erleichtert. Wenigstens lebte der alte Felsbrocken noch.

Prüfend nahm er das Ei, es war noch heiß aber augenscheinlich unversehrt. Er zog sich die Ärmel über die Hände, um es besser halten zu können, und steckte es in den Wassereimer, der zum Kühlen der Eisen da stand, dann hielt er es sich prüfend ans Ohr. Nichts war zu hören.

BLUTOPFER

(Brakenburg im Frühling ... vor langer Zeit)

Seine Schritte waren weithin zu hören, als Theodus durch die menschenleeren Gassen der Königsstadt ging. Das Pflaster war nass vom Morgentau und schimmerte matt im frühen Licht. Die Sonne stand noch nicht über den Dächern der Stadt. Sie war vermutlich noch nicht einmal aufgegangen. Tatendrang und die nächtlichen Gedanken an den Dämon und seinen Beschwörer hatten den jungen Magier vor der Zeit aus dem Bett getrieben. Wortkarg aber ohne zu murren hatte ihm Miretta ein kleines Frühstück bereitet, von dem er nur den Tee angerührt hatte. Einmal mehr wurde sich der Magier klar, was er an ihr hatte und dass er ihr das zu selten sagte.

Nun war er wieder auf dem Weg zu dem Ort des Grauens, an dem vier Menschen auf schreckliche Weise den Tod gefunden hatten. Der Posten der Stadtwache lehnte auf seiner Hellebarde und zuckte erschrocken zusammen, als sich der Magier direkt vor ihm laut räusperte. Theodus hatte Unachtsamkeiten und Disziplinlosigkeit noch nie leiden können und warf dem übernächtigten Mann im Vorbeigehen ein entsprechend patziges ›Guten Morgen‹ vor die Füße.

Er bog in die kleine Gasse ein, von der die noch kleinere abzweigte. Plötzlich stand ein riesiger Schatten vor ihm und Theodus erschrak seinerseits. Verdattert legte der junge Lehrmeister den Kopf in den Nacken und sah direkt in die derben ledrigen Züge des Hünen, der die Zähne bleckte.

»Garock, Ihr seid es. Bei den Byten, Ihr habt mich zu Tode erschreckt. Guten Morgen.«

Der Berisi-Krieger schloss nickend die Lippen und trat etwas zur Seite. Noch ehe Theodus sie sah, hörte er schon ihre angenehme Stimme, die ihm ebenfalls einen guten Morgen wünschte. Lavielle trug einen langen Mantel aus feiner Wolle, der die morgendliche Frische abhielt. Ihre an das übernatürliche grenzende Schönheit stand in einem sonderbaren Gegensatz zu der grausigen Gasse, die mit Ausnahme der vielen Fliegen, die offenbar keine Ruhezeiten kannten, immer noch so aussah, wie er sie gestern verlassen hatte.

»Ein schrecklicher Anlass und doch freue ich mich, Euch zu sehen. Habt Ihr Herrn Bermeer schon angetroffen?«

Die Heilerin schlug ihre Kapuze nach hinten, sodass die ungebändigte Pracht ihrer Haare freie Bahn hatte und sich in Kaskaden über ihre Schultern ergoss. »Nein, wir sind auch gerade erst gekommen. Das sieht ja schrecklich aus hier. Und Ihr meint, das war ...«, Lavielle wurde leiser, »... ein Dämon?«

»In der Tat.« Theodus machte eine kurze Pause. »Da ich hier schon alles nach meinen Möglichkeiten untersucht habe, schlage ich vor, ich bleibe einfach hier stehen und Ihr schaut Euch um. Wenn Ihr Hilfe benötigt, ich stehe zur Verfügung.« Der Magier war neugierig, wie die beiden vorgehen würden.

»Ist gut, Garock, würdest du ...?« Der Berisi sah sie kurz an und ging dann in die Hocke. Nach einer ganzen Zeit, in der er nur seine Blicke hatte schweifen lassen, richtete er sich schließlich wieder auf und ging sehr behutsam die Gasse auf und ab.

Die Fliegen schienen ihn kein bisschen zu stören. Lavielle hielt sich immer dicht hinter ihm und trat auch nur dorthin, wo Garock schon seinen Fuß Gesetz hatte. Das ungleiche Paar schien eingespielt. Nach kurzer Zeit setzte sie die Kapuze allerdings wieder auf und strich sich irgendein Öl auf die Stirn und unter die Nase, wohl um die Fliegen und den Geruch abzuhalten. Theodus störten die Fliegen zwar ebenfalls, aber er sah sie als eine Übung an, um seine Selbstdisziplin zu verbessern. So verstrich eine ganze Weile, als Garock plötzlich in der Bewegung stockte. Lavielle sah, wie seine Ohren ein wenig nach hinten gingen. Theodus bemerkte Garocks Veränderung ebenfalls und sah sich angespannt um. Doch nur das Summen der Fliegen war zu hören.

»Habt Ihr schon 'ne Spur, Herr Riese,
außer all dem Blut und Kot?
Riecht nicht gerad' nach Blumenwiese.
Oh, der hier ist bestimmt schon tot.«

169

Bermeer war mit einem Satz zwischen sie gesprungen und besah sich grinsend einen Torso.

Garock lockerte seine zur Faust geballte Hand und Theodus atmete hörbar aus. Lavielle zog die Augenbrauen zusammen. »Bermeer, wir könnt Ihr uns nur so erschrecken so früh am Morgen. Das ist weder die Zeit noch der Ort für derlei Späße! Ihr solltet Euch schämen! Schließlich sind hier vier Menschen ...«

»... gestorben sicher nicht,
eher zerdrückt wie weiche Kerzen.
Und seid versichert, holdes Licht,
... auch Tote scherzen.«

Mit einem Mal wurde Bermeer ernst, nickte zum Gruß, hielt sich das Kinn und zeigte dann auf den Eingang.

»Bringe schlechte Kunde her.
Von den Drei'n lebt keiner mehr.
Komm' gerade vom Verlies,
wo man sie ja quälen ließ.
Sie wurden dort mit wenig Müh'
befragt, jedoch gar viel zu früh,
und eh' sie sprachen, große Not,
war jeder von den Dreien tot.
Die Knechte wollten grad beginnen,
da sah man Blut von hinnen rinnen.
Beim Zweiten sah man's Auge weiß,
beim Dritten Schaum im Maul und Schweiß.«

»Jeder Novize kann sich zusammenreimen, dass die drei vergiftet worden sind.« Lavielle sah finster drein. »Und der Heiler, der zugegen war, hat nichts getan?«

»Der untersuchte sie nur kurz,
schüttelten den Kopf und sprach:
Tja, man bräuchte Meisterwurz,
doch zu spät. Ihr Auge brach.«

Theodus beendete die folgende Stille wieder einmal als Erster. »Das sind keine guten Neuigkeiten, aber hier können wir jetzt nicht viel damit anfangen. Der Name des Heilers müsste im Verhörprotokoll verzeichnet sein ...« Theodus stockte. Er hatte ein gutes Namensgedächtnis, doch er konnte sich des Heilernamens im Protokoll nicht entsinnen. An Chroster, Uharan und den Beamten Rahags, einen gewissen Buldano, erinnerte er sich, aber es war kein Heiler verzeichnet gewesen. Er presste die Lippen kurz aufeinander.

»Wir konzentrieren uns jetzt lieber auf die Aufgabe hier und bereden alles später.« Er hatte das so überzeugend gesagt, dass offenbar keiner mehr eine andere Meinung hatte.

»Ich denk, ...
der Riese ist gelenk, ...,
doch für die Winkel drinnen viel zu groß,
er stößt sich dort das Köpfchen bloß.
Dann ist es mit den Spuren rum.
Ich schau mich mal da drinnen um.«

Schon verschwand der Assassine in dem dunklen Schlund, der einmal eine Tür besessen hatte.

Garock richtete seinen Blick wieder auf den Boden vor sich, während Lavielle ein wütendes Fauchen hervorstieß. Es war allerdings nicht ganz klar, ob sie wegen Bermeer oder wegen der vielen Fliegen so wütend war.

Theodus musste schmunzeln, war er doch einmal mehr Zeuge der schier unendlichen Körperbeherrschung des Blutboten geworden. Dieser war von oben gekommen und das bedeutete, dass er über die Fassaden der Häuser herabgeklettert sein musste - völlig lautlos. Ungläubig schüttelte der Magier den Kopf, während er nach oben zwischen die verwinkelten Häuser sah. Insgeheim hatte er eine tiefe Bewunderung für Menschen mit solcher Gewandtheit. Bilder seiner arbeitsreichen Kindheit tauchten vor seinem inneren Auge auf, harte Zeiten großer Entbehrung. Er wäre damals gerne auf Bäume geklettert.

»Herr Theodus?« Lavielle riss ihn aus seinen Gedanken. »Hattet Ihr nicht gesagt, der Dämon fräße ein Opfer und würde dann wieder verschwinden?«

»Na ja, genau genommen, frisst er sein Opfer nicht, er entseelt es sozusagen, das allerdings auf so brutale Weise, dass das Ergebnis dem Fressen sehr nahe kommt. Wieso fragt Ihr?«

»Ich verstehe zwar nichts vom Spurenlesen«, Garock blickte mittlerweile auch zu ihr, »aber dieser Mann hier, ein Sänftenträger, oder? Der wurde nicht von den Trümmern erschlagen.«

Alle drei blickten jetzt Lavielles Zeigefinger folgend auf die blutigen verteilten Überreste des Trägers, die vor ihnen auf dem schmutzigen Pflaster lagen und von hunderten Fliegen bedeckt waren. »Dieser hier wurde mit Sicherheit erwürgt und kam nicht durch die Tür zu Tode.«

Theodus trat näher, während Garock ein Stück der Sänfte anhob, um den Toten besser sehen zu können. Lavielle wedelt entschieden mit der Hand, um die Fliegen zu verscheuchen. Auf dem Hals des Toten, immer noch größten Teils von unzähligen Chitinpanzern verdeckt, waren tiefblaue Würgemale einer großen Klaue mit drei Fingern zu sehen.

»Wäre er nach seinem Tod gewürgt worden, sähen die Druckstellen anders aus, da das Herz dann nicht mehr schlägt.«

»Das ist ...« Theodus sah starr vor sich hin und kniff die Augen zusammen. »Wenn er ...«, sein Blick wanderte zu dem Hauseingang. »In Dämonologie bin ich nicht der Beste. Ich werde wie schon gesagt ein paar Nachforschungen anstellen müssen.« Schon wand sich der Magier zum Gehen. Seine letzten Worte warf er über die Schulter. »Ich weise den Gardisten entsprechend an, Euren Befehlen zu folgen. Wir sehen uns heute Abend bei mir.« Schon war er in der nächsten Gasse verschwunden.

»Schon ist er weg, der kluge Mann ...«

Bermeer stand in der Öffnung.

»Kommt mal herein und schaut Euch an,
was ich gefunden in dem Loch.
Der ohne Namen lebt wohl noch.«

Schon war auch der Todesgaukler wieder verschwunden. Lavielle wechselte ein paar Blicke mit Garock und ging dann vor. Mittlerweile sprachen sie ohne Worte und verstanden sich.

Bermeer kniete in dem winzigen Flur vor einem Fleck am Boden. Lavielle ging neben ihm in die Hocke und Garock streckte nur seinen massigen Kopf in die Türöffnung.

»Was Ihr hier seht ...« Bermeer sah auf die Stelle und dann zu dem Berisi-Krieger. Schließlich sagte er mit spitzem Mund.

»Seht ihr nicht, ...

... ohne Licht.«

Nun ging auch Garock, der das sowieso schon spärliche Licht in dem kleinen Hausflur durch seine riesige Gestalt ausgesperrt hatte, im Eingang in die Hocke.

»Also gut... was Ihr hier seht,

das sind der Abdrücke zwei.

Der eine, wo der Dämon geht,

mit Klauen lang und Zehen drei.«

Bermeer hielt die Finger über den Spuren und fuhr sie nach.

»Von einem Mensch der andre ist.

Das ist des Ungenannten Spur.

Er lebt wohl noch mit Glück und List.

Doch wo befindet er sich nur?«

»Woher wollt Ihr wissen, ob es nicht Herr Theodus oder vielleicht einer der Stadtwache war? Warum sollte die Spur gerade von ihm sein? Seid Ihr Euch sicher?« Ankwin sah Garock über den Kopf und grinste.

Der Berisi blickte über seine Schulter zu Ankwin auf und zuckte kurz mit dem Mundwinkel, was in seiner Heimat einem freundlichen ›Guten Morgen‹ gleich kam oder vielleicht auch einer Respektsbekundung. Ankwin hatte sich schließlich völlig unbemerkt genähert. Lavielle brachte ein höfliches aber distanziertes ›Morgen‹ über die Lippen und Bermeer antwortete ohne Gruß.

»Das geb' ich Euch mit Brief und Siegel.

Das Schuhwerk ist des Menschen Spiegel.

Schöne Stiefel trug der Mann,

teuer waren sie und fein.

Herr Theodus hat Schuhe an.

Ein Stadtgardist kann's auch nicht sein.

Außerdem, das sag' ich gern,

kenn' ich die Stiefel dieses Herrn.«

»Du meinst also, der Dämon ist erschienen, hat einen Menschen dabei auseinandergerissen, wie eine Schlange, die sich häutet, stapft dann hinaus, entseelt den Sänftenträger und ward nicht mehr gesehen ...« Lavielle hatte Bermeer in ihrer Aufregung geduzt. »... und der besagte Herr wurde von ihm gar nicht beachtet, rennt ebenfalls hinaus und ward auch nicht mehr gesehen?«

»So ist es, holde Heilerbraut,
nur stimmt was nicht, wenn ihr mal schaut,
den fand ich in der Kammer dort.
Den gäbe er doch sonst nie fort.«

Bermeer hob einen blutverschmierten klobigen Ring hoch, eine stilisierte Echse wand sich um sich selbst und biss sich in den Schwanz. Auf ihrem Rücken war eine Platte mit einem Wappen. Alle erkannten darin den Siegelring des Erzherzogs und waren ratlos.

»Wie soll er da drin nur überlebt haben?« Lavielle blickte zwischen dem Ring und dem Eingang hin und her.

»Wie eine Eidechse.« Garock hatte die drei Worte in das ratlose Schweigen hinein gebrummt, worauf ihn alle noch ratloser ansahen.

Als Garock dies seinerseits bemerkte, blickte auch er ratlos, was sich in seinem Gesicht lediglich als ein entspanntes Blinzeln niederschlug.

Alle starrten wieder auf die Abdrücke. Es entstand eine Stille, die keiner bis auf die Fliegen so recht füllen wollte, bis Lavielle schließlich die Geduld verlor. »Also gut, also gut. Wenn die Herren ihre Spurenleserei abschließen könnten, denn so kommen wir nicht weiter. Und die Toten müssen schleunigst ins Totenhaus, solange die Fliegen noch etwas von ihnen übrig lassen. Jeder von uns hat noch etwas zu erledigen. Ich schlage vor, wir treffen uns ...« Sie geriet ins Stocken, da ihr der Heilerorden jetzt auf einmal zu unsicher war.

Ankwin sprang in die Bresche. »Ich traf Herrn Theodus auf dem Weg. Wir treffen uns bei Sonnenuntergang bei ihm.« Der Krieger blickte kurz in die Runde und lächelte. Lavielle ärgerte sich insgeheim, hatte sie doch vor lauter Aufregung schon wieder vergessen, was Theodus gesagt hatte.

»Ich finde hier nichts mehr im Haus.
Bermeer ist fort, Bermeer ist raus.

Bis heut Abend dann ...

... beim Schmaus.«

Schon war der Gaukler auf dem Weg aus der Gasse.

»Ich bin ja eben erst gekommen. Ich werde mich noch ein bisschen umschauen. Ihr könntet ja derweilen schon einmal die Träger holen, damit die Leichen zu Weiland abtransportiert werden können.« Wieder lächelte Ankwin, dass Lavielle innerlich dahin schmolz.

Äußerlich blieb sie jedoch völlig gelassen. »So soll es sein, Herr Krieger.« Auch sie erhob sich aus der Hocke und wandte sich zum Gehen, Garock nickte Ankwin unmerklich zu und folgte ihr.

Er stand nun alleine in all dem Blut und Geschmeiß und war hin und her gerissen, das Nicken des Berisi entweder als Zeichen der Höflichkeit oder als Zeichen der Siegesgewissheit in Bezug auf Lavielle einzuordnen. *Blöder Südländer!* Erneut erschrak Ankwin über seinen unverhohlenen Hass. Schließlich konnte er die Eifersucht verdrängen und schüttelte den Kopf – ›*Gefühle vernebeln die Jagd*‹.

Er atmete tief ein und ließ die Luft langsam und gleichmäßig aus seinen Lungenflügeln entweichen. Sein Blick weitete sich und er nahm wieder alles gleichzeitig wahr, die Schwärme von Fliegen und ihr Gebrumme, das blutig klebrige Pflaster unter seinen Füßen, den Geruch von Abfall, Morgentau und Verwesung, die Blut befleckten Häuserwände, die zersplitterten Überreste der Sänfte und der Tür und die Geräusche einer langsam erwachenden Stadt. Langsam drehte er den Kopf und besah sich alles ganz genau. Alles, was die anderen gesagt hatten, konnte er in den Spuren vor sich wiedererkennen. Nach einem längeren Moment brach er seien Konzentration und wollte nach Hause, als ihn ein Gefühl der Unvollkommenheit überkam. Irgendetwas hier stimmte nicht, passte nicht zum Rest.

Noch einmal sah er sich genau um, die Leichen, die Fliegen, die Sänfte, die Blutspritzer an der Wand, ein halber Handabdruck. Ankwin stutzte. Der Abdruck war eher am Rand des Geschehens entstanden. Von den Leichen der Träger konnte er nicht stammen, die lagen zu weit weg. Es war der Abdruck eines Menschen.

Ankwin dachte nach. *Rahag geht in das Haus. Dort erwartet ihn jemand. In diesem Jemand inkarniert ein Dämon und zerfetzt ihn, dabei wird die Tür herausgeschleudert und erschlägt einen Sänftenträger. Rahag wird vom Dämon entseelt. Der Dämon stürmt aus dem Haus, würgt den zweiten Sänftenträger und verschwindet dann.* Soweit, so gut, aber das Ende gefiel ihm nicht. Wie passten die von Bermeer entdeckte Fußspur und der Abdruck der Hand, den er vor sich an der Wand sah, ins Spiel? Es war nur ein halber Handabdruck und nur ein Spurenleser konnte ihn als solchen erkennen. Ankwin war sich hier sicher. Jemand war direkt nach dem Vorfall oder die ganze Zeit dabei gewesen. Das deckte sich immerhin mit dem Abdruck, den Bermeer gefunden hatte. Er ging noch einmal in das kleine Haus.

Alles hier war voller Blutspritzer und Knochen. Vorsichtig bewegte er sich hier hin und da hin und berührte das ein oder andere mit der Fingerspitze, um es anzuheben oder dahinter zu blicken. Als er zu der Tür des Raumes kam und sie näher betrachtete, bemerkte er hunderte kleiner Knochensplitter, die wie winzige Dolche im Blatt steckten. Die äußere Tür war vom Dämon zerstört worden, warum die innere nicht? Wenn man sich mit jemandem im Geheimen traf, schloss man doch die Tür.

Er bewegte sie etwas von der Wand und konnte dann zwei blutige Markierungen am Boden ausmachen. Eine Schwächere, sie war weiter von der Wand weg und eine Stärkere, die sich näher an der Wand befand. Die Tür hatte also vor oder während der Explosion näher an der Wand gestanden und musste dann etwas weiter weggedrückt worden sein. Das konnte von dem Dämon stammen, der sie in seiner Wut beim Hinausrennen berührt hatte, aber Ankwin hatte ein anderes Gefühl. Er schwang die Tür weiter in den Raum, stellte sich dahinter und zog sie wieder zu sich heran. Jetzt konnte er nichts mehr von den beiden Stühlen sehen und hätte auch nichts von der Explosion abbekommen. Die Blutspuren am Boden deckten sich jetzt exakt mit der Türe. So musste Rahag überlebt haben.

DAS MÄDCHEN
(Bockswalden im Winter)

Die Beiden rannten, bis sie glaubten, ihre Lungen würden platzen. Schließlich gelangten sie an den Rand des Städtchens und Moakin hielt an. Keuchend stützte er die Arme auf die Knie und schnappte nach Luft. Dem Mädchen ging es nicht anders.

Er drehte den Kopf zu ihr. »Wir müssen zum Wald, schnell!«

Nur wenige Augenblicke des Atemschöpfens später hasteten zwei abgerissene Gestalten über die dunkle winterliche Aue auf den Wald zu, aus dem Moakin am Morgen gekommen war. Der Wind blies unerbittlich über die offene Fläche und zerrte an ihren Leibern. Durch die übereilte Flucht verschwitzt, begannen sie jetzt erbärmlich zu frieren. An einer kleinen Scheune, die sich etwa in der Mitte zwischen Dorf und Wald befand, blieb das Mädchen schließlich stehen.

Moakin bemerkte es erst nach ein paar Schritten und drehte sich dann fragend um. »Was ist?«

»Mir ist kalt. Dir doch auch. Es ist dunkel und wir haben nichts anzuziehen. So werden wir die Nacht im Wald nicht überleben.« Der stetig pfeifende Wind hatte ihr die Worte vom Mund gerissen, sodass Moakin sie trotz der kurzen Distanz kaum verstanden hatte.

Kurzerhand wandte er sich zu der Scheune und suchte einen Eingang. Das Mädchen half sofort. Nach weiteren endlosen Momenten war es ihnen gelungen, eine festgefrorene Tür zu finden und diese aufzurütteln. Überhastet stolperten sie ins Innere. Ruhe.

An die plötzliche Windstille mussten sich ihre Ohren erst wieder gewöhnen. Nur langsam wurde ihnen das jetzt leise Heulen des Windes bewusst, der noch an den Brettern der Scheune riss und leise um Einlass winselte. Das war allerdings auch das Einzige, was sie wahrnahmen, denn es war stockdunkel.

»Bleib erst mal stehen. Ich schau mich um.« Sein ungeschickter Ausdruck wurde Moakin sofort klar, als er vorwärtsgehen wollte, und einen Arm zum Schutz vor das Gesicht nahm, weil er gar

177

nichts sah. Den Anderen bewegte er wedelnd vor sich her. Prompt stieß er mit dem Knie an etwas, dass sich bei näherem Betasten als Wagendeichsel herausstellte. Seinem ausgestoßenen Schmerzenslaut folgte sofort ein besorgtes »Alles in Ordnung?«

»Ja, ja.« Moakin rieb sich sein Schienbein und tastete sich weiter in die Dunkelheit. Dann hörte er ein Rascheln, wie es nur zu hören war, wenn sich jemand auf Heu bewegt.

»Komm hier herüber. Hier ist ganz viel Heu.«

Leicht ärgerlich, dass nicht er, sondern sie fündig geworden war, drehte er sich um. »Wo genau bist du?«

»Hier. Hier drüben.«

Langsam ging er auf die zarte Stimme zu und stieß sich ein zweites Mal an der Deichsel, allerdings war es dieses Mal das andere Bein. Fluchend stolperte er weiter in die vermutete Richtung, als er plötzlich etwas an seinem Bauch spürte. Dieses Etwas nahm ihn dann am Arm und zog ihn zu sich. Schon spürte Moakin das Heu und legte sich vorsichtig nieder. Mehrere zaghafte Entschuldigungen und kleine Zusammenstöße später lagen die Beiden nebeneinander im Heu. Moakin fror immer noch entsetzlich und ihm wurde klar, dass es ihr nicht besser gehen konnte. Angstvoll dachte er an Penteref und versuchte sich auszurechnen, wie es in der Sklavenscheune wohl ausgegangen sein mochte.

Penteref hatte ihm überhaupt nicht geglaubt und das Ei einfach ins Feuer gestoßen. Der Junge musste an Bermeer denken. Es war beeindruckend gewesen, wie der aus dieser Höhe mitten unter sie gesprungen war. Er hatte ihnen beiden wahrscheinlich eine schreckliche Zukunft erspart. Moakin wurde klar, dass der Zwerg und der Riese ihn wohl schon eine ganze Weile verfolgt haben mussten.

Was ihn außerdem verwunderte, war der Umstand, dass der Gaukler panisch geworden war, als das Ei im Feuer gelegen hatte. *Ein erwachsener Mann bekommt es mit der Angst, wenn ein Ei im Feuer liegt.* Gut, es war bestimmt ein magisches Ei, aber was hatte das mit dem Feuer zu tun? Dass die Eier magisch oder zumindest sehr außergewöhnlich sein mussten, war Moakin schon länger klar. Sie waren offenbar sehr feuerempfindlich, aber welches Ei war das nicht?

Der starke Wind gab den Raben dieses Mal keine Chance, in seiner Nähe zu krächzen, darum erschien ihm die Flüsterstimme in der Stille der Scheune umso lauter. Er verstand immer noch kein Wort, musste aber aus irgendeinem Grund an einen Drachen denken. Für ihn war das ein Wesen aus einem Märchen, mit großem Maul und Flügeln. *Moment!* Ob Drachen wohl im Feuer ausgebrütet wurden? Es mussten Dracheneier sein! Für eine Weile verlor sich der Junge in fantastischen Vorstellungen darüber, wie wohl ein Drache wirklich aussehen mochte.

Schließlich fand er zurück in die Realität und mit Schaudern dachte er an den Riesen, der das Hoftor einfach aufgebrochen hatte und wie ein wilder Stier in die Scheune gefegt war. Irgendwie konnte er die beiden nicht recht einordnen. Waren sie auf seiner Seite? Er wollte ihnen auf jeden Fall nicht mehr begegnen, um das herauszufinden. Der Riese könnte ihn mit bloßen Händen zerquetschen.

Plötzlich spürte Moakin eine zierliche Berührung auf seiner Brust und würde jäh aus seinen Gedanken gerissen. Das Mädchen zog sich zu ihm heran und schmiegte sich eng an ihn. Sie zitterte unentwegt.

Mit einer Mischung aus Fürsorge, Verständnis und einem dritten Gefühl, das Moakin überhaupt nicht kannte, nahm er sie in den Arm und zog noch mehr Heu heran, um sie beide zu bedecken.

Kurze Zeit später wurde das Zittern schwächer. Nach einer kleinen Weile und einem Schweigen, das Moakin nicht zu füllen vermochte, begann das Mädchen gleichmäßiger zu atmen. Ihr Arm auf seiner Brust wurde schwerer. Er roch ihre Haare und obwohl sie sich mit Sicherheit in den letzten Wochen noch weniger hatte waschen können als er, mochte er, was er roch.

»Wie heißt du eigentlich?« Moakin starrte in die Dunkelheit, doch blieb seine Frage unbeantwortet. Das Mädchen war eingeschlafen.

Erschöpft, durcheinander und hungrig fiel Moakin schließlich auch in einen unruhigen Schlaf. Dieser war gesäumt von Raben, Eiern, Brandeisen, Sklavenhändlern und schmutzigen Mädchen.

∗∗∗

Ein Knurren riss Moakin aus dem Schlaf. Um ihn her war nur spärlich zu erkennen, wo er war. Er erinnerte sich an die Scheune und auch an das Mädchen. Schreckhaft schaute er nach links. Sie lag immer noch eng an ihn gedrückt im Heu und seine ruckartige Bewegung ließ sie murmeln.

Vorsichtig richtete er sich auf und schaute sich um, doch hier war niemand außer ihnen. Da kam ein erneutes Knurren. Sein eigener Magen hatte ihn aus dem Schlaf gerissen. Er hatte seit drei Tagen nicht mehr richtig gegessen. Erleichtert über den Umstand, dass sie bis jetzt anscheinend unentdeckt geblieben waren, und besorgt darüber, dass sie dringend etwas zu essen bräuchten, stand er auf. Schlaftrunken schaute ihn das Mädchen an.

»Wir müssen weiter. Lass uns die Dämmerung noch nutzen, um in den Wald zu kommen. Ich muss da was holen.«

»Dein magisches Ei?« Von ihrer Müdigkeit war jetzt kaum noch etwas zu spüren.

»Woher ...?«

»Ich war auch in der Scheune, schon vergessen?« Die listigen dunklen Augen schienen Moakin direkt ins Herz zu blicken.

In Ermangelung einer guten Antwort kramte er in seinem Rucksack. Den Goldsack hatte ihm Horib ja gestohlen, das zweite Ei lag bei Penteref. Einzig und allein die letzte Goldmünze, sein Dolch und seine Wollmütze waren noch darin.

»Mein Name ist Sh ...« Dieses Mal wurde das Mädchen jäh unterbrochen, als sie draußen einen ganzen Schwarm Raben aufsteigen hörten.

Instinktiv spürte Moakin, dass sie ihn warnen wollten. Sonderbarerweise spürte er auch mehr, als dass er sie hörte die flüsternden Stimmen wieder, aber sie sprachen nicht im Widerstreit mit den Rabenschreien, sondern beinahe im Einklang mit ihnen.

Hastig sprang Moakin an die Türe und schaute durch den geöffneten Spalt nach draußen. Die große Wiese wirkte im Dämmerlicht des neuen Tages furchtbar grau und fast bedrohlich, aber sehen konnte er nichts Außergewöhnliches. Einzig der Wind hatte offenbar nachgelassen.

Mit entschlossenen Bewegungen begann er, Heu in seine Kleider zu stopfen. Sie tat es ihm gleich. Er gab ihr seine Mütze und zog einen viel zu große derbe Jacke an, die er an einem Wandhaken gefunden hatte. Es war keine Winterjacke, aber immerhin eine Jacke.

»Komm!«

Mit einer Selbstverständlichkeit, die Moakin erst auffiel, als sie schon wieder über die offene Wiese in Richtung Wald hetzten, war ihm das Mädchen gefolgt.

Es dauerte nicht lange, da standen sie am Waldrand und Bockswalden lag unter ihnen in der großen, flachen Senke. Plötzlich schwindelte ihm, dass er sich an einem Baum festhalten musste.

»Was ist mit dir? Alles in Ordnung?«

Moakin begann für einen Moment furchtbar zu zittern und er fror auf einmal wieder schrecklich.

»Du bist krank. Du hast Fieber.« Besorgt schaute ihn das Mädchen an. »Wir müssen zurück.«

»Auf keinen Fall!« Trotz des plötzlichen Schüttelfrosts hatte Moakin sie angefahren. Er krallte sich mittlerweile an den Baum, um dem Zittern irgendwie Herr zu werden. »Bring mich weg von hier, das musst du mir versprechen.« Eindringlich sah er seine neue Begleiterin an und versuchte ihre dunkelbraunen Augen zu ergründen.

Ernst sah sie ihn an und dann nickte sie schließlich mit dem Kopf. »Versprochen.«

Nach einem weiteren Moment ließ dann endlich das Zittern nach. Moakin richtete sich auf und versuchte sich an seinen Weg von gestern zu erinnern. Er kniff die Augen zusammen. »Ich habe es unter einem umgestürzten Baum in den Wurzeln versteckt.« Wankend aber entschlossen begann er, sich durch das Unterholz zu arbeiten.

Nach den ersten paar hundert Schritten wurde es auf einmal schwieriger, sich zu orientieren, und der Schüttelfrost kam wieder. Er wusste, das Ei war ganz in der Nähe, aber er konnte sich nicht konzentrieren. Seine Sicht verschwamm immer öfter und nahm plötzlich Dinge wahr, die er niemandem hätte beschreiben können. Hinzu kamen wieder das Rabengekrächze und die Flüsterstimmen, die einander in einer Kakophonie übertönen wollten.

Plötzlich sprang der schneebedeckte Waldboden auf und schlug ihm eisig ins Gesicht. Der weiße Schnee wurde schwarz.

SO SEI ES

(Brakenburg im Frühling ... vor langer Zeit)

Ankwin wartete das ›Herein‹ ab, das schließlich auf sein Klopfen folgte und betrat das Arbeitszimmer des Gerichtsschreibers. Ihm schlug eine staubig trockene Luft entgegen. Maritmon Wagos, der Schreiber des Prozesses gegen Garock, saß trotz der frühen Tageszeit schon an seinem Schreibtisch über einen Stapel Akten gebeugt und hatte sein Gesicht neugierig zur Tür gewandt. »Guten Morgen. Wie kann ich Euch helfen, guter Mann?«

Ankwin hatte nur schlichte, zweckmäßige Kleider an und war als Adliger nicht zu erkennen. »Guten Morgen.« Der Krieger wusste nicht recht, wie er anfangen sollte, obwohl er es in Gedanken mehrmals durchgegangen war. ›Ein Angriff ohne Schwung ist kein Angriff.‹ Er zwang sich zum Weiterreden. »Ich komme in einer, wie soll ich sagen, etwas ungewöhnlichen Angelegenheit zu Euch.« Ankwin hasste sich in diesem Moment für sein gestelztes Geschwätz um den heißen Brei herum. Er hatte es sich viel einfacher vorgestellt, aber einen Mann zu bestechen war für ihn alles andere als einfach.

»Inwiefern?« Wagos hatte seinen Federkiel hingelegt und drehte sich jetzt neugierig weiter zu Ankwin.

»Ich brauche Eure Dienste.«

»Wo ist das Problem? Soll ich Euch ein Testament aufsetzen oder einen Brief?«

»Nichts von alledem. Ich bräuchte die Kiste meines Onkels wieder.« Der junge Krieger kam sich immer mehr wie ein kleiner Junge vor. Jedes seiner Worte schien zu misslingen.

»Und wer ist Euer Oheim. Was für eine Kiste soll das sein?«

»Die Kiste wurde in den Katakomben unter dem Ratshaus beschlagnahmt. Mein Onkel war Bungad von Brakenstein.« In diesem Augenblick befürchtete Ankwin, rot zu werden, obwohl er wusste, dass das nie passieren würde. Es war ihm alles schrecklich peinlich und doch wusste er instinktiv, dass er da durch musste.

»Oh ... Ach, dann seid Ihr ... Herr Ankwin vom Bärenstein?«

»Fels ... vom Bärenfels. Seht Ihr, die Sache ist die.« Der junge Krieger war sich, jetzt, da sein Name gefallen war, seiner Sache wieder sichere. »Es handelt sich bei dieser Kiste um ein sehr altes Erbstück. Ich ...«

Wagos schnitt ihm das Wort in lehrmeisterlichem Ton ab. »Dieses Erbstück ist aber mit Sicherheit Teil einer ganzen Reihe von Beweisstücken, die im Zuge der Aufdeckung einer Verschwörung gegen den König beschlagnahmt wurden. Der Erzherzog persönlich wollte, dass alles ausnahmslos sichergestellt und dokumentiert wird. Ihr wisst, wer der Erzherzog ist?«

»Ja, natürlich. Aber gerade deswegen muss man ihn ja nicht mit einer langweiligen, alten Kiste behelligen. Der Mann hat bestimmt genug anderes zu tun. Diese Kiste bedeutet mir sehr viel ... sehr viel. Ich meine, sie ist mir auch sehr viel wert ... und dem Erzherzog bringt sie gar nichts.«

Wagos lehnte sich zurück und zog die Augenbrauen hoch, wobei sein Gesicht einen ganz anderen Ausdruck bekam. »Gehe ich recht in der Annahme, dass ihr diese Kiste unbedingt wollt und sich darin selbstverständlich auch keinerlei für die weitere Aufdeckung der Verschwörung wichtigen Dinge befinden?«

»So ist es.« Jetzt schien der Schreiber zu begreifen, worauf Ankwin hinaus wollte, aber er wusste noch nicht recht, wie er den Bürokraten aus der Deckung locken konnte. Mit einem kurzen Seitenblick erheischte er noch einmal das völlig überfüllte Arbeitszimmer des Magiers. Er fasste sich, setzte ein freundliches Lächeln auf und alles auf eine Karte. »Werter Wagos, wenn ich Euch bei Eurer durchaus wichtigen Tätigkeit während des Prozesses richtig beobachtet habe, so arbeitet Ihr sehr präzise und verlässlich.«

»Ja.« Wagos lächelte, behielt aber abwartend seine Haltung bei.

»Und wenn ich mich hier so umsehe, scheint diese äußerst wichtige Tätigkeit nicht ausreichend, um nicht zu sagen, völlig unzureichend, gewürdigt zu werden, sei es durch öffentliche oder auch finanzielle Anerkennung?«

»So könnte man wohl sagen. Worauf wollt Ihr hinaus?« Hinter Wagos Miene schimmerte ein Lächeln.

»Sagen wir, Ihr sorgt dafür, dass besagte Kiste ohne großes Aufhebens und Niederschlag in irgendwelchen Dokumenten wieder in meinen Besitz übergeht, was ja nur recht und billig wäre, und das Haus Brakenstein, dem ich zur Zeit vorstehe, tätigt eine äußerst wohlwollende Anerkennung, die Euer weiteres Leben, nun ja, in einem weitaus sonnigeren Licht erstrahlen lassen würde, als es bisher der Fall ist.« Langsam wurde Ankwin warm und die Worte kamen ihm leichter über die Lippen und doch hasste er sich dafür.

»Das wird so nicht gehen. Ich kann ja nicht einfach ein Beweismittel von einer Liste nehmen. Das wäre ja nicht Recht. Das wollen wir so bestimmt nicht. Außerdem befindet sich die Kiste noch unter dem Ratshaus. Ich habe sie lediglich schriftlich erfasst, versteht Ihr?« Wagos wandte sich wie ein Aal.

Ankwin war angewidert, doch er riss sich zusammen. »Nun, die Kiste müsste ja nicht von der Liste verschwinden. Sagen wir, sie würde irgendwo bei den unwichtigen Dingen am Ende stehen. Sie ist ja schließlich auch unwichtig. Und beim Schreiben kann es ja durchaus passieren, dass ein Wort nicht sehr gut zu lesen ist. Oder es steht dort in einer Sprache, die kaum einer kennt, man weiß ja nie. Dann stünde die Kiste ja noch auf der Liste.« Dieses Drumherumgerede kostete Ankwin viel Kraft, doch er wusste, dass er sein Gegenüber anders nicht überzeugen konnte. »Und was den Transport selbst anbelangt, ihr seid Magier, vielleicht muss die Kiste ja erst einmal magisch untersucht werden und so etwas duldet, wie ich hörte, in manchen Fällen keinen Aufschub und muss sogar des Nachts geschehen.«

Wagos nickte langsam mit dem Kopf. »In der Tat. Solche Dinge passieren ... Und diese Anerkennung, wäre die dann öffentlicher oder finanzieller Art?«

Ankwin atmete innerlich auf. Jetzt hatte er den Schreiber endlich da, wo er ihn haben wollte. Der Rest war nur noch Verhandlungssache. »Nun, die öffentliche Anerkennung würde der nicht öffentlichen Überführung der Kiste wohl entgegenstehen, also denke ich da eher an die finanzielle.« Ankwin musterte den

Schreiber jetzt ganz genau mit seinen eisgrauen Augen und sucht seinen Blick.

»Fünfzehnhundert Goldstücke vorher und Fünfzehnhundert, wenn Ihr die Kiste habt.« Der Ton des Schreibers war auf einmal hart und geschäftsmäßig. Ankwin war überrascht, wie schnell jetzt alles ging, und zog eine Augenbraue hoch. Ihm kam der Verdacht, dass dieser Schreiber wahrscheinlich schon vorher gegen Geld die ein oder andere urkundliche Unregelmäßigkeit getätigt hatte. Der Preis war verdammt hoch. Er musste herausbekommen, wofür Wagos so viel Geld wollte. Vielleicht hatte er schon einen Plan und Ankwin konnte darauf eingehen. Allerdings musste er unbedingt den Preis drücken, sonst gäbe es sicherlich Schwierigkeiten mit Wintur, dem Verwalter der Brakensteinschen Güter.

»Was habt Ihr vor? Wollt Ihr Euch auf dem Lande in einem Schloss niederlassen? Ihr müsst verstehen, die Sache sollte nicht auffallen und das Prägerecht besitzt meine Familie nun leider auch nicht.«

»Ihr übertreibt, aber lasst das meine Sorge sein. Und ob Ihr es glaubt oder nicht, ich spiele mit dem Gedanken, ein Gasthaus zu eröffnen. Das ist nun mal nicht billig und verzeiht, wenn ich das sage, aber am Hungertuch werdet Ihr dann bestimmt nicht nagen. Erbstücke sind nun mal nicht zu ersetzen.«

Ankwin war erleichtert und musste befürchten, dass sein Gegenüber ihm dies zu stark ansah, denn er hatte eine Eingebung, die wohl nicht zuletzt seinem vererbten Geschäftssinn zu verdanken war. Dreitausend Goldstücke waren keine Kleinigkeit und Ankwin hatte zwar wenig Ahnung von den Geschäftspapieren, aber dass diese Summe auffallen würde, war ihm klar. »Dann habe ich einen guten Vorschlag für Euch. Sagen wir eintausend Goldstücke bei Lieferung und alle Waren, die Ihr aus dem Hause Brakenstein kauft, kosten für ein Jahr nur ein Viertel des üblichen Preises. Ich kann nicht einfach in die Kasse meines Vetters greifen und mich bedienen, aber verkaufen kann ich zu niedrigeren Preisen. Ihr werdet sicher einiges aus meinen Kontoren brauchen für Euer neues Gasthaus.« Ankwin war froh, dass er sich die Bücher seines

Onkels vor diesem Besuch noch einmal eingehend mit dem Verwalter angeschaut hatte.

Der Schreiber kniff die Augen zusammen und schien im Kopf die Summen zu überschlagen. Offensichtlich trug er sich schon lange mit dem Wunsch, Gastwirt zu werden, hatte wohl etwas gespart und konkrete Zahlen im Kopf. »Eintausend und zwei Jahre Rabatt.«

»Zwölfhundert und ein Jahr ...« Je kürzer das alles dauert, umso größer war die Chance, dass sein Vetter nichts davon mitbekam. Ankwin suchte wieder den Blick des Schreibers, fand ihn und durchbohrte Wagos förmlich.

Schließlich erhob dieser sich etwas linkisch und hielt dem jungen Adligen die Hand hin. »So sei es. Gib mir die Hand, Ankwin.«

Ankwins eisiger Blick ließ den Schreiber nicht los und schien ihn zu pressen, während seine Hand an der Seite blieb. Ihm war nun völlig klar, auf welche Straße er sich begeben hatte. Das musste aber nicht bedeuten, sie ohne jeglichen Stolz zu beschreiten. Er war jetzt vielleicht auf der gleichen Seite, wie dieser Lump, aber der konnte ihm nicht das Wasser reichen. Ganz ruhig und sehr leise antwortete er. »So sei es, Schreiber. Glaubt aber nicht, dass uns dieser Pakt zu Brüdern macht. Ich stehe auch ohne Handschlag zu meinem Wort und unser beider Herkunft hat sich nicht verändert. Wo kann ich die Kiste heute Nacht abholen?«

Im Gesicht des Magiers paarten sich Verletzung, Stolz und Angst zu einer sonderbaren Fratze. »Äh ... heute Nacht schon? Aber ...« Sein Einwand zerschmolz an der ungerührten Miene Ankwins dahin. »Nun, äh ... an der Seite des Ratshauses, da ist eine Tür zum Lustgarten. Ihr kennt sie vielleicht ... sagen wir, wenn die zweite Nachtpatrouille der Stadtwache passiert hat.«

Ankwin nickte und verließ ohne weitere Worte das Zimmer. So schnell, wie der Magier Übergabeort und Zeit parat hatte, war Ankwin klar, dass er ähnliches schon öfter getan hatte.

Als die Tür ins Schloss fiel, wandelte sich der zaghaft unsichere Gesichtsausdruck des Magiers langsam zu einem breiten Grinsen.

Ankwin schlug seine Kapuze hoch und bewegte sich vorsichtig durch die Gänge. Er spähte an jeder Ecke in den nächsten Flur.

Schließlich wollte er um jeden Preis vermeiden, Theodus hier anzutreffen. Kaum hatte er die Universität durch einen Nebeneingang verlassen, eilte er mit großen Schritten davon. Er musste sich noch mit Wintur treffen. Dieser musste ja das Gold vorbereiten.

Hatte er überhaupt das Recht dazu? Obwohl er von Rechts wegen bis zur Rückkehr seines Vetters das Haus Brakenstein führte, fühlte es sich trotzdem an, als würde er seinen Onkel und seinen Vetter bestehlen. Doch er musste die Kiste haben! Auch, um das Andenken seines Onkels nicht zu beschmutzen. Dieser hatte ja letzten Endes alles verursacht und niemand durfte je erfahren, was damals unter dem Ratshaus geschehen war, sonst wäre das Haus Brakenstein am Ende und sein eigenes schwer beschädigt. Das konnte er wiederum seinem Vater nicht antun.

Als er seinem Haus näher kam, wurde ihm etwas leichter, wobei der Gedanke daran, wie er Wintur die hohe Summe und den Rabatt erklären sollte, sein Gemüt gleich wieder verfinsterte. Er würde einen Eiertanz zwischen guter Geschäftsidee und riskanter Investition vollführen müssen.

MORRTAG'OR HAT NEUIGKEITEN
(weit, weit im Westen)

»… ist Herr Ankwin zum Gerichtsschreiber gegangen und hat ihn bestochen. Wagos, so hieß der Gerichtsschreiber, sollte ihm dafür die Kiste des Richters aushändigen. In dieser befanden sich immer noch zwei Eier und eine Schinderbibel. Als …«

»Wie viel hat er bekommen?« Die Stimme seines Herrn war vor Hass ganz heißer und hatte ihn wieder einmal unterbrochen. Morrtag'or schluckte. »Zwö … Zwölfhundert Goldstücke hatte Ankwin Herrn Wagos versprochen und sie ihm auch am Abend übergeben. Allerdings gewährte er ihm auch noch einen sehr lange währenden Rabatt bei Käufen im Brakensteinschen Kontor.«

»Zwölfhundert Goldstücke und ein Rabatt.« Der Tonfall, mit dem der Herr die Worte heraus spuckte, schienen das imaginäre Gold im selben Augenblick aufzufressen. »Wie viel wäre das heute?«

»Äh …« Der Diener begann hektisch umzurechnen. »N … Nach der königlichen Wertreform wären das … etwa … äh … sechzehnhundert Braken.«

»Sechzehnhundert Braken.« Der Mann auf dem Stuhl nickte langsam mit dem Kopf. »Lebt der Schreiberling noch?«

Morrtag'or hasste das Schicksal des Schreibers und hatte wieder einmal vergeblich gehofft, es seinem Herrn nicht erneut berichten zu müssen. »Herr Maritmon Wagos starb, nach dem Theodus Plikon ihn ihm Rausch der Muscheln erschlagen hatte. Das war vor etwa zwölf Wochen. Also in der Kiste bef …«

»Wie genau ist er gestorben?« Der Herr wurde ungeduldiger.

»Theodus war abhängig von den heiligen Muscheln, deren Gebrauch zur Zeit in Brakenburg sehr verbreitet ist. Wagos hat mit Drogen und Informationen gehandelt. Der Magier wollte wohl eines von beiden, ist dann aber offenbar mit dem Schreiber in Streit geraten. Er hat ihm in seinem Wahn mit einer Schranktür den Schädel zertrümmert und solange darauf eingeschlagen, bis nur

Brei übrigblieb. Dann sprang er aus dem Fenster im ersten Stock.« Morrtag'or war sich sicher, zu schnell gesprochen zu haben, und schwieg für einen Augenblick.

»Den Schädel zertrümmert ... Brei..«

Schauer liefen ihm über den Rücken, als er seinen Herrn die Worte so ruhig und genussvoll sagen hörte. Es schien beinahe, als lief diesem das Wasser im Munde zusammen bei so viel Brutalität. »Nur weiter, nur weiter. Was geschah dann mit der Kiste?«

Jetzt kam endlich die neue Information, die er durch Spione und Bestechungen herausgefunden hatte. »Es wird berichtet, dass Ankwin die Kiste ein paar Tage später in den Keller des Hauses Brakenstein geschafft hat. Dort hat er sie dann vergraben, während er alle Bediensteten fortgeschickt hatte. Erst etwa zehn Jahre später hat er sie wieder ausgegraben und mitgenommen nach Birgenheim. Dort lebte er dann etwa zwanzig Jahre unerkannt, verstarb und wurde mit seiner gesamten Habe verbrannt. Während der Bestattung kam es zu einem noch nicht genau geklärten Vorfall. Ein Drache soll aus dem Feuer gestiegen, gewütet und dann weggeflogen sein. Hier endet die Spur vorerst.« Morrtag'or wusste, dass sein Herr bei diesem Ende jedes Mal ungeduldig wurde, weil das Schicksal der Kiste in seinen Augen immer noch nicht vollends geklärt worden waren. Furchtsam blickte er zu Boden und wartete auf die Reaktion seines Herrn.

»Ein Drache ... endet die Spur ... endet die Spur ...«, murmelnd saß sein Herr auf dem Stuhl, »... nun, nun ... Geh fort an die Arbeit und bescher' mir endlich das Ende, das ich hören will. Wo sind die übrigen Eier?« Die Stimme des Herrn hatte sich in ihrer Lautstärke stetig gesteigert bis er zum Schluss brüllte. »Geh und schaff mir alle Informationen bei! Ich will die ganze Geschichte! Ich will alles hören! Geh!«

Noch während Morrtag'or nach seiner kurzen Verbeugung in Richtung Tür lief, duckte er sich instinktiv und bekam nur ein paar Rotweintropfen des vorbeifliegenden Kelches ab, der dann scheppernd von der Wand abprallte und verbeult auf den Boden fiel.

DER FREMDE
(Die königliche Straße im Frühling)

Der Tag war jung und die Luft lag voller Frühlingsversprechen, doch so recht wollte ihr Duft noch nicht zu der Landschaft passen. Das große Weiß wurde nur hier und da durch ein paar braune Stellen abgelöst. Allerdings brachen schon die ersten Triebe der Frühblüher durch die dünne Schneedecke und würden bald Farbe in das grauweiße Einerlei bringen.

Helmin ging es ganz ähnlich. Einerseits hatte sich die Aufregung um Dekmanto etwas gelegt und an den täglichen Fußmarsch und die damit verbundenen Strapazen der Reise hatte sich die Kräuterfrau nun auch schon gewöhnt. Das Wetter wurde von Tag zu Tag milder. Das Einzige, was sie wirkliche behinderte, war der weiche Boden und der angetaute Schnee, deren Kombination die Fortbewegung nicht gerade erleichterte. Lavielle verkraftete die Strapazen nicht nur gut, sie schien von Tag zu Tag mehr von ihrer Umwelt mitzubekommen. Manchmal reagierte sie sogar auf direkte Ansprachen mit einer einfachen und korrekten Antwort.

Andererseits machte sich Helmin große Sorgen um Murajin, von ihrem Sohn gar nicht zu reden. Den Wiedergänger hätten sie eigentlich schon vor ein oder zwei Tagen treffen müssen. Entweder sie hatte ihre Reisegeschwindigkeit völlig falsch eingeschätzt oder er steckte in Schwierigkeiten. Das war nicht unwahrscheinlich, denn kaum war der Schnee nicht mehr so hoch, waren auf den Wegen verhältnismäßig viele Wanderer anzutreffen. Und mit ihnen drängte auch das Gesindel ans Frühlingslicht.

Die meisten der Reisenden machten sich wie sie in Richtung Süden auf. Dort waren die Marktplätze besser besucht und es gab eine größere Auswahl an Tieren und besseres Saatgut. Immer wieder kamen ihnen auch Menschen entgegen oder überholten sie. Nur wenige gingen ein Weilchen neben ihnen her und plauschten etwas, denn sie wussten mit der hohen Heilerin nicht recht umzugehen. Sie hatten zu viel Respekt vor ihrem Amt und zu wenig Ahnung von ihrem Zustand.

Helmin schaute prüfend zu Lavielle hinauf, ob auch alles in Ordnung war und blickte dann die königliche Straße entlang, auf der sie immerhin schon drei Tage unterwegs waren. In der nächsten Biegung erschien ein junger Mann mit breiten Schultern, der auf sie zukam. Seine Kleidung unterschied sich nicht von der der anderen Reisenden und doch stutzte Helmin. Irgendetwas an ihm war anders. Sie wollte gerade eine Bemerkung vor sich hin murmeln, als Lavielle fröhlich gluckste.

»Da kommt der Murajin.«

Helmin hob den Kopf und sah sich den Fremden noch einmal genauer an. Bei jedem Schritt, den sie sich näher kamen, wurde es deutlicher. Auch sie erkannte Murajin, allerdings schien er gewachsen zu sein oder zugenommen zu haben.

»Hallo, Helmin! Hallo, Lavielle! Schön Euch zu sehen! Ich habe mir schon große Sorgen gemacht, ob etwas passiert ist. Deshalb bin ich wieder nach Norden gegangen, aber da steht ihr gesund und munter.« Murajin strahlte und zeigte dabei sein tadelloses Gebiss.

Helmin sah ihn zweifelnd an und kniff die Augen zusammen. Vor ihr stand zweifellos Murajin, der einst Ankwin gewesen war. Er war auch noch der alte Mann, der an ihrer Tür geklopft hatte und doch war er in einer körperlichen Verfassung, die so manchen jungen Holzfäller neidisch gemacht hätte. Durch diesen Umstand wirkte er mindestens zehn Jahre jünger und sah kerngesund aus. Die Kräuterfrau prustete schließlich ungläubig und winkte ab. »Also wenn du mich auf den Arm nehmen willst, hast du es geschafft. Anderseits, warum sollte ich bei dir überhaupt noch überrascht sein. Gut siehst du aus, Murajin, und auch ich bin sehr froh, dass du wieder bei uns bist.«

Kurzerhand schloss sie Murajin in ihre Arme und drückte ihn. Die Tränen der Erleichterung, die ihr kamen, bemerkte er dabei nicht. Als sie sich schließlich von ihm löste, trat er auch an Lavielle heran und drückte ihr beide Hände. »Sei gegrüßt, Lavielle.«

»Hallo, Murajin.« Lavielle lächelte. »Weißt du schon, wer du bist?«

Murajin war über diese Frage nicht weniger überrascht als Helmin. Verdutzt blickte er zwischen den beiden Frauen hin und her. »Nun, ich weiß zwar immer noch nicht recht, wer ich bin, aber ich hatte die letzten Tage viel Zeit zum Nachdenken. Und geträumt habe ich auch ganz viele komische Dinge. Wisst ihr, was das Myriton ist?«

Dieses Mal war es Helmin, die verdutzt dreinblickte, doch sie schüttelt den Kopf. »Ihr seid mir so zwei. Da stehen wir mitten auf der königlichen Straße und halten Maulaffen feil. Lasst uns da drüben an dem Baum etwas rasten. Das Pferd braucht sowieso eine Pause und ich ehrlich gesagt auch. Da können wir dann in Ruhe über alles reden.«

***

Es war ein einfaches Mahl und doch sehr sättigend. Helmin hatte Käse ausgepackt, der vorzüglich schmeckte, und der Hirsebrei mit Wasser füllte ihnen die Mägen. Helmin erzählte als erste, wie es ihnen ergangen war und als sie von Dekmanto berichtete, verengten sich die Augen des Wiedergängers für einen Moment, aber er sagte nichts.

Murajin hatte wenig zu berichten, was seine Reise anbelangte. Offenbar bewegte er sich ganz sicher und selbstbewusst auf den Wegen und Stegen dieser Welt. Helmin unterdrückte das Bedürfnis, ergründen zu wollen, wie das alles möglich war, wie er möglich war, und zwang sich ihm weiter zu zuhören, denn entgegen seinem Reisebericht waren die Erzählungen über seine Träume weitaus interessanter.

»... stehe ich also mitten in einem Feuer, doch es verbrennt mich nicht. Ich kämpfe mit einem Gegner, dessen Gesicht ich nicht erkennen kann und schließlich wird mir das Herz zerrissen. Doch das Sonderbare daran ist, dass es nicht weh tut, sondern eine Erleichterung ist. Es war ein Traum, aber es fühlte sich an wie eine Erinnerung.« Murajins Blick schweifte gequält in die Ferne. Die Kräuterfrau konnte seine Sorgen förmlich spüren.

Nach einem Moment des Schweigens sah er Helmin direkt in die Augen. »Ich muss wissen, wer ich bin. Du bist die Einzige, die mir helfen kann und du weißt mehr über mich, das spüre ich. Wer bin ich also? Wirst du mir helfen, das herauszufinden? Helmin, hilfst du mir?«

Seine eisgrauen Augen hielten sie fest in ihrem Bann. Ihr Leben schien nur aus Pflichten zu bestehen. Zuerst die bittersüße Pflicht der Mutterschaft ohne Mann, die ihr die letzten Jahre viel abverlangt hatte, dann war sie schließlich noch die Kräuterfrau eines Dorfes gewesen, das ihr weniger und weniger Dank entgegengebracht hatte. Und zu guter Letzt hatte sie sich viele Monate lang Ankwins Pflege verschrieben. Nun sah sie sich in der Pflicht, Lavielle heil nach Brakenburg zu bringen. Ihr Sohn war fort, vielleicht gar nicht mehr am Leben und nun bat sie dieser geheimnisvolle Mann, dessen Existenz sie einfach nicht begreifen konnte, ja wollte, darum, ihm zu helfen. Helmin sah für einen Moment in Lavielles Gesicht.

Diese blickte die beiden wie immer kindlich fröhlich an, doch eine Träne lief ihr über die Wange. War es nur der scharfe Wind als einer der letzten Grüße des Winters oder hatte auch sie sich erinnert? Helmin erschauderte und erwiderte dann Murajins Blick. »Murajin, wer oder was auch immer du bist, ich werde dir helfen mit all meiner Kraft. Doch du musst mir vertrauen. Ich erzähle dir alles, was ich weiß, doch zu einem anderen Zeitpunkt. Habe Geduld.«

***

Sie zog die schwere Decke höher über Lavielles Schulter und prüfte noch einmal ihren gleichmäßigen Atem, dann wendete sich Helmin Murajin zu, der im Feuer stocherte. Sein Gesicht sah im unsteten orangeroten Licht der Flammen noch jünger aus, sodass ihr ein Schauer über den Rücken lief. Als sie sich neben ihn setzte, schwieg sie noch eine Weile und suchte nach dem richtigen Anfang. »Was ich dir jetzt erzähle, kann ich nicht erklären, ich kann es nur wiedergeben.«

Murajin nickte, ohne den Blick vom Feuer zu nehmen.

»Vor vielen Jahren kamst du in mein Dorf. Alle nannten dich nur den Halben, weil du auf halbem Wege zu meiner Hütte wohntest, obwohl du ein großer, kräftiger Mann warst.« Helmin stockte. »Das bist du ja jetzt wieder. Jedenfalls hatte lange Zeit niemand ein Wort mit dir gesprochen und irgendwann ging es dir immer schlechter bis ich schließlich begann, dich zu pflegen. Dein Zustand wurde trotzdem immer schlimmer. Schließlich bist du dann ...« Helmin musste trocken schlucken. »... gestorben.«

Murajin war nichts anzumerken, steinern blickte er in die Flammen.

»An eben dem Tag kam Lavielle, die du ja schon kennen gelernt hast, doch sie ist seit der Zeit nur noch ein Schatten ihrer selbst. Wenn sie damals von dir sprach, leuchteten ihre Augen immer.« Das Schicksal der Heilerin trieb der alten Kräuterfrau erneut die Tränen in die Augen, doch sie sprach weiter. »Mit ihr kamen Garock und Bermeer und sie alle waren deine Freunde, Gefährten aus alter Zeit, die dir die letzte Ehre erweisen wollten. Sie sagten, du wärest ein großer Krieger und das ganze Land stünde ewig in deiner Schuld. Sie bereiteten dir mit dem ganzen Dorf zusammen einen riesigen Scheiterhaufen und verbrannten dich zusammen mit Hrothekarr, deinem treuen Ross, das ebenfalls gekommen war.«

Murajins Blick veränderte sich für einen Moment, als wolle er einen Nebelfetzen mit bloßer Willenskraft festhalten. Dann war alles wie vorher. »Verbrannt.«, sagte er abwesend.

»Plötzlich tauchte ein Reiter auf, den die anderen mit Theodus ansprachen.«

Wieder schienen Murajins Augen für einen Moment zu glimmen.

»Deine Freunde wechselten ein paar Worte und dann wurden alle aufgefordert wegzulaufen. Was nun folgt, hat mir Bermeer erzählt. Im Feuer des Scheiterhaufens wurde aus dir ein Drache geboren, den die Gefährten nur unter Aufbietung all ihrer Kräfte mit einem magischen Dolch besiegten. Theodus ist dabei getötet worden, Lavielle hier ...«, Helmin blickte besorgt zu der Heilerin und senkte die Stimme, »... hat vor Gram den Verstand verloren und erst seit diesem Tag ihr schlohweißes Haar. Am Ende lag dein Leichnam von den Flammen unversehrt mit einem Dolch in der Brust da.

Ankwin, der so oft besungen,
hat den Kampf mit Drachens Brut
doch nun endlich ausgerungen
und nun ruht sein tapf'res Blut.

Das waren die Worte Bermeers, der immer in Reimen spricht, und ich werde sie nie wieder vergessen.« Beide schwiegen eine Weile.

Murajins Gesicht war die Anstrengung anzusehen. Die Adern auf seiner Stirn waren hervorgetreten und verwirrt wie ein Betrunkener, dem zu viel auf einmal erzählt wird, flogen seine Augen von links nach rechts und versuchten Ordnung in das Gedankenchaos zu bringen.

»Wir haben dich dann auf einer ruhigen Lichtung im Wald begraben. Aber warum du wieder da bist, wie du aus deinem Grab herausgekommen bist oder warum du verdammt nochmal vor Gesundheit zu strotzen scheinst, das kann ich mir nicht erklären.« Helmin rügte sich dafür, dass sie soeben geflucht hatte, doch sie hatte einfach keine anderen Worte gefunden.

Trotzig holte sie die Flasche mit dem Kegulaner heraus und trank einen kräftigen Schluck daraus, dann bot sie sie Murajin an. Abwesend nahm er einen Schluck, doch als der Schnaps seine Wirkung zu entfalten begann, stutzte er. »Ich kenne diesen Schnaps. Ich habe ihn oft getrunken, meist zu ganz besonderen Anlässen.« Mehrere Gedankenfetzen eilten wie Wolken über den Horizont seines Bewusstseins. »Mein Onkel heißt Bungad, er ... er hieß Bungad. Er ist tot ... glaube ich. Nein, ich habe gar keine Verwandten.« Murajin stockte wieder. »Beides ist wahr.«

»Das ist ein Anfang.« Helmin griff nach der Flasche und genehmigte sich noch einen Schluck.

»Und ... und ... ich liebe Muscheln.«

Helmin schmunzelte versonnen. Trotz aller Ungewöhnlichkeit ihrer ganzen Situation spürte sie in diesem Moment eine große Zuversicht. Alles würde gut werden.

TREIBHOLZ
(Der Shgid im Frühling)

Ein sonderbares Gluckern trieb ihn an die Oberfläche seines Bewusstseins. Seine Augen waren irgendwie verklebt und wollte sich nicht öffnen lassen. Er fasst sich an die Augenlider und spürte, dass sie verkrustet waren. Vorsichtig massierte er sich die Augäpfel durch die Lider, worauf diese zu tränen begannen. Nach und nach gewann er seine Sicht zurück. Um ihn herum herrschte ein Dämmerlicht. Er glaubte zuerst, noch in der Scheune zu liegen und einem schlechten Traum nachzuhängen, doch wurde er das Gluckern wieder gewahr. Alles schien sich zu bewegen.

Moakin sah sich um, sah aber nur schemenhafte Flächen. Offensichtlich befand er sich in einem Zelt, aber das komische war, das sich zu dem Gluckern ein Schwanken hinzugesellte. Anfangs hatte er es für Schwindel gehalten, doch es kam eindeutig von außerhalb seines Körpers.

Bedächtig richtete er sich auf und wusste sofort, dass es kein Traum gewesen war. Sein Magen schmerzte vor Leere und sein restlicher Körper tat ihm weh, wie nach großer körperlicher Anstrengung. Umständlich tastete er sich auf allen vieren zu dem vermuteten Ausgang, wobei seine Hände mehr als einmal zwischen den Stämmen, aus denen der Boden bestand, in kaltes nasses Moos griffen. Wo war er hier?

Schmerzhaft begrüßte ihn der Tag vor dem Zelt mit unerwarteter Helligkeit, wodurch seine Augen noch mehr tränten. Offenbar schien die Sonne. Als er endlich klar sehen konnte, blickte sich Moakin staunend um. Das Zelt, aus dem er hervorlugte, befand sich auf einer Fläche, die so groß war, wie der Dorfplatz von Birgenheim. Sie bestand allerdings nur aus Baumstämmen. Moakin hatte noch nie so einen breiten Fluss geschweige denn so ein großes Floß gesehen. Die einzelnen Baustämme waren mit verhältnismäßig wenig Seilen aneinandergebunden und so gegeneinander gelegt, dass sie sich durch ihr Gewicht ineinander verklemmten.

Überall standen Männer mit langen Stangen herum und schauten Richtung Ufer. Unweit von ihm waren auf einer Schicht flacher Steine Grassoden aufgeschichtet und darauf brannte unter einem Kessel mit Dreibein ein kleines Feuer.

Erschrocken suchte Moakin das Mädchen unter den Männern, bis seine Augen an einer Gestalt ganz vorne am Rand des Floßes hängen blieben. Mit staksenden steifen Schritten arbeitete er sich über den unebenen Boden zu ihr vor. Er wusste immer noch nicht, wie sie hieß.

»Mmorgen.«

»Morgen.« Ihr Ton war ernst und sie blickte weiter auf den Fluss.

»Was ist ddas hier? Wer sind diese Leute?«

»Flößer. Es sind Flößer. Ich habe sie gefragt und sie haben uns geholfen.«

Moakin musste an Beol und seine Freunde denken und auch Horib und die Frau aus Bockswalden kamen ihm in den Sinn. Wenn er in letzter Zeit eins gelernt hatte, dann war es die Tatsache, dass niemand ohne einen guten Grund half. »Einfach so?«

Fast ärgerlich drehte sie ihren Kopf zu ihm und sah ihn ernst an. »Einfach so.«

Jetzt sah Moakin sie zum ersten Mal im hellen Licht dieses schönen Wintertages. Ihr Haar war dicht und braun an der Grenze zum Schwarzen. Einige der ungebändigten und auch verfilzten Strähnen spielten sachte mit dem Wind, der übers Wasser ging. Ihre dunklen ernsten Augen saßen in einem ebenmäßigen aber mageren Gesicht und wirkten zu groß. Eine Narbe teilte die linke ihrer Augenbrauen, die im Übrigen sehr fein gezeichnet waren. Ihre Nase war flach und kantig und doch fein genug um sie durchaus als hübsch gelten zu lassen. Ihr Lippen waren spröde und aufgeplatzt und ließen nur erahnen, dass der Mund an sich schön geschnitten war. Sie musste etwa in seinem Alter sein, wobei ihr Weg zur Frau mit Sicherheit kürzer war, als seiner zum Mann.

Moakins Überraschung und sein daraus folgendes Schweigen schien ihr unangenehm. »Was?«

»N ... nichts. Ich habe dich nur a ... angeschaut. A ... a ... also ich b ... b ... bin Mmoakin.« Unbeholfen streckte er ihr seine Hand hin.

Diese ließ sie unbeachtet und schaute wieder aufs Wasser.

»U ... u ... nd wie ha ... heißt du?«

»Shaija.«

»Das ist ein sch ... schöner Name.«

»Warum stotterst du nur manchmal?«

»Wwweiß nich ...« Moakin schaute auch aufs Wasser. »Wie lange ha ... habe ich denn geschlafen? Es liegt ja kaum noch Schnee.« Erst jetzt wurde dem Jungen klar, dass nur noch vereinzelt Schnee lag und wenig Eis auf dem Fluss trieb.

»Du hast nicht viel geschlafen. Du hattest lange Fieber. Zwei Tage in der Scheune und noch mal vier hier auf dem Floß.« Shaija blickte immer noch auf den Fluss.

»Wer sind die? Wie ...« Moakin stockte. Er hätte zu gerne gewusst, wie sie es angestellt hatte, ihn die ganze Zeit zu pflegen und noch die Mitfahrt auf diesem Floß hin zu bekommen, aber sie wollte offenbar nicht darüber reden, also schwieg er.

Sie standen noch eine ganze Weile schweigend am Rand des Floßes und sahen hinaus auf die flachen Nebelschwaden des Flusses, die von der Morgensonne nach und nach vertrieben wurden. Moakin genoss die Stille. Es gab nur das Plätschern des Wassers zwischen den Stämmen und ab und zu hörte man einen der Flößer einem anderen ein kurzes Kommando zu rufen. Sie verständigten sich aber fast ausschließlich mit Blicken und Gesten. Die Ruhe war herrlich. Keine Raben, keine Stimmen ... Das Ei!

»Habe ich das Ei gefunden? Ich erinnere mich nicht mehr.«

»Vielleicht.« Auf Shaijas Gesicht setzte sich ein verschmitztes Lächeln durch.

Moakin war auf einmal zornig. »Hab ich das Ei nun gefunden oder nicht? Es ist sehr wichtig!«

Einer der Flößer schaute herüber. Moakin konnte seine Miene nicht einordnen und senkte sofort wieder die Stimme. »Wo ist das Ei?«

Shaija warf dem Mann einen kurzen Blick zu. Ihre Augen flackerten für einen Moment, dann drehte sie sich zu Moakin und sah ihm direkt in seine. »Alles in Ordnung, großer Eiermeister. Dein Ei ist in Sicherheit. Es liegt in deinem Rucksack.«

»Nicht so laut. Soll ja nicht gleich jeder wissen, dass ich so was dabei habe.« Moakin wollte gerade ins Zelt stapfen, als er bemerkte, wie undankbar er gerade gewesen war. Er konnte sich zwar nicht vorstellen, wie ihn Shaija so lange hatte versorgen können und was sie alles dafür getan hatte, aber offenbar war es nicht wenig gewesen und sie wollte nicht darüber reden. Er drehte sich noch einmal zu ihr um. »Shaija? Danke.«

***

Wenn sie die Augen zusammenkniff, glitzerte das Wasser so unwirklich in der Sonne, dass sie für einen Moment glaubte, auf einem Zauberfluss durch die Sterne zu schweben. Plötzlich öffnete Shaija ihre Augen. Sie war auf keinem Zauberfluss und nirgendwo war ein Elf, ein Zauberer oder gar ein Ritter zu sehen. Moakin war ihre einzige Möglichkeit gewesen, zu entkommen. Ihr kamen Zweifel. Hatte sie das alles für den Jungen auf sich genommen? Ihre Augenbrauen zogen sich zusammen. Sie wollte einfach nicht mehr zu den Menschen gehören, mit denen etwas geschah. Sie wollte auf die Seite derjenigen, die geschehen ließen, die etwas taten, die ihr Schicksal selbst in die Hand nahmen.

Vielleicht mochte sie das an Moakin. Er war tätig geworden und hatte das Schicksal herausgefordert, doch er war auch viel zu leichtgläubig. *Dieser Idiot! Dieser hilflose Idiot!*

Hilflosigkeit. Das war es, was sie nie wieder spüren wollte. Vor dem Winter war alles noch anders gewesen. Finster schaute Shaija auf den Strom. Sie war vielleicht nur ein schwaches Mädchen, aber sie war nicht hilflos.

EIN BLAUER SCHIMMER
(Brakenburg im Frühling ... vor langer Zeit)

Der Magier nahm die Menschen um ihn herum kaum wahr. Zu viele Gedanken schwirrten durch seinen Kopf. Wieso hatte der Dämon nicht den Erzherzog, sondern einen der Sänftenträger getötet? Wo war der Erzherzog und warum meldete er sich nicht?

»Guten Morgen, Herr Theodus. Auch zur großen Versammlung?«

Abwesend grüßte er den Adepten, der das Kehren des Eingangsbereiches unterbrochen hatte, um ihm die Tür aufzuhalten.

»Ja, ja, ... Versammlung ... Morgen.« Er musste sich unbedingt intensiv mit der Daimon D'annh beschäftigen, um den Gegner besser einschätzen zu können. Außerdem konnte ihm so ein Diener des Bösen ja jeder Zeit wieder begegnen. Wer kannte sich damit aus? Er würde mit einem der leitenden Magier sprechen müssen. Nur ein Experte konnte ihm die richtigen Bücher empfehlen. Beim Universitätsdiener hatte er noch etwas erledigen wollen, es fiel ihm aber nicht mehr ein. Zu Uharan musste er noch und außerdem wollte er die neuen Verhörprotokolle prüfen. Schwungvoll betrat er die große Aula der Universität und wurde schlagartig gestoppt.

Der mächtige Lichthof war brechend voll. Außer dem Adepten am Eingang, der offenbar etwas ausgefressen hatte, schienen alle Mitglieder der Gilde anwesend zu sein. Der offizielle Teil hatte noch nicht begonnen. Es klang wie in einem Bienenstock.

Theodus hätte sich auf die Stirn geschlagen, wäre nicht die versammelte Gilde da gewesen. Auch die Flüche, die ihm spontan durch den Kopf schossen, behielt er für sich. Wie hatte er einen solch wichtigen Anlass vergessen können. Einmal mehr peinigte sich der Magier innerlich für seine unnötigen Nachlässigkeiten.

Uharan hatte ja erwähnt, dass es bald eine Versammlung anlässlich seiner Laufbahn geben würde.

Aber das war nicht das Einzige, was ihn ärgerte. Seine Nachforschungen konnte er fürs Erste vergessen und die interessierten ihn weit mehr als diese Versammlung. Auf solchen Veranstaltungen wurde meist viel verkündet und auch abgestimmt. Die wichtigen Entscheidungen fielen jedoch woanders. Das hatte er trotz seiner verhältnismäßig jungen Jahre schon mit bekommen.

Theodus war hin und hergerissen zwischen den Gedanken an den Dämon und dem weiteren Schicksal Uharans, mit dem diese Versammlung zweifellos zusammenhing.

Er rang sich dazu durch, einen Platz unter den lehrenden Magiern zu suchen. Er würde einfach abschalten und in Ruhe noch einmal über alles nachdenken.

Der Weg dorthin war wider Erwarten wenig beschwerlich, da ihm die meisten gleich Platz machten. Doch er maß dieser Tatsache nicht allzu viel Bedeutung bei. Wahrscheinlich war er seit dem Prozess einfach bekannter.

Kaum hatte er einige Kollegen begrüßt und Hände geschüttelt, stand er auch schon an der Brüstung, die die spiralförmig um die Aula führenden Treppe säumte, blickte auf die Menge hinunter und dachte nach.

Van Degen wurde während des Verhörs getötet. Ihm waren nun auch drei seiner Freunde gefolgt. Auf den Erzherzog wurde ein Attentat verübt - mit einem Dämon - und die Gilde steuerte gerade auf ein Machtvakuum zu.

Was die toten Magier betraf, war man offensichtlich jemandem zu nahe gekommen und dieser Jemand war möglicherweise ein Heiler.

Vielleicht, nein, ganz sicher hing das mit dem Anschlag auf Rahag zusammen. Also war noch ein weiterer Magier oder auch ein anderer Magiekundiger in die Sache verwickelt, denn irgendjemand musste den Dämon ja beschworen haben. Und die vier toten Magier konnten es nicht gewesen sein, da sie zu der Zeit bereits verhaftet worden waren.

»Magier, Adepten, Kinder der Gilde.« Uharan stand unten in der Mitte der Aula und hatte die Arme erhoben. Um ihn hatte man einen Kreis gebildet. Die Menge wurde schlagartig ruhig, denn jeder hatte ihn gehört. Ein Umstand, der der Tatsache geschuldet war, dass die Redner bei solchen Anlässen ihre Stimme magisch verstärkten. Eigentlich ein leichter aber doch recht eindrucksvoller Zauber.

»Es sind bewegte Zeiten und die Gilde geht auf eine neue Ära zu. Diese werde ich aber nicht mehr mit ihr teilen.«

Ein Raunen ging durch die Menge, denn offiziell war ja Uharans Rücktritt noch nicht bekanntgegeben worden.

»Das mag für den ein oder anderen überraschend kommen, doch es ändert nichts. Damit die Gilde derweil nicht ohne Führung ist, übernimmt mit dem Ende dieser Versammlung mein geschätzter Kollege und guter Freund Legor bis zur Ernennung des neuen Oberhaupts der Gilde das Amt. Er wird es sicherlich in meinem Sinne und zum Wohle der Gilde führen.«

Dieses Mal war das Raunen weitaus geringer, da man den Stellvertreter natürlich kannte.

»Wie es meine Pflicht ist, erkläre ich nun, wie die Wahl des neuen obersten Magiers vonstattengeht. Jeder Magier hat ...«

Theodus wusste, was nun folgte. Den Ablauf so einer Wahl hatte er schon als Adept genau in den Annalen der Magierschule studiert. Es wurden für den Zeitraum von einer Woche Kandidaten aufgestellt. Diese entstammten entweder den einzelnen Fakultäten oder hatten viele Freunde hinter sich. Jeder Magier, der die vierte Stufe erreicht hatte, konnte vorgeschlagen werden und sich selbst aufstellen lassen, aber natürlich hatten nur die erfahreneren unter ihnen überhaupt eine Chance. Das waren in der Regel die, die von den Altmagiern vorgeschlagen wurden. Nach einer Woche, in der sich jeder über die Kandidaten Gedanken machen konnte und diese natürlich für sich warben, hielt jeder von ihnen eine Rede darüber, was er für die Gilde tun wollte. Dann wurde gewählt. Die Altmagier, Magier des siebten Grades und mit einem Mindestalter von neunundvierzig Jahren, hatten zwei Stimmen, alle andern Magier eine. Gewählt wurde auf Lebenszeit. Meist gewann sowieso einer der Fakultätsleiter. Theodus widmete sich weiterhin seinen Überlegungen.

Schließlich kam er zu dem Schluss, dass der Schlüssel und Hauptansatzpunkt zur Aufdeckung dieser unerhörten Verschwörung der Anschlag auf Rahag war. Dort gab es auch die meisten Spuren. Da von einem zauberkundigen Gegner auszugehen war, würde er sich in Acht nehmen müssen, aber die Sache hatte auch einen Vorteil. Es gab mit Sicherheit diverse Wissenszauber, die den Beschwörer verraten konnten, und wenn er aus den Reihen der Magier kam, so kannte sich Theodus zumindest in der Arena aus, in der die Jagd stattfinden würde. Er würde sich als erstes mit einigen Kollegen unterhalten müssen. Das durfte aber nur unter äußerster Vorsicht geschehen. Dann würde er sich in der Bibliothek mit einigen Büchern eindecken müssen. Das bedeutete Nachtstudium, viel Lampenöl und viel Tee. Außerdem würde er sich ein paar Schutzzauber ins Gedächtnis rufen, und eben auch sehen, ob er seine Künste in den Wissenszaubern noch auffrischen musste. Plötzlich kam ihm eine Idee.

Jetzt und hier waren vermutlich bis auf wenige Adepten und Magier auf Reisen alle Mitglieder der Brakenburger Magiergilde anwesend. Vielleicht konnte er diese Gelegenheit nutzen, um den Beschwörer zu entlarven. Fieberhaft dachte er nach und durchforstete sein Wissen über die geheimen Künste der Magie. Es durfte natürlich kein starker Zauber sein, sonst spürten das alle Kollegen sofort, außerdem durfte er dabei auch keine großartigen Gesten durchführen müssen. Endlich fiel ihm der passende Zauber ein. Er war dem, den er in der Gasse verwendet hatte, nicht unähnlich, aber weitaus schwächer. Er diente eigentlich nur zur Feststellung der Aura eines Wesens, das man frisch beschworen hatte, um nicht aus Versehen einen Diener der Dunkelheit herbei zu holen, was gelegentlich geschah. Wenn das dann der Fall war, konnte man ihn meist unversehens wieder zurückschicken, dafür war schließlich der Bannkreis aus Kreide da. Die Reichweite des Zaubers ließ allerdings für seine Zwecke sehr zu wünschen übrig. Er versuchte es trotzdem.

Theodus schloss die Augen und rief sich die erlernten Runen und Zauberworte ins Gedächtnis. Nach einem Moment der völlige Leere spürte er einen mentalen Ruck und öffnete die Augen.

Interessiert blickte er sich um. Die meisten hatten eine schlichte weißliche Aura, manche der älteren Kollegen schon eine graue. Vereinzelt konnte er sogar violette Schimmer erkennen, das bedeutete, dass sich diese Magier mit einem Schutzzauber umgeben hatten oder ein schützendes Amulett trugen. Dann blickte er nach unten in die Aula und es fuhr ihm in den Magen.

Es war nicht genau aus zumachen, zu wem der Schimmer gehörte, da hier die Grenzen des Zaubers verschwammen, aber unten in der Aula sah er eindeutig ein schwach blaues Schimmern, das mindestens vierzig oder fünfzig Magier einschloss. Auch Uharan war darunter. Dieser blickte ihm direkt in die Augen, hob den Arm und deutete auf ihn.

»Da ist er!«

Obwohl er mindestens sechs Meter über dem obersten Magier stand, war es Theodus, als ob er dessen Finger kristallklar direkt vor seine Nase hätte. Nach einem kurzen Moment der Stille applaudierte die gesamte Magierschaft.

»Ja, Meister Theodus ist der erste der Kandidaten. Sein steiler Aufstieg hat viele der jungen Magier und Adepten inspiriert. Seine brillanten Ausführungen zur Kraftlehre sind schon beinahe legendär. Und zuletzt in seiner Tätigkeit als Ankläger der Stadt Brakenburg zeigte er seine hohe Redegewandtheit und seinen scharfen Verstand. Das alles macht ihn zu einem würdigen Kandidaten. Eine Großzahl der Altmagier hat ihn als obersten Magier vorgeschlagen.«

Wieder brandete der Applaus los. Theodus war durch das Wechselbad seiner Gefühle gelähmt und brachte nur ein verunglücktes Lächeln zustande. Dort unten befand sich wahrscheinlich der Dämonenbeschwörer und er war gerade als möglicher Nachfolger für Uharan vorgeschlagen worden. Unfähig, einen klaren Gedanken zu fassen, stand er da und konnte nur Zeuge der Ereignisse sein.

»Kommen wir zum nächsten der fünf Kandidaten. Meister Baddo.« Wieder folgte Applaus und die Blicke versammelten sich auf einem großen hageren Mann auf der anderen Seiten der Treppen. Seine scharfen Züge ließen ihn unerbittlich wirken und die aschfahle Gesichtshaut spannte sich über seinen Schädel, als ob sie jeden Moment reißen würde. Sein breites Grinsen glich mehr einer zerklüfteten Steilküste als einem menschlichen Gebiss, aber trotz allem wirkte er recht sympathisch. Er schimmerte ebenfalls blau.

»Er ist für seine Gründlichkeit in allem, was er tut, und für seine ausführlichen Schriften über die Artefakte des Ostens bekannt. Auch seine Erforschung der Feuerdämonen ist vielversprechend.«

Das riss Theodus aus seiner Starre - Dämonen. Die Vorstellung der übrigen Kandidaten rauschte spurlos an ihm vorüber. Eine große Unruhe überfiel ihn. Er musste nachdenken und er musste Nachforschungen anstellen - jetzt. Das alles lenkte ihn ab, die lauten Rufe und das Klatschen, die vielen Magier, die überbordenden Worte Uharans, wusste er doch selbst, dass die Hälfte davon nicht stimmte oder zumindest nicht in dem Maß, wie es offenbar den Anschein haben sollte.

Wie auf Kohlen stand Theodus an die steinerne Brüstung gekrallt da und sehnte das Ende der Versammlung herbei. Noch ehe Uharan schließlich die Abschlussformel gesprochen und die Versammlung offiziell aufgelöst hatte, drehte sich der Magier um und drängte durch die Menge zum Ausgang.

FÜNF STATT ZWEI
(Die königliche Straße im Frühling)

Helmin schlug die Augen auf und sah als aller erstes ein weitläufiges Tal, in dessen Sohle sich ein Fluss schlängelte. Große Teile der Wildwiesen waren grün und man konnte vereinzelt sogar schon ein paar bunte Frühblüher sehen. Die Sonne schien. Als sie gestern Abend in der Dämmerung das Lager aufgeschlagen hatten, war ihr nicht bewusst gewesen, dass direkt vor ihnen ein großes Tal lag. Sie streckte sich unter ihrer Decke und genoss den Kontrast zwischen der frischen Luft um ihre Nase und der Wärme unter ihrer Decke. Plötzlich schwebte ein dampfender Becher vor ihrem Gesicht.

»Tee? Ich war so frei, in deiner Tasche danach zu suchen. Was du mir mitgegeben hattest, ist aufgebraucht.« Murajin strahlte sie an. Sie erwiderte sein Lächeln, richtete sich auf und nahm den Tee entgegen.

»Danke schön.« Helmin fiel auf, dass die Heilerin nicht hier war. »Wo ist Lavielle?«

»Da hinten. Keine Sorge, ich hab sie im Auge. Sie war früh wach und wollte sich ein wenig die Beine vertreten.« Murajin setzte sich zu Helmin und zeigte in eine Richtung.

Skeptisch folgte Helmin dem Finger des Wiedergängers. Lavielle stand mitten auf der mit Schneeflecken bedeckten Wiese, sah vor sich hin und hüpfte immer wieder herum. Es sah beinahe so aus, als ob sie eine ganz bestimmte Bewegung suchte, dann wieder, also ob ein kleines Mädchen ein Hüpfspiel spielt. Helmins Augen begannen zu brennen und beinahe hätte sie wieder geweint. Anscheinend begann Lavielle, sich an das Morgengebet zu erinnern.

»Was hat sie früher gemacht?«

Die Frage riss die alte Kräuterfrau aus ihren Gedanken. »Was?«

»Na, ich meine, was hat Lavielle denn früher gemacht, als sie weg war?«

»Ich weiß nur, dass sie eine hohe Heilerin ist, vor der sogar mein Fürst Respekt hatte. Weißt du etwas über Heilerinnen?«

»Das ist das Sonderbare an meinem Zustand. Ich weiß, wie man Feuer macht oder wie man Spuren liest, aber hättest du mich das gefragt, als ich bei dir aufgetaucht bin, ich hätte es dir nicht sagen können. Ich habe das Gefühl, mich immer nur dann an etwas zu erinnern, wenn ich es gerade brauche, aber ich kann kaum etwas in Worte fassen. Ich ... ich ...«

»Schon gut, Murajin. Wird sich noch alles klären. Mach dir keine Sorgen.« Helmin spürte, wie der Wiedergänger ein weiters Mal angestrengt nachdachte und dabei das Gesicht verzog. Sie lenkte das Gespräch in eine andere Richtung. »Garock und Bermeer sind zwei erstaunliche Menschen. Du wirst sie bestimmt mögen. Garock ist ein riesen Kerl, ich glaube ein Krieger, der so gut wie nie etwas spricht, aber er hat das Herz am rechten Fleck. Und ...«, Helmin musste kichern, »... Bermeer ist ... ich habe keine Ahnung, was er ist. Ein Gaukler oder Spielmann, aber schnell mit dem Messer und noch schneller mit der Zunge. Er redet den ganzen Tag und immer nur in Reimen. Ein verrückter Vogel ist das.« Helmins Gesicht verfinsterte sich, als sie daran dachte, dass die beiden versuchten, Moakin zu finden. Wo er jetzt wohl war? Was machte er gerade?

»Wo sind die beiden jetzt?« Murajin hatte die Veränderung Helmins bemerkt.

»Sie suchen nach meinem Sohn Moakin. Er hatte offenbar zwei große Eier aus einer Kiste gestohlen, die einmal dir gehört hat, nein, dir gehört ... sie ist verbrannt ... ach, was weiß ich. Auf jeden Fall ist er damit abgehauen und die beiden sind ihm hinterher. Müssen wichtige Eier sein. Sie meinten, es wären Dracheneier und dass sie sie unbedingt finden müssten.«

Murajin schwieg, doch etwas in ihm schien losgerüttelt worden zu sein. Einer plötzlichen inneren Unruhe folgend stand er auf. »Wir müssen los. Lass uns das Tageslicht ausnutzen.«

***

Im Verlauf des ganzen Vormittags waren sie keinem Menschen begegnet und sie schauten sich bereits nach einer geeigneten Stelle für die nächste Rast um. Murajin hatte seit dem Aufbruch kein

Wort mehr gesprochen. Wer konnte es ihm verdenken, hatte er doch einiges aufzuarbeiten. Helmin hatte zwar auch Sorgen, aber seit er wieder bei Ihnen war, sah sie die Dinge in einem wärmeren Licht. Um die Reise etwas kurzweiliger zu machen, sang sie der Heilerin immer wieder ein Liedchen aus ihrer Jugend vor. Lavielle zeigte sich geschickt und lernte schnell den Text.

»Ging ein Mann den Weg entlang
mit Stock und Brot und Hut.
Zog 'ne Ziege hinter sich
und war ganz frohgemut.
Kamen ihm von vorne her
zwei Männer grad entgegen.
Der eine führte eine Mähr',
der andere einen Degen. Und jetzt du Lavielle.«

»Ging ein Mann den Weg entlang
mit Stock und Brot und Hut.
Zog 'ne Ziege hinter sich
und war ganz frohgemut.
Kamen ihm von vorne her
fünf Männer grad entgegen ...«

»Nein, nein, nein, Lavielle, es waren zwei Männer, keine fünf. Also ... Ging ...«

»Sie hat recht. Es sind fünf.«

Verwirrt sah Helmin zu Murajin und folgte dann seinem besorgten Blick. Vor Ihnen waren wie aus dem Nichts fünf Männer erschienen und hatte schon einen Halbkreis um sie gebildet. Ihr Äußeres und ihre Gesichter ließen keinen Zweifel daran, was sie waren und was sie vorhatten. Sofort trat Helmin näher an Lavielle heran und nahm ihre Hand. Was sollte nun werden? Sie waren zwei hilflose Frauen und Murajin hatte gerade mal ein kleines Messer bei sich, dass sie ihm auf die Reise mitgegeben hatte. Abgesehen davon hatte sie keine Ahnung, ob er überhaupt in der Lage war, zu kämpfen, oder sich wenigstens an diese Fähigkeit erinnerte.

Schon hatten die Wegelagerer sie eingekreist. Ein großer, schlanker Mann mit Hakennase ergriff das Wort. »Machen wir nicht lange rum. Gebt uns das Pferd und eure Sachen und ihr kommt mit dem Leben davon.«

Helmin rührte sich nicht ein bisschen und warf einen Seitenblick zu Murajin. Der schien auch noch zu überlegen. Lavielle gluckste, was Helmin in diesem Moment entsetzlich störte.

»Und was ist mit der Frau, Harke?« Einer der anderen Männer grinste Lavielle gierig an.

»Ja, und die Frau auch. Also, macht jetzt, dass ihr eure Taschen ablegt und dann geht ihr weg von dem Pferd.« Die Gesichter der Räuber wechselten von hämisch zu bedrohlich und der Kreis wurde enger. Dann zogen die Männer ihre Waffen - Schwerter, Handäxte und Dolche. Harke, der Wortführer, hob sein rostiges Schwert. Er stand jetzt wenige Schritte vor Murajin und hielt die Klinge in seine Richtung. Leise und genervt forderte er den Wiedergänger erneut auf. »Na, los. Oder soll ich dich aufschlitzen?«

Wieder gluckste Lavielle. »Sind doch nur zwei.«

Helmin zog fragend die Augenbrauen zusammen.

»Was redet das Weib da für einen Mist? Jetzt reicht's.«

»Wir wollen keinen Ärger.« Murajin hob beschwichtigend die Hände. »Bitte. Nehmt alles, was ihr wollt, nur tut uns nichts.«

So viel zu dem einst großen Krieger. Helmin wusste jetzt, worauf das hinaus lief. Lavielle würde geschändet und sie landeten allesamt mit aufgeschlitzter Kehle im Unterholz. Grimmig verfinsterte sich ihre Stirn.

»Weg ... vom ... Pferd.« Harke schubste Murajin nun vor sich her und auf der anderen Seite Lavielles machte sich einer an den Satteltaschen zu schaffen. Das Pferd tänzelte nervös auf der Stelle.

»Murajin?« Lavielle schien langsam den Ernst der Lage zu erfassen und den Tränen nahe.

»Bleib ruhig, Lavielle, ich ...« Wieder wurde der Wiedergänger von Harke gestoßen und musste einen Schritt nach hinten gehen.

»So hab' ich mir das gedacht. Der Großmaulopa stirbt als erster.« Harke grinste und stieß Murajin weiter vor sich her. Die beiden standen mittlerweile gute zehn Schritt von den Frauen und dem Pferd entfernt. Drei der Räuber stellten sich um Harke und Murajin, während der vierte nun an Lavielle zerrte, um sie vom Pferd zu bekommen.

»Komm, meine Hübsche. Ich zeig dir was Schönes. Tut auch gar nicht weh.« Der schmutzige Klang seiner Stimme widerte Helmin an und sie kochte vor Wut.

»Murajin?« Lavielles weinerliches Rufen brannte in Murajins Ohren. »Ankwin? Murajin?«

Murajin drehte sich zu Lavielle. Irgendetwas in ihm war gerissen oder hatte sich geöffnet. Dann explodierte etwas in seinem Gesicht. Als Nächstes lag er auf dem Boden und direkt über sich sah er Harke das Schwert erheben. Er schmeckte Blut, sein eigenes.

Helmin wurde von niemandem beachtet.

»Halt dich gut fest, Lavielle!« Wutschnaubend schlug sie dem Pferd auf die Hüfte, worauf es laut wiehernd samt der überraschten Heilerin zwischen den Männern davon galoppierte. Diese warfen sich zur Seite und das Pferd übersprang Murajin.

»Wenn ich schon hier sterben soll, dann doch wohl mit Anstand!« Helmin schlug dem völlig verdutzten Wegelagerer, der ihr jetzt genau gegenüber stand, ihren Stock mit aller Macht auf den Kopf und wiederholte das sofort. Wieder und wieder prasselten Schläge auf den überraschten Mann ein. Helmins Wut und Verzweiflung der letzten Tage und Wochen gingen auf ihn nieder.

Die anderen hatten sich mittlerweile von der Überraschung erholt und standen erneut um Murajin herum. Einer lachte sogar über seinen Kameraden, der von der Kräuterfrau verprügelt wurde.

»Kümmert euch um die Alte und fangt das Pferd ein, ihr Idioten!« Harke beugte sich zu dem Wiedergänger hinunter, der jetzt kniete und sich das Gesicht hielt. »Und nun zu dir, mein Freund. Wo waren wir stehen geblieben?« Er holte zu einem Schlag aus.

Murajin drehte sein Gesicht zu Harke und sein Ausdruck war alles andere als ängstlich. Die unerwartete Entschlossenheit und Wut, die sich gleichzeitig darin widerspiegelten, ließ den Räuberhauptmann zögern. Dann kamen Worte über Murajins blutigen Lippen, die keiner der Anwesenden einschließlich ihm selbst verstand. Der Wiedergänger hob die Hand und ballte sie zur Faust, dann zog er sie rasch nach unten.

Harke griff sich an den Hals, als ob er gewürgt würde, und fiel auf die Knie. Jetzt stand Murajin auf und sah sich langsam nach den anderen um. Einer lief dem Pferd hinterher und einer half seinem Kameraden, indem er Helmin von hinten festhielt. Der Vierte stand ihm gegenüber und starrte ungläubig auf Harke. Dann befreite er sich aus seiner Starr, machte einen Ausfallschritt und stach mit dem Schwert in Richtung Murajin. Dieser trat aber so rechtzeitig einen Schritt zur Seite, dass es beinahe so wirkte, als hätte der Räuber absichtlich ins Leere gestochen. Murajin vollführte eine sonderbare Bewegung mit den Händen und der Mann stockte. Wütend wollte er noch einmal zustechen, aber dieses Mal bewegte er sich halb so schnell und Murajin wich wieder ohne Probleme aus. Jede Bewegung kostete den Räuber große Mühe und die Anstrengung war in seinem Gesicht zu sehen.

»Der Kerl hat mich verhext! Helft mir!« Wutschnaubend und hochrot vor Anstrengung versuchte er, weiter auf den Wiedergänger einzustechen.

Dieser trat nach einem weiteren erfolglosen Angriff mit einer Drehung in die offene Seite des überraschten Mannes und gab ihm eine schallende Ohrfeige. Im nächsten Augenblick hatte er das Schwert in der Hand und vollführte wieder eine Geste, die von einem kurzen Murmeln begleitet war. Murajin bewegte sich daraufhin sichtlich schneller.

Der Räuber ging nach einem weiteren Schlag zu Boden. Die beiden anderen lösten sich von Helmin und griffen gleichzeitig an, doch noch ehe Helmin begriffen hatte, was geschehen war, lag einer der beiden ebenfalls blutend im Schneematsch. Harke würgte immer noch und rang mit flehendem Blick nach Luft. Dem Letzten streckte Murajin ruckartig die Hand entgegen, aber nichts passierte. Durch die Geste allerdings so eingeschüchtert fiel dieser auf den Hintern und rappelte sich panisch auf, um anschließend davon zu laufen.

Dann trat Murajin an Harke heran und in einer fließenden Bewegung enthauptete er den Knieenden. Sogleich stieß er das

Schwert in die Brust der Leiche, worauf seine Augäpfel sich unter die Lider drehten. Sein Gesicht begann für einen Moment zu zucken und zu zittern, dann wurde es schlagartig ruhig.

Helmin war sprachlos dazu verdammt, mit anzusehen, was passierte. Sie wagte nicht, sich zu bewegen, und hatte große Angst vor dem Mann, den sie in Wirklichkeit kaum kannte.

Nach einer kurzen Weile konnte man die Hufe auf dem weichen Boden hören und dann erschien das Pferd samt der Heilerin wieder auf dem Weg. Völlig ruhig trabte es auf sie zu. Erst glaubte Helmin, dass Lavielle das Pferd beruhigt hatte, doch sie hielt nicht einmal die Zügel in der Hand. Sie saß nur mit großen Augen und lächelnd im Sattel.

»Sind doch zwei und keine fünf.« Lavielle kicherte und begann zu singen:.

»Ging ein Mann den Weg entlang
mit Stock und Brot und Hut.
Zog 'ne Ziege hinter sich
und war ganz frohgemut ...«

Murajins Blick wurde wieder klar. Er hob seinen Arm fast flehend in die Richtung der Heilerin, sank auf die Knie, übergab sich und fiel bewusstlos auf die Seite.

SPEDDEL
(Die Breite Furt im Frühling)

Das Wasser tropfte im Stakkato von seiner Hutkrempe auf den Sattel. Selbst die Gedanken an das viele Geld konnten die Feuchtigkeit und die Kälte nicht mehr vertreiben. Es regnete so stark, dass an manchen Stellen sogar der Schnee vertrieben wurde und der grünlich braune Grund hervorkam. Der Kopfgeldjäger war erschöpft und sein Pferd benötigte ebenfalls dringend eine Pause, denn jeder Schritt wurde von dem aufgeweichten Boden gebremst und es schien, als wolle er die Hufe festhalten.

Endlich sah Dekmanto das verwitterte Schild, das die Furt ankündigte. Nun würde das Haus der Flussschiffer jeden Moment auftauchen. Er war schon lange nicht mehr hier gewesen, aber es hatte sich bestimmt nicht viel verändert. Der Blick um die nächste Biegung bestätigte diese Vermutung. Eng an die steile felsige Böschung geschmiegt lag die Hütte am rechten Wegesrand. Sie hatte immerhin ein zweites Stockwerk. Direkt dahinter war der Lomosch. Der Fluss war offensichtlich wütend über die Massen an Schlamm, Steinen, Regen- und Schmelzwasser, die er transportieren musste, denn er war tiefbraun, sehr breit, unruhig und verdammt schnell. Die Leine der kleinen Fähre, die eigentlich dafür gedacht war, auch bei Hochwasser übersetzen zu können, führte direkt am Ufer ins Wasser und lag in der Mitte des Flusses mindestens sechs Fuß tief unter der Oberfläche. Der Flussschiffer hatte also bestimmt nicht viel zu tun.

Für Dekmanto war das eher eine schlechte Nachricht, denn, wenn Flößer hier herunter kamen, so waren sie froh, durch den geschwollenen schnellen Strom zügiger voranzukommen. An eine Rast am Ufer war bei der Strömung dann nämlich sowieso nicht zu denken.

Mit einem Schmatzen empfing ihn der Boden, als er vom Pferd stieg.

»Was wollt Ihr hier?«

Der Kopfgeldjäger sah langsam unter seiner Hutkrempe hervor nach rechts zur Hütte. Ein verquollener schmutziger Mann, dessen Alter nur schwer zu schätzen war, stand mit vorgehaltener Armbrust in der Tür und sah ihn griesgrämig an.

»Wenn das nicht der alten Speddel ist. Haben sie dich noch immer nicht ausgestopft und ans Ufer gestellt, als Warnung für jeden, der zu viel Branntwein säuft?« Dekmanto setzte das breiteste Grinsen auf, zu dem er bei dem Wetter noch fähig war und schob langsam seinen Hut nach oben.

»Dekmanto? Bist du das?« Speddel kniff die Augen zusammen und stierte durch den Regen.

»Aber klar, wer sollte dir denn sonst bei diesem Sauwetter einen Besuch abstatten?« Dekmanto ging auf den Mann zu, doch stockte er, denn dieser legte jetzt die Armbrust an.

»Immer langsam, Dekmanto. Du erinnerst dich bestimmt an unsere letzte Zusammenkunft und auch an dein Versprechen. Also entweder krieg ich jetzt mein Geld oder du wirst außer diesem Sauwetter und meinem schönen Gesicht nichts mehr sehen auf Kastos weiter Erde.«

»Ist ja gut, Speddel. Wie könnte ich dich und deinen erbärmlichen Mundgeruch denn jemals vergessen?« Langsam, so dass der Flussschiffer ihm folgen konnte, griff er in sein Wams und holte ein kleines Säckchen hervor. Das hob er Speddel an spitzen Fingern entgegen und blickte ihn fragend an.

»Na los, rüber damit.« Die Armbrust war immer noch auf Dekmanto gerichtet. Vorsichtig warf er das Säckchen hinüber direkt vor Speddels nackte schmutzige Füße. Ohne ihn aus den Augen zu lassen, befühlte der Alte das Säckchen mit den schwarzen Zehen und stieß leicht dagegen, bis es klimperte. Erst dann nahm er die Armbrust langsam herunter. »Also gut, du nasse Ratte, dann komm rein, bevor du hier draußen noch ersäufst. Ich habe gerade eine Suppe auf'm Feuer.«

Nicht ohne Erleichterung nahm der Angesprochene die Taschen vom Sattel. »Ich bring das nur schnell rein und stell das Pferd unter. Den Stall hast du ja noch, oder?«

»Was? Äh ... ja, ja.« Speddel hatte die Armbrust geschultert und wühlte bereits in dem Säckchen.

***

Drinnen war es recht unordentlich. Alles Mögliche lag herum, bot einen chaotischen Anblick und ließ die Hütte kleiner wirken, als sie war. Neben ein paar Strohsäcken, die als Schlafstätte dienten, standen überall Regale herum, die mit nützlichen Dingen für die Binnenschifffahrt und Überlandreisen vollgestopft waren, hauptsächlich Lebensmittelvorräte. Gleich rechts neben dem Eingang war die ganze Wand voll von Lederstücken und Pergamenten. Kleine Botschaften und Anfragen mischten sich mit offiziellen Steckbriefen. Hier konnte man neue Aufträge oder passendes Informationen finden. Das, was Dekmanto in diesem Augenblick allerdings am wichtigsten war, befand sich an der hinteren Wand. Das Feuer prasselte lustig vor sich hin und darüber hing ein Topf, der dampfte.

Die Suppe schmeckte nach Wasser und Salz und es schwammen sehr wenige und nur schwer identifizierbare Einlagen darin herum, aber sie war heiß. Geräuschvoll und bedächtig schlürfte Dekmanto bereits seinen zweiten Teller. Als Speddel seine bloßen Füße direkt neben ihm auf den Tisch legte, sagte er nichts, verzog aber sein Gesicht.

»Was treibt dich alten Hurensohn denn wieder mal an die Breite Furt. Musst du in den Osten in die äußeren Provinzen?« Speddel entzündete einen Span an der Kerze auf dem Tisch und hielt ihn an eine Pfeife. Der Geruch seiner Füße stieg Dekmanto jetzt sauer in die Nase, worauf er den Rest der Suppe angewidert aber satt von sich schob.

»Eigentlich komme ich wegen dir, du käsefüßiger Flohtreiber. Ich brauch 'n paar Informationen.«

»Du weißt ja, wie die Preise der Schiffer sind. Leg los.« Schwerer Tabakrauch lieferte sich einen Kampf um die Vorherrschaft mit dem Geruch der Füße.

217

Der Kopfgeldjäger lehnte sich weit zurück, um von beidem etwas Abstand zu bekommen. »Was weißt du über Ankwin?«

»Ankwin? Du meinst den Ankwin?«

Dekmanto nickte langsam.

»Na ja, das war 'n bisschen vor meiner Zeit. Auf jeden Fall steht das ganze Land in seiner Schuld. Er hat dem König ...«

»Speddel, ich meine nicht das Gewäsch, das jeder über ihn weiß. Was weißt du zum Beispiel über seine Freunde?«

Der Flussschiffer nahm einen langen Zug von seiner Pfeife und kniff die Augen zusammen. Schließlich blies er den Rauch ganz langsam aus. »Wenn ich es noch recht weiß, war da noch eine hohe Heilerin. Avill oder Avell oder so, und in deren Gefolge sah man immer einen Berisi, einen Klotz von einem Kerl.«

»Berisi? Ein Mann aus Berishad?«

»Genau. Einer aus der Kriegerkaste dort. Und, Moment, lass mich nachdenken. Da war noch ein Magier dabei, aber frag mich jetzt nicht nach seinem Namen. Das war noch zu Zeiten des Gildenkriegs. Das ist verdammt lange her.«

Der Kopfgeldjäger war nicht unzufrieden. Es bestätigte bis jetzt seine Vermutungen. »Weißt du etwas über einen Bermeer, eher klein?«

Speddel riss die Augen auf, nur um sie sofort wieder zusammenzukneifen. »Es gibt nur einen Bermeer, von dem ich je gehört habe, und der ist schon seit vielen Jahren tot. Der war vielleicht klein.«

»Wie ist er gestorben?«

»Ich meine bei einem Brand. Er war damals schon nur ein Gerücht. Die einen behaupteten, er sei ein verrückter Gaukler, der Spaß am Töten gefunden hätte, die anderen brachten ihn mit den Blutboten in Verbindung.«

»Die Blutboten?« Dekmanto fing an zu lachen. »Das ist jetzt aber wirklich ein Ammenmärchen. Die Blutboten sind doch nur eine Erfindung des Königs, um die Adligen im Zaum zu halten.«

»Mag schon sein, aber so oder so war er damals auf jeden Fall gefährlich. Laut den Erzählungen sprach er immer in Reimen und war ein Meister des Messers.«

218

Verursacht durch die gute Pfeife des einen und die grüblerischen Gedanken des anderen kam ein längeres Schweigen auf.

Dekmanto war sich nicht ganz sicher, ob er das alles glauben sollte. Bei solchen Erzählungen waren immer jede Menge Märchen dabei. Lavielle hatte zwar ganz sicher von einem Bermeer gesprochen, aber das konnten genauso gut die verdrehten Erinnerungen einer Geisteskranken gewesen sein. Was er im Dorf erfahren hatte, passte allerdings trotzdem ganz genau. Ein Kleiner, der in Reimen gesprochen hatte, und ein Riese. Er entschloss sich, davon auszugehen, dass es sich tatsächlich um diesen Bermeer und den Berisi aus dem Gefolge Ankwins handelte, aber wie alt mochten die jetzt sein? Die mussten doch schon mindestens fünfzig Winter zählen. Das waren alte langsame Männer. Erfahren mit Sicherheit, aber alt. Er durfte sie nicht unterschätzen, aber eine wirkliche Gefahr würden sie wohl nicht werden. Außerdem war sein Vorteil, dass sie von ihm noch nichts wussten. Blieb also der Junge. Vielleicht hatte ihn irgendjemand gesehen.

»Haben in den letzten Wochen mal Flößer bei dir Halt gemacht, um Verpflegung aufzunehmen?« Dekmanto rückte wieder näher an den Tisch, bereute es allerdings sofort, da dort der saure Geruch immer noch die Oberhand hatte.

»Was? Flößer?« Speddel war kurz von dem Einschlafen gewesen. »Flößer, Flößer, Flößer. Ja, vor drei oder vier Tagen sind mal welche vorbei gekommen, aber Halt gemacht haben dieses Jahr noch keine. Der Lomosch war die ganze Zeit zugefroren und als es taute, ist er verdammt schnell gestiegen. Ich steh ja auch nicht die ganze Zeit am Ufer. Mag sein, dass noch mehr vorbei gekommen sind.«

»Na ja. Wie auch immer, ich bin müde, Speddel, ich hau mich hin. Aber morgen habe ich noch einen Auftrag für die Tauben.« Ächzend erhob sich Dekmanto und prüfte seinen Mantel, der zum Trocknen am Feuer hing. Er war noch nicht ganz trocken, würde ihn aber für die Nacht warm genug halten.

SCHWARZE KUGELN
(Brakenburg im Frühling ... vor langer Zeit)

Wenn jemand wusste, wer im Heilerorden zu Gast war, dann Schwester Freeda. Sie war die Oberschwester des Wäschehauses und sie war bekannt für ihr gutes Namensgedächtnis.

Lavielle ging durch den Seelengarten auf das Wäschehaus zu, wobei sie ihren Schritt zügeln musste. Der verletzte Ankwin hin, der tote Rahag her, irgendwie war sie auf einmal bester Laune. Sie horchte kurz nach innen und sie wusste, es war die Vorfreude auf ein Abenteuer und die Neugier, die erwacht waren. Sie rief sich zur Ruhe, denn sie musste sich noch einen Vorwand überlegen, um überhaupt im Wäschehaus aufkreuzen zu können. Was ihre Laune allerdings ein bisschen dämpfte, war der Dienst, den sie heute Nachmittag noch zu leisten hatte. Grundsätzlich machte ihr das nichts aus. Nein, es bereitete ihr sogar Freude. Schließlich war sie genau deswegen Heilerin geworden, aber ausgerechnet jetzt, wo doch gerade die Verschwörung gegen den König aufgedeckt worden war und sie Mitten in den Untersuchungen über das mysteriöse Verschwinden des Erzherzogs steckte. Lavielle hatte wirklich keine große Lust auf den Dienst im Schlangentempel. Sie kniff die rechte Wange zusammen und stand für einen Moment reglos vor der Tür.

Dann war ihr doch noch ein Vorwand eingefallen. Gerade als sie die Hand zum Klopfen heben wollte, öffnete sich die Tür und zwei junge Novizinnen hasteten an ihr vorbei. Sie waren schwer beladen mit großen Stapeln weißer Laken. Lavielle schmunzelte, als sie sich an ihre Anfänge hier erinnerte. Sie hatte die Betten im Gästehaus viele Male beziehen müssen und viele Male hatte sie sie erneut beziehen müssen, weil Schwester Freeda nicht zufrieden gewesen war.

Lavielle betrat das Wirtschaftshaus und sofort wurde sie von der Kühle der dicken Sandsteinmauern umschlossen und sie bemerkte erst jetzt, wie kräftig die Sonne draußen geschienen hatte.

Sie stand in einem schlichten Raum mit blank poliertem Holzboden. Außer zwei großen Schränken und drei schweren Kisten aus dunklem Holz gab es nur zwei kleine Fenster, durch die die starke Frühlingssonne ihre Grüße sandte. Der Geruch von Staub, Wachs und Lavendel zog sie für einen Moment einige Jahre in die Vergangenheit. Sie drehte sich zum linken Schrank und zog die Tür leise auf. Feinsäuberlich waren die verschiedensten Laken und Tücher gestapelt. Zielsicher streckte Lavielle ihre Hand aus und steckte sie hinter einen der kleineren Stapel. Schon spürte sie den tönernen Topf. Vorsichtig hob sie den Deckel an und ihre Fingerspitzen ertasteten die ersehnten Kügelchen. Geschickt klemmte sie eines der runden Gebilde zwischen Zeige- und Mittelfinger.

»Welche Diebin hat da ihre Finger in meinen Lakritzbonbons?«

Schneller als man ›allmorgendlicher Gebetstanz‹ sagen konnte, hatte Lavielle das bittersüße Schwarz in ihrem Mund verschwinden lassen, die Schranktür lautlos geschlossen und einen völlig unschuldigen dienstbeflissenen Gesichtsausdruck aufgesetzt.

»Du bist immer noch so schnell wie früher.«

Lavielle drehte sich erschrocken um. Vor ihr stand eine kleine pausbäckige Frau mit grauen Haaren, die streng geflochten waren. Sie hatte die buschigen Augenbrauen zu einem Gewitter zusammengezogen und musterte die junge Heilerin mit strafendem Blick.

»Und du hörst immer noch so gut wie früher.« Lavielle feixte.

Das Gewitter im Gesicht der Frau verwandelte sich im Nu in einen Sonnentag und sie breitete die Arme aus. »Lavielle! Du liebes Kind, komm und lass dich drücken. Du bist schon lange nicht mehr hier im Wäschehaus gewesen. Könntest dich ruhig öfter mal blicken lassen.«

Lavielle drückte Freeda innig und ihr wurde bewusst, dass sie mindestens schon ein halbes Jahr nicht mehr hier gewesen war.

»Deine Lakritze ist immer noch die beste, liebe Freeda.«

»Ja, ja. Sie schmeckt vor allem dann am besten, wenn man sie gestohlen hat!« Die Heilerinnen stieß ein kurzes hohes ›Hah‹ aus, dann lachten beide und drückten sich noch einmal.

»Komm, setz dich. Ich mach uns Tee.«

***

Der Tee, den Freeda ihr gemacht hatte, tat Lavielle gut, ebenso wie der Plausch über vergangene Zeiten oder der allgemeine Tratsch aus dem Ordensalltag. Es war leichter als erwartet gewesen, Freeda über die Brüder und Schwestern auszufragen, die zurzeit von anderen Orden zu Besuch waren. Doch keiner von ihnen war älter als dreißig Winter. Und was noch viel wichtiger war, keiner der Männer hatte einen Vollbart.

»Tja, meine liebe Lavielle, wenn ich so nach der Sonne sehe, ist es schon später, als mir lieb ist. Ich habe, wie du sicher weißt, noch einiges zu tun. Wie kann ich dir also helfen? Du wärst wohl schon früher gekommen, wenn dir ein Plausch und die Lakritze so wichtig gewesen wären. Habe ich Recht?«

Lavielle bekam ein schlechtes Gewissen. Freeda hatte völlig Recht. Sie hätte schon viel früher einmal vorbeikommen müssen. »Tut mir leid, Freeda. Ich verspreche, ich mach's wieder gut. Weswegen ich hier bin? Ach so, ja, ich bräuchte wieder frische Bettwäsche für meinen Schützling. Der Riese schwitzt so stark, weißt du?«

»Sag mal, ist der wirklich so wortkarg, wie alle sagen? Den würde ich gerne mal kennenlernen.« Freeda erhob sich und machte sich an einem der Schränke zu schaffen.

»Er spricht weniger als ein Stein.« Lavielle zeigte wieder ihr herrlich weißes Lächeln und nahm der Schwester den Wäschestoß ab.

»Vielen Dank, liebe Freeda. Ich lass mich bald mal wieder blicken, versprochen.«

»Ja, ja. Ihr jungen Hüpfer versprecht einem immer das Blaue vom Himmel herunter und habt beim nächsten Schmetterling schon wieder alles vergessen.« Sie wollte ein beleidigtes Gesicht machen, aber es gelang ihr nicht so recht. Dann winkte sie ab, lachte und verschwand in einer Tür. »Bis bald, Lavielle, meine Schöne.«

»Bis bald, Freeda.« Beschwingt verließ Lavielle das Gebäude und ging in Richtung Seelengarten. Sie nahm wie früher die Abkürzung über einen schmalen Pfad durch die Kräuterbeete, in denen Freedas Süßholz schon kräftig ausgeschlagen hatte.

Der kleine Pfad war kaum zu sehen, da er neben seinen geringen Ausmaßen noch durch eine vollbehängte Wäscheleine versperrt wurde.

Lavielle strich entschlossen eines der Wäschestücke in ihrem Weg zur Seite und wollte schon unter der Leine hindurch schreiten, als sie in der Bewegung stockte. *Wäschestücke – Heilerkleidung – Roben!* Sie besah sich das Wäschestück, das ihre Hand gerade berührte, genauer. Es war die Robe eines jüngeren Bruders aus Bruchwasser. Das konnte man an den Ornamenten auf dem Saum sehen. Die Kleider waren offensichtlich aus dem Gästehaus. Sofort begann sie, die anderen Wäschestücke in Augenschein zu nehmen. Schließlich fiel er eine feine, hellbraune Robe auf. Sie war am Saum mit schönen aber schlichten Stickereien verziert, was auf einen Heiler höheren Alters hinwies. Das Interessante daran war, dass diese Verzierungen ebenfalls nicht von der Brakenburger Gilde stammten, sondern aus Shkuhum.

Sofort nahm Lavielle die Robe von der Leine und wollte schon zu Freeda laufen, doch dann zögerte sie. Freeda hätte ihr den Heiler bestimmt beschreiben können, wenn sie ihn gesehen hätte. Das wiederum hatte sie mit Sicherheit nicht, sonst hätte sie sich bei ihrem Gespräch daran erinnert. Die Robe war also bestimmt mit einigen anderen von einer der Novizinnen aus dem Gästehaus gebracht worden.

Für einen Moment stand die Heilerin mit der Robe in den Händen einfach nur da und dachte nach, bis ihr schließlich bewusst wurde, dass sie jemand sehen könnte und sie erklären müsste, warum sie die Robe abgehängt hatte. Sie musste eine Entscheidung treffen.

Kurzerhand rollte sie das Kleidungsstück zu einem Bündel, sodass die Ornamente nicht mehr zu sehen waren.

Sie würde sich auf jeden Fall mit den anderen beraten müssen. Und bevor die Robe an den Besitzer zurückging, würde sie sowieso gebügelt werden und dazu musste man sie zuerst finden. So schnell würde ihr Fehlen ihrem Besitzer also nicht auffallen. Freeda, daran konnte sich Lavielle noch gut erinnern, würde in ihrer Ordnungsliebe zuerst die gesamte Wäscherei auf den Kopf stellen lassen, bevor sie zugeben würde, dass ein Kleidungsstück in ihrer Verantwortung abhandengekommen wäre.

Verstohlen hastete die schöne Frau den Pfad entlang und grinste von einem Ohr bis zum anderen. Es bereitete ihr diebische Freude, etwas Verbotenes zutun und außerdem war sie dem falschen Heiler einen Schritt näher gekommen.

NIE MEHR
(Der Shgid im Frühling)

Die Flößer waren herzliche aber wortkarge Menschen. Sie teilten das, was sie hatten, wobei das in Moakins Augen gar nicht wenig war. Oft gab es Fisch und einmal sogar Wild, als die Strömung des Shgid schwach genug war, um das riesige Floß ans Ufer zu staken. Doch war es ein schwieriges Unterfangen und Moakin wusste, dass die Flößer das nicht oft tun würden. Wenn er ehrlich war, hatte er noch nie so viel Fisch und Fleisch in so kurzer Zeit gegessen. Zuhause hatten sie sich hauptsächlich von Haferschleim, Graupensuppe und Gemüse ernährt, nur selten hatte es mehr als ein Stück Speck für die Suppe gegeben.

Satt und zufrieden warf er die Gräten in den Fluss, wie es die Männer hier auch taten, und leckte sich noch einmal alle Finger. Der Wasserschlauch kreiste und auch davon nahm er reichlich, auch etwas von dem anschließend kreisenden Schnaps.

Shaija aß nicht viel und sah die ganze Zeit auf den Fluss, der sie alle gutmütig auf seinem breiten braunen Rücken mitnahm. Sie sprach den Tag über wenig. Das machte Moakin eigentlich nichts aus. Er war es gewohnt, tagelang zu schweigen und doch wusste er nicht recht, was er davon zu halten hatte. Die Mädchen aus Birgenheim hatten, wenn er überhaupt in ihrer Nähe war, immer viel gesprochen. Meist sogar so viel, dass es ihm unangenehm wurde, aber nicht Shaija. Er warf ihr einen heimlichen Blick zu und müsste einmal mehr feststellen, dass sich unter dem schmutzigen Etwas, das er auf seiner Flucht kennengelernt hatte, ein äußerst schönes Mädchen verborgen hatte.

Zufrieden lehnte er sich mit halbgeschlossenen Augen zurück. Aus Höflichkeit und Langeweile hatte er sich schon nützlich machen wollen, aber die Flößer ließen das nicht zu. Als er einmal mit anpacken wollte, hatte einer bloß mit dem Kopf geschüttelt. Ein andere hatte dann gesagt, es sei zu gefährlich. Das Einzige, was er durfte, war auf das Feuer aufpassen, also saß Moakin gemütlich

225

am Feuer, strich sich über den gut gefüllten Bauch und stocherte ab und zu in der Glut. Er fühlte sich zum ersten Mal seit langem richtig wohl. Das Flüstern in seinem Kopf kam nur noch vor dem Einschlafen und die Raben folgten ihm zwar noch, aber sie hielten sich in den Bäumen am Ufer und waren so immer weit genug weg, um nicht zu stören.

Eine Bewegung in seinem Blickfeld trieb ihn aus der Trägheit und er hob den Kopf. Die Sonne stand schon tief, als einer der Flößer, ein sehr grobschlächtiger Mann, zu Shaija trat und ein paar halblaute Worte mit ihr wechselte. Moakin machte sich keine Mühe, sie zu verstehen, denn wenn sie untereinander sprachen, benutzten sie einen Dialekt, der noch weiter aus dem Norden stammte als der seine. Shaija sprach ihn auch. Nur wenn sie mit ihm sprachen, bemühten sie sich um eine ihm verständliche Sprache.

Nach kurzer Zeit wurde die Unterhaltung für einen Moment heftiger, bis der Mann, er hieß Rasper, das letzte Wort gesprochen hatte, dann war er wieder an die Arbeit gegangen. Ständig mussten Stämme neu verbunden oder überprüft werden und ständig stakten die Männer, um Hindernisse im Wasser zu entdecken und die Tiefe zu prüfen.

Shaija stand noch einen Moment am Rand der Stämme. Erst jetzt wurde Moakin bewusst, wie nahe am Rand sie stand und wie gefährlich es dort war. Für einen Augenblick hatte er sogar das Gefühl, sie würde ins Wasser fallen, dann drehte sie sich um und sah ihm direkt in die Augen. Sie sah plötzlich unendlich müde aus und ihren Augen wirkten alt. Wortlos verschwand sie in eins der Zelte.

Sie hatte die vergangenen Nächte nie bei ihm geschlafen. Er hatte es seit der Nacht im Stall zwar ein wenig gehofft und doch hatte er sich dabei nichts gedacht. Sie waren ja nicht zusammen. Dann sah er Rasper im gleichen Zelt verschwinden. Das war auch nicht weiter verwunderlich. Irgendwo mussten die Männer ja schlafen und sie hatten sie beide ja aufgenommen, teilten ihr Essen mit ihnen, ohne etwas zu verlangen.

Moakin genoss die Abendluft und legte ein Holzscheit nach. Er sollte das Feuer ja nur nicht ausgehen lassen. Wärmen musste es nicht. Dann zog er sich seine Jacke enger und blickte in die Glut. Seine Augen wurden starr und schienen in der orangeroten Hitze keinen Grund zu finden und die Stimmen kamen wieder. Sie wurden laut und wieder leise, schienen sich zu streiten und wieder zu versöhnen. Moakin fühlte sich machtlos und blieb einfach sitzen. Er verstand kein Wort und musste ständig an das Ei und die Glut denken. Dann überkam ihn plötzlich das Verlangen, das Ei zu öffnen und zu probieren. Er griff nach seinem Rucksack, der immer in seiner Nähe lag und hielt ihn fest vor die Brust. Das Flüstern begann ihm Kopfschmerzen zu verursachen und schließlich griff er nach dem Riemen, um den Rucksack zu öffnen.

Ein Laut riss Moakin aus seinem selbst versunkenen Zustand. Irgendetwas war da zuhören gewesen, was nicht zu den normalen Geräuschen gehörte oder irgendjemand hatte etwas gesagt oder leise geschrien. Moakin blickte auf und sah, wie Rasper wieder aus dem Zelt kam. Er band sich die Hose zu, dann sah er zu ihm herüber, grinste und ging aus Moakins Blickfeld.

Der Junge saß wie vom Donner gerührt da. Er war nicht fähig, sich zu bewegen. Mit einem Mal war alles klar, so klar. Shaija hatte für sie beide bezahlt, bezahlte noch immer. Moakin wurde heiß und kalt zu gleich und ihm wurde schlecht. Kaum hatte der Gedanke der Übelkeit sein Bewusstsein erreicht, würgte er auch schon. Fluchtartig stand er auf, stakste wie ein kranker Storch über die groben Stämme, warf sich an den Rand des Floßes und erbrach sein gesamtes Abendessen.

Er lag eine ganze Weile auf den groben Baumstämmen und starrte ins Dunkel über dem Wasser, das er mehr spürte, als dass er es sah. Wie konnte er nur so blind sein?

Sie hatte sich die ganze Zeit für ihn geopfert und er hatte es nicht einmal bemerkt. Moakins Augen rollten hin und her.

Dieser widerwärtige Rasper! Wahrscheinlich war er nicht der Einzige, der sich an ihr vergangen hatte. Bestimmt waren die anderen auch alle bei ihr gewesen. Moakin wurde zornig. Warum suchte jeder immer nur seinen Vorteil? Warum nahmen alle immer von denen, die sowieso nichts hatten? Ihn hatten sie auch immer übervorteilt. Er dachte an Beol, Horib und Penteref. Seine Mutter hatten sie auch immer nur ausgenutzt und hinter ihrem Rücken über sie geredet. Und jetzt auch Shaija. Es reichte.

Moakin erhob sich und ballte beide Hände zu Fäusten. Er wollte nichts mehr hergeben, ohne etwas dafür zu bekommen. Nie mehr!

Und er würde sich ab jetzt alles nehmen, was er wollte. Ja, er würde sich einfach alles nehmen. Er blickte zu Shaijas Zelt. Und wenn man ihm oder seinen Freunden dennoch etwas gegen seinen Willen abnahm, würde er es sich zurückholen oder einen verdammt hohen Preis dafür fordern. Ruckartig drehte sich der Sohn Helmin Aga Rothaars um. Er hielt das Messer mit dem Bären auf dem Griff in der Hand. Sie würden schon sehen.

***

Klees keuchte schwer. Das Mädchen unter ihm war still und atmete nur leise, aber das störte ihn wenig. Sie fühlte sich herrlich an, so jung und eng. Von Zeit zu Zeit gab sie leise Schmerzenslaute von sich, aber auch das störte ihn wenig. Der Flößer wurde schneller und Schweiß tropfte von seinem Gesicht auf das ihre.

»Geh von ihr runter ... langsam.« Klees fühlte ein Brennen an seinem Hals und wusste sofort, dass es ein Messer war. Die Stimme war die des jungen Tölpels, obwohl er sie nicht gleich erkannt hatte. Sie klang bedrohlicher, als er es mit dem Bild des Jungen in Einklang hätte bringen können.

Vorsichtig erhob er sich und kroch durch die Klinge geführt rückwärts aus dem Zelt. Das Mädchen sagte nichts.

»Aufstehen.« Er spürte, wie die Klinge immer weiter nach unten wanderte und jetzt beinahe an seinem Schlüsselbein hing. Der Junge war ein gutes Stück kleinere als er, das mochte eine Chance sein, doch Klees wollte nichts riskieren. Das Messer war scharf und die anderen würden ihm bald zu Hilfe eilen. Dann zuckte er kurz, denn er spürte etwas Spitzes an seinem Geschlecht, das mit einem mal sehr kümmerlich in der eisigen Nachtluft hing.

»Was willst du?«, fragte er, während er vorsichtig nach unten spähte und mit weit aufgerissenen Augen die große Fleischgabel aus dem Kochgeschirr wiedererkannte.

»Du lässt Shaija in Ruhe. Sonst, ich sch … schwör's dir bei allen Göttern, hähängen deine Eier bald am nächsten Baum. Hast du mich verstanden?«

»Ja.« Klees nickte vorsichtig. Er stand verschwitzt und mit herunter gelassenen Hosen da und begann, zu frieren, aber das Schlimmste war, dass er Moakin glaubte.

Das Messer verschwand und auch die Gabel. Er wurde in den Rücken gestoßen, doch Klees behielt das Gleichgewicht.

»Verschwinde jetzt.«

Moakin sah angewidert zu, wie der Flößer über den unebenen Untergrund stolperte, während er versuchte, sich die Hosen hochzuziehen. Klees verschwand in der Dunkelheit und Moakin blieb einfach stehen.

Nach einer Weile trat Shaija hinter ihn. Trotz ihrer müden Augen und dem, was sie wohl in den letzten Tagen, Monaten oder vielleicht auch Jahren erlebt hatte, strahlte sie etwas aus, das den Jungen ergriff. Er hätte nicht sagen können, was es genau war, aber Stolz kam dem wohl am nächsten. Er drehte sich zu ihr und strich ihr über die Wange. »Komm, hol deine Sachen, wir treffen uns am Floßende. Wir verschwinden von hier.«

Das Mädchen drehte sich wortlos um und verschwand in dem Zelt. Er wusste nicht, ob sie tat, was er sie geheißen hatte oder ob sie sauer auf ihn war. Verwirrt starrte er auf das Zelt. Vermutlich hatte er so etwas wie Dank erwartet. Er zog die Brauen zusammen und schüttelte den Kopf. *Jetzt ist nicht die Zeit, sicher werden bald …*

»Rasper, Rasper! Wach auf! Der Junge hat mich angegriffen!« Die Stimme kam vom Zentrum des Floßes irgendwo aus der Dunkelheit. Moakin duckte sich instinktiv. Als sich Shaija neben ihn kniete, ergriff er mit den Rechten seinen Rucksack und warf ihn sich über. Mit der Linken nahm er ihre Hand.

Sie waren hin und her gerissen zwischen der Eile, die ihnen die wachsende Angst aufdrängte, und der gebotenen Vorsicht, die ihr Kopf ihnen abverlangte. Einmal mit den Füßen tastend, dann wieder drei Schritte hinter einander, dann ein kleiner Sprung und ein Balancieren mit ausgestreckten Armen. Moakin hatte sich trotz seiner unbändigen Wut auf die Flößer und überhaupt auf alle

Erwachsenen einen Plan zurechtgelegt, doch spürte er hier die große Kluft zwischen Plan und Wirklichkeit. Sie kamen viel schlechter voran, als gedacht und hatten noch nicht einmal die Hälfte des Floßes hinter sich gebracht. Die Dunkelheit, die ihnen so zu schaffen machte, wurde hinter ihnen immer mehr von Fackeln und Lampen vertrieben. Stimmen gesellten sich hinzu, die einander Anweisungen zuriefen. Den Stimmen nach waren jetzt alle Flößer auf den Beinen und suchten sie.

Shaija keuchte schwer und auch Moakin musste sich eingestehen, dass er durch die gebückte Haltung und die kraftraubende Fortbewegung schon fast am Ende seiner Kräfte war. Immer wieder gerieten sie mit ihren Füßen zwischen die Stämme und schürften sich die Beine auf. Das kalte Wasser in ihren Schuhen sog ihnen zusätzliche Wärme aus dem Körper. Moakin verzog grimmig das Gesicht und knurrte leise »Nie mehr.«, dann zog er Shaija weiter.

Die Lichter und Rufe kamen immer näher und Moakin sehnte das Ende des Floßes herbei. Dort hatte er zwei der Stämme gelöst, aneinandergebunden und eine Stake versteckt. Er wusste nicht, ob es lange halten würde, aber sie hatten nur eine Chance.

Endlich fand er die Stelle wieder, griff nach der vorbereiteten Stange und wies Shaija an, sich auf den Doppelstamm zu setzen. Dann setzte auch er sich darauf. Der Schein einer Lampe ergriff sie.

»Hier sind sie! Bleibt hier, ihr kleinen Würmer!«

Moakin zückte sein Messer und begann das letzte Tau zu zerschneiden. Die Lampe kam rasch näher und er sah einen Schatten, der nach ihm greifen wollte. Entschlossen schwang er das Messer in die Richtung, fühlte einen kurzen Widerstand und hörte sofort einen Schrei.

»Ah, verdammtes Balg.«

Er schnitt weiter und endlich gab das Tau auf. Er stieß sich mit dem Fuß ein wenig ab. Jetzt standen schon mehrere Flößer mit Floßhaken am Rand der Stämme und versuchten, sie zu erreichen.

Panisch ergriff Moakin die Stake und stieß sich weiter ab. Einer der Flößer bekam den Doppelstamm ein Stück oberhalb des Jungen zu fassen, doch gerade als er ziehen wollte, gab das Floß unter ihm nach und er fiel ins Wasser. Dann folgte eine Kettenreaktion, weitere Stämme lösten sich und auch weitere Flößer fielen ins Wasser. Er hatte offensichtlich eine wichtige Bindung beschädigt, als er ihre beiden Stämme vorbereitet hatte.

Endlich schwammen sie völlig frei von dem großen Floß. Moakin verstand nicht viel von Flüssen und Booten, aber eines war ihm klar, sie mussten langsamer sein, als das Hauptfloß. Die Flößer würden sich jetzt mit Sicherheit um ihre Gefährten und das beschädigte Floß kümmern müssen, schließlich war es die Arbeit eines ganzen Winters.

»Wir müssen langsamer werden. Paddel rückwärts, ich nehme die Stake.« Wieder tat Shaija wortlos, was er ihr aufgetragen hatten und schon bald waren die Lichter auf dem großen Floß nur noch ein Glimmen in der Nacht und das aufgeregte Stimmgewirr der Flößer ein Säuseln im Wind.

»Ich glaube jetzt können wir versuchen, ans Ufer zu kommen.«

Keuchend und frierend saßen sie schließlich am Ufer und sahen den beiden Stämmen zu, wie sie in der Dunkelheit verschwanden. In diesem Moment leistete Moakin einen weiteren Schwur. Er würde nie wieder jemandem so unüberlegt ein Versprechen abverlangen.

***

Die Kälte fraß sich weiter durch ihre Kleider. Krampfhaft hielt Shaija den Beutel mit den Habseligkeiten vom Floß an ihre Brust gepresst. Warum hatte Kumber sie verlassen? Warum hatte Kumber ihre ganze Familie verlassen? Vor dem Winter war ihr Leben noch in Ordnung gewesen. Für einen Moment sah das Mädchen seine Familie vor sich, dann schossen ihr Tränen in die Augen.

Jetzt saß sie hier nass und frierend im Nichts und starrte in die Dunkelheit. Moakin war ein guter Junge, aber irgendwie so dumm. Sie konnte es nicht anderes beschreiben. Er war noch ein halbes Kind. Sie dagegen wusste, dass ihre Kindheit vorbei war. Sie hatte vor dem letzten Winter geendet. Zweifelnd sah sie den Jungen an. Mutig war er, hatte er doch die Stirn gehabt, überhaupt zu versuchen, mit Penteref zu verhandeln. Und er hatte sie schließlich aus den Händen dieses Dreckskerls befreit. Auch heute Nacht hatte er sie, ohne zu zögern, befreit. Zumindest glaubte er das.

Es war nicht schön, was sie getan hatte, nein, es war widerlich, aber es war nötig gewesen. Es war der einzige Weg gewesen. Der Handel mit den Flößern hatte ihr das Gefühl gegeben, auch etwas bewirken zu können, ernst genommen zu werden.

Shaija lächelte grimmig. Männer waren einfache Wesen. Entweder ging es ihnen ums Essen, um Geld, Macht und Ansehen oder sie wollten eine Frau besitzen. Da sie kaum eine dieser Begehrlichkeiten besaß, blieb ihr nur die letzte Möglichkeit.

Irgendwie hatte Moakin ihre Entscheidung entwertet. In seinen Augen war es bestimmt schlecht, was sie getan hatte. Er hatte eben keine Ahnung. Trotz aller Umstände war sie stolz auf sich.

Sie hatte überlebt und das war das einzig Wichtige. Ein kleiner Zweifel kam ihr allerdings. Vielleicht hatte Moakin auch Recht gehabt. Ihr wären die Flößer möglicherweise über den Kopf gewachsen. Das nächste Mal würde sie einen Dolch dabei haben.

Sie drückte sich zitternd an den Jungen. Er war zwar ein Tölpel, aber er war mutig und entschlossen. Und er war der einzige Mensch, dem sie ein bisschen vertraute. Jetzt war er der Einzige, an dem sie sich wärmen konnte und zu guter Letzt hatte er einen Schatz bei sich.

NUR EIN GEFÜHL
(Bockswalden im Frühling)

Bermeer schreckte aus dem Schlaf auf und war sofort über seine Unachtsamkeit verärgert. Prüfend sah er zu Garock hinüber. Der lag unverändert auf dem Bett und schlief tief und fest. Die letzten Wochen waren für Bermeer nicht einfach gewesen.

Er hatte mit seinem bewusstlosen Freund nicht fliehen können und sich etwas einfallen lassen müssen. Als der Büttel und eine Menge Leute nach dem Kampf in den Hof gedrängt waren, war er dazu gezwungen gewesen, in aller Öffentlichkeit zu agieren, was normalerweise überhaupt nicht seine Sache war.

Die Flucht nach vorne ergreifend hatte Bermeer kurzerhand eine der großen Münzen aus seinem Haar geschnitten. Es handelte sich um eine seiner unzähligen Trophäen. Sie war das Siegel eines königlichen Beamten, dem er vor langer Zeit die blutige Kunde seines Todes überbracht hatte. Er gab an, in königlichem Auftrag den Sklavenhandel auf dem Lande zu inspizieren und dass er hier auf große Ungeheuerlichkeiten gestoßen wäre. Penteref hätte dem König Steuern vorenthalten und als er ihn damit konfrontierte, wäre dieser mit seinen Dienern auf ihn losgegangen und im Kampf gestorben. Bermeer wusste, dass hier die ersten Augenblicke entscheidend waren, so setzte er wie so oft erfolgreich auf die Gier der Menschen.

Er stellte in Aussicht, dass das Hab und Gut Penterefs in den nächsten Wochen zum Wohle des Königs und vermutlich weit unter Wert versteigert würde. Als die Leute hatten, was sie wollten, zerstreuten sie sich nach und nach.

Den Büttel, diesen Naddes, hatte Bermeer dann sogleich als Helfer in Beschlag genommen und unter dessen Anweisungen war Garock von vier Männern in die Gemächer des Sklavenhändlers getragen worden. Als man den Heilkundigen der Stadt zu ihm brachte, war dieser völlig betrunken. Bermeer hatte den Arm seines

Freundes schließlich wieder selbst behandelt und verbunden, so gut er konnte, doch die Hoffnung auf eine Genesung waren gering.

Auch wenn sie ihn mehr oder weniger in Ruhe gelassen hatten, so traute Bermeer keinem der Bockswaldener über den Weg. Um die Verfolgung des Jungen hatte er sich nicht kümmern können. Der völlig überforderte Büttel hatte zwar behauptet, er habe die Stadt auf den Kopf gestellt, aber dem Blutboten war klar, dass der Großteil der Suche zu dieser Jahreszeit mit Sicherheit in einem warmen Gasthaus vonstattengegangen war.

Das Ei war dank der Götter unversehrt geblieben, also hatte er sich neben seinen Sorgen über seinen schwerverletzten Freund den Kopf darüber zerbrochen, wohin Moakin jetzt wohl unterwegs war. Dabei war ihm wieder bewusst geworden, dass er wohl doch schon einige Jahre auf dem Buckel hatte. Ihm wollte es einfach nicht recht gelingen, sich in den Kopf des Jungen hinein zu versetzen. Entweder war der Altersunterschied zu groß oder es lag wohl daran, dass er noch nie einen Jungen dieses Alters länger als einen Tag verfolgt hatte.

In zumindest für den verletzten Knecht sehr unangenehmen Unterhaltungen hatte sich bestätigt, was offensichtlich war. Penteref war Sklavenhändler gewesen. Er hatte seine Sklaven von Sklavenjägern aus dem Norden und Osten zusammen gekauft und verkaufte sie dann im Frühjahr immer nach Katym weiter. Zumindest dieses Schicksal hatten sie dem Jungen erspart – und dem Mädchen.

Bermeer fiel ein, dass da noch das Mädchen mit Moakin geflohen war. Sie war nur ein brauner Schatten am Rande der Ereignisse gewesen, doch am Ende war sie dem Todesgaukler wieder eingefallen.

Was würde also ein Junge von dreizehn Wintern und ein junges Mädchen anstellen. Zumindest Moakin musste großen Hunger haben, sonst hätte er nicht auf dem Markt gebettelt. Es war Winter und es wurde früh dunkel und die beiden Kinder hatten keine warmen Kleider, nur einen Rucksack. Und höchstwahrscheinlich das zweite Ei, dass Moakin anscheinend vorher versteckt hatte. Dumm war der Junge also nicht, nur unerfahren. Ob die beiden überhaupt zusammen geblieben waren? Er ging davon aus, denn das Mädchen war ihrem Aussehen nach bestimmt von einem der Grenzstämme im Norden und kannte hier niemand und Moakin konnte jede Hilfe brauchen, die er kriegen konnte.

Sie waren auf jeden Fall zuerst gerannt wie die Hasen, mit Sicherheit aus der Stadt hinaus. Da Naddes und seine Mannen sie nicht gefunden hatten, waren sie der Straße gefolgt und hatten keine Spuren im Schnee hinterlassen, oder Naddes hatte ihn angelogen und die Suchmannschaft hatte keinen Fuß aus Bockswalden gesetzt. Die beiden Kinder konnten also auch querfeldein gerannt sein. Bermeer zog in Erwägung, sich, später noch einmal in Ruhe mit Naddes zu unterhalten.

Wie er Moakin einschätzte, hatte dieser das zweite Ei dann sofort wieder geholt. Das würde ihm wieder ein Stück Macht zurückgeben, das Gefühl, wieder etwas kontrollieren zu können und nicht nur Spielball der Erwachsenen zu sein. Er musste es im Wald versteckt haben, wo auch sonst. Soweit, so gut   Flucht, Ei bergen, frieren. Entweder waren die Kinder im Wald geblieben und erfroren, denn Hütten gab es so nahe bei der Stadt nicht oder sie hatten irgendwo unterschlüpfen können, in einem Stall oder einer Scheune.

Dass sie sich einem Reisenden angeschlossen hatten, schloss Bermeer aus. Der hätte sie in ihrem Zustand bestimmt sofort wieder nach Bockswalden gebracht und außerdem hatten die Kinder in dem Moment viel zu große Angst, um überhaupt irgendeinen Erwachsenen anzusprechen.

Aber wie ging es weiter? Bermeer versucht es über die Himmelsrichtungen, die Moakin ja offensichtlich kannte. Nach Westen würde er nicht gehen, denn das bedeutete mehr oder weniger zurück nach Hause. Nach Norden ging die Reise bestimmt auch nicht, denn dort hielt sich der Winter noch länger, im Osten kam irgendwann das Meer. Hielt man sich an der Küste, gelangte man in die äußeren Provinzen. Das war ein weiter Weg ohne größere Städte. Das wusste Moakin zwar bestimmt nicht, aber Bermeer verließ sich hier auf sein Gefühl. Blieb also der Süden.

Oder doch nicht? Es war zum Verzweifeln. Wie sollten sie die beiden je wieder aufspüren?

So in Gedanken flatterten dem Gaukler schließlich wieder die Augen und er drohte einzuschlafen, als ihn ein sonderbares Gefühl befiel - vertraut und doch überrascht. Unsicher blickte sich Bermeer um, bis sein Blick auf das Gesicht des Hünen fiel.

Alles war unverändert, nur eines der Augen hatte sich ein wenig geöffnet und glitzerte ihn an.

»Na, Garock, du alter Zausel?

Wieder wach, du alter Stier?

Machtest mir ja Angst und Grausen.

Nun, mein Freund, wie geht es dir?«

Mittlerweile war Garocks zweites Auge offen und seine Oberlippe hob sich etwas. Dann wollte er sich aufrichten.

»Nein, nein du alter Kraftverschwender!

Liegen bleibst du, wirst gesund.

Sonst holt dich doch der Menschenschinder.

Allein wär' ich auf Peres Grund!«

Garock verharrte in seiner Bewegung und sah Bermeer eine Weile an, dann setzte er sich weiter auf und begann unbeirrt die dicken Bandagen von seinem Arm zu wickeln. Bermeer war klar, dass er Garock nicht aufhalten konnte und offensichtlich hatte sein Freund seinen Entschluss gefasst. Nach und nach fielen die dunkelbraunen Salbenverbände auf den Boden. Am Ende war der ganze Arm zu sehen, dessen unregelmäßige Verkrustungen immer noch einer schwarzroten Wüste glichen. Die Salbenreste, Wundfeuchtigkeit und gelber Eiter taten ein Übriges, um zu wissen, dass es um die Gliedmaße nicht gut stand.

Garock streckte den Arm ungerührt aus und griff mit dem anderen nach der Decke. Dann begann er damit den Arm abzureiben. Schließlich traute Bermeer seinen Augen nicht. Garocks mächtiger Arm war zwar ein wenig vernarbt, aber von den schweren Verbrennungen durch das Feuer und von den Verätzungen durch das Drachenblut war nichts mehr zu sehen. Bermeer lachte unvermittelt.

»Hann hält in seiner Güte

immer Wunder fein bereit.

Ich sah doch, wie der Arm dir glühte

und jetzt kein Wündchen weit und brei ...«

Garock stand auf und ging zum Kaminfeuer. Bermeer stockte der Atem. Der Berisi-Krieger beugte sich zur Glut hinunter und ergriff ein lichterloh brennendes Scheit. Er hob es hoch und bleckte die Zähne. Sein Lächeln ließ Bermeer wieder atmen.

»Woher wusstest du ...?« Dieses Mal kam kein Reim über die Lippen des Todesgauklers und dieses Mal antwortete Garock gleich mit mehreren Worten.

»Ich wusste es nicht. Nur ein Gefühl.« Bedächtig legte er das Scheit zurück ins Feuer, klatschte sich den Ruß von der unversehrten Hand und setzte sich wieder auf das Bett, das unter seinem Gewicht in der unnachahmlichen Weise von überbelastetem Holz um Gnade winselte.

EIER MIT KÄSE
(Die Breite Furt im Frühling)

Das Erste, was er hörte, war ein Pfeifen, und das Erste, was er sah, waren Raben schwarze Füße mit langen Fußnägeln. Kaum hatte er diese ersten Eindrücke geordnet, gesellte sich zu den Füßen auch noch der käsig saure Geruch. Speddel stand über ihm mit einer Pfanne in der Hand. »Nah, auch 'n paar Eier zum Frühstück?«

Dekmanto wusste nicht recht, wem er mehr trauen sollte, seinem knurrenden Magen oder seiner angewiderten Nase. Schließlich obsiegte der Magen und er machte sich ächzend daran, aufzustehen. Der alte Fährhauskauz hatte schon den Tisch gedeckt und saß nun grinsend auf seinem Stuhl, während er sich seine Tasse mit Tee füllte. Speddel freute sich offenkundig über die unverhoffte Gesellschaft.

Der Kopfgeldjäger rieb sich den Kopf und setzte sich. »Wie spät ist es?«

»Zu spät für echte Fährleute und zu früh für Gauner wie dich, aber gerade rechtzeitig für einen kleinen Absacker.« Schon stand ein kleiner Becher vor Dekmanto, der erst nach und nach richtig wach wurde. Die letzten Tage hatten ihm mehr abverlangt, als er hatte zugeben wollen.

»Na, los. Trink, dann siehst du wieder klarer. Oder soll ich alles alleine trinken?« Speddel hielt ihm seinen Becher entgegen und trug immer noch sein breites Grinsen.

Dekmanto hatte schlicht vergessen oder verdrängt, was Speddel für ein Säufer war und auch, dass man zumindest etwas mittrinken musste, um ihn bei Laune zu halten. Er nahm den Becher, prostete dem Alten zu und stürzte das Gesöff hinab. Dann machte er sich schnell über die Eier her, so dass sein Magen sich nicht nur auf den Schnaps konzentrieren musste.

***

Nach einer ganzen Zeit, in der nur Speddels Gesumme zu hören gewesen war, brach dieser das Schweigen.

»Übrigens ist mir noch was eingefallen. Dieser Magier, den ich erwähnt habe, der hieß Thereus oder Theodesus oder so. Ist nicht erst vor ein paar Monaten von der Brakenburger Gilde ein Kopfgeld auf einen Magier dieses Namens ausgesetzt worden? Ich müsste mal die Steckbriefe durchsehen. Ich ...«

»Schon gut, schon gut. Ich habe verstanden. Erstens, danke für die Information, zweitens, ja, ich leg' dir noch was drauf, wenn du der Organisation gegenüber nicht erwähnst, dass ich da gerade dran bin.«

Dekmanto zeigte sich zwar nach außen hin genervt und verärgert über die zusätzlichen Kosten, aber insgeheim freute er sich, da die Spur des Magiers offenbar noch nicht ganz kalt war. Irgendwie hing das alles zusammen und vielleicht würde ihn der Junge sogar zu dem Magier führen und er könnte doppelt kassieren.

»Übrigens, Speddel. Du musst noch die Brieftauben bemühen. Ich setze fünf Braken für frische Informationen über den Berisi-Krieger und diesen Bermeer aus. Außerdem muss ich für einen anderen Auftrag wissen, ob jemand einen stotternden Jungen von etwa zwölf oder dreizehn Wintern gesehen hat. Er ist wahrscheinlich alleine in Richtung Katym unterwegs. Dafür gibt es drei Silberstücke.«

»Scheint nicht ganz so dringend zu sein, was?« Der Fährmann pulte etwas mit der Zunge aus seinen Zähnen und spuckte es auf den Boden.

»Wie man's nimmt. Mein Geld ist begrenzt und das mit dem Magier ist viel wichtiger.« Dekmanto lehnte sich satt und schwerfällig nach hinten. Das System war eigentlich ganz einfach. Wenn man Informationen haben wollte, zahlte man einem Flussschiffer das Geld und bekam eine Quittung. Bot jemand die gesuchte Information an, bekam er den Großteil des Geldes. Der kleinere Teil blieb in der Organisation. Die gesuchten Informationen wurden dann über Tauben oder Boten an die Flussschiffer verteilt.

»Ich werd's gleich raus schicken.« Schon stand Speddel auf und machte sich an einem Stehpult zuschaffen, während der Kopfgeldjäger ihn aus den Augenwinkeln beobachtete. Dekmanto war ganz zufrieden mit sich, denn er hatte, was er wollte. Der Flussschiffer würde die Informationen raus schicken, aber dem Jungen keine große Bedeutung beimessen.

Speddel war mittlerweile fertig mit seiner Kritzelei, rollte die Zettelchen sorgsam zusammen und steckte sie in kleine Lederhüllen. Dann ächzte er eine schmale Stiege hinauf und von oben konnte man das typische Gurren und Flattern der weißgrauen Boten hören.

Jetzt, als die Tauben durch das Öffnen der Luke deutlicher zu hören waren, konnte der Kopfgeldjäger sie gar nicht mehr aus seinem Bewusstsein verdrängen. Schnell begann das ständige Gurren ihn zu stören und ihm wurde bewusst, wie müde er die letzten Stunden gewesen sein musste. Er war froh, bald wieder hier wegzukommen. Speddel war zwar ganz in Ordnung, aber seine Sauferei und seine Füße waren nicht lange auszuhalten.

Er legte sich seine weiteren Schritte zurecht. Als Nächstes würde Dekmanto dem Lomosh nach Süden folgen. Auf halber Strecke nach Katym gab es ein Gasthaus, das neben leichten Mädchen und schwerem Wein auch Informationen anbot. Es war der nächste Stützpunkt der Flussschiffer und hieß ›Das feuchte Mooseck‹. Bis er dort ankam, gab es vielleicht schon etwas Neues.

ZWEIEINHALB STATT DREI

(Brakenburg im Frühling ... vor langer Zeit)

Fasse dich, Weiland, alter Freund. Fasse dich. Weiland hatte der Umstand, dass ein Bruder seines Ordens oder jemand, der sich dafür ausgab, alles, für was die Bruderschaft stand, in den Dreck zog, unheimlich aufgewühlt. Hinzu kam noch, dass er durch das späte und vor allem üppige Mahl bei Ankwin und die vielen Gedanken letzte Nacht äußerst schlecht geschlafen hatte. Das konnte einen Mann seines Alters von immerhin achtundneunzig Wintern schon einmal aus dem Gleichgewicht bringen. Er war spät aufgestanden, was ihn noch unzufriedener machte, denn es war gegen seine eisernen Gewohnheiten. Zu all dem Übel hatte niemand bemerkt, dass er verschlafen hatte, und die Toten beschwerten sich nun mal nicht. Seine Dienste wurden also kaum noch gebraucht. Er fühlte sich nutzlos.

Zerknirscht und nervös saß er vor seinem inzwischen erkalteten Morgentee und sinnierte vor sich hin, stets bemüht, die immer wieder aufkommenden schlechten Gedanken niederzukämpfen. Schließlich schlug er mit der flachen Hand auf den Tisch und stand mit einem Ruck auf. Seine Knie und sein Rücken hatten von der plötzlich aufkommenden Entschlussfreudigkeit nichts mitbekommen und rebellierten entsprechend, aber Weiland lenkte die Schmerzen über seine Beine in den Boden, nahm seinen Stab, der in der Ecke stand, und wackelte vor das kleine Häuschen.

Die frische Luft tat sofort ihre Wirkung und er spürte die Sonne auf seinem Gesicht. Der Vormittag musste schon weit vorangeschritten sein. Kurz tastete er noch einmal mit dem Stab, um sich zu vergewissern, wo genau er sich befand, dann stand er für einen Moment völlig still. Die Welt um ihn herum schien auch kurz den Atem anzuhalten. *Gedanken der Bestrafung und Rache haben keinen Platz im Geist eines Heilers. Jeder geht Mawanas Weg, ob im Schatten oder im Licht und am Ende entscheidet sich, was überwiegt.* Der blinde Heiler wartete noch einen weiteren Moment bis er den Rhythmus Mawanas spürte.

Er atmete aus und wieder ein, fühlte die Bäume, die sich in einiger Entfernung gleichmäßig im Wind wiegten. In einem magischen Rhythmus wurde es auf seiner Haut wärmer und kühler, denn die Sonne wurde ab und zu von kleinen Wolkenfetzen verdeckt. Selbst die fleißigen Bienen, die an einem Blumenstrauch in der Nähe ihr Tagewerk verrichteten, folgten demselben Takt. Sein Körper begann sacht hin und her zu schwanken, und er eröffnete seinen Gebetstanz. Natürlich war er bei weitem nicht mehr so schnell und impulsiv, wie es vielleicht bei einem jungen Heiler der Fall gewesen wäre, und den Stab verwendete auch niemand außer ihm, aber gerade die Besonnenheit und Ruhe, die Jahrzehnte lange Übung und die absolute Kontemplation verliehen ihm den erflehten Seelenfrieden und seinem heutigen Tanz eine Ausdruckskraft, die jeden überzeugten Heiler zum Weinen gebracht hätte.

***

Seit Tagen hatte er Lavielle nicht mehr so heiter erlebt. Sie hatte ihn mit einem Lächeln weiter geschickt, als sie zur Wäscherei abgebogen war. Garock war sich sicher, dass der Jagdtrieb wieder in ihr erwacht war, denn, das spürte er ganz deutlich. Tief in ihrem Herzen war sie in Wahrheit eine Jägerin.

Eines Tages würde er ihr diese Erkenntnis vielleicht mitteilen, eines Tages. Vielleicht. Wenn die Situation es erforderte und wenn Worte angebracht waren.

Der Berisi-Krieger schritt durch den Seelengarten und genoss die Stimmung des Lichts. Wolkenfetzen eilten über den Himmel und spielten mit der Sonne, die immer wieder ihre starken Strahlen zwischen ihnen hindurch auf die Wiesen richtete. Seine Augen verengten sich zu feinen Schlitzen, als er in Richtung des Totenhauses spähte, schließlich wollte er Weiland dort zur Hand gehen. Zu seiner Verwunderung waren alle Tore geschlossen. Der blinde Heiler war also nicht dort, ließ er doch normalerweise immer eine Tür offen, um den Toten das Gehen zu ermöglichen, wie er es ausdrückte. Der Hüne änderte seine Richtung etwas und lenkte

242

seine Schritte nun genau auf das halbverdeckte Häuschen Weilands zu.

Dort sah er den alten Mann vor seiner Behausung sitzen. Ein Sonnenstrahl hatte ihn erfasst und tauchte ihn helles Licht, ein Wolkenschatten ließ alles hinter ihn dunkler werden und verstärkte den Kontrast, so dass er aus Marmor zu bestehen schien. Für einen Moment sah er wie eine Statue seiner selbst aus. Garock kam sein Schamane Shabkra in den Sinn, dieser hatte eine ganz ähnliche Ausstrahlung gehabt. Er seufzte, als ihm Bilder seiner Heimat durch den Kopf gingen. *Hankuma führt*

***»Sei gegrüßt, guter Garock.« Weiland blinzelte dem Hünen entspannt entgegen. »Du kommst gerade recht. Es wird Zeit, dass wir uns mit den Toten unterhalten.« Wie selbstverständlich streckte er seine Hand in die Luft und Garock reichte ihm die seine.

»Immer wieder schön, zu erleben, wie einem ein bisschen Sonnenschein und Ruhe Kraft schenken können.« Während er an dem Riesen vorbei lächelte, strich Weiland seine Robe zurecht. »Wollen wir?« Der alte Heiler erwartete keine Antwort und ging einfach mit seinem Stab schwingend los. Der Berisi folgte ihm.

Nach einem kurzen wortlosen Fußmarsch standen sie am Totenhaus und Weiland musste lachen. »Man könnte fast meinen, uns fehlt noch ein Tauber in der Runde und wir wären komplett.« Garock verstand nicht und Weiland spürte das. »Ach, vergiss es, alles ist in Ordnung. Denk bitte daran, die Tür offenzulassen.«

Der Blinde tapste zwischen den Tischen herum und suchte fingernd nach dem toten van Degen. Garock war bereits unterwegs, um Wasser zu holen, da sie die Toten waschen wollten. Als er schließlich mit dem gefüllten Bottich und den anderen Utensilien zu Weiland trat, bemerkte er sofort Weilands fragendes Gesicht und auch den Grund dafür. Es waren keine Leichen da.

»Das darf doch nicht wahr sein. Jetzt verschwinden hier schon die Toten.« Weiland musste alle Sanftmut aufbringen, um über dem fehlenden Leichnam nicht wieder seine gute Stimmung zu verlieren. »Garock, würdest du ... bitte Boli holen?«

Der Hüne hatte sich noch vor dem Ende der Frage auf den Weg gemacht, den Helfer Weilands herzuholen.

Bolis fließende und klare Sätze waren in Weilands Ohren immer noch ungewohnt, hatte er ihn doch als geistig verwirrten Mann kennengelernt. Doch seit jener schicksalhaften Nacht brauchte sich sein Helfer ihm gegenüber nicht mehr zu verstellen, zumindest solange niemand fremdes anwesend war.

»Nein, Meister Weiland. Tut mir leid, aber die Gardisten hatten Befehl vom Rat, die Leichen sofort einzuäschern. Ich konnte nichts tun. Ihr wisst, ich darf meine ...«

»Schon gut, Boli. Du kannst nichts dafür. Erzähl weiter.« Weiland hatte seine Mitte wieder gefunden.

»Auf jeden Fall haben sie van Degen ohne langes Federlesen zu den anderen Magiern auf den Karren geladen und sind abgezogen. Einer von ihnen meinte noch, dass sie sie auf den Feldern des Friedens verbrennen würden.« Boli verzog sorgenvoll sein Gesicht, wusste er doch, wie wichtig Weiland ein anständiger Umgang mit den Toten war.

Weiland wandte sich schulterzuckend zu Garock. »Nun ja, Garock. Sind wir halt um sonst hergekommen. Ich ...«

»Verzeihung? Ist Meister Weiland anwesend? Wir sollen hier die Leichen ... teile aus dem Kräuterviertel abgeben? Drei ... Tote.« Ein älterer Mann spähte ins Halbdunkel des Totenhauses und sah die drei Männer offenbar nicht richtig.

»Ja! Nur herein! Mawanas Wege sind unergründlich ...« Weiland lächelte in sich hinein, während Boli sofort in seine Rolle des geistig Behinderten sprang und den Trägern linkisch zur Hand ging.

Weiland hörte, wie die Träger Eimer und Bottiche hereintrugen, und seine Stimmung sank. Das Schmatzen, das Summen der vielen Fliegen und die anderen Geräusche, die verursacht wurden, als die Teile der Leichen auf die Tische gelegt wurden, tat ein Übriges.

Schnaufend schob der älteste der Träger seine Mütze ins Genick. »Wenn ich richtig mitgezählt habe, sind das allerdings keine drei, sondern nur zweieinhalb Leichen. Verzeiht, Meister Weiland, aber den Rest haben wir nicht gefunden.«

Unfähig ob dieser Grausamkeiten Worte zu finden, nickte der blinde Heiler nur schnell und die Träger gingen wieder.

»Boli, geh an die frische Luft.« Weiland klang äußerst entschieden, denn sein Helfer hatte angefangen zu würgen. Er konnte es überhaupt nicht leiden, wenn man die Ruhe der Toten durch einen nervösen Magen störte.

»Nun, Garock, ich denke, wir sortieren sie zuerst, so dass jeder wieder seine Gliedmaßen hat. Viel mehr werden wir nicht tun können. Ein bisschen Waschen und das war es, leider.« Ohne weitere Worte machten sich die beiden Männer ans Werk, während Boli vor dem Haus sein Frühstück zum Besten gab.

Garock hatte brummend ein Lied angestimmt und Weiland summte einfach mit. Er fand eine Totenklage jetzt durchaus angebracht. Schon nach kurzer Zeit waren die beiden Sänftenträger tatsächlich wieder einigermaßen komplett. Von dem Kräuterhändler fehlten Großteile des Rumpfes und der Schultern. Während Garock sich daran machte, die beiden kompletten Leichen zu waschen und fest in Leinen einzuwickeln, wusch Weiland den Kopf des Händlers in einem Eimer. Boli trat in die Tür und wollte sich nun doch noch nützlich machen, verschwand bei diesem Anblick aber sofort wieder würgend nach draußen.

»Wer einen festen Glauben hat, hat auch einen festen Magen. Stimmt's Garock.« Der Hüne brummte zur Bestätigung. Weiland freute sich über die Überschwänglichkeit, mit der der Hüne geantwortet hatte, dann verzog er zweifelnd das Gesicht. »Garock? Ich denke, wir brauchen hier Seife. Was auch immer es ist, mit bloßem Wasser bekomme ich es nicht vom Kopf herunter. Es scheint mir irgendeine Art Salbe zu sein.«

Der Berisi trat neben den Heiler, blickte auf den Kopf im Bottich und strich ihm über die Stirn. Prüfend rieb er seine Finger aneinander und roch an der Substanz, die daran haftete. Den Geruch kannte er nicht. Vorsichtig nahm er den Kopf aus dem Gefäß und betrachtete ihn genauer. Der schmerzverzerrte Ausdruck des letzten Augenblicks war immer noch deutlich zu erkennen. Der ganze Kopf war mit einer bräunlichen Paste bestrichen und der Bart hing ihm halb vom Gesicht.

Behutsam legte er den Kopf zurück. »Falscher Bart und braune Salbe.«

Weilands milchige Augen weiteten sich. »Ist noch was von seinen Kleidern übrig?«

Garock griff in einen Bottich und holte ein rottriefendes Etwas heraus. Er spülte es eine Weile in klarem Wasser und gab es dann Weiland, worauf dieser es sofort eingehend befühlte.

DAS FEUCHTE MOOSECK
(Am Lomosh im Frühling)

»… aaaaha, ha, ha!« Das Lachen der Hure schien eher aus dem Schnabel einer Feldkrähe als aus dem Mund einer jungen Frau zu kommen. Weinbrand, Gegröle und Gekreische hatten ihre Stimmbänder über die Jahre schon schwer in Mitleidenschaft gezogen. Doch Dekmanto mochte Willrah oder Franzenwille, wie sie zu ihrem Leidwesen wegen ihrer meist fettigen Haare auch genannt wurde, eigentlich ganz gern. Sie war Hure durch und durch und sogar eine der Schöneren, aber irgendetwas an ihr war besonders. Er konnte es nicht ganz einordnen. Entweder war es das intelligente Glitzern in ihren Augen, die Art wie sie ihren Humpen in die Hand nahm oder einfach nur die Tatsache, dass er schon mindestens vier Monate mit keiner Frau mehr zusammen gewesen war und sie bereits seit einiger Zeit auf seinem Schoß saß.

Die Professionalität seines Gewerbes und die genaue Kenntnis des ihrigen holte Dekmanto wieder in die Realität zurück. Sie war die Hure, und auch wenn er sie schon lange kannte, er war der mögliche Freier, ihr Lohn und Brot. So oder so hatte sie zwar das Herz auf dem rechten Fleck und er hatte über die Maßen Lust, aber das Vergnügen musste noch eine Weile warten.

Er genoss ihr Geplapper und den billigen Wein, den er für sie beide bestellt hatte und blickte sich immer wieder zum Tresen um. Endlich gab ihm der Wirt ein Zeichen. Er zwickte Willrah kräftig in den Hintern, worauf sie meckernd hochschreckte und den Mund verzog.

»Bestell uns noch einen Krug Wein. Ich bin gleich wieder da.« Der Schmollmund der Hure verschwand und sie wackelte aufreizend mit ihrem Dekolleté. Dekmanto musste lachen.

Leicht berauscht durch den Wein schlenderte er durch das volle Gasthaus. Der Qualm von herbem Tabak paarte sich mit dem Geruch von saurem Wein, fettigem Essen und den schweißigen Körperausdünstungen mehrerer Dutzend Menschen. Die

247

Beleuchtung durch die stark rußenden Öllampen tat ein Übriges. Das war seine Welt: zwielichtige Spielunken und ausgedehnte Ritte durch die entlegensten Winkel des Landes, billige Kaschemmen und billige Frauen, Kater und Rückenschmerzen, fremde Betten, auf dem Boden schlafen, Wind und Wetter - und alles nur, um Abschaum zu jagen, der, wenn er ehrlich war, nicht viel besser war, als seine Auftraggeber oder sogar er selbst. Am Ende eines Auftrages stand er dann meist wieder am Anfang, weil kein Geld mehr übrig war. *Verdammt!*

Dekmanto hasste diese Stimmung. Die bittere Erkenntnis, trotzdem immer weiter machen zu müssen, rundete seine trüben Gedanken ab. Er war nun beim Wirt angekommen und vielleicht konnte der ihm ja etwas über den Jungen oder die beiden alten Vögel, die ihn verfolgten, sagen. Vielleicht kam er so den Dracheneiern wieder ein Stück näher. Ja, vielleicht.

Der Kopfgeldjäger zog die Münze hervor, die unter den Flussschiffern als Erkennungszeichen galt und ließ sie kurz durch seine Finger blinken. Der Wirt nickte unauffällig und bedeutete Dekmanto, ihm zu folgen. Sein Blick fiel auf die fetten Falten im Nacken des Wirts, die perfekt zu den breiten runden Schultern und den Haaren darauf passten. In dem kleinen Raum hinter der Küche waren allerlei Kisten mit Nahrung und Hauswirtschaftsutensilien gelagert. Lautstark vertrieb der Wirt eine Kollegin Willrahs, die hier mit einem Kunden schnelle Münze hatte machen wollen. »Verzieh dich gefälligst in eines der Zimmer und zahl die Miete, wie die anderen auch, du nutzloses Dreckstück! Und du Hurenbock, wenn ich deinen Schwanz noch einmal in meinem Vorratslager sehe, breche ich dir alle Finger! Ist das klar.« Keiner der beiden Ertappten hatte große Lust, sich mit dem grobschlächtigen, offensichtlich übelgelaunten Wirt anzulegen und sie huschten kleinlaut hinaus.

»Was hast du für mich?« Dekmanto wollte das Geschäftliche schnell hinter sich bringen. Auch wenn er höchstes Interesse an Neuigkeiten hatte, so war er jetzt überhaupt nicht in Stimmung für Geschäfte. Er wollte einfach noch ein paar Humpen Wein und mit Willrah auf eines der schäbigen Zimmer.

»Erst die Bezahlung.« Der Wirt sah an ihm vorbei durch die Tür. Er wollte offenbar auch möglichst schnell wieder in den Schankraum.

Dekmanto reichte ihm eine Hand voll Münzen. »Ich hol's mir wieder, wenn du nichts Richtiges hast.«

»Immer langsam, Jungchen.« Der Wirt rieb sich gelassen den Bart. »Ein Flussschiffer war letzte Nacht hier und meinte, er habe mit ein paar Flößern aus dem Nordgebirge gesprochen. Die hätten wohl einen stotternden Jungen und ein Mädchen von Bockswalden mitgenommen. Aber dann hätten die beiden Ärger gemacht und seien abgehauen. Die Männer haben ein gutes Drittel ihrer Stämme verloren.«

»Wie weit südlich von Bockswalden?«

»Vielleicht ein oder zwei Tagestouren, der Lomosh ist schnell zur Zeit.«

»Wann war das genau?«

»Vier Tage nach Neumond.«

»Sonst noch was?«

»Nee, sonst war da nichts. Das heißt, warte mal. Da war noch was. Ein Gerücht, das ich von einem betrunkenen Felljäger aufgeschnappt habe, über einen erschlagenen Sklavenhändler in Bockswalden, Penef oder Pentef. Soll ein Riese gewesen sein.«

Das passte. Dekmanto war froh über die Informationen, doch war er bemüht, das zu überspielen. »So, so. Ein Riese erschlägt einen Sklavenhändler und ein Betrunkener erzählt's. Wenn ich Märchen hören wollte, ginge ich zum Geschichtenerzähler. Sonst war nichts mehr?«

»Nee.«

»Hier, du alter Halsabschneider. Hat mich wie immer gefreut, mit dir Geschäfte zu machen.« Dekmanto warf ihm eine weitere Münze zu. »Kein anderer bekommt die Information.«

»Welche jetzt?«

Der Kopfgeldjäger rollte nur die Augen.

»Geht in Ordnung.« Schon bewegte sich der Wirt aus dem Lager und hinterließ nur eine Wolke aus Wein und Schweiß.

Dekmanto überlegte. Der Junge, wenn es denn Moakin war,

hatte Gesellschaft bekommen, wobei ein Mädchen keine Gefahr darstellte. Die Beiden hatten vermutlich nicht viel Gepäck dabei und waren zu Fuß. Ein Pferd zu stehlen, war nicht ganz einfach, vor allem wenn die meisten Menschen ihre Tiere um diese Jahreszeit in den Ställen behielten. Der Fluss war schnell und die Nachricht war übers Wasser zu ihm gekommen. Es war unwahrscheinlich, dass die beiden ein Boot hatten auftreiben können, also hatte er einen kleinen Vorsprung und eine konkrete Vorstellung, wohin sie wollten.

Ein ›wenn‹, ein ›vermutlich‹ und ein ›unwahrscheinlich‹. Dekmanto hatte schon mit weniger die Fährte aufgenommen. Er lächelte, weil er spüren konnte, dass das die richtige Spur war. Er würde sofort losreiten müssen, wenn er vor ihnen ankommen und die vagen Chancen erhöhen wollte. Dann traf es ihn wie ein Blitz und er trat lustlos gegen die nächstbeste Kiste.

Sofort loszureiten hieß, kein Wein und vor allem keine Willrah mehr. *Verdammt!*

Er rief noch einmal den Wirt, kaufte ihm ein paar Nahrungsmittel ab und während der Wirt sie zusammen richtete, sattelte er sein Pferd.

Willrah hatte mittlerweile beide Weinhumpen ausgetrunken und saß in Ermangelung Dekmantos bereits wieder auf dem Schoß eines stattlichen Bauernknechts und arbeitete. Hure durch und durch, so lief das Geschäft nun mal.

WEITER

(Bockswalden im Frühling)

»... ich weiß es nicht, so glaubt mir doch!« Naddes hatte ein hochrotes Gesicht.

»Du willst mir also sagen glatt,
dass du nicht weißt,
ob dein Suchtrupp vor der Stadt
oder nur darin gekreist?«

Bermeer ging in dem kleinen Zimmer auf und ab und sah nachdenklich auf den Boden, während Naddes kopfüber am Lampenhaken hing. Garock hatte ihn nach einer respektlosen Antwort und einer darauf folgenden Ohrfeige von Bermeer kurzerhand dort aufgehängt.

»Ja, ich gebe es ja zu. Ich konnte die Männer nicht überzeugen, bei der Kälte auch draußen zu suchen. Bitte, tut mir nichts.« Die Stimme des Büttels wurde leise und weinerlich und klang durch seine Körperhaltung komisch verzerrt.

»Ist irgendwer hier durch gekommen,
der sie vielleicht mitgenommen,
ein Händler oder Pilger arm,
der sich ihrer hat erbarmt?«

Der Assassine stand am Fenster und sah hinaus. Dabei wippte er auf den Versen und spielte mit dem Dolch, den er aus dem Stiefelschaft geholt hatte. Seine Augen strichen über den Hof, der durch die Butzenglasscheiben bräunlich verzerrt recht ärmlich aussah. Dahinter erstreckte sich das offene Land, ein paar Felder, der Fluss und ein Wald. Seine braunen listigen Augen schienen abwesend durch das alles hindurch zu sehen.

»Nein, Herr, nicht dass ich wüsste. Ich hätte es mit Sicherheit mit bekommen, wenn jemand Fremdes in der Stadt gewesen wäre.« Der Büttel begann, aus der Nase zu bluten, was dazu führte, dass er näselte und ausspucken musste.

»Ein Mann von hier, der Unterschlupf gewährt,

einer mit 'nem Herzen groß,

oder gibt's der Sklavenhändler mehr,

für die der Mensch ist Ware bloß?«

Bermeer sah weiter nachdenklich aus dem Fenster und folgte für einen Moment einem großen Baum, der mitten auf dem Fluss durch sein Blickfeld trieb. Er streckte ein paar seiner Äste aus den Fluten, wie ein Ertrinkender, der um Hilfe rief. Der Gaukler blickte zu Garock und dieser kniff die Augen ein bisschen zusammen. Naddes spuckte aus.

»Nein ... nein, ich denke nicht, Herr, bitte lasst mich wieder herunter ... bitte ... ich ...« Naddes wurde von seinem eigenen Aufprall unterbrochen. Bermeer hatte ihn kurzerhand losgeschnitten und kniete nun neben dem wimmernden Büttel, der sich seinen Kopf rieb.

»Gibt es Schiffer auf dem Fluss

oder andere Gesellen?

Denk schnell nach und ich mach Schluss

mit den Fragen und den Schellen.«

Naddes glotzte dümmlich in die forschenden Augen des Gauklers. »Nein ... die Waldbauern kommen ja immer erst im Frühjahr vom Norden herunter und flößen ihr Holz nach Katym. Jetzt im Wint...«

Garock, der mittlerweile neben den Beiden auf einer Kiste saß, schlug dem Büttel leicht von hinten auf den Kopf. Bermeer fauchte ihn an.

»Frühjahr ist's, du dummer Wicht.

Siehst draußen du das Wetter nicht?«

∗∗∗

Kalt wehte ihm der Wind um die Nase, doch das störte Bermeer nicht. Er saß im Heck des Bootes, das sie in Bockswalden erstanden hatten, und hielt das Ruder fest. Garock kniete direkt vor ihm in der Mitte des Bootes und hielt eine lange Stake waagerecht vor sich. Es schien beinahe so, als ob er damit das Gleichgewicht halten und nicht die vielen Eisschollen vom Boot wegstoßen müsste. Ruder hatten sie keine, durch die Strömung kamen sie aber gut voran.

Endlich waren sie wieder unterwegs und hatten ein Ziel. Auch wenn die Chancen nicht gerade gut standen, so hatten sie sich trotzdem dafür entschieden, den Fluss hinunter zu fahren. Es hatte sich heraus gestellt, dass genau einen Tag, nachdem Moakin mit dem Mädchen geflohen war, Flößer in Bockswalden Halt gemacht hatten. Moakin wollte das Ei zu Geld machen, das wussten sie, also musste er in eine große Stadt und der Shgid, der Fluss, auf dem sie nun fuhren, mündete in den Lomosh und der führte genau nach Katym, der zweitgrößten Stadt des Landes.

Natürlich waren Garock und ihm auch Zweifel gekommen. Moakin hätte genauso gut wieder in die Wälder flüchten können, aber selbst ihnen war es nicht leicht gefallen, dort genug Essbares aufzutreiben, und sie hatten das bei den Göttern schon oft genug getan. Moakin war schlau genug, um ebenfalls darauf zu kommen.

Es war auch möglich, dass die Kinder der Straße nach Süden folgten. Diese Möglichkeit bot viele weitere Unwägbarkeiten, aber es konnte auch bedeuten, dass Garock und er etwas Zeit aufholten, schließlich hatten die Kinder über drei Wochen Vorsprung. Bermeer biss sich auf die Lippen. Das war eine verdammt lange Zeit, aber sie hatte schon ganz andere verfolgt und aufgespürt.

Der Assassine grinste in den kalten Frühlingstag. Er fror und war müde. Sie jagten zwei Kinder und ein Drachenei, welches das ganze Land ins Chaos stürzen konnte und hatten keine Ahnung, wo die Gesuchten waren. Doch Bermeer war in diesem Moment glücklich. Sie hatten immerhin eines der Eier ergattert, waren wieder unterwegs und Garock ging es endlich wieder gut.

SCHWARZE KATZEN
(Brakenburg im Frühling ... vor langer Zeit)

Weiland schritt nachdenklich durch die Straßen Brakenburgs und schwang seinen Stab langsam vor seinen Füßen hin und her. Er spürte die Kraft Mawanas, die jederzeit durch sie hindurch fließen konnte. Zu seiner Rechten war Lavielle, die ihm zu Führung sanft die Armbeuge hielt. Er konnte unter all den Gerüchen der Straße auch ihren leichten, blumigen Duft riechen, ebenso wie das Erdige, Herbe, das Garock ausmachte - ihn, der zwar nicht stapfte, aber dessen kräftigen Schritt der alte Heiler doch ganz genau auf dem Pflaster wahrnehmen konnte.

Weiland hätte sich ohne Probleme allein durch Brakenburg bewegen können, erkannte er doch mittlerweile alle Straßen und Ecken an ihrem Widerhall und ihren Geräuschen, doch er genoss die Gegenwart der beiden. Sie gaben ihm wieder das Gefühl, ein Teil von etwas zu sein, ein Teil von etwas, das größer war als er selbst. Dieses Gefühl hatte er seit seiner Jugend nur empfunden, wenn er betete oder heilte.

Lavielle hatte Garock und ihn im Totenhaus abgeholt und nun waren sie auf dem Weg zu Theodus. Er hörte das Klappern von Geschirr, murmelnde und schmatzende Menschen und das Brutzeln von Fleisch. Den dazu gehörigen Duft hatte er schon länger in der Nase. Das Pflaster hier war etwas feiner und schmieriger als anderswo. Sie hätten auch durch den Seelengarten gehen können, aber Weiland wollte durch die Straßen gehen und etwas Leben spüren.

Sie waren jetzt auf der Höhe der Braterei des alten Hemslot. Nun war es nicht mehr weit bis zur Ratswiese und von da aus nur ein Katzensprung zum Heilerorden.

Ja, der Heilerorden. Er war seine Familie, sein Leben lang. Er rühmte sich insgeheim, alle Mitglieder des ansässigen Ordens zu kennen, wenn ihn auch bei den jüngeren bisweilen sein Gedächtnis verließ. Sie alle waren seine Familie und er fühlte sich so wie ein

254

verschrobener Onkel, den man zwar nicht oft besuchte, aber dennoch wusste, dass er da war und dass man sich auf ihn verlassen konnte.

Und jetzt? Jetzt sollte da einer sein, der den Orden verriet. Und nicht nur den Orden, sondern alles wofür er stand. Heilung war ihr Ziel, nicht der Tod. ... *Ich bin ein Kind des Heils und ich lebe das Heil.* Diese Passage aus dem Gelöbnis der Heiler war ihm immer als die schönste erschienen und nun gab es da jemanden, der darauf spie. Weilands Augenbrauen zogen sich zusammen.

Lavielle hatte ihnen beiden die entwendete Robe gezeigt. Er hatte den Saum eingehend befühlt und ihre Meinung bestätigt. Das Kleidungsstück, war eindeutig von einem höhergestellten Heiler aus Shkuhum. Außerdem deckten es sich mit dem des Toten aus dem Kräuterviertel. Nur, wer sollte das sein? Wer war der Träger? Er ging alle Heiler durch, die er kannte und die für ihn nach der Beschreibung Bermeers in Frage kamen, und verwarf doch bei jedem sofort den Gedanken wieder, er könnte ein Verräter sein.

»Wir bräuchten jemanden, der die Brüder aus Shkuhum besser kennt oder irgendeine Gelegenheit, bei der alle teilnehmen.« Lavielle hatte Weiland mit genau dem Satz aus den Gedanken gerissen, den er gerade hatte formulieren wollen. Sie befanden sich mittlerweile auf der Ratswiese, so dass die Gefahr in dem Gedränge belauscht zu werden, eher klein war.

Weiland zog fragend die Brauen zusammen. »Ich wüsste keinen, der alle kennt und den man, ohne unnötig Staub aufzuwirbeln, ins Vertrauen ziehen könnte.« Der Heiler stockte in der Bewegung, blieb schließlich stehen und dachte nach. Lavielle sah ihn mit einer Mischung aus Neugier und Ungeduld an. Dann lächelte er. »Im Wasser liegt das Heil.«

»Das Bad!« Lavielle platzte etwas zu laut heraus und dämpfte sofort ihre Stimme wieder. »Ihr meint das Vabalettifest. Das zu verpassen, würde wahrlich auffallen.«

Beim Vabalettifest, der Reinigung nach Vabaletti, handelte es sich um eine rituelle Waschung. Jeder Heiler sollte sie mindestens einmal alle drei Monate vollführen. In den Klöstern und Heilerorden wurden diese Waschungen an festen Feiertagen vollzogen. Sie konnten je nach Größe der Einrichtung mehrere Tage dauern. Die nächste Reinigung im Brakenburger Orden war für den übernächsten Tag vorgesehen. Lavielle stockte. »Das sind noch zwei Tage. Außerdem findet es dieses Mal außerhalb Brakenburgs statt... am Urquell.«

Weiland kniff die Augen zusammen und erhob den Zeigefinger. »Da ist noch Zeit, aber wir könnten vielleicht ...«

»Der Tanz.« Garock hatte sich völlig unerwartet an ihrem Gespräch beteiligt.

Lavielle sah ihn kurz überrascht und fragend an. »Der all morgendlichen Gebetstanz?« Doch dann legte Lavielle ihre ebenmäßige Stirn in Falten. »Aber der Bruder wäre mir in den letzten Tagen mit Sicherheit aufgefallen. Wir haben immer einige Gäste aus anderen Orden, aber meist nur Schwestern und die Brüder sind alle viel jünger, als Bermeer es beschrieben hat.«

»Nun«, Weiland drehte seinen Kopf zu Lavielle und sein leerer Blick traf den ihren, »es ist zwar äußerst unhöflich für einen Heiler, nicht am Tanz teilzunehmen, aber das würde zumindest zu unserem Verräter passen.« Der blinde Heiler versank wieder für einen Moment in gedankenschweres Schweigen, schien aber nicht recht voranzukommen.

»Schwarze Katzen in der Nacht.« Garock hatte sich erneut unvermittelt zu Wort gemeldet und die beiden anderen blickten fragend zu ihm. Wie so oft nach einem für ihn so ungewöhnlichen Redeschwall schwieg Garock nun, wie ein Berg nach einer Lawine.

»Was meinst du damit?« Lavielle funkelte ihn ungeduldig an.

Weiland schnaufte und schmunzelte dann. »Was Garock damit vermutlich sagen will, ist, dass man nicht weiß, ob sie da sind. Wir stochern nur im Dunkeln herum und wissen nicht einmal, ob es sich bei unserem Verräter tatsächlich um einen fremden Heiler oder gar überhaupt um einen handelt. Wir sollten nicht schon davon ausgehen, bevor wir es nicht überprüft haben.«

»Aber wie bei Mawana sollen wir das denn prüfen?« Lavielle stand die Ungeduld mittlerweile deutlich im Gesicht.

»Ich hatte bereits eine Idee. Ihr beiden habt mich nur mit eurer Ungeduld unterbrochen, liebe Lavielle.« Weiland lächelte mild. »Wir brauchen Euer zweites Gesicht.«

Lavielle schaute ihn unverständig an. »Mein zwei...«

»Ich sagte es Euch schon damals in der Nacht von Bungads Tod. Ihr seid hellsichtig. Ihr habt das zweite Gesicht. Vielleicht können wir Euch dazu bringen, es zu nutzen.«

»Aber wie...« Lavielle war verwirrt. Sie hatte zwar schon öfter in ihrem Leben das Gefühl, bestimmte Ereignisse zur erahnen, noch ehe sie eintraten, aber ihr wäre nie in den Sinn gekommen, wahr sehen zu können. Sie hatte Angst.

»Lavielle, Ihr werdet heute wohl noch einmal in den Schlangentempel gehen müssen.« Weiland ging entschlossen weiter. Garock und Lavielle blieb nichts anderes übrig, als ihm zu folgen.

✳✳✳

In einer der unzähligen Nischen des großen Schlangentempels hatte Lavielle einige Räucherkerzen entzündet. Die Robe des unbekannten Heilers und die Fetzen der Zweiten lagen auf dem Altar davor. Garock blickte sich interessiert um, was sich darin äußerte, dass er sich der Haupthalle zugewandt hatte und lediglich seine Augen hin- und herwandern ließ. Der Dienst der Heiler und der normale Tagesbetrieb waren zu Ende. Ein paar niedere Priester bereiteten die Abendmesse vor. In den Nischen war nur noch hier und da ein Trostsuchender im stillen Gebet zu sehen.

Weiland stand mit geschlossenen Augen da und schwankte in sich selbst versunken leicht hin und her. Nach einer ganzen Weile, die Lavielle kaum abzuwarten vermochte, öffnete er die Augen.

»Garock, hättet Ihr wohl die Güte, eines Eurer Lieder zu singen? Soweit ich weiß, singt Euer Volk zu spirituellen Anlässen so wunderschön. Das wäre unserem Vorhaben durchaus zuträglich.« Der Hüne drehte sich langsam um, sah zu Weiland und dann zu Lavielle, dann schloss er die Augen für einen Moment. Plötzlich erfüllte ein herrlicher Bass den Raum.

Weiland drehte sich zu Lavielle. »Legt Eure Hände in die meinen.« Lavielle tat, was von ihr verlangt wurde. Die Anspannung war ihr anzusehen. »Schließt die Augen und öffnet Euer Herz. Lauscht dem Gesang Eures Freundes und lasst ihn Euren Geist davon tragen.« Kaum hatte die Heilerin ihre Augen geschlossen, als sie auch Weiland summen hörte. Nach einer Weile, in der Garocks Gesang deutlicher und lauter geworden war, hob Weiland ihre Hände und ließ sie los. Sie stand nun mit geschlossenen Augen und weit geöffneten Armen da und wiegte sich in der Melodie der beiden Männer.

Plötzlich schossen ihr Bilder ihres Lebens durch den Kopf und ihre Augen begannen unter den Lidern auf und ab zu tanzen. *Ankwin ist verletzt!* Schwärze, dann dunkler Nebel. *Mama! Nein, du hast ganz unrecht!* Der Nebel wurde heller und riss teilweise auf. *»Ich beantrage die endgültige Festsetzung des Herrn Garock für zehn ...!« Oh, nein! Plikon!* Der graue Nebel verwandelte sich in weiße Wolken.

›Lasst los, Lavielle. Fürchtet Euch nicht.‹ Die beruhigende Stimme Weilands hatte sie nicht mit ihren Ohren wahrgenommen. Er war in ihrem Geist.

Sie flog über eine dichte Wolkendecke. Nur vereinzelt erhoben sich kleine Wolkenberge aus der weiten, weichen Ebene, die an eine Herde Schafe in der Nacht erinnerte. Vor ihr tat sich eine Öffnung auf und sie stieß hinab. Sie rauschte mit atemberaubender Geschwindigkeit über ein dunkles fremdes Land. Sie flog weit durch die Nacht und fühlte weder Angst noch Freude.

›Wer ist der falsche Heiler?‹

Die Stimme Weilands reißt sie weiter in Richtung Erdboden. Plötzlich steht Lavielle mitten in einem Gebirge auf blankem Felsboden. Ringsum sind große Felsbrocken und Spalten, in denen Wasser steht. Es stammt von einem kleinen Gebirgsbach, der hier entspringt. Vor ihr räkelt sich eine riesige Schlange vor einem Höhleneingang.

Lavielle fühlt keine Furcht. Es ist Mawana, die allumfassende Schlange und die Heilerin ist geborgen. Mawana bemerkt Lavielle und sie erhebt ihren riesigen Kopf aus ihren Windungen. Langsam wippt sie hin und her, während sie der Heilerin in die Augen schaut. Lavielle kann sich nicht bewegen. Ein neues Gefühl gesellt sich hinzu. Sie fühlt gleichzeitig Geborgenheit und Misstrauen.

Die Schlange schnellt ein Stück in ihre Richtung und öffnet ihr Maul. Ein grünlicher Strahl schießt daraus hervor und trifft Lavielle im Gesicht. Sie schreit. Es brennt schrecklich in ihren Augen. Trotzdem kann sie ohne Probleme noch sehen.

Aus einem der mit Wasser gefüllten Spalten taucht mit einem Fauchen ein weiteres Tier auf, dass Lavielle nicht kennt. Es ist viel kleiner als die Schlange und hat ein grau weißes Fell. Seine Augen sind hellbraun, seine Bewegungen flink und seine Schwanzspitze schwarz. Es kommt auf Lavielle zu, als ob es gestreichelt werden will. Sie will schon die Hand heben, als die Schlange und das Tier sich plötzlich gegenseitig belauern und anfauchen. Es scheint, als habe der Fellträger keine Aussichten auf den Sieg, doch er ist schneller als die große Schlange. Nach einer ganzen Weile schießt das Tier hervor und beißt die Schlange in den Hals. Lavielle will schreien, doch es dringt kein Laut über ihre Lippen. Mawana ist schwer verletzt und kriecht in die Höhle, doch sie lässt einen Teil ihres Schwanzes zurück. Er bleibt wie ein Armreif vor der Heilerin auf dem Boden liegen. Das Tier stellt sich auf den Reif und fängt an zu zittern. Es häutet sich. Sein Fell bleibt blutig zurück und das nackte, fleischig rote Tier taucht in die Quelle des Baches. Dunkelheit.

Lavielle schwebt wieder in der endlosen Nacht. Sie will weinen, doch keine Träne löst sich aus ihren Augen. Weit weg am Horizont sieht sie ein Licht. Sie fliegt darauf zu. Das Licht fühlt sich nach Heimat an, nach Familie, nach Mutter. Es wird immer heller und ein Brummen gesellt sich dazu. Beides ist sehr angenehm. Kurz bevor sie das Licht erreicht, öffnet sie die Augen.

Sie blickte direkt in das steinige Gesicht ihres großen Berisi-Freundes. Lavielle spürte deutlich seine Sorge. »Was ist? Was war mit mir?« Ihre Stimme war belegt und ihre Nase lief.

»Du bist sicher.« Garocks Tonfall war so voller Bass und Zuversicht, dass sich Lavielle augenblicklich entspannte. »Da war eine furchtbar große Schlange. Sie spie mir ins Gesicht, sodass ich erblindete. Nein, doch nicht. Und da war noch dieses Tier. Es kämpfte mit der Schlange.«

»War da noch etwas?« Weiland war sichtlich erregt. »Denkt genau nach. War da noch etwas?« Hätte Weiland sehen können, wäre ihm der Blick Garocks aufgefallen, der alles andere als freundlich wirkte.

»Sie ist geschwächt.« Der Redeschwall des Berisi-Kriegers war nicht zu bremsen. Langsam richtete er Lavielle wieder auf. Sie war zusammengesackt und er hatte sie aufgefangen.

»Ist schon gut, Garock. Danke. Ich glaube, mir geht es gut.« Sie schaute Weiland an. »Gebt mir einen Moment, dann erzähle ich Euch alles ... aber was immer das war, so schnell möchte ich es nicht wieder erleben.«

MORGENGRAUEN
(Der Shgid im Frühling)

So gut es eben im Dunkel der Nacht ging, verkrochen sie sich tief in einem Dickicht nahe des Ufers. Es roch nach Wasser, Schnee und fauligem Schlamm. Ihre Kleider waren zum Großteil nass geworden. Moakin warf die einzige Decke, die sie mitgenommen hatten um sie beide und versuchte Shaija zu wärmen. Sie zitterte am ganzen Leib. Der Junge war sich sicher, dass das nicht nur an der Kälte lag, denn er selbst hatte sich auf der Flucht beinahe in die Hosen gemacht. Ihr war es bestimmt ähnlich ergangen.

Entschieden, fast hektisch, rieb er die Oberarme des Mädchens, die eiskalt waren. Plötzlich spürte er ihre zarte Hand auf seiner. »Warte.« Das Wort war eher ein Hauch von Nebel als eine Aufforderung gewesen. Moakin stockte.

Shaija drehte sich zur Seite und kramte mit hölzernen Bewegungen in einem Beutel an ihrem Gürtel herum. Als sie das Gesuchte endlich gefunden hatte, hielt sie es ihm vor die Nase mit einem Gesichtsausdruck, als ob sie Schläge oder eine Rüge erwarten würde. Moakin nahm das kleine Päckchen und rollte es vorsichtig auseinander. Mehr fühlend als sehend stellte er fest, dass es sich um einen Stein, Gras und ein Eisenstück handelte.

»Shaija, das war sehr klug von dir.« Als er es ausgesprochen hatte, hallten die Worte in seinen Ohren sonderbar unbeholfen nach, aber das Mädchen lächelte. Das ermutigte ihn.

»Du bleibst hier und versuchst dich aufzuwärmen und festzustellen, was wir denn noch so alles dabei haben. Ich sammle Holz.«

Krächzend und leise bejahte sie seine Anweisungen. Sie war offensichtlich sehr erschöpft.

Moakin arbeitete sich umständlich aus der Decke, in der Bemühung, die spärliche Wärme nicht entfliehen zu lassen. Als er sich aufrichtete, biss ihn die Kälte sofort überall, wo seine Kleider nass waren. Er begann entsetzlich zu zittern und die noch vor einem Moment aufgekeimte Begeisterung, Holz zu sammeln, erstarb zwischen den kalten Fingern der Nacht. Moakin zögerte einen Moment und wollte schon wieder unter die Decke zurückkriechen, doch das Zähneklappern des Mädchens riss ihn zurück.

Zitternd und krampfend vor Schüttelfrost arbeitete er sich durch das Dickicht den Weg entlang, den sie gekommen waren. Irgendetwas raschelte zu seiner Linken und der Schreck ließ ihn die Kälte für einen Moment vergessen. Waren ihnen die Flößer doch schon auf den Versen oder hatten dieser Riese und der Zwerg ihn eingeholt. Moakin schoss es unangenehm in den Magen und er wagte nicht zu atmen. Die Zeit verging und sein Zittern ließ ihn schließlich entscheiden, dass es irgendein Tier gewesen sein musste. Er zwang sich zum Weitergehen.

Oft auf allen vieren und tastend hatte er mittlerweile eine ansehnliche Holzmenge und wollte nur noch wenige weitere Stücke sammeln, als seine Hand plötzlich blanken Boden ertastete. Erst wusste er mit der Information nichts anzufangen, doch seine Augen nahmen in der Vorahnung von dem, was einmal eine Dämmerung werden sollte, zwei Spuren wahr, die nach links und rechts wegführten. *Eine Straße!*

Moakins Stimmung stieg. Er wusste nicht viel über Straßen und wo man sie hin baute, aber eine Straße führte immer irgendwohin und eine Straße und ein Fluss beieinander erhöhte die Chance, dass sie bald auf eine größere Siedlung stießen. Schließlich erinnerte ihn das Zittern seines Körpers an den Grund seiner nächtlichen Unternehmung und er entschloss sich, zurück zu Shaija zu gehen.

Für den Rückweg brauchte er viel länger, als ihm lieb war, und beinahe hätte er das Dickicht verpasst. Er hatte sich durch sein Rufen nicht verraten wollen. Die Dämmerung war jetzt deutlich am Osthimmel zusehen und half ihm am Ende auch den Weg zu finden. Als er auf Shaija stieß, lag sie bibbernd auf der Seite und hatte die Beine angezogen. Sie war kaum ansprechbar. »Halt durch, Shaija, halt durch. Im Nu habe ich ein Feuer gemacht.«

Zuerst hatte Moakin Bedenken gehabt wegen des Feuers. Man hätte sie in der Nacht trotz Dickicht wahrscheinlich leicht finden können, aber jetzt, da sich der Tag schon näherte, sank die Chance, sie durch die Helligkeit des Feuers zu finden.

Er zwang seine steifen Finger, sich zu öffnen und nach einer kleinen Ewigkeit hatte er die Feuerstelle bereitet. Er begann Funken in den Zunder zu schlagen. *Ein wenig Pusten, viel Geduld und die Flamme langsam nähren.* Moakin war stolz, wie schnell er in Anbetracht der Umstände das Feuer hinbekommen hatte. Als er es allein brennen lassen konnte, begann er ihre Sachen um das Feuer herum aufzuhängen. So konnten sie trocknen, warfen etwas von der Wärme zurück und das Feuer war schlechter zu erkennen.

Da Shaija offensichtlich nicht in der Lage gewesen war, sich zu bewegen, begann Moakin nun, ihre Habseligkeiten zu durchforsten und stieß auf eine Steinkrugflasche, die sehr streng roch, jedoch war fast nichts mehr darin. Lustlos schwappte der letzte Rest der ehemaligen Pracht im Bauch der Flasche hin und her und das hohle Geräusch gesellte sich zum sachten Klatschen der Wellen des Flusses, die sich im morastigen Ufer zu Ruhe begaben. Moakins Blick wechselte zwischen dem frierenden Mädchen und der Flasche, doch er verwarf den Gedanken, weil er eine bessere Idee hatte. Entschieden setzte er die Flasche an die spröden Lippen, denn er hatte schon länger nichts mehr getrunken. Brennend rann der Schnaps über die rissigen Lippen in seine Mundhöhle und fraß sich seine Speiseröhre hinab. Er musste an die Begegnung mit Horib denken. Keuchend erhob er sich, ging vorsichtig an den Fluss und füllte die Flasche mit Wasser, dann stellte er sie ans Feuer.

Nach und nach drang die Wärme durch die feuchte Kleidung und seine Knie begannen, zu dampfen. Shaija regte sich und Moakin richtete sie vorsichtig auf. »Hey, Shaija, wach auf. Du musst etwas trinken, sonst erfrierst du mir noch.« Er schützte seine Hände mit feuchtem Laub und probierte vorsichtig von der heißen Flasche. Zufrieden mit der Temperatur hielt er sie behutsam an den Mund des Mädchens. Sie hatte die Augen immer noch geschlossen, doch der Dampf, der ihr in die Nase stieg, ließ sie den Mund öffnen.

WASSER, FISCH UND RAUCH
(Der Shgid im Frühling)

Zwei Wochen Fisch und Wasser. Garock bot dem Fluss und dem Morgen sein ledriges Steingesicht. Seine Stimmung ließ es aussehen wie die Fratze eines Raubtieres kurz vor dem Sprung. Der Morgen dankte es Garock und hielt sich bedeckt. Der Fluss hingegen ließ sich von dem Antlitz des Berisi nicht beeindrucken und trug gleichgültig dicke Nebelschwaden auf seinen Wellen. Grimmig stieß der Hüne die Stake wieder und wieder ins Wasser. Hätte er doch nur ein vernünftiges Paddel gehabt, doch die Menschen hier verstanden nicht viel von guten Booten. Seit zwei Wochen waren sie nicht richtig vom Fluss herunter gekommen. Nur zum Spurenlesen waren sie ab und zu mal ans Ufer gegangen, aber das hatte bis jetzt nichts gebracht. Sie hatten nur im Wechsel geschlafen und gestakt in der Hoffnung, wieder aufzuholen. Die Fische, die Bermeer bis jetzt geangelt hatte, waren allesamt zwar durchaus nahrhaft gewesen, doch wenn man sie kalt verspeiste, schmeckten sie nur nach Fett und Algen. Die Wegzehrung aus Bockswalden war ihnen vor vier Tagen ausgegangen und Wasser hatten sie ja genug - kaltes Wasser. *Ich nehme deine Prüfung in Dankbarkeit an – Hankuma.* Garock lächelte jetzt grimmiger.

»Noch ein paar Tage Staken und Fisch
und mir wachsen Flossen und Kiemen.
Was gäb' ich für einen gedeckten Tisch.
für 'nen Zossen oder richtige Riemen.
Auch 'nen Treidelpfad gibt's keinen.
schont die Füße, sollte man meinen.
Und das Schwanken geht mir auf die Nerven.
Lass uns Anker werfen.
Lass uns nochmal an Land ...«

Bermeers Reime waren nicht immer die Besten, aber es kam nur selten vor, dass er sie abbrach, es sei denn, es war zu gefährlich oder er hatte keine Zeit mehr dafür. Garock suchte die Umgebung sorgfältig ab und entdeckte sie sofort. Gut drei Bogenschüsse voraus stiegen Rauchfahnen vom westlichen Ufer auf. Er stieß die Stake schräg vor sich in den Grund, um dem Boot Fahrt zu nehmen. Es drehte sich, da Bermeer schon eingeschlagen hatte, augenblicklich nach rechts. Sie mochten ein wenig übervorsichtig sein, doch beiden war der unerwartete Halt eine willkommene Abwechslung. Bedacht darauf kein Geräusch zu machen, zog Garock das Boot nur wenig später ans Ufer, während Bermeer nach ein paar Sprüngen wie ein übergroßes Eichhörnchen schon in einiger Höhe auf einem Baum saß und in Richtung des Rauches spähte.

»Es sind der Fahnen zwei,
also ist die Gruppe groß.
Ob unsre zwei dabei?
Ich seh' ein großes Floß.«

Garock stand ungerührt unter Bermeer und blickte ebenfalls in die Richtung des Rauches. Er schien aber mehr zu riechen als zu sehen. Seine Nasenflügel waren weit geöffnet und bebten etwas, denn der Wind stand günstig. Ohne den Kopf zu drehen, streckte er schließlich den Arm aus, ergriff die Hand des fallenden Freundes und dämpfte somit dessen Sprung. Bermeer hatte sich nicht einmal abrollen müssen.

»Zu lang, wenn bis zur Nacht ich warte.
Geb' ich den Wandersmann zum Schein?
Willst du vielleicht in meine Sparte?«

Ohne den Kopf zu bewegen, rollte Garock seine Augen zu Bermeer.

»Tja, das heißt wohl nein..«

Während der Todesgaukler sich an seiner Kleidung zu schaffen machte und mit wenigen Handgriffen alles verschwand, was ungewöhnlich aussah, bewegte er sich weiter ins Unterholz. Der Hüne drehte sich zum Boot.

***

Bermeer folgte dem Weg, der sich unweit des Ufers am Fluss entlang zog. Dankbar, endlich wieder einmal mehr als nur ein paar Schritte gehen zu können, wirkte sein Gang beinahe beschwingt. Selbst der überfrorene Weg und das triste Wetter konnten seine gute Stimmung nicht verdrießen. Er hatte ein gutes Gefühl, dass sie jetzt etwas weiterkommen würden auf ihrer Suche. Schnell hatte der Gaukler die kurze Strecke hinter sich gebracht und hinter einer Kurve gab ein spärliches Wäldchen den Blick auf ein recht ärmliches Lager frei. Bermeer zählte etwa zwanzig Männer. Die Meisten standen und saßen um zwei Feuer herum. Sie froren offensichtlich und waren in Lumpen und Decken gehüllt. Ein paar wenige balancierten über ein mittelprächtiges Floß und waren wohl damit beschäftig, einige Stämme neu mit einander zu verbinden. Der Gaukler musste sich zusammenreißen, sonst hätte seine Grinsen von einem Ohr zum anderen gereicht. Er konnte alleine an den Gesichtern ablesen, dass den Flößern etwas Außergewöhnliches passiert war. Es war keine Schadenfreude, denn für arme, hart arbeitende Menschen hatte er immer ein Herz gehabt, wenn es seine Profession zuließ, doch sein Instinkt sagte ihm deutlich, dass es sich hier um die Flößer handelte, die während Moakins Flucht durch Bockswalden gekommen waren.

»Seid gegrüßt, Ihr braven Leute.«

Fein, jetzt mach ich fette Beute.

»Darf sich ein armer Wandersmann an euer Feuer stellen?«

Bin gespannt auf eure Kunde, ihr zerlumpten Flussgesellen.

Die Männer am Feuer gafften ihn wortlos und steifgefroren an und es schien, als wolle keiner antworten. Bermeer legte sich schon seinen nächsten Spruch zurecht, als ein großer Mann mit Schlapphut, grauem Stoppelbart und tiefliegenden Augen zu sprechen begann.

»Soweit kommt's noch, dass ein Flößer einem einsamen Wandermann das Feuer verwehrt. Stellt Euch nur her. 's ist noch Platz für einen in unserer Mitte. Mein Name ist Triber und wir sind Flößer vom Nassen Loch. Pettke, gib den Humpen rüber. Wie ist Euer Name?«

»Langbeins Heiner, wenn's recht ist. Man nennt mich Heiner.«

Namen sind nur Schall und Rauch – mein echter ist viel feiner.

Bermeer musste die Dankbarkeit nicht vorgaukeln, als er den dampfenden Humpen entgegennahm und es spielte auch keine Rolle, was es war, solange es warm war. Eine würzige Mischung aus Fischsuppe, Gewürztee und Schnaps bahnte sich den Weg in seinen Magen. Er hatte eindeutig schon Schlechteres getrunken, wenn er auch den durch das Fett verursachten Würgereiz unterdrücken musste und sein Magen die Ankunft der Flüssigkeit mit einem Grollen quittierte.

»Sehr fein, sehr lecker das Gebräu.«

Doch es macht die Därme scheu.

»Auf welcher Wanderschaft seid Ihr, Herr Langbein?« Triber nahm nun selbst wieder einen Schluck aus dem dampfenden Behälter und reichte ihn dann weiter.

»Ich will nach Katym und bin ein Tagelöhner.«

Denn im Süden ist es schöner.

Nach einer kleinen Weile des frierenden Schweigens im Rauch des nur langsam wachsenden Feuers wagte Bermeer sich weiter vor. »Ich habe zwar keine Ahnung von Eurem Handwerk,«

Schlau, dass ich das anmerk'.

»aber es sind wenige Stämme für so viele Leute.«

Ist verloren die Beute?

»Ist Euch des Nachts das Floß zerbrochen?«

Und sind zwei Kinder weggekrochen?

»Hört mir bloß auf!« Triber polterte gleich los und die anderen Flößer regten sich nun ebenfalls. »Ein gutes Drittel der gesamten Ernte ist verloren. Wenn wir Glück haben, fischen wir den einen oder anderen Stamm wieder raus. Brebor soll sie holen, diese undankbaren Gören!« Während die anderen kräftig weiter fluchten, stockte Triber für einen Moment.

»Ihr sagt, Ihr wollt nach Katym? Dann kommt Ihr auch von Norden her. Habt Ihr vielleicht vor drei oder vier Tagen zwei Kinder gesehen, einen Jungen und ein Mädchen? Ich würde was drum geben, wenn ich sie in die Finger bekäme. Da zeigt man sich gutmütig und nimmt sie mit und zum Dank zerschneiden sie einem das halbe Floß. In Brebors Giftküche sollen sie verrecken.«

Auch Bermeer hatte schon oft um die Gunst und Kunst dieses göttlichen Giftmischers gebuhlt. Er schmunzelte.

»Drei oder vier Tage sagt ihr?«
Das ist die richtige Kunde.

»Sie müssten also Fluss aufwärts sein?«
Näher rückt die Findestunde.

»Nein ... nein, ich habe nichts bemerkt.«
Nur den Bauch mit Güll' gestärkt.

»Also denn, habt Dank, Ihr Leut'.«
Verzieh mich, wie es mir gebeut.

»Gute Fahrt und grüßt die Stadt.«
Eure Supp' macht ewig satt.

»Wollt Ihr nicht mit auf unser Floß? Wir können immer eine helfende Hand brauchen. Es gibt keinen Lohn, aber Ihr habt zu Essen und kommt schneller nach Katym.« Triber sah verwundert drein und auch die anderen Männer sahen Bermeer verwundert an.

»Nein, nein, nein. Habt besten Dank.
Hab selbst gesorgt für Brot und Fahrt.
Hütet Euch vor Sand und Bank.
Habe Euch genug genarrt.«

Bermeer hatte die Flößer so in seinen Bann gezogen, dass sie das Boot hinter ihnen gar nicht bemerkt hatten. Er rannte mit den Abschiedsworten auf seinen Lippen durch die Flößer, tänzelte mit größter Leichtigkeit über einige losen Stämme und schlug einen Salto. Das Boot wackelte bedenklich bei seiner Landung, doch Garock gab ihm genug Gegengewicht. Bermeer stand im Boot auf und zog einem Possenreiser gleich seine Kappe vor den gaffenden Flößern, während der Berisi sie angrinste, was allerdings eher aussah, als ob er in den Rand des Bootes beißen wollte.

Als Bermeer sich wieder setzte, verstieg sich Garock zu einem ganzen Satz. »Im Alter buhlst du um Beifall.«

TISCHRUNDEN
(Brakenburg im Frühling ... vor langer Zeit)

Der Boden des Arbeitszimmers war übersät mit Pergamenten und Schreibutensilien. Theodus hatte sie kurzer Hand vom Tisch gefegt und saß nun meditierend auf demselben. Normalerweise verabscheute er Unordnung, aber er hatte hier eine Ausnahme machen müssen und das geistige Aufräumen dem irdischen vorgezogen. Oft half es zwar, seine Gedanken zu ordnen, wenn er etwas aufräumte, dieses Mal allerdings musste er zuerst die Unordnung in seinem Inneren beseitigen, bevor er an das Außen denken konnte. Zu viele lose Enden baumelten vor seinem geistigen Auge herum. Er würde sie nicht alle verknüpfen können, sich aber doch wenigstens eine Übersicht verschaffen.

Da waren die vier toten Magier und der unbekannte Heiler. Dann gab es diesen Anschlag auf den Erzherzog, der ebenfalls noch sehr viele Fragen unbeantwortet ließ. Eine Spur, der blaue Schimmer, führte hier in die Gilde. Und just, als er diese entdeckt hatte, wurde er mit vier anderen als Kandidat für den obersten Magier vorgeschlagen.

Theodus war völlig klar, dass er zu den besseren Magiern gehörte, was Disziplin, Leistung und Studium betraf, aber er hätte nie gedacht, dass er bereits die Aufmerksamkeit so vieler Altmagier auf sich gezogen hatte. Ein selbstgefälliges Schmunzeln spielte über seine Lippen. Dann stutzte er und seine Brauen zogen sich über den halb geschlossenen Augen zusammen.

Wer war dieser Baddo? Er hatte noch nicht oft von ihm gehört und jetzt war er plötzlich auch einer der Kandidaten. Hinzu kam, dass der sich mit Dämonologie auskannte. Die Worte Uharans zu den Leistungen Baddos und den seinen waren überzogen und somit also auch nicht wirklich verlässlich. *Wer war der Kerl?* Theodus würde seine Schriften lesen müssen, so oder so. War Baddo der Dämonenbeschwörer, dann konnte er sich besser in ihn hinein versetzen, und wenn nicht, auch gut, dann hatte er zumindest einen

Anfang für seine Recherchen. Doch mit einem Mal kamen Theodus Zweifel.

Dieser Baddo war in aller Öffentlichkeit als dämonenkundiger Magier genannt worden. Was, wenn der mitten im Studium einer Beschwörung steckte und deswegen blau schimmerte? Es war zum Auswachsen. Jeder Gedanke führte zu einer neuen Frage. Theodus brauchte Klarheit.

Er begann die einfache Wortfolge aufzusagen, die er als eine der ersten in seiner Zeit als Adept erlernt hatte. Immer und immer wieder sprach er die Worte, die den Zustand der Meditation einleiteten.

Mein Kopf ist leer, mein Herz ist leis',
mein Körper voller Ruhe.
Alles fließt in ew'gem Kreis.
Mein Geist ist eine Truhe.
Das Myriton erfüllet mich,
löscht Frage aus und Bitte.
Klarheit, Stille, Zuversicht.
Ich bin in meiner Mitte.

Endlich lösten sich die vielen Fragen auf und es blieb eine wohltuende Leere. Theodus genoss sie für eine ganze Weile. Es war, als ob sein Geist über eine endlose Landschaft aus riesigen Büchern, Trümmern, Ruinen, dunklen Wäldern und tiefen Höhlen voller unentdeckter Geheimnisse schwebte – seinem Unterbewusstsein.

Ohne Hast und Zweifel, aber auch ohne den Wunsch, die Geheimnisse unter ihm lüften zu wollen, glitt er eine ganze Weile über die bizarren Strukturen seines Inneren dahin. Am Ende öffnete er die Augen und sah sich in sein Arbeitszimmer um, das von der hereinbrechenden Dämmerung nur noch spärlich beleuchtet wurde.

Die Pergamente am Boden hoben sich fahl vom dunklen Holz ab. Behände stieg er von dem Tisch und begann, sie ordnen.

Als sein Schreibtisch wieder die gewünschte Ordnung hatte, drehte er sich zur Tür. Es gab einiges zu tun.

***

Das Knistern des Dochtes in der Lampe riss ihn für einen Moment aus seiner Konzentration. Offenbar ging das Öl darin zur Neige. Der junge Magiermeister legte ein Lesezeichen in den Folianten vor sich und rieb sich die Augen, dann sah er sich nach einem Adepten oder einem der Bibliothekare um. Niemand war zu sehen. Hin und her gerissen zwischen dem Buch und neuem Öl blätterte er noch einmal nachdenklich in den Seiten.

Die Schriften Baddos über Feuerdämonen waren durchweg sehr fundiert und auch der Schreibstil war nicht unangenehm zu lesen. Und doch hatte Theodus schon nach kurzer Zeit das Gefühl überkommen, dass ihn das nicht wirklich weiter brachte. Es handelte sich um Beschreibungen verschiedener Dämonen und kleiner Rituale, mit denen man diese recht gefahrlos befragen konnte. Von der Beschwörung eines Dämons, der Blut oder gar Menschenopfer verlangte, war nichts zu finden.

Theodus schlug das Buch wieder entschlossen zu, und während sich der aufgewirbelte Staub zu legen begann, war er schon auf dem Weg zur Bücherausgabe. Es gab bestimmt noch weitere Schriften von Baddo und etwas Lampenöl.

Noch einmal hatte er den Bibliothekar gerufen und gebeten, ihm zu helfen, und dieser hatte ihm nach scheinbar endlosem Suchen endlich einen mächtigen Folianten aus einem der oberen Regale gebracht. Hier wurde er nach einiger Zeit schließlich fündig.

>... *drei Klauen und seine Haut ist blau schwarz. Wenn der Blutalp inkarniert, fordert er unverzüglich seinen Blutzoll. Er duldet keinen Aufschub und wird solange wüten, bis er das versprochene Opfer bekommt. Er ist verhältnismäßig tumb und dumm, aber sein Schrei kann Dächer abdecken. Um sich davor zu schützen, bedarf es gründlicher Vorbereitung.*

Hat er sein Opfer erst entseelt, so entschwindet er augenblicklich wieder in die finsteren Ebenen, wo er zu den niederen Dämonen zählt ...‹

Theodus blickte von dem auf Buch auf und kam ins Grübeln. Wie sollte der Blutalp noch durch den Flur des Hauses auf die Gasse gelangt sein, wenn er doch direkt nach seinem ersten Opfer wieder verschwinden müsste? Theodus zog die Brauen zusammen und starrte nachdenklich auf die aufwendige Zeichnung des Dämons, die mit teuren Farben sehr anschaulich und äußerst blutrünstig ausgemalt worden war. Vielleicht hatte er den falschen Dämon vor sich liegen, aber alles Übrige passte - die blau leuchtenden Spuren, die drei Klauen, das tumbe Vorgehen, die Verwüstung.

Ruckartig stand der Magiermeister auf. In Bewegung konnte er besser denken. Mit entschlossenen Schritten durchmaß er die Bibliothek, die sich nach der großen Versammlung nun erst langsam wieder zu füllen begann.

Er hatte irgendetwas übersehen. Sie hatten die Stätte des Blutbades doch genau untersucht. Die Kammer hatte nichts hergegeben, was zu einem anderen Schluss führen konnte, als dass eine Person durch den Dämon explodiert und die andere von ihm entseelt worden war. Theodus griff sich ans Kinn. *Aber der Sänftenträge wurde entseelt!*

Der Magier umkreiste nun zum dritten Mal einen sitzenden Adepten, der von seinen Studien aufschaute und den Meister gequält ansah. Theodus erwiderte seinen Blick irritiert und mit vollkommenem Unverständnis.

Er begann die vierte Runde um den Tisch. Wenn der Sänftenträger das Opfer war, dann war Rahag in eine Falle gelockt worden und dieser nur knapp entkommen. *Er lebt also noch!*

Verständnislos und offensichtlich verwirrt blickte der Adept erneut auf und sah den Meister flehend an. Theodus erwiderte den Blick und erst jetzt wurde ihm klar, dass er den Gedanken laut ausgesprochen hatte.

Zögerlich ließ er sich zu einem nachlässigen ›Verzeihung‹ hinreißen, dann sah er aus dem Fenster. Es war bereits dunkel. Er schlug das große Buch mit einem lauten dumpfen Geräusch zu und stapfte davon. Die anderen müssten unbedingt von seinen Überlegungen erfahren. Sie wollten sich doch treffen - bei ihm zuhause!

Zurück blieb ein völlig entnervter Adept, der lustlos seine Unterlagen zusammen raffte, während er zwischen zwei Gedanken hin und hergerissen wurde. Entweder er gab alles auf und wurde doch Händler, wie sein Vater es gewollt hatte, oder er würde diesen unmöglichen Meister Theodus in aller Öffentlichkeit mit einem sehr unfreundlichen Wort bezeichnen. Dann ließ er die Schultern wieder hängen, da wohl beides am Ende auf dasselbe hinauslaufen würde.

EINE HALBE STUNDE
(Am Lomosh im Frühling)

Müdigkeit und Frustration rangen mit der Aussicht auf die neue Spur und den möglichen Reichtum um die Vorherrschaft. Dekmanto war sich mittlerweile nicht mehr so sicher, ob er nicht doch noch eine halbe Stunde länger bei Willrah hätten bleiben können. *Eine halbe Stunde.* Wehmütig dachte er an ihren weiblichen Duft, der sich mit fortschreitender Nacht immer mehr von Schweiß und Weinbrandausdünstungen entfernte und am Ende eher einer Blumenwiese im Frühling glich.

Von Zeit zu Zeit gelang es dem Kopfgeldjäger, seine Gedanke wieder zu bündeln, und er versuchte abzuschätzen, wie weit die beiden Kinder wohl gekommen waren. Wenn die Informationen stimmten, war Moakin also südlich von Bockswalden gesehen worden. Er war jetzt in Begleitung eines Mädchens. Flößer hatten sie mitgenommen. Das war jetzt mindestens vier oder fünf Tage her.

Das Mädchen konnte auch zufällig dabei gewesen sein, doch irgendetwas sagte Dekmanto, dass die beiden auch weiterhin zusammen reisen würden. Schließlich war der Junge allein und kein Mensch war gerne lange allein. Moakin wurde gerade zum Mann. Da kam die Gesellschaft eines Mädchens doch gerade recht. *Eine halbe Stunde. Verdammt!* Der Kopfgeldjäger presste die Lippen aufeinander.

Er zwang sich, wieder an Moakin und das Mädchen zu denken. Es gab genug Waisen in diesem Land. Es kam oft vor, dass arme Bauern ihre Kinder wegschicken, verkauften oder aussetzen mussten, weil das Essen sonst nicht über den Winter reichte. Die Meisten dieser Kinder kamen dann in den Unbilden der Natur um; wilde Tiere, der Hunger oder die Kälte. Doch die, die überlebten wurden nicht selten die übelsten Galgenvögel und Landstreicher. Wer konnte es ihnen verdenken. Gallenbitter stieg ihm die Erinnerung an seine eigene Kindheit empor. Auch sein Vater war einst vor der Entscheidung gestanden, ihn wegzuschicken, doch er hatte bleiben dürfen. In dem Winter war seine jüngere Schwester Lina gestorben. Sie war verhungert.

Erneut musste sich Dekmanto dazu zwingen, über Moakin nachzudenken. Er wollte sicher gehen, dass er nichts übersehen hatte. Er war jetzt noch etwa vier Tage von Katym entfernt. Wenn er sich und sein Pferd an die Grenzen trieb, konnte er es in drei Tagen schaffen, allerdings konnte das teuer werden, wenn sein Brauner krepierte. Er entschied sich, das Risiko einzugehen. Wenn er alles richtig überschlug, war er so mindestens zwei Tage vor den Kindern in der Stadt, wenn sie zu Fuß überhaupt so schnell vorankamen. Es war eine kleine Chance und es stand noch in den Sternen, ob es der Junge überhaupt bis nach Katym schaffte, doch Dekmanto vertraute hier auf sein Bauchgefühl. In dem Jungen steckte weit mehr.

Er hätte in der Stadt also Zeit, sich umzuhören, das ein oder andere vorzubereiten und endlich in einem anständigen Hurenhaus zu übernachten. *Eine halbe Stunde.*

Dieses Mal geriet der gedankliche Ausflug in Willrahs Arme länger und Dekmanto wurde die Hose zu eng. *Verdammt!*

Er musste sich ablenken und versuchte sich seine Ankunft in Katym auszumalen. Als Erstes würde er in einem der vielen Badehäuser der Stadt ein heißes Bad nehmen, dann würde er essen bis er platzte und dann, ja dann. Seine Professionalität und die Realität holten den Kopfgeldjäger ein weiteres Mal ein. Er hatte den Riesen und den Zwerg in seinen Überlegungen noch nicht bedacht.

Wenn sie tatsächlich das waren, was er glaubte, nämlich die langjährigen Gefährten des Ankwin vom Bärenfels, und sie tatsächlich hinter dem Jungen und den Eiern her waren, dann würden sie ihm in die Quere kommen, auch wenn sie schon alt waren. Schließlich fand ein Lächeln den Weg in die kalte Nacht.

Dekmanto hatte den großen Vorteil, dass sie von ihm nichts wussten. Bei all ihrem Können waren sie vermutlich trotzdem noch hinter den Kindern. Er hätte also genügend Zeit, sich etwas zu überlegen. Solche Verfolger konnte man nicht mit einem einfachen Verschwinden des Verfolgten abspeisen. Das bewies ihre Ausdauer.

Schließlich verfolgten sie Moakin nun schon eine ganze Zeit und hatten seine Spur offensichtlich noch nicht verloren, bedachte man, dass sie es zumindest von Birgenheim bis nach Bockswalden geschafft hatten.

Müde trotteten Pferd und Reiter durch die Dämmerung in den neuen Tag. Ein zerschlagenes Vogelei lag auf dem Weg. Es musste in der letzten Nacht aus dem Nest gefallen sein. Dekmanto fing an, breit zu grinsen.

BRAKENBURGER BEUTEL
(Brakenburg im Frühling ... vor langer Zeit)

Theodus sprang gehetzt aus der Mietkutsche und gab dem Kutscher seinen Lohn. Schon stand er vor seiner Eingangstür und klopfte. Es verging eine gefühlte Ewigkeit und er musste zwei weitere Male klopfen, bis ihm geöffnet wurde. Er wollte gerade mit einem Schwall aus Entschuldigungen und Anweisungen auf Miretta eindringen und hatte sich auch schon auf ihre Größe eingestellt, als er auf einen Bauchnabel starrte. Der Nabel war von einem muskulösen Bauch umgeben und gehörte zu Garock, der Theodus wieder einmal mit gebleckten Zähnen von oben herunter ansah.

»Fä ... ob ... äh.« Der Magier war keines geraden Satzes mächtig. Garock trat zur Seite. Der Herr des Hauses trat schließlich ein und drückte Garock verwirrt seinen Gehstock und seinen Hut in die Hand. Als Theodus das Speisezimmer betrat, fand er Bermeer, Weiland und Ankwin in ein Gespräch über die brakenburgische Küche vertieft. Auf dem Tisch stand eine Karaffe mit Wein, Brot und Schmalz, von dem schon einiges verzehrt worden war. Lavielle kam gerade mit einer Schüssel Knödel aus der Küche.

»Guten Abend, die Herrschaften. Verzeiht meine Verspätung. Wie ich sehe, hat sich meine Haushälterin bereits um alles gekümmert.« Unsicher, beinahe ängstlich, warf er einen Blick in das Reich Mirettas. Als er sich setzen wollte, begann Lavielle lauthals zu lachen. Theodus blickte verwirrt in die Runde und folgte schließlich den Blicken der anderen.

Garock stand hinter ihm und hielt immer noch den Stock und den Hut in Händen. Auch Bermeer und Ankwin grinsten, während Weiland seinen starren Blick fragend in die Runde warf.

Gerade als Theodus Garock die Sachen abnehmen wollte, kam Miretta mit zwei dampfenden Schüsseln in den Raum. Schon begann sie, noch während sie sie absetzte, loszuplappern. »Guter Herr, Ihr hättet mir wenigstens einen Boten schicken können! Ich hatte ja keine Ahnung, dass wir heute Gäste zum Abendessen haben. Wäre heute nicht Brulinstag, hätte ich nicht einmal etwas im Hause gehabt. Und nun müssen sich die Gäste auch noch selbst bedienen und um Eure Garderobe kümmern. Und dann diese außergewöhnliche Mischung an Gästen, die halbe Stadt ...« Kaum hatte sie die Schüsseln abgesetzt, hatte sie Garock Hut und Stock abgenommen und war in die Halle geeilt.

Garock, der immer noch die Zähne bleckte, schaute ihr nach. Alle glaubten, er würde grinsen, doch Lavielle wusste es besser. Er war verwirrt, ob der vielen Worte, die ein Mensch in nur so kurzer Zeit aussprechen konnte.

Dann sahen sie alle den Magier grinsend an, auch Weiland. Und Theodus wurde rot. »Ich verabscheue Unpünktlichkeit, allerdings verabscheue ich ungründliche Recherchen ebenso. Ich denke, ich kann mein Verspäten begründen.«

»Aber, aber Herr Ankläger, nicht so förmlich. Alles in Ordnung. Setzt Euch. Miretta hat es uns an nichts fehlen lassen.« Lavielles Lächeln schwemmte alle Peinlichkeit hinfort und jetzt konnte auch Theodus lächeln.

***

Nach einem einfachen aber sättigenden Abendessen und einigen versöhnlichen Blicken zwischen dem Hausherrn und seiner Haushälterin wirkte Theodus wieder den Zauber ›Sphäre der Stille‹, wie er ihn nannte, und nun schimmerten die Wände blau. Alle Seitengespräche verstummten und man sah einander ernst an.

Theodus sprach zuerst. »Heute Morgen hat der werte Herr Bermeer bereits verlauten lassen, dass alle vier Magier tot waren, bevor sie irgendetwas gestehen konnten. Bermeer, wollt Ihr vielleicht beginnen?«

»Ich kam zu spät, wie schon gesagt,
sie wurden wohl vergiftet.
Doch Bermeer ganz unverzagt,
wollt' dem, der Gifte stiftet,
natürlich ganz schnell hinterher,
aber der Lichter waren's mehr

278

und wenig Deckung ...

... viel zu viele Wachen.

Sah nur seine Robe,

konnte sonst nichts machen.

Doch die war teuer mit viel Zier.

Sah nur selten welche hier ...

Der Knecht, der brachte nicht viel Neues.

zu des Heilers Aussehen her.

Braune Augen, Bart geflochten,

dünn Haare, sonst nichts mehr.«

Weiland ballte beide Hände zu Fäusten. »Eine Schande ist das. Eine Schande für alle Heiler ...«

»Lavielle, habt ihr vielleicht etwas beizutragen?« Theodus hatte Weiland mit der Frage höflich aber bestimmt zum Schweigen gebracht. Sie mussten vorwärtskommen und Empörung hinderte sie nur daran.

»Na ja, nicht viel. Ich weiß nur, dass tatsächlich einige Brüder aus anderen Orden zu Besuch sind. Schwester Freeda war so freundlich«, Lavielle blickte kurz verstohlen zu Weiland, »mir eine der ihr zur Reinigung gegebenen Roben zu ... leihen. Sie gehört einem Bruder, der offensichtlich älter ist und aus Shkuhum kommt.«

»Aber Frau Verteidigerin, Ihr werdet doch keine Robe entwendet haben, oder etwa doch?« Theodus grinste und Lavielle blickte etwas peinlich berührt drein. »Das könnte uns noch zum Vorteil gereichen. Nun, und Ihr, guter Weiland? Was sprechen die Toten?«

Weiland musste schmunzeln, da Theodus offensichtlich zu den Wenigen zählte, die verstanden, dass er mit den Toten sprach und sie mit ihm. »Die vier Magier brannten schon auf den Feldern des Friedens. Wir konnten sie nicht untersuchen.«

Theodus war nicht der Einzige, der enttäuscht wirkte.

»Allerdings wurden uns die Toten aus dem Kräuterviertel gebracht, und die konnten uns wahrlich etwas erzählen. Der eine Sänftenträger wurde von den Trümmern der Tür und der Sänfte erschlagen. Der Zweite starb nicht durch weltliche Einflüsse, ihm

279

wurde die Seele herausgerissen, das spürte ich ganz deutlich.« Weilands Kinn zitterte und Lavielle legte ihre Hand beruhigend auf die seine. »Die Reste des dritten Toten waren aber weitaus interessanter. Ich hätte es gar nicht bemerkt. Manchmal ist Blindheit eben doch ein Nachteil. Auf Teilen des Gesichtes war eine sonderbare Salbe zu fühlen. Ihren Geruch war unspektakulär und Garock meinte, sie wäre hellbraun und der Bart ging ihm ab.«

»Theaterschminke, was gilt die Wett'?

Aus Schildlauspulver und 'nem Fett.

Bart, Schminke, Robe, schlechtes Licht,

und schon er einem andern glich.«

Ankwin und Theodus sahen Bermeer verständnislos an. Garock schaute wie immer und Lavielle lächelte, hatte sie doch als junge Adelsdame früher auch etwas Schminke getragen.

»Der vermeintliche Attentäter war also verkleidet.« Theodus machte eine kleine Pause.

»Richtig, seine Robe war ebenfalls die eines höheren Heilers aus Shkuhum.« Weiland schaute in Lavielles Richtung.

Theodus sprach weiter. »Bedenken wir den entseelten Sänftenträger ...«

»... und die Spur

... im Flur.«

Bermeer blickte den ratlosen Theodus listig an, worauf Lavielle aushalf.

»Bermeer hat noch eine Spur in dem Häuschen gefunden, die bestimmt nicht zu dem Dämon gehörte. Er glaubt, sie gehört zu Rahag. Außerdem fand er seinen Ring.« Lavielle sah zu dem Todesgaukler, der gerade den blutverschmierten Siegelring auf den Tisch legte.

»Was den halben Handabdruck erklären würde, den ich noch draußen an einer Wand gefunden habe. Er gehörte bestimmt nicht zu den Toten. Er wird auch von Rahag stammen.« Garock drehte den Kopf langsam zu Ankwin und nickte, was der Krieger als Anerkennung deutete.

»Mit Verlaub, den nehme ich an mich. Vielleicht nützt er mir noch.« Theodus steckte den Ring ein und sprach weiter. »Also gut ...

verkleideter Attentäter, entseelter Sänftenträger, der Siegelring des Erzherzogs. Wir können davon ausgehen, das Rahag noch lebt, da es den Sänftenträger erwischt hat. Geistesgegenwärtig hat er den Anschlag offenbar zu seinem eigenen Vorteil genutzt und seinen Tod vorgetäuscht. Er streifte den Ring ab und verschwand.«

»Wie eine Eidechse.« Garock hatte seine Worte aus dem Kräuterviertel beinahe aufgeregt wiederholt, wenn man das von einem Felsen, der in der Brandung stand, überhaupt sagen konnte.

»Ganz genau. Wie eine Eidechse, die ihren Schwanz bei Gefahr abwirft, um den Angreifer zu täuschen. Passt ja auch zu seinem Ring.« Theodus lächelte und zeigte beiläufig auf den klobigen Siegelschmuck. Er hatte den Vergleich jetzt sofort verstanden. Bermeer, Ankwin und Lavielle blickten beeindruckt zu Garock.

»Bleibt allerdings die Frage, wie im Namen der Byten es Rahag geschafft hat, einem inkarnierenden Dämon zu entkommen?«

»Dazu habe ich vielleicht die Lösung, denke ich.« Ankwin wirkte etwas unsicher. »Ihr werdet es mir vielleicht nicht glauben, aber meiner Meinung nach hat Rahag den Braten noch rechtzeitig gerochen und sich im letzten Moment hinter der Tür versteckt.«

Theodus schaute ihn entgeistert an. »Zum Schutz vor einem Dämon versteckte er sich hinter einer Tür?«

»Hat offensichtlich funktioniert. Anhand der Blutspuren in dem kleinen Raum muss jemand während der Inkarnation hinter der Tür gestanden haben, sonst wäre diese an die Wand gedrückt worden.« Ankwin war sich seiner Sache nun wieder sicher.

»Aber ja. Der Blutalb inkarniert, sieht niemanden und stapft in seiner tumben Wut nach draußen, um den erstbesten zu entseelen, eben den Sänftenträger. Blutalben sind schließlich nicht sonderlich schlau.« Theodus war so fasziniert, dass er beinahe lächelte.

»Rahag tritt ins rote Nasse,
wirft ihn ab, den Eisenkranz,
wie die Eidechse den Schwanz
und betritt die stille Gasse.«

Bermeer blickte zu Garock und wenn ihn nicht alles täuschte, hatte er den Berisihünen zwinkern sehen, aber das war vermutlich nur eine Täuschung.

»Die Haustür wurde völlig zerstört, warum nicht die Tür im Raum?« Die schöne Heilerin spielte nervös mit ihrer Serviette. Die Vorstellung von platzenden Menschen und Entseelung schien sie sehr zu berühren.

Theodus dachte kurz nach. »Das Platzen des ersten Opfers durch die Inkarnation des Blutalps war nicht die eigentliche Explosion. Es war der Wutschrei des Blutalps, der die Tür zum Bersten brachte. Er kann damit großen Schaden anrichten. Er hat offensichtlich erst im Hausflur gebrüllt.«

Wieder trat eine große Stille. Alle sahen brütend und betreten vor sich hin.

Mit einem leichten Plopp trat Miretta durch die blaue Sphäre in den Raum. Sie brachte eine Kanne Tee und eine ganze Platte Brakenburger Beutel, einem gezuckerten Gebäck aus Blätterteig. Dann war sie mit einem zweiten Plopp schon wieder entschwunden.

»Wie es ablief, hätten wir also geklärt. Das bringt dem Erzherzog allerdings nicht nur Vorteile. Ohne seinen Siegelring wird er es wahrscheinlich nicht ganz so leicht haben, seine Macht zu nutzen. Außerdem ist er ja offiziell tot und kann somit keine offiziellen Maßnahmen ergreifen. Bleibt die Frage, warum sich ein Erzherzog überhaupt mit irgendjemandem so heimlich im Kräuterviertel treffen will.«

»Das kommt auf diesen Jemand an.« Weiland musste sich räuspern. »Wenn ein Erzherzog jemanden nicht empfängt, sondern sogar in eine für ihn ungewöhnliche Umgebung geht, um diesen aufzusuchen, dann muss es sich um jemanden sehr besonderes handeln. Es musste augenscheinlich geheim bleiben.«

»Wäre es auch geblieben,

wenn man sich auf dem Gut des Erzherzogs getroffen hätte.« Ankwin runzelte die Stirn.

»Vielleicht musste es neutraler Boden sein.

Gleiches Risiko für beide Parteien.«

Der Assassine schaute unsicher.

»Ebenbürtige Gegner.« Garock nickte langsam mit dem Kopf und lehnte sich nach hinten. Es schien, als ob ihm alles klar wäre.

Lavielle deutete seine Aussage am schnellsten. »Wer hat so viel Macht wie der Erzherzog?«

»Mitglieder des Rates scheiden aus. Die stehen unter ihm. Mit wem würde ein Treffen Verdacht erregen? Doch wohl nur ein Treffen mit einem Gegner und Rahag hat ...« Theodus wurde von Ankwin unterbrochen.

»Die Verschwörung! Es muss ein Beteiligter sein! Verdammte Schlangengrube.«

»Oder jemand, dessen Ruf er schützen will, weil er noch nicht weiß, auf welcher Seite dieser Jemand steht.« Theodus hatte den Gedanken zu Ende gebracht.

»Vielleicht ist einer der Magier die falsche Schlange. Es sind möglicherweise noch nicht alle entdeckt worden. Vielleicht Uharan?« Lavielle sah Theodus an und verkniff den Mund.

»Oder ein Heiler. Schließlich fanden wir eine Heilerrobe und bei den Verhören ...«

»He, Ihr zwei!« Bermeer sah die ehemalige Verteidigerin und den Ankläger scharf an, dann klärte sich sein Blick. Der Magier zog die Augenbrauen hoch und sah finster zu Lavielle, die nicht minder düster dreinblickte..

»Der Prozess ist vorbei.«

»Mir wird klar und mir wird schlecht,

vielleicht habt ihr ja beide recht.«

»Ein Dämon kann nur von einem Magier oder einem Hexer herbei gerufen werden. Dämonologie ist nicht Teil unserer Ausbildung.« Weiland hatte wütend mit der flachen Hand auf den Tisch geschlagen und malte nun mit dem Unterkiefer.

»So hat Theodus das sicher nicht gemeint. Wir werden dieser Robe und dem Bruder aus Shkuhum weiter nachgehen.« Die schöne Heilerin sah Weiland entschlossen an und legte ihm die Hand auf die Schulter.

»Verzeiht, Weiland. Das war wirklich nicht meine Absicht.« Auch wenn der Blinde es nicht sah, so deutete Theodus doch eine Verbeugung an. »Ich werde mich auf jeden Fall intensiv in der Gilde umhören und einige Studien vertiefen. Das wird ein, zwei Tage dauern. Da die verhafteten Magier tot sind und sämtliche beteiligten

Stadtgardisten des Shervendi-Prozesses auch«, er schaute Bermeer mit einem stechenden Seitenblick an, »haben ich offiziell sowieso nichts Dringliches zu tun.«

»Hatte er vielleicht selbst etwas mit der Verschwörung zu tun, wollte die Seiten wechseln und seine Spuren verwischen?« Ankwin besah sich eines der Teigstückchen.

»Rahag? Unwahrscheinlich. Ein Mann mit so viel Macht weiß sicher andere Wege als ein Treffen mitten in Brakenburg. Der Erzherzog hat außerdem seinen Ring zurückgelassen, um seinen Tod vorzutäuschen. Der Besitz dieses Ringes bedeutete sehr viel Macht, wenn man ihn zu nutzen versteht. Spuren verwischen sieht anders aus.« Lavielle hatte die Gedanken des Magiers weitergeführt.

»Rahag würde ihn nie leichtfertig vom Finger nehmen. Aber wie sollte jemand seinen Ring nutzen, wo er doch offiziell tot ist?« Der blinde Heiler sah starr vor sich hin.

»Er ist ja gar nicht offiziell tot. Würde er außerdem riskieren, dass sich irgendjemand des Rings bemächtigt, um ihn zu missbrauchen?« Theodus war mittlerweile aufgestanden und ging wieder auf und ab.

»Wie hätte er verhindern sollen, dass irgendein Tagedieb den Ring findet und an sich nimmt?« Der Bärenfelsener griff nach dem gezuckerten Gebäck.

»Indem er sofort die Stadtwache verständigt!« Theodus hob lehrmeisterhaft den Zeigefinger.

»Wer hat Euch gerufen?« Schon wieder hatte Garock seine Worte vom Vortag wiederholt und es auf den Punkt gebracht. Theodus entglitten die Gesichtszüge, als ihm klar wurde, dass der Riese schon gestern die richtige Frage gestellt hatte. Er hatte außerdem ganz vergessen, Baski danach zu fragen.

»Wuie heift mochmal diefer Gerl ... die refte Hamd von Rahag?« Ankwin hatte im Eifer des Gefechts völlig vergessen, dass er den Mund voller zuckersüßem Blätterteig hatte. Bei dieser Gelegenheit hatte er etwas Puderzucker in kleinen Wölkchen ausgestoßen. Sein Mund war gesäumt von pudrigem Weiß. Theodus sah ihn verständnislos an. Lavielle musste prusten und konnte ihr Lachen kaum unterdrücken. Weiland gab ein leises Kichern von sich und als Garock noch ein kurzes polterndes Lachen loswurde, fielen alle mit ein. Die Dämme brachen und sie lachten Tränen. Als Miretta den Raum betrat und ratlos in die Runde blickte, heizte das die Stimmung noch weiter an. Erst nach einer ganzen Weile beruhigte man sich schließlich wieder.

Theodus sprach als Erster wieder und kniff ernst die Augen zusammen. »Rubon. Der Mann heißt Rubon. Ich sollte ihm sowieso schon längst Bericht erstatten.«

PERE UND KUMBER
(Nahe des Lomosh im Frühling)

Nachdem er nun wieder eine ganze Weile unterwegs war, wurden auch seine Füße endlich warm. Er hatte den ganzen Tag die Entwässerungsgräben in der Nähe des Flusses gereinigt. Der Winter hatte es dieses Mal wirklich nicht allzu gut mit ihnen gemeint. Er war lang und kalt gewesen und jetzt war das Tauwetter um so schlimmer. Doch Farnten sah guten Mutes in die Zukunft.

Die Ernte letztes Jahr war reich gewesen und hatte sie über den harten Winter gebracht, was bei einer Familie mit zwölf Kindern nicht selbstverständlich war. Jedoch war klar, dass er von dem Geld, das er im Herbst verdient hatte, ein Kälbchen kaufen musste. Seine letzte Kuh war samt Nachwuchs bei der Geburt gestorben und keiner in der Gegend hatte ein Tier zu verkaufen.

Melli, seine jüngste Tochter, hatte sich in den letzten Wochen eine schwere Erkältung zugezogen. Während des Nachhausewegs hielt er nach verwendbaren Kräutern Ausschau, doch außer ein paar Brennnesseln hatte er in der einsetzenden Dämmerung nichts Vernünftiges gefunden. Müde setzte er einen Schritt vor den anderen und freute sich auf Zuhause.

Farnten hatte es nicht mehr weit bis zu der Abzweigung, die seinem Gehöft führte, als zwei Gestalten vor ihm auf der Straße auftauchten. Sofort griff er den Stiel des Grabholzes fester. Verdammtes Pack von Landstreichern. Im Sommer und Herbst stahlen sie Vorräte oder Werkzeug, im Winter schliefen sie in den Scheunen und hinterließen ihren Unrat und im Frühjahr waren sie so ausgehungert, dass sie die frischgesteckten Kartoffeln aus den Feldern gruben. Sein Schritt hatte sich aus der Wut heraus beschleunigt, doch mit einem Mal wurde ihm wieder klar, dass es zwei waren und er nur allein. Landstreicher gab es viele, aber auf seinem Hof nur einen Bauern. Er durfte sein Leben nicht riskieren.

Der Bauer zwang sich, langsamer zu laufen. Stattdessen kniff er die Augen zusammen und versuchte, mehr über die beiden herauszufinden.

Beide staksten ziemlich entkräftet dahin, wobei der Kleinere von beiden, noch schlechter dran war. Farntens Herz begann mit den Vorurteilen zu ringen, die er über Landstreicher hatte. Aber verhungern sollte keiner wegen ihm. Wieder beschleunigte er seinen Schritt.

Je näher er kam, umso schneller wurde ihm klar, dass es sich nicht um zwei Männer, sondern um einen Jungen und ein Mädchen handelte. Sie hörten nicht einmal, wie er sich von hinten näherte.

»He, ihr zwei. Wohin des Wegs?«

Das Mädchen blieb nur stehen, doch der Junge drehte sich sofort um, während er seine Tasche mit der einen an sich drückte und mit der anderen zu einem Messer an seinem Gürtel griff. Er schaute mit einer Mischung aus Angst und Wut.

»Langsam, langsam.« Der Bauer ging weiter auf die beiden zu. »Ich bin Farnten und das Lichtchen dahinnen gehört zu meinem Hof. Ihr beide seht aus, als könnded ihr eine Suppe vertragen, oder etwa nich?«

Der Junge wechselte misstrauisch den Blick zwischen Farnten und dem Mädchen. Nach einem kurzen Flackern seiner Augen ließ er die Hände sinken. »Ich heiße M ... Moakin und ...«, er musste sich räuspern, »... d ... das ist Shaija.« Langsam drehte sich das Mädchen um.

Der Bauer erschrak ein wenig, hatte er doch schon einige sterbende Kindergesichter gesehen. »Gut, gut, dann kommt ma mit, bevor wir hier draußen noch erfrieren. Die Nacht wird kald, nich?«

Er hätte das Mädchen gerne getragen, doch die beiden hatten offenbar entsetzliche Angst und wahrscheinlich auch irgendetwas ausgefressen. Und so stapfte Farnten einfach an den beiden vorbei und hoffte, dass sie ihm folgen würden. Auch wenn Milah gerne anders tat, so waren Gäste für sie eigentlich nie ein Problem. Doch die letzten Wochen waren hart und allzu viel hatten sie wirklich nicht mehr. Er war gespannt, wie seine Frau den unerwarteten Besuch aufnehmen würde. Vielleicht müsste er die beiden wieder davon jagen. *Ach, was.* Er hatte hier schließlich das Sagen. So war das.

***

Langsam floss die würzige Brühe seine Kehle hinab und landete in seinem Magen. Allein wie genau er das spüren konnte, sagte ihm, wie lange er nichts mehr Warmes gegessen hatte. Shaija saß direkt neben ihm und drückte sich an seine Seite. Bei den ersten Schlucken hatte er ihr noch helfen müssen, doch jetzt hielt sie den Becher selbst. Der Tisch war groß und viele Personen tummelten sich darum oder saßen bereits daran. Moakin zählte siebzehn Menschen, was seine Zählfähigkeit beinah erschöpfte. Da waren zwölf Kinder, das Jüngste, kaum drei Winter, und das Älteste, ein kräftiger Junge, etwa in seinem Alter. Dann waren da noch zwei Knechte, eine Magd, die Bäuerin und Farnten, der Bauer.

»Alles annen Disch, d'Vadder hat Hunger!« Auch wenn der Bauer es äußerst gut gelaunt gesagt hatte, so saßen doch alle binnen weniger Momente an der langen groben Tafel. Nur die Bäuerin wuchtete noch einen großen Topf mit Suppe darauf. Er und Shaija hatten sofort bei ihrer Ankunft etwas davon bekommen. Nun schöpfte die Frau mit dem breiten gutmütigen Gesicht einem nach dem anderen ein Schale voll Brühe. Eine der Mägde schnitt das Brot und es wurde durchgereicht. Farnten legte seine Hände über Kreuz auf die Brust und alle taten im gleich. Moakin war so überrascht, dass er gar nichts tat.

»Kumber, zehre all Gerüchte,
Kumber, lass uns friedlich esse.
Pere, Dank für deine Früchte.
unser Lohn in deim Ermesse.« Sogleich warf der Bauer ein Stück Brot ins Herdfeuer. Dann begannen alle zu essen und die verstohlenen Blicke auf ihn und Shaija wurden weniger. Moakin konnte mit jedem Schluck Suppe sehen, wie es Shaija besser ging. Sie fing sogar an, Blicke mit den kleineren Kindern zu tauschen und zu kichern. Doch ihm blieb auch der verstohlene Blick, den sie dem Bauersjungen zuwarf, nicht verborgen. Plötzlich wurde ihm ganz

heiß, seine Schläfen pochten und das Flüstern in seinem Kopf wurde schlagartig lauter. Er empfand etwas, dass er noch nie zuvor gespürt hatte, und es machte ihn wütend, auf den Jungen und auf Shaija. Sich seiner Gefühlswelt vollkommen unsicher starrte Moakin in seine Schüssel und malte mit dem Kiefer.

»Borana. Schau, dass de Kleine isst.« Milah, die Bauersfrau, schaute auffordernd zu der Magd, dann wandte sie sich Moakin zu. »Un'? Wo kommt ihr her?«

Er hatte zwar erwartet, dass so eine Frage kommen würde, trotzdem war er jetzt davon überrascht worden. Moakin räusperte sich, um Zeit zu gewinnen. Schließlich blickte er die Bäuerin an und wollte antworten, doch Shaija war schneller. »Wir kommen vom Norden. Der Winter war hart und alle sind tot ... außer Moakin. Dann ... dann ...«

»Schon gut, Kleine. Mach langsam. Iss nur.« Milah versuchte zu lächeln, doch ihre Aufmunterung misslang, war sie doch zu sehr mit ihrem Mitleid beschäftigt.

Moakin war einerseits überrascht, wie leicht Shaija das Lügen gefallen war, doch dann versetzte ein Gedanke seinem Herzen einen Stich. Was, wenn sie gar nicht gelogen hatte? Schließlich musste sie ja irgendwie in die Hände des Sklavenhändlers gefallen sein. Die Wut über so viel Ungerechtigkeit stieg wieder in ihm auf, doch er blieb äußerlich ruhig.

»Muss hart gewesen sein, der weide Weg vom Nordgebirge runner. Was habter vor?«

Dieses Mal war Moakin vorgewarnt und schneller. »Wwir wohollen nach Katym. Dort soll ein VVVerwandter von mir woh...nen. GGunno.« Warum sollte eine Lüge nicht zweimal funktionieren.

»Seider denn nich Bruder und Schwester?« Milah lächelte freundlich.

Er hätte sich ohrfeigen können. »Ja, nnnnatürlich. Shaija ist mein ... meine Schhhhwester.« Er musste das Gespräch in eine andere Richtung lenken.

Wieder trat für eine Weile ein schmatzendes Schweigen ein, das nur von Zeit zu Zeit von dem Lachen der Kinder oder dem

Aufstoßen des Bauern unterbrochen wurde. Milah warf einen Seitenblick zu ihrem Mann. »Wir könnten doch noch 'n paar helfende Hände gebrauchen, der Winter is überstanden und es gibt viel zu tun.«

Überrascht von diesem Vorstoß blickte Farnten seine Frau erst nur fragend an, dann formte sich ein Gedanke: »Ja, aber jede Hand hat auch 'n Magen, der gestopft werden will, nich?«

»Wolltest doch dieses Frühjahr de Scheune erweitern und de Wassergräben am Waldrand neuanlegen?«

Der Bauer grübelte vor sich hin. Moakin ahnte schon, in welche Richtung sich die Bäuerin bewegte und bei aller Warmherzigkeit wurde es ihm unbehaglich. »Der D...Dorfälteste hat meinem Oh-heim in der großen Stadt schon einen Brief geschrrrrrieben.« Als er den Mund schloss, war er sich nicht mehr sicher, ob Milah zuvorgekommen war und ob das unhöflich gewesen war oder nicht. Das folgende Schweigen war nun eine Spur kühler.

»Wer ist Pere? Ich kenne nur Kumber.« Shaija sah Farnten an.

Der war immer noch in Überlegungen verstrickt, was alles in diesem Frühjahr zu tun war und schien für einen Moment völlig überfordert. »Häh?«

»Wer ist Pere?«

»Ach so, ja. Du kennst Pere nich. Er wacht über all unsere Arbeit. Er ist der Gott der Bauern. Pere wohnt hier in der Menschenwelt, nich? Im Frühjahr zieht er von Ort zu Ort über de Felder und durch de Wälder, um de Werke der Menschen zu begutachten und seinen Segen zu bringen.« Farnten lächelte stolz, als er bemerkte, wie gut ihm seine Erklärung gelungen war. Normalerweise hatte er es nicht so mit Worten.

»Woldan, holst noch zwei, drei Säcke Stroh aus de Scheune. De beiden müssen ja wo schlafen.« Milah erhob sich und begann mit der Magd abzuräumen. Er warf einen Seitenblick zu seiner Frau und ein Anflug von Enttäuschung schimmert auf dem Gesicht des Bauern. Irgendwie hätte er sich gerne noch mehr mit dem fremden Mädchen unterhalten.

»Wer geht mit dir inne Stadt?« Milah sah ihren Mann geschäftsmäßig an.

Er zog die Brauen ein wenig zusammen und schien sich erst unschlüssig. »'denk, Tasper sollt' mitkommen. Nehm schließlich 'ne Menge Geld mit. Und allein bekomme ich's Kalb sowieso nicht aufn Wagen.« Nach einer Pause drehte er sich zu Moakin. »Ich fahr innen paar Tagen nach Katym. Wollt er beiden mit?«

***

Sich über seine Gefühle nicht ganz im Klaren, aber todmüde deckte Moakin Shaija zu und ließ sich dann selbst auf den großen Strohsack fallen. Seine Augen flatterten und wollten nicht recht geschlossen bleiben. Als er sich auf die Seite drehte, sah er die Augen des Mädchens im letzten Licht des ausgehenden Feuers glitzern. Er betrachtete sie eine Weile. Sie erinnerte ihn an ein verletztes Tier, scheu und ängstlich, und doch spürte er eine Stärke in ihr, die er nicht in Worte fassen konnte. »Wie geht's dir?« Er hatte versucht, so leise wie möglich zu sprechen.

Shaija schien seine Frage zu ignorieren oder nicht gehört zu haben. Sie strich sich die Haare hinters Ohr und rückte mit ihrem Kopf etwas näher an den seinen. »Moakin?«

»Ja?«

»Du musst mir etwas versprechen.«

»Was denn?«

»Wenn du das Ei verkauft hast, lässt du dich auf nichts mehr ein, was dir schaden könnte. Du musst einfach weglaufen. Versprichst du mir das?«

Moakin schwieg eine Weile und sah ihr direkt in die Augen. »Ich hhabe mir schon etwas versprochen, deswegen ist das nicht ssso einfach.« Shaija schien enttäuscht, blickte ihn aber weiter an. »Ich ...« Irgendwie stellten sich die Worte auf sonderbare Weise quer. »Ach nichts.«

Sie sahen sich noch eine Weile an und da fiel es Moakin auf. Er hörte keine Raben und er hörte kein Geflüster. Kein Rauschen im Ohr, kein Pochen. Er hörte nur ihren gleichmäßigen Atem. Sie nahm seine Hand und schloss die Augen.

GOLD FÜR BLUT
(Brakenburg im Frühling ... vor langer Zeit)

Schon zum zweiten Mal innerhalb weniger Wochen wartete Ankwin auf der Mauer des Lustgartens am Ratshaus. Ein leichter Nieselregen hatte seine Kleider mittlerweile völlig durchnässt. Die Dunkelheit verbarg ihn gutmütig. Er lag ebenfalls wieder in feuchter Kleidung hier oben und fröstelte. Dieses Mal fühlte er sich allerdings noch schäbiger als damals.

Der Karren stand kaum sichtbar im Schlagschatten eines vorspringenden Hauses auf der anderen Seite der Gasse. Er hatte seine Lager extra noch einmal geschmiert und die Räder mit alten Säcken umwickelt. Mitten in der Nacht mit einer großen Kiste durch Brakenburg zu rollen, war auffällig genug. Weißwind hatte er in den engen Gassen bei Nacht auch nicht einsetzen wollen, zumal das Klappern seiner zu laut gewesen wäre. Blieb also nur die eigene Muskelkraft.

Ankwin kämpfte mit der Müdigkeit. Immer wieder fielen ihm die Augen zu, hatte er doch die Nacht zuvor kaum geschlafen. Das gute Essen bei Theodus und das Frieren taten ein Übriges. Außerdem hatte er noch den Karren vorbereiten müssen und das, ohne dass es jemand im Haus bemerkte.

Ein Geräusch ließ ihn aufschrecken und sofort spürte er seine Magennerven. Seine Hand wanderte zu dem Dolch an seiner Seite. Er horchte, doch da war nichts außer dem stärker werdenden Regen. Ankwin bewegte seine Nasenflügel, er witterte auch nichts. Seit er sich die Wunde ausgebrannt hatte, meinte der Bärenfelsener, besser riechen zu können. Nur langsam beruhigte sich sein Magen wieder.

Ihm kam das Gespräch mit Wintur in den Sinn. Der Verwalter hatte ungläubig geschaut, als Ankwin ihm etwas von neuen Geschäftsverbindungen mit Maritmon Wagos, Rabatten und Investitionen vorgeschwindelt hatte, doch am Ende hatte er alles ordentlich in seine Aufzeichnungen übernommen. Der bestellte

Bote hatte noch am frühen Abend die vier Säcke mit den Goldmünzen gebracht. Sie zogen den jungen Krieger schwer an Gürtel und Gewissen.

Wieder ein Geräusch. Dieses Mal hörte Ankwin ganz deutlich lauter werdende Schritte. Ein Flackern gesellte sich hinzu und bei jedem zweiten Schritt konnte man ein Pochen hören. Außerdem roch er einen Hauch von verbranntem Lampenöl. Das musste der Nachtwächter sein, mit Lampe und Hellebarde. Ankwin hielt die Luft an, langsam und gleichmäßig zog der Wachmann mit einem leisen Summen auf den Lippen zum zweiten Mal unterhalb der Mauerkrone an ihm vorbei durch den Regen. Jetzt konnte es nicht mehr lange dauern.

Es verging allerdings doch noch eine ganze Weile, aber Ankwin wusste, dass einem das Warten ohne Beschäftigung immer länger vorkam. Oft genug hatte er schon auf der Lauer gelegen, um auf Wegelagerer, Schafsdiebe oder Wild zu warten. Schließlich tat sich etwas im Garten.

Zuerst war nur ein Rumpeln und Rumoren zu hören, das sich nur wenig vom Rauschen des Regens abhob, doch schließlich öffnete sich eine der Türen des Ratshauses. Vier Gestalten trugen im Schein der kleinen Laterne eines Fünften einen großen Gegenstand durch den Garten.

Ankwin spannte all seine Glieder an, streckte sich ohne sich aus der Deckung zu heben und ließ sich dann über die Kante rollen. Für einen Moment hing er an der Mauerkrone, dann sprang er in die Gasse hinab.

Kaum hatte er den Karren an die Tür gerollt, öffnete sich diese auch schon und das spärlich beleuchtete Gesicht des Schreibers erschien neben der kleinen Lampe. »Ihr seid pünktlich.« Trotz seines Flüsterns konnte Ankwin die Vorfreude, Anspannung und Gier in der Stimme des Magiers hören.

Wagos trat zur Seite und die vier Träger schoben die Kiste auf den Karren. Ankwin zog sich die Kapuze seines Umhangs tiefer ins Gesicht, doch die vier Gestalten verschwanden sofort wieder im Garten.

Ohne weitere Worte überreichte er Wagos die vier Säcke, worauf auch dieser sogleich verschwand und die Türe wieder geschlossen wurde.

Das lief ja wie geschmiert. Ankwin stellte sich vor den Karren und stemmte sich nach vorn. Mit einem leisen Knarzen setzte sich das Gefährt in Bewegung und polterte dumpf über das Pflaster. Der Regen überdeckte alles mit einem gleichmäßigen Rauschen.

Das Ratshaus war nicht allzu weit von seinem Haus entfernt, der Nachtwächter war in der anderen Richtung unterwegs und so beschleunigte Ankwin seine Geschwindigkeit. Durch den Regen waren weder seine Schritte noch der Karren zu hören. Er wollte die Sache nun endlich hinter sich bringen.

Nach einigen Schritten spürte Ankwin das volle Gewicht der Kiste. Er strengte sich mehr an. Die nasse Kapuze fiel ihm ins Gesicht und er sah nur das schwach schimmernde Pflaster vor sich. Mit einem Mal wurde der Karren schwerer und schwerer. Ankwin begriff zuerst nicht, denn die Gasse war eben, doch dann sog er die Luft gleichmäßig ein und wieder aus. Seine Wahrnehmung wurde schärfer und er roch den Schweiß einer anderen Person. Seine Ohren machten die leisen Schritte von drei Menschen aus. Er duckte sich sofort unter dem schwachen Pfeifen weg und zog seinen Dolch. Schon hörte er, wie etwas auf die Kiste schlug, das seinem Kopf gegolten hatte. Ankwin rollte sich nach vorne ab und drehte sich blitzschnell um.

»Macht ihn fertig!« Zwei Angreifer kamen links und rechts um den Karren auf ihn zu. Ein Dritter stand auf der Kiste und sprang in seine Richtung. Dem Rechten zog er den Dolch über die Brust und duckte sich unter einem weiteren Schlag des Linken. Dieser schwang seinen Knüppel über Ankwins Kopf hinweg und traf den völlig überraschten Rechten im Gesicht. Er ging röchelnd zu Boden. Der Krieger wollte sich gerade dem Mittleren zuwenden, als ihm durch einen harten Schlag in die Kniekehle das linke Bein einknickte. Ein weiterer Schlag folgte sofort auf seinen Rücken und trieb Ankwin die Luft aus den Lungen. Hinter ihm waren noch zwei weitere Angreifer. Würde er zu Boden gehen, hätten sie leichtes Spiel.

Angriff war hier die beste Verteidigung. Sowieso schon vorn über gebeugt ließ er sich blitzschnell weiter nach vorne fallen, stemmte den rechten Fuß ins Pflaster und schnellte dem heruntergesprungenen Angreifer in die Arme. Engumschlungen schlugen sie hart auf den Karren und dieser kippte nach hinten. Es folgte eine schnelle Abfolge weitere Schläge auf seinen Rücken, doch Ankwin konnte dem Mann vor sich die Stirn ins Gesicht stoßen. Wie erwartet traf er dessen Nase und spürte das Knirschen mehr, als das er es hörte.

Kräftige Arme packten seine Beine und rissen ihn vom Karren weg. Er rutschte an seinem Gegner herunter und schlug unsanft mit Gesicht und Armen auf das Pflaster. Nach einem kurzen schmerzhaften Weg über die schmutzige Gasse schnappte Ankwin nach Luft. Er drehte sich um die eigene Achse und so mussten die Räuber seine Beine loslassen. Durch seitliches Wegrollen entkam er den meisten Tritten, die jetzt folgten.

»Da kommt jemand! Schnappt den Karren und lasst ihn liegen!« Ankwin kassierte noch einen Schlag auf den Hinterkopf. Blitz und Donner führen ihm gleichzeitig durch den Schädel.

Benommen hörte er, wie der Karren weg polterte. *Die Kiste! Meine Kiste!* »Nein!« Ankwin erhob sich mühselig und sah den davon hastenden Gestalten hinterher. Der Letzte von ihnen, offensichtlich einer der Verletzten, schleppte sich nur langsam davon. »Nein!« Der Bärenfelsener wurde wütend. Sie stahlen ihm seine Kiste. Ein furchtbares Knurren kam über seine geschwollenen Lippen. »Das ist meine Kiste!«

Sein anfängliches Hinken wurde zu einem holprigen Laufen. »Meine Kiste! Aaahh!!!«

Panisch drehte sich der Flüchtende um und begann nun seinerseits, hektisch stolpernd zu beschleunigen. Die Karre bog schon um eine Ecke und war außer Sicht.

Ankwin brüllte wir ein verwundeter Bär. Er wurde immer schneller, die Wut machte seine Schmerzen vergessen. Entschlossen und gierig nach Rache streckte er die Arme aus und bekam den Umhang zu fassen. Blind vor Rage riss der Krieger an dem Stoff, der trotz des lauten Knackens der Nähte nicht nachgab. Der Räuber wurde mit solcher Wucht aus der Bewegung nach hinten gezogen, dass er für einen Moment beinahe waagerecht in der Luft hing. Er schlug mit einem dumpfen Knirschen auf und gab einen kurzen dumpfen Schrei von sich.

Schon war Ankwin über ihm. »Meine Kiste!« Er setzte sich auf den Mann, der bereits jede Gegenwehr aufgegeben hatte und schlug ihm ins Gesicht. Mit beiden Fäusten - immer wieder. »Meine Kiste!« Speichel und Blut troffen aus Ankwins Gesicht nach unten.

Anfangs war noch ein Röcheln zu hören, doch dann nur noch der schmatzende Aufprall seiner Fäuste im Regen, die wieder und wieder herabfuhren, wie die Rache des Donnergottes Brondur selbst - und seine Rufe »Meine Kiste!«

»Er ist tot, Herr.«

Ankwins Schläge wurden langsamer.

»Ankwin! Es genügt.«

Ankwin stockte schließlich in der Bewegung und sah über seine Schulter. Die unerwartete Stimme Mirons hatte ihn zurück in die Realität geholt. Sein Diener stand nur ein paar Schritte entfernt. Er trug eine große dunkle Teerjacke und einen breitkrempigen schwarzen Hut, von dessen Rand das Wasser tropfte. In seiner Rechten lag ein Ochsenziemer. Sein Gesichtsausdruck war ausdruckslos blasiert wie immer, nur in seiner Stimme schwang dieses Mal große Sorge mit.

Der Blick des Bärenfelseners wanderte zu dem Gesicht unter ihm, von dem nur noch ein roter Fleischklumpen übrig war. »Was habe ich getan?« Das letzte Wort war fast tonlos über seine Lippen gekommen.

»Wie mir scheint, benötigt Ihr meine Dienste.« Miron griff Ankwin entschlossen unter die Arme und half ihm auf. Schmerzen durchfuhren den Krieger und er ächzte. »Wie hast du mich ...?«

»... gefunden? Nun, Herr. Ihr mögt das einfache Gesinde täuschen, doch ich habe einen leichten Schlaf. Außerdem fehlte der Karren im Stall. Kommt nun, lasst mich Euch helfen. Wir müssen fort von hier, ehe noch jemand auftaucht.«

»Aber die Kiste. Sie haben Sie mit genommen. Ich ...« Ankwin wimmerte beinahe.

»Ankwin. Kommt jetzt. Vertraut mir. Es findet sich alles wieder zu seiner Zeit.«

***

Das größer werdende Feuer in der Esse begann Ankwins Kleider zum Dampfen zu bringen. Er saß mit einer Decke über den Schultern in der Küche des Hauses und versuchte sich klar zu werden, was passiert war.

Miron nahm den Topf mit dem warmen Wasser vom Feuer und begann das Gesicht seines Herrn mit einem Lappen zu reinigen. Schweigend nahm er sich auch der anderen Verletzungen an. Der junge Mann war übel zugerichtet worden. Die Platzwunde am Kopf musste genäht werden, sein Kinn war aufgeschlagen und seine erst vor einigen Tagen gebrochene Rippe war wohl wieder angeknackst.

Als Miron sich die Knöchel seines Herrn besah, begann Ankwin zu sprechen. »Ihr wusstet über Onkel Bungad Bescheid.«

»Nun, mit Verlaub, ich wäre ein schlechter Diener gewesen, hätte ich die Veränderungen an meinem Herrn nicht bemerkt. Er kam damals nach einem langen Arbeitstag voller Energie nach Hause. Er hatte sich verwandelt.«

»Wie meinst du das, er war verwandelt?«

»Der gute Herr hatte immer schon den Speisen sehr zugesprochen, aber ab diesem Zeitpunkt schien sein Appetit nicht mehr zu bändigen zu sein - vor allem auf rohes Fleisch. Er hatte sich außerdem vorher einer gewissen Trägheit ergeben. Das war sein gutes Recht, schließlich war ja die Herrin von uns gegangen. Aber mit einem Mal war er so voller Tatendrang, wie ich ihn sogar in seiner Jugend nicht erlebt hatte.«

Ankwin wurde plötzlich klar, dass er mit Miron noch nie so viel gesprochen hatte, wie in dieser Nacht.

»Er begann immer wieder davon zu sprechen, wie schlecht es zur Zeit um das Reich stünde, aber auch davon, dass sich das bald änderte. Ich dachte mir zunächst nur, dass er endlich über den Tod der Herrin hinweg gekommen sei.«

»Was passierte dann?«

»Es war der Tag des großen Brandanschlages auf der Ratswiese.«

Ankwin erinnerte sich genau. Schmerzlich kam ihm Lavielles Gesicht in Erinnerung, als sie den Eid der Heiler geleistet hatte.

»Zuerst hieß es, der Herr sei schwer verletzt. Doch, als er mit der Sänfte eintraf, war er lebendiger denn je. Er war über und über mit Ruß bedeckt und seine Garderobe war ruiniert, doch er glühte vor Leben. Als ich ihm beim Umkleiden half, zeigte er mir unverhohlen seinen Arm. Er war grün und schuppig. Er war sogar stolz darauf.«

Noch nie hatte Ankwin eine größere Regung in Mirons Stimme wahrgenommen, als in diesem Augenblick. Sie hatte für einen Moment sogar gebebt.

»Er erklärte mir schließlich, dass das von den Dracheneiern käme und dass ich mir keine Sorgen zu machen bräuchte.«

Miron schwieg und Ankwin spürte seine tiefe Trauer. »Und dann kam die Nachricht, dass er an einem Wundfieber gestorben war. Du wusstest, es war eine Lüge und hast trotzdem mitgespielt. Miron, mein guter Miron, ich hätte viel eher mit dir reden sollen. Es tut mir so unendlich leid.«

Nach einem weiteren Schweigen, dass nicht enden wollte und nur von Zeit zu Zeit von Ankwins Schmerzbekundungen unterbrochen wurde, als der Diener die Kopfwunde nähte, sprach Miron schließlich weiter. »Wie ist er denn wirklich gestorben, Herr?«

Ankwin stach es in Herz und er sah Miron in die Augen. »Ich habe ihn erschlagen, denn er war wahnsinnig geworden.«

»Das habe ich mir gedacht.«

Wieder wurde eine Weile nichts gesprochen. »Und Ihr, Ihr habt auch von dem Ei getrunken, nicht wahr?« Dieses Mal sah Miron Ankwin direkt in die Augen.

»Ja. Er hat mich genarrt. Es war eine Falle, das musst du mir glauben.«

»Ich glaube Euch, Ankwin,« Miron machte eine Pause, als er den Faden abschnitt und die Nadel zur Seite legte, »und ich vertraue Euch, aber Ihr müsst mir eines versprechen ... bei Eurer Ehre als Krieger.«

»Was immer es ist, Miron, ich ...«

»Ich werde Euch treu dienen, so wie ich Bungad gedient habe. Ich werde all meine Kräfte auf Eure Heilung ausrichten. Kommt Euer Vetter Siekoff zurück, werde ich ihm, wenn Ihr das wollt, die offizielle Geschichte erzählen. Nie soll dann eine andere Rede über meine Lippen kommen.«

»Aber?« Ankwin ahnte, was nun kommen würde.

»Ihr dürft Eure Beherrschung nie wieder verlieren wie heute Nacht, nie wieder einen wehrlosen Menschen in solcher Raserei dahinschlachten. Geschieht das noch einmal, so schwört mir bei Eure Ehre als Sohn Ruthegarns vom Bärenfels und als Krieger, dass Ihr aus Brakenburg fortgeht, dass Ihr in die Einsamkeit zieht und nie wieder einen Menschen in Eure Nähe lasst, denn ich habe schon einmal einen Herrn an die Drachenbrut verloren. Das kann ich nicht ein zweites Mal.«

»Miron, das schwöre ich dir.«

»Dann lasst uns nun überlegen, wie wir Eure Verletzungen erklären und die Kiste, in der wie ich vermute, die Eier sind, zurückbekommen.« Miron hatte wieder einen völlig sachlichen Ton angeschlagen, was für Ankwin nur die Reichweite seines Schwures unterstrich, denn Miron vertraute ihm offensichtlich.

»Was die Verletzungen anbelangt, das ist nicht schwer. Ich war mit Weißwind ausreiten, habe meine Gesundheit überschätzt und bin gestürzt.«

»Was allerdings wieder die Fragen der geschätzten Heilerin Lavielle nach dem Lied der Heilung auf den Plan ruft.«

»Ich werde sie wohl ein weiteres Mal enttäuschen müssen.« Ankwin seufzte. »Das hat sowieso keine Zukunft.« Nach einem kurzen gedankenverlorenen Moment setzte er hinzu. »Wie aber wollen wir die Kiste zurückbekommen, wenn wir nicht einmal wissen, wer sie gestohlen hat?«

»Nun, da ließe sich vielleicht etwas machen. Soweit ich es weiß, und ich bin schließlich der oberste Diener einer der einflussreichsten Häuser der Königsstadt und hier aufgewachsen, wird in Brakenburg nichts Größeres gestohlen, ohne dass die Diebesgilde davon weiß.«

»Es gibt hier eine Diebesgilde?« Ankwin wusste nicht recht, was er sich darunter vorzustellen hatte.

»Oh ja, durchaus. Jeder Dieb, Bettler, Mörder oder Lude, der hier länger als einen Tag seinem Handwerk nachgehen will, muss dort Mitglied sein, sonst endet er schlimmer, als wäre er von der Stadtwache erwischt worden. Natürlich kennt niemand deren Regeln oder gar einen Dieb persönlich, aber doch sind sie unter uns und ein Teil Brakenburgs.«

Ankwin kam der Mann in den Sinn, der ihn damals direkt nach dem Durchschreiten des Stadttores schon am ersten Tag bestehlen wollte. »Wenn ich nun so einen Dieb finden würde, dann könnte ich ihn doch ausquetschen, bis er mir sagt, wo die Gilde ist ...?«

Ein ernster Seitenblick Mirons ließ den Krieger stocken. »Ich töte ihn natürlich nicht. Ich ...«

»Das würde sowieso sein Hirtenhund für Euch erledigen.«

»Sein Hirtenhund ...?«

»Jeder Verbrecher und Halsabschneider untersteht einen Hirtenhund, der dafür sorgt, dass die Abgaben an den König entrichten und Stillschweigen bewahrt wird.«

»An den König?«

»Ich meine natürlich den Bastardkönig, den König der Diebe, nicht Eure Hoheit Winnegast III. Die Regeln sind denkbar einfach.

Ein Drittel dem König.

Gehorche dem Hund.

Sei nicht zu gierig

und halte den Mund.«

Ankwin schaute ihn verwirrt an.

»Gib von allem, was du ergaunerst, ein Drittel an den König, tu, was dein Hirtenhund dir sagt und sei niemals zu gierig. Und bewahre Stillschweigen.«

»Dann müsste ich also an so einen Hirtenhund herankommen und den fragen.«

»Das wäre zwar ein Schritt näher ans Ziel, aber was wollt Ihr ihn fragen? Wer hat meine Kiste gestohlen?«

»Na ja, zum Beispiel.« Ankwin wurde immer ratloser.

»Er wird es Euch nicht sagen, sondern eher sterben. Wäre das so einfach, hätte die Stadtwache die gesamte Diebesgilde innerhalb einer Woche ausgehoben. Bewahre stillschweigen oder stirb und deine Familie und Freunde mit dir.«

»Das ist eine Welt, die mir völlig fremd ist. Wie sollen wir an die Kiste kommen, bei Hann?« Ankwin war verzweifelt. »Und woher weißt du überhaupt so viel über die Diebesgilde? Du kennst ja sogar ihre Regeln. Du musst mir unbedingt mehr erzählen.«

Miron sah Ankwin wieder direkt in die Augen. »Wie gesagt, ich bin hier schon als kleiner Junge durch die Straßen gezogen und mein Viertel war nicht das Beste.«

Wenn es Ankwin nicht besser gewusst hätte, er hätte schwören können, dass Miron für einen kurzen Augenblick geschmunzelt hatte.

»Die Gilde wird Euch nicht verraten, wer die Kiste haben wollte. Vielleicht hat sie sie ja aber auch für sich selbst gestohlen, um sie für einen guten Preis weiter zu verkaufen.« Miron machte eine Pause. »Im zweiten Fall wird es teuer. Im ersten Fall könntet Ihr Euch die Kiste ja zurückstehlen lassen, was wahrscheinlich auch teuer wird.«

UNGLEICHE GESELLEN
(Am Lomosh im Frühling)

Bugh war bester Laune trotz des feuchten Wetters oder vielleicht auch gerade deswegen. Wenn es viel regnete oder der Lomosh im Frühjahr über die Ufer trat, spülte das viele Wasser neben der üblichen Kundschaft meist eine ganze Menge weiterer Gestalten in sein Gasthaus. Und im Augenblick war beides der Fall, Regen und Hochwasser. Tagelöhner, Holzbauern und Flößer drängten sich mit Fallenstellern, Händlern und Pilgern um die besten Plätze im Schankraum. Die Huren hatten im wahrsten Sinne des Wortes endlich wieder alle Hände voll zu tun und gingen ihm nicht mit ihrem unzufriedenen Gegacker auf die Nerven und Wein und Bier flossen in Strömen. An diesem Abend konnte man meinen, es gäbe im Umkreis von hundert Meilen weder Frauen noch etwas zu trinken.

Zwischen zwei gezapften Krügen Dünnbier wischte er sich den Schweiß von der Stirn, da fielen sie ihm auf. Zwei Gestalten, die unterschiedlicher nicht hätten sein können, saßen in einer der schlecht ausgeleuchteten Ecken und musterten teilnahmslos die anderen Gäste. Bugh kam ins Grübeln.

Der eine war ein unscheinbarer kleiner Mann mit ledrigem Gesicht, der sicherlich nicht mehr als eines mittleres Fass Bier wog. Bugh hätte mit ihm sicherlich den Boden wischen können. Der Andere aber versetzte den Wirt für einen Moment in Staunen. Die Ausmaße seine Schulter allein stellte die seinen mühelos in den Schatten und das wollte etwas heißen bei einem wie Bugh, der ein großes Bierfass alleine tragen konnte. Trotz der Tatsache, dass er saß, wirkte der Fremde riesig und bedrohlich. Sein Gesicht war derb an der Grenze zur Hässlichkeit, wobei das Beeindruckende die groben Züge waren, die den Betrachter daran zweifeln ließen, ob das Antlitz aus Haut und Knochen oder eher aus Granit bestand. Das war vielleicht ein Brocken.

Eine seiner Mägde riss ihn aus den Gedanken, weil sie das bestellte Bier nicht bekam. Zügig zapfte er weiter, versuchte sich aber dennoch einen Reim darauf zu machen. Fünf gezapfte Bierkrüge später kam er drauf. Dekmanto hatte es als Märchen abgetan, aber wenn einer den Sklavenhändler in Bockswalden erschlagen hatte, dann wohl dieser Riese. Er wollte nicht mehr Bugh heißen, wenn er Unrecht hätte.

Er warf einen weiteren Blick auf die Beiden und erinnerte sich an eine Nachricht am Brett der Flussschiffer. Da war von einem Riesen und einem Zwerg die Rede. Vielleicht konnte er den Besuch der beiden in bares Geld verwandeln. Der Wirt wollte sich gerade ein paar weiteren leeren Bierkrügen widmen, als er sah, wie der Zwerg sich langsam unter der Nase entlangstrich und ihn dabei direkt ansah. Bugh war erfahren genug, um seine Überraschung nicht zu zeigen, und erwiderte das Zeichen durch ein kurzes Nicken.

Dass die beiden Gesellen auch noch das Flussschifferzeichen kannten, hatte ihn nun doch ein wenig verwundert. Möglicherweise brachte sie ihm Geld und er konnte doppelt abkassieren. Nur wenig später traf er sich mit ihnen hinter dem Gasthaus bei den Ställen. Ohne Aufforderung zeigte der kleine Mann die Münze vor, die ihn als Eingeweihten auswies.

»Gebt ihr oder nehmt ihr?« Oft hatten Kunden auch Informationen anzubieten und es war dann an Bugh, zu beurteilen, ob sie etwas wert waren, denn die Flussschiffer zahlten nur für gute Informationen - keine leichte Aufgabe also.

»Kommt darauf an ...

Als Erstes wollen wir wissen ...

ob du weißt von zwei Kindern ...

einem stotternden Jungen ...

und einem Mädchen fein.

Müssen ziemlich abgerissen sein.

Der Junge hat einen Rucksack dabei ...« Die Stimme des kleinen Mannes war nicht unangenehm, doch sprach er sonderbar, irgendwie abgehackt, als würde er zwischen den Zeilen über etwas nachdenken. Bugh konnten sich keinen Reim darauf machen und konzentrierte sich darauf, wie er mit der Information nun umgehen sollte. Die Kinder wurden also schon von mehr als einem gesucht, was den Wert der Information für weitere mögliche Kunden erhöhte. Anderseits hatte ihm Dekmanto angewiesen, das Maul zu halten. In einem Zeitraum, der nicht länger als den Flügelschlag einer Eintagsfliege dauerte, hatte der Wirt seine Zweifel zerstreut und sich entschieden. Er musste ihnen ja nichts von dem Kopfgeldjäger erzählen.

»Ein Braken. Ich denke, ich habe was.«

»Du denkst ... dann will ich hoffen,
du bist nicht besoffen.«

Normalerweise ließ sich der Wirt nicht so leicht einschüchtern, doch allein die Gegenwart eines Mannes, der größer und breiter als er war, ließ ihn schaudern. Der Kleine reimte jetzt auch noch, war also wohl nicht ganz dicht, was immer ein gefährliches Zeichen war. Er zauberte dann allerdings flugs eine große fremdländische Goldmünze hervor, legte sie auf den Spaltklotz und trennte mit der Handaxt einen Teil ab. Diesen warf er ihm zu, der Rest der Münze verschwand sofort wieder.

Prüfend wog Bugh das Goldstück. Wenn er sich nicht irrte, war das mehr als ein Braken wert. Er beschloss, so viel wie möglich zu erzählen, ohne Dekmanto zu verraten. Vielleicht sprang noch mehr Gold heraus. Er erzählte von dem Vorfall mit den Flößern und auch, wann etwa das gewesen war. Die beiden blieben allerdings ungerührt. Der Wirt versuchte nun, seine Strategie zu ändern. »Ich habe gehört, dass in Bockswalden ein Sklavenhändler erschlagen wurde.« Sein Herz begann zu klopfen, als er versuchte, die Reaktion des Riesen abzuschätzen, doch da war keine. Das machte ihn noch nervöser, aber jetzt hatte er angefangen und musste es durchziehen. »Von einem Riesen. Ich könnte Euch anbieten, diese Information für mich zu behalten.« Als die beiden immer noch nicht reagierten, sprach er sofort weiter. »Es kommen viele Leute hier durch und sie stellen viele Fra ...« Bugh spürte eine kalte Klinge an seiner Kehle. Er hatte nicht einmal gesehen, wie der Kleine den Dolch gezogen hatte.

»Sei zufrieden mit dem Lohn,

sonst setzt ich dich auf einen Thron
aus Angst und Schmerz und harter Fron
und zeig dir, wo das Leiden wohnt.«

Der Wirt brachte keinen Ton mehr über die Lippen. Der Dolch verschwand genauso schnell, wie er erschienen war und die zwei gingen wieder in den Schankraum. Bugh tastete zuerst nach dem Goldstück und stellte erleichtert fest, dass es noch in seiner Tasche war. Die kühle Nachtluft unterstützte seine schnelle Erholung von diesem Schrecken. *Verdammter Wissenshandel.*

WORA CARVA

(Brakenburg im Frühling ... vor langer Zeit)

Der junge Magier hatte sich nach dem üppigen Frühstück dafür entschieden, zu Fuß zur Universität zu gehen. Der frische Wind um die Nase tat ihm gut. Miretta hatte es wirklich gut gemeint. Offenbar war sie durch den gestrigen Abend noch immer auf Gäste ausgerichtet, denn die Portion hätte für zwei gereicht. Vielleicht hatte sie sich auch einfach nur gefreut, dass er wieder einmal zu Hause gefrühstückt hatte. Das war nicht oft der Fall, denn Theodus war ein Frühaufsteher, der dann in der Regel nur einen Tee zu sich nahm und später auf dem Campus frühstückte.

Der Abend war nach dem vollmundigen Kommentar Ankwins noch sehr angenehm verlaufen. Ankwin selbst hatte sich zwar früh verabschiedet, aber die anderen waren noch eine Weile sitzen geblieben und es war tatsächlich eine ungezwungene Konversation über die Brakenburger Lebensweise entstanden. Weiland hatte tief in die Mottenkiste gegriffen und ein paar Schwänke aus seinem recht bewegten Heilerleben erzählt. Selbst diesem Stein von einem Menschen Garock war hin und wieder ein tiefes kollerndes Brummen über die Lippen gepoltert oder er hatte seine blumigen Einwortsätze von sich gelassen. Bermeer hatte immer wieder kleine Zaubertricks vollführt und seine Reime fand Theodus sowieso ausgesprochen ungewöhnlich. Obwohl es nur Gauklertricks waren und er selbst wirklich zaubern konnte, rührten sie jedes Mal auf wunderbare Weise das Kind in ihm an und er war wieder der kleine schmutzige Straßenjunge mit der laufenden Nase, der den Possen eines Narren zusah. Lavielle musste ständig und herzlich lachen und dass ihr das nach den letzten Wochen gutgetan hatte, hatte man ihr angesehen. Es war Theodus nicht entgangen, dass da wohl etwas zwischen ihr und Ankwin gewesen sein musste.

Letztlich waren sie in dem Einverständnis auseinandergegangen, sich am übernächsten Tage wieder bei Theodus zu treffen. Garock und Lavielle wohnten im Orden und konnten schlecht vertrauliche

Gäste empfangen außer im Totenhaus. Und da ging es Bermeer wohl nicht anders. Ankwin war nicht mehr da, also wurde die Wahl eng.

Theodus war auf dem Weg in die Universität und wollte Uharan treffen, bei dieser Gelegenheit würde er ihn bezüglich des Dämons um Rat fragen. Pfeifend bog er um die letzte Ecke seines Weges und erblickte den imposanten Hauptbau der Magierschule mit seinem berühmten Portal, dem ›Wora Carva‹. Entgegen der feinen Steinmetzarbeiten am gesamten Gebäudekomplex waren die riesigen Granitblöcke naturbelassen und dem Eingang einer übergroßen Höhle nachempfunden. Stand man in einem bestimmten Abstand vor dem Eingang, zerstörten nur die Steinstufen und die hohen Türen die Illusion eines Berges mit einer Höhle. Der Sage nach existierte in einem fernen Land ein Berg namens Wora Carva, was so viel wie *Berg der Erkenntnis* hieß. Von diesem Berg sollte einmal Trabius Okuron, der erste große Magier des Landes nach Brakenburg zurückgekehrt sein. Er hatte dort angeblich seine Weihe zum elften Grad erhalten. Theodus kannte keinen Magier, der einen höheren Grad als den Neunten hatte. Er selbst war im vierten, was für sein Alter sehr hoch war.

Seine gute Laune und der schöne Anblick wurden von der Erkenntnis getrübt, dass sich vor dem besagten Eingang eine kleine Ansammlung von Magiern und Adepten um einen Mann mit großem Hut geschart hatte. Der Mann war offensichtlich bereit zu einer langen Reise und, als Theodus ihn erkannte, stimmte ihn das sehr traurig.

Uharan stand in der Gruppe und strahlte mit seinem verwitterten Lederhut und dem Wanderstock eine ergebene Ruhe aus. Der jungen Magier spürte ganz deutlich, dass sich Uharan sogar auf sein nahendes Ende eingestellt hatte. Sein Blick war weit in die Ferne gerichtet, bodenlos und traurig und doch ruhte der alte Magier völlig in sich und hatte für jeden der Umstehenden noch ein gutes Wort oder ein Lächeln übrig.

Theodus näherte sich der Ansammlung. Er empfand es als Schande, dass ein so verdienter, umsichtiger und fähiger Anführer, dem jahrzehntelang nur das Wohl der Magiergilde im Allgemeinen und der Magierschule im Besonderen am Herzen gelegen hatte, einen so ärmlichen Abschied erhielt. Er räumte sich ein, dass es ja keinen vollwertigen Nachfolger gab, der seine Verabschiedung hätte planen können. Außerdem war der Grund seines Rücktrittes zumindest offiziell zweifelhaft. Ein großer feierlicher Rahmen hätte dem Ganzen im öffentlichen Blick vielleicht den Beigeschmack von Größenwahn, Dreistigkeit oder Vetternwirtschaft gegeben. Uharan selbst hatte sicherlich darauf gepocht, dass die Sache möglichst klein gehalten würde, was für seinen Stil sprach.

Theodus konnte ihn verstehen, und doch empfand er diesen Rahmen als erbärmlich und peinlich für die Magiergilde als solche und für Uharan selbst. Er trat lächelnd in die Runde, die nur aus ein paar von Uharans besten Schülern, Protegés und liebgewonnenen Arbeitskollegen bestand. »Meister Uharan, meine Robe brennt.«

Uharan blickte sofort zu ihm, breitete die Arme aus und lächelte ihn an. Seine Traurigkeit schien wie weggeblasen. Theodus hatte auf einen seiner ersten Versuche mit dem magischen Feuer angespielt. Er hatte damals seine Robe in Brand gesetzt und war völlig ruhig und brennend durch den gesamten Hörsaal gegangen. Als sich Uharan ihm damals erschrocken zuwandte, hatte er ungerührt vom Feuer lediglich diesen Satz gesagt.

»Verzeiht mir, Meister. Ich hätte beinahe Euren Abschied verpasst.« Theodus machte aus Verlegenheit keine Anstalten, Uharan zu umarmen, worauf dieser ihn einfach an seine Brust zog.

»Ich hatte es auch nicht an die große Glocke gehängt und wusste vorher nicht, dass ich mich so schnell entscheiden würde. Schön, dass Ihr trotzdem da seid. Mir fällt der Abschied nämlich sehr schwer. Es wäre schade gewesen, wäret Ihr nicht gekommen. Ist schon gut, ist alles gut.« Der alte Meister war den Tränen nahe. Schließlich löste er sich aus der Umarmung.

»Was werdet Ihr nun tun? Wo geht es hin?«

»Ich suche ein paar Orte auf, über die ich bis jetzt nur gelesen und mir immer wieder vorgenommen habe, sie einmal aufzusuchen. Unter anderem auch Wora Carva.« Uharan schaute abschätzend auf den mit Felsen eingerahmten Eingang.

»Ach, Meister, da werde ich ja fast neidisch.« Theodus übertrieb hier nicht. Schon länger trug er sich mit dem Gedanken, wieder auf eine Wissensreise zugehen.

»Euer Weg hat auch noch einige Windungen und Wunder zu bieten, lieber Theodus.« Uharan klopfte ihm auf die Schulter.

»Möge das Myriton immer mit Euch sein. Ich wünschte, Ihr könntet mir noch bei ...«

»Ich kann Euch nur einen Rat mitgeben, guter Theodus. Folgt der Magie.« Uharan hatte dem jungen Magier das Wort abgeschnitten. »Folgt immer der Magie.« Uharan schaute unmerklich zur Seite, als ob unter den Anwesenden jemand stünde, der nicht mithören sollte.

»Großer Uharan, natürlich werde ich immer der Magie folgen. Passt auf Euch auf.« Sie gaben sich noch einmal die Hand und Theodus trat nicht ohne Wehmut ein Stück zurück, um anderen Platz zu machen. Dabei besah er sich die Ansammlung aus dem Augenwinkel. Ihm fiel erst nichts Besonderes auf, doch dann trat ein feister Magier aus der Menge und verabschiedete sich überschwänglich von Uharan. Theodus konnte sich nicht daran erinnern, dass dieser dem Meister je näher gestanden war. Es war Bravion, der ihn schon bei den Magierunterkünften angesprochen hatte.

**

Die Verabschiedung ging noch eine Weile. Am Ende überreichte sogar die Frau des Universitätsdieners unter Tränen noch ein Proviantpäckchen für Uharan. Schließlich zog Uharan mit ein paar wenigen, besonders anhänglichen Schülern zum Osttor von dannen. Theodus überkam ein Gefühl, als würde es Winter und man hätte vergessen, rechtzeitig zu heizen. Auf die Gilde kamen stürmische Zeiten zu. Schnell schüttelte er die Gedanken ab und betrat das große Gebäude. Uharan war weg, jetzt würde das Hauen und Stechen um die Stellung des obersten Magiers erst richtig losgehen - und er war mittendrin. Wie zur Bestätigung seiner Gedanken kam eine kleine Gruppe von jungen Magiern auf ihn zu.

An das Gesicht des einen konnte er sich sofort erinnern. Er war früher ein eher mittelmäßiger Adept gewesen und hatte nicht selten seine Studien vernachlässigt.

»Meister Theodus, unsere Stimme habt Ihr mit Sicherheit. Ihr seid ein leuchtendes Vorbild und Inspiration für uns alle.«

»Nun, vielen Dank für Euer Vertrauen, äh ... Meister Wenzer ... richtig? Und auch den andern Kollegen Danke für Ihr Vertrauen. Ich hatte ehrlich gestanden noch gar nicht über die Möglichkeit nachgedacht, bis mein Name fiel. Nun, wir werden sehen.« Theodus lächelte noch eines seiner freundlichsten Lächeln und drehte sich zum Weitergehen. Zum einen wollte er auf keinen Fall jemanden, der ihn für tauglich hielt, die Schule zu leiten, vor den Kopf stoßen und zum anderen fühlte er sich geschmeichelt. *Meister Theodus, oberster Magier und Oberhaupt der Magierschule, Begründer der Kraftlinientheorie und ...* Theodus ertappte sich dabei, wie er sich bereits als Sieger der Wahl die Zukunft ausmalte und schalt sich auch sofort im Geiste für derlei Eitelkeiten. Er hatte weitaus Wichtigeres zu tun, als sich jetzt um seine Wahl zu kümmern.

Da die Verschwörung noch nicht ganz aufgedeckt war, schwebte der König immer noch in Gefahr. Und das galt genauso für die Gilde wie für den Orden, sollte sich herausstellen, dass noch mehr als die vier Magier und der eine Heiler beteiligt waren. Er hatte den Gedanken gestern nicht weiter ausführen wollen, aber gekommen war er ihm dennoch. Die zwei wichtigsten Machtinstanzen Brakenburgs neben dem König standen vielleicht vor einem Umbruch und selbst der Rat der Stadt war durch die vielen zu Tode gekommenen Mitglieder zur Zeit nicht sehr entschlusskräftig. Theodus legte auf dem Weg in sein Arbeitszimmer die Stirn in Falten.

Andererseits, würde er tatsächlich der oberste Magier, so könnte er zumindest aktiv daran mitwirken, dass die Gilde ohne größeren Schaden durch diese Krise ging. Er konnte direkt etwas bewirken und nicht immer nur gegebene Entscheidungen und Regelungen die Gilde betreffend hinnehmen. Er könnte dann vorgeben - zum Wohle der Gilde. Vielleicht sollte er sich doch ernsthaft um das

Amt bemühen. Gestern war die Ankündigung der Wahl, dann war die Wahl selbst also in sechs Tage den heutigen mit eingerechnet.

Theodus fasste einen Entschluss. Er würde sich zwar nicht ständig auf dem Campus herumtreiben, um bei irgendwelchen Gelegenheiten, um Stimmen zu heischen. Das war seine Sache nicht, aber er würde zumindest eine ordentliche Rede abliefern, um überhaupt eine Chance auf das Amt zu haben.

Meister Baddo kam ihm in den Sinn. Was war das wohl für ein Mensch? Was waren seine Ziele? Meister Theodus entschied sich, Meister Baddo einen Besuch abzustatten. Er hatte sowieso ein paar Fragen zu dessen Aufzeichnungen über Dämonen. Doch er würde vorsichtig sein müssen.

Der Flügel, in dem sich die Fakultät der Dämonologie befand, war der älteste auf dem Campus. Wenn Theodus richtig unterrichtet war, hatte man damals ein bereits bestehendes Gebäude zur Magierschule umfunktioniert. Das musste noch zu Okurons Zeiten gewesen sein. Die Funktion dieses ersten Gebäudes konnte man allerdings nur noch erahnen. Die Einteilung der Räume und Steinmetzarbeiten ließen auf jeden Fall auf einen teuren Geschmack schließen. Man munkelte, dass es einst das Anwesen eines sehr vermögenden Mannes gewesen war. Brakenburgs Ausdehnungen waren zu dieser Zeit noch so gering, sodass sich das Gebäude außerhalb der Stadtmauern befunden haben musste. Die Stadt war erst später weiter darum herum gewachsen.

Theodus hob seine Hand und ließ seinen Fingerknöchel auf dem dunklen Türblatt tanzen. Laut Verzeichnis könnte Meister Baddo jetzt in seinem Arbeitszimmer sein. Ein dumpfes ›Herein‹ bestätigte seien Vermutung.

Der junge Magier drückte die Klinke herab und ließ die Tür weit aufschwingen. Er wollte auf keinen Fall den Eindruck erwecken, nur als ein Bittsteller zu kommen. Er wollte diesem Baddo auf Augenhöhe begegnen. Ein Duft von Kerzenwachs, Kreidestaub und verschiedenen Räucherkräutern schlug ihm entgegen. Baddo saß in einem sehr bequem anmutenden Sessel neben seinem Schreibtisch und hatte wie jeder gute Magier bei der Arbeit ein dickes Buch auf dem Schoß.

»Meister Theodus, tretet nur herein. Was verschafft mir die Ehre Eures Besuchs?« Im Gesicht Baddos stritten sich die mageren Züge, die bemüht waren, die sehr langen und krummen Zähne des hässlich geschnittenen Mundes zu bedecken, mit einem paar intelligenter und freundlich dreinblickender Augen darum, wer mehr Eindruck schindete.

»Seid gegrüßt, Meister Baddo. Ich hoffe, ich störe Euch nicht bei wichtigen Studien. Ihr habt wohl gerade ein kleines Ritual durchgeführt?« Theodus spielte auf den Geruch an. Er wedelt mit der Hand, als er in den Raum trat, um hinter sich die Tür zu schließen.

»Wie? Ritual? Ach, nein, nein, verzeiht den Geruch. Ich bin nur etwas erkältet. Die Kräuter reinigen die Luft.« Baddo schaute neugierig.

»Ich bin aus zweierlei Gründen zu Euch gekommen. Der eine ist ganz einfach. Da mir die Gilde und ihre Zukunft sehr am Herzen liegt, wollte ich wissen, ob Ihr ernsthaftes Interesse am Amt des obersten Magiers hegt und, wenn dem so ist, wo ihr gedenkt, die Gilde hinzuführen, solltet Ihr die Wahl gewinnen.«

Baddo schien über die Direktheit seines Gegenübers überrascht, blickte jetzt aber noch freundlicher. »Eure direkte Art gefällt mir, Kollege. Das findet man hier am Campus nicht oft. Jetzt ist mir klar, warum die hohe Verteidigerin Lavielle das ein oder andere Mal ins Schwitzen geriet. Setzt Euch doch.« Baddo wies Theodus einen Stuhl ihm gegenüber, der weitaus unbequemer, aber die einzige weitere Sitzgelegenheit im Raum war.

Theodus quittierte das Kompliment mit einem kurzen Lächeln und setzte sich.

»Nun, da Ihr so direkt und offen fragt, will ich Euch möglichst genauso offen und direkt antworten.« Er lehnte sich etwas zurück, legte das Buch bei Seite und schlug die Beine übereinander. »Ja, ich gedenke die Wahl anzunehmen, sollte ich gewählt werden. Wo ich die Gilde hinführen will, nun ich denke, das ist schon weitaus schwieriger in ein paar Sätzen zu formulieren.« Baddo machte eine Denkpause. »Lasst es mich so ausdrücken. Ich bin mir sicher, dass der eine oder andere alte Zopf abgeschnitten werden muss, aber trotzdem gilt es, die Traditionen zu bewahren. Wenn man die bewegten Zeiten betrachtet, brauchen wir Stetigkeit und keinen weiteren Umbruch. Anpassungen oder Reformen, wenn Ihr so wollt, sind zwar von Zeit zu Zeit wichtig, aber wären jetzt unangebracht.«

»Das scheint mir soweit vernünftig zu sein, wenn ich mir die Bewertung erlauben darf.« Theodus hatte Baddo, ob er wollte oder nicht, gedanklich schon auf die Seite der umgänglicheren Kollegen geschoben.

»Und Ihr, werter Theodus, würdet Ihr die Wahl annehmen und wo sollte es dann mit Euch hingehen?« Baddo lächelte breit. Das Widerspiel seiner Zähne und seiner Augen ließ ihn unheimlich und doch nicht bösartig erscheinen.

»Anfangs waren mir derlei Ausblicke völlig gleichgültig, berührten sie doch nicht meine persönlichen Bestrebungen in den Studien des Myriton. Aber ich muss gestehen, dass, wie ihr sagt, in diesen bewegten Zeiten die Gleichgültigkeit diesem Amt gegenüber durchaus nachteilig für die Gilde sein könnte. Und das liegt mir schließlich fern. Also, ja, ich wäre auch durchaus bereit, das Amt des obersten Magiers anzunehmen. Auch ich sehe jetzt den falschen Zeitpunkt für Reformen, aber ich verfüge über Informationen, die mir ein paar zeitnahe und grundlegende Änderungen in den Strukturen der Gilde mehr als nötig erscheinen lassen. Wenn wir ehrlich sind, ist es ja schon bedenklich, dass wir überhaupt um ein vakantes Amt buhlen müssen und einer der besten Köpfe der Gilde fast mit Schimpf und Schande die Stadt verlässt.« Theodus hatte sich nun zu Aussagen hinreißen lassen, die er in seinem ersten Gespräch mit diesem Baddo eigentlich nicht hatte tätigen wollen und doch - er bereute nichts.

»Wahr gesprochen, Kollege.« Baddo stopfte sich eine lange Pfeife.

»Bei Eurer Erkältung wird Euch das Pfeifenschmauchen aber nicht zuträglich sein.« Theodus hatte nie verstanden, wie man überhaupt Pfeife rauchen konnte.

»Doch, doch.« Baddo lächelte, dass man wieder sein ganzes Gebiss sehen konnte. »Das sind die Kräuter, die die Luft reinigen.«

Genüsslich sog er an seiner Pfeife. Sein anfängliches Husten beruhigte sich mit jedem Zug.

»Nun, da wir das geklärt hätten, und ich möchte Euch noch einmal für Eure Offenheit danken, möchte ich noch auf mein zweites Anliegen zurückkommen.« Theodus beugte sich nach vorne und lehnte die Ellenbogen auf die Oberschenkel.

»Ja?« Baddo blieb unbewegt sitzen.

»Ich gedenke meine Studien der Dämonologie zu vertiefen und, nun, Ihr seid der Fachmann. Ich wollte mit ein paar kleineren Informationszaubern beginnen. Was würdet Ihr mir raten?«

»Das freut mich zu hören. Es müssten sich viel mehr Kollegen damit befassen, allein um die Gefahren aus jenen Welten besser zu kennen und besser abwehren zu können.«

»Ihr meint, es besteht eine akute Gefahr aus der Dämonenwelt?« Theodus wurde hellhörig.

»Nun, die Dämonenwelt, die Daimon D'warh, und die Tür zu ihr haben wir schon seit Jahrhunderten unzweifelhaft aufgestoßen, ist in erster Linie keine böse Welt, wobei ich nicht bestreiten möchte, dass es dort einige durchaus böse zu nennende Kreaturen gibt. Aber das ist in unserer Welt ja genauso.« Baddo lächelte verlegen. »Auf jeden Fall besteht immer eine große Gefahr im Kontakt mit der Daimon D'warh, denn die meisten, die sich mit Dämonologie befassen, machen anfangs den Fehler, die Sprache und überhaupt alles dieser Welt als der unseren vergleichbar zu erachten. Und eben das kann fatal sein.« Baddo zog die Augenbrauen so hoch, dass seine Augäpfel herauszufallen drohten.

»Aber soweit ich weiß, verstehen die Dämonen doch die Sprache des Myriton, mit der wir die Beschwörungszauber wirken.«

»Ja, ja, das ist richtig, aber«, Baddo unterbrach sich selbst, als folgte er einem wichtigen Gedanken, »lasst es mich so ausdrücken. Ein Hund, dem Ihr für ein bestimmtes Verhalten immer eine Belohnung gebt, wird dann dieses Verhalten auf Eure Verlangen hin an den Tag legen. Würdet Ihr behaupten, der Hund spräche Eure Sprache.« Baddo lächelte wieder.

»Ich beginne zu verstehen. Das heißt also, sämtliche Verhaltensweisen und Äußerungen eines Dämons müssen mit höchster Vorsicht gedeutet werden, sonst wird man beispielsweise verspeist, obwohl man wollte, dass er einem etwas zu essen bringt.«

»Ganz genau.« Baddo klopfte sich auf den Schenkel. »Natürlich gibt es bei den Dämonen große Unterschiede, genau wie in unserer Welt. Vom Regenwurm bis zum intelligentesten Menschen ist bei uns alles vertreten, so auch bei den Dämonen. Man sollte sich also immer im Klaren sein, wen man da ruft und zu welchem Zweck. Hinzu kommt, dass leider nicht nur wir disziplinierten Magier uns mit der Dämonologie befassen, sondern auch andere.«

»Wie ist das möglich?« Theodus war erstaunt.

»Das Myriton als Solches ist die allumfassende Kraft, die alles durchfließt. Sie ist weder gut noch böse, wir ihr wisst. Doch Dämonen sind keine andere Form des Myriton, sondern genauso wie wir zu betrachten. Das Myriton ist hier sozusagen nur das Medium zwischen den Welten. Und es gibt Dämonenfürsten, die ganz bewusst den Kontakt zu unserer Welt suchen und hier sogar Menschen in den Künsten der Dämonologie anleiten.«

»Und das ohne jegliche Regelung oder Überwachung?« Theodus hatte zwar in seinem Studium einiges über dieses Fach gelesen, aber diese Information war ihm neu und sorgte ihn. »Ich vermute, dass das Wissen um solche Dämonenfürsten deshalb nicht allseits bekannt ist, damit sich nicht noch mehr Anhänger der Daimon D'annh finden?«

»So ist es, guter Theodus.« Baddo stand auf und begann, in einem der unzähligen Laden zu suchen. »Und, verzeiht, ein Anfänger wie Ihr, sollte um ein wenig zusätzlichen Schutz bemüht sein.« Er zog ein Lederbändchen hervor, an dem ein winziger vertrockneter schwarzer Finger mit einer dünnen, spitzen Kralle hing. »Das solltet ihr bei jedem Kontakt mit der Daimon D'warh tragen. Ich trage auch immer eins. Man nennt es Kicherkralle. Es, sagen wir, weist Euch bis zu einem gewissen Grad als einen der ihren aus und ihr seid somit als Opfer uninteressant. Es verwischt Eure magische Aura hin zur dämonischen.«

»Kicherkralle?«

»Warte ab, bis ihr dem eigentlichen Besitzer eines solchen Fingers begegnet.« Baddo blieb völlig ernst.

»Habt herzlichen Dank, Meister Baddo.« Theodus nahm den Anhänger fasziniert und ohne jeglichen Ekel entgegen und studierte ihn eingehend. Das erklärte ihm zumindest, warum Baddo bei der Versammlung auch einen blauen Schimmer gehabt hatte.

»Bei den Informationszaubern, wir nennen sie Befragungen, fangt Ihr am besten mit dem Spiegel von Bur´hagu an. Er ist schon am Anfang meines ersten Buches beschrieben und recht einfach zu erlernen. Ihr braucht lediglich den oberen Teil eines Totenschädels, Flusswasser bei Vollmond und Schwefelkreide.«

»Also, der Totenschädel und die Schwefelkreide sollten kein Problem sein. Nur das Wasser habe ich nicht.« Theodus ging die Zauberutensilien seines Arbeitszimmers im Geiste durch.

»Da müsst ihr nur zum Fluss, aber das geht auch erst Übermorgen. Da ist Vollmond.« Baddo grinste wieder und griff zu einer Karaffe mit Wein. »Vielleicht ein Gläschen?«

»Oh, nein danke, ich bleibe lieber bei klarem Verstand. Ich trinke nur selten. Habt trotzdem Dank, Meister Baddo. Ich habe Eure Zeit nun schon genug in Anspruch genommen. Ich wünsche Euch viel Erfolg bei der Wahl.« Theodus erhob sich und bot Baddo seine Hand.

Dieser erhob sich ebenfalls, ergriff sie mit beiden Händen und drückte sie beherzt. »Aber ja, das wünsche ich Euch auch. War ein angenehmer Plausch. Das könnten wir vielleicht einmal wiederholen.«

»Ja, durchaus und nochmals Danke.« Theodus trat auf den Flur und Baddo schloss hinter ihm die Tür.

Wieder einmal bestätigte sich für Theodus, dass der äußere Schein nicht immer sofort das Wesen einer Sache verriet. Dieser Baddo war tatsächlich ein durchaus angenehmer Zeitgenosse. Doch was er erfahren hatte, bereitete ihm großen Sorgen. Weiland hatte Unrecht. Man brauchte kein Zauberer zu sein, um einen Dämon zu beschwören - jeder konnte das.

UNKRAUT
(Nahe des Lomosh im Frühling)

Wenn er es recht bedachte, war es hier gar nicht so schlecht. Der Hof war groß und der Bauer schien freundlich. Was Moakin aber am meisten gefiel, war, dass es deutlich früher wärmer wurde, als in Birgenheim. Hier kam das Frühjahr viel schneller. Er kniete in der Morgensonne und jätete das Unkraut in dem kleinen Garten der Bäuerin. Es waren anscheinend nette Leute. Bisher hatte noch keiner über seine Stotterei gelacht, wobei er ihnen da noch nicht ganz traute. Der Bauer schien rechtschaffen, aber nicht der Schlaueste zu sein, die Bäuerin hingegen war offensichtlich gutmütig, aber die klügere von beiden. Er hatte ihre Bemerkungen vom Vorabend durchaus verstanden.

Moakin blickte sich um, und versuchte, sich ein Leben hier vorzustellen, doch aus irgendeinem Grund wollte sich keine Bilder einstellen. Er spürte nichts, was ihn mit diesem Hof verband oder was er woanders von hier vermisst hätte. Nein, dies hier würde nie sein Zuhause werden.

Shaija saß ihm gegenüber und zupfte ebenfalls. Sie sah an diesem Morgen erholt aus. Die Ringe unter den Augen waren fast verschwunden und ihr Haar glänzte in der Morgensonne. Wieder spürte Moakin dieses warme Gefühl, dass er einfach nicht einordnen konnte. War das Liebe?

In seinem Leben war nie viel von Liebe gesprochen worden. Es hieß immer nur, die Soundso ist mit dem Soundso zusammen und das sie nächsten Frühling heiraten würden. Ältere Jungen aus seinem Dorf hatte er manchmal über die Mädchen sprechen hören, aber da war auch nie von Liebe die Rede gewesen.

Kindermachen und Liebe, das hing irgendwie zusammen. Er war schon mal dabei gewesen, als ein Kind auf die Welt kam. Da hatte er seiner Mutter zur Hand gehen müssen, aber wie sie gemacht wurden, wusste er nicht so recht.

Er wusste auch, dass er seine Mutter liebte, aber das war etwas anderes. Bilder seiner Heimat gingen ihm durch den Kopf, Situationen, in denen ihn Menschen auslachten und er wurde wieder wütend. Was seine Mutter jetzt wohl gerade machte? Sie war hart und zäh wie alles, was aus dem Norden kam, aber er wusste, sie machte sich große Sorgen um ihn. Moakin schlug mit der Faust in die weiche Erde.

Die Stimmen in seinem Kopf flüsterten und ihm war, als sprächen sie von Rache und flüchtige Bilder zukünftiger Tage erschienen. *Nie mehr!* Bilder, auf denen er als grausamer Sieger aus Kämpfen hervorging. Auf einem benachbarten Feld begann ein Schwarm Raben, aufzufliegen und wild durcheinander zu krächzen. Wieder schlug er auf den Boden.

Dann nahm Shaija seine Hand.

***

Moakin war immer so verdammt wütend. *Wegen was denn?* Sie hatte allen Grund, wütend zu sein. Ihr war Ungerechtigkeit widerfahren. *Aber er?* Wenn Shaija ihn richtig verstanden hatte, war er freiwillig von zu Hause abgehauen, dieser Idiot. Er hatte ein Zuhause gehabt und es weggeworfen, wegen ein paar Eiern. Gut, es mochten wertvolle Eier sein, aber sie gehörten ihm nicht.

Sie hatte man von Zuhause fortgetrieben, ihr keine andere Wahl gelassen. Wieder traten ihr Bilder aus vergangen, glücklicheren Tagen ins Bewusstsein.

Das Mädchen unterdrückte seine Tränen. *Nicht weinen! Diesmal nicht.* Was wollte sie eigentlich? Sie war am Leben, die Sonne schien und was dann kam, kam eben und man musste darauf reagieren. Also, wozu sich ständig ärgern? Sie nahm die Hand dieses trotzigen Idioten und drückte sie. Er würde es bestimmt einmal verstehen, wie die Welt funktionierte, irgendwann. Moakin sah sie an und ein unsicheres Lächeln schien zu ihr herüber. Er war süß, wenn er so lächelte. Sie erwiderte es und spürte ganz deutlich seine Zuneigung. Wenn sie gewollt hätte, hätte sie in diesem Moment wahrscheinlich alles von ihm verlangen können.

»Moakin?«

»Was?« Er blinzelte sie gegen die Sonne an.

»Ich brauche auch ein Messer.«

AM LEBEN
(Die königliche Straße im Frühling)

Das Erste, was in sein Bewusstsein trat, war der säuerliche Geschmack von Erbrochenem. Als Nächstes spürte er die Kälte an seiner Schläfe. Eine Mischung sonderbar verzerrter Bilder waberte durch seinen Kopf. Bunt und silbern funkelnde Muscheln, verbrannte Dinge und verkohlte Leichen untermalt von einem süß fauligen Duft und himmlischen Klängen hallte in seinem Kopf nach, war aber nicht mehr richtig zu greifen. Die Reste einer schier unstillbaren Wut rauchten am Grunde seines Verstandes vor sich hin. Murajin schlug die Augen auf.

Die Landschaft lag auf der Seite und eine Frau schien ihm gegenüber an einer Wand zu hocken. Sie blies in einen kleinen qualmenden Haufen Zunder. Mühsam richtete er sich auf und nach einem kurzen Schwindel kehrten die ersten Erinnerungen zurück. Er war eine Art Wiedergänger eines Kriegers und mit einer Kräuterfrau und einer Heilerin unterwegs zu einer Stadt. Die alte Frau hieß Helmin, die Heilerin Lavielle, doch der Name der Stadt wollte ihm nicht gleich einfallen. Sie waren schon einige Zeit unterwegs. Was machte er hier?

»Ah, wieder unter den Lebenden. Wie geht es dir?« Helmin hatte ihm einen kurzen prüfenden Blick zugeworfen und widmete sich sofort wieder dem Zunder, aus dem jetzt erste Flammen schlugen.

Sie hatten angehalten, weil ... Da waren Männer. Sie hatten sie aufgehalten ... und wollten sie überfallen. Er war gestoßen worden. Lavielle hatte ihn gerufen. Weiter wollten ihn seine Erinnerungen nicht tragen. »Was ist passiert?«

»Du erinnerst dich an nichts?«

Vor sich hinstarrend schüttelte Murajin langsam den Kopf und rieb sich abwesend die kalte Schläfe.

»Wegelagerer haben uns überfallen wollen. Und du hast sie in die Flucht geschlagen.« Helmin grinste grimmig.

»Helmin hat den Mann geschlagen.«

Murajin blickte in die Richtung, aus der Stimme gekommen war. Lavielle saß neben ihm und blickte drein, als hätte die Kräuterfrau nicht alles erzählt.

»Ja. Stimmt. Ich habe den Mann geschlagen. Er hatte es auch verdient.« Helmin stocherte ungeduldig in dem kleinen Feuer.

Der Wiedergänger schaute sich um. Sie saßen am Rand eines breiten Weges. Den Spuren nach hatte Helmin ihn mehrere Schritte weit hier her geschleift und dann mit einer Decke versorgt. Das Pferd stand unweit von ihnen an einem Baum und graste. Auf dem Weg lagen drei erschlagene Männer, wobei dem einen sogar der Kopf abgetrennt worden war. »Ich verstehe nicht ganz.«

Helmin blickte ihm schließlich direkt in die Augen. »Ich hatte zuerst die Befürchtung, dass du dich überhaupt nicht an deine Zeit als Krieger erinnern würdest, aber dann ...« Sie nickte mit dem Kopf in Richtung der Toten. »Du hast drei Männern innerhalb eines Augenzwinkerns das Leben genommen.« Sie klang beinahe so, als wolle sie ihn anklagen. »Irgendwie hast es sogar zustande gebracht, das Pferd zurück zu rufen, ohne zu rufen. Am Ende bist du zusammengebrochen und hast gekotzt.«

Er wusste nicht recht, was er sagen sollte. Als er noch mal zu den Toten blickte, erschienen Bilder und Wortfetzen des Kampfes in seiner Erinnerung, aber alles war überlagert von einem roten Schleier und unendlicher Wut. Und da war noch etwas. Er war sich zunächst nicht sicher, doch je länger er darüber nachdachte, umso sicherer wurde er sich. Seit seinem Erwachen hatte er außer Verwirrung und ein bisschen Zuneigung nicht viele Empfindungen verspürt, aber diese wurde immer deutlicher. Er empfand Gier, Gier nach Zerstörung und Leid. Sie betraf weder Helmin noch Lavielle, aber sie war da.

»Wenn wir nach ... nach Brakenburg kommen, dann bringen wir Lavielle zu den Heilern. Richtig?«

»Ja.« Helmin malte mit den Kiefern. Offenbar war ihr die Frage irgendwie unangenehm.

»Meinst du, die können mir helfen?«

»Na, wenn die das nicht können, dann kann es keiner.« Die Kräuterfrau begann, in ihren Vorräten herumzukramen.

»Glaub ich nicht.« Lavielle hatte sich wieder in das Gespräch gemischt. Sie zog ein Gesicht, als hätte man einer Fünfjährigen erklärt, der Himmel sei grün.

Helmin schaute für einen Moment abschätzend zu ihr hinüber und verkniff den Mund. Dann konzentrierte sie sich wieder auf das Vesper. »Wir müssen jetzt was essen und dann werden wir die Toten beerdigen. Ich will vor der Dunkelheit noch ein gutes Stück Wegs zwischen mich und diesen Ort bringen.«

***

Die zweite Hälfte des Tages waren sie schweigend nebeneinander gelaufen. Nur Lavielle hatte ab und zu das Lied gesummt. Murajin marterte seinen Verstand, um irgendwie weiterzukommen. Wer war er genau? Oder eher, was war er? Er musste sich erinnern.

Er begann damit, alles zusammenzutragen, was er wusste. An einem offenen Grab erwacht, war er durch die Nacht getaumelt und vor Helmins Tür gelandet. Sie hatte ihn aufgenommen und behauptet, er müsse tot sein. Er sei ein Ankwin gewesen, den sie bis zu seinem Tod gepflegt habe. Lavielle, die freundlich, aber nicht Herrin ihrer selbst war, sei durch seinen Tod so geworden. Ihm fiel es leicht, sich in der Natur zu bewegen und zu überleben, doch jedes Mal, wenn er sich an etwas von früher zu erinnern versuchte, was nicht seine augenblickliche Situation betraf, versagte ihm sein Verstand jegliche Information. Die Tage, an denen er von den Frauen getrennt gewandert war, hatten ihm viel Ruhe geschenkt und er hatte geglaubt, es würde ihm helfen, sich zu erinnern. Doch die Zeit war ergebnislos verstrichen. Er biss die Zähne zusammen. Es half nichts. Zweifelnd sah er zu Helmin und Lavielle und versuchte ein paar Schritte lang einfach nur zu atmen und zu gehen.

Plötzlich kamen ihm Worte in den Sinn. Worte aus der Vergangenheit. Irgendjemand hatte sie ihm einst gesagt und Murajin spürte ganz deutlich, dass sie ihm früher geholfen hatten. *›Manchmal muss der Bär eben alleine aus seiner Höhle kommen.‹*

Unterbewusst griff er sich an die linke Brust und rieb sie. Als er es bemerkte, spürte er an dieser Stelle einen leichten juckenden

Schmerz und schemenhafte Bilder eines längst vergangenen Kampfes hasteten an seinem geistigen Auge vorbei. Dann kamen andere Bilder. *Ein Bär und ein Stein. Nein. Ein Bär und ein Fels. Bärenfels.*

»Was?« Helmin schaute ihn fragend an. Er musste das letzte Wort laut ausgesprochen haben.

»Bärenfels.« Wiederholte Lavielle in ihrem kindlichen Singsang.

»Das ist der Name deiner Familie, oder er war es zumindest.« Helmin wusste nicht recht, ob sie sich nun darüber freuen oder Angst davor haben sollte. Sie hatte sich in den letzten Tagen immer wieder der Kopf zerbrochen, was es mit Murajin auf sich hatte. Ihr war eingefallen, dass sie schon einmal von einem Scheintoten gehört hatte, aber das war ein sehr alter Mann gewesen und er war nach zwei Tagen wieder erwacht, um dann allerdings nur kurze Zeit später wirklich zu sterben. Murajin war zwei Wochen im Frostboden Birgenheims gelegen und erfreute sich jetzt bester Gesundheit.

»Bärenfels«, murmelt Murajin leise vor sich hin, als ob er darauf wartete, dass ihm noch etwas einfiel.

So oder so half es nichts, nur zu grübeln. *›Immer eine Ackerfurche nach der anderen‹* hatte Helmins Vater oft gesagt. Sie legte Murajin die Hand auf die Schulter, dann riss sie sich zusammen und versuchte, zuversichtlich zu klingen. »Das wird schon. Stück für Stück. Wir sind auf dem Weg in die größte Stadt des Landes, in die Königsstadt. Und du bist am Leben und nicht allein.«

Murajin fand in diesem Moment tatsächlich ein wenig neuen Mut. Helmin hatte Recht. Er war am Leben und nicht allein. Dann kam ihm ein Gedanke, der ihm noch mehr Zuversicht schenkte. Der Totengott hatte ihn zurückgeschickt und das hatte seinen Grund. Er war zurückgekommen, um etwas zu tun, das wurde ihm jetzt klar. Was das war, würde er mit Sicherheit früher oder später erfahren, sonst hätte sich Hann wahrscheinlich gar nicht die Mühe gemacht. Mit ein bisschen mehr Sinn in seinem langen kurzen Leben schritt Murajin voran. Er hatte hier noch eine Aufgabe zu erledigen.

FINGER
(Nahe des Lomosh im Frühling)

In der Ferne konnte man den Lomosh rauschen hören. Gutmütig trottete das Pferd vor sich hin. Die Fahrt ging gut voran und sie würden die Stadt wohl kurz nach Mittag erreichen. Sie waren in aller Frühe aufgestanden und nun schon den halben Tag unterwegs. Farnten kaute zufrieden auf einem Grashalm, während die Unebenheiten des Weges ihn und seine Gefährten sanft durchschüttelte.

Immer wieder versuchte er, sich die Verhandlungen auf dem Markt vorzustellen. Welchen Preis würden die Garnrollen und die Wollspindeln wohl erzielen, was die Holzlöffel? Auch das mit dem Käse war immer so eine Sache. Erwischte man den richtigen Zeitpunkt, konnte sich der Preis beinahe verdoppeln. Was würde das neue Kalb kosten? Er war froh, Tasper dabei zu haben, denn er hatte es nicht so mit den Zahlen. Seine Frau hatte ihm zwar gestern alles noch einmal erklärt, aber der Knecht war schneller im Kopf. Woldan war stärker, aber Tasper hatte es im Kopf.

»Hoh.« Knarrend kam der Wagen zum Stehen. »Wie rasten hier n bisschen, nur die Beine vertret'n. Jetzt isses nich mehr weit bis Katym. Vielleicht noch zwei Stunden.«

Shaija klettert sofort vom Wagen. Sie musste sich offensichtlich dringend erleichtern. Die Männer stiegen eher gemütlich herunter. Tasper ging um den Wagen herum, wohl um die Ladung zu kontrollieren. Farnten stellte sich an den Wegrand, starrte in die Ferne und öffnete seine Hose. Laut plätschernd erleichterte er sich und stand dann wieder für eine ganze Weile stumm da. Schließlich knöpfte er seine Hose wieder zu und drehte er sich zu dem Jungen.

»Na, Moakin. Was hältst'n du vom Bauernhandwerk hier im Unnern Land? Wo de herkommst, gibt es bestimmt nur Schnee, Eis und schrumpelige Kartoffeln.«

Moakin war nicht recht in der Stimmung für eine Unterhaltung, wollte aber auch nicht unhöflich sein. »Ich weiß nicht. Bei uns gibt es viel Schnee und Eis und viel mehr Bäume.«

»Das möcht ich wetten. Und mehr Bären und Wölfe, nich?«

Moakin grinste nur in Ermangelung eine Antwort.

»Ich hab mit Milah drüber gesprochen. Wir könnten wirklich noch'n paar helfende Hände gebrauchen und ... wer weiß ... vielleicht kannste ja eines Tages dein eignes Stück Land bestellen. Das Bauernhandwerk ist nich das Schlechteste. Was meinst de?«

Moakin dachte noch darüber nach, wie er antworten konnte, ohne Farnten zu verärgern, als ein Schrei zu hören war. Dann kam Tasper angelaufen und hielt sich die blutende Hand.

»Tasper, wo zum Geier kommst de ...?«

»Die hat mich angegriffen! Das Miststück hat mir in de Hand geschnittn.«

Moakin wollte schon in die Richtung laufen, in der Shaija verschwunden war, als er in der Bewegung verharrte. Mit finsterem Gesicht aber unverletzt kam sie hinter einem Baum hervor. In der Rechten hielt sie noch den Dolch.

Farnten wechselte seinen Blick zwischen dem Knecht und dem Mädchen, dann wurde seine Miene zu Stein. »Tasper, steig auf.«

»Farnten, se hat ...«

»Steig auf und halt's Maul.«

Langsam kam Shaija näher und blieb ein paar Schritte entfernt stehen. Eine sonderbar widersprüchliche Mischung aus Unsicherheit und Entschlossenheit spiegelte sich auf ihrem Gesicht. Moakin stand jetzt zwischen ihr und den anderen.

»Na, Mädchen. Alles in Ordnung?« Farnten klang versöhnlich.

»Alles in Ordnung.« Ihr leidenschaftsloser Tonfall stand in starkem Kontrast zu ihrer Körpersprache.

»Wir machn des jetzt so. Wir steigen alle wieder auf'n Wagn. Tasper bekommt später noch ne Tracht Prügel und alles is in Ordnung.« Farnten klang, als hätte jemand die Stalltür offengelassen.

Während der Knecht seinen Herrn missmutig ansah, verändert sich bei Shaija überhaupt nichts. Moakin wusste nicht recht, was er tun sollte. Der Bauer war offenbar auf ihrer Seite, aber das Mädchen rührte sich kein bisschen. Langsam ging Moakin an Farnten vorbei zum Wagen und streckte dem Knecht auffordernd seine Hand entgegen. Der Bauer drehte nur den Kopf.

Taspers Blick wanderte zu der Tasche Moakins. Schließlich gab er sie ihm herunter.

»Komm schon, Moakin. Bleibt bei uns. Shaija wird nichts passieren.« Farnten war eigentlich schon klar, worauf es hinauslief, aber er musste es zumindest probieren. Seine Frau hatte ihm zwei Tage lang in den Ohren gelegen.

Shaija sah Tasper unverwandt und eisig an.

»Tja, denn. Gute Reise. Ihr müsst wissen, waser wollt.« Der Bauer stieg auf den Wagen und nahm die Zügel in die Hand. »Hüh.«

Die beiden blieben einfach stehen und sahen, wie der Wagen hinter der nächsten Kuppe verschwand.

»Hat er die was angetan?«

»Nein. Er hat nur fast einen Finger verloren, als er es versuchte.«

Moakin war von der Schärfe, mit der die Worte über ihre Lippen kamen, überrascht, aber es beeindruckte ihn auch. Wortlos schulterte er den Rucksack und begann, dem Weg zu folgen. Shaija ging ihm hinterher. Vielleicht würden sie es noch vor dem Dunkelwerden schaffen.

EIN KLEINER STREICH
(Brakenburg im Frühling ... vor langer Zeit)

Es sah beinahe so aus, als ob zwei Kinder unter einer Decke spielten und immer wieder eines von beiden hervorschaute. Rechter Fuß - linker Fuß - rechter Fuß - linker Fuß. Der vorbeirauschende Kies im Hintergrund tat ein Übriges, um dem Anblick etwas Skurriles zu geben. Lavielle ging über einen der zahllosen Kieswege im Seelengarten und betrachtete dabei ihre Füße. Grüblerisch war sie über die Tausenden und aber Tausenden von weißen Kieseln gewandert und hatte über das Erlebnis des Vortages im Schlangentempel und über Weilands darauffolgendes Verhalten nachgedacht.

Die Vision hatte sie sehr geschwächt und für eine ganze Weile war es ihr nicht möglich gewesen, einen klaren Gedanken zu fassen. Später erst, nachdem sie Weiland alles erzählt hatte und dann zwischen den beiden ungleichen Männern auf dem Weg zu Theodus war, hatte sie bemerkt, dass Weiland sehr schweigsam war. Garock hingegen hatte viel gesprochen - für einen Berisi. Einmal hatte er mit dem Wort ›Pause‹ gefragt, ob sie noch eine Pause bräuchte und das zweite Mal hatte er mit ›Langsam‹ gesagt, sie solle sich schonen. Irgendwie fand sie seine Besorgnis um sie sehr angenehm, ja sogar süß. Sie spürte ihn mehr und mehr als den großen Bruder, den sie nie hatte. Er schenkte ihr durch seine bloße Anwesenheit so viel Sicherheit und Ruhe. Selbst in diesem Augenblick spürte sie ihn und seine Standfestigkeit, obwohl er ein paar Schritte hinter ihr lief und fast nicht zu hören war. Er hatte eben ganz genau gespürt, dass sie viel nachdenken musste.

Doch Weiland gefiel ihr gar nicht. Sie hatte erwartet, dass er ihr erklärte, was sie gesehen hatte. Er hatte aber nur geschwiegen. Als sie ihn nach dem Abend bei Theodus nach Hause gebracht hatten, war den ganzen Weg lang kein einziges Wort gefallen. Nur an der Tür hatte er ihnen eine gute Nacht gewünscht und ihr gesagt, er müsse nachdenken.

Heute Morgen, als sie Garock in Weilands Haus abgeholt hatte, war seine Tür verschlossen gewesen. Entweder ihm war nicht gut oder er war schon sehr früh auf den Beinen. Beides machte Lavielle sorgen, außerdem wollte sie endlich wissen, was das alles zu bedeuten hatte.

Ihr war klar, dass man solche Visionen nicht direkt in die Realität umsetzen konnte. Es war wohl eher eine symbolhafte Sprache. Die Schlange Mawana konnte für den Orden oder für den Glauben als solchen stehen. Weiland hatte nach dem Träger der Robe gefragt. Lavielle ging also davon aus, dass der Orden gemeint war. Der Orden spie ihr Gift ins Gesicht. Zog man den Heiler bei den Verhören mit in Betracht, passte das vielleicht. Aber was sollte dieses andere Tier, dass sich häutete?

Lavielle näherten sich dem Wäschehaus und wollte Garock gerade ein Zeichen geben, als dieser sich schon etwas von ihr absetzte und geradewegs auf die junge Novizin zuhielt. Diese war mit dem Abhängen der Wäsche beschäftigt.

Der federnde anmutige Gang des Hünen riss Lavielle endgültig aus ihren Gedanken. Halb schlich er, halb ging er in einem Bogen auf die Novizin zu. Lavielle musste ein breites Grinsen unterdrücken, war sie doch wieder einmal im Begriff, jemandem einen Streich zu spielen. Ihr schlechtes Gewissen, dass sich zaghaft in ihrem Hinterkopf meldete, beruhigte sie schnell damit, dass ja alles für eine gute Sache war.

Garock hatte seien Position erreicht und Lavielle trat leise heran »Seid gegrüßt, junge Schwester!«

»Himmel, Mawana, steh mir bei!« Die Novizin, ein junges Ding mit einem gutmütigen Gesicht und freundlichen braunen Augen, schlug die Hände vor der Brust zusammen und ließ dabei ein Wäschestück fallen. »Schwester Lavielle! Habt Ihr mich erschreckt.«

»Oh, bitte. Das war nicht meine Absicht. Entschuldigt bitte.«

»Was kann ich für Euch tun?« Die Novizin hatte sich wieder einigermaßen gefasst und strich nervös ihre Robe zurecht.

»Nun, ich habe etwas Dünger für Schwester Freedas Süßholzsträucher dabei.« Lavielle sah an der Novizin vorbei. Diese drehte ihren Kopf, um dem Blick der Heilerin zu folgen, und sah direkt auf die Brust Garocks, der absolut lautlos von hinten an sie herangetreten war. Er grinste, für einen Berisi, sehr freundlich. Die Novizin nahm es allerdings wie die meisten wohl eher als das Zähneblecken wahr und erschrak erneut.

Lavielle legte die gestohlene Robe, die sie hinter ihrem Rücken gehabt hatte, blitzschnell in den Wäschekorb zu den anderen. »Alles ist in Ordnung. Das ist nur Garock. Ihr wisst vielleicht, dass ich ihm als Mentorin zugewiesen wurde. Er hilft Weiland hier im Garten. Wenn man ihn nicht kennt, kann man es schon mit der Angst zu tun bekommen, aber er ist ein sehr netter und hilfsbereiter Zeitgenosse. Er spricht nur nicht viel. Stimmt's, Garock?«

Garock nickte knapp. Die Novizin wusste gar nicht mehr, wo sie hinschauen sollte, bis Lavielle sie zu einem Natursteinmäuerchen führte, wo sie sich hinsetzte.

»Aber Garock, du darfst dich nicht so heranschleichen. Das erschreckt die Leute.« Lavielle musste alle Beherrschung aufbringen, um bei dieser Rüge nicht lauthals loszuprusten.

Garock setzte den Sack mit dem Dünger wortlos an der Wand des Hauses ab.

Als sie außer Hörweite waren, begann Lavielle zu lachen. Sie spielte die Szene mehrere Male nach und musste immer wieder kichern. Am Ende kullerten sogar ein paar Lacher aus der Brust des Berisi wie Steine in einen See.

Auf einmal wurde Lavielle wieder ernst. Sie legte den Kopf in den Nacken, sah dem Berisi ins Gesicht und strahlte dann aber wieder. »Es kommt jetzt öfter vor, dass ich dich lachen höre. Das ist schön.« Da sie wusste, dass Garock darauf sowieso nicht antworten würde, sprach sie weiter. »Lass uns zu Weiland gehen. Ich möchte wissen, was er über die Vision denkt.«

DIE DONNERNDE STADT
(Katym im Frühling)

Willrah lag schwer auf seinem rechten Arm, sodass er ihn nicht bewegen konnte. Ihr Gesicht schwebte dicht vor dem seinen. Ihr Mund öffnete sich auffordernd, dann leckte sie ihm mit einem Mal über das ganze Gesicht. Ihre Zunge war rau und riesig. Dekmanto spürte, wie der leichte Wind die feuchten Stellen sofort auskühlen ließ. Er blinzelte. Dann riss er die Augen auf und sah ein riesiges Maul und eine Zunge. Unfähig, seinen rechten Arm zu bewegen, fuchtelte er mit dem linken vor seinem Gesicht herum.

»Ponto, verdammt! Hör auf! Hör schon auf.« Er lag im Gras und sein Pferd leckte ihm das Gesicht. Offenbar war er übermüdet vom Sattel gefallen und hatte einfach weitergeschlafen. Hustend bemerkte er einen Kloß im Hals, also musste er verdammt lange geschlafen haben. Außerdem begannen die Schmerzen in seiner Schulter in sein Bewusstsein zu treten.

Er lag auf dem rechten Arm und dieser war taub. Grimmig stieß er sich umständlich mit den linken Arm vom Boden ab und drehte sich auf den Rücken. Die Sonne schien ihm direkt ins Gesicht und er hörte neben ein paar Singvögeln einige Krähen und ein Knarren. Er schloss die Augen, um sich gegen den hellen Feuerball am Himmel zu Schützen. Da war noch irgendein sonderbarer Geruch. Er kannte ihn. Ponto stieß ihn mit der langen Schnauze in die Seite.

»Ist ja gut, mein Dicker. Nur noch einen Moment.« Jetzt kamen sie, die tausenden Ameisen, als sein Arm sich langsam wieder mit Blut füllte und das Gefühl zurückkehrte. Leise vor sich hin fluchend drehte er sich wieder auf den Bauch und stand umständlich und steif auf. Direkt vor seinem Gesicht hingen zwei madenzerfressene blau schwarz verfaulende Füße in der Luft. »Verdammt!« Dekmanto schreckte zurück.

Kopfschüttelnd sah er sich um und machte sich auf die Suche nach seinem Hut. Er war doch tatsächlich direkt am Galgenhügel von Katym vom Pferd gefallen. Die Stadt war in Sichtweite. Die Überreste des Gehängten schienen ihn höhnisch anzugrinsen.

»Ja, ja. Lach du nur.« Dekmanto setzte seinen Hut auf. Die gute Nachricht war. Er hatte Katym erreicht. Die schlechte, dass ihm die Idee, hier auf den Jungen zu warten, gerade äußerst dämlich vorkam und er nicht recht wusste, wie viele Tage er unterwegs gewesen war. Er spuckte aus, überprüfte sein Gepäck und machte sich auf den Weg in die Stadt.

Er war erst einmal hier gewesen und damals noch verdammt jung, aber an die grobe Einteilung der Viertel und an die berühmten Fälle erinnerte er sich noch gut. Katym lag zugleich am Lomosh und an einer großen Bruchkante. Diese bildete einen Teil der Nordgrenze des Unteren Landes. Dieser Umstand führte dazu, dass sich die Stadt am größten Wasserfall des ganzen Landes befand, dem Lomosh-Batur. Schon immer hatten hier die Flößer halten müssen und das Holz an Händler verkauft, die es dann über äußerste gefährliche Trampelpfade ins untere Land brachten und dort weiterverkauften. In den alten Zeiten hatten manche unerfahrene Flößer sogar ihre Stämme einfach den Lomosh-Batur hinunter rauschen lassen und gehofft, die meisten Stämme unten heil wieder zusammenfischen zu können. Unterhalb des großen Wasserfalls sammelte sich der Lomosh nämlich in einem großen Becken zu einem See, dem Lomosh-Dang. Dieser mündete dann unter hunderten von winzigen Seitenarmen wieder in den Lomosh, der dann den Weg zum Meer fand. Diese armen Teufel von Flößern mussten sich aber immer eingestehen, dass ihr Holz entweder vom Lomosh-Batur zermalmt worden war oder, dass das bisschen, was der große Fall wieder herausgab, die unzähligen Seitenarme verstopfte und nicht mehr vernünftig zu bergen war. Daher kam das Sprichwort *Mit dem Holz den Batur hinunter.* Das hatte ihm sein Onkel damals erklärt, als er einmal mit ihm in der großen Stadt war und es nicht erwarten konnte, die großen Fälle zusehen.

Bitter mischte sich das Ende seines Onkels in die Erinnerungen an seine Jugend. Er war in einer Seitengasse niedergestochen und in den Fluss geworfen worden. Man hatte Dekmanto damals erklärt, dass der Lomosh-Batur, was so viel wie wütender Lomosh hieß, nichts und niemanden wieder hergab, nur Sand. Der floss dann in den Lomosh-Dang, den schlafenden Lomosh. Mittellos hatte er sich damals in der großen Stadt einem Händler angeschlossen, der nach Norden unterwegs war.

Dekmanto spuckt noch einmal kräftig aus, und trank den letzten abgestandenen Rest aus seinem Wasserschlauch. *Baden, Essen, Huren, in dieser Reihenfolge.*

***

Es war früher Abend, als der Kopfgeldjäger seine drei dringlichsten Vorhaben hinter sich gebracht hatte. Völlig entspannt und völlig entkleidet lag er auf dem Bett, pflückte sich eine Beere von einer Traube und warf sie sich in den Mund. Er sah Li'Moh, die auf einmal gar nicht mehr so exotisch wirkte, zu, wie sie sich anzog.

»Sag mal ... wen frag ich hier, wenn ich wissen will, ob es was Neues gibt?«

»Was meinst du mit ›was Neues‹? DU bist neu hier.« Ihre leicht kratzige Stimme und wie sie sich genervt die Haare bürstete erregte Dekmanto erneut.

»Na, du weißt schon. So einen wie mich findest du an jeder Ecke. Ich mein, wenn ein großer Fisch im Teich auftaucht oder einer, dessen Farben man noch nie hier gesehen hat.«

Die Frau mit den rötlichen Haaren unterbrach ihre Haarpflege und sah nachdenklich zu ihm. »Du hast Recht.«

»Was? Du hast etwas gehört?« Dekmanto richtete sich neugierig etwas auf.

»Nein, so einen wie dich findet man an jeder Ecke.« Sie lachte schief und der Kopfgeldjäger warf eine der Weinbeeren nach ihr. Dann beugte er sich vor und zog sie wieder ins Bett.

***

Nachdem sich der Preis für Li'Mohs Bemühungen nun verdoppelt und sie ihm schließlich auch noch einen Anlaufpunkt gegeben hatte, verließ Dekmanto das Hurenhaus bestens gelaunt und schaute im Stall der Herberge vorbei. Ponto sollte es schließlich auch nicht schlecht gehen.

Es war noch früh genug, um sich ein bisschen in der Stadt herumzutreiben. Überall war das unterschwellige Dröhnen des großen Wasserfalls zu hören. Ein wenig aufgekratzt schlenderte er durch die Innenstadt und ging schließlich an der Holzscheide vorbei. Das war die Stelle, an der der Lomosh künstlich geteilt wurde. Hielt man sich auf dem Strom rechts, stieß man auf ein großes Becken, in dem hunderte Holzstämme trieben. Am Ende war eine dicke Mauer mit Löchern, die das Wasser aber nicht die Bäume durch ließen. Hielt man sich links, konnte man den Lomosh-Batur reiten. Die Stelle, ab der die Strömung zu stark für eine Umkehr wurde, war mit Totenschädeln geziert und nachts brannte dort immer ein Feuer auf beiden Seiten.

Auf der dreieckigen Plattform, die den Fluss teilte, war der Holzmarkt. Flößer und Händler feilschten hier im Frühjahr um jede Elle Holz. Unter dem Jahr war hier weniger los. Man konnte allerlei Krimskrams kaufen, hauptsächlich von der Küste, und die Bauern aus dem Hinterland versuchten hier, Haushaltswaren loszuwerden. Auf der Westseite des Lomosh war allerdings fast immer Hochbetrieb, denn hier war der Sklavenmarkt. Menschenjäger und Sklavenhändler aus dem ganzen Norden schlugen hier ihre lebende Ware um.

Dekmanto erinnerte sich der Tage seiner Jugend. Mehrere Wochen hatte er hier mit seinem Onkel verbracht. Gespannt schlenderte er weiter nach Süden und fand auch nach wenigen Abzweigungen, was er gesucht hatte, die Totengasse.

Eine schwere Kette war hüfthoch mitten über die schmale Straße gespannt. Als Jugendlicher hatte sein Onkel ihm diese Geschichten erzählt und er hatte sie aufgesogen wie ein Schwamm. Angeblich hatte ein reicher Holzhändler einst ein Haus am Ende dieser Gasse besessen. Es sei direkt am Wasserfall gestanden und man soll von dort die beste Aussicht über den Lomosh-Dang und das Untere Land gehabt haben. Man erzählte sich, dass er eines Tages wutentbrannt nach Hause gestürmt war. Er hatte wohl herausgefunden, dass seine Frau ihn betrog. Der Sage nach hat er die Tür hinter sich zugeschlagen und vor lauter Schmerz ihren Namen gerufen. Das war das Letzte, was man von ihm gehört hatte, denn dann sei das ganze Haus samt einem Teil der Promenade dahinter und einem Teil der Gasse davor den Wasserfall hinab gestürzt. Man hatte weder von dem Haus noch von dem Hausrat, dem Händler oder seiner Frau je wieder etwas gefunden.

Dekmanto stand lächelnd an der Kette und sah der untergehenden Sonne zu, die die abrupt endende Gasse in ein unwirkliches Orange tauchte. Das Rauschen war hier etwas lauter. Das Einzige, was an der Geschichte stimmen musste, war, dass etwas von der Straße abgebrochen war. Der Kopfgeldjäger kniff die Augen zusammen und konnte erkennen, dass die Gasse immer noch völlig ausgefranzt endete und auch Teile der Mauerbrüstung links und rechts fehlten. Wie auch schon in seinen Erinnerungen wuchsen direkt am Abgrund Gräser zwischen den lockeren Pflastersteinen hervor. Es war wohl zu schwierig, das weggebrochene Material aufzufüllen.

Schließlich begab sich Dekmanto zufrieden auf den intakten Teil der Promenade direkt über dem Lomosh-Batur, und genoss die Aussicht. Er ging langsam nach Westen und hielt auf das Kräuterviertel zu. Er hatte ja noch einiges vor.

DER RÄTISCHE BESCHLUSS
(Brakenburg im Frühling ... vor langer Zeit)

So gespannt Theodus auf das Befragungsritual auch war, er musste in jedem Fall bis zum nächsten Vollmond warten. Sein Tatendrang wurde zusätzlich gebremst, denn eigentlich hätte er heute wieder eine Vorlesung zu halten. Sein Unterricht war nun schon zu lange ausgefallen und es machte ihm normalerweise sogar große Freude, die Köpfe der jungen Adepten etwas durcheinanderzuwirbeln, aber im Moment waren einfach wichtigere Dinge zu tun. Allein der Besuch bei Rubon duldete keinen Aufschub. Er war bereits auf dem Weg zum Universitätsdiener, um ihn anzuweisen, die Adepten vom Ausfall des Unterrichts zu unterrichten.

Als der junge Meister gerade von dem alten Flügel in das große Treppenhaus wechselte, konnte er deutlich hören, wie unten die großen Türen aufgestoßen wurden. Sofort entstand eine Unruhe und Theodus blickte neugierig über das Geländer nach unten.

Eine große Anzahl Stadtgardisten stürmte regelrecht herein. Befehle wurden gebrüllt, Adepten und sogar Magier bei Seite gestoßen. Es schien ein offizieller Akt zu sein, doch Theodus war nicht wohl bei der Sache. Er beschleunigt seine Schritte.

Auf halber Höhe kamen ihm schon mehrere Gardisten mit Hellebarden und grimmigen Blick entgegen. Allerdings stürmten sie achtlos an ihm vorbei. Er folgte ihrem Weg und konnte sehen, wie zwei der Männer stehen blieben. Einer holte einen Hammer und Nägel hervor. Der andere entrollte ein Schriftstück. Schon war das Hämmern zu hören und kaum war die erste Tür beschlagen, wandten sich die Männer einer weiteren zu.

Fassungslos und paralysiert ging Theodus auf das Schriftstück zu, berührte seine rechte untere Ecke ganz sanft und zog es gerade.

Rätischer Beschluss im vierten Jahr des Löwen
Volk von Brakenburg!

335

Mit sofortiger Wirkung wird jedem Mitglied der Magiergilde das Unterrichten der magischen Lehren untersagt. Es ist bei Strafe verboten, neues Wissen an Lehrlinge der Magie und Unkundige weiterzugeben. Die Unterrichtsräume sind bis auf Weiteres gesperrt. Sämtliche Zauber vor allem Dämonen betreffend sind bei Todesstrafe untersagt.
Mit königlichem Siegel, der Stadtrat

Woher sollten sie von dem Dämon wissen? War es Rubon oder ...? Die simpelste Erklärung war wohl auch die wahrscheinlichste. Der Hauptmann, den er ins Vertrauen ziehen musste, hatte natürlich seinem Vorgesetzten Meldung gemacht und dieser seinem Vorgesetzten. Der Ratsherr Pageronn, dem die Stadtwache unterstanden hatte, war zwar tot, aber offenbar hatte sich der Rat endlich zu Neubesetzungen durchgerungen. Er war also wieder beschlussfähig, die Stadt war nicht mehr führerlos und die Tatsache, dass mitten in Brakenburg ein Dämon sein Unwesen getrieben hatte, war jetzt sicherlich bald in aller Munde.

Theodus wurde schlecht bei dem Gedanken, was das für den Aberglauben und die Angst der Menschen bedeutete. Er konnte schon sehen, wie man irgendwelche armen Teufel durch die Straßen hetzte, nur weil ein zuträgerischer Nachbar das Gerücht um deren Besessenheit in die Welt gesetzt hatte.

Er ging zu einem nahegelegenen Fenster, riss es auf und schnappte nach frischer Luft. Es dauerte nur wenige Atemzüge und er hatte sich wieder vollkommen unter Kontrolle. Der junge Meister versuchte in Gedanken, die Konsequenzen dieses Beschlusses zu erfassen.

Wenn keiner mehr Magie lehren durfte, musste er keine Vorlesung halten und hatte mehr Zeit für seine Untersuchungen. Seine Untersuchungen wurden aber gebremst, weil er das Befragungsritual nicht durchführen durfte oder Kopf und Kragen riskierte. Das Verbot würde wohl nicht eher aufgehoben werden, als bis der Beschwörer verhaftet, verurteil und hingerichtet worden war, was ja mehr oder weniger nur durch seine Untersuchungen möglich war. Die Gilde als solche war durch die jüngsten Vorfälle offensichtlich im Ansehen des Königs dermaßen gesunken, dass es selbst ein neuer oberster Magier schwer haben würde, für Ruhe und Ordnung zu sorgen. Offenbar hatte der neu zusammengesetzte Stadtrat gleich sein Revier markieren wollen und sein Wissen um den Dämonen ausgenutzt. Der König stand den Magiern seit der Verschwörung sowieso skeptisch gegenüber und ließ sich leicht zur Unterstützung eines solchen Verbotes überzeugen.

Theodus riss die Augen auf. Das Schlimmste jedoch war, dass keiner irgendwelche Dämonenzauber wirken durften, auch keine zum eigenen Schutz. Doch dem jungen Meister kam ein Gedanke. Wie wollten die Stadträte dieses spezielle Verbot von Dämonenzaubern überwachen? Das konnte, wenn überhaupt, nur von einem ausgebildeten Dämonologen überwacht werden. War etwa ein Magier aus Katym zu Rate gezogen worden? Es gab immer schon kleine Zwistigkeiten zwischen der Königsstadt und Katym. Wer sonst von den Magiern würde der Schule dermaßen schaden, indem er bei so etwas mitmachte? Er würde vielleicht eher als gedacht noch einmal mit Baddo sprechen müssen. Theodus atmete durch und sortierte sich.

Er wollte jetzt zuerst zu Rubon gehen. Da musste er sowieso ins Ratshaus. Bei dieser Gelegenheit konnte er vielleicht etwas aufschnappen und gleich beantragen, für die Untersuchungen zaubern zu dürfen. Schließlich war er noch der oberste Ankläger der Stadt und das auch im Namen des Königs.

***

Er kam sich wie ein kleiner Adept vor. Man hatte ihn nun schon unzählige Male vertröstet oder einfach ignoriert. Theodus saß auf einer langen Bank, die er mit einem alten Händler, einer dicken Magd und einem äußerst übelriechenden Tagelöhner teilte. Die Tür zum Schreibsaal war offen und er konnte die niederen Beamten bei ihrer Arbeit beobachten. Entgegen aller Erwartungen arbeiteten diese äußerst eifrig. Ständig brachte ein Amtsdiener irgendwelchen Schreiben an einen der Stehpulte, nur, um dort ein anderes Schreiben zu empfangen und dieses an einen weiteren Tisch oder in eine der unzähligen Amtsstuben zu bringen. Er konnte das Kratzen der Federn hören und die Tinte war bis zu seinem Platz zu riechen. Sie vermengte sich mit dem Geruch von Siegelwachs, Löschsand und dem Schweiß des Tagelöhners zu einer sonderbar unangenehmen Mischung.

Der Blick aus einem der wenigen Fenster, die nur sehr begrenzt für frische Luft sorgten, verriet dem Magier, dass die Sonne ihren Zenit bereits überschritten hatte. Bei aller Körperbeherrschung und Übung der Geduld verlor Theodus allmählich dieselbe, was nicht zuletzt seinem wachsenden Durst und seinem mittlerweile leeren Magen zu verdanken war. Er hatte den Fehler begangen, sich zuerst um eine Erlaubnis zum Zaubern zu bemühen. Der einzige Vorteil, den er sich daraus versprochen hatte, nämlich vielleicht etwas mehr über den Ratsbeschluss und die Stimmung des Rates zu erfahren, hatte sich nicht wirklich bewahrheitet. Die gedrückte und hektische Atmosphäre bestätigte nur, dass der Rat wieder arbeitete.

Auch, wenn die Magier zur Zeit nicht den besten Stand hatten, entschied sich Theodus schließlich doch dazu, auf sein Amt und seine Würden zu pochen. Den nächsten Beamten, der ihn passierte, würde er anhalten.

Dieser nächste Beamte war ein milchgesichtiger, blasser junger Mann mit Pickeln auf der Nase, der aber allem Anschein nach ein bisschen mehr zu sagen hatte, wandelte er doch mit wichtigem Gesicht durch die Flure und saß nicht zwischen all den Tintenfässern und Löschsandbüchsen.

»Werter Herr, wenn Ihr einen Augenblick für mich erübrigen könntet.«

»Wie?« Der junge Mann hatte lediglich seinen Schritt verlangsamt und war schon fast an Theodus vorüber.

»Bei aller Höflichkeit und allem gebotenen Respekt! Wagt es nicht, einfach an mir vorüber zu gehen, Büttel!« Theodus hatte absichtlich diese Amtsbezeichnung gewählt, die wohl eher auf einen der Beamten im Schreibsaal zugetroffen hätte. Der Mann schien ihm eher ein Sekretär oder dergleichen zu sein.

»Wie sprecht Ihr mit ...?« Der Beamte war abrupt stehen geblieben und wollte die Frage noch in der Drehung stellen, stockte aber als er die Robe des Magiers und dessen aggressiven Blick gewahr wurde. »Der Herr Magier, einen guten Tag wünsche ich. Was ist Euer Begehr?« Die Betonung des Wortes Magier glich der des Wortes Ekel ungemein.

»Wie ist Euer Name?«

»Olkar, Beamter zweiten Standes.« Olkar hatte die letzten beiden Worte betont, um sich wohl von den Schreibern abzusetzen.

»Nun denn, Herr Olkar, Beamter zweiten Standes.« Theodus drückte den Rücken durch und machte seinerseits durch seinen Blick seine Stellung deutlich. »Ich wünsche, Herrn Tullon zu sprechen, den für das Magiewesen zuständigen Ratsherrn, und das nun schon seit dem frühen Vormittag. Als Bürger Brakenburgs, Lehrmeister an der königlichen Magierschule und amtierender königlicher Ankläger dieser Stadt erwarte ich, Theodus, mir mehr Respekt und ein Gespräch in absehbarer Zeit.« Es tat gut, etwas Dampf abzulassen, zumal sein Auftreten auch die gewünschte Wirkung zeigte, war doch die gleichgültige blasse Haltung des jungen Mannes in hochrote Eilfertigkeit umgeschlagen. »Und wenn wir schon dabei sind, wünsche ich etwas zu trinken. Man kann bei dieser staubigen Luft ja bei lebendigem Leibe austrocknen. Und ich denke, den Mitwartenden hier geht es nicht anders. Etwas frisches Wasser wird wohl genügen und auch machbar sein.« Theodus setzte sich wieder, ohne Olkar noch eines Blickes zu würdigen, und kassierte seinerseits einige Blicke. Der Händler und die Magd schienen dankbar, der Tagelöhner gleichgültig. Die Schreiber blickten verstohlen, während sie tuschelten, und Olkar wusste nicht, wohin er schauen sollte. Er rettete sich, indem er mit einem flüchtigen »Einen Moment bitte, Herr Theodus.« davon huschte.

Theodus grinste innerlich. Es hatte auch Vorteile, wenn man in Brakenburg einen großen Prozess führte. Die Leute kannten einen.

Nach einer kurzen Weile kam tatsächlich ein Büttel mit einem Krug verdünnten Apfelweins und ein paar tönernen Bechern. Die Magd und der Händler brachten ein »Auf Ihr Wohl, Herr Theodus« zustande. Der Tagelöhner nickte nur kurz. Kaum hatte Theodus einen Schluck des säuerlichen Trunks gekostet, als auch Olkar schon wieder kam und darum bat, ihm zu folgen.

Noch war also nicht alles verloren. Der junge Lehrmeister erhob sich und strich seine Robe zu Recht. Er nickte seinen Leidensgenossen wohlwollend zu und ging hinter dem Sekretär auf den Flur mit den vielen Amtsstuben.

***

Theodus konnte sich das schiefe Grinsen nicht verkneifen, als er die Amtsstube Tullons verließ. Der für Magie zuständige Ratsherr hatte sich zwar als äußerst eloquenter, junger Adliger herausgestellt, der durchaus die Gesetze der Stadt beherrschte und auch ein bisschen von Magie verstand, aber er hatte ihn schließlich überzeugen können. Dem Ratsherren war es nicht gelungen, glaubhaft zu argumentieren, wie man einen Fall von verbotener Dämonenmagie ohne Zauber, die Dämonen betreffend, aufklären konnte. Er hatte wiederholt betont, dass er natürlich noch mit dem Magier des Rates Rücksprache halten würde, aber der konnte ihm nicht wirklich etwas anderes raten. Da war sich Theodus sicher.

Es war natürlich möglich, dass der Magier des Rates selbst die Untersuchungen leiten wollte, aber die wenigsten Menschen wollten mehr Arbeit und, darauf spekulierte Theodus. Man konnte ihm bei einem Misserfolg ja jederzeit die Schuld zuschieben. Außerdem glaubte der junge Meister nicht, dass Uharan, der ja erst heute Morgen abgereist war, als Vertreter der Magiergilde im Rat bereits nachbesetzt worden war. Allenfalls sein Stellvertreter Legor käme in Frage, aber den kannte Theodus als sehr umgänglichen und einsichtigen Kollegen. Nach augenblicklichem Stand der Dinge würde man die Sache wahrscheinlich noch etwas hinauszögern, da es zur Zeit keinen obersten Magier gab. Am Ende würde vielleicht sogar er selbst im Rat sitzen.

Mit der gesiegelten schriftlichen Erlaubnis zu Zaubern in der Tasche ließ sich Theodus den Weg zu Rubons Amtsstube weisen, wohin er dann leise pfeifend ging.

Der Magier war gerade im beschriebenen Flur, als sich eine Tür öffnete und Rubon heraustrat. Er war im Gehen begriffen.

»Oh, Herr Theodus. Kommt herein, kommt herein.« Er hatte sehr leise gesprochen und schaute sich zu beiden Seiten um. Als er die Tür hinter Theodus geschlossen hatte, bot er Theodus einen Sitz an und lehnte sich an den Schreibtisch. »Gerade hier im Ratshaus haben manchmal sogar die Wände Ohren.«

»Nun, dagegen kann man etwas tun.« Kurzerhand hatte der Magier seinen blauen Sphärenzauber gewirkt. Rubon kannte ihn anscheinend, denn er wirkte wenig beeindruckt, aber dennoch zufrieden. »Ihr zaubert entgegen des Ratsbeschlusses?« Der Verstoß schien ihn nicht zu beunruhigen.

»Ich lehre niemanden und außerdem betrifft das keine Dämonen, aber, falls es Euch beruhigt, habe ich eine Genehmigung von Tullon höchst selbst.«

»In der Tat? Nun, was habt Ihr bis jetzt herausfinden können?«

»Ich werde mich kurzfassen. Der Erzherzog hat sich heimlich mit jemandem im Kräuterviertel getroffen, der wohl wie ein Heiler gekleidet war. Aus noch ungeklärten Gründen inkarnierte in dieser Person ein Blutalp, der Rahag hätte entseelen sollen. Dieser rettete sich mit einer ebenso unkonventionellen wie auch wirksamen Methode. Er stellte sich rechtzeitig hinter die Tür des Raumes. Die beschworene Dämonenart zählt nicht zu den klügsten und so stürmte der sogenannte Blutalp an Rahag vorbei auf die Gasse, erschlug den einen Sänftenträger mit der Tür des Hauses und entseelte den anderen, woraufhin er verschwand.«

Rubon wurde blass, doch Theodus sprach unbeirrt weiter.

»Der Erzherzog zog seinen Siegelring ab und hinterließ ihn am Ort des Geschehens, um die Nachwelt wohl glauben zu machen, er wäre tatsächlich ermordet worden. Das Ganze hängt sehr wahrscheinlich mit der versuchten Verschwörung gegen den König zusammen.« Theodus überlegt, ob er etwas vergessen hatte.

»Ich hatte anfangs meine Zweifel, ob Ihr der Richtige seid, aber wie immer hatte der Herr recht. Er hat sich tatsächlich mit jemandem treffen wollen. Ich musste zeitgleich ein anderes Treffen des Erzherzogs fingieren, damit niemand Verdacht schöpfen konnte. Er wollte sich in der Zeit mit Ottheim treffen.« Rubon setzte sich nun doch.

»Ottheim? Wer ist das?« Theodus war überrascht über den neuen Namen.

»Er ist ein Vertrauter Arescos aus Shkuhum und sollte als dessen Unterhändler fungieren.« Rubon war sich offensichtlich nicht sicher, ob er das alles sagen konnte.

»Bei den Byten! Das würde die Maskerade des Opfers erklären.«

»Maskerade?« Jetzt war Rubons Neugier geweckt.

»Der Tote mit den Heilerkleidern war geschminkt ...« Theodus versuchte immer noch, einen Sinn in die Sache zu bekommen. »... und das die Heiler sich schminken, ist mir nicht bekannt. Also muss es eine Maskerade gewesen sein.«

»Der Grund ist mir nicht bekannt, aber mein Herr wollte sich mit Aresco austauschen. Vielleicht hielt dieser ein direktes Treffen für zu riskant und schickte deshalb seinen Vertrauten.«

»Ihr meint, Aresco ist der ...?«

»Nein. Das muss nicht unbedingt heißen, dass er in das Attentat verwickelt ist. Vielleicht wurde bei aller Vorsicht auch eine der Nachrichten abgefangen, oder wir haben, Kumber steh uns bei, einen Verräter in den eigenen Reihen.« Jetzt grübelten beide nach und es entstand ein kurzes bedrücktes Schweigen.

»Offenbar schätzte Euer Herr das Risiko anders ein. Wie kam der Kontakt zustande?« Der Magier kniff die Augen zusammen.

»Durch einen gesiegelten Brief Arescos, der von einem Boten direkt zum Benkrietschen Anwesen gebracht wurde. Ich kenne den Inhalt nicht, aber der Herr gab direkt nach dem Lesen Anweisung, das Treffen mit diesem Ottheim zu arrangieren.«

»Er muss Ottheim schon einmal gesehen haben, sonst wäre er wohl kaum in dem Haus geblieben. Wie ist dieser Ottheim zu finden?«

»Ist der nicht tot?«

»Nein, sagte ich doch. Der Tote war gekleidet wie Ottheim, hatte einen falschen Bart und war geschminkt, also lebt der Heilderbruder noch.«

»Wir könnten im Orden nach ihm fragen, aber das müsste sehr vertraulich geschehen. Oder ich gehe direkt zu Aresco.« Rubon griff sich nachdenklich ans Kinn.

»Das halte ich für keine gute Idee. Wir wissen weder, wer da alles mit drin steckt, noch wie Ottheim eigentlich aussieht. Das muss anders gehen. Ich habe da auch schon etwas in die Wege geleitet.« Der Magier dachte ein wenig stolz an das Ritual, dass er vorhatte. Wieder entstand ein Schweigen, das Theodus dann schließlich brach.

»Gehe ich Recht, dass Ihr mich in die Gasse rufen ließet?«

»Das ist richtig. Der Herr gab mir nur ganz kurze Anweisungen und verschwand. Ich sollte Euch ins Kräuterviertel rufen, er wäre tot und ich sollte damit noch hinter dem Berg halten. Außerdem sollte ich ihn auf keinen Fall suchen.« Der Vertraute Rahags hatte trotz der Sphäre in einem verschwörerischen Ton gesprochen.

»Da wir dahinter gekommen sind, kann das der Gegner, wer immer es ist, vielleicht auch. Ihr solltet nun wenigstens seinen Tod offiziell bestätigen, sonst hätte sein Verhalten keinen Sinn.« Theodus sah Rubon direkt in die Augen.

»Aber dazu habe ich keine Order.«

»Rahag wollte aus seinem Attentat und seinem Überleben sicherlich einen Vorteil schlagen. Dieser Vorteil äußert sich aber nur darin, dass sein Gegner früher oder später glaubt, an sein Ziel gekommen zu sein. So kommt er nun vielleicht aus der Deckung. Und Rahag wird, da bin ich mir sicher, dann zum richtigen Zeitpunkt aus seinem Versteck kommen und seinen überraschten Kontrahenten in die Schranken weisen. Ein, zwei Tage Unsicherheit sind bei dem Stand des Erzherzogs völlig normal, aber irgendwann muss sein Tod bestätigt werden. Ich bin mir sicher, dass Rahags Gedanken ähnlicher Natur sind.«

Rubon dachte eine Weile nach. Er schien hin und hergerissen. »Ihr habt Recht, aber ich werde es erst morgen offiziell machen. Heute lasse ich die Botschaft über seinen Tod nur durchsickern. Ich streue hier und da ein paar Bemerkungen. Das wirkt echter.« Er machte eine Pause. »Habt Ihr eine Ahnung, wo der Herr stecken könnte?«

»Dasselbe wollte ich Euch noch fragen. So wie es jetzt aussieht, hat er wohl ein gutes Versteck gefunden.«

»Dann passt gut auf, was Ihr unternehmt. Nicht dass Ihr den Gegner vor der Zeit verscheucht oder den Herrn aus Versehen ans Licht zerrt.« Rubon sah aus dem Fenster.

Theodus schaute belustigt auf die durch den Zauber blauschimmernde Wand. »Was das Durchsickern anbelangt hätte ich auch eine Idee.« Er klatschte in die Hände und das Schimmern verschwand. Dann sprach er laut und deutlich. »Ich habe es Euch doch gesagt, da bestand nie eine Chance. Das überlebt niemand, nicht einmal er. Niemand überlebt die Inkarnation eines Blutalps. Ich habe alles gründlich untersucht.«

Rubon verstand sofort und spielte mit. »Aber wie kann das sein, seid Ihr sicher? Ist er wirklich ... tot?« So trieben die beiden das Gespräch noch eine Weile weiter. Schließlich übergab Theodus noch den Siegelring, verabschiedete sich und ging nachhause. Bei aller Körperbeherrschung musste er schnellstens etwas essen, sonst würde er nicht mehr klar denken können.

∗∗∗

Theodus kämpfte die durch seinen großen Hunger entstandene Übelkeit erfolgreich nieder und stieß die Tür zur Straße auf. Die Luft war kühl und vom Regen am Vormittag noch feucht. Die Wolkendecke hatten sich entschieden, der Sonne heute keinen Blick mehr auf Brakenburg zu schenken. Das so gefilterte Licht floss in einem eintönigen Grau zäh durch die Gassen der Stadt.

Durch seinen großen Hunger konnte der Magier keinem Gedanken richtig folgen. Immer wieder entglitten ihm die einzelnen Stränge, als er irgendeinen Essensduft aufschnappte. Der Rat hatte beschlossen, der gesamten Gilde das Zaubern zu verbieten. Rahag war tatsächlich am Leben und hatte sich mit diesem Ottheim treffen wollen. Dann war da noch ... gebratenes Fleisch. *Verdammter Hunger!* Der verlockende Duft einer Braterei hatte ihn abgelenkt.

Theodus riss sich zusammen und verbannte den Gedanken an Essen in die hinterste Ecke seines Bewusstseins. Das hatte er in seiner Kindheit und auch während des Studiums oft genug machen müssen. *Alles zu seiner Zeit.*

Er lenkte seine Schritte in Richtung Magierschule, denn er wollte sichergehen, alles für das Ritual, dass er bald durchzuführen gedachte, beisammen zu haben. ›*Vorbereitung war der halbe Zauber*‹ wie sein alter Lehrmeister immer gesagt hatte. Uharan war jetzt bestimmt schon ein gutes Stück außerhalb der Stadt und vielleicht in einem Gasthaus eingekehrt. *Essen.* Nein, Uharan würde, so wie er ihn kannte, wohl eher in kontemplativer Ruhe die Nacht durch wandern, und beginnen, sich über alles klarzuwerden.

Schon von weitem sah Theodus die Ansammlung von Menschen, die sich vor dem mächtigen Haupteingang der Schule befand. Schon wieder. Es waren bewegte Zeiten. Sorgenvoll trat der junge Meister heran und versuchte aus den Sprachfetzen und Gesichtsausdrücken zu erahnen, was vor sich ging. Hämmern unterbrach sein Vorhaben und eine Stimme erhob sich aus Richtung der großen Türen.

»Verbündete in der Magie, Träger der geheimen Weisheiten! Wir müssen etwas tun!« Theodus erkannte schließlich den Redner. Es war Magiermeister Vensholi, der mit ihm zusammen gelernt hatte. Eigentlich ein recht vernünftiger Zeitgenosse, doch er hatte auch damals immer schon den Drang verspürt, im Mittelpunkt zu stehen. Er hielt einen übergroßen Zimmermannshammer in der Rechten und mit dem unterstütze er seine Worte. Hinter ihm hing ein Schreiben an einem der Türflügel.

»Der Rat hat uns mit königlicher Unterstützung gedemütigt. Nur weil ein paar wenige schwarze Schafe unter uns Verräter sind, muss nun die gesamte Gilde büßen. Uns wurde nicht einmal gestattet, selbst zu untersuchen, zu verhören und zu richten, wie es sonst üblich ist, wenn Magier sich falsch verhalten. Ist das Recht?«

Die ersten lautstarken Zustimmungen waren zu hören. Er spielte mit dem Gedanken, dem Redner zu widersprechen, da er als Magier ja die Untersuchungen führte, nur eben im Namen des Königs. Theodus war allerdings kein Freund von Wortdreschereien. Er konnte sich sowieso denken, wohin die Ansprache hier führen sollte.

Während Vensholi die Menge weiter anstachelte und deren Bekundungen immer lauter wurden, drängelte er sich zu dem

345

Schreiben. Hastig überflog er die Zeilen. Es handelte sich um eine Abschrift eines Briefes an alle Magier, in dem die Verfasser forderten, dass die gesamte Schule nach Süderland verlegt werden sollte. Süderland war eine große Insel in der Bucht von Bellschomm einige Tagesreisen südlich von Brakenburg. Man könne dort ungestört und weit ab der Intrigen der großen Stadt die Künste der Magie studieren und kultivieren. Verholen wurde sogar die Abkehr vom König selbst gefordert.

Große Besorgnis schnitt tiefe Falten in das Gesicht des Magiers und sein Magen rebellierte durch diese Nachrichten erneut. Es waren früher schon immer wieder Stimmen laut geworden, die solch eine Verlegung auf die Insel gefordert hatten. Die Begründungen waren meist simpel - zu viel weltlicher Einfluss auf die jungen Magier sei den Studien und der Gilde abträglich. Theodus selbst hatte diese Ansicht nicht geteilt oder gar ernst genommen, war sie doch immer von äußerst konservativen oder in seinen Augen naiven Magiern vertreten worden. Und letzten Endes war er ja das lebende Gegenbeispiel. Außerdem wäre so ein Umzug mit sehr hohen Kosten verbunden gewesen, die niemand hätte aufbringen können.

Doch was Theodus wirklich Sorgen machte, waren die Andeutungen, sich vom König abzuwenden und der Titel der Unterzeichner. Sie nannten sich in Anlehnung an den ersten Magier Okuronen. Das konnte kein gutes Ende nehmen, denn diese fundamentalistische Ausrichtung brachte die Gilde nicht weiter, sondern verhärtete nur die Fronten. Theodus war nie ein Freund großer Diplomatie gewesen, aber doch wusste er um ihre Macht. Die Gilde brauchte eine klare Führung und sie brauchte sie schnell. Vielleicht behielt sich das Myriton diese Verantwortung tatsächlich für ihn vor. Mit finsterer Miene betrat Theodus seine Schule.

KUPFERSTÜCKE
(Katym im Frühling)

»Was wird's denn nun? Zwei Kupferstücke oder Naturalien. Komm schon Junge, wir machen bald die Tore zu. Du hältst hier alles auf.« Moakin stand vor dem behelmten Mann und wusste nicht recht, was er davon zu halten hatte. Er hatte noch nie gehört, dass man Geld zahlen musste, um in eine Stadt zukommen. Für einen Moment hätte er beinahe die große Goldmünze vor dem Posten herausgeholt, war sich aber dann unsicher, ob sie nicht zu wertvoll war. Shaija hatte ihm im letzten Augenblick in die Rippen gestoßen, dann hatte er die Münze stecken lassen.

Enttäuscht drehte er sich zu Shaija und schob sie sachte aus der Schlange der wenigen wartenden Menschen. »Wir müssen uns was anderes überlegen. Ich habe sonst kein Geld.« Er erwartete alles Mögliche, aber was nun folgte, war nicht darunter.

Das Mädchen sah ihm tief in die Augen, dann grinste sie breit und nahm ihn bei der Hand. »Komm mit.« Beinahe hüpfend führte sie in wieder in die Reiher der Wartenden und schaute ungeduldig und lächelnd nach vorn.

»Was machst du? Shaija, ich habe kein Geld und nichts, was der Mann da von uns will.« Sie schien ihn gar nicht zu hören.

»Warte.« Hektisch griff Moakin an seinen Gürtel und beförderte den Dolch hervor. »Wenn du willst, geb' ich ihm den, aber das ist das Letzte, was ich habe.« Für einen Moment ging ihm das letzte Drachenei durch den Kopf. Er hatte es direkt unter einem Gehenkten vor der Stadt vergraben. Da würde bestimmt keiner suchen oder durch Zufall draufstoßen.

Shaija sah flüchtig auf das Messer. »Steck es weg. Ich mach das schon.« Ohne weitere Worte drehte sie sich wieder nach vorn.

Moakin blieb gar nichts anderes übrig, als ihr zu vertrauen, wollte er nicht schon am Stadttor auffallen.

Als sie erneut an der Reihe waren und vor dem Posten standen, rutschte Moakin das Herz für einen Moment in die Hose.

»Na, was wird das jetzt, rein oder was?« Der gutmütige aber genervte Mann wurde ungeduldig.

Shaija lächelte ihn an und drückte ihm zwei Kupferstücke in die Hand. Sogleich wurden sie durchgewinkt und der Junge war so verdutzt, dass er Shaija einfach nur hinterher tappte.

Mit einem Donnern wurden die Tore der Stadt hinter ihnen geschlossen. Sie waren die Letzten für heute gewesen.

Dann dämmerte es Moakin. »Woher hast du das ...?« Er schlug sich die Hand vor den Mund, als sie ihm einen kleinen schwarzen Beutel zeigte. Sie bewegte ihn ein wenig und er klimperte charakteristisch.

»Tasper hat nicht nur mit Blut bezahlt.« Sie feixte.

»Du meinst ... du hast. Verdammt, Shaija, du kannst doch nicht einfach ...«

Das Mädchen zog ihn mit einem Seitenblick auf die Torwachen ein Stück weiter, bis sie sich in Sicherheit wähnte. »Ich mache, was ich will. Alle Welt macht, was sie will. Und wenn dieser Arsch von Tasper meint, er könne mich haben, dann muss er eben damit rechnen, dass sowas passiert.«

Die Entschlossenheit und Überzeugung, mit der sie gesprochen hatte, ließ Moakin jedes weitere Wort vergessen. Auf einmal hatte sie gar nicht mehr wie ein Mädchen gewirkt, dass man beschützen musste, sondern eher wie eine wehrhafte, junge Frau.

»Lass uns jetzt nicht weiter darüber nachdenken. Wir sind in Katym. Also, schauen wir uns die Stadt an. Schauen wir uns die Welt an. Und pass auf, dass wir den beiden Bauern nicht über den Weg laufen.« Sie grinste breit.

***

Moakin brachte den Mund beinahe nicht mehr zu. Die Häuser waren alle aus Stein und viel mehr als in Bockswalden hatten Glasfenster. Hier waren sogar noch mehr Menschen als auf den Straßen und in den Häusern der Vorstadt. Alle waren sie so bunt gekleidet und wohlgenährt.

Die Beiden hatten sich von der Menge einfach mittreiben lassen und waren an der Uferpromenade des Lomosh gelandet. Als Moakin die vielen Baumstämme sah, die im Wasser trieben, bekam er einen Kloß im Hals. Dafür, dass sie eigentlich noch nicht einmal richtig erwachsen waren, hatten sie schon ganz schön viele Feinde. Er konzentrierte sich wieder mehr darauf, die Gesichter in ihrem Umfeld zu prüfen, um nicht böse überrascht zu werden.

Shaija hingegen blühte richtig auf. Wie ein unsteter Schmetterling tänzelte sie von einem Stand zum anderen, zeigte dem Jungen irgendwelche Waren und strahlte über das ganze Gesicht. Er konnte sie schließlich überzeugen, auf dem Markt etwas zu essen einzukaufen und nicht in ein teures Gasthaus zu gehen. Er war sich sicher, dass es sich bei Taspers Geld nicht um sehr viel handeln konnte. Was mochte ein Knecht eines Bauern schon verdienen? Für einen Moment sah er Shaija an und ihm kam der Gedanke, ob sie nicht vielleicht auch Farnten bestohlen hatte. Vielleicht war sie aus gutem Grund bei dem Sklavenhändler gelandet. Dann schüttelte er unbewusst den Kopf. *Und wenn schon.* Das war ihre Art, der Welt zu zeigen, dass sie auch jemand war, und keiner hatte es verdient bei Penteref zu landen.

Sie waren gerade dabei, sich ein paar schrumpelige Winteräpfel zu kaufen, als sich das Mädchen hektisch umdrehte. »Der Beutel! Der Mistkerl hat meinen Beutel!«

Moakin sah im Augenwinkel eine schnelle Bewegung und schon rannte Shaija dem Dieb hinterher. *Was hat sie vor? Will sie ihn auf offener Straße erstechen?* Er versuchte aufzuschließen und musste dabei mehrere Leute anrempeln. Hoffentlich hatte die Stadtwache nichts gesehen. Der Dieb war nicht sehr groß, rannte aber flinker als ein Feldhase. Er löste sich aus der Menge und bog in eine kleine Gasse. Und sofort war Shaija auch verschwunden.

Als er um die Ecke bog und keuchend anhielt, war niemand zu sehen. Die Gasse war leer, aber er hörte vor sich Stimmen. Erst jetzt erkannte er den Hofeingang. Sofort setzte er sich wieder in Bewegung.

Shaija stand mit gezogenen Dolch in einer Ecke und fünf Kinder, der älteste vielleicht gerad zwölf Winter, umringten sie.

Einer von ihnen ließ den Beutel in seiner Hand auf und ab hüpfen. Ein anderer grinste Moakin hämisch an. »Schaut mal, da kommt ihr Freund. Der braucht auch 'ne Abreibung.«

Die Wut über so viel Unrecht und Hinterlist machte ihn rasend. Ohne auf die Knüppel in den Händen der Kinder zu achten, rannte er blindlings brüllend auf den mit dem Beutel zu. Diesen traf der Angriff mit solcher Wucht, dass beide zu Boden gingen. Jetzt kam Bewegung in die Sache. Die Kinder wandten sich alle den beiden am Boden liegenden zu und begannen, auf Moakin einzudreschen. Shaija attackierte einen der Jungen mit dem Messer, traf aber nicht.

Die ersten Schläge spürte Moakin überhaupt nicht. Er hatte nur das Gesicht des Jungen vor sich, auf dass er immer und immer wieder einschlug. *Nie mehr! Ihr werdet schon sehen!* Dann traf ihn ein Schlag am Hinterkopf. Das Nächste, was er sah, war schmieriges Pflaster, Unrat und schmutzige Füße. Das Gesicht des Jungen war verschwunden und seine Rippen schmerzten unter den Tritten seiner Angreifer entsetzlich. Irgendwo hinter einem rauschenden Vorhang hörte er Shaija verzweifelt schreien. Dann auf einmal schien alles langsamer zu werden. Die Schreie des Mädchens und die Flüche und Beschimpfungen der Jungen traten gedämpft in den Hintergrund. Die Schmerzen wurden zu einem Gewitter am Horizont. Er nahm nur noch die Füße vor sich wahr. Seine Hände, die bisher versucht hatten, seinen Kopf zu schützen, schnellten hervor und rissen an einem der Knöchel. Mit aller Wut biss er in den Zehen. Sofort schmeckte er eine Mischung aus salzig warmem Blut und Dreck. Die Schläge hörten auf und jetzt schrie nicht Shaija, sondern der Gebissene. Dann ein weiterer Schrei und die Füße verschwanden.

»Moakin! Alles in Ordnung? Bist du verletzt?« Shaija erschien in seinem Blickfeld und das Rauschen verschwand.

Er hörte ein hektisches Auf und Ab, bis er realisierte, dass es sein eigener Atem war. Außer Atem keuchte er durch die Nase, denn sein Mund war voll. Dann spuckte er aus und der Zehen seines Angreifers fiel auf den Boden. Trotz der langsam einsetzenden Schmerzen fühlte er sich gut. »Hast du dein Geld noch?«

»Nur ein paar Münzen. Der Beutel ist beim Kampf aufgegangen.« Sie zeigte auf ein paar verstreute Münzen am Boden.

Moakin spuckte noch einmal aus und grinste sie blutverschmiert und grimmig an. »Ga ... gar nicht so schlecht. Wir beide werden besser, was?«

»Ja, du verrückter stotternder Dummkopf. Die hätten dich auch totschlagen können.« Offensichtlich hatte sie nicht so reagiert, wie er es erwartet hatte, schließlich hatte er die meisten Prügel eingesteckt. Er schaute sie beleidigt an.

»'tschuldige. Danke trotzdem. Wir werden noch besser aufpassen müssen.« Jetzt lächelte sie ihn an. »So, jetzt komm auf die Beine. Wir müssen schauen, wo wir heute Nacht unterkommen.«

Ein langsames rhythmisches Klatschen ließ die beiden erschreckt zum Hofeingang schauen.

WILL NICHT
(Brakenburg im Frühling)

Der Mann am Tor hatte sonderbar gekuckt, als Helmin ihm erst die große Goldmünze unter die Nase gehalten und nach weiterem Überlegen ein abgetrenntes Stück derselben als Wegezoll für sie und ihre Gefährten gegeben hatte. Endlich waren sie in Brakenburg, der großen Stadt, die sich ihnen ihm Frühlingslicht des Nachmittags von ihrer besten Seite zeigte. Alle drei sagten kein Wort, jeder wohl aus einem anderen Grund.

Während Helmin aus dem Staunen über so viele Menschen, Pracht und höhe Gebäude nicht herauskam, saß Lavielle auf dem Pferd und schien sich nicht wohl zu fühlen. Helmin hatte erst ihre Hand nehmen wollen, doch die Heilerin war zurückgewichen. Es hatte den Anschein, als ob sie über das Ende ihrer Reise traurig wäre. Sie teilte Helmins Freude nicht und schien eher etwas Schlechtes zu erwarten. Die Kräuterfrau wollte auch nicht weiter in sie dringen.

Murajin schritt schweigsam neben ihr her, aber bei ihm schien es eher so zu sein, als ob er einer Tür näher käme, hinter der ein altes Geheimnis lag. Immer wieder hielt er kurz an und schaute sich um. Die Stadt schien ihm vertraut zu sein, denn er führte die beiden Frauen, ohne einmal fragen zu müssen, durch die Straßen, und doch schien es so, als würde er darauf warten, etwas wieder zu erkennen. Helmin war klar, dass er früher einmal hier gewesen sein musste, ja sogar hier gelebt hatte. Lavielle hatte ihr während der Zeit der Bestattungsvorbereitungen nicht so viel erzählt, aber das wusste sie.

Gar nicht lange und die Straßen wurden etwas leerer. Schließlich standen sie vor einem großen schlichten Steingebäude. Lavielle rutschte mittlerweile unruhig auf ihrem Sattel hin und her und ließ ab und zu weinerliche Geräusche von sich, während sie dreinschaute, als hätte sie etwas Trauriges erfahren. Helmin begann sich Sorgen zu machen, ob sie hier das Richtige taten. Aber was sollte schon falsch daran sein? Schließlich standen sie vor dem größten Heilerorden des Landes. Man erzählte sich wahre Wunder von dieser Stätte des Heils.

Entschlossen klopfte Murajin an die Tür, worauf ihnen nur wenig später geöffnet wurde.

»Wer seid Ihr und wie kann der Orden Euch helfen?« Ein älterer Mann mit einem langen Stock und einem Lederharnisch stand in der Tür. Er hatte weder abweisend noch einladend geklungen, besah sie aber alle drei von oben bis unten. Als sein Blick auf Lavielle fiel, weiteten sich seine Augen für einen Moment.

»Mein Name ist Helmin.« Sie hatte sich entschlossen, das Reden zu übernehmen, da Murajin vielleicht nicht gleich auf alles hätte antworten können. »Das ist Murajin. Wir sind von Fürst Brenkus aus Birgenheim hierhergekommen, um die hohe Lavielle wieder zu ihren Schwestern zu bringen. Sie ist schwer krank. Außerdem soll ich von ihm ausrichten, dass man dort einer Heilerin bedarf.« Sie hatte sich bemüht, so ordentlich zu sprechen, wie es ihr möglich war, fühlte sich aber dennoch klein und ungebildet.

Bei dem Namen ›Murajin‹ schaute der Mann diesen noch einmal misstrauisch von oben bis unten an, doch als Lavielle vorgestellt wurde, schien er alles andere zu vergessen und verneigte sich sofort tief vor ihr. »Seid gegrüßt, hohe Lavielle. Reines Wasser.« Der schmollende Blick der Heilerin blieb.

»Will nicht.«

Die Wache blickte etwas verwundert drein, drehte sich in die Tür und gab ein paar Anweisungen, dann machte sie sich sofort geschäftig daran, das große Tor zu öffnen. Weiter Ordenswachen kamen und führten sie hinein.

***

Eigentlich sollte sie wenigstens etwas erleichtert sein. Sie wusste zwar immer noch nicht, wie es Moakin ging oder ob er überhaupt noch lebte, und sie würde auch ihr Heimatdorf nie wieder sehen, doch hatte sie immerhin Lavielle sicher nach Brakenburg gebracht. Murajin würde hier sicherlich die Hilfe bekommen, die er brauchte, und doch wollte sich bei Helmin keinerlei Gefühl der Erleichterung einstellen. Die Zuversicht, die sie noch vor kurzem auszustrahlen versucht und an die sie selbst sogar ein wenig geglaubt hatte, war nun spurlos verschwunden.

Abwesend saß sie mit Murajin und Lavielle im gut besuchten Speisesaal des Heilerordens, wo ihnen schlichte aber äußerst schmackhafte Speisen aufgetischt worden waren. Sie hatten vorher sogar die Möglichkeit erhalten, sich ausgiebig zu waschen. Bei dieser Gelegenheit war Helmin in den Genuss der Bäder des Ordens gekommen und hätte allein von dem warmen Wasser, der guten Seife und der Größe der Einrichtung überwältigt sein müssen. Jedoch die Tatsache, dass Lavielle nicht aufzumuntern war, hatte ihre Zweifel weiter genährt.

Ach was war sie doch für ein dummes Landei. Was wusste sie schon, was Lavielle fehlte oder gar wie man sie heilen konnte. Die Heilerin war hier unter ihren Schwestern genau am richtigen Platz. Sie zwang sich dazu, die Zweifel zur Seite zu schieben. ›Bevor es besser wird, wird es immer erst schlechter.‹ Das hatte sie ihren Patienten oft genug gesagt, und es lag nun einmal auf der Hand, dass eine verwirrte Seele wie die Lavielles bestimmt eine Eingewöhnungs-phase brauchte. Schließlich hatte sich Helmin jetzt beinahe drei Monate um sie gekümmert. Auch wenn es ihr wehtat, entschied sie, sich durch ihre schweren Gedanken nicht den Appetit verderben zu lassen.

Erst hatten die Schwestern Lavielle gleich in ein Bett stecken wollen, so dass sie sich für die eingehenden Untersuchungen am nächsten Tag ausruhen konnte. Die Kräuterfrau hatte jedoch durchsetzen können, dass Lavielle noch zusammen mit ihnen zu Abend aß. Leider wollte die Heilerin das offenbar nicht genießen und gab nur ab und zu ein leises weinerliches ›Will nicht‹ von sich.

Murajin saß vollkommen geistesabwesend da und aß nur wenig mehr als Lavielle. Helmin brach schließlich das Schweigen am Tisch.

»Lavielle. Murajin. Für uns alle kommt jetzt wieder ein neuer Abschnitt und kein Mensch mag Veränderungen gerne. Vertraut mir aber, wenn ich euch sage, ein Ende ist immer auch ein Anfang.

Ich möchte euch beiden dafür danken, dass ich euch kennenlernen durfte. Verflixt, das klingt jetzt wie ein Abschied und das wollt' ich doch gar nicht.« Helmins Augen wurden rot und sie musste schlucken. »Lavielle, ich besuch' dich, so oft ich kann. Das versprech' ich dir. Und du, Murajin. Dir helfe ich, wie versprochen, mit all meinen Kräften bei der Lösung deiner Fragen. Jetzt heul ich doch.«

»Danke für das blöde Spiel.« Lavielles Blick war für einen Moment völlig fest und klar, dann schaute sie wieder glasig vor sich hin.

Helmin wusste überhaupt nicht, was sie damit anfangen sollte. Murajin fasste ihre Hand und drückte sie herzlich.

»Verzeiht, wenn ich Euch beim Abendessen unterbreche, aber ich dachte mir, dass Euch das bestimmt interessieren wird.« Hielia, eine der Schwestern, die sich schon vorher um sie gekümmerte hatte, stand neben ihrem Tisch.

»Oh, ja, ja. Setzt Euch doch.« Helmin rutschte ein wenig auf der Bank, um Platz zu machen.

»Danke.« Hielia setzte sich, doch ihre förmliche Haltung blieb. »Schwester Ronda, die oberste Heilerin, wurde unterrichtet und hat verfügt, dass Lavielle zunächst hier in Brakenburg bleibt. Wenn sicher ist, dass sie reisefähig ist, soll sie wieder nach Shkuhum zu ihren Schwestern kommen.«

Auch wenn Hielia über und nicht mit Lavielle sprach, klang das alles für Helmin sehr gut, doch Lavielle gab nur ihr kleinlautes ›Will nicht‹ von sich. Hielia reagiert gar nicht darauf.

»Ihr beide könnt gerne für ein paar Tage in unserem Gästehaus bleiben und die Einrichtungen nutzen, wie es Euch beliebt. Das ist das Mindeste, was wir tun können. Schwester Ronda lässt Euch ganz herzlich grüßen und möchte gerne morgen mit Euch sprechen.«

»Wisst Ihr denn schon, ob man ihr helfen kann?«

»Nun, Schwester Lavielle muss natürlich noch genau untersucht werden, aber wir mir scheint, hat sie eine schwere seelische Verletzung. So etwas kann, wenn es überhaupt zu heilen ist, sehr lange dauern. Auch darüber wird Schwester Ronda noch mit Euch reden wollen. Je genauer man weiß, wie die Verletzung zustande kam, umso höher sind die Hoffnungen auf eine Heilung.«

Helmin hatte sich so etwas schon gedacht. Eigentlich wollte sie noch fragen, ob Murajin zu helfen war, jedoch verkniff sie sich die Frage. Sie wollte nicht über seinen Kopf hinweg handeln.

»Habt Dank.«

»Ja, Danke.« Auch Murajin nickte.

Sie saßen noch ein Weilchen am Tisch, aber es fielen kaum noch Worte. Schließlich kamen zwei weitere Schwestern und eine Ordenswache. Helmin stellte sich die Nackenhaare und es fuhr ihr in den Magen. Sie wusste, was jetzt kam. Sie würden Lavielle holen und sie würde weinen und schreien, wie in der Nacht am Brandberg. Helmin würde diese Schreie nicht vergessen, nie mehr. Noch bevor eine der Schwestern etwas sagen konnte, brachte sie ihr Anliegen vor.

»Bitte, lasst mich noch diese Nacht bei ihr bleiben. Ich denke, alles andere würde sie jetzt viel zu sehr aufregen. Bitte.«

KRIEGER UND ASSASSINE

(Brakenburg im Frühling ... vor langer Zeit)

Der junge Krieger hatte die kümmerlichen Überreste der letzten Nacht nicht wirklich nutzen können, und so er war noch vor der Dämmerung wieder aufgestanden. Erstaunlicherweise war er nicht sehr müde und seine Verletzungen fühlten sich an, als wären sie schon drei Tage alt. Keine war entzündet und er konnte sich recht gut bewegen. *Verdammtes Drachenei!*

Doch Ankwin schluckte seine Wut hinunter. Sie war kein guter Ratgeber und höchstwahrscheinlich würde ihm eine schnelle Heilkraft von großem Nutzen sein, egal was er nun tat. Nach einem kargen Frühstück, bei dem er das Verlangen nach rohem Fleisch nur schwer unterdrücken konnte, war Ankwin auf den Ratsplatz gegangen und stand nun an der Stelle, an der sich die Tagelöhner versammeln würde. Er brauchte Bermeers Hilfe und das, ohne dass der Assassine etwas von der Kiste mitbekam. Halb feilte der junge Krieger noch an den Worten, die er Bermeer sagen wollte, halb beobachtete er die immer größer werdende Zahl an Tagelöhnern. Er versuchte natürlich, Bermeer in der Menge zu erkennen.

Eine ganze Zeit lang wurden nun schon Tagelöhner angeworben. Händler und Vorarbeiter aus den Kontoren nahmen die Männer schnell und geübt in Augenschein, entschieden nur in Augenblicken, wer genommen werden sollte und wer nicht. Es ging schlimmer zu als auf dem Viehmarkt.

Ankwin sah angewidert zu und doch reizte ihn auch das Spiel, zu erkennen, wer von den abgerissenen Gestalten wohl Bermeer sein mochte. Er hatte seinen Verdacht mittlerweile auf drei Gestalten eingeschränkt, als gerade diese drei von einem grobschlächtigen Vorarbeiter angeworben wurden. Dann ging alles auf einmal noch schneller. Immer mehr Auftraggeber kamen und immer mehr Tagelöhner waren in Diensten. Offenbar galt hier auch, wer früh dran war, bekam die besten Arbeiter. Die wenigen, die schließlich noch übrig waren, setzten sich aus sehr alten, sehr betrunkenen oder verkrüppelten Männer zusammen. Der ärmliche Haufen stand noch eine Weile verloren herum und trollte sich dann schließlich auch.

Ankwin hatte Bermeer nirgends entdecken können. Am Ende hatte er sogar versucht, etwas durch seine Atemtechnik wahrzunehmen, doch ihm war nichts aufgefallen. Er tat, wie Bermeer sie damals geheißen hatte. Er ging einfach und vertraute darauf, dass der Todesgaukler mit ihm in Verbindung treten würde.

Gerade als er vom großen Platz in eine bereits überfüllte Straße einbog und den Nachhauseweg eingeschlagen hatte, kam ihm ein alter Mann entgegen. Im Vorbeigehen raunte er Ankwin an: »Nächste Gasse rechts rein.«

Der Krieger drehte sich um, während er nach der Gasse Ausschau hielt. Er war sich nicht sicher, ob der alte Mann Bermeer gewesen war, oder tatsächlich nur ein alter Mann. Er konnte aber nichts erkennen. Ankwin bog ab und die enge Gasse konnte vom spärlichen Licht der Dämmerung noch nicht gut beleuchtet werden. Er schärfte seine Sinne und ging zu allem bereit hinein. Als er an einer Nische vorbei ging, stellten sich ihm die Nackenhaare, aber er ging weiter. Nach ein paar Schritten drehte er sich dann um, und sah noch, wie Bermeer aus der Nische trat.

»Geschickter Auftritt, Bermeer.«

»Gehört zu meinem Tagesgeschäft schon lang.
Wie kann ich Euch helfen, sagt an?«

Ankwin sah sich um und senkte dann seine Stimme: »Es ist mir ehrlich gesagt äußerst peinlich und hat auch nichts mit der Sache zu tun, die wir gerade untersuchen.« Der Bärenfelsener machte eine Pause und Bermeer wartete geduldig.

»Ich wurde letzte Nacht überfallen, wie ihr unschwer erkennen könnt, und mir wurde der Siegelring meines Vaters und mein Dolch gestohlen.«

»Soll ich auf leisen Sohlen
das Diebesgut euch wieder holen?«

»Nein, ich möchte es dem Dieb selbst wieder abnehmen, aber ich bräuchte dennoch Eure Hilfe.«

»Ist beides schon versilbert nach guter Diebessitte.

Die Diebe sind hier schnell. Wie lautet Eure Bitte?«

»Ihr nehmt mir einen Stein vom Herzen, Bermeer. Zwei Dinge noch, bevor ich Euch meinen Plan unterbreite. Ich stehe dann in Eurer Schuld und, ich denke, Ihr versteht - die Sache muss unter uns bleiben. Es ist für einen Krieger nicht sehr rühmlich, Siegelring und Dolch gestohlen zu bekommen.«

»Es ist Euer Gut und Hab.

Ich schweige wie ein Grab.«

»Ich weiß von meinem Gesinde, dass jeder Dieb hier in Brakenburg einen Hirtenhund hat, der ihn führt und überwacht. Wenn ich an den herankomme, finde ich bestimmt heraus, wer die Sachen hat.«

»Schlaues Gesinde habt Ihr fein.

Wird wohl kein Dieb darunter sein.«

Für einen Moment blitzte ein Grinsen in Bermeers Gesicht. Und genauso schnell wurde er wieder ernst.

»Ich könnte ihn für Euch verhören.

Schaut nur, dass keine Zeugen stören.«

»Nein, nein. Ich will das allein regeln, bitte. Ich brauche nur den Aufenthaltsort des Hirtenhundes, wenn ich den Dieb hochschrecke.«

»Ihr wisst, wer es war und wo er ist?

Beachtlich in solch kurzer Frist.«

»Ich habe ihn wiedererkannt. Er hat schon einmal versucht, mich zu bestehlen. Er steht immer am Osttor.«

»Also gut. Ich stöbere den Hirtenhund auf.

Die Sache nimmt jetzt ihren Lauf?«

»Ja, ich denke, jetzt am Morgen ist am Osttor der größte Verkehr und die Diebe haben ein gutes Arbeiten.«

Die beiden Männer wollte schon auseinandergehen, doch der Gaukler stockte, als Ankwin verlegen zu Boden sah. Schließlich hielt dieser dann Bermeer die Hand hin. »Wir hatten keinen guten Anfang, aber Ihr seid aus gutem Holz. Habt Dank.«

Der Assassine ergriff die Hand des Kriegers und sie sahen sich in die Augen.

»Stark ist auch Euer Holz,

Euch zu kennen, macht mich stolz.«

***

Das Osttor und der Platz davor waren vollgestopft mit Menschen. Ein paar drängten hinaus, aber die meisten wollten in die Stadt. Alles, was das Land zu bieten hatte, schwemmte in die steinerne Königsstadt. Junge Bauern, alte Mägde, dicke Händler, abgezehrte Fellhändler, Adlige hoch zu Ross, Gefangene mit gesenkten Häuptern. Ankwin war hin und hergerissen zwischen der Vorstellung, wieder mit Weißwind übers Land zu reiten, und dem Gedanken, dass er hier bei diesen unzähligen und verschiedenen Menschen genau am richtigen Platz war. Er sog die Morgenluft tief ein und ließ sie zu zwei Dritteln entweichen. Sein Blick weitete sich und er nahm wie dann immer alles gleichzeitig wahr.

Ein Torwächter blaffte einen jungen Bauern an, dem seine Hühner aus einem Sack zu entwischen drohten. Ein Händler mit großem Hut und dickem Bart zeterte beim Zöllner, wie viel er zu zahlen hatte. Ein ungeduldiger Adliger, Ankwin kannte das Wappen nicht, beschimpfte einen Krüppel, der vor seinem Pferd stand, sodass er nicht weiterkam. Er erinnerte sich, wie er vor nur wenigen Wochen genau durch dieses Tor in die Stadt gekommen war, und auch daran, dass er beinahe bestohlen worden war. Wie er es sich gedacht hatte, sah der Bärenfelsener dann, was er gesucht hatte.

Während der Krüppel den Adligen ablenkte, griff ein kleiner unscheinbarer Mann von hinten in eine der Satteltaschen und schon wechselten ein paar Gegenstände den Besitzer. Ankwin ging ein wenig in die Knie. In dem Gedränge nahm keiner seinen komischen Gang wahr, aber seine Größe wäre aufgefallen.

Der Adlige war inzwischen weitergeritten und von dem Krüppel war nirgends eine Spur zu sehen. Wahrscheinlich hatte er die Beute von dem anderen schon übernommen und in Sicherheit gebracht. Ankwins Hand schnellte hervor und ergriff die des Diebes wie schon einmal. Und wieder zappelte der kleine schmutzige Mann an der Hand des Kriegers.

»He, was wollt Ihr von m ...?« Dem Dieb blieb die Frage im Hals stecken, als er Ankwins eisgraue Augen wieder erkannte.

»Mich dünkt, ich muss Euch doch der Stadtwache melden, kleiner Mann.« Ankwin war die Ruhe selbst, doch der Unterton in seiner Stimme unterstrich seinem Gegenüber die Drohung unmissverständlich.

Nervös schaute sich der Dieb um, doch dieses Mal war keine Patrouille in der Nähe und die Torwächter hatten genug zu tun. Ankwin folgte seinem Blick und bemerkte eine Frau in einem Fenster im ersten Stock. Sie blickte über die Menge hinweg und rieb sich auffällig die Nase. Ankwin sah in die andere Richtung, doch da war nichts Auffälliges. Er war sich nicht sicher, ob das gereicht hatte, den Hirtenhund ausfindig zu machen. Doch weiter war sein Plan nicht gegangen. Er lockerte seinen Griff und der kleine Dieb riss sich sofort los. Schon war er in der Menge untergetaucht.

Hoffentlich hatte Bermeer den Hirtenhund entdecken können. Dann sah er im Augenwinkel eine Bewegung auf einem der Dächer. Er konnte noch einen Blick auf Bermeers Umhang erhaschen. Offenbar hatte der Assassine die Verfolgung aufgenommen.

Der Krieger lächelte. Auf Bermeer war verlass. Er entschloss sich, nach Hause zu gehen und nun richtig zu Frühstücken. Bermeer würde sich bestimmt bald bei ihm melden.

DIE ERSTE REGEL
(Katym im Frühling)

Er hatte Recht behalten mit seiner Vermutung. Moakin war ein unerfahrener Bauerntölpel, der frustriert in die große, weite Welt gezogen war und sich mit seinem Vorhaben, reich zu werden, schnell übernahm. Sein Drang, sein Schicksal selbst in die Hand zu nehmen, konnte Dekmanto förmlich riechen. Er hatte nur eine ordentliche Portion Geduld aufbringen und am Stadttor auf die beiden warten müssen. Sie dann zu verfolgen, war eine seiner leichtesten Übungen gewesen. Etwas Warten bis zu den ersten Schwierigkeiten und da waren sie nun.

Doch Biss hatte der Junge im wahrsten Sinne des Wortes, das musste er ihm lassen. Wenn Dekmanto ehrlich war, empfand er sogar große Sympathie für das Landei, erinnerte er ihn doch ein wenig an seine Jugend.

Mit dem Mädchen war er sich noch nicht schlüssig, wie er sie einschätzen sollte. Einerseits schien sie ein sehr zerbrechliches und wehrloses Bauernmädchen zu sein, die auch keine Ahnung von der großen Stadt hatte, anderseits war sie recht schnell mit dem Messer gewesen und verschlagen war sie auch. Sie hatte doch tatsächlich die Geistesgegenwart gehabt, während die kleine Diebesbande floh und Moakin noch am Boden gelegen hatte, den wiedererbeuteten Geldbeutel schnell einzustecken. So hatte sie, ohne mit der Wimper zu zucken, ihren vermutlich einzigen Verbündeten in dieser beschissenen Welt wegen ein paar Kupferstücken hintergangen. Sie lernte offensichtlich sehr schnell und anscheinend steckte mehr in ihr, als man auf den ersten Blick sah. Dieser erste Blick, das musste der Kopfgeldjäger zugeben, war außerdem gar nicht übel. Ein bisschen Wasser und ein Kamm und sie konnte es in einem anständigen Hurenhaus weit bringen.

In beiden steckte also Potential und in Dekmanto begann sich eine Idee zu formen. Vielleicht müsste er sie gar nicht übers Ohr hauen, vielleicht war ein anderer Weg der bessere.

Breit grinsend lehnte er sich an das Hoftor und applaudierte den beiden betont langsam. »Bravo, Bravo. Respekt, die Herrschaften. Das nenn' ich mal einen Einstand in der großen Stadt. Wer den Batur reiten will, der macht das ganz genauso wie ihr.«

Das Mädchen drängte sich hinter Moakin und Dekmanto konnte ganz genau beobachten, wie sie schon wieder das Messer versteckt in ihrer Rechten hielt. *So ist's Recht. Verdammtes Biest.* Moakin sah für einen niedergeknüppelten Bauernjungen mit blutender Nase echt gefährlich aus. Trotzig sah er den Kopfgeldjäger von unten her an. »Was wollt Ihr von uns? Schert Euch um Eure eigenen Geschäfte.«

Dekmanto stieß sich von dem Balken ab und schlenderte langsam auf die beiden zu. »Na, wenn ihr zwei das ›Geschäfte machen‹ nennt, will ich ja gar nicht wissen, wie es aussieht, wenn ihr Ärger habt.« Er musste lachen, dann wurde er mit einem Schlag ernst. »Du lässt jetzt besser den Dolch ganz schnell wieder verschwinden, bevor meine Lederjacke einen Kratzer abbekommt und du einen gebrochenen Arm hast.«

Nach einem kurzen Flackern in ihren großen Augen schob sie das Messer langsam in ihr Gewand.

»So ist's Recht. Ganz ruhig, ihr beiden. Wenn ich euch schaden wollte, hättet ihr das schon längst gemerkt. Dann wäre nämlich entweder die Stadtwache da, die übrigens bestimmt bald hier auftaucht - Katyms Bürger sind nämlich aufrechte Leute, müsst ihr wissen - ...« Die Ironie in seiner Stimme war nicht zu überhören. »... oder ihr lägt mit aufgeschnittener Kehle am Boden und würdet das Pflaster mit eurem Blut versauen.« Im Grunde war Dekmanto kein Halsabschneider, aber ein bisschen Übertreibung schadete hier wohl gerade nicht.

Er konnte förmlich sehen, wie es in den Köpfen der Kinder arbeitete. »Also ... kommt mit mir und nehmt euer Schicksal in die Hand oder bleibt hier und lernt Katyms Zellen besser kennen. Der Pranger soll auch ganz angenehm sein.«

Er spürte ganz genau, jetzt hatte er sie am Haken. Ohne ein weiteres Wort oder sie noch einmal anzuschauen, drehte er ihnen den Rücken zu und stolzierte gemächlich davon. Schon nach wenigen Augenblicken hörte er die beiden kurz tuscheln und dann ihre Schritte. Dekmanto lächelte. *So weit, so gut.*

***

Misstrauisch und schweigend saßen Moakin und Shaija in der Ecke des Schankraumes auf einer Bank und aßen dennoch gierig ihre Mahlzeit. Dekmanto hatte sich nicht lumpen lassen und drei Mal Braten bestellt. Er hatte sich sein weiteres Vorgehen mittlerweile sehr genau zu Recht gelegt und begann, während er den Fleischhappen auf seiner Messerspitze begutachtete, halblaut mit ihnen zu sprechen. »Wisst ihr, mit was ich mein Geld verdiene?« Ohne eine Antwort abzuwarten, sprach er einfach weiter. »Nun, wahrscheinlich nicht. Ich jage Menschen.« Sofort konnte er die wachsende Anspannung der beiden spüren und musste zugeben, dass all die langen, einsamen Tage im Sattel ihm das Spiel mit den Kindern zu einer großen Freude werden ließ, doch er durfte den Bogen nicht überspannen.

»Keine Angst, nicht so, wie ihr jetzt vielleicht denkt, nein. Ich jage jedem hinter her und fange ihn, wenn ich dafür bezahlt werde. Ich bin ein Kopfgeldjäger. Ich muss allerdings zugeben, dass das in letzter Zeit nicht mehr zu meiner Zufriedenheit läuft. Seht ihr, das, was dabei herausspringt, ist mir einfach zu wenig und ich denke ernsthaft über einen Wechsel in ein anderes Gewerbe nach.« Er ließ den Kindern einen Moment Zeit, seine Worte zu sortieren, und kaute auf dem nächsten Stück herum.

»Kommen wir nun zu euch beiden. Zwei abgerissene, halbverhungerte Kinder, die der Lomosh weit von Zuhause in die große Stadt gespült hat. Das Schicksal war ungerecht zu euch, hat euch hin und her geschubst«, er sah den beiden in die Augen, »und nun denkt ihr ›Hey, das ist alles so ungerecht. Ich nehm' mir jetzt auch, was ich will.‹, stimmt's?«

Moakin und Shaija hatten aufgehört zu kauen und schauten ihn nur an. Ihren Gesichtern war nicht gut zu entnehmen, was sie dachten, aber das sie nachdachten, war deutlich zu erkennen.

»Eins kann ich euch sagen, und zwar aus erster Hand. Wer so denkt, landet immer im Schuldenturm einer Stadt, im Verlies eines Fürsten oder am Galgen. Glaubt mir, ich habe schon so manchen dahin gebracht und das waren nicht nur Erwachsene.« Energisch stach Dekmanto in das letzte Stück Fleisch und steckte es sich betont genussvoll in den Mund. »Ihr wollt doch nicht so enden, oder etwa doch?« Auffordernd reckte er seinen Kopf nach vorn und versuchte ihre Blicke zu erhaschen.

Beide begannen langsam den Kopf zu schütteln.

»Dacht ich mir's. Wenn ihr also euer Schicksal in die Hand nehmen wollt, gut, aber benutzt euren Verstand. Erste Regel: Nie zu gierig sein.«

Langsam kauten die Kinder weiter, doch hingen sie nun an seinen Lippen. Der Kopfgeldjäger genoss es. Er musste zugeben, dass ihm schon lange keiner mehr so gut zugehört hatte, und es bereitete ihm großes Vergnügen, seine über die Jahre gewachsenen Lebensregeln laut auszusprechen. Auf seinen nächsten Schritt freute er sich diebisch. »Wenn ihr also auch was vom großen Kuchen ab haben wollt, dann nur so viel, wie ihr auch schlucken könnt.

Schau dich an, meine Kleine. Dir trieft der Hunger nach Genugtuung und das Bedürfnis, bei den Großen mitzumischen, aus den schönen Augen. Würdest du ein bisschen mehr aus dir machen und deine flinken Finger noch ein bisschen üben, wenn du weißt, was ich meine, ich sage dir, du könntest es echt zu etwas bringen. Aber dazu fehlt dir ein Lehrer und auch etwas Vertrauen. Doch nach deinen Erfahrungen ist es schwer, jemandem zu vertrauen. Hab' ich Recht?«

Die Tatsache, dass ihn das Mädchen so giftig mit ihren großen Augen anfunkelte, zeigte Dekmanto, dass er ins Schwarze getroffen hatte. »Oder nehmen wir zum Beispiel dich, Moakin.«

Die Augen des Jungen wurden für einen Moment sogar größer als die des Mädchens.

»Tja, mein Junge. Woher weiß ich deinen Namen?« Er machte eine Pause und genoss das fragende Schweigen der beiden. »Also, Moakin, da bist du nun weggelaufen von irgendeinem Drecksloch, dass sich Dorf schimpft, und endlich in der großen Stadt und da willst du reich werden. Doch wie stellt man das an? Verkauft man das Ei einfach auf dem Markt oder vergräbt man es vor der Stadt und sucht erst einen guten Käufer?«

Dem Gesichtsausdruck Moakins nach zu urteilen, hatte er mit dem Vergraben also richtig getippt. Dekmanto sprach in einer gekünstelten Kinderstimme weiter. »Woher zum Henker weiß der Mann denn nur meinen Namen und dass ich ein Ei habe von einem Dr...«

»Seid still, muss ja nicht gleich jeder wissen.« Moakin sah sich nervös um.

»Hier hört uns keiner. Ist er immer so nervös?« Der Kopfgeldjäger blickte zu dem Mädchen.

»Immer.« Shaija nickte abgeklärt mit ihrem schönen Kopf.

Moakin sah jetzt völlig verwirrt und beleidigt zu Shaija. »Ich bin nicht nervös, nur vorsichtig.«

»Vorsichtig, ja, ihr beiden seid vorsichtig, so vorsichtig, dass man nach dreien eurer Schritte in Katym weiß, wer ihr seid und was ihr vorhabt.« Der Junge sah betreten auf sein Essbrett, doch Shaija schien zu begreifen, auf was Dekmanto hinauswollte.

»Ich heiße Shaija und du.« Moakin kam es komisch vor, dass sie einen fremden erwachsenen Mann duzte, doch den schien das nicht zu stören.

»Dekmanto ist mein Name. Shaija, du weißt, dass wir uns gegenseitig helfen können. Und du Moakin darfst den Frauen zwar nicht trauen, aber auf eines kannst du dich verlassen. Wo es ihnen besser geht, begreifen sie immer ganz schnell. Und jetzt lasst uns endlich über das Geschäftliche reden.«

SUCHEN

(Brakenburg im Frühling ... vor langer Zeit)

Mit hastigen Schritten durchmaß die schöne Heilerin den Innenhof des Haupthauses. Der Berisihüne folgte ihr geduldig mit großen Schritten. Sie waren auf der Suche nach Weiland.

Seit dem Abend bei Theodus hatte ihn niemand mehr gesehen. Das war bereits zwei Tage her und Lavielle machte sich große Sorgen. Er schien wie vom Erdboden verschluckt. Boli, Weilands Helfer bei der Gartenarbeit, wusste auch keinen Rat. Im Totenhaus war er gar nicht gewesen und auch im Pflegehaus, einem Gebäude für Bettlägerige, hatte man nichts von ihm gehört. Die offensichtlichste Anlaufstelle, sein Häuschen, hatten sie zu allererst überprüft - nichts.

Lavielle stieß die mächtige Tür zum Hauptgebäude mit solch großer Entschlossenheit auf, dass der Ordenswächter, der in der Halle stand, zusammen zuckte. Nichts schien sie aufhalten zu können. Ein Heiler wollte ihr gerade die nächste Tür öffnen, da war sie schon energisch an ihm vorbei gerauscht. Garock folgte ihr und schenkte dem verdutzten Mann ein Lächeln, das den noch mehr verwirrte.

Sie stürmte die Treppen hinauf, als ginge es um Leben und Tod. Garock war sich mittlerweile auch unsicher, was hinter dem Verschwinden Weilands stecken mochte und vielleicht ging es tatsächlich darum.

Schon stand Lavielle keuchend vor der Tür der obersten Schwester des Ordens. Schwester Biree schätzte unangemeldete Besuche gar nicht, aber das war Lavielle im Augenblick egal. Es ging schließlich um Weiland, der bei aller Rüstigkeit auch nicht mehr der Jüngste war. Und die Aufregungen der vergangenen Tage und Wochen könnte ihr Übriges dazu beigetragen haben, dass er vielleicht irgendwo ganz allein lag und von keinem gefunden wurde. Der Gedanke daran beflügelte die junge Heilerin und ließ sie etwas zu forsch klopfen.

Das darauf folgende ›Herein‹ quittierte das starke Klopfen auch prompt im entsprechenden Tonfall.

Lavielle steckte ihren Kopf durch die Tür. »Verzeiht, hohe Schwester, aber es geht um Weiland und ist dringend.«

Das Faltengebirge auf der Stirn der Oberschwester verwandelte sich in eine weite Ebene. »So, so, die allzeit emsige Lavielle, der immer irgendetwas auf den Nägeln brennt. Nur herein, nur herein.« Die Stimme der Oberschwester klang zwar genervt, aber doch schon weitaus versöhnlicher.

Als die junge Heilerin und ihr großer Schützling den Raum betraten, zog Schwester Biree die Brauen in die Höhe. »Na, ihr beiden seid seit meiner Anordnung, aufeinander aufzupassen, auch nicht mehr zu trennen, wie? Was ist denn so dringend?« Lavielle lächelte unsicher und Garock war Garock.

»Seht, hohe Schwester, die Sache ist die. Ich mache mir sehr große Sorgen um Bruder Weiland. Wir haben ihn seit vorgestern Nacht nicht mehr gesehen. Es gab keinen Streit oder dergleichen. Wie auch mit einem solch friedlichen Mann? Keiner hat ihn seit dem gesehen, weder im Garten noch im Pflegehaus. Vielleicht ist etwas geschehen.«

Die alte Heilerin legte die Stirn erneut in Falten. »Hm. Weiland ist wahrlich ein friedfertiger Mensch, aber wer ihn kennt, weiß, dass er von Zeit zu Zeit auch einige Verschrobenheit an den Tag legen kann.« Sie machte eine kurze Pause. »Vielleicht ist er bei einer Fastenandacht im Tempel. Das kann dauern. Oder er wandert in Brakenburg umher. Er liebt die Menschen, die Straßen, ihre Geräusche und Gerüche.«

Lavielle schwieg und Biree sah ihr sofort an, dass sie damit nicht zufrieden war. »Also gut, Mädchen. Erzähl mir mal, was ihr vorgestern so alles gemeinsam gemacht habt. Von dem werde ich nicht viel hören.« Damit hatte sie mit dem Daumen über die Schulter auf Garock gezeigt. Der überlegte sich, ob er lächeln sollte, ließ es dann aber bleiben.

»Erst war er mit Garock im Totenhaus und wollte die drei Magier, die beim Verhör gestorben waren, waschen.«

»Eine Schande ist das. Von wegen Verhör, das sind bessere Metzger. Sprich weiter.« Biree hatte sich gesetzt.

»Garock und ich begleiteten ihn dann zum Tempel. Auf dem Weg dorthin sprachen wir über das Bad.«

»Und was wolltet ihr im Tempel?«

Lavielle war es unangenehm, über ihre Vision zu sprechen, von der sie immer noch nicht wusste, wie sie sie einordnen sollte. »Bruder Weiland wollte ein paar Kerzen entzünden und beten. Im Anschluss sind wir dann zu Meister Theodus zum Abendessen gegangen. Dort waren wir eingeladen. Weiland war zwar den Abend über recht ruhig, aber nicht verschwiegen. Am Ende brachten wir ihn zu seinem Haus. Seit dem ist er verschwunden, da bin ich mir sicher.«

Schwester Biree erhob sich und nahm die Hände auf den Rücken, dann ging sie durchs Zimmer. »Totenhaus, Bad, Tempel, Essen ... natürlich! Weiland wird zum Bad gegangen sein. Dieses Mal wird es wieder von Aresco geleitet. Ihr müsst wissen, Weiland und Aresco stehen sich sehr nahe, auch wenn der oberste Heiler dieser Freundschaft aus zeitlichen Gründen nicht so oft frönen kann, wie er will. Weiland wird die Gelegenheit ergriffen haben, um wieder mit dem alten Freund zu sprechen. Schließlich sind während des Bades alle Gespräche, die die Arbeit betreffen, untersagt. Er wird wohl mit einem alten Freund in Erinnerungen schwelgen wollen. Das tun alte Männer zuweilen ganz gerne.«

»Das Bad, Ihr meint, er ist tatsächlich alleine ...?«

»Was heißt alleine? Kindchen, gestern ist der Tross nach Rhodenquell aufgebrochen. Alle Heiler, die hier zu entbehren waren, sind nach dorthin aufgebrochen. Allein ist er da bestimmt nicht unterwegs. Die meisten Schwestern sind wie üblich hiergeblieben. Soll das alles an dir vorüber gegangen sein. Wo hast du nur deinen Kopf, Lavielle?« Schwester Biree sah eine Weile aus dem Fenster. »So wird es sein. Aber zu deiner Beruhigung spreche ich mit den Ordenswachen. Sie sollen sich einmal umhören und auf die Suche gehen. Zufrieden?«

»Zufrieden.« Lavielle lächelte die oberste Heilerin dankbar an.

Die alte Heilerin breitete ihre Arme aus und geleitete das ungleiche Paar zur Tür. »Aber jetzt raus mit euch, ich habe noch einiges zu tun, und ihr sicherlich auch. Und schickt mir einen der Ordenswächter herein.«

Lavielle hatte die Tür schon fast geschlossen, als die oberste Heilerin ihr nachrief. »Da fällt mir ein, dass Chrinakor auch unbedingt hin wollte, aber seine Verpflichtungen im Stadtrat haben ihn davon abgehalten. Soweit ich weiß, fährt er noch heute.« Biree sah Lavielle verheißungsvoll an.

»Ihr meint, ich könnte ihn bitte, uns mitzu ...?« Lavielle strahlte.

»Bei der Gelegenheit könnt ihr ihn auch gleich fragen, ob er als Rastmitglied etwas gegen Garocks Ausflug hat. Du weißt ja, er darf ohne die Genehmigung des Rates die Stadt nicht verlassen. Schick ihm meine Grüße und er soll euch mitnehmen. Und jetzt geht.«

Lavielles Stirn lag für einen Moment in Falten und sie war im Zwiespalt, doch ihr Gesicht hellte sich sofort wieder auf. Ihr Entschluss stand fest. Wenn Weiland noch hier war, würden ihn die Ordenswachen früher oder später finden, und wenn er tatsächlich im Bad war, so verbanden sie das Angenehme mit dem Nützlichen. Sie konnten vielleicht den Bruder aus Shkuhum ausfindig machen, Weiland wieder finden und Lavielle konnte Garock eines der wichtigsten Feste der Heiler näherbringen. Das war für eine Heilerin eine ungewöhnliche Gelegenheit und sie würde sie sich nicht entgehen lassen. Theodus und die anderen würde auch ein oder zwei Tage ohne sie auskommen müssen.

Tief in ihrem Unterbewusstsein spürte sie, dass sie sich belog und die Dringlichkeit, den falschen Heiler zu finden, in keiner Relation zu der schwachen Fährte stand, die nach Rhodenquell führte. Ihr Hochgefühl übertünchte das allerdings fast vollständig. Der Abstand zu Ankwin würde ihr wahrscheinlich ganz guttun.

Dann musste sie wieder an Weiland und dessen Verschwinden denken. Was dachte sich dieser alte Mann bloß? Hing es mit der Vision zusammen? Lavielle hatte in den letzten beiden Tagen oft darüber nachgedacht, war aber auf keinen grünen Zweig gekommen. Eine große, warme Hand auf ihrer Schulter riss sie aus ihren Gedanken. Garock schaute sie fragend an.

»Du hast Recht, großer Freund. Da stehe ich hier und halte Maulaffen feil und wir müssen dringend zu Chrinakor.«

Sie gab noch der Ordenswache Bescheid und verließ mit Garock das Haus.

VABALETTI
(Brakenburg im Frühling)

Schmetterlinge tanzten über den Büschen des Gartens. Alles Stand in voller Blüte oder war kurz davor. Das Morgengebet der Heilerinnen, eine beeindruckende und anmutige rituelle Bewegungsabfolge, war so eben zu Ende gegangen und Helmin saß mit Murajin auf einer der Steinbänke in der Morgensonne. Jeder sinnierte vor sich hin und verdaute das herrliche Frühstück und die Impressionen des Tanzes. Die Kräuterfrau hatte ihre Melancholie allerdings noch nicht ganz abschütteln können. Lavielle war mitten in der Nacht aufgewacht und völlig panisch hin und her gerannt. Ihre Rufe nach Garock und Bermeer, sowie Ankwin hatten den halben Trakt geweckt. Schließlich war sie von einer der oberen Heilerinnen in eine Zaubertrance versetzt worden und dann eingeschlafen. Sie hatten sie heute Morgen noch nicht gesehen und trotz Anfragen noch nicht zu ihr vorgedrungen können.

»Das Gespräch mit Ronda ...« Murajin sah sie an.

»Was ist damit?«

»Sie wird uns fragen, was Lavielle zugestoßen ist.«

»Ja ... und?« Helmin begriff nicht gleich, worauf er hinaus wollte.

»Sollen wir ihr wirklich erzählen, dass ich mich in einen Drachen verwandelt habe, ins Herz gestochen wurde und nach zwei Wochen wieder erwacht bin. Ich meine, ich kann das ja selbst gar nicht richtig glauben. Am Ende stecken die mich und dich auch in ein Zimmer hier oder Schlimmeres. Meinst du nicht?«

So hatte das Helmin noch gar nicht betrachtet und schämte sich auch schon dafür. Sie schalt sich in Gedanken ein dummes Ding. »Du hast Recht, aber was sollen wir ihr erzählen? Ich glaube, dass die Wahrheit schon wichtig wäre für Lavielles Heilung.«

Murajin schwieg eine Weile und sah vor sich hin. »Na ja, wir können ja schon sagen, dass ein sehr guter Freund auf schreckliche Weise gestorben ist, das stimmt ja auch. Meinetwegen sogar durch irgendein wildes Tier. Und mein Erwachen hat sie ja nicht in den

Zustand gebracht ... also müssen wir das doch nicht erwähnen, oder?«

Helmin zog die Augenbrauen zusammen. »Ich dachte, du wolltest herausfinden, wer du bist und warum du so gesund bist und so? Das ginge doch hier am aller Besten.«

»Vermutlich.« Wieder machte Murajin eine Pause. Es schien, als suche er die richtigen Worte. »Vielleicht hast du Recht, aber ich habe das ganz starke Gefühl, das ich hier keine Hilfe finden werde. Ich weiß nicht, wie ich es beschreiben soll. Ich bin hier in der richtigen Stadt, aber die Heiler werden mir nicht helfen können, das weiß ich einfach.«

Die Kräuterfrau sah ihm tief in seine eisgrauen Augen. »Ich vertraue dir. Wir werden uns da schon was einfallen lassen.« Wieder schwiegen die beiden eine Weile und sahen dem Treiben im Seelengarten zu.

»Wenn ich so an die Zukunft denke, weiß ich nicht recht. Ich muss ja von was leben und was arbeiten. Ich hab mir überlegt, vielleicht kann ich ja bei einer Familie als Hausmädchen oder Kinderfrau arbeiten, wenn sie mich nehmen.«

»Du machst Witze?« Murajin schaute sie von unten her an und grinste schief.

»Wieso? Ich kann schon putzen und kochen, so ist das n...«

»Nein, nein, nein, so meinte ich das nicht. Warum fängst du nicht hier im Heilerorden an? Ob du dich einfach nur irgendwo hier nützlich machst oder vielleicht sogar selber Heilerin wirst, wird die Zeit schon bringen.«

»Ach was, meinst du? Nehmen die hier auch so ein altes Weib wie mich?«

»Wie gesagt, du bist schon eine Kräuterfrau und als Heilerin muss man nicht zaubern können. Das machen nur die Hohen.«

Helmin musste schmunzeln, denn der Gedanke gefiel ihr sogar sehr gut. Sie könnte, solange es Lavielle noch so schlecht ging, in ihrer Nähe bleiben, und selbst wenn sie eines Tages nach Shkuhum ginge, würde sie sich hier schon eingelebt haben, oder vielleicht sogar mit ihr dorthin gehen, wo immer das auch war. Der plötzliche Gedanke an Moakin versetzte ihr einen Stich und trübte ihre schönen Aussichten. Doch sie konnte sich beruhigen. Wenn der Junge eines Tages tatsächlich zurückkam, so würde er herausfinden, dass sie nach Brakenburg gegangen war und mit ein bisschen Glück fände er sie bestimmt. Dann kam ihr ein anderer dunkler Gedanke.

»Aber was wird mit dir? Was willst du machen? Ich habe dir doch versprochen, dir zu helfen.«

»Erstens hast du mir schon sehr, sehr viel geholfen, wenn ich nur an das Vertrauen denke, dass du mir entgegengebracht hast und noch bringst. Außerdem wüsste ich nicht, wohin ich gehen sollte, also werde ich wohl auch erst einmal hierbleiben. Brakenburg scheint mir der richtige Ort, um herauszufinden, wer ich bin oder auch war.«

Helmin nickte, während sie die Lippen aufeinanderpresste. »So machen wir es. Wird sich schon was finden.«

»Schwester Hielia hat doch gesagt, wie können die Einrichtungen hier alle nutzen?«

»Ja?«

»Ich hörte vorher, wie eine der Novizinnen beim Frühstück etwas von einer Bibliothek sagte. Ich weiß nicht genau, was es ist, aber ich möchte es mir anschauen.«

***

»Dd ... aaaa ... ss ... Lll ... eeee ... bb ... eee ... nnnn ... dd ... e ... ss ... Vvv ... a ... bb ... a ... l ... et ... iiii.« Murajin hatte einen der Titel gelesen und Helmin schaute ihn beeindruckt an.

»Du kannst ja lesen.«

Er grinste. Sie waren einfach hier her gekommen und nachdem der Bibliothekar ihnen auf ihre Fragen hin gesagt hatte, dass man hier Bücher ausleihen kann, hatte er um ein paar gebeten. Der Ordensbruder war so freundlich gewesen, ihm eine Auswahl von Büchern auszuleihen. Jetzt saßen sie an einem der Tische und betrachteten die dicken Folianten.

»Zusss ... aammmm ... gest ... elllltt ... vvon ... Bbrruuder ... Montor ... an.« Es ging schon schneller. Murajin strahlte über das ganze Gesicht, denn es bereitete ihm große Freude, den

374

sonderbaren Zeichen auf den Seiten ihr Geheimnis zu entreißen. Helmin schaute ihn mit leuchtenden Augen an.

»Frrische ... LLufft uund Bewwegung ... ssind der Schlllüssell zurr Gessundheitt.« Wieder waren seine Finger schneller über die Zeilen geflogen.

»Ich hab's dir doch gesagt. Stück für Stück. Es kommt alles wieder.« Helmin drückte seine Hand und lächelte. »Vielleicht kannst du's mir ja auch mal beibringen.«

»Ja, aber gerne. Wenn ich genug geübt habe.« Schon fuhr Murajin im Text fort und am Ende der Seite las er den Text fließend. Helmin hörte ihm lächelnd zu und, erst als sie von dem Bibliothekar aufgefordert wurden, leise zu sein, gingen sie wieder in den Garten.

Dort hörte die Kräuterfrau dem Wiedergänger noch eine ganze Weile zu, doch irgendwann wurde sie träge, konnte nicht mehr folgen und verspürte den Drang nach Bewegung. Sie ging spazieren und Murajin las weiter.

***

»Habe ich das also richtig verstanden? Der Scheiterhaufen stürzte ein und Ankwin vom Bärenfels wurde von einem glühenden Stamm erschlagen.«

»Ja.« Helmin nickte eifrig.

»Und sein Tod hat Schwester Lavielle so tief berührt, dass sie seitdem nicht mehr richtig bei sich ist?«

Wieder nickte die Kräuterfrau. Auch Murajin bestätigte den Satz. Schwester Ronda sah die beiden eine ganze Weile an und es war klar, dass sie versuchte, in ihren Gesichtern zu lesen.

»Und wer wurde da bestattet?«

»Ein Verwandter Lavielles. Ich glaube, ein Vetter oder so. Ich habe es wie gesagt nur aus zweiter Hand.« Helmin sah zu Boden. Sie hoffte, dass die Familienverhältnisse Lavielles hier nicht bekannt waren, wobei sie selbst keine Ahnung hatte, ob die Heilerin überhaupt noch Angehörige hatte. Schwester Ronda schien ihnen die Geschichte allerdings abzukaufen.

»Das wäre dann soweit alles.« Sie erhob sich von ihrem Stuhl. »Ich habe gehört, dass Ihr des Lesens mächtig seid und Ihr Euch bereits der Bibliothek bedient habt?« Sie sah Murajin freundlich an.

»J...ja.« er räusperte sich. »Vabaletti ... toller Mann.«

»Sagt mir, woher kommt der Name Murajin? Er ist außergewöhnlich.« Ronda sah ihn neugierig an.

»Ich hieß schon immer so, keine Ahnung.« Murajin zuckte mit den Achseln und lächelte.

»Und Ihr, gute Helmin? Ihr ward Kräuterfrau in Eurem Dorf?«

»Ja, Schwester Ronda.«

»Dann seid ihr also bewandert in der Betreuung kranker Menschen?«

»Ja, Schwester.«

»Und es macht Euch immer noch Freude?«

»Ja.« Helmin lächelte unsicher.

»Na ja, dieser Fürst Brenkus wird mir noch Rede und Antwort stehen. Schickt seine einzige Kräuterfrau aus dem Dorf und verlangt von ihr noch, eine schwer kranke Schwester über Tage und Wochen auf einer Reise zu betreuen.« Ronda ging zum Fenster und schaute hinaus. »In einem Punkt hat er allerdings Recht. Wir hätten schon lange eine Heilerin in sein Fürstentum schicken sollen.« Schlagartig drehte sich die Schwester um. »Aber das wird sich bald ändern.« Sie ging auf die beiden zu, lächelte freundlich und streckte ihnen beide Hände entgegen. »Ich möchte Euch noch einmal den tief empfundenen Dank des ganzen Ordens aussprechen. Schwester Lavielle war uns allen immer eine große Stütze und ein Vorbild und ist jetzt noch immer hoch geschätzt.

Ihr könnt also gerne noch ein Weilchen hier im Orden bleiben. Und Helmin ... für erfahrene, fleißige Hände haben wir immer einen Platz.« Sie zwinkerte.

Helmin lächelte, machte einen Knicks und Murajin deutete eine Verbeugung an, dann standen sie wieder auf dem Kreuzgang vor dem Zimmer der obersten Heilerin.

Als die Tür ins Schloss gefallen war, gingen sie zum Ausgang und Helmin ließ ihren Atem lautstark entweichen. »Hui, das war ja ganz schön anstrengend, aber lief doch alles glatt, oder?« Sie erschrak, als sie in das Gesicht Murajins blickte. Sie konnte den Hass deutlich spüren.

»Sie ist eine falsche Schlange.« Er knurrte jedes Wort zwischen seinen Zähnen heraus. »Ich weiß nicht, was es ist, aber ich vertraue ihr nicht.« Als er Helmins ängstlichen Blick bemerkte, verschwand seine hasserfüllte Miene schlagartig. »Ich meine, was mich und unsere Geschichte anbelangt, traue ich ihr nicht. Ich glaube nicht so Recht, dass sie das Ganze mit dem Scheiterhaufen und dem Verwandten geschluckt hat. Was ihr Angebot anbelangt, da sei unbesorgt. Das meint sie schon so.«

»In Ordnung.« Helmin wusste nicht recht, was sie sagen sollte.

»Aber uns bleibt mindestens ein halbes Jahr.«

»Was meinst du damit?« Helmin war jetzt wieder total verunsichert.

»Sie sagte doch, dass sich das mit dem Fürsten bald ändern würde. Ich denke, sie schickt irgendwann eine Heilerin nach Norden. Und was glaubst, was die als Erstes macht?«

»Mit dem Fürsten reden.« Helmin schwante, was Murajin meinte.

»Und der wird ihr sagen, dass Ankwin beerdigt wurde.«

»Wie soll ich denn hier arbeiten, wenn sich bald herausstellt, dass ich gelogen habe?«

Murajin zwinkert ihr zu. »Du hast doch gesagt, du weißt das alles nur aus zweiter Hand und genaugenommen stimmt das ja auch. Was kannst denn du dafür, wenn man dir Märchen erzählt und der Fürst weiß ja auch nur, dass du Ankwin gepflegt und Lavielle aufgenommen hast, stimmt's?«

»Ja.« Nachdenklich sah Helmin vor sich hin. Sie musste das alles erst einmal für sich sortieren.

»Komm, Helmin, gehen wir noch ein Stück an der frischen Luft. Du weißt ja, Vabaletti hielt das für sehr gesund.« Murajin grinste.

DER SCHÄFER
(Brakenburg im Frühling ... vor langer Zeit)

Den ganzen Tag lang war Ankwin schon angespannt. Er spürte eine Unruhe in sich, wie er sie nur vor der Jagd nach Wegelagerern oder vor seiner Kriegerprüfung verspürt hatte. Keine Tätigkeit hielt ihn für länger gefangen.

Bermeer war schon um die Mittagsstunde aufgetaucht und hatte ihm das Viertel und das Haus, in dem der Hirtenhund wohnte, genau beschrieben. Er hatte ihm erneut seine Hilfe angeboten und ihn vor der Diebesgilde gewarnt.

Der Hirtenhund wäre sicherlich nicht umsonst davon gegangen. Er würde sich mit dem Dieb vom Tor treffen und dann dessen Neuigkeiten in die Gilde tragen. Dort beriete man dann sicherlich und es konnte passieren, dass Ankwin kontaktiert oder ermordet wurde. So hatte es ihm Bermeer erklärt und es deckte sich mit den Erzählungen von Miron.

Sein Vorteil war allerdings, dass er wusste, wo der Hirtenhund war. Er würde ihm heute Nacht folgen und so das Versteck des Hirten finden. Der Bärenfelsener war vielleicht kein Kind der Stadt, aber er war ein Jäger.

Er achtete auf dunkle Kleidung und umwickelte seine Stiefel mit Stoff. Im Dunkeln würde niemand den Unterschied zu normalen Fußlappen erkennen. Als er nach seinem Dolch griff, klopfte es.

»Herein.«

»Entschuldigt die Störung, Herr, aber, wenn ich mir die Bemerkung erlauben darf, Ihr scheint in Euren Bemühungen um die Kiste voran zukommen. Ich möchte Euch meine Hilfe anbieten. Der Hirtenhund wird nicht leicht zu fassen sein.« Miron hatte die Tür bereits hinter sich geschlossen und leiser als gewöhnlich aber immer noch genauso würdevolle gesprochen.

Ankwin legte die Stirn in Falten und nickte dann abschätzend. »Du hast Recht, Miron. Ich habe mich in letzter Zeit zu oft überschätzt. Ich nehme deine Hilfe gerne an. Ich denke, wir machen es so ...«

∗∗∗

In dem Haus brannte immer noch Licht, aber lange würde es nicht mehr dauern, und der Hirtenhund machte sich auf den Weg zur Gilde. Da war er sich sicher. Es hatte nun schon eine ganze Weile aufgehört zu regnen, aber trotz des dicken Umhangs fröstelte er mittlerweile.

Da! Endlich hörte er eine Rumoren an der klapprigen Haustür und drückte sich weiter in den Schlagschatten. Die Tür wurde zugeschlagen und abgeschlossen, dann waren Schritte zu hören. Die dazugehörige Person war nur schwer zu erahnen. Die meisten Bewohner hier konnte sich nur wenig Licht leisten und in Brakenburg gab es nur auf den größeren Straßen und in den besseren Vierteln Straßenlaternen.

Er ließ den Hirtenhund vorbei gehen und gab ihm einen kleinen Vorsprung, dann folgte er ihm.

Nach einer ganzen Weile, einigen Abzweigungen und kleineren Gassen später bemerkte er, wie der Hirtenhund immer häufiger die Richtung wechselte. Das Versteck musste hier ganz in der Nähe sein. Der Kerl war sehr vorsichtig oder er hatte ihn bemerkt. Bestimmt war Letzteres eingetreten. Plötzlich sah er den Hirtenhund nicht mehr. Hatte er ihn verscheucht?

Schon im nächsten Augenblick spürte er eine Hand an seiner Kehle und eine Spitze auf Höhe seiner rechten Niere. »Warum folgst du mir? Wer bist du?« Die Stimme war trotz der gedämpften Redeweise unangenehm laut, da sie direkt neben seinem Ohr schwebte, und der Atem roch faulig, nach Knoblauch und billigem Branntwein. »Nun spuck's schon aus, alter Mann.«

Miron klopfte das Herz bis zum Hals, doch er tat keinen Mucks und vertraute auf seinen Herrn.

»Wird's bald oder soll ich d ...?« Der Halsabschneider war plötzlich verstummt.

»Ganz ruhig, mein Freund. Lasst ihn los, langsam.« Miron war sehr erleichtert, die Stimme Ankwins zu hören. Ihr Plan, den Hirtenhund hereinzulegen, war geglückt. Als dieser von ihm abließ, richtete er seine Kleider und trat, ohne sein Gesicht zu zeigen, hinter Ankwin. Der junge Krieger hatte den Hirtenhund genauso ergriffen, nur mit dem Unterschied, dass er ihm den ganzen linken Arm um den Hals gelegt hatte.

»Jetzt bist du an der Reihe.« Ankwins Stimme klang eiskalt und erbarmungslos, er sprach jedoch völlig ruhig. »Bring mich zur Gilde.«

Miron fürchtete schon um Ankwins Beherrschung, hielt sich aber zurück. Das Lachen des Diebes, dass jetzt folgte, war mehr von Angst als von Humor erfüllt. »Du hast keine Ahnung, mit wem du dich da einlässt. Geh lie ... ahh.«

»Ich ersteche dich nicht schnell. Ich drücke dir das Eisen ganz langsam in den Rücken. Oder vielleicht schneide ich dir auch ein Ohr ab, dass jeder sofort sieht, was du bist.« Ankwin machte sich nicht einmal die Mühe, zu flüstern. Er sprach nur leise. Er nickte Miron zu, der wie verabredet, ging.

»Also, was darf es sein? Verbluten in der Gasse oder Betteln auf der Straße, weil jeder weiß, dass du schon einmal gestohlen hast. Ich könnte dir ja auch noch ein Hinkebein verschaffen. Habe gehört, dass das ein ganz gutes Einkommen für einen Bettler ist.« Ankwin spürte die Angst, nein er roch sie, und das machte ihn noch wütender. Doch seine Wut kochte nur in ihm, äußerlich war er völlig ruhig.

»Einen Scheiß werde ich ... ahh ... verdammt! Du hambt mir inf Bein geftochen, du Irrer!« Ankwin konnte die Schreie des Hirtenhundes nur teilweise mit seiner Hand unterdrücken, aber das war ihm egal. Hier in dieser Gegend kümmerte sich jeder nur um sich selbst. So hatte Miron es ihm erzählt. Es konnte natürlich sein, dass von der Gilde Hilfe kam, doch vorher würde er dort sein.

Ankwin nutzte die schmerzvolle Überraschtheit des Mannes, tastete ihn ab und entwaffnete ihn. Er drückte den Mund seines wimmernden Opfers fester zu und ging noch näher an sein Ohr. »Glaube mir, ich habe keine Lust, die ganze Nacht mit dem Messer

380

in deinem Bein hinter dir zu stehen. Das ist mir zu langweilig. Entweder du sprichst jetzt oder ich schneide dir die Kniesehne durch. Also wo geht's zur Gilde?«

Der Hirtenhund schluckte mehrmals und belastete vorsichtig und unter Stöhnen sein Bein. »Da vorne rechts rein. Es ... es sind nur ein paar Ecken.«

Ankwin schnitt den Dieb in den Oberschenkel. Der Hirtenhund heulte vor Schmerz und Wut. »Da gehen wir wieder zurück in Richtung Ratswiese. Lüg mich nicht an. Weiter.« Er stieß den Dieb vorwärts.

Dieser hüpfte auf dem gesunden Bein. »Verdammte Scheiße! Wenn ich das hier nicht verbinde, bin ich bis dahin verblutet.«

Ankwin wusste genau, wohin er gestochen hatte. »Das wirst du schon überleben. Also los.« Er gab dem Dieb einen weiteren Stoß in die andere Richtung. Nach einigen Abzweigungen, Verschnaufpausen und noch mehr Überzeugungsarbeit des jungen Kriegers standen sie schließlich vor einer unscheinbaren Tür in einem Hinterhof.

Ankwin spürte, nein, er roch, dass er hier richtig war. Die Verschwiegenheit der Diebesgilde traf bestimmt nicht für alle ihre Mitglieder zu und war wohl mehr Legende als Wahrheit. Das zumindest hatte er richtig eingeschätzt. Diese Welt hatte keinen wirklichen Kodex, bestand sie doch nur aus Lügnern, Betrügern und Halsabschneidern, die durch Angst zusammengehalten wurden. »Wie ist das Klopfzeichen und die Parole?« Miron hatte erwähnt, dass es bestimmt etwas Derartiges geben würde.

»Die ...? Verdammt... ich«

»Los, die Parole und das Klopfzeichen. Denk dran, ich brauch dich nicht mehr, wenn ich da drin bin. Und die Gilde wird dich auch nicht mehr brauchen, wenn du ihr Versteck verraten hast. Mit einem gesunden Bein lässt es sich dann auf jeden Fall besser abhauen.«

»Einmal lang und dreimal kurz und die Parole lautet ›Straßenköter‹.«

»Wie passend. Los, klopf.« Dem Krieger war klar, dass der Hirtenhund die falsche Parole gesagt hatte, denn er wusste, Ankwin hatte keine Möglichkeit, sie zu kontrollieren. Hier draußen auf dem Hof waren keine Wachen, also würden sie ihm drinnen in den Rücken fallen, wenn er sich sicher glaubte.

Der Dieb hob den Arm und klopfte. Nach einer längeren Zeit war drinnen ein Rumoren auszumachen. Ankwin konnte sogar hören, wie drei Personen kurze Worte wechselten. Dann wurde eine kleine Klappe in der Tür geöffnet und ein unrasiertes Gesicht mit einer Lampe erschien. »Parole?«

»Straßenköter.«

Die Klappe ging wieder zu und die Tür wurde entriegelt.

Ankwin wartete nicht ab, ob der Hirtenhund die richtige Parole gesagt hatte oder nicht. Er packte ihn am Kragen und am Hosenbund, trat kurz einen Schritt zurück und warf ihn mit aller Kraft gegen die Tür. Er stürmte direkt hinter her. Die Tür gab krachend nach und stieß den Mann dahinter weiter in den Raum. Sein menschlicher Rammbock ging mit samt der Lampe zu Boden. Der würde nur humpelnd kämpfen können. *Der Vorteil der Überraschung lebt nur von seiner anhaltenden Schnelligkeit.* Ankwin stürzte sich sofort in kalter Berechnung mit dem Dolch auf den Türposten. Die Lampe lag zerbrochen am Boden und das Öl brannte. Der Hirtenhund fing Feuer und begann, panisch mit den Armen zu wedeln und zu schreien. Der Türposten sackte mit einem ungläubigen Blick auf seine Bauchwunde in die Knie und starb.

Der kleine Raum war durch die Flammen unstetig beleuchtet, aber offenbar eine Sackgasse. Hatte ihn der Hirtenhund genarrt? Nein, so schnell war es nicht zu Ende.

Ankwin schlug den brennenden Hirtenhund bewusstlos, sonst würde noch jemand wegen der Schreie oder des drohenden Brandes Alarm schlagen. Dann riss er kurzerhand einen Vorhang vom Fenster und löschte damit die Flammen. Alles hatte nur einen Augenblick gedauert. Kaum war das letzte Flämmchen erstickt, schaute er sich suchend um. Immer noch kochte es in ihm, aber er schwitzte nicht einmal.

Die Wände waren alle aus Stein und er konnte im Boden auch keine Klappe entdecken. Dann sah er sie, eine schmale, Stiege hinter einem Regal, die nach oben führte. Der Kampf nach oben war immer schwierig. Zeit war hier der entscheidende Faktor. Ankwin setzte sich sofort wieder in Bewegung.

Beinahe wäre er mit seinen breiten Schultern in der engen Luke stecken geblieben, doch dann stand er ohne Gegenwehr im ersten Stock. Nur der helle Mond sandte ein paar Strahlen durch ein schmutziges Fenster. Ein dumpfes Geräusch ließ Ankwin sich sofort instinktiv in den Schatten an der Wand drücken. Schon ging eine Tür auf und drei Gestalten stürmten herein. Er ließ die ersten zwei passieren und stach der letzten in den Hals. Diese klappte gurgelnd zusammen. Noch ehe die anderen sich umdrehen konnte, trat er dem linken in die Kniekehle und rammte dem rechten den Dolch in die Schläfe. Das Herausziehen der Waffe verursachte ein schleifendes Geräusch, als Eisen über Knochen glitt. Der Tote fiel unsanft kopfüber die Luke hinab. Der Dritte kniete noch vor ihm und stach schon mit seinem Dolch nach Ankwin, doch er verfehlte knapp. Der Krieger schnitt ihm in den Waffenarm und verkürzte die Distanz. Nach einem kurzen Handgemenge hatte er ihn entwaffnet und führte ihn vor sich her. Sie traten durch die Tür, aus der die Angreifer gekommen waren. Schon kamen ihnen weitere Gestalten entgegen.

»Halt oder ich schneide dem Nächsten die Kehle durch.« Entweder seine Drohung oder seine ruhige Stimme hatte die Männer stocken lassen. Es war ein Haufe der übelsten Halsabschneider, die ihn alle grimmig anschauten und mit den Kiefern malten. Jeder hatte eine Waffe in der Hand. Es roch nach Gewalt. Schließlich gingen sie langsam weiter auf ihn zu. Ankwin überlegte schon, wen er als Nächstes angreifen würde, und glaubte, sich ein weiteres Mal überschätzt zu haben. Das Flüstern in seinem Kopf ertönte und riet ihm jetzt, Ruhe zu bewahren. Der Geruch von Blut und Gewalt beruhigte ihn weiter. Ein kleiner Teil in ihm erschrak darüber.

»Wartet, meine Freunde. Lasst uns unseren Gast erst einmal näher betrachten, bevor wir ihn aufschlitzen. Halbauge, kümmere dich um die verletzten Versager. Die werden es brauchen.« Ein Mann mit unzähligen Narben im Gesicht und einer Binde über dem linken Auge löste sich langsam aus der Gruppe und ging, ohne zu zögern, auf Ankwin zu. Dieser lehnte sich mit seiner Geisel an die Wand, um ihm Platz zu machen. Dem Besitzer der Stimme wurde Platz gemacht und Ankwin sah einen kräftigen Mann mit durchdringendem Blick und mächtigen Körpermaßen. Seine Oberlippe und seine rechte Braue waren gespalten, von einem Säbel oder Schwert, wie Ankwin vermutete.

»Eier scheinst du ja in der Hose zu haben, wenn du rechtschaffene Bürger wie uns um ihren wohlverdienten Schlaf bringst, ohne richtig anzuklopfen. Also, unsere Aufmerksamkeit hast du jetzt.« Einiger der Männer lachten, doch ein Seitenblick des Redners ließ sie sofort verstummen. »Was willst du hier, außer sterben?«

»Ich will meine Kiste zurück.«

»Kiste? Ach, dann bist du der ehrenwerte Herr Ankwin, Neffe des kürzlich verstorbenen Richters, Friede seiner Asche.« Der Spott in seiner Stimme war nicht zu überhören und wieder lachten einige, doch Ankwin blieb ruhig.

»Ganz genau.« Er entließ seine Geisel, die röchelnd auf die Knie fiel. »Ich bin Ankwin vom Bärenfels und gekommen, um mein Eigentum wieder einzufordern.«

»Nun, da gibt es ein Problem.« Der Anführer kratzte sich übertrieben an der Kehle. »Wir haben sie nicht.«

»Sie wurde mir erst gestern von Dieben hier in Brakenburg gestohlen. Wenn du sie also nicht hast, dann rede ich wohl mit dem Falschen, denn dann hast du deine Männer nicht im Griff.«

»Pass auf, was du sagst, Bärenfelsener, Adel und Dummheit schützen vorm Sterben nicht! Nenn mich besser nicht noch einmal einen Schwächling! Natürlich weiß ich von dem Raub.« Der Dieb stieß seinen Dolch vor Zorn in einen Balken. »Komm jetzt besser zum Punkt und sage, was du willst. Mir geht allmählich die Geduld aus.«

»Ich will meine Kiste wieder und du willst Geld. Da lässt sich vielleicht was machen. Man kann nicht einfach in die Brakenburger Diebesgilde stürmen und sein Eigentum zurückfordern, ohne etwas anzubieten. Nenn mich also besser nicht noch einmal dumm,

Bastardkönig! Und was das Sterben anbelangt, egal, ob ich drauf gehe, wirst du der Erste sein, der mit mir geht.«

»Hört, hört.« Der Schäfer setzte sich an einen Tisch und schenkte sich einen Becher ein.

»Lass uns ihn kalt machen, Schäfer.« Ein kleiner, drahtiger Mann mit schmutzigem Gesicht hatte gesprochen.

»Halt's Maul und überlass das Denken mir. Der Herr Ankwin bringt uns lebend mehr. Tot ist er nur einen Dolch und vielleicht ein paar Münzen wert. Lebend haben wir einen neuen Kunden.« Der Schäfer wandte sich wieder zu Ankwin. »Nicht wahr? Aber die toten Männer werdet Ihr mir ersetzen müssen, einschließlich dem mit der zermatschten Birne von gestern.« Ein leichtes Zucken ging durch den Raum. Offenbar wussten noch nicht alle, dass Ankwin einem ihrer Kameraden den Schädel mit der bloßen Hand eingeschlagen hatte.

Ankwin stand aufrecht in der Mitte des Raumes umringt von den übelsten Gaunern und Halsabschneidern Brakenburgs. »Das werde ich nicht. Das zählt zum Berufsrisiko ...«

Der Schäfer schaute ungläubig drein, war er es doch nicht gewohnt, dass man so mit ihm sprach.

»... aber ich werde Euch gut entlohnen. Ihr müsst mir nur die Kiste wieder zurück stehlen, mit Inhalt. Fünfhundert Silberstücke jetzt und noch einmal so viele bei Lieferung.«

Ein kurzes Blitzen in den Augen des Schäfers ließ Ankwin wissen, dass der Rest jetzt nur noch reine Verhandlungssache war. Der Krieger musste an Wagos denken. Ab diesem Zeitpunkt schienen alle Verbrecher gleich zu sein.

»Mmh, sagen wir siebenhundert und wir sind im Geschäft.«

Ankwin war das Geld inzwischen gleichgültig, aber er wusste, würde er nicht handeln, nähme ihn der Schäfer nicht ernst.

»Fünfhundert vorher und sechshundert nachher.«

»Umgekehrt und wir sind im Geschäft.« Der Schäfer grinste schief.

Ankwin ging langsam auf den Tisch zu und die Männer machten ihm Platz. Er setzte sich, schenkte sich auch einen Becher ein und hielt ihn dem Schäfer hin. »Abgemacht.«

Der Schäfer stieß mit ihm an und beide tranken aus. »Verdammt will ich sein. Die Kundschaft der Gilde wird immer nobler.« Das schmutzige Lachen der Diebe erfüllte den Raum.

DIE GABE
(Katym im Frühling)

Moakin rieb sich die verschwitzten Hände unbeholfen an den Hosen ab und ging wieder einen Schritt näher. Shaija warf ihm einen kurzen aber flehenden Seitenblick zu. Wieder kamen ihm Zweifel. Warum sollte er das tun? Sie hatte die geschickteren Hände. Er zwang sich, an seinen Schwur zu denken. Er würde sich alles nehmen, was er wollte. Alles. Auch diese verdammte Katze. Verlockend war sie schon fast in greifbarer Nähe. Wieder sah ihn Shaija kurz an. Ihr Blick wurde dringlicher. Lange konnte sie den Mann bestimmt nicht mehr mit ihren unschuldigen Augen, der traurigen Geschichte und den zutraulichen Berührungen ablenken.

Der Junge fasste sich ein Herz und näherte sich dem Bauern. Bei jedem Blick der vorbeidrängelnden Menschen dachte er, sie würden sofort laut herausrufen, was er vorhatte, doch das laute Gemurmel des Marktes blieb unverändert.

Er ergriff die Geldkatze mit der linken und setzte vorsichtig seinen Dolch an, den er dafür extra noch einmal geschärft hatte. Er konnte die Münzen durch das dünne Leder spüren. Der weiß behaarte Nacken des Mannes war jetzt genau vor seinem Gesicht und er roch den süßlichen Schweiß, der sich mit Weinausdünstungen paarte. *Jetzt!* Moakin hielt den Beutel in der Hand und starrte darauf.

»Oh, Danke, Herr, jetzt weiß ich wieder, wo ich bin. Dahinten sehe ich ja auch schon meine Mutter. Habt Dank, habt vielen Danke.« Shaija verabschiedete sich umständlich. Das war das Zeichen.

»Schon gut, Kleines. Pass aber das nächste Mal besser auf. Sind nicht alle so nett wie ich.« Der Bauer machte Anstalten sich umzudrehen. Schnell ließ Moakin Dolch und Beutel verschwinden, schaute zu Boden und ging an dem Mann vorbei weiter. Er hätte es vor lauter Aufregung beinahe vergessen.

Die nächsten Schritte waren noch aufregender, als der Diebstahl selbst. Jeden Moment erwartete er ein ›Haltet den Dieb!‹, doch alles blieb ruhig. Als er glaubte, der Bauer könne ihn nicht mehr sehen, ging er hastig zum vereinbarten Treffpunkt.

Shaija und Dekmanto warteten schon an dem kleinen Brunnen auf ihn. »Und? Hast du es?« Das Mädchen war voller Erwartung und bester Laune.

Grinsend hielt er ihr den Beutel hin. Eine Spur zu hastig nahm sie ihn an sich und wollte den Beutel öffnen, während die beiden Männer sie deckten. »Das sind ja mindestens ...«

»Nicht hier. Teilen wir das woanders auf. Am besten auf eurem Zimmer.« Dekmanto grinste, behielt aber die Umgebung im Auge.

***

Mit atemberaubender Natürlichkeit lag Shaija bäuchlings auf dem Bett und zählte die Münzen auf zwei größere und ein kleineres Häufchen, während ihre Füße abwechselnd in der Luft tanzten. Dekmanto stand am Fenster und sah auf die vollen Straßen. Moakin war hin und hergerissen. Einerseits war er stolz darauf, sich endlich etwas genommen zu haben, andererseits konnte er Dekmanto nicht richtig einschätzen und Shaija war ihm etwas unheimlich. Sie schien sich wohlzufühlen, wie ein Fisch im Wasser. »Warum bringst du uns das bei?«

»Das hatten wir doch schon.« Der Kopfgeldjäger sah weiter aus dem Fenster. »Ich stell den Kontakt zu einem Käufer her, aber das geht nun mal nicht so schnell, also nutzen wir die Zeit. Schließlich könnt ihr mir nicht ewig auf der Tasche liegen. Und ihr habt nun mal einen, der euch sagt, wie das Spiel läuft, dringend nötig.«

»Und warum willst du einen kleineren Anteil?« Moakin spielte mit ein paar der Münzen.

»Lass ihn doch, wenn er nicht will. Er hatte auch das kleinere Risiko.« Shaija hatte sich mittlerweile auf den Rücken gedreht und spielte über ihrem Gesicht mit einem kleinen Ring.

»Die erste Regel: Nicht zu gierig sein. Außerdem sehe ich das als Investition. Du siehst dadurch vielleicht, dass man mir vertrauen kann.« Dekmanto nahm sich einen Apfel und biss hinein.

»Das ist bestimmt die zweite Regel.« Der Junge kniff die Augen etwas zusammen und achtete genau auf Dekmantos Mienenspiel.

»Die zweite Regel?« Shaija hörte auf, den Ring zu drehen.

»Alle Achtung. Jetzt lernst du aber schnell. Ja, das ist die zweite Regel. Vertrauen. Es gibt Menschen, denen du blind vertrauen kannst und es gibt die anderen.« Der Kopfgeldjäger sah die beiden nachdenklich an und verzog dann für einen Moment den Mund. »Macht euch fertig. Wir gehen. Ich will euch was zeigen.«

Shaija funkelte Moakin für einen Moment an, als hätte er etwas kaputt gemacht, doch er quittierte es mit einem breiten Grinsen.

***

Der Kopfgeldjäger ging ihnen voraus durch die Straßen. Im Gegensatz zu den letzten Tagen war er schweigsamer, was Moakin wachsamer werden ließ. Dieses Mal hielten sie nicht auf einen der großen Plätze zu. Nach einigen Abzweigungen wurde die Gegend sogar zusehends schlechter.

Die ersten großen Eindrücke hatte der Junge mittlerweile verdaut und sogar ein wenig Überblicke über die Stadt gewonnen, aber hier waren sie noch nicht gewesen. Schließlich kamen sie auf einen kleinen Platz mit einem schlichten Brunnen. Das einzige Gebäude, das ein wenig hervorstach, war ein kleiner Tempel, auf den der Platz ausgerichtet war. Außer einem großen Mann, der am Brunnen saß und zu schlafen schien, war niemand zu sehen. Moakin kannte sich mit den Göttern etwas aus. Seine Mutter hatte ihm einige näher gebracht, aber die Gottheit dieses Tempels war ihm unbekannt.

Über dem Eingang war lediglich ein Stock angebracht, an dem ein Beutel hing. Noch ehe Shaija oder er fragen konnten, nahm Dekmanto die Antwort vorweg. »Das ist der Tempel des Kastos. Er wird nur durch einen Wanderstock und ein Bündel dargestellt. Er ist der Beschützer aller Bettler und Vagabunden und hat auch ein gütiges Auge auf die Diebe.«

»Es ist schon lange her, dass du in diesen Gewässern gefischt hast, Mein Junge.«

Verwirrt sah sich Moakin nach dem Ursprung der Stimme um. Auch das Mädchen drehte suchend den Kopf.

Der Kopfgeldjäger ging zielstrebig auf den Eingang des kleinen Tempels zu und erst jetzt erkannte Moakin einen unscheinbaren alten Mann, der dort in einer Nische saß. Er war unrasiert, hatte strähnige lange Haare und viele Narben um die Augen.

»Wen hast du da mitgebracht, Dekmanto?«

»Das ist Shaija und der Junge heißt Moakin. Seid gegrüßt, Weldor.« Dekmanto war inzwischen vor dem Alten in die Hocke gegangen. Der reckte seinen faltigen Hals und kniff die eingefallenen Augenhöhlen zusammen.

»So, so. Moakin und Shaija, Moakin und Shaija.« Weldor schmatzte laut und schmalste mit der Zunge. »Kommt näher, ihr beiden. Kommt ruhig näher.«

Unsicher traten die jungen Leute näher. Weldor bewegte die Nase, als ob er ihren Geruch aufnehmen würde.

»Nun denn, was hast du dem Gott mitgebracht?«

Dekmanto holte den Lederbeutel mit seinem Anteil hervor. »Hier der Anteil für Kastos wie es Tradition ist.«

»So sei es.« Weldor lehnte sich zurück und es schien, als wäre er eingeschlafen.

Dekmanto erhob sich und ging ohne Weiteres auf die Gasse zu, aus der sie gekommen waren. Shaija sah Moakin fragend an, aber der zuckte nur mit den Schultern.

Erst als sie wieder auf einer belebteren Straße waren, begann Dekmanto zu sprechen. »Shaija, wie lautet die erste Regel?«

»Nie zu gierig werden.«

»Ganz genau. Das war Weldor. Offiziell ist er der Abt eines kleinen Ordens, der Kastos huldigt. Er ist aber auch der Obmann der Gauner und Diebe dieser Stadt. Hier wird nichts geklaut, verbrochen oder erpresst, ohne dass er seinen Segen gibt. Ich habe ihm seinen Anteil gegeben und gleichzeitig um Erlaubnis für unser weiteres Handeln gebeten.«

Moakin könnte sich nicht vorstellen, dass der Alte überhaupt wusste, was für ein Wetter herrschte. »Dieser alte ...?«

»Pass auf, was du sagst, Moakin. Hier passiert nichts, ohne das er davon erfährt. Wenn er will, hat jeder Stein hier Ohren.«

Moakin wusste nicht recht, ob sein Mentor ihn jetzt nur einschüchtern oder ihm eine echte Lektion erteilen wollte. Shaija schien es nicht anders zu gehen.

»Man sagt, er erkennt jeden, dem er einmal begegnet ist, sofort am Geruch wieder. Ich zum Beispiel war vor gut zwanzig Jahren das letzte Mal hier.«

Als die beiden schwiegen und er den Eindruck hatte, sie immer noch nicht überzeugt zu haben, setzte er nach. »Glaubt ihr, die Jungs, die euch am ersten Tag ans Leder wollten, haben keinen, dem sie einen Anteil abgeben müssen. Auch die Unterwelt folgt strengen Regeln. Die Leute, die sie trotzdem brechen, enden mindestens genauso schlimm, wie die hier.« Der Kopfgeldjäger wies mit dem Daumen hinter sich. In einer Ecke des Platzes, auf dem sie jetzt standen, war ein Holzgerüst aufgebaut. Mehrere Köpfe, Hände und andere abgetrennte Gliedmaßen in den unterschiedlichsten Verwesungsgraden hingen daran.

Shaija verzog angewidert das Gesicht.

»Die Hände stammen übrigens von Taschendieben, die Regel Nummer eins gebrochen haben. Lass dich nicht erwischen.«

»Ich dachte, die erste Regel sei die mit der Gier?«

Moakin schaute ihn naseweis an.

Dekmanto schaute ihm direkt in die Augen. »Nicht zu wissen, wann man aufhören oder es sogar ganz lassen sollte, ist auch eine Form von Gier, oder nicht?«

Der Junge schaute den Kopfgeldjäger ernst und verständig an. Dann war das Flüstern plötzlich wieder zu hören. In diesem Moment begriff er zwei Dinge. Zum einen, dass, obwohl man glaubte, es bereits verstanden zu haben, man alles immer noch eine Ebene tiefer begreifen konnte, und zum anderen, dass ihm das gerade eben mit einer der Aussagen Dekmantos gelungen war.

Eine zarte Verbindung zwischen verschiedenen Informationen, Tatsachen und Umstände wurde in seinem Kopf geschaffen, und am Horizont seines Bewusstseins keimte ein Gedanke, der zu reifen begann. Er sollte ihn für die nächsten Tage nicht mehr loslassen.

REINES WASSER

(Rhodenquell im Frühling ... vor langer Zeit)

Ein Schlagloch rüttelte Lavielle wach. Schlaftrunken sah sie aus dem Wagen, der sich langsam über den immer schlechter werdenden Waldweg dahin quälte. Hier hatte es in den letzten Tagen anscheinend stark geregnet. Der Boden war aufgeweicht und die Wege entsprechend schwer passierbar. Hinzu kam, dass zuvor schon der ganze Heilertross seine Räder in die Rinnen des Weges gedrückt und die Erde aufgewühlt hatte.

Lavielle schaute nach Garock, der im Abstand von ein paar Armlängen neben dem Wagen herlief. Er schwitze zwar, zeigte aber keinerlei Anzeichen von Erschöpfung. Es war beeindruckend und eine Augenweide, diesen Riesen durch den Wald laufen zusehen. Niedrighängenden Ästen und umgefallenen Bäumen wich er gekonnt aus, duckte sich darunter hindurch oder sprang leichtfüßig darüber hinweg. Er war eins mit seiner Umwelt. Er hatte kurzerhand freiwillig auf einen Sitzplatz im Wagen verzichtet, da es für ihn sowieso zu eng gewesen wäre.

Nach den vielen Tagen in der Stadt konnte sie deutlich spüren, wie er sich über die Bewegung freute. Lavielle lächelte und sie wusste, Garock lächelte auch.

Das Tageslicht war bereits schwächer geworden. »Wie lange werden wir denn noch ungefähr unterwegs sein?«

Chrinakor war ein freundlicher untersetzter Mann mit spitzem Kinnbart und buschigen Kotletten, die immer, wenn er sprach, einen wilden Tanz vollführten. Er schaute abschätzend aus dem Wagen. »Ich denke, wir werden den Rasthof bald erreichen. Morgen ist es dann nur noch der halbe Vormittag und wir sind da.« Lavielle lächelte. »Nehmt ihr das erste Mal an dem Bad teil?«

»Hier am Urquell? Ja.«

»Es wird Euch gefallen. Ich nehme hier nun schon das dritte Mal Teil und es ist jedes Mal schöner.«

»Hohe Chrinakor, ich kann Euch gar nicht sagen, wie dankbar ich bin, dass Ihr Garock gestattet habt, uns zu begleiten.« Lavielle sah wieder aus dem Fenster.

Der Heiler beugte sich nach vorn und sah ebenfalls zu Garock. »Er ist eine bemerkenswerte Erscheinung.« Nach einer Pause fügte er noch hinzu: »Vielleicht erhält er ja eines Tages die Weihen und darf auch am Bad teilnehmen.« Er lächelte verschmitzt, lehnte sich zurück und schloss die Augen.

Lavielle beobachtete Garock weiterhin und versuchte, sich ihn als Heiler vorzustellen. Sie musste lächeln. Ihr großer Freund war mit Sicherheit ein einfühlsamer Mann und hätte auch einen guten Heiler abgegeben, aber sie war sich sicher, dass er im Grunde seines Herzens doch ein Krieger war.

Dann legte Lavielle für einen Moment die Stirn in Falten. Der Besuch des heiligen Urquells und die eintönige Fahrt hatten sie beinahe vergessen lassen, warum sie überhaupt mitgekommen war. Natürlich wollte sie den Urquell sehen und das heilige Ritual der Reinigung begehen, aber Lavielle wollte auch Weiland wiedersehen, wissen, dass es ihm gut geht und mit etwas Glück den Besitzer der Robe finden.

***

Lavielle konnte es kaum fassen. Endlich durfte sie einmal selbst den Urquell sehen und dann sogar noch ein heiliges Bad darin nehmen. Sie strahlte über das ganze Gesicht wie ein kleines Mädchen, dem man Zuckerkuchen versprach. Die Reise hierher war zwar recht unbequem aber doch ohne Schwierigkeiten verlaufen, auch wenn sich der Vormittag durch ihre unzähmbare Vorfreude furchtbar in die Länge gezogen hatte. Jetzt stand Lavielle mit ihren Reisebegleitern im Hof des kleinen Wehrklosters und genoss die Tatsache, da zu sein. Sie wunderte sich allerdings ein wenig darüber, warum hier so wenig geschmückt war. In Brakenburg waren die Festlichkeiten nie zu übersehen. Wahrscheinlich achtete man hier am Urquell mehr darauf, sich auf das Wesentliche zu konzentrieren.

Es war nur wenige Menschen zu sehen. Der Ordenswächter, der auf dem Wehrgang gestanden hatte, war schon beim Erscheinen des Wagens hinter den Mauern verschwunden. Er gab sicherlich Bescheid, denn niemand wusste vom Kommen Chrinakors geschweige denn, dass dieser neben seiner üblichen Begleitung auch noch Lavielle und ihren Schützling mitbrachte.

Garock hatte sich vor einiger Zeit etwas zurückfallen lassen und kam jetzt erst durch das Tor getrabt. Sie kannte die Gründe dafür nicht, aber vielleicht hatte er einfach einmal wieder die Stille des Waldes genießen wollen. Das hätte zumindest zu ihm gepasst.

Schon stand er neben ihr und sein mächtiger Brustkorb hob und senkte sich in einem kräftigen Auf und Ab. Ihre Blicke trafen sich für einen Moment und sie wusste, es ging ihm gut und er war froh, sie wieder zu sehen. Ihre Blickunterhaltung wurde jeden Tag feiner und so gern Lavielle auch sprach, schätzte sie die Einsilbigkeit oder eher das mitteilsame Schweigen ihres neuen Begleiters immer mehr. Sie lächelte ihn noch einmal an, als die Heilerin mit einem Mal eine Veränderung an dem großen Mann wahrnahm. Seine Ohren waren nur ein winziges Stück nach hinten gegangen und seine Nasenflügel bebten kaum merklich. Seine ganze Haltung hatte sich, obwohl er sich nicht zu bewegen schien, verändert und wirkte angespannt. In seinem Blick lag Misstrauen. Er schien den Mann, der, während er seine Robe richtete, gerade die Treppe herunter kam, damit durchdringen zu wollen.

Lavielle verstand nicht recht. Sie wechselte kurz den Blick zwischen Garock und dem obersten Heiler, der jetzt die letzten Stufen nahm, und lächelte diesen schließlich freundlich an.

»Seid gegrüßt, guter Chrinakor, wie unerwartet und doch schön ist Euer Besuch wie auch Eure Begleitung. Reines Wasser.« Aresco war trotz seines hohen Alters ein stattlicher Mann mit klarem Blick und er strahlte Charisma aus. Lavielle war das schon bei ihrem letzten Treffen aufgefallen. Dieses Mal wirkte er sogar noch gesünder und sympathischer. Trotzdem war sie durch sein Kompliment irritiert, wurde doch sonst in Heilerkreisen stets darauf geachtet, zwischengeschlechtliche Angelegenheiten auszublenden, um das Gelübde nicht zu gefährden.

»Ja, hoher Aresco, auch Euch reines Wasser. Der Rat fand unerwartet schnell zu einem Beschluss, der, wie ich finde, durchaus auch im Sinne des Ordens ist. Tja, und so packte ich meine sieben Sachen und machte mich schnurstracks auf den Weg hierher. Goldan und Fistor kennt ihr ja sicherlich und Lavielle mit ihrem Schützling Garock habt ihr bestimmt auch schon gesehen.« Chrinakor wies mit der offenen Linken auf Lavielle, die den Kopf tief neigte.

»Hoher Aresco, Euch reines Wasser.«

Garock sah den obersten Heiler nur an und nickte knapp.

»Ja, von beiden habe ich schon Vieles gehört. Leider war ich die letzten Wochen sehr mit lästigen Pflichten beschlagen und hab' wohl Einiges verpasst. Lavielle, wir hatten ja erst kürzlich das Vergnügen.« Aresco ignorierte Garock geflissentlich und führte Lavielle eine unscheinbare Treppe nach unten, während der Rest folgte. »Ihr müsst mir alles erzählen. Aber was plappere ich von Brakenburg, die Regeln sind ja klar. Lasst uns lieber über den Urquell sprechen. Deswegen seid Ihr ja schließlich hier, nicht wahr?.«

Sie schritten durch mit Fackeln und Lampen erhellte Gewölbe, deren Größe von außen gar nicht zu vermuten war und sie begegneten niemandem. Dann betrat die Gruppe eine Andachtshalle.

Am Hauptaltar vorbei ging es in eine weitere kleinere Halle, alles war mit aufwändigen Mosaiken und Malereien versehen. Die Motive drehten sich meist um den Urquell des Heils, die Geschichte der Heiler oder um Wasser im Allgemeinen. In jeder Nische standen Statuen, die Wasser in kleine Brunnen spien, und aufwendig verziert waren. Das Plätschern konnte man weithin hören.

In der Mitte ging eine immer breiter werdende Wendeltreppe weiter nach unten. Lavielle hatte von älteren Schwestern schon oft über diesen Ort gehört, aber selbst die buntesten Berichte wurden von der Ruhe und Mystik der Wirklichkeit in den Schatten gestellt.

»Wartet erst, bis Ihr unten seid. Ich freue mich jetzt schon auf Euer Gesicht. Immer, wenn ein Heiler die Quelle zum ersten Mal sieht, ist das unbeschreiblich.« Die Vorfreude schwang deutlich in Arescos Stimme. Stufe für Stufe wurde das Licht noch schummriger und das charakteristische von glatten Wänden widerhallende Plätschern ließ auf einen großen mit Wasser gefüllten Raum schließen, in dem sich viele Menschen aufhielten.

Das Fackellicht schwand immer mehr und die dunklen Marmorstufen wurden immer breiter. Lavielle kniff die Augen zusammen und achtete auf ihre Schritte. Der oberste Heiler schien immer schneller zu gehen, so dass sie befürchtete, zu stürzen. Dann endeten die Stufen und Lavielle konnte nur schemenhaft erahnen, was sich vor ihr auftat. Da war ein Becken und viele Gestalten befanden sich darin. Alles im Halbdunkel. Sie hörte den Urquell, dessen Plätschern schon beinahe dem Rauschen eines kleinen Baches nahe kam. Von der Decke hing etwas herunter und schwang hin und her. Da hing ein Mensch mit aufgeschlitztem Bauch und seine Gedärme berührten die Wasseroberfläche. Sein Gesicht war schmerzverzerrt, doch die blutigen leeren Augenhöhlen ließen es zu einer unwirklichen Grimasse werden.

Lavielle entfuhr ein kurzer Schrei. Sie spürte einen Druck an ihrem rechten Arm. Jemand griff nach ihr. Unter ihrem Kinn sah sie es blitzen und fühlte, wie eine scharfe Klinge ihre Kehle ritzte.

»Ruhig Blut, Berisi, oder sie stirbt!« Arescos Stimme war hart und klar und barg so viel Hass und Entschlossenheit, dass Garock seinen Sprung nicht wagte.

»So ist's recht, Riese. Entwaffnet ihn. Und passt mir auch auf den guten Chrinakor auf.« Aresco hatte sich mit Lavielle als Schild langsam umgedreht und blickte die Brüder und Garock feindselig an.

Die Augen der jungen Heilerin gewöhnten sich mehr und mehr an das schwache Licht, doch was sich ihr zeigte, konnte sie kaum fassen. Das ganze Wasser um den Urquell war rot von Blut. Dutzende von Heilern und Heilerinnen standen im Wasser oder lagen am Beckenrand. Sie starrten sie unentwegt mit entrücktem Blick an, als wäre sie ein lästiger Eindringling und alles hier wäre normal. Einige saßen engumschlungen in eindeutiger Stellung in den Nischen, andere beiderlei Geschlechts wurden festgehalten und offenbar geschändet und massakriert. Leichen trieben im Wasser und tanzten ihren kläglichen Totentanz im Takt der Wellen. Der Anblick brannte sich in Lavielles Bewusstsein und war schlimmer als die farbenprächtigste Beschreibung des Weltendes.

Die Ordenswache vom Eingang war herangetreten und hielt Garock einen Speer vor die Brust, während Goldan Fistor ins Wasser stieß und Chrinakor ebenfalls mit einem Dolch bedrohte.

Fistor wurde unter furchtbarem Gelächter sofort von dutzenden Händen gurgelnd unter Wasser gedrückt.

»Zu dumm, dass Ihr so unerwartet kamt. Ich hätte Euch wie die anderen vielleicht noch überzeugen können.« Aresco hatte sich Chrinakor zugewandt. »Aber so muss ich leider auf Euch verzichten.« Goldan schnitt dem Heiler kurzerhand die Kehle durch. Wieder schrie Lavielle und wollte sich trotz des Messers beinahe zu ihm beugen und ihm helfen. Tränen schossen ihr in die Augen und sie schluchzte hilflos.

»Aber, aber Lavielle. Ihr habt doch noch Euren Freund, den großen Berisi. Oder doch nicht?« Er nickte dem Ordenswächter zu, worauf dieser, ohne zu zögern, zu stieß. Lavielle entfuhr ein Ton zwischen Verzweiflung und Wahnsinn. Das Geräusch zerreißenden Gewebes drang überlaut an ihr Ohr.

Ungläubig starrte Garock den Speer in seiner Brust an, dann verzerrte sich sein Gesicht zu blanker Wut und er griff nach dem Kopf des Ordenswächters. Er zog ihn mit beiden Händen zu sich heran. Der Speer zwischen ihnen wurde noch weiter hinein gedrückt und ragte aus Garocks Rücken. Garock neigte den Kopf nach hinten und schlug mit aller Gewalt seine Stirn ins Gesichts des Wächters. Knirschend verließ sofort jegliches Leben den nur noch zuckenden Mann. Goldan wich angsterfüllt zurück, doch Aresco lächelte nur und ging mit Lavielle langsam rückwärts.

Garock wankte auf die beiden zu, sackte auf die Knie und spukte Blut, dann kippte er ins Wasser und trieb mit dem Gesicht nach oben. Der Speer ragte gleich einem Mast aus seiner Brust und machte ihn zu seinem eigenen Totenschiff.

»Und du, kleine Lavielle, du wirst meine persönliche Dienerin der Weisheit. Ja, ja. Weiland erzählte mir schon früher von deiner

Fähigkeit. Angst kann das zweite Gesicht sehr beflügeln. Zu Schade, dass er nicht hier ist. Er hätte sich über den Anblick sicherlich auch sehr gefreut.« Das dreckige Lachen des Heilers war das Letzte, was Lavielle hörte, bevor die dunklen Schwingen der Ohnmacht schützend über ihrem Verstand zusammen schlugen.

FRAGEN
(Katym im Frühling)

Mit kräftigen Bewegungen stakte Garock das Boot ans Ufer. Die Stadt war in Sichtweite und sie wollten möglichst unauffällig hineingelangen. Der Fluss wäre hier die falsche Wahl gewesen, da im Augenblick stromaufwärts kein anderes Boot oder gar Flößer in Sicht waren. Sie hätten dann als einzige die Stadt auf dem Wasserweg erreicht und, da sie ein ungleiches, sehr auffälliges Paar waren, hätten sie ihre Ankunft dann auch gleich mit einem Herold verkünden können.

Kaum das der Nachen das Land berührte, war der Gaukler auch schon von Bord gesprungen. Das Bedürfnis, festen Boden unter den Füßen zu spüren, war ihm anzusehen. Gerade, als Garock der Nussschale entstieg, die sie die letzten Wochen mehr schlecht als recht vorangebracht hatte, schleppte er schon einen schweren Stein an.

Wie immer wortlos nahm ihm Garock den mit einer Hand ab, als wäre es ein Kiesel, und drückte ihm mit der anderen ihr Gepäck in die Hand. Mit einem mächtigen Wurf schlug der Hüne ein irreparables Loch in den Boden und das Wasser, das von Tag zu Tag immer schneller ins Innere gedrungen war, gluckerte nun gierig in das Boot. Ein letzter Stoß und ihr Gefährt trieb bereits knapp unter der Oberfläche des Lomosh weiter. Man hätte es auch für Treibholz halten können, was es genauer betrachtet, jetzt ja auch war und es würde seinen Weg über den Batur nehmen. Selbst wenn es auf die Seite des Holzmarktes trieb, würde sich auch niemand wirklich darüber wundern.

Bermeer hüpfte herum, als er hätte er Hummeln im Hintern und Garock grinste breit.

»Grins du nur, ich freu mich halt.
Vorbei sind Nass und Fisch,
In der Stadt sind wir nun bald.
Freust dich auch auf Fass und Tisch.«

Ein Kollern verriet Bermeer, dass Garock bei aller Demut vor der Natur genauso wenig gegen ein anständiges Stück Fleisch und einen ordentlichen Humpen Bier einzuwenden hatte.

Während sie sich dem großen Tor näherten, berieten sie ihre weiteren Schritte, indem Bermeer munter weiter vor sich hin reimte und Garock von Zeit zu Zeit brummte oder nickte. Zuerst galt es, nicht unbedingt aufzufallen. Sie mussten dringend etwas zwischen die Zähne bekommen und Bermeer überlegte, wie er am besten Informationen über die Kinder einholen konnte.

Er hatte in der Vergangenheit öfter in Katym zu tun gehabt, aber er war schon lange nicht mehr hier gewesen. Man konnte nie genau wissen, wie sich die örtliche Halbwelt der Diebe und Gaukler über die Jahre veränderte. Wenn er sich recht entsann, nahmen sie es hier mit Kastos ziemlich ernst. Er entsann sich, dass es wohl einmal einen kleinen Tempel in der Weststadt gegeben hatte. Da würde er ansetzen.

Sie trieben sich eine Weile zwischen den Baracken der schäbigen Vorstadt herum, um das Tor am Abend kurz vor Torschluss zu passieren. Zu diesem Zeitpunkt gingen die meisten aus der Stadt und die Wachen waren nachlässiger. Wie bei Brakenburg und anderen großen Städten hatte sich vor der eigentlichen Stadt eine Vorstadt entwickelt, in der die Menschen hausten, die das Land in die Stadt getrieben, sie von dieser aber abgewiesen wurden. Auch, wenn es hier durchaus Annehmbares zu essen gab, wollten sie doch die besseren Angebote innerhalb der Stadtmauern genießen.

»Wenn Moakin den Wasserweg gewählt hat,
kam er direkt am Holzmarkt in die Stadt.
Da fänden wir vielleicht ein Aug' und Ohr.
Schwieriger wird es, kam er übers Tor.«

Garock kniff die Augen zusammen und rieb seinen Mittel- und Zeigefinger am Daumen.

»Du meinst, er hatte eine Münze groß?
Horib hat ihn doch geschröpft?
Wer weiß? Kostet ja 'ne Frage bloß.
Der Posten wird nun vorgeknöpft.«

Sie achteten darauf, als letzte in der Schlange vor dem Zollhäuschen zu stehen. Als sie an der Reihe waren, legte Bermeer zwei Kupferstücke auf den Tresen und legte dann noch eine der Goldmünzen aus Shkuhum und einen Braken hinzu.

»Guten Abend, werter Mann
Wenn ihr mir eine Auskunft gebt,
so euch gehört der Braken dann
und ihr ein bisschen besser lebt.
's ist nichts Unrecht's oder so.
Wär' nur um 'ne Antwort froh.
Erinnert Ihr Euch an 'nen Jungen,
der den Preis mit Gold bezwungen?«

Für einen Moment war der Mann aus seiner Routine gerissen. Er betrachtete den reimenden kleinen Mann vor sich und sah dann zu dem Berisi. Erst schüttelte er langsam den Kopf, dann begann er die Stirn zu runzeln. »Heute hat niemand mit Gold bezahlt.« Er wollte schon den Braken und die Kupfermünzen einstreichen, als Bermeer die Hand auf den in Aussicht gestellten Lohn legte.

»Habt die Güt', könnt Ihr noch sagen,
war was in den letzten Tagen?«

Der Posten schien zu überlegen, ob er sich das Geld einfach nehmen und die beiden nicht in die Stadt lassen sollte, doch dann zog er sogar seine Hand zurück. »Gestern hat mir einer was erzählt von 'nem Jungen mit 'ner Goldmünze, aber gezahlt hat dann ein Mädchen. Aber frag mich jetzt bloß nicht, wann das war. Geht weiter, wir müssen zu machen.«

»Dank nochmals für's feste Denken.
Möge Kumber Eure Wege lenken.« Bermeer verneigte sich und nahm die Goldmünze wieder an sich. Als der Posten Garock passieren sah, staunte er für einen Moment und der Berisi zeigte ihm die Zähne. Das freundliche Lächeln des Hünen veranlasste den Mann, noch schneller Feierabend zu machen.

***

Garock hatte sich kurzerhand auf den Boden gelegt, da der Bettkasten viel zu kurz für ihn war. Genüsslich drehte er sich auf den zusammengetragenen Strohmatratzen um und verschränkte die mächtigen Arme hinter seinem Kopf. Nachdem sie ausgiebig gegessen hatten, war Bermeer noch einmal losgegangen. Er wollte sich etwas umsehen und umhören, um vielleicht schon etwas aufzuschnappen, wo sie dann am nächsten Tag ansetzen konnten. Dabei hätte Garock nur gestört und so genoss er die Ruhe des Zimmers, wenn ihm auch die Stille auf dem Boot lieber gewesen wäre, nur eben ohne Fisch.

Nachdenklich starrte er an die Decke. Flüsternd schlichen sich Gedanken in seinen Kopf und er fragte sich, wie es wohl gerade Lavielle ging? Ob sie sich schon wieder etwas erholt hatte? Tief in seinem Herzen kannte er die Antwort, aber er hoffte trotzdem darauf. Der Gedanke an ihre baldige Genesung war auf jeden Fall schöner, als die Vorstellung, dass eine so außergewöhnliche Frau wie Lavielle nie wieder einen vernünftigen Satz von sich geben und ihr restliches irdisches Dasein mit gebrochener Seele fristen würde.

Die Gedanken in seinem Kopf flüsterten immer lauter. Ankwin war fort. Theodus war fort. Lavielle war von Sinnen und Bermeer und er jagten einem Ei hinterher. Für einen Moment erschien ihm das ganze Unterfangen völlig sinnlos. Ja, sogar sein Leben erschien auf einmal in einem völlig bedeutungslosen Licht. Jahrzehnte hatten sie der Jagd nach dem Bösen gewidmet, und was hatten sie erreicht?

Ein ganz normales Leben in seiner Heimat war ihm versagt geblieben genauso wie die Liebe einer Frau und das Glück der Vaterschaft. *Warum?*

›*Ziehe aus und töte die Schlange*‹ hatte der Medizinmann damals gesagt. Über die Jahre hatte er sich immer wieder darauf besonnen und die Sehnsüchte seines Herzens mit dem Gedanken an Hankuma gekühlt und besänftigt. Doch für was?

Selbst wenn sie das letzte Ei finden würden, würde bestimmt irgendwo in einer anderen Ecke des Reiches ein weiteres auftauchen. Wie viele gab es überhaupt?

Das Flüstern schrie in seinem Bewusstsein. Ruckartig richtete Garock sich auf und holte das Ei, das sie bei Penteref erbeutet

403

hatten, hervor. Theodus kam ihm in den Sinn und vor seinem geistigen Auge sah er den alten Freund, wie er ihm den Dolch überreichte. Er erinnerte sich an jedes einzelne Wort des Magiers.

> *Du, mein Freund, hättest damals den Richter töten müssen. Du hättest dem Drachen widerstanden. Denn du, Garock-Kaa, bist Krieger und du bist unberührt.*‹

Er hielt das Ei in der Linken und zog den mächtigen Dolch. Prüfend betrachtete er die Klinge.

> *Geschmiedet aus dem Stahl des Mutes, gekühlt in den Quellen des Lebens, gehärtet im Feuer der Hoffnung, geführt soll ich werden gegen die Brut der Schlange.*‹

Nun wog er das Ei in seinen mächtigen Händen und mit einem Mal kam ihm der Gedanke, wie es wohl schmeckte. Behutsam setzte er die Spitze des Dolches an das Ei. Entgegen jeder Erwartung verriet ein leises Knacke das frühzeitige Nachgeben der Schale. Er drehte die Spitze etwas und dann drang der Stahl in die Schale. Ein dünner Faden Dampf stieg auf und Garock stockte in der Bewegung. Das Flüstern war verschwunden. Mit einem Mal wurde ihm klar, dass er das Ei anscheinend unbeschadet hätte trinken können, aber es war nicht der richtige Zeitpunkt und sonderbarerweise auch nicht das richtige Ei.

Behutsam drückte er die Klinge weiter in die dicke Schale und je mehr des Inneren die Klinge des magischen Dolches berührte, desto lauter zischte es. Das Ei bebte und er konnte spüren, wie sich alles im Inneren der Hülle gegen das Eindringen des magischen Stahls wehrte. Hitze drang aus dem Ei. Schließlich spürte er, wie die Spitze des Dolches am Grund angekommen war. Nur noch die Schale trennte die Klinge von seiner Handfläche. Innerhalb des Runds blubberte und zischte es. Der Geruch nach faulem Ei und verbranntem Fleisch erfüllte den Raum. Das Flüstern in seinem Kopf brüllte plötzlich seinen Namen, dann war Stille. Achtlos warf er das leere Ei in eine Ecke und betrachtete wieder den Dolch. Die

Klinge war sauber, als hätte sie nie etwas berührt.

Er war Garock-Kaa und seine Aufgabe war es, die vierbeinige Schlange zu töten. Seine Füßen würde ihn tragen und er würde sich leiten lassen vom großen Geist Hankuma. Er würde nicht zurückschauen und erst heimkehren, wenn die Schlange endgültig tot war.

DER KRUG
(Brakenburg im Frühling ... vor langer Zeit)

Voller Unruhe hatte sich Ankwin den weiteren Tag von einer oberflächlichen Tätigkeit in die nächste gestürzt und war sich dabei elend vorgekommen. Immer wieder hatte er etwas angefangen und dann doch nicht beendet. Sämtliche seiner Waffen lagen ausgebreitet in seinem Zimmer, doch gepflegt hatte er keine richtig. Weißwind hatte er im Hof herumführen wollen, doch das Tier hatte ihm keine Ruhe schenken können und so hatte er ihn nach kurzer Zeit beschämt Remeli überlassen.

Nicht nur, dass er sein Schicksal in die Hände von Halsabschneider hatte legen müssen, war schier unerträglich, nein, es durfte auch niemand erfahren. Und wenn jemand gefragt hätte, er hätte ihn belügen müssen. Sonderbarerweise trat in letzter Zeit jedes Mal diese Flüsterstimme in sein Bewusstsein, wenn er daran dachte, etwas zu vertuschen und das es Unrecht war. Er war zu keinem vernünftigen Gedanken fähig. Einzig Miron, der wusste, was vor sich ging, und erahnen konnte, wie sein Herr sich fühlen musste, fragte von Zeit zu Zeit, ob seine Dienste benötigt würden.

Endlich brachte Miron Nachricht, dass ein Bote etwas für ihn abgegeben hätte. Ungeduldig entfaltete er noch in Gegenwart des Dieners den versiegelten Brief.

›Seid noch vor Sonnenuntergang in eurem Hafenkontor.‹

Mehr stand nicht auf dem flüchtig beschriebenen Pergament, aber es reichte Ankwin völlig. »Miron, lass den großen Wagen fertig machen. Wir holen die Kiste. Ist im Keller noch Platz dafür?«

»Ich werde einigen Hausrat, der nun wohl schon zu lange dort unten gelagert wird, auf den Boden des Stalls räumen lassen. Das werden Remeli und Pakto erledigen. Wenn wir zurückkehren, wird Platz sein.«

»Gut, Miron. Ach ... Miron, wir benötigen auch eine große Plane oder eine Pferdedecke. Keiner soll die Kiste sehen.«

»Ja, daran hatte ich auch schon gedacht. Wird erledigt, Herr.«

***

Nervös sahen die Arbeiter zu ihm herüber. Ankwin war mit Miron direkt zu dem Hafenkontor gefahren. Brakenburgs Handel lebte von dem Umschlagen der Waren, die über den Land- und Wasserweg kamen. Der Skatrenk verband die Königsstadt mit dem Meer und jeder bessere Händler hatte ein Lagerhaus im Binnenhafen von Brakenburg. Das Kontor der Brakensteiner war eines der größten und es wurden viele Arbeiter beschäftigt. Das plötzliche Erscheinen des neuen Herrn verbreitete eine ängstliche Stimmung, wusste man ja noch nicht, welche Launen dieser hatte.

Ankwin war das im Augenblick ganz recht, lenkte es die Menschen doch von seinem eigentlichen Vorhaben ab. Er spielte mit und ließ sich kritisch jede Ecke des Kontors zeigen, denn seine Verabredung war noch nicht eingetroffen. Als er gerade von einem der oberen Böden herabstieg, kam ein junger Lagerarbeiter angerannt. Er war noch ein halbes Kind.

»Herr, verzeiht die Störung, aber unten ist ein Mann, der nach Euch verlangt. Er heißt Calbin.«

Ankwin stieg herunter und unten erwartete ihn schon der Schäfer. Er hatte sich richtig herausgeputzt und war von einem normalen Händler nicht zu unterscheiden, genauso wie seine zwei Begleiter. »Herr Ankwin, schön Euch zu treffen. Wie versprochen habe ich die gewünschte Ware hier.« Überschwänglich wies er mit seinen ausgestreckten Armen auf einen Wagen, der mit einigen Kisten beladen war. Eine ganz große war mit einem Tuch eingewickelt und steckte in der Mitte. »Feinstes sigolisches Kristall nur für Euch.« Sein Grinsen schimmerte an der Grenze zur Falschheit, mochte für einen Unbeteiligte jedoch durchaus sympathisch wirken.

»Prächtig, prächtig, guter Calbin. So und nicht anders habe ich es von Euch erwartet. Lasst uns das Geschäftliche bei einem Krug

Wein regeln.« Weltmännisch führte Ankwin den Dieb in die Stube des Schreibers, während man sich daran machte, die Waren umzuladen. Er kam sich dabei wie eine Schlange vor, wie das niederste Gewürm. Der Schreiber wies mit einem dezenten Blick auf die schwere eisenbeschlagene Truhe, in der die abgezählten Silbersäckchen lagen und zog sich dann zurück.

»Nun, Bärenfelsener, die Ware ist wie bestellt geliefert. Kommen wir zum Zahlen.« Der Schäfer nahm den bereitgestellten Krug und gönnte sich einen großen Schluck, während er Ankwin über den Rand hinweg durchdringend anschaute.

Der Krieger ließ seinen Becher unberührt stehen, hatte er doch keine Lust, mehr als nötig mit diesem Gesindel zu paktieren. Er schloss die Eisentruhe kurzerhand auf und reichte dem Diebeskönig das Silber. »Ich muss schon sage, Ihr gebt ja beinahe einen stattlichen Händler ab und die Idee mit den vielen kleinen Kisten ist gut. Was ist drin?«

»Steine.« Der Schäfer lachte.

»Nun denn, dann wäre unser Geschäft also abgeschlossen. Trinkt ruhig aus, aber geht dann auch wieder. Ihr habt Eure Bezahlung.« Ankwins Stimme und Blick wurden zu Eis.

»Oh, ich verstehe. Selbstverständlich, Herr Ankwin.« Die Stimme Calbins triefte vor Spott. »Da wäre nur eine Kleinigkeit. Meine Männer kommen nächste Woche wieder und werden Waren im Wert von hundert Silberstücken abholen. Und übernächste Woche auch.« Der Dieb grinste breit.

Ankwin begann zu ahnen, was nun folgte. »Ihr wisst, was in der Kiste ist, und glaubt nun, mich erpressen zu können. Ist das so?«

»Meine Männer versuchten erst, die Kiste zu öffnen. Schließlich muss man bei einer so begehrten Ware wissen, um was es sich handelt, aber es war vergebens. Erst als ich alleine war, öffnete sich das Teufelsding. Machen wir es also kurz. Ja, verdammt, es ist so. Meine Männer holen wöchentlich die Ware und keiner erfährt von den Eiern und dem komischen Buch.«

Ankwin schnellte nach vorne und seine Hand umschloss den Krug des Diebes einschließlich dessen Hand. Er drückte ihm das Gefäß schwappend auf die Brust und ihre Gesichter waren direkt voreinander. Dann sprach er ganz leise. »Sei froh, dass so viele Menschen hier sind, so wärst du bereits tot.«

Calbin versuchte, den Krug zurückzudrücken, doch reichten seine Kräfte nicht aus. Überrascht erwiderte er Ankwins Eisblick. Schließlich lächelte der Dieb unsicher. »Glaubt ja nicht, ich hätte mich nicht abgesichert.«

Der Krieger blickte ihn unverändert hasserfüllt an und die Kälte seines Blicks setzte dem Dieb merklich zu. Der Krug zitterte in ihren Händen, dann zerbrach das Gefäß und der rote Wein ergoss sich auf den Rock des Schäfers.

»Geh jetzt und schau, dass umgeladen wird. Und wehe dir, in der Kiste ist nicht, was drin sein soll.« Ankwin drehte dem Dieb ohne Bedenken den Rücken zu.

Dieser rieb sich seine schmerzende Hand und knurrte hämisch. »Bis nächste Woche, Herr Ankwin.« Dann verließ er die Stube.

Ankwins Herz schlug wild in seiner Brust und er spürte es bis in den Hals. Seine Ohren rauschten und die Stimme flüsterte wieder unverständliche Schwüre. Zu dem Gefühl der Schäbigkeit gesellte sich jetzt auch das der Unzulänglichkeit. Er hatte sich mit Diebespack eingelassen, aber nicht auf dessen Spielregeln geachtet. Er konnte auf keinen Fall zulassen, dauerhaft erpresst zu werden. Das Rauschen in den Ohren nahm zu und die Wände schienen auf ihn zu zukommen. Die Wut in ihm auf sich und Calbin wuchs und wuchs.

»Es ist umgeladen, Herr.« Miron stand in der Tür.

Wie eine Nebelschwade im aufkommenden Wind verflog die Wut und zurückblieb ein fahler Nachgeschmack der Verzweiflung. Ankwin blieb unbewegt.

»Verzeiht, Herr, aber wenn ich richtig informiert bin, trefft Ihr Euch heute Abend bei Herrn Theodus. Es ist schon spät.«

»Ist gut, Miron, ist gut.«

BLUTBOTE
(Katym im Frühling)

Bermeer war erst im Morgengrauen wieder gekommen, allerdings ohne nennenswerte Ergebnisse. Wenigstens wussten sie jetzt, wo der Junge nicht war. Die Suche Bermeers an den verschiedenen Prangern der Stadt, seine Erkundigungen im Schuldenturm und anderen Gefängnissen und selbst die Suche in den Totenhäusern war ergebnislos geblieben. Auch die Wand mit den Steckbriefen hatte nichts ergeben. Tot konnte der Junge trotzdem schon sein.

Immerhin war Katym die beste Stadt für Mörder. Nirgendwo anders konnte man sich so schnell und spurlos einer Leiche entledigen wie hier, das wusste Bermeer aus eigener Erfahrung. Der Lomosh-Batur war dafür berüchtigt, nichts und niemanden wieder herauszugeben, deshalb hieß er bei manchen auch Siktos Zunge. Soweit die beiden allerdings wussten, lag das aber nicht am Gott der Zwietracht und Gier oder gar an seiner Zunge, sondern an dem einfachen Umstand, dass der riesige Wasserfall oben überstand, was zu einer nach innengewandten Strömung führte. Alles in dieser mächtigen Wasserwalze wurde einfach zermahlen, bevor es weitertreiben konnte.

Wenigstens wussten sie nun genau, an wen sie sich wenden mussten, um etwas von den Ereignissen der Stadt mitzubekommen, die nicht am Anschlag standen. Selbst wenn Moakin tot war, würde ihn irgendjemand als Letzter gesehen haben und den galt es zu finden.

»Der hat sich schneller hier eingelebt,
als eine Fliege im Spinnennetz klebt.
Und das Mädchen teilt noch seinen Pfad
und hilft ihm hier mit Rat und Tat.«

Nach einem schnellen aber deftigen Frühstück gingen sie ins Armenviertel. Garock fiel zwar in der Menge auf, aber bei einer großen Stadt wie Katym sah man alle Tage die außergewöhnlichsten Dinge. Trotzdem ging Bermeer nur neben

410

ihm, wenn sie etwas miteinander zu bereden hatten, was dank des ungezügelten berisianischen Redebedürfnisses des Hünen eher selten vorkam. Bermeer wollte nicht unnötig auffallen.

Garock hatte damit kein Problem. Er genoss es sogar, zuzusehen, wie sich Bermeer einem Fisch im Wasser gleich in seinem Element, der Stadt, bewegte. Der Gang durch die Straßen und Gassen erinnerte ihn an Lavielle, denn sie war in den letzten Jahrzehnten oft mit ihm durch Straßen und über Märkte gegangen. Einmal ertappte sich der Berisi-Krieger sogar dabei, wie er an einem Stand für allerlei Schmuck und Trödel stehen blieb. Lavielle wäre hier sicherlich auch stehen geblieben. Dann lächelte er, was allerdings dazu führte, dass der Blick des Händlers ängstlich zwischen dem zähnebläkenden Berisi und einer etwas weiter entfernten Stadtwache wechselte.

»Viel Tand und Trödel, wie mir scheint.

Würde dir bestimmt nicht stehen.

Ich vermisse sie auch, mein Freund.

Komm ... lass uns besser weiter gehen.«

Bermeer war zurückgekommen und wie bei einem ungleichen Geschwisterpaar zog nun der kleine Gaukler am Arm des Hünen, der sich schließlich weiterbewegte.

Nach einigen weiteren kleinen Plätzen, Gassen und Abzweigungen befanden sie sich definitiv im Armenviertel. Der allgegenwärtige Geruch nach Unrat und Urin war hier noch stärker. Die Häuser waren wenn überhaupt nur notdürftig ausgebessert und standen, noch enger als gewöhnlich. Überall schlug einem Alkoholismus, Verzweiflung und Elend entgegen. Anscheinend ging es Katym zur Zeit nicht besonders gut, denn solche Zustände fand man bei solchen Städten eher vor den Toren als innerhalb ihrer Mauern.

Schließlich standen sie dann endlich am Ziel ihres Morgenspaziergangs. Der Platz war im Vergleich zu den vorangegangenen geradezu winzig. In seiner Mitte stand ein schlichter Brunnen, an dem ein dicker Mann zu dösen schien. Auf der anderen Seite war der Eingang eines winzigen Tempels zu sehen. Wenn Garock sich recht erinnerte, war es ein Haus für

411

Kastos, den Gott der Diebe. So etwas war zwar beim Stadtrat nicht gern gesehen, aber den Menschen einen Gott verbieten wollte man dann auch nicht. Garocks Ohren gingen etwas nach hinten und seine Nasenflügel bebten. Etwas an dem dicken Mann stimmte nicht.

»Ich sprech' mit dem Mönchenwicht.

Du behältst den Mann im Blick.

Ärger gibt es, glaub ich, nicht.

Gar nicht lang bin ich zurück.«

Erst jetzt sah Garock ein winziges Männlein im Eingang des Tempels sitzen. Jetzt wusste er, was er noch gerochen hatte. Und der Mann am Brunnen war wohl so etwas wie eine Wache.

Er lehnte sich an eine Hauswand und sah zu, wie Bermeer keck direkt auf den Mönch zu ging. Er konnte nicht genau erkennen, was sein Freund dem Männchen zeigte, aber dessen Körpersprache verriet sofort, dass er Angst hatte. Der Dicke am Brunnen zuckte für einen Moment, doch das Mönchlein hatte ihm schon mit einem Seitenblick zu verstehen gegeben, dass alles in Ordnung war.

Offenbar sprach der Gaukler hier mit einer hohen Instanz der Unterwelt, wobei Garock nur vermuten konnte, ob sich Bermeer gleich als Blutbote zu erkennen gegeben hatte. Als er den Todesgaukler damals kennengelernt hatte, war er noch so verschwiegen und vorsichtig gewesen, dass es an Verfolgungswahn gegrenzt hatte. Seit er allerdings völlig frei und ohne festen Auftraggeber arbeiten durfte, hatte sich sein Geschäftsgebaren zusehends geändert.

Schief lächelnd kam der Assassine wieder auf Garock zu. Als er in Hörweite war, sagte Garock nur: »Blutbote?«

»Ja, ein bisschen forsch vielleicht,

doch wenn die Angst die Zung' erweicht,

geht's zügiger als wie mit Rum.

Er sagt, er hört sich heute um.«

✲✲✲

Den ganzen restlichen Tag hatten sie sich ausgiebig in der Stadt umgesehen, doch nirgends eine Spur von Moakin oder dem Mädchen gefunden. Dafür konnten sie sich jetzt ohne Probleme in der Stadt orientieren und einiges besichtigen, was selbst ihnen nicht alle Tage unter die Augen kam.

Neben dem großen Holzmarkt, an dem sie sich der verärgerten Flößer wegen besonders gründlich umgeschaut hatten, bewunderten sie auch den Batur selbst. Direkt neben einer ausgebrochenen Stelle in der Brüstung konnte man auf den mächtigen Wasserfall und den großen Lomosh-Dang mit seinen vielen Inseln hinabschauen. Der lag wie ein riesiger zerbrochener Spiegel im Tal und man konnte nur erahnen, wie schnell man sich dort unten in den vielen Verzweigungen der Wasserwege zwischen den Inseln verirren konnte. Auf der anderen Seite des Bruchs, wie die Ansässigen die Stelle, an der angeblich einmal ein Haus gestanden hatte, nannten, konnten sie eine weitere Sehenswürdigkeit betrachten. Von hier oben sah man die eindrucksvollen Krananlagen, die das Holz der Händler über viele Stufen ins Tal hievten. Früher war das mit Lasttieren über Trampelpfade geschehen.

Erst gegen Abend, als sie schon in einer Braterei saßen, setzte sich ein Mann zu ihnen, der wie ein Pilger Kumbers gekleidet war. Nach einer Begrüßung, die vermuten ließ, dass sich Landsleute in der Fremde trafen, senkte er seine Stimme und warf immer wieder nervöse Blicke in die Umgebung.

»Heute Nacht soll etwas sehr Wertvolles den Besitzer wechseln. Was, weiß ich nicht, aber es soll in einem der Holzkontore geschehen. Und ein Junge hat wohl auch damit zu tun. Das ist alles. Schöne Grüße von Weldor.« Etwas lauter sprach er dann weiter. »Nein, den kenne ich nicht. Na dann wünsche ich Euch noch einen schönen Aufenthalt in der donnernden Stadt. Gehabt Euch wohl.«

Ohne den Eindruck zu hinterlassen, es eilig zu haben, beendeten die beiden ihr Mahl und machten sich auf in Richtung der Holzkontore, die ganz in der Nähe der großen Kräne standen.

DAS ZWEITE TIER
(Brakenburg im Frühling ... vor langer Zeit)

Dieses Mal hatte sich der Magier fest vorgenommen, rechtzeitig zuhause zu sein, um seine Gäste selbst empfangen zu können. Mit beherrschter Miene, aber voller Verwünschungen über seine erneute Verspätung, eilte Theodus auf den kaum bevölkerten Straßen durch die Dämmerung. Er war vermutlich wieder der Letzte, der eintraf. Er versuchte, sich zu beruhigen, indem er die Ereignisse des Tages noch einmal überdachte. Uharan hatte die Stadt die Verlassen. Der Rat hatte den Magiern das Zaubern verboten. Er hatte sich eine Sondererlaubnis ergattern können. Rahag war definitiv am Leben. Die Magierschule war in Aufruhr und stand vor dem Abgrund. Und zu allem Überfluss musste er unbedingt herausfinden, wer in Myritons Namen diesen Blutalb beschworen hatte. Aresco und seiner Vertrauter Ottheim hatten irgendetwas damit zu tun, aber was?

Für einen Moment verlangsamte Theodus seinen Schritt. Das war sehr viel auf einmal für ihn allein. Dann lächelte der Magier im Geiste, was seine Mundwinkel zu einem leichten Zucken veranlasste. Er war nicht allein. Zusammen konnten sie es schaffen. Hätte ihn jemand in diesem Moment gefragt, wie er darauf kam, er hätte es nicht beantworten können, aber er war aus tiefster Seele überzeugt von dem Gedanken, dass sie alles bewältigen konnten.

Die späte Dämmerung war mit großem Schwung vorangeschritten und bescherte ihm einen tiefblauen Nachthimmel und eine vom vollen Mond beleuchtete Straße. Nur wenige hatten bis jetzt die Laternen ihrer Häuser entzündet und Straßenlaternen waren hier spärlich gesät. Doch Miretta war schon fleißig gewesen und hatte die Lampe an der Tür entzündet. Das kleine Licht erschien ihm wie ein Hoffnungsfeuer und er beschleunigte seinen Schritt.

Theodus hob den Arm, um zu klopfen, als er ein deutliches »Mit den Füßen schabend, wünsch ich guten Abend.« hörte. Der

Schreck war ihm so in die Glieder gefahren, dass er beinahe einen Satz gemacht hätte.

»Zum Henker! Bermeer! Könnt Ihr nicht erscheinen wie jeder andere auch? Warum wartet Ihr überhaupt hier? Ist Miretta nicht da?« Wütend klopfte der Zauberer an die Tür.

»Verzeiht, wenn ich Euch schreckte,
doch wollt' ich nicht hinein.
Auf der Gass' versteckte
ich mich und blieb allein.
's ist schon spät und keiner da,
außer der Mirett ... a.
Das kam mir komisch vor,
so blieb ich hier vor'm Tor.«

»Eure Reime waren auch schon besser, Herr Gaukler.« Griesgrämig wandte sich Theodus der Haustür zu und wollte gerade wieder klopfen, als ihnen Miretta öffnete.

»Oh, Herr Theodus, wie immer spät. Aber Ihr habt Glück. Es ist noch keiner der Gäste da.«

Theodus runzelte die Stirn und kniff die Augen zusammen. »Hat auch kein Bote irgendeine Nachricht abgegeben, die von einer Verspätung berichtet?«

»Nein, der Herr. Verzeiht, ich muss in die Küche, sonst brennt mir alles an.«

Die beiden Männer betraten die Wohnstube und Theodus legte ein Scheit aufs Feuer. »Na, Bermeer, habt Ihr Neuigkeiten?«

»Nun, wenn ich ehrlich bin, dann nein.
Bin auf Abruf jeden Tag.
'nen Herrn hab ich ja grade kein'.
Kommt er wieder, ist dir Frag'.«

»Verstehe ... aber der kommt bestimmt wieder.« Theodus schürte die Glut etwas auf. »Dafür war es bei mir um so mehr. Die Gilde ist ohne Führung, darf nicht zaubern und beginnt sich deshalb schon, die Köpfe einzuschlagen. Aber ich habe auch g...«

»Verzeiht, Herr Theodus, aber an der Hintertür hat es soeben geklopft. Ich denke, Ihr solltet da besser selbst nachsehen.« Miretta stand ängstlich in der Tür und hielt sich die Hand vor die Brust, während sie mit der anderen an ihrer Schürze nestelte.

Theodus schaute sie für einen Moment verständnislos an. Bermeer half aus.

»Aha, kommen also andre auch
durch die Hintertüre lang
und nicht, so wie es Brauch,
durch den vorderen Eingang.«

Theodus bedachte den Todesgaukler mit einem Brummen, verfinsterten Augenbrauen und einem gequälten Blick, dann ging er in der Küche, wo sich die Hintertür befand. Bermeer folgte ihm.

Gerade als er die Küche betrat, klopfte es erneut. »Wer da?« war das Einzige, was dem Magier einfiel. Sofort antwortete ihm eine durch die dicke Eichenholztür gedämpfte Stimme. »Namen in die Nacht zu brüllen macht jetzt keinen Sinn. Macht auf und ihr werdet sehen.«

Theodus hatte Weiland ohne Zweifel erkannt. Der Befehlston und die Ungeduld, die in seiner Stimme lagen, waren dem Magier allerdings äußerst fremd. Während er augenblicklich zu Tür ging, um diese zu öffnen, stellte sich Bermeer sofort so, dass er gut hätte angreifen oder flüchten können. Seine Hand schwebte bereits über dem Griff einer schweren heißen Pfanne.

Kaum war die Tür geöffnet, wackelte Weiland herein. »Ich rieche zwar, das wir in der Küche sind, habt aber trotzdem die Güte, mich zu führen, denn die Möbel riech' ich nicht.« Verdutzt ergriff Theodus den ausgestreckten Arm des alten Heilers und führte ihn. Direkt hinter Weiland betrat eine vermummte Gestalt mit großem Hut den Raum. Bermeer wollte schon nach der Pfanne greifen, doch sein Instinkt hielt ihn noch rechtzeitig davon ab. Irgendetwas an der Person war ihm vertraut. Sie schloss die Tür hinter sich und nahm den Hut sowie den Schal ab. Vor ihnen stand Erzherzog Rahag III. höchst persönlich.

***

Mittlerweile satt saß Theodus am Kopfende seines Esstisches und lauschte dem Bericht Weilands. Ankwin war inzwischen auch gekommen. Er hatte sehr gehetzt gewirkt und das angebotene Essen dankend abgelehnt, aber nichts begründet. Er saß nur da, sah verbeult aus und trank etwas Wein. Irgendwann meinte der Krieger beiläufig, dass er sich beim Reiten übernommen hätte und gestürzt sei.

Bermeer und Rahag aßen immer noch und mit scheinbar wachsendem Appetit. Die Wände schimmerten blau, sodass wieder kein Wort nach draußen dringen konnte.

Weiland kam zu den Ereignissen im Schlangentempel. »... mir dann Lavielle ihre Vision geschildert hatte, war mir sofort klar, dass nicht nur eine Lösung in Frage kam. Mawana, die große Schlange, antwortet in ihrer unendlichen Weisheit auf eine Frage mit vielen Antworten.« Weiland machte eine Pause. Alle außer Rahag hörten ihm gebannt zu. Dieser hatte alles sicherlich schon einmal gehört und in den letzten Tagen offenbar nicht sehr gut gegessen.

»Die Frage lautete ja ›Wer ist der falsche Heiler?‹. Nun, als ich also am nächsten Tag, um auf die richtigen Gedanken zu kommen, durch ganz Brakenburg streifte, wurde mir einiges klar. Lavielle spürte deutlich Misstrauen und ihr wurde Gift ins Gesicht gespien. Das Misstrauen empfindet sie selbst, so wie ich mittlerweile auch. Im Orden liegt Vieles im Argen. Sie kann sich nicht bewegen, ist also machtlos. Das Giftspeien steht für die Beleidigung, die der Verräter dem Orden entgegenbringt. Es steht aber auch für die Blindheit. Wir sehen oft nicht, was direkt vor unseren Augen liegt. Außerdem steht es auch für ein Erlebnis aus meiner Jugend, aber dazu später mehr.« Weiland nahm einen Schluck Wasser.

»Lavielle kann in ihrer Vision trotz des ätzenden Giftes noch sehen, was zweifellos für ihr zweites Gesicht steht, das somit der Schlüssel zur Lösung ist. Der zweite Teil war nun etwas schwieriger. Das zweite Tier, ich habe es einst auf meinen Reisen gesehen. Es wirkt sehr niedlich, doch ist es ohne Frage sehr gefährlich für die Schlange. Es steht für einen maskierten Gegner, der Mawana, also den Orden, töten will. Sein Auftauchen aus dem mit Wasser gefüllten Felsspalt steht für ein Kloster, Bruchwasser oder

417

Shkuhum. Das maskierte Tier bringt der Schlange schwere Wunden bei und sie muss sich in ihrer Höhle verkriechen.

Anscheinend kommen auf den Orden große Veränderungen und schwere Zeiten zu. Die anschließende Häutung des Tieres zeigt nur, dass es jetzt, nach vollbrachter Tat unverhohlen sein wahres Ich zeigt, blutig, räudig, entsetzlich. Es verschwindet in der Quelle.«

»Und der Ring steht dann ja wohl ganz klar für Eure Hoheit, den Erzherzog.« Ankwin lehnte sich zurück.

»Nicht nur, guter Ankwin, es steht zum einen für den Erzherzog und seinen Aufenthaltsort. So bin ich überhaupt darauf gekommen, Eure Hoheit im Schlangentempel zu suchen. Dort wird schließlich jedem Hilfesuchenden Asyl gewährt. Und wir waren ja direkt im Schlangentempel, wie gesagt, Blindheit.

Der Ring steht aber auch für etwas, das der Orden zurücklassen muss, damit seine Gegner sich darauf stürzen und er sich erholen kann.«

»Was meint Lavielle dazu? Warum ist sie eigentlich nicht hier? Ihr kommt doch sonst immer zusammen?« Ankwin war besorgt.

»Ich komme nun zu den wirklich schlechten Nachrichten.« Ankwin machte eine ruckartige Bewegung und wollte schon aufstehen. »Beruhigt Euch, junger Krieger. Ihr müsst erst alles gehört haben, bevor Ihr handelt.« Nach einer kurzen Pause, in der Ankwins Blick die Bereitschaft zu jeder Verzweiflungstat erahnen ließ, fügte er hinzu. »Höre erst die ganze Nachricht, bevor du in die falsche Richtung in den Krieg ziehst.«

Ankwin sah den alten Heiler verblüfft an und setzte sich langsam, hatte Weiland doch eine alte Kriegsweisheit zitiert, die der junge Krieger nur von seinem Lehrmeister Regorie kannte.

»Aus Bruchwasser, wie ich mittlerweile weiß, kommt Ottheim, ein Vertrauter Arescos, der aber im Orden selten zu sehen ist. Bermeers Beschreibung passt gut auf ihn. Die Robe, die Lavielle entdeckt hat, war seine.«

»Das passt!« Theodus war unvermittelt dazwischen gefahren. »Ihr, Erzherzog, wolltet Euch doch mit Ottheim treffen, nicht wahr?«

Der Erzherzog blickte Theodus ungerührt an, während sein linker Mundwinkel kurz belustigt zuckte. Ankwin schaute Theodus wütend an, worauf dieser wieder schwieg.

»Was die weitere Bedeutung des Giftspeiens angeht ... ich war einst mit Aresco auf Reise als Heilsbringer. Ich geriet einer Cobra zu nahe und sie spie mir ins Gesicht. Aresco war damals so verängstigt, dass er nicht einmal die einfachsten Heilertätigkeiten durchführen konnte. Eine Woche lang sind wir dort im Wald geblieben. Ich weiß nicht, ob man mich hätte heilen können, aber seither bin ich blind. Ich gab ihm nie die Schuld. Mawana hat mich in ihrer unendlichen Güte zu dem gemacht, was ich heute bin. Ich bin der Seelengärtner und begleite die Toten nach Hause.«

»Und Aresco ist oberster Heiler. Verzeiht meine Ungeduld, Bruder Weiland, aber was ist jetzt die schlechte Nachricht?« Ankwin schien auf Kohlen zu sitzen.

»Der Bergbach in der Vision steht für den Urquell und Aresco ist das blutige Tier, dass sich in ihm versteckt. Nur er kann es sein. Gestern ist Lavielle mit Garock nach dort aufgebrochen, um Ottheim zu suchen ... und auch mich.«

»Wohin?« Ankwin war schlagartig aufgestanden.

»Zum Urquell der Heiler nach Rhodenquell. Dort findet das heilige Bad statt ...« Weiland klang auf einmal sehr alt und sehr jämmerlich. »Sie suchen mich dort.«

»Wir müssen sof ...!«

»... die Ruhe bewahren und unsere Möglichkeiten überdenken, Krieger.« Rahag war Ankwin wirsch und laut ins Wort gefallen und dann bei jedem seiner eigenen leiser geworden. Die letzte Silbe klang völlig ruhig und gelassen und wurde von dem wässrig kühlen Blick des Erzherzogs begleitet. Diese unnachahmliche Kombination ließ jeden sofort spüren, wo er in der gesellschaftlichen Ordnung stand. Ankwin ballte beide Fäuste, die Adern auf seinen Schläfen traten hervor. Er malte mit den Kiefern, doch setzte er sich schließlich, da er einsah, dass der Erzherzog Recht hatte. Rahag sprach weiter.

»Ottheim steckt also offenbar mit hinter dem ganzen Komplott. Nun, das passt aber nicht zusammen. Bungad war einer der mächtigsten Männer der Stadt und hatte den Rat hinter sich. Seine Haltung gegenüber dem König und seiner Außenpolitik war nicht ganz unbekannt, aber warum sollte ein Vertrauter des obersten Heilers seine einzigartige Stellung riskieren und mich mit einem Dämon ermorden wollen?«

»Das passt durchaus, Eure Hoheit.« Jetzt hatte sich Theodus zu Wort gemeldet. »Betrachtet man Brakenburg wie ein Gebäude, so ruht der König als Dach auf fünf Säulen - dem Stadtrat, der Magiergilde, dem Heilerorden den Adligen und Euch. Der Stadtrat ist zum großen Teil zerschlagen und muss erst wieder Kräfte sammeln, die Adligen sind seit jeher zerstritten und stellen keine große Gefahr dar. Ihr, Hoheit, seid damit natürlich nicht gemeint. Wenn ich, ein Vertrauter des obersten Heilers und, aus welchem Grund auch, immer bereit wäre, mein Gelübde weg zuwerfen und meine Stellung aufs Spiel zu setzen, so würde ich Euch töten und es den Magiern in die Schuhe schieben. So bliebe nur der Orden übrig.«

Rahag hörte erst zweifelnd zu, kniff die Augen kurz zusammen und nickte dann langsam. »Und Aresco kann er täuschen, da dieser ihm vertraut. Euer Weitblick kann noch von großem Nutzen sein, Herr Magier.«

Theodus lächelte stolz, doch als er Weilands und Ankwins versteinertes Gesicht sah, wurde er sofort wieder ernst.

»Ihr meint Ottheim und nicht Aresco ist der eigentliche Übeltäter?« Weiland schien ein wenig erleichtert.

»Aber wie soll das gehen, ein Heiler beschwört einen Dämon? Habe ich das richtig verstanden? Weiland meinte doch neulich, dass das nicht ginge.« Der junge Krieger hatte offenbar seine Gefühle hinten an gestellt und zwang sich nun zum Nachdenken.

»Das Problem mit der Daimon D'annh, also der dunklen oder Dämonenmagie ist, dass sie genau genommen jeder lernen kann. Das bestätigte mir mittlerweile ein Kollege. Man muss also kein Magier oder Hexer sein, beziehungsweise wird man dann zum Hexer. Hier geht es nicht darum, im Einklang mit dem Myriton zu stehen und so die Zauber zu wirken. Die Daimon D'annh funktioniert nach dem Meister-Schüler-Prinzip. Der freiwillige

Schüler demonstriert mit einem simplen Ritual seine Bereitschaft, sich im wörtlichen Sinne mit Leib und Seele einem Dämon zu verschreiben und wird dann erwählt oder nicht. Die Hauptmacht der Zauber fließt aus der Daimon D'warh, der Welt der Dämonen. Natürlich hat man als Magiekundiger, und das ist Ottheim eindeutig als hoher Heiler, weit größere Chancen, als ein dahergelaufener Tagedieb, der glaubt, Hexer werden zu können. Missfällt dem Dämon das Angebot, tötet er den Schüler oder sucht ihn heim oder Schlimmeres.«

»Schlimmeres? Was kann denn da noch schlimmer sein?« Ankwin verzog fragend das Gesicht.

»Ewige Qual und Seelenpein
handelt man sich damit ein.« Bermeer grinste den Krieger an.

»Da muss ich dem Herrn Gaukler beipflichten. Man stelle sich vor, tausend Jahre lang in irgendeiner Dämo ...«

»Interessant, in der Tat, aber unseren augenblicklichen Problemen wenig abträglich.« Der Erzherzog hatte den Ausflug des Lehrmeisters in die Tiefen der Daimon D'warh im Tonfall des völligen Desinteresses im Keim erstickt. »Das Ottheim also der Schmied dieser ganzen Verschwörung ist, gut und schön, aber meine Herren, ein paar verstorbene Magier, eine Robe und eine Vision sind keine Grundlage für die Anklage durch erzherzögliche Hand. Ich brauche etwas mehr Eindeutigkeit, etwas Handfestes, mit dem ich vor Ihre Majestät bestehen kann.«

»Aber die Vision, es ist doch alles klar.« Weiland blickte mit seinen milchigen Augen ziellos in die Runde.

»Wenn Eure Auslegung der Vision stimmt, dann müsste Ottheim, nachdem er zugeschlagen hat, sein Wahres Ich zeigen.« Theodus war wieder einmal aufgestanden und verschränkte die Hände hinter dem Rücken.

»Nein, er wird sich noch nicht aus der Deckung begeben. Er nutzt sie zu seinem Vorteil. Er glaubt an Euren Tod, Erzherzog, und somit wird der König nur noch von den Korden geschützt. Das sind zwar die besten Krieger des Landes, aber ohne einen kühlen und weitsichtigen Kopf könnte Ottheim sie samt dem König in eine Falle locken.«

Rahags Augen weiteten sich für einen Moment.

»Eure Hoheit, ist es möglich, dass der König von Aresco zum heiligen Bad geladen wurde? Dort ständen die Chancen für ein Attentat günstig und keiner vermutet die Heiler dahinter.« Ankwin war mittlerweile auch wieder aufgestanden, stütze beide Hände auf den Tisch und beugte sich fragend zu Rahag. Alle Augen ruhten gespannt auf dem Gesicht des Erzherzogs. Der Moment zog sich unnatürlich in die Länge. Rahag schien ungerührt von der Möglichkeit eines weiteren Putschversuches und nahm sich genüsslich eine der Weinbeeren vom Tisch. Er drehte sie in den Fingern und begutachtete sie eingehend, dann steckte er sie sich in den Mund, lutschte etwas darauf herum und ließ sie zerplatzen. Nach wenigen Momenten des Kauens und Schluckens sah er einen nach dem anderen an.

»Wir machen das so. Ich werde sofort zu Rubon aufbrechen, um mich, was die Vorhaben des Königs betrifft, auf den neuesten Stand bringen zu lassen. Außerdem muss ich Männer dorthin schicken.« Rahag unterbrach sich selbst. »Das ist aber auch zu ärgerlich. Die meisten meiner Männer sind zur Zeit zu weit weg und um die, die da sind, zu holen, brauchen wir mindestens bis zum Morgengrauen. Die werden reichen müssen. Wie dem auch sei. Ankwin, Ihr begleitet mich zu Rubon. Bermeer, Ihr werdet augenblicklich nach Rhodenquell aufbrechen, um dort, ohne einzugreifen, zu beobachten, was vor sich geht.« Mit einem Seitenblick zu Ankwin fügte der Erzherzog hinzu: »Ohne einzugreifen. Wir kommen sobald wie möglich hinterher. Ihr, Herr Theodus, macht Euch, wenn nicht schon geschehen, über jedweden Schutz vor Dämonen kundig. Ich habe keine Lust, mich noch einmal hinter einer Tür vestecken zu müssen.« Weiland starrte enttäuscht vor sich hin. »Und Ihr, Herr Weiland, nochmals Dank für Eure Hilfe. Ihr solltet zum Heilerorden gehen und zumindest die oberste Schwester warnen. Wählt Eure Worte aber mit Bedacht. Es muss nicht gleich zu viel Porzellan zerschlagen werden.« Weiland nickte entschlossen.

Theodus verzog merklich das Gesicht und Ankwin schien fieberhaft nachzudenken. Rahag wandte sich dem Magier zu. »Herr Theodus, gibt es da ein Problem?«

»Nun, Herr, verzeiht, aber was geschieht, wenn sich die Gilde morgen weiter zerfleischt. Ich muss doch hier ...«

»Wenn wir Ottheim nicht daran hindern, den König zu ermorden, wird es bald keine Gilde mehr geben, Theodus.« Ankwin war dem Erzherzog zuvorgekommen.

Theodus nickte finster.

Der Erzherzog stand mittlerweile im Flur und machte sich daran, Schal und Hut wieder anzulegen. Bermeer stand in der Tür zur Küche.

»Ich bin Euer Aug' und Ohr,
dem bößen Heiler kommt zuvor.«

Schon war der Assassine zur Tür hinaus.

»Theodus, wir treffen uns hier sobald wie möglich wieder, um das weitere Vorgehen zu beraten. Ankwin, kommt ihr?«

»Herr, ich weiß, wo ich vielleicht noch Männer auftreiben kann, doch die haben bestimmt einen Preis.« Ankwin sah Rahag entschlossen an.

»Nicht mal vier Wochen in der Stadt und glaubt schon, ein Heer aufstellen zu können. Wer sind die Leute?«

»Stellt mir pro Mann zehn Goldstücke, mehr kann ich nicht sagen.«

Rahag kniff die Augen zusammen, was seinem allzeit gleichgültigen Blick eine sonderbare Note gab. Nach einem Moment des Schweigens sagte er schließlich: »Also gut, Bärenfelsener, zehn Goldstücke pro Mann. Miretta, Papier und Feder.«

HANDSCHUHE
(Katym im Frühling)

Misstrausch hielt Ankor die einzelnen Gegenstände, die sie im Laufe des Tages erbeutet hatten, nacheinander ins Licht. Bei jedem machte er ein geringschätzigeres Gesicht als bei dem davor. Die einzige Ausnahme bildeten sonderbarerweise die Handschuhe.

Moakin war nicht wenig stolz, denn er hatte sie am Vormittag einer reichen Bürgersfrau entwendet.

Lustlos schob der Krämer mit den langen, dünnen Fingern und den streng gekämmten, aber vor Fett strotzenden Haaren, die Tabaksdose, den verzierten Hornkamm und die anderen Dinge auf dem schmuddeligen Tuch zusammen. »Dafür geb ich euch zwanzig Glänzer. Mehr ist nicht drin. Bei den Handschuhen muss ich um meiner Geschäftsehre halber sagen, so viel Geld hätte ich im Augenblick gar nicht hier. Die wären aber auch schwer zu verkaufen, weil sich eine Dame die nur bei einem entsprechenden Lederer machen lässt. Für weitere vierzig Glänzer würd ich sie nehmen, aber da machen wir alle kein Geschäft mit. Konzentriert euch auf Geld und Schmuck. Der Rest dauert einfach zu lange und ist zu leicht wiederzuerkennen.« Er wollte sich schon daran machen, eine Geldkassette aufzuschließen.

Shaijas Augen funkelten, aber sie versuchte, ungerührt zu bleiben. »Sagen wir achtzig für alles und wir sind im Geschäft.«

Ankor schüttelte entschieden den Kopf. »Nein, Mädchen, das kannst du vergessen. Ich gebe euch schon einen Bonus, weil Dekmanto dabei ist und ich ihn schon lange nicht mehr gesehen habe. Zweiundzwanzig Glänzer und behaltet die Handschuhe. War halt nicht der beste Tag für euch. Nicht zu gierig werden.«

»Fünfundreißig und ...« Moakin sah fasziniert zu, wie schnell sich Shaija in dieser Welt zurechtfand und mit dem erfahrenen Krämer um das Diebesgut feilschte. Er hätte sich das reine Verhandeln schon zugetraut, glaubte aber noch nicht recht an das

Verschwinden seines Stotterns, dass ihm in den letzten Tagen aufgefallen war. Es musste mit ihrem neuen Leben zu tun haben.

Zu Dekmanto hatte er mehr und mehr Vertrauen gefunden, aber nur auf einer Basis des gegenseitigen Nutzens. Er war in sich gegangen und wusste, dass das Einzige, was den Kopfgeldjäger interessierte, sicherlich das Drachenei war, doch das hatte er ja, Kastos sei Dank, vor der Stadt vergraben. Wenn Dekmanto ihnen also beibrachte, wie man sich in der Unterwelt dieser Stadt bewegte und ihnen noch einen Käufer für das Ei vermittelte, sollte ihm das nur Recht sein. Allerdings war er sich nicht so recht schlüssig, wie er sich absichern konnte, wenn es daran ging, das Ei hervorzuholen. Dann hatte er keine Sicherheit mehr und musste Dekmanto auf Gedeih und Verderb vertrauen. Das behagte Moakin ganz und gar nicht und er grübelte immer wieder darüber.

Sie hatten sich darauf geeinigt, dass jeder ein Drittel von dem Erlös des Eis bekäme. Wenn er ehrlich war, hätte er andere Verteilungen gar nicht rechnerisch nachvollziehen können. Dekmanto war erwachsen und konnte lesen, schreiben und rechnen. Shaija konnte gut rechnen, doch bei Moakin war es mit alle dem nicht sehr weit her. Er wusste nur, dass er sich Dinge verdammt gut merken konnte. Fürs Erste musste er um jeden Preis darauf achten, dass Dekmanto nicht erfuhr, wo das Ei war, auch nicht durch Shaija. Außerdem musste er vermeiden, dass man ihn über den Tisch zog. Er hatte dazu sogar einen Plan gefasst und die Anspannung ob seines Gelingens zu verbergen, kostete ihn einen Großteil seiner Konzentration.

Wie viel war so ein Ei überhaupt wert? Moakin hatte mittlerweile ein bisschen mehr Ahnung von Geld und Sachwerten. Schließlich hatten sie die letzten Tage mit allerlei Gaunereien zugebracht und wenn er es richtig einordnete, besaß er im Augenblick etwa zehn Braken. Das hatte ihm Shaija vorgezählt. Davon hätte er mit seiner Mutter in Birgenheim gut drei Monate leben können. Er hatte aber auch gelernt, dass das Leben hier viel teurer war. Hier würde das Geld allenfalls vier Wochen reichen. Doch sobald er versuchte, sich vorzustellen, von seinem Anteil ein Leben lang zu zehren, und wie groß er dann sein müsste, schwirrte ihm der Kopf. Schließlich war er mit sich darin überein, dass das Geld mindestens für drei Jahre hier in Katym reichen musste, denn er hatte beschlossen, lesen und rechnen zu lernen, und das war bestimmt nicht billig.

Fünfunddreißig Kunnige - diese Summe hatte er Shaija in einem anderen Zusammenhang rechnen lassen, denn er wollte sie oder Dekmanto auf keinen Fall glauben lassen, er wüsste nicht, wie viel man für das Ei verlangen konnte. Der Betrag sagte ihm allerdings überhaupt nichts. Er hatte zwar einmal bei Winger in seinem Heimatdorf gehört, dass man für drei Kunnige ein gutes Pferd bekäme. Er könnte also von dem Geld mehr Pferde haben, als er Finger besaß, aber auch das stieß Moakin noch an die Grenzen seiner Vorstellungskraft.

»... abgemacht.« Shaija und Ankor schlugen ein und Dekmanto grinste vergnügt. Am Ende hatte Shaija den Krämer auf neunundzwanzig Glänzer festnageln können und die Handschuhe konnte Moakin behalten.

Als sie auf der Gasse standen, hielt er Shaija die feinen, schwarzen Handschuhe kurzentschlossen entgegen. »Hier, nimm sie. Du hast gut verhandelt, ich werd sie nicht tragen und du kannst sie vielleicht eines Tages gebrauchen. Sie gehören dir.«

Shaija musterte sein Gesicht und beschenkte ihn dann mit einem bezaubernden Lächeln. »Vielen Dank, Moakin. Die werde ich in Ehren halten.«

Als sie später in einem Gasthaus beim Mittagessen saßen, begann Dekamanto, sie herausfordernd anzulächeln. »Heute Abend ist es soweit. Ist bei euch alles klar? Weiß jeder, was er zutun hat?«

Beide nickten ernst.

»Na dann.« Der Kopfgeldjäger lehnte sich zufrieden zurück.

FLUSSWASSER
(Brakenburg im Frühling ... vor langer Zeit)

Theodus war aufgeregt wie ein kleiner Junge vor dem Sonnwendfest. Er hatte schon unzählige Male wichtige Zauber gewirkt und dazu langwierige und komplexe Rituale vorbereitet, aber dieses Mal war es anders. Zum ersten Mal in seinem Leben wirkte der junge Magiermeister ein Ritual zur Dämonenbeschwörung und es hing dazu noch einiges davon ab.

Er war extra deswegen in einen der größeren Kellersäle gegangen, die den Magiern an der Schule zur Verfügung standen. Die jungen Adepten übten hier normalerweise, wenn sie mit Elementzaubersprüchen wie der Feuerbändigung oder der Wasserzucht zu tun hatten.

Sorgfältig hatte er die Schwefelkreide gemäß den Anleitungen aus Meister Baddos Buch auf den Boden gezeichnet. Auf dem Herweg hatte er bereits bei Vollmondlicht das Wasser mit dem Schädelteil aus dem Skatrenk geschöpft. Nun saß er im Schneidersitz vor der Kreideformel und hatte den Schädel wie vorgeschrieben arrangiert. Er griff sich ein letztes Mal prüfend an die um seinen Hals baumelnde Kicherkralle.

Eine ganze Weile intonierte er den Spruch, der im Buch stand. Nichts tat sich. Er prüfte noch einmal alle Zutaten. Schwefelkreide, die Formel, die Schädelhälfte, das Vollmondwasser, alles war so wie beschrieben. Wieder fing er an, die Formel zu sprechen. Es musste gelingen. Schließlich ging es um die Sicherheit von Lavielle und Garock und letztendlich auch um die des Königs und der Magiergilde. Er musste mehr über den Beschwörer des Blutalbs in Erfahrung bringen. Wieder tat sich nichts.

Gereizt stand Theodus auf, immer darauf bedacht, die Formel und den Bannkreis nicht zu verwischen. Schließlich war der Bannkreis die letzte Grenze zwischen ihm und der Dämonenwelt. Er ging ein paar Schritte auf Abstand und besah sich alles noch einmal. Er konnte keinen Fehler entdecken. Verärgert schlug sich

427

Theodus mit der Faust in die hohle Hand. Er würde Hilfe brauchen, so sehr es auch seinem Selbstbewusstsein zuwiderlief. Es half nichts - je früher, je besser.

***

Wenigsten war das Glück insofern mit Theodus, als dass Baddo tatsächlich noch in der Schule war. Der junge Meister fand ihn über einem Buch eingenickt in seinem Arbeitszimmer. Der Inhalt der jetzt leeren Weinkaraffe neben ihm hatte zu der Müdigkeit seines Kollegen sicherlich nicht wenig beigetragen. Theodus verschwendete einen kurzen Gedanken daran, dass es einem Magier eigentlich nicht geziemte, übermäßig zu trinken. Kopfschüttelnd weckte er den Kollegen vorsichtig.

»Wie? Was? Hä?«

»Verzeiht die späte Störung, werter Kollege, aber ich habe ein äußerst dringendes Ritual durchzuführen und, wie ich nur ungern zugeben muss, will es mir nicht gelingen. Es würde mir natürlich gelingen, hätte ich etwas mehr Zeit, um mich besser einzulesen, aber wie gesagt, die Zeit drängt.« Ungeduldig stand Theodus neben dem schläfrigen Baddo, der ihn verstört anstierte. Der Magier bot keinerlei Verständnis für die Schläfrigkeit und Desorientierung seines Kollegen auf. »Hättet Ihr die Güte, Euch vielleicht ein wenig zu beeilen? Wie gesagt, fällt es mir schon schwer genug, Euch überhaupt um Hilfe zu bitten, bei einer solchen Belanglosigkeit, aber um ehrlich zu sein, geht es nicht nur um zwei gute Freunde, sondern höchstwahrscheinlich auch um die Gilde, wenn nicht sogar um den König. Ihr solltet ...«

»Ja, ja, ja!« Baddo erhob sich sichtlich schwankend. »Euch hat anscheinend noch nie jemand gesagt, was, mit Eurer Erlaubnis, Ihr für eine göttererbärmliche Nervensäge sein könnt.« Er wackelte zu seinem Schreibtisch und gönnte sich einen großen Schluck Wasser direkt aus dem Krug. »Erzählt. Wie habt Ihr das Ritual begangen?«

»Nun, genau so, wie Ihr es beschrieben habt. Ich ...«

»Das kann ja wohl kaum möglich sein, denn sonst würdet Ihr genau jetzt mit einem kleinen hässlichen Dämon und nicht mit einem großen hässlichen Magierkollegen sprechen.«

»Wenn Ihr mir nun endlich in den Keller folgen wollt, dann kann ich Euch zeigen, dass ich alles genau ...«

»In den Keller?«

»Aber ja, in den Keller. Wo denn sonst hin? Also, würdet Ihr jetzt bi...«

»In den Keller!« Baddo stand an seinem Schreibtisch und hielt immer noch den Wasserkrug in der Hand. Ein kleiner Wassertropfen rann ihm vom Mundwinkel über sein stoppeliges Kinn und würde jeden Moment auf seine Robe fallen. Seine Augen waren weit aufgerissen. »In den Keller.«, wiederholte er noch einmal leise. Schließlich fokussierte sich sein Blick wieder und er schaute Theodus, der seinerseits mittlerweile völlig entgeistert dreinblickte, direkt an. »Warum bei den Byten ward Ihr im Keller, Herr Theodus?«

»Weil dort genug Platz für das Ritual ist. Na ja, mein Arbeitszimmer ist genauso groß wie das Eure. Ihr ...«

»Ha ... ha, ha.« Baddo gluckste unkontrolliert. »Ihr ... Ihr habt das Wasser mit ... hi, hi ... mit dem Schädel ... ha ... aus dem Skatrenk ...?«

»Selbstverständlich habe ich das Wasser bei Vollmond, so wie Ihr es mir sagtet, direkt aus dem Skatrenk ge ...«

Baddo knickte ein vor Lachen und hielt sich mit der freien Hand am Tisch fest. Der Wasserkrug in der anderen Hand gluckerte beängstigend vor sich hin und verlor schwappend einige Tropfen Wasser. Sie verteilten sich schicksalsergeben auf dem blankpolierten Boden.

Theodus stieg die Schamesröte ins Gesicht, allerdings wurde sie augenblicklich von der Röte der Wut vertrieben. Er gebot alle Beherrschung auf, um nicht laut heraus zu brüllen.

Baddo lachte immer noch und wiederholte immer wieder die Worte »... das Wasser ... mit dem Schädel ... aus dem Skatrenk ...«

Nach einer ganzen Weile hatte sich Baddo schließlich wieder so weit beruhigt, dass er ohne größere Unterbrechungen sprechen konnte. »Verzeiht, werter Theodus, aber ich sprach lediglich von Flusswasser, nicht vom Schöpfen. Ihr hättet ...«

»Ihr meint, ich brauche das Flusswasser gar nicht herauszuschöpfen, sondern mache das Ritual am Fluss?«

»Ganz genau, hi, hi.«

»Warum schreibt Ihr dann von Flusswasser und nicht vom Fluss?«

»Weil man bei dem Ritual ja nicht den ganzen Fluss braucht, sondern eben nur das fließende Wasser.« Baddo wischte sich eine Träne aus dem Auge. »Nun, nun, wollen wir nicht weiter davon sprechen, hi, hi. Ihr sagtet, die Zeit drängt und es hängt einiges davon ab. Also los, auf zum Fluss.«

***

Die frische Nachtluft tat den beiden Magiern gut, jedem auf seine Weise. Baddo wurde zusehends nüchterner, ernster und wacher und Theodus war es möglich, in der Kühle der Nacht seine Wut vollends unter Kontrolle zu bringen. Kurz vor der Stelle am Ufer, an der sie das Ritual vollführen wollten, hatte seine Neugier sogar wieder die Oberhand über alle anderen Gefühle gewonnen.

Geschäftig bereiteten die beiden Magier den Platz vor. Baddo zeichnete die Formel mit dem Bannkreis in den Sand, während Theodus die zerriebene Kreide in die entstandenen Sandrinnen streute. Schon nach kurzer Zeit war alles so, wie im Buch beschrieben. Auch die Schädelhälfte lag an ihrem Platz, war aber dieses Mal leer und das Wasser floss nebenan im Flussbett.

»Nun, denn, Herr Dämonenzähmer, sprecht die Formel.« Baddo grinste seinen Kollegen an. Der flackernde Kerzenschein verlieh seinen langen Zähnen selbst einen dämonischen Eindruck.

»Wollt nicht Ihr ...?« Theodus war sich nicht sicher, ob er sich in dieser Nacht noch einmal blamieren wollte.

»Nein, nein. Es ist Euer Ritual und Eure Befragung. Ich kann das schon.« Baddo lächelte aufmunternd. »Habt Ihr schon die Fragen vorbereitet?«

»Ja, das habe ich.« Theodus schloss für einen Moment die Augen und besann sich der Zauberworte.

»Unendliches Myriton, sei Mittler mir,
zu den Anderswelten, die im Dunkel.
Zu den Wesen, die im Dunkel
ihr Dasein fristen schwarz wie Pech.
Möge ich mit Ihnen sprechen,
Fragen habe ich an sie.
Es soll ihnen nicht gebrechen
an dem Wissen, schwarz und klar.
Kommt, Ihr Byten, Zeuge seid Ihr,
Mittelt mir des Dämons Wissen.
Ist der Weltenvorhangnun gerissen,
tritt hindurch,
Wesen, das du nicht von hier.«

Schon zu beginn der ersten Zeilen hatte die Formel im Sand blau zu schimmern begonnen. Blaue Fäden schossen wie suchende Tentakel aus den Zeichen hervor und fingerten gierig nach ihrer Umgebung. Schließlich fanden sie den Schädel und tauchten ihn in blaues Licht. Weitere Finger erwuchsen aus den Kreidesymbolen und reckten sich in Richtung Fluss. Dann fand der erste Lichtfinger Kontakt zum Wasser und sofort kamen weitere hinzu. Es sah so aus, als wurde aus dem Fluss etwas abgesaugt und in die Schädelhälfte gepumpt werden. Das Wasser stieg an und füllte den Schädel über den Rand hinweg, bis eine schimmernde Kugel aus Wasser entstanden war. Das blaue Licht durchdrang das kühle Nass und formte sich ein kleines blaues Wesen. Es hatte eine hässlich verzerrte Fratze, drei Hörner und kleine Flügel. Als es vollständig war, öffnete es seine Augen, die weiß blau leuchteten, fauchte entsetzlich und sprang sofort durch die Wasserkugel auf Theodus zu. Der Magier wäre umgefallen, hätte ihn Baddo nicht gestützt. Der kleine Dämon war allerdings von der magischen Kuppel zurückgehalten worden, die unsichtbar aus dem Bannkreis aus Kreide erwuchs. Er schlug noch einen Moment aufgeregt mit seinen Flügeln, kratzte und leckte an der unsichtbaren Barriere, beruhigte sich dann aber recht schnell.

Theodus schlug das Herz wild in der Brust. Er schluckte trocken und konzentrierte sich auf seine Fragen. »Wie ist dein Name?« Es war wichtig, den Dämon bei Namen zu nennen. Es verstärkte den Bannkreis.

»Ho´samm´fikaldannoh.« Der Magier hatte es kaum verstanden, da der Dämon äußerst unrhythmisch betonte und seine gespaltene Zunge und das Flüstern ein Übriges dazu beitrug. Hochkonzentriert formulierte er seine Frage.

»Ho´samm´fikaldannoh, wer schickte den Blutalb in unsere Welt.«

»Pluttaaalben Vieh´le komen disse Wäält inn.« Langsam gewöhnte sich Theodus an die Sprechweise des kleinen Dämons. Nach dem ersten Schreck fand er ihn sogar eher possierlich als beängstigend, doch Baddo hatte keinen Zweifel daran gelassen, dass selbst der kleinste Dämon sehr gefährlich werden konnte.

»Der Blutalb, der erst vor wenigen Tagen hier in Brakenburg erschien.«

»Nog´ganon Dasss warr. Wurrdä ährr medh rel´ieh O´csss errrah von gerruffennn.«

Theodus schaute fragend zu Baddo, doch der ermutigte ihn nur weiter zu machen.

»Wer war das?«

»Redocs ssärrrah hräl´yeh.«

Ihm wurde klar, dass er mit dieser Anwort zufrieden sein musste. »Was weißt du über Redh rel´ieh O´csss errrah?«

»Nedrr´rohhh!« Der kleine Dämon riss die Augen auf, breitete die Arme aus, dann schüttelte er sich, als würde er sich vor etwas ekeln.

»Was sollte Nog´ganon hier tun?«

Der kleine Dämon sprang wieder an die magische Grenze und fauchte, sodass seine kleinen spitzen Zähne deutlich zu sehen waren.

»Currrumpa admane!« Baddo berührte die unsichtbare Bannsphäre und aus seiner Hand löste sich ein kleiner grüner Blitz. Der Dämon fauchte laut auf, doch setzte er sich sofort wieder ruhig hin.

»Sólldte err nednnamret´uärknnness´erfnegi´ets hcru´d rowubin dnnnn´nu gahar.«

Das Schimmern der Kreidezeichen im Sand begann zu flackern. Baddo legte Theodus die Hand auf die Schulter. »Wir haben nicht mehr viel Zeit. Eine Frage noch, dann müssen wir abbrechen.«

»Will Redh rel´ieh O´csss errrah weitere Dämonen holen?«

Der kleine Dämon breitete seine Flügel aus, zeigte seine Krallen und fauchte. Es war eindeutig eine Drohgebärde, wie sie Tiere kurz vor dem Angriff machen. »Kal`balli´dannh!«

Theodus erschrak erneut, doch Baddo beugte sich schnell nach vorn und verwischte eine der Runen, die außerhalb des Bannkreises gezeichnet worden war. Überall, wo eben noch die blauen Lichtfinger und der kleine Dämon gewesen waren, platschte Wasser auf dem Boden. Zurück blieben nasser Sand und zwei Magier.

»Habt ihr verstanden, was er gesagt hat?« Theodus stand auf und klopfte sich den Sand von der Robe.

Baddo blieb mit Angst geweiteten Augen sitzen. »Er sprach von einem Kal`balli´dannh, das bedeutet so viel Seelenfresser. Es handelt sich um einen Dämon, der ganz gezielt eine bestimmte Seele holt. Das Ritual ist weitaus komplizierter als beim Blutalb, aber ist der Seelenfresse erst mal beschworen, hält ihn so leicht nichts auf. Er kann weder mit Metall noch mit Feuer bekämpft werden und erst Zauber der Stufe Vier oder höher zeigen überhaupt Wirkung. Außerdem wittert er die Seele, die er holen soll, schon von weitem.«

Theodus lief es kalt den Rücken hinunter, als ihm klar wurde, dass er gerade mal ein Magier der Stufe Vier war. »Habt Ihr die Namen verstanden?«

»Redocssärah, Noganon, Ruwobin und Hosamfikaldanoh. Zwei davon waren Dämonennamen.«

»Bleiben Redocssärah und Ruwobin. Und da war noch etwas, dieses Nedroh oder so ähnlich.« Ratlos stand Theodus am Ufer, schließlich bot er Baddo die Hand zum Aufstehen. »Wie dem auch sei, werter Kollege. Habt Dank für Eure schnelle Hilfe und habt mir ein Auge auf unsere Gilde, ich muss bald fort und die Zeichen stehen auf Sturm.«

»Ja, für wahr, die Zeichen stehen auf Sturm. Ich hoffe, Ihr kommt bald wieder, die Gilde braucht Führung und die Wahl ist nah.«

Theodus nickte sorgenvoll.

ALTER MANN
(Katym im Frühling)

Da sie nicht wussten, in welchem der Kontore das Geschäft vonstattengehen sollte, hatte Bermeer vorgeschlagen, dass er sich auf einem der höheren Gebäude postierte, um Personen möglichst früh zu erkennen, so das Gebäude auszumachen und wieder von oben einzusteigen. Garock sollte derweil in den Gassen zwischen den Kontoren herumschleichen und sich auf das Hören konzentrieren, was allerdings nicht ganz einfach war, da das Donnern des Batur ein zwar leises aber doch ständiges Hintergrundgeräusch war. Die Zeit, die ihnen noch verblieben war, hatten sie deshalb mit der Suche nach Wachhunden zugebracht. Den Klang von deren Gebell hatten sie sich eingeprägt und auch, wo sie sich befanden. Sie hatten drei Hunde gefunden und so waren sie in der Lage, in etwa zu sagen, wo etwas los war. Hier kam es allerdings auf die ersten Momente an, da die anderen Hunde schnell mit bellten.

Eigentlich hatten das ungleiche Paar nicht schon wieder getrennt vorgehen wollen, aber die Größe des Gebiets ließ ihnen keine Wahl. Die beiden Freunde vertrauten darauf, bei einem Kampf genug Lärm zu machen, damit der jeweils andere es hören konnte. Wenn es sich überhaupt um den Verkauf des Eies handelte, so gingen die beiden dieses Mal nicht davon aus, dass es im Feuer landen würde. Der Käufer war sicherlich daran interessierte, unbeschädigte Ware zu kaufen.

Außerdem hatten sie sich vorgenommen, heute Nacht schnell und mit großer Härte vorzugehen, da sie das Ei auf jeden Fall, und wenn es irgendwie ging, auch den Jungen haben wollten. Sie hatten es Helmin zwar nicht ausdrücklich versprochen, aber sie fühlten sich ihr doch verpflichtet. Der oder die Käufer waren entweder sowieso aus der Unterwelt oder gierige Händler oder Adlige. Weder Garock noch Bermeer bereitete eine Auseinandersetzung mit einer dieser Personengruppen Gewissensbisse. Dafür hatten sie schon zuviel gesehen und, wenn sie ehrlich waren, hatten sie im Augenblick auch nicht viel zu verlieren. Es ging schließlich um ein Drachenei und was für ein Ärger damit verbunden sein konnte, hatten sie schon schmerzlich erlebt. Wer nachts heimlich seltene gestohlene Ware kaufen wollte, musste nun mal mit Unannehmlichkeiten rechen.

Garock bewegte sich langsam in der Gasse, um sich besser auf seine Umgebung und die Geräusche konzentrieren zu können. Jede Laterne, an der er bis jetzt vorbei gekommen war, hatte er gelöscht. Die Fortbewegung und der Kampf in Dunkelheit bereitete ihm keine großen Probleme und war somit ein Vorteil gegenüber möglichen Gegnern.

Ein Bellen. Nur wenig später setzten die anderen Hunde ein. Die Dogge im Süden hatte angefangen, die anderen Hunde klangen höher und sie bellten schneller. Von dort, wo er sich befand, waren es vielleicht zweihundert Schritt.

Er horchte weiter in die Nacht, doch das Gebell der Hunde verebbte. Dann konnte er etwas ausmachen. *Schritte. Eine Person. Mit einem Stock oder einem Waffenschaft. Irgendetwas klappert in ihrer Hand. Sie gehört sicher nicht zu ...*

»Hört, ihr Leut', des Glasens Sand
vier Mal fiel und nirgends Brand!«

Schon bog die Brandwache mit Hellebarde und Laterne um die Ecke. Eine Sanduhr baumelte an ihrem Gürtel.

Zügig bewegte Garock sich in südliche Richtung von dem Gardisten weg. Er hatte keine Lust, ihm Rechenschaft abzulegen oder ihn niederschlagen zu müssen.

Etwas später schlug einer der Hunde wieder an. Vermutlich hatte die Brandwache jetzt das Viertel verlassen. Garock bewegte sich weiter durch die dunklen Gassen und ließ sich mehr von Ohr und Nase als von seinen Augen führen.

Er wollte gerade in eine neue Gasse einbiegen, als er für einen kurzen Moment etwas in der Nase hatte. Der Berisi verharrte in der Bewegung und stellte die Ohren. Zu hören war nichts, aber der Geruch wurde deutlicher. Langsam ging er ohne sich zu drehen ein paar Schritte rückwärts. Den Geruch wurde etwas stärker. Alkohol und Tabak. Der Hüne drehte den Kopf und streckte den Arm aus. Undeutlich waren die Umrisse eines Tores zu sehen. Er hielt seinen mächtigen Kopf an den Torflügel und lauschte. Jetzt konnte er Stimmen hören. Es klang nicht nach Lagerarbeitern und es war ein gutes Stück nach Mitternacht. Der Berisi hatte das Gebäude gefunden. Etwas huschte über ihm durch die Nacht. *Eine Fledermaus vielleicht? Nein.* Bermeer hatte das Gebäude auch ausfindig gemacht.

Behutsam befühlte er das Tor und ertastete seine Beschläge. Es ging wie alle diese Tore nach außen auf und war von innen verriegelt. Er hätte es vielleicht mit etwas Anlauf aufbrechen können, doch er wusste noch zu wenig von dem, was im Inneren vorging und wollte den Überraschungseffekt nicht zu früh aufgeben. Wenn sein Freund losschlug, blieb diese Option immer noch, aber bis dahin entschloss er, es anders zu versuchen.

Garock ging in die Knie und drückte seine dicken Finger unter den Torflügel. Den meisten Einbrechern war es nicht vergönnt, ein Tor anheben zu können, Garock war da die Ausnahme. Langsam drückte er sich nach oben, um ein Gefühl für den Widerstand zu bekommen, dann drückte er die Knie weiter durch.

Ein Knarzen, dann ein Quietschen, noch ein Ruck und das Torblatt kippte Garock entgegen und lehnte jetzt auf seiner Brust und seinem zur Seite gedrehten Kopf. Vorsichtig richtete er sich ganz auf, trat zur Seite und setzte das Tor eben so leise wieder ab. Er trat in den Torbogen und wischte sich den Dreck von den Händen, als ihn drei völlig entgeisterte Augenpaare anstarrten.

Drei Gestalten standen nur ein paar Schritte von ihm entfernt da. Einer hielt eine kleine Laterne in der Hand und alle drei führten Waffen mit sich. Sie hatten offenbar Wache gestanden und die Information, dass das ganze Tor weg war, noch nicht recht verarbeitet. Garock war selbst überrascht und für einen Moment schauten sich die vier Männer einfach nur an.

»Alarm!« Der mit der Laterne hatte als erster wieder zu sich gefunden, doch Garock ließ nicht lange auf sich warten. Der Laternenträger erhielt einen Tritt auf die Brust und flog nach hinten. Jetzt musste der Hüne einem Dolch und einem Knüppel ausweichen, dabei drehte er sich um die eigene Achse und schlug den Dolchträger mit ausgestrecktem Arm und flacher Hand aufs Ohr. Der Getroffene überschlug sich seitlich halb und landete unsanft auf dem Boden, wo er regungslos liegen blieb. Schon spürte der Riese den erneuten Schlag der letzten Wache auf seinem Rücken. Das tat weh, verriet ihm aber genau, wo der Angreifer stand. In der Drehung fuhr er ihm mit der Linken in den Waffenarm und landete den rechten Ellenbogen punktgenau und krachend auf der Schläfe seines Gegners. Auch dieser Angreifer sackte in sich zusammen. Das Ganze hatte nur wenige Momente gedauert.

Garock kontrollierte seinen Atem und lauschte für einen Augenblick. Irgendwo im Gebäude über ihm fiel etwas Schweres zu Boden, ganz sicher zu leicht für Bermeer, also hatte der auch gerade einen Gegner ins Land der Träume geschickt. Es musste hier um eine sehr teure Ware gehen oder die Verhandlungsparteien vertrauten sich nicht, wenn sogar Wachen oben auf den Speicherböden waren. Weiter hinten wurden verschiedene Anweisungen gebrüllt und Schritte sowie Waffengeklirr einiger Personen war zuhören. Er sog kurz die Luft prüfend durch die Nase. Ein weiterer Geruch hatte sich zu den Männerschweiß und den Speiseausdünstungen gesellt. Er war ganz sicher weiblich, was die Chance, dass es sich um Moakin und das Mädchen handelte, deutlich erhöhte. Jetzt musste es schnell gehen, bevor sich der Gegner auf zwei Eindringlinge und somit auf zwei Fronten einstellen konnte. Garock stürmte nach vorn und warf sich in den Schatten eines Holzstapels.

Gegner links oben, Armbrust. Gegner rechts hinten in Deckung. Gegner vorne links an der Ecke. Geschärft durch den Rausch des Kampfes arbeite Garocks Wahrnehmung und Verstand präzise und schnell. Er machte noch drei weitere Gestalten am anderen Ende des Kontors aus. Zwei davon zerrten an einem Gegenstand. Wie weit war Bermeer?

Der gurgelnde Zusammenbruch des Armbrustschützen gab ihm die Antwort. Er griff sich einen der Kanthölzer von dem Stapel vor sich, warf ihn kurzerhand dem Gegner links an der Ecke entgegen und stürmte auf den rechten zu. Das Holz verfehlte den Mann nur knapp und donnerte neben ihm an die Wand, lenkte ihn aber lange genug ab, um den Vorsprung auszubauen. Der Gegner vor Garock hatte mittlerweile begriffen, dass Garock ihn direkt angehen wollte, und erhob sich aus seiner Deckung. Doch Garock änderte wenige Schritte vor ihm seine Richtung und hielt auf das andere Ende des Stapels zu, hinter dem der Mann noch stand. Mit dem Schwung seines Laufes drückte er seine Hand auf eines der Hölzer und versenkte es eine Armlänge im Stapel. Es schoss auf der anderen Seite heraus und traf seinen Gegner an der Brust, sodass er zu Boden ging. Garock beschleunigte erneut und rannte an dem Mann vorbei. Hinter ihm ging der erste Angreifer schreiend zu Boden. Anscheinend hatte sich Bermeer um ihn gekümmert.

Etwas riss den Berisi-Krieger an der rechten Schulter nach vorne und hinterließ einen brennenden Schmerz. Taumelnd begriff Garock, dass ihn ein Armbrustbolzen gestreift hatte. Offenbar waren auf den Speicherböden noch mehr, als er zunächst vermutet hatte. Er fing sich wieder und rannte weiter auf die drei Gestalten zu.

Moakin riss an einer Tasche, die ein dunkel gekleideter großer Mann festhielt. Sie war schon eingerissen. Der augenscheinliche Käufer hielt sie nur noch an einem Zipfel und wollte gleichzeitig sein Schwert ziehen. Ein Mädchen stand daneben und schrie. Sie musste diejenigen sein, von der Bermeer erzählt hatte. Die Beschreibung passte.

Gerade als sich der Riese in das Ringen um die Tasche einmischen wollte, lief er gegen ein Hindernis, das eben noch nicht da gewesen war. Unsanft entwich die Luft aus seiner Lunge und Arme wie Beine wurde nach vorne gerissen. Das Abrollen gelang ihm gut, denn die Arme waren sowieso schon vorn und das meiste Gewicht hatte sein Oberkörper, der durch das Laufen und den Schlag ebenfalls schon nach vorne geneigt war. Wenige Schritte vor dem Jungen kam Garock wieder zum Stehen und rang nach Atem.

Für einen Augenblick schien die Zeit stillzustehen. Ihm ging durch den Kopf, dass er eigentlich Glück gehabt hatte. Wäre das ein Schwertkämpfer gewesen, läge er jetzt vermutlich in zwei Hälften am Boden. Unterlegt von dem Geschrei des Mädchens sah er in die verkrampften Gesichter der beiden Kontrahenten. Einen Moment lang traf sich sein Blick mit dem Moakins. Er las Angst und Verzweiflung darin, aber auch Reue und Scham.

Dann riss der Riemen der Tasche und Moakin rannte damit zur Tür, während sein Kontrahent nach hinten fiel. Garock wurde von einem weiteren Schlag des noch unbekannten Gegners zwischen Schulter und Hals getroffen und ging auf die Knie. Er schloss die Augen und biss die Zähne zusammen, dann ließ er sich auf die Hände fallen und trat mit aller Kraft nach hinten. Der Widerstand, auf den sein Fuß traf, das Poltern einer Waffe und das Keuchen, ließen ihn wissen, dass er getroffen hatte. Nun drehte er sich zur Seite und nahm seinen Gegner in die Beinschere. Erst jetzt konnt er ihn überhaupt sehen.

Ein großer glatzköpfiger Mann mit schwarzem Schnurrbart lag eingeklemmt zwischen seinen Beinen, rang nach Luft und schlug gleichzeitig nach ihm. Sein muskulöser Oberkörper war nackt und über und über mit den verschiedensten Tätowierungen bedeckt. Sein Kopf färbte sich dunkelrot und die Schläge wurden schwächer. Garock legte an Kraft noch einmal zu und das Knacken im Hals des Eingeklemmten beendeten dessen Anstrengungen.

Der Hüne wollte gerade aufstehen, als er einem Reflex folgend den Kopf zur Seite warf. Neben ihm traf eine Klinge auf den Steinboden und schlug Funken. Der Käufer hatte sich ihm nun angenommen. Er musste schnellstmöglich auf die Beine kommen, doch die ständigen Schwerthiebe des anderen machten das unmöglich. Der Berisi rollte sich hin und her. Ein Schatten rannte an ihm vorbei.

Bermeer warf dem Angreifer seine Seilschlaufe um die Waffenhand. Noch während er weiterlief, zog er mit einer peitschenartigen Bewegung daran, sodass die Waffe zu Boden ging.

»Genug geholfen, alter Mann!

Ich bin an dem Jungen dran!«

Schon war der Todesgaukler aus dem Kontor verschwunden. Das Mädchen schrie immer noch wie am Spieß und rannte dann hinaus. Garock kam auf die Beine. Entschlossen sah er seine Gegner an, während er seinen Dolch zog. Der Mann vom

Holzstapel hatte sich hinzugesellt und nun umkreisten ihn beide. *Von wegen ›Alter Mann‹!* Er grinste grimmig.

Zwei Mann schaffte er. Hoffentlich war nicht irgendwo im Kontor noch jemand, der sich zu ihnen gesellte, denn der erste Schlag hatte ihm vermutlich eine oder zwei Rippen gebrochen, die Bolzenwunde blutete schon recht stark und der Schlag zwischen Schulter und Hals ließ ihn schwindeln. Zwei Mann würde er schaffen.

Schon begannen seine Gegner ihn zu umkreisen. Sie waren sich bestimmt sicher, dass er sie herankommen lassen würde und einzeln hätten sie keine Chance. Sie würden also gleichzeitig angreifen. Für eine ganze Weile belauerten sich die Männer, immer wieder Angriffe andeutend, um dem Gegner eine Blöße zu entlocken. Schließlich wählte der Berisi den Mann in Schwarz als stärkeren Gegner und bereitete sich auf einen großen Ausfallschritt vor.

Nur einen Augenblick bevor Garock angreifen wollte, drangen von draußen Geräusche an sein Ohr. Gerüstete Männer im Laufschritt, mindestens zwölf. Irgendwie hatte die Stadtwache von dem Kampf Wind bekommen und griff nun ein. Er war ein zu erfahrener Krieger, um nicht zu wissen, dass das in seinem Zustand selbst seine Kräfte und Fähigkeiten überstieg. Es berührte seinen Stolz nicht im Mindesten, seinen Freund zu rufen. Außerdem hatte er seinen Schlachtruf schon lange nicht mehr erklingen lassen, bei Hankuma.

Mit einem großen Atemzug füllte er seine mächtigen Lungen und dann war ein langer, lauter Ruf zu hören, der eine Mischung aus Gesang und Brüllen war. Auf einmal waren alle Hunde des Viertels zu hören und seine Gegner schauten ihn mit einer Mischung aus Unentschlossenheit und einer Spur Angst an. Dann machte Garock einen Ausfallschritt.

LIEDER
(Berishad im Frühling ... vor langer Zeit)

Die Sonne schien und wärmte seinen Nacken. Der Stein unter ihm war warm. Er hielt die Augen halb geschlossen und atmete gleichmäßig durch die Nase. Es roch nach Staub, Gras, Pferd und Regen. Am Horizont im Osten konnte man die dunklen Wolken des herannahenden Gewitters sehen. Sie kamen schnell näher und doch war kaum ein Lüftchen zu spüren. In einiger Entfernung graste eine Herde Wildpferde. Es waren Rumina, die stärksten und größten Wildpferde des Landes. Man konnte nur ihre Rücken und ihre Köpfe sehen, die sich ab und an im hohen, gelben Gras hoben. Er fühlte ihre Kraft und Verbundenheit.

Garock saß auf dem heiligen Felsen und genoss die Ruhe. Dann gingen seine Ohren ein Stück nach hinten. Jemand kam näher. Leichte und sorgsam gesetzte Schritte und ab und zu ein Stock, der ehrfürchtig die Erde berührte. Es war Shabkra, der alte Medizinmann. Ohne Hast erschien er in Garocks Blickfeld und trat langsam näher. Neugierig legte er den Kopf schief und betrachtete den Krieger eine lange Zeit.

Den Hünen überkam plötzlich ein Gefühl, dass etwas nicht stimmte. Er spürte in all seine Sinne hinein, doch er wusste nicht, was es war.

Shabkra trat noch einen Schritt näher und seine Miene war eine einzige Frage. ›Was machst du hier?‹

Garock erwiderte die Frage stumm. ›Warum sollte ich nicht hier sein?‹

Der Alte begann zu knurren und zu summen. Schließlich gingen die Laute in ein Lied über. Garock hatte es schon einmal gehört - bei seiner Mannwerdung. Doch der Wortlaut war dieses Mal anders.

Ziehe aus und töte die vierbeinige Schlange. Lass dich tragen von deinen Füßen und leiten vom großen Geist Hankuma. Du konntest ihn nicht durch dein Herz hören, weil es für jemanden schlägt.

Jetzt ist es verwundet.
Kehre wieder! Kehre wieder und töte die Schlange, dann komm nach
Hause. Du bist der helle Wächter.
Du bist Garock-Kaa.

Garock blickte den Medizinmann verwundert an. Er spürte erste
dicke Regentropfen auf seiner Haut. Im Sand warfen sie den feinen
Staub auf. Der Wind hob an, trieb den Staub vor sich her und flog
in Wellen über das Gras.

Shabkra sah Garock durchdringend an und hob seine rechte
Hand. Er deutete auf die Brust des Kriegers. Garock senkte seinen
Blick und sah, dass Blut vom heiligen Felsen rann. Es war sein Blut.
Mitten in seiner Brust steckte ein großer Speer und direkt am
Schaft klaffte ein handbreiter Schlitz, aus dem es gleich den Wellen
im Gras herauspulsierte. Es mischte sich mit einer sprudelnden
Quelle, die mitten aus dem Felsen schoss.

Blitze schlugen am Horizont ein und nur wenig später war der
Donner zu hören. Die Leitstute wieherte und die gesamte Herde
der Rumina verfiel in Unruhe. Der Ruf der Stute wurde
weitergegeben und die Herde galoppierte unter mächtigen
Hufschlägen davon. Garock wäre am liebsten mit ihnen gelaufen,
doch er schaute ungläubig zu dem Alten. Der schüttelte langsam
den Kopf, lächelte und zeigte nach Norden. In großer Entfernung
war eine Frau mit langem schwarzen Mantel zu sehen. Sie sah zu
ihnen herüber. Sie winkte Garock zu sich..

Jetzt konnte der Krieger den Schmerz seiner Wunde fühlen. Er
blickte flehend zum Himmel. Er spürte, wie sich die Energie der
Wolken über ihm sammelte, dann fuhr ein Blitz hernieder und
hüllte alles in gleißendes Licht - Schmerz durchfuhr Garock und er
schrie.

***

Er schmeckte Blut und der Schmerz in seiner Brust ließ ihn kaum
atmen. Seine Beine hingen ihm Wasser und wurden durch die
Wellen leicht hin und her bewegt. *Wasser in Berishad?* Er fror und sah

443

alles nur verschwommen. Irgendwo in der Nähe rauschte ein Wasserfall und alles hallte wie in einer Höhle. Der Urquell, das Bad! Er war erstochen worden und ins Wasser gefallen. *Lavielle!* Lebte sie noch? Sein Körper verweigerte seinem Befehl aufzustehen.

»Ruhig. Bleib ruhig. Bei Mawana, das kriegen wir wieder hin. Und wenn es das Letzte ist, was ich tue.« In seinem Blickfeld erschien das Gesicht eines alten Mannes mit blutverschmiertem Bart und allerlei Verletzungen, die von schweren Schlägen oder gar von Folterung stammen mussten. Sein Ausdruck war trotzig und verzweifelt. Garock wollte Worte formen, doch auch seine Kehle verweigerte den Dienst. Der Alte sprach weiter. »Mawana hilf! War ich Zeit meines Lebens auch nur ein kleiner Diener deines Willens, Mawana hilf mir.« Das Zittern in der Stimme des Alten machte Garock Angst. Er hatte keine Angst vor dem Tod. Doch diese verzweifelte Stimme schürte seine Angst, Hankumas Aufgabe nicht erledigt zu haben und Schande über sich und seinen Clan zu bringen. Das Gefühl war ungewohnt und doch so mächtig. Die Gewissheit, den Unbilden der Welt ohnmächtig ausgeliefert zu sein, nährte seine Angst zusätzlich, ja mästete sie förmlich. Er, Garock-Kaa, würde hier sterben, und seine vielen Entbehrungen, seine unerwiderte Liebe zu Lavielle, sein ertragenes Heimweh wären umsonst gewesen. Er würde seine Aufgabe, die vierbeinige Schlange zu töten, nicht erfüllen. Er müsste Hankuma mit leeren Händen gegenübertreten und dürfte nicht einmal hoffen, eine neue Aufgabe von ihr zu bekommen. Er wäre dieser neuen Aufgabe offensichtlich nicht würdig. Garock schauderte.

Der Alte begann mit unsicherer Stimme zu summen und schließlich formten seine Lippen Worte. Garock hatte das Lied schon einmal gehört, doch er wusste nicht, woher. Fieberhaft versuchte er, sich aufzurichten oder wenigstens seine Finger zu bewegen. Seine Augen rollten hin und her. Woher kannte er dieses Lied? Auf einmal spürte der Berisi-Krieger eine Wärme in seiner Brust, die ihn an den heiligen Felsen erinnerte. Sie verdrängte den Schmerz, fraß ihn auf. Dann verließen ihn seine Sinne und er sank durch ein grünes Licht in die Schwärze der nächtlichen Steppe zurück.

ZWEI SEELEN
(Brakenburg im Sommer)

Wieder einmal streifte Murajin ziellos durch die Reihen der Regale. Mittlerweile war es schwer, ein Buch zu finden, das ihn interessierte und das er noch nicht gelesen hatte. Er hatte in den vergangenen Wochen eine beachtliche Lesegeschwindigkeit entwickelt. Es waren noch hunderte Bücher übrig, doch die handelten alle von Kräutern, der Herstellung diverser Salben und Tees oder von Kuren und bestimmten Krankheiten.

Helmin half tatsächlich bei der Versorgung der Patienten im Orden und spielte ernsthaft mit dem Gedanken, Heilerin zu werden. Er war froh darum, dass sie eine bestätigende Beschäftigung hatte. Sie verstand einfach nicht, was er war und, obwohl Murajin es selbst nicht begriff, gab sie ihm doch manchmal das Gefühl, sie hätte Angst vor ihm und er wäre Schuld daran. *Was kann sie dafür? Sie ist ein einfaches Gemüt vom Lande.* Murajin dachte manchmal so über sie und erschrak jedes Mal erneut darüber. Sie mochte keine gebildete Frau sein, aber sie hatte das Herz am rechten Fleck und war mutiger als viele Männer.

Sie sahen sich beinahe jeden Tag bei Lavielle, die sie häufiger besuchten, als den Heilerinnen lieb war. Schwester Ronda, die die Behandlung eine Zeit lang persönlich übernommen hatte, hielt nicht für gut, wenn Lavielle immer wieder mit Personen konfrontiert wurde, die mit der Feuerbestattung im Norden zu tun gehabt hatten. Murajin kam Birgenheim in den Sinn.

Die Heilerin hatte noch niemanden dorthin entsandt. Entweder sie wartete noch auf etwas, oder die Entscheidung war schwerer, als er dachte, denn Heilerinnen gab es hier nach seinem Verständnis mehr als genug.

Lavielle selbst ging es kein bisschen besser. Immer noch schlief sie schlecht und schmollte oft. An schlechten Tagen schrie sie sogar und wollte, so wie sie war aus dem Orden rennen, was ihr aber jedes Mal durch die aufmerksamen Ordenswächter versagt blieb.

Schulterzuckend kam Murajin zwischen den Regalreihen hervor und wollte an dem Bruder, der die Bibliothek unter seiner Aufsicht hatte, vorbeigehen.

»Murajin?«

»Ja, Bruder Obogan?«

»Heute nichts gefunden?«

»Nein, habe alles schon gelesen, was mich interessiert.«

»Hör mal. Ich weiß, wo es noch mehr Bücher gibt. Alleine darfst du da nicht hin. Aber, wenn du mir tragen hilfst, darfst du mit. Ich muss nämlich ein paar Bücher zur Bibliothek der Magier zurückbringen. Was meinst du? Vielleicht lassen die dich dort was lesen.«

Murajin strahlte. Das Einzige, was ihm in der letzten Zeit wirkliches Vergnügen bereitet hatte, war das Sammeln von Wissen, das Lesen, denn sein Leben schien sinnlos, und in seiner Suche nach seinem Geheimnis kam er nicht recht voran.

***

»Weißt du eigentlich, warum du diesen Namen trägst?« Bruder Obogan war gerade keuchend auf dem obersten Absatz einer der vielen Treppen angelangt.

»Nein, du etwa?« Murajin war dem Bruder trotz des großen Altersunterschiedes mit Leichtigkeit vorausgeeilt und hatte oben gewartet.

»Na ja«, der Bibliothekar zog die Augenbrauen zusammen, »in der rituellen Sprache der Heilerinnen heißt das so viel wie ›zwei Seelen‹. Ich meine, nichts für ungut, aber es ist schon ungewöhnlich, wenn man als Nichtheiler einen Namen in dieser Sprache trägt. Und die Bedeutung, hm, hat mich eben interessiert.«

Murajin konnte seine Freude nicht verbergen und strahlte über das ganze Gesicht. Lavielle hatte ihn so getauft, nachdem sie in ihm nicht mehr den Ankwin von früher erkannt hatte. Beachtete man ihren Zustand, konnte es ein Zufall sein, aber daran wollte Murajin nicht glauben. *Zwei Seelen.* Kaum war seine Freude aufgekommen,

446

verflog sie auch schon wieder, denn die Übersetzung warf neue Fragen auf.

Erst als sie vor der Tür der Magierbibliothek standen, gab er Antwort. »Nein, ganz ehrlich, keine Ahnung, warum ich so heiße.«

Plötzlich spürte Murajin ein Kitzeln im Nacken und es stellten sich ihm die Haare. Es war nicht unangenehm, sondern vertraut und das machte es sonderbar. Irgendetwas sagte ihm, dass er schon hier gewesen war, und nicht nur einmal.

Ein junger Adept, der mit einigen Unterlagen beladen war, kam ihnen eilig entgegen und war noch so freundlich, die Tür mit dem Fuß aufzuhalten. Ächzend stand er da, während Murajin in Gedanken vertieft auf sich warten ließ.

Schließlich bemerkte er, dass man auf ihn wartete. »Oh, Entschuldigung.«, hastig trat er auf die Tür zu, nur um dann noch einmal zu zögern. Murajin blickte nach unten und trat feierlich über die Schwelle.

Ihn überraschte in Brakenburg mittlerweile nicht mehr viel. Die meisten großen Gebäude hatte er zumindest von außen schon einmal betrachtet. Er war inzwischen gewohnt, dass in Brakenburg alles eben immer viel größer war, wobei er bei genauerem Überlegen nie wusste, mit was er es verglich. Er wusste es einfach. Doch diese Bibliothek beeindruckte ihn erneut. Sie war schon auf den ersten Blick mindestens zehnmal so groß wie die Bibliothek des Heilerordens. Über all saßen und standen Magier und Magieradepten, hatten ihre Nasen in Bücher gesteckt, schrieben etwas aus ihnen heraus oder waren mit einem Nachbar über sie in eine tonlos gewisperte Diskussion vertieft.

»Na, ich seh' schon. Das ist genau der richtige Platz für dich, was?«, flüsterte Obogan und grinste breit. »Komm, ich zeig dir, wo wir die Bücher zurückgeben können.«

Murajin folgte dem Bruder und sah sich weiter um. Er musste eingestehen, dass er sich vom ersten Eindruck der großen Bibliothek hatte täuschen lassen. Wenn man genauer hinsah, trat die einstige Pracht hinter rissigem Putz, Rattendreck und abgewetzten Polstern zurück. Wehmut überkam ihn, erklären konnte er sie jedoch nicht.

»Gilby. Vielleicht könntet Ihr mir einen Gefallen tun.« Obogan hatte einen leisen kameradschaftlichen Ton angeschlagen, legte die Bücher auf den großen Stehtisch und wies Murajin mit dem Kopf, dasselbe zu tun.

»So?« Ein dicker junger Magiermeister, der hier offensichtlich der verantwortliche Bibliothekar war, hob die Augenbrauen.

»Seht, ich habe hier den Herrn Murajin, der Ehrengast im Heilerorden ist. Der Orden steht in seiner Schuld und da er unheimlich gerne liest, dachte ich mir, dass er vielleicht ...«

Gilby wartete mit zusammengekniffenen Augen auf die Beendigung des Satzes. Sie blieb allerdings aus. Schließlich ließ er sich herab, den Satz selbst zu vollenden.

»Ihr meint, ob Herr Murajin«, der Dicke warf dem Wiedergänger einen abschätzigen Blick zu, »hier Bücher lesen darf?«

»Genau.« Obogan lächelte freundlich.

»Tut mir leid. Diese Bibliothek ist ausschließlich für Angehörige dieser Schule.« Sein Tonfall war ebenso entschieden wie gedämpft.

»Ja, aber, ich hole doch auch regelmäßig Bücher für den Orden. Kann man da nicht eine ...?« Der Heilerbruder wurde in seiner Leidenschaft etwas lauter.

»... Ausnahme machen? Nein. Das Verleihen der Bücher an den Orden unterliegt ebenfalls strengen Regularien und beinhaltet nur bestimmte Werke. Außerdem ist Herr Murajin, wenn ich Euch richtig verstanden habe, gar kein Mitglied des Ordens. Des Weiteren muss ich Euch bitten, leiser zu sein. Ich weiß nicht, wie es in der Heilerbibliothek zu geht, aber hier herrscht Ruhe und Ordnung.«

»Lass gut sein. Du hast ja noch ein paar Bücher, die ich nicht kenne.« Zu dem Magier gewandt sprach er weiter. »Habt trotzdem Dank, Meister Tendor. Und Danke für deine Mühe, Obogan.« Murajin empfand wirklichen Dank für Obogans Einsatz, aber er wollte nicht, dass über ihn und seine Herkunft irgendwelche näheren Untersuchungen durchgeführt wurden, was durchaus möglich war, wenn man hier alles so genau nahm. Erst jetzt fiel ihm auf, dass der Heiler ihn überrascht anschaute. Dann wurde ihm klar, dass er den Magier mit dem richtigen Nachnamen angesprochen hatte. Obogan hatte ihn nicht erwähnt. Woher bei den Göttern wusste er ihn?

»Was ist denn hier los?« Ein große, hagerer Mann mit einem langen Ziegenbart stand plötzlich neben Meister Tendor.

»Ah, Meister Baddo. Verzeiht die Störung. Ist nur eine Kleinigkeit, die ich schon aus der Welt geschafft habe.« Das unsichere Lächeln des Magiers verriet, dass Baddo über ihm stand und er offensichtlich Gutwetter machen wollte.

Die tief in den Höhlen sitzenden Augen des Mannes wanderten zwischen den Männern hin und her. Für einen Moment blieben sie an Murajin hängen. »Um was geht es?«

»Bruder Obogan wollte lediglich wissen, ob dieser Herr Murajin hier, der weder Angehöriger dieser Schule noch des Heilerordens ist, hier vielleicht ein Buch lesen dürfte. Ich habe natürlich verneint, da es gegen die Regeln verst...«

»Lest Ihr gerne? Sucht Ihr Arbeit? Ich hätte welche.« Baddo hatte den Bibliothekar nicht ausreden lassen und sich direkt an Murajin gewandt.

»Äh, hat sie mit Büchern zu tun?« Der Wiedergänger war sich nicht sicher, was er sonst hätte antworten sollen.

»Oh ja, ausschließlich sogar.« Der große Magier mit den glatten grauen Haaren begann zu lächeln, worauf lange große Zähne zum Vorschein kamen, die ihm etwas Dämonisches verliehen. Seine blasse Haut unterstrich diesen Eindruck.

Obogan und Tendor sahen sprachlos zwischen den beiden Männern hin und her. Murajin war sich über Meister Baddo nicht ganz im Klaren, doch er entschloss, seinem Instinkt zu folgen. »Also dann.« Er grinste fröhlich und sah Obogan an. »Wenn Helmin nach mir fragt, sag ich bin heute Abend wieder zurück und erzähl ihr dann alles.«

»Aber, Meister Baddo, Ihr könnt doch nicht ... das ist ...«

»Nicht gegen die Regeln, Meister Tendor. Ich bin der Archivar und ich kann entscheiden, wer mir hilft. Und da Ihr, wie Ihr immer betont, so sehr durch Eure Pflichten hier gebunden seid, muss ich mir ja irgendwie helfen, oder?« Baddo hatte sich zu dem dicken Magier herunter gebeugt und sah ihn an, als wäre ein kleiner, trotziger Junge.

Obogan grinste breit. »Gehabt Euch wohl, Gilby. Meister Baddo. Bis dann, Murajin.«

Meister Baddo drehte sich um und hielt auf eine kleine Tür zwischen zwei Regalen zu. Murajin folgte ihm und zurückblieb ein übergewichtiger Bibliothekar mit roten Kopf, der sich unsicher nach allen Seiten umsah.

Es hatte etwas Komisches, als sich der große Magier in die kleine Tür duckte. Murajin war froh, dass sich etwas tat, und neugierig auf den Mann.

Er durchschritt die Tür und sofort wurde sie hinter ihm geschlossen. Außer einem rötlichen Glimmen, dessen Ursprung er nicht eindeutig festlegen konnte, sah Murahin kaum etwas. Es roch nach Schimmel, Staub und Feuer. Dann hörte er, wie der Magiermeister sonderbare Worte formte, die ihm einerseits vertraut erschienen, aber dennoch keinerlei Sinn ergaben. Plötzlich fuhr eine blauleuchtende Hand wie aus dem Nichts auf ihn zu, ergriff ihn am Hals und drückte ihn gegen die Wand.

Dann erschien das Gesicht Baddos direkt vor dem seinen. Das blaue Leuchten der Hand und das rötliche Glimmen des Zimmers unterstrichen den dämonischen Charakter seiner Züge.

»Wer bist du? Woher kennst du Helmin?«

ALTE REGELN
(Brakenburg im Frühling ... vor langer Zeit)

Miron hatte ihm davon abgeraten, doch Ankwin war sich sicher, dass er es schaffen konnte. Es musste gelingen. Getrieben von der Angst um Lavielle beschleunigte er seine raumgreifenden Schritte. Der Weg zu dem Häuschen kam ihm entsetzlich lange vor. Der junge Krieger atmete schwer und dachte fieberhaft über seine Möglichkeiten nach.

Würde er dem Schäfer nachgeben, konnte das den Ruin des Hauses Brakenstein bedeuten, das sich schließlich unter seiner Obhut befand. Bot er ihm die Stirn, so bestand die Gefahr, dass alles ans Licht kam. Was würde den ans Licht kommen? Dass er von seinem Onkel hinters Licht geführt worden war und dass er jetzt böses Blut in sich trug. Ankwin wurde langsamer. Vielleicht konnte man ihm ja helfen. Viellei ... *Nein, die Schande wäre zu groß. Bungads Name würde in den Dreck gezogen. Ich würde die Ehre der gesamten Familie beschmutzen.*

Das Flüstern hatte wieder eingesetzt und pumpte in seinen Schläfen. Er glaubte für einen Moment, sein Schädel müsse platzen, und er ging in die Knie. Die Sicht verschwamm ihm. Das Rauschen seines Blutes mischte sich mit dem hektischen bösen Flüstern in seinen Ohren. Er verstand es nicht und wusste doch, dass es ihm abriet. Plötzlich wurde er das Kreischen von Raben gewahr. Es hämmerte sich mit pickenden Schnäbeln in seinen Kopf. Der Schwindel drohte ihn zu übermannen. Mit aller Kraft streckte der Krieger seine Arme in die Höhe und ballte seine Hände zu Fäusten. Sein Gesichtsausdruck verzerrte sich mehr und mehr zu einer Mischung aus Verzweiflung und äußerster Kraftanstrengung. »Nein!«

Ankwin erhob sich. Alles war still, bis auf ein paar verlorene Krähenschreie von den Dächern herab. Das Pochen in seinen Ohren wurde schwächer. *Genug!* Er musste Lavielle zu Hilfe kommen und der König war auch in Gefahr. So oder so, sie mussten ihm helfen. Alles andere konnte warten. Die hastigen Schritte des Kriegers hallten wieder durch die nächtlichen Gassen der Königsstadt.

***

Wieder klopfte er an die unscheinbare Tür. Dieses Mal wurde der Schieber schneller geöffnet. Die Posten waren nach seinem letzten Besuch wohl wieder aufmerksamer.

»Parole?«

»Die Gans, die goldne Eier legt.« Der grimmige Unterton Ankwins war nicht zu überhören.

»Das ist nicht die Parole. Verschwinde!« Der Posten wollte den Schieber gerade wieder schließen, als der Krieger in mit der Hand stoppte.

»Du machst mir jetzt besser ganz schnell auf, oder ich stecke deinem Hirten, dass du ihn um ein fettes Geschäft gebracht hast.«

»Da könnte ja jeder ... aah.«

Ankwin hatte weder die Zeit noch die Lust, sich mit einem dämlichen Türposten abzumühen. Er hatte blitzschnell in den Schieber gegriffen und zog jetzt an der Nase des Postens. Der donnerte unsanft an die Türe und machte eine unglückliche Figur.

»Du öffnest jetzt sofort die Tür. Ich bin allein, unbewaffnet, verdammt ungeduldig und ihr seid mindestens zu dritt. Was könntest du also verlieren, du dämlicher Hund? Oder siehst du hier noch wen auf der Gasse?« Ohne die Nase des Postens loszulassen, trat er etwas zur Seite. Das Gesicht des Postens füllte den gesamten Schieber aus und seine Wangen pressten sich an den Rahmen. Er rollte die Augen und näselte: »Ich sehe niemand, lass mich los.«

Ankwin entließ die fettige Nase in die Freiheit und hörte sogleich das Rumpeln mehrerer Riegel. Er hob beide Arme, aber kaum war die Tür offen, wurde er grob hineingezogen und war von vier Männern umringt. Zwei drückten ihm die Dolche in die Seite.

»Endlich geht es vorwärts.« Ankwins Kommentar blieb unbeantwortet, stattdessen wurde er wieder in den Schankraum geführt. Dort saß der Schäfer umringt von seinen Hirtenhunden.

»Du scheinst zu glauben, ganz Brakenburg dreht sich nur um dich, Herr Ankwin.« Der Schäfer wirkte weitaus unfreundlicher, als bei seinem ersten Besuch. »Wir haben nicht die Zeit, uns ständig um die Gänse, die wir ausnehmen, zu kümmern.«

»Kürzen wir das ab. Du bist der Mann am längeren Hebel. Kapiert, doch hör mich an.«

Der Schäfer schien sich uneins, ob er nun um seine Worte gebracht, beleidigt oder neugierig auf die von Ankwin sein sollte.

»Wenn ihr weiterhin in Brakenburg Gänse ausnehmen wollt, dann müsst ihr mir helfen, und zwar mit so vielen Männern, wie ihr kriegen könnt.« Ankwin richtete seine Worte absichtlich gleich an alle Anwesenden.

Der Diebeskönig begann zu lachen, doch gerade als die anderen miteinstimmen wollten, sprach Ankwin weiter, erst laut, dann immer leiser. »Zehn Goldstücke für jeden, der heute noch mit mir geht.« Er wusste, er musste handeln.

Der Schäfer fragte in die entstandene Stille hinein: »Was sollen wir dafür tun?« Dann zog er sich einen Humpen heran und trank daraus, während er Ankwin weiterhin musterte.

»Im Heilerorden gehen Verräter um. Sie wollen den König stürzen.«

Wieder lachte der Schäfer. »Gut, soll er verrecken, der gute Winnegast! Meinen Schwager hat er auch verrecken lassen und einige andere mehr.« Viele pflichteten ihm bei.

Ankwin wartete geduldig, bis es wieder ruhiger wurde, doch innerlich kochte er vor Ungeduld. Irgendwie musste er sie beeindrucken, sie da packen, wo es weh tat. Dann kam ihm eine Idee. »Ja, das mag sein. Doch der Haken bei der Sache ist, dass diese Verräter einem Kult anhängen, der für Diebe genauso wenig übrig hat, wie für Könige. Sie verlangen absolute Unterwerfung, von jedermann. Schon mal was vom Schinderkult gehört?« Der Krieger hatte ihnen etwas zum Kauen geben. Er dichtete einfach ein bisschen hinzu, sonst würden sie nicht auf sein Angebot eingehen. Irgendwann einmal, viel später, würde ihm klar werden, dass mehr an seinen Lügen dran gewesen war, als er wahrhaben wollte.

Die Augen des Schäfers weiteten sich nur für einen winzigen Moment, doch die Reaktion der Hirtenhunde war eindeutig.

»Das dachte ich mir. Wäre ja auch eine Schande, wenn der Schäfer davon nichts wüsste.« Er machte eine Pause, um die Worte wirken zu lassen. »Warum also nicht dem König helfen, dabei verdienen und dann weiter Gänse ausnehmen?«

»Wie soll das ablaufen, und warum gerade wir? Hat der König keine Garde mehr?«

Ankwin spürte, dass er den Schäfer jetzt am Haken hatte. Er zappelte noch, doch er hatte ihn am Haken. Vorsicht war geboten. »Nun, die Sache ist heikel. Offiziell weiß noch niemand, dass die Heiler Verräter sind und der König ist bereits auf dem Weg zu ihnen. Es ist eine Falle. Er folgt einer Einladung nach ...«

»Rhodenquell, ich weiß. Er soll morgen dort eintreffen.« Der Diebeskönig nahm einen weiteren Schluck.

»Die Stadtwache ist vielleicht auch auf der falschen Seite.«

»Wir sollen also das größte Heiligtum der Heiler angreifen, um den König, der uns bluten lässt, zu schützen, damit die Schinder nicht Brakenburg übernehmen?«

»Genau.«

»Warum sollten wir dir glauben? Woher hast du die Information?«

»Ich weiß weit Besseres zu tun, als mit dir zu sprechen, um diese Zeit schon zweimal.«

Der Schäfer schaute etwas irritiert.

»Außerdem, was hätte ich davon, mit euch nach Rhodenquell zu ziehen, ein paar Halsabschneidern eine Menge Gold zu versprechen und mich vor allem hier der Gefahr deiner Launen auszusetzen?«

»Das genügt mir noch nicht. Du hättest allen Grund, mich loszuwerden, und das weißt du.«

Ankwin sah sich gezwungen, jetzt aufs Ganze zu gehen. »Ich habe die Informationen direkt vom Erzherzog, Rahag III.«

»Der ist tot, das pfeifen die Spatzen schon seit gestern von den Dächern.« Der Dieb wollte schon wieder anfangen, zu lachen.

»Er lebt und als Beweis habe ich hier einen Aufruf von ihm persönlich gesiegelt. Er ist nur in Verbindung mit mir gültig. Hier lies, wenn du kannst.« Ankwin konnte sich den Spott über diesen Mann nicht verkneifen, zu sehr hatte er ihn schon gedemütigt.

Schweigend zog sich sein Gegenüber das Schreiben heran, dass der Krieger auf den Tisch gelegt hatte. Die Augen der Anwesenden waren alle mit Ehrfurcht darauf gerichtet. Ob sie nun vor dem Verfasser oder dem Wert des Schreibens Achtung hatten, vermochte Ankwin nicht auszumachen.

»Klingt verlockend«, Calbin sah Ankwin direkt in die Augen, »aber ich muss leider ablehnen.« Er grinste.

Ankwin konnte die Verwunderung für einen Moment nicht unterdrücken, doch dann zwang er sich, nachzudenken. Die Diebesgilde ließ sich ein kleines Vermögen entgehen, nur aus Hass auf den König. Dies hier waren ehrlose Gesellen, man konnte sie kaufen. Ankwin ärgerte sich insgeheim. Er hätte mit einem niedrigeren Preis anfangen sollen. Jetzt wollte Calbin natürlich feilschen, denn er wusste, er saß am längeren Hebel. Für einen kurzen Augenblick wollte der Bärenfelsener schon den Preis erhöhen, doch dann kam ihm ein Gedanke. Wenn ihm schon jemand bei der Kiste zuvorgekommen war, warum nicht auch bei diesem Handel. Er musste es darauf ankommen lassen. Langsam hob er seinen Kopf und sah den Königsdieb herausfordernd an. »Elf Goldstücke pro Kopf.«

Calbin sah ihn an, als ob er einen schlechten Witz gemacht hätte, doch Ankwin sprach weiter. »Oder soll ich dem Erzherzog vielleicht erzählen, dass die gesamte Diebesgilde vom Gegner gekauft wurde. Während der König vor der Stadt um sein Leben kämpft, sollt ihr noch mehr Verwirrung in Brakenburg stiften und ganz nebenbei den größten Raubzug eurer Geschichte machen.« Calbin sah für einen Moment zu Boden. Der Krieger beugte seinen Kopf nach vorn und fing Calbins Blick wieder ein. »Aber eines sage ich dir. So oder so, würde das dein letzter Raubzug werden. Entweder jagen dich die Sektenanhänger oder der Erzherzog.« Ankwin lächelte gespielt und sprach ganz ruhig weiter. »Also der Erzherzog mag grausam sein, aber er hält sich wenigstens an das Gesetz.«

Jetzt war es ganz still. Der Krieger richtete sich wieder auf und sah einzelnen der Anwesenden ins Gesicht. »Habt ihr hier nicht euer Einkommen gehabt? Wollt ihr die Stadt, die euch nährt, zugrunde richten? Für ein bisschen Beute mehr? Ihr wollt einen Teufel mit einem Dämon austreiben.« Wieder machte er eine Pause. Er konnte die betretene Stimmung fast schmecken.

»Ein Drittel dem König.

Gehorche dem Hund.

Sei nicht zu GIERIG

und halte den Mund.«

Er hatte sich die Worte Mirons merken können und hoffte jetzt nur, dass diese alten Regeln noch gültig waren.

DER BRUCH
(Katym im Frühling)

Entspannt starrte Bermeer in die Nacht. Er hockte auf einem der Kontordächer und hatte einen guten Blick auf das Viertel. Den Riesen sah er nirgends und hörte ihn auch nicht, aber er wusste, Garock war da unten und streifte durch die Gassen. Er konnte die Bewegungen des Berisi an den einzelnen Lampen erkennen, die dieser im Vorbeigehen löschte. Er war vielleicht hundert oder hundertfünfzig Fuß entfernt.

Ein Bellen. Es war die Dogge. Schon setzten die anderen Hunde ein. Sogleich konnte er eine Bewegung ausmachen. Eine Gruppe von vielleicht fünf Personen bewegte sich zielstrebig auf eines der Kontore zu. Darunter waren zwei kleinere Gestalten. Der Junge war offenbar nicht dumm oder hatte großes Glück gehabt, denn irgendwie musste er ein paar Männer davon überzeugt haben, ihm zu helfen. Vielleicht wurden die Kinder auch nur von Männern des Käufers abgeholt. Sonderbar war nur, dass sie die Kinder am Leben ließen, entweder Moakin hatte das Ei versteckt oder es gab einen anderen Grund, der sich Bermeer noch nicht erschloss. *Hoffentlich hat er dabei das Ei, dann ist die Sucherei vorbei.*

Zielsicher begann sich der Todesgaukler über die Dächer auf das Kontor zu zubewegen. Dann registrierte er erneut eine Bewegung und hielt an. Unter in der Gasse konnte er einen großen Schatten erkennen. Das war mit Sicherheit Garock.

»Hört, ihr Leut', des Glasens Sand
vier Mal fiel und nirgends Brand!«

Es war eine Brandwache. Garocks Schatten bewegte sich davon weg. Bermeer wartete noch eine Weile, bis der Gardist außer Sicht war, dann machte er sich wieder auf den Weg. Bei einem Sprung über eine der tückischen aber schmalen Abgründe kreuzte er erneut Garocks Weg. *Wer wohl wird zuerst entdeckt und wer bleibt wohl noch versteckt? Ich tipp auf den Hünen halt. Schleichen kann der nur im Walde*

Bermeer grinste breit in die Nacht, wusste er doch, dass sein Freund für einen Mann seiner Größe beachtlich gut schleichen konnte. Aber ihm war auch klar, dass sie beide nicht mehr die Jüngsten waren und dass die vielen Jahre auf der Jagd bei Wind und Wetter Spuren hinterlassen hatten. Schnell schob er den Gedanken bei Seite, störte er doch nur sein augenblickliches Vorhaben. Vorsichtig ging er auf dem Dachfirst voran bis an dessen Ende, ließ sich der Länge nach hinfallen und fing den Sturz kurz vor dem Aufschlag mit den Händen ab.

Sein Kopf ragte über das Dach und er konnte in die Tiefe sehen. Direkt unter ihm befand sich wie vermutet, der Balken eines Flaschenzuges und direkt darunter eine Tür. Im Gegensatz zum letzten Mal, als er so in eine Scheune eingedrungen war, stand die Tür offen. Wohl ein nachlässiger Lagerarbeiter, oder ein Wachposten hatte die Tür geöffnet, um auf die Straße sehen zu können. Bermeer ergriff das Kopfband der Firstpfette und schwang sich seitlich über den Rand des Daches.

Er löste den Griff im richtigen Moment und kam mit den Füßen direkt im Schwenkbereich der Tür auf. Dort dürfte außer einem Wachposten nichts stehen. Bereit, sofort loszuschlagen, richtete er sich halb auf. Niemand da. Zügig tastete er sich mit den Füßen voran in den nächsten Schatten und wartete einen Moment, bis sich seine Augen wieder an das Dunkel des Lagerhauses gewöhnt hatten.

Vor ihm war eine Öffnung im Boden. Unten war es offenbar etwas heller als hier bei ihm. Wahrscheinlich eine Lampe. Bermeer spähte nach unten. Nichts. Wieder legte er sich hin und ließ den Kopf in die Öffnung hängen. Unter ihm standen nicht weit entfernt zwei Männer an einem Geländer. Ihre Aufmerksamkeit richtete sich allerdings in die unteren Stockwerke. Leise richtete er sich auf und zog seinen Dolch sowie die Seilschlaufe. Dann ging er seitlich geduckt langsam die Treppe hinunter, immer den Blick auf die beiden Männer gerichtet. Unten im Kontor konnte man Wortfetzen einer Unterhaltung hören. Bermeer war sich nicht sicher, aber die Stimme des einen konnte Moakin sein.

Er war die Stiege halb hinunter, als der eine Posten seinen Kopf zu ihm drehte. Sofort sprang der Blutbote mit der Schlinge voran auf den Mann zu, warf sie ihm um den Hals und landete seitlich von ihm. Da er sofort in die Hocke ging, musste der Körper des Mannes seiner Bewegung folgen und er lag im Hohlkreuz auf Bermeers Schultern, während er nach Luft rang. Schon fuhr der Dolch des Assassinen mit tötlicher Präzision in die Nieren des zweiten Mannes. Dieser brach stumm zusammen, vor Schmerz unfähig zu schreien. Der Gaukler wippte für einen Moment nach oben, nur um dann mit noch größerer Wucht nach unten zu gehen. Ein Knacken bestätigte ihm den Genickbruch seines Gegners.

Schon stand Bermeer wieder geduckt am Geländer und schaute sich um. Er hatte einen Stock tiefer drei weitere Gegner entdeckt und wollte sich gerade seine nächsten Schritte zurechtlegen, da war von unten ein Alarmruf zu hören. *Hi, hi. Garock, bist die blinde Kuh. War länger unentdeckt als du.‹*

Er musste schnell ausnutzen, dass die Aufmerksamkeit der Wachen jetzt noch stärker nach unten gerichtet war. Behände kletterte er die nächste Stiege hinunter und begann entlang des Geländers auf den ersten der Männer zu zu rennen. Dieser nahm ihn im Halbdunkel zu spät wahr, riss noch seine Armbrust herum und sackte mit durchtrennter Kniekehle und Halsschlagader in sich zusammen. Der Zweite war jetzt auf den Blutboten aufmerksam geworden und drehte sich mit gezogenem Langdolch zu ihm. Bermeer parierte den ersten Schlag, indem er die Waffenhand des Gegners mit der Linken aus dem Weg stieß, dann, drehte er sich weiter um den Mann und versenkte seinen Dolch in dessen Nacken.

Der dritte Posten legte auf jemanden einen Stock tiefer an. Gleichzeitig sah Bermeer Garock unten quer durch das Kontor auf einen Posten zu stürmen, während ihn ein Schwertträger von hinten angriff. *Der prescht voran, als gäb's kein Morgen. Mit dem Kopf durch die Wände und ohne Sorgen.‹*

Kurzerhand warf er seinen Dolch auf den Verfolger und rannte dann erst zum Armbrustschützen. Im Nachhinein hätte er anders handeln müssen, doch im Gefecht galt ›*Besser falsch handeln, als gar nicht.*‹ So verließ der Bolzen die Waffe und traf Garock an der

Schulter. Der Waffenträger allerdings verlor nur wenige Augenblicke später sein Leben.

Bermeer schaute nach unten, um sich einen Überblick zu verschaffen. Garock rannte nicht ohne Grund so blindlings voran. Der Junge oder das Ei waren mit Sicherheit am anderen Ende des Kontors und bestimmt kurz davor, zu verschwinden. Zügig schwang er sich über das Geländer, rollte sich ab und kam bei dem Schwertträger zum Stehen. Dieser lag am Boden versuchte, sich den Dolch aus der Schulter zu ziehen.

»Hast Glück gehabt, ich bin schon alt.

Trotzdem mach ich dich jetzt kalt.«

Der Blutbote ließ seinen Dolch stecken und trat dem Mann statt dessen schon im Laufen die Nase ein. Vor ihm konnte er noch sehen, wie Moakin einem dunkel gekleideten Mann eine Tasche entriss und aus dem Kontor rannte. Durch das plötzliche Ungleichgewicht der Kräfte fiel dieser hin. Das Mädchen schrie unentwegt.

Garock kniete am Boden und erhielt von einem großen Glatzkopf einen mächtigen Schlag mit einer Keule. Im nächsten Augenblick trat er allerdings nach hinten aus und Bermeer wusste, dass der tätowierte Mann ohne Haare nicht mehr lange zu leben hatte. Schon lag er mit dem Kopf in Garocks Beinschere, was wahrlich kein Vergnügen war. Bermeer selbst hatte sie einmal bei einem Übungskampf erlebt. Er beschleunigte noch. Der dunkle Mann rappelte sich wieder auf und zog nun sein Schwert. Noch ehe Bermeer bei ihnen war, hatte Garock seinem Gegner den Hals eingedrückt und war liegend einem Schlag des anderen ausgewichen.

Der Assassine schlang dem Dunklen seine Seilschlaufe um die Waffenhand und riss im Vorbeirennen daran, worauf das Schwert scheppernd zu Boden fiel.

»Genug geholfen, alter Mann.

Ich bin an dem Jungen dran.«

Ein bis zwei Gegner waren bestimmt noch in dem Kontor, aber entweder sie befanden sich schon auf der Flucht oder Garock würde mit ihnen fertig werden. Bermeers volle Aufmerksamkeit galt jetzt dem Ei und dem Jungen. Er rannte auf die Gasse und blieb kurz stehen. Zu Lauschen war durch das Geschrei des Mädchens unmöglich, doch er erfasste noch eine Bewegung an einer Ecke. Seinem Jagdinstinkt folgend entschied er sich für diese Richtung.

An der nächsten Abzweigung musste er wieder halten und hielt entgegen dem Reflex, Luft einzusaugen, den Atem an. Das Mädchen hatte jetzt aufgehört zu schreien und das Lauschen fiel leichter. *Schritte!* Sofort begann der Assassine wieder zu laufen. Der Junge bewegte sich in Richtung Süden auf die Promenade am Kliff zu. Bei Tageslicht hätte Bermeer durch eines der Häuser abgekürzt, aber bei Nacht, waren die meisten Türen abgesperrt und man sah zu wenig, so musste er sich an den Weg Moakins halten.

Schließlich gaben die eng beieinanderstehenden Häuser den Blick auf die Promenade und die Brüstung frei. Genau an der Stelle hatten sie heute die Kräne bestaunt. Hier gab es viele Laternen, was wohl dem Umstand geschuldet war, dass des Nachts so mancher im Rausch in die Tiefe gestürzt war.

Der Todesgaukler bog nach links ab und da sah er Moakin einen Steinwurf entfernt vor sich. Hätte Bermeer seinen Dolch bei sich gehabt, der Junge wäre jetzt gefallen. Der rannte und presste gleichzeitig die Tasche an seine Brust während er einen gehetzten Blick über die Schulter warf. Er übersprang eine hüfthohe Kette, dann wollte er beschleunigen und geriet dabei ins Stolpern. Ein sattes Knirschen, dass Ei war auf das Pflaster gefallen und zerbrochen. Blutig rot glänzte es im Schein der Laternen. Bermeer überlegte für einen Moment, ob er den Jungen weiter verfolgen sollte, dann erkannte er die Stelle. Moakin rannte genau auf den Bruch zu. *Verdammt! Der wird doch nicht ...!*

Moakin versuchte noch, zu bremsen, und wedelte mit dem linken Arm in der Luft, dann verschwand er, als hätte ihn die Promenade verschluckt. Ein Schrei bestätigte Bermeers Befürchtungen. Moakin war in den Bruch gestürzt.

Der Assassine rannte an die Kante und blieb nur dank seiner Körperbeherrschung rechtzeitig stehen. Vor seinen Füßen

461

bröckelten Steine in den donnernden Abgrund, von Moakin war nichts zu sehen. *Verdammter Narr!*

Bermeer hatte zu oft Menschen getötet oder so sterben sehen, als das er wegen des Jungen geweint hätte, aber das Gefühl der Endgültigkeit überkam ihn doch jedes Mal. Er drehte sich um und lief zu dem Ei. Es war vollkommen zerschlagen und sein Inhalt sickerte bereits zwischen den Pflastersteinen ins Erdreich. Kein Ei mehr da. Der Gaukler fühlte sich mit einem Mal beobachtet und blickte auf. Ein gutes Stück die Promenade hinunter sah man hoch oben auf einem der oberen Holzkräne eine Person sitzen. Er kniff die Augen zusammen und erkannte ihn wieder. Pitto, der Sohn Fereds, saß wie eh und je totenbleich mit der großen klaffenden Wunde am Kopf auf einem Balken und winkte Bermeer langsam zu. Das Blut des Assassinen gefror für einen Moment. Er hatte sich nie an diesen Anblick gewöhnen können, auch wenn ihn der Geist des Shervendi-Jungen schon sehr lange begleitete. Er tauchte oft auf, wenn Bermeer in kritischen Situationen war. Manchmal gab er Hinweise und manches Mal verstand Bermeer ihn einfach nicht. Ein Blinzeln später und der Junge war fort, genauso wie Moakin.

»Ist er tot?« Bermeer sah in das tränenbedeckte Gesicht des Mädchens, die die Antwort auf ihre Frage wohl schon an seinem Gesichtsausdruck abgelesen hatte. Sie begann am ganzen Leib zu zucken und schluchzte.

Der Todesgaukler war zu vielem fähig, was die Vorstellungskraft normaler Menschen übertraf, doch in diesem Moment fand er keine Worte. Er sah sie nur finster an, wie sie herzzerreißend schluchzte und langsam auf die Knie sank.

»Hankuuuummmmaaaa!«

Die Nackenhaare des Todesgauklers stellten sich erneut. Diesen sonderbar gesungen und sehr eindrücklichen Ruf, den Kampfschrei Garocks, hatte er wahrlich schon lange nicht mehr gehört. Wenn Berisi-Krieger diesen Schrei ausstießen, befanden sie sich in einer Schlacht und weihten sich dem Tod. Sein Freund brauchte dringend Hilfe.

Bermeer rannte sofort, so schnell er konnte, los und ließ das Mädchen zurück. Hier konnte er nicht mehr helfen. Schon versuchte er, sich zu überlegen, was bei seinem Freund passiert war oder wie sie im Falle einer Flucht am besten davon kamen. Wie viele Gegner mochten es sein? Wo war die nächste Möglichkeit, Wunden zu versorgen? Wo lag der nächste Ausgang aus der Stadt? Nur auf die letzte Frage fand er eine befriedigende Antwort. Als er keuchend um die letzte Ecke bog und in das Kontor sehen konnte, bot sich ihm ein Bild, dass er so schon lange nicht mehr gesehen hatte.

NACHTISCH
(Brakenburg im Sommer)

Völlig überrascht und verwirrt spürte Murajin die Lähmung seiner Glieder. Lediglich seinen Kopf konnte er bewegen. »Was ist los? Ich habe dir doch nichts getan. Las mich los.«

»Erst sagst du mir, wer oder was du bist, denn Ankwin ist tot.« Das Mienenspiel des Magiers ließ keinen Zweifel daran, dass er zu allem entschlossen war. Drohend hob er die zweite Hand.

»Helmin hat mich aufgenommen, als ich ... als ich aufgewacht bin. La...Lavielle hat mich dann Murajin genannt und so ist es geblieben. Ich ...«

Der Blick Baddos verengte sich, als ob er einen Sinn in den Worten Murajins erkannte. »Lavielle? Erwacht?«

»Ich weiß nur, dass ich irgendwo in einem Wald an einem Grab erwacht bin, oben in Birgenheim. Ich weiß viele Dinge, aber beim besten Willen nicht, wer oder was ich bin.« Die Ehrlichkeit Murajins, die in jedem seiner Worte mitschwang, schien den hageren Magier zu überzeugen. Er ließ von ihm ab und die Lähmung verschwand.

»In dir steckt auf jeden Fall mehr, als es auf den ersten Blick den Anschein hat.« Baddo drehte sich von ihm weg und folgte dem Glimmen hinter ein Regal.

Murajins Augen hatte sich inzwischen einigermaßen an die spärlichen Lichtverhältnisse gewöhnt. Sie waren in einem Raum voller Regale, die weit über ihre eigentliche Kapazität hinaus mit Pergamenten gefüllt waren. Überall lagen auch Pergamente auf dem Boden oder stapelten sich in Ecken. Unsicher folgte er dem sonderbaren Magier. Als er um das letzte Regal bog, befiel ihn erneut ein sonderbares Gefühl der Vertrautheit.

Baddo saß in einem Sessel und vor ihm auf dem Tisch machte ein brennender Riesensalamander, den er mit glühenden Kohlen fütterte, Männchen.

Murajin verspürte keinerlei Angst oder Verwunderung, nur Neugier. »Ist das nicht gefährlich, ein brennender Salamander zwischen all den Pergamenten mitten in einer Bibliothek?«

Baddo sah ihn von unten her an und grinste ein breites hässlich hämisches Grinsen. »Ja, das meint der gute Tendor auch. Setz' dich. Ich denke, wir haben einiges zu bereden.«

***

Der Wiedergänger hatte jedes Zeitgefühl verloren, aber sie hatten sich bestimmt mehrere Stunden unterhalten. Nach allem, was sie ausgetauscht und gemeinsam zusammengetragen hatten, war er definitiv früher Ankwin vom Bärenfels gewesen. Theodus, ein alter Freund Baddos und offensichtlich auch seiner, war im letzten Herbst auf einen Brief hin nach Birgenheim aufgebrochen, um ihn zu beerdigen. Er war schwer süchtig nach Muscheln gewesen, deren Verwesungsduft die Sinne berauscht. Am Ende seiner Kräfte war er offenbar die grüne Patenschaft mit dem Myriton eingegangen, um Ankwin die letzte Ehre erweisen zu können.

Murajin begriff noch nicht recht, was es mit dieser Patenschaft auf sich hatte, und wie das letztendlich mit ihm in Verbindung stand. Auch Baddo wusste noch keine Lösung. Irgendwann während ihrer Unterhaltung hatte er etwas von Dracheneiern gemurmelt, doch schlau wurde Murajin daraus nicht.

»Als Theodus damals fortging, habe ich mich noch weiter mit dem Thema beschäftigt. Ich war damals noch der Archivar der magischen Artefakte im Keller unten. Doch dort unten trug meine Suche nur wenig Früchte. Ich war dort am falschen Platz. Also habe ich den Posten des Hauptarchivars der Gilde übernommen. So habe ich uneingeschränkten Zugriff auf sämtliche Pergamente der Magiergilde einschließlich der Bibliothek.« Baddo breitete seine langen Arme aus und verwies stolz auf das sporige Pergamentenreich um ihn herum.

»Ich bin auf ein paar interessante Dinge gestoßen, allerdings konnte ich noch nicht alles lesen.« Sorgenvoll sah er auf ein Regal, dass noch unordentlicher war als alle anderen. »Hier habe ich alles

465

zusammengetragen, was auch nur im Entferntesten mit Drachen zu tun hat. Ich muss es nur noch lesen.« Er erhob sich umständlich und ging zu einem unscheinbaren kleinen Fenster. Als er den dunklen Vorhang etwas zur Seite schob, zuckte er zusammen. »Verdammt. Schon so spät. Miretta wird böse sein.« Eilig griff er nach seinem Überwurf und beugte sich zu dem Salamander hinunter. »Trabius, dass du mir brav bist. Nichts anknabbern.« Er warf ihm noch ein Stück Kohle hin. »Auf geht's, Murajin. Die gute Helmin kannst du gerne mitbringen. Heut Abend gibt es kein Essen im Orden. Ihr seid meine Gäste.«

***

Die Stimmung war recht gut, doch Helmin spürte ganz deutlich, dass das nur oberflächlich betrachtet zutraf. Baddo, ein hässlicher aber doch sehr sympathischer alter Mann, plapperte die ganze Zeit über dies und das und gab Geschichtchen aus der Magierschule von sich. Sie verstand nur die Hälfte und hatte Miretta schließlich ihre Hilfe angeboten und diese hatte sie glücklicherweise angenommen. Die Haushälterin war bestimm zehn Winter älter als sie selbst, bewegte sich aber in der gut ausgestatteten Küche, als wäre sie kein Tag älter als zwanzig. Helmin musste immer wieder über die vielen glitzernden Gegenstände und blinkenden Messer staunen. Und die schönen Teller hatten es ihr besonders angetan.

Schließlich war das Essen vorbei und Miretta wollte schon in die Küche verschwinden, als ihr Baddo bedeutete, sitzen zu bleiben.

»Liebe Gäste, liebe Miretta. Ich denke, mit dem Nachtisch warten wir noch ein wenig.« Er blickte für einen Moment verlegen drein und suchte die richtigen Worte. »Wenn ich ehrlich bin, habe ich euch nicht ohne Grund eingeladen. Murajin hier ist offengesagt der Grund.«

Die Pause, die nun folgte, war Helmin unangenehm. Murajin hatte nicht viel über den Archivar verraten und so hoffte sie nur, dass jetzt nichts Schlechtes kam.

»Als ich dich heute zum ersten Mal sah, war ich wie vom Donner gerührt, denn ich erkannte in dir sofort den jungen

466

Ankwin wieder, dem ich vor langer Zeit das eine oder andere Mal begegnet bin.«

Miretta hob sich die Hand vor den Mund. »Ich wusste, ich kenne dich von irgendwo her. Wie ...?«

»Verzeih mir, Miretta, wenn ich dich unterbreche. Lass mich das bitte zu Ende führen. So weit, so gut. Das Problem liegt darin, dass du meines Wissens nach Theodus, einem gemeinsamen Freund, Anfang des letzten Herbstes einen Brief geschickt hast, in dem du mitteilst, bald zu sterben oder sogar schon tot zu sein.«

Miretta sah traurig auf ihre Hände, die mit ein paar Krümeln spielten und ihr Unterkiefer zitterte. Helmin wusste nicht recht, wo Baddo hinwollte, aber ihr war klar, dass jetzt wohl einiges, wenn nicht alles auf den Tisch kam. Murajin saß nur verschlossen da, was sie ein wenig irritierte.

»Er brach damals unter Aufbietung all seiner verbliebenen Kräfte nach Birgenheim auf, um dich zu bestatten, ohne Feuer. So stand es in deinem Brief. Er war sogar einen magischen Bund eingegangen, der ihn dazu verpflichtete, diese letzte Aufgabe zu erfüllen.«

Miretta schluchzte.

»So oder so, du bist auf jeden Fall am Leben, kannst dich aber sonderbarerweise an nichts von früher erinnern. Ist das so richtig?«

»Ich ... ich erinnere mich immer nur direkt in der Situation, in der ich sie brauche, an eine Fähigkeit. Manchmal habe ich auch das Gefühl, bestimmte Orte zu kennen. Zum Beispiel die Straßen von Brakenburg kenne ich, glaube ich, ... oder Gilby Tendor. Und dieses Haus ist mir absolut vertraut. Hängt der Fensterladen hinten immer noch schief, oder hast du das inzwischen reparieren lassen, Miretta?«

Alle drei starrten ihn an, denn er hatte die Frage in einem Tonfall gestellt, den Baddo und Miretta sehr gut und Helmin überhaupt nicht kannte. Helmin weinte und sah dabei Murajin an.

»Was ist bei der Bestattung Ankwins passiert, Helmin? Was kannst du mir darüber sagen?«

Helmin hätte jetzt lieber Miretta getröstet, aber sie sah ein, dass das jetzt wichtiger war. »Ich war nur am Anfang mit dabei. Sie hatten einen hohen Scheiterhaufen aufgetürmt und Ankwins Hab und Gut darauf gesetzt. Man hatte Ankwin feierlich nach oben getragen und schließlich das Feuer entzündet. Dann war ein Reiter gekommen, der sich mit«, Helmin schaute an die Decke, um sich besser erinnern zu können, »Lavielle, Garock und Bermeer unterhielt. Es dauert eine Weile, aber dann gingen sie umher und schickten alle fort. Sie sagten, der Schinder käme. Am nächsten Morgen brachten sie den Leichnam Ankwins mit einer riesigen Wunde in der Brust und wir bestatteten ihn erneut im Wald. Garock und Bermeer waren schwer verletzt, Lavielle war verrückt geworden. Anders kann ich es nicht beschreiben. Später stellte sich dann heraus, dass Moakin, mein Sohn«, Helmin schluckte, »die Dracheneier gestohlen hatte, aber laut Bermeer war Gordobir trotzdem erschienen. Er konnte sich damals auch keinen Reim darauf machen.«

Murajin musste plötzlich lachen. »Bermeer reimt doch immer, oder?«

Baddos Augen weiteten sich für einen Moment. »Feuer und der Schinder.« Er stierte vor sich hin. »Doch jeder, der der Frucht nahe kommt, wird verderbt sein.« Der Magier stand auf.

»Nehmen wir einmal an, Ankwin war in den Besitz von Dracheneiern gekommen und nehmen wir weiter an, er hat von einem gekostet. Das könnte erklären, warum er nicht im Feuer bestattet werden wollte. Weil, so viel weiß ich über Drachen inzwischen, sie werden im Feuer ausgebrütet.« Er begann, auf und ab zu gehen. »Schicksalhafterweise erscheinen Lavielle, Garock und Bermeer vor Theodus und verbrennen Ankwins Leichnam, was den durch das Drachenei verdorbenen Körper dazu bringt, sich in einen Drachen zu verwandeln.« Baddo machte eine Pause und hob den Zeigefinger ans Kinn. »Dein Sohn hatte schon vorher die Eier entwendet. Wo befinden sich die Eier jetzt?«

»Das weiß ich nicht.« Helmin wurde bei dem Gedanken an Moakin wieder kleinlaut. »Garock und Bermeer haben sich etwa zwei Wochen später aufgemacht, ihn zu suchen. Seit dem habe ich nichts mehr von ihnen gehört.«

»Gut, gut. Das ist gut.« Baddo bemerkte nach einem bösen Blick

Mirettas die Traurigkeit Helmins. »Ich meine, es ist gut, dass Bermeer und Garock sich der Sache angenommen haben. So besteht eine große Wahrscheinlichkeit, dass die Eier und dein Sohn wieder auftauchen.«

Es entstand erneut eine unangenehm lange Pause, in der jeder seinen Gedanken nachhing oder einfach nichts zu sagen wusste.

Schließlich sprach Baddo weiter: »Stellt sich die Frage, was Theodus da für eine Rolle gespielt hat, denn er war offensichtlich der unbekannte Reiter. Außerdem ist noch nicht geklärt, warum Ankwin als Murajin heute hier vor uns sitzt. Ich muss mich wieder in ein paar Dinge einlesen und mit deiner Erlaubnis auch an dir ein paar Untersuchungen anstellen.« Baddo hatte sich zu Murjain gewandt.

»Ja, gerne. Wenn wir danach schlauer sind.« Der Wiedergänger zuckte mit den Schultern.

»Miretta, ich denk, jetzt könnten wir alle den Nachtisch vertragen.« Baddo lächelte sein breitestes Lächeln und die Haushälterin erhob sich dankbar, wieder etwas tun zu können, um sich abzulenken.

»Nebenbei, wie kommt ihr eigentlich auf den Namen Murajin? Das heißt doch in der rituellen Sprache der Heilerinnen ...«

»Zwei Seelen.« Murajin hatte ihm die Antwort vorweggenommen. »Lavielle hat mich so angesprochen.« Plötzlich schoss ihm ein Gedanke durch den Kopf, aber ehe er ihn aussprechen konnte, kam ihm wiederum der Magier zuvor.

»Ich habe zwar einen Verdacht, aber den muss ich noch überprüfen.«

Dann entschied sich Murajin, den Gedanken vorerst für sich zu behalten.

FÜR DIE HUNDE
(Brakenburg im Frühling ... vor langer Zeit)

Der Magier hastete durch die Nacht. Schon lag das Ufer ein gutes Stück hinter ihm. *Diese Dämonen und ihre sonderbare Sprache.* Wenn er es recht bedachte, klang seine Sprache in ihren Ohren bestimmt genauso verwirrend, doch was sollte das bedeutet. Immer wieder sagte er sich die aufgeschnappten Begriffe vor, als wolle er sie auswendig lernen. Trotzdem schienen sie mehr und mehr in seiner Erinnerung zu verblassen. *Redreliocsära, Ruwobin, Nedroh.*

Die Worte blieben ohne Sinn. Murmelnd schritt er durch die Straßen. Zu viele Gedanken kreisten in seinem Kopf. Die getöteten Magier, der falsche Heiler, Lavielle und Garock in Gefahr. Der Anschlag auf den König. Und seine geliebte Gilde kurz davor, sich selbst zu zerfleischen. Theodus legte die Stirn in Falten. *Redreliocsära, Ruwobin, Nedroh.*

Miretta machte ihm schon auf, kaum dass er geklopft hatte. Der Erzherzog saß bereits wieder am Tisch und genoss wohl einen gewärmten Wein. Ein Teller mit Brot und Fleisch stand beinahe unberührt vor ihm. Scheinbar belustigt von der ganzen Situation blickte er dem Magier mit seinen wässrigen Augen entgegen. »Und, Herr Magier, was bringt Ihr für Kunde?«

»Keine sonderlich Guten, Herr. Es besteht die Möglichkeit, dass ein Seelenfresser beschworen wird. Weder Metall noch Feuer helfen gegen ihn und er muss sich eine ganz bestimmte Seele holen.«

»Weiter.« Rahag schien völlig ungerührt und Theodus bewunderte ihn insgeheim für seine Gefasstheit.

»Schutz gibt es nur bedingt. Ich habe hier ein kleines Amulett, dass bis zu einem gewissen Grad helfen mag, aber hier erschöpfen sich meine magischen Mittel vermutlich schon, denn nur Zauber ab der vierten Stufe wirken überhaupt gegen dieses Wesen.«

»Noch etwas?« Die scheinbar unerschütterliche Ruhe des Erzherzogs fing an, Theodus zu ärgern. In einem zweiten

Gedanken besann er sich auf seine Schulung und blieb ebenfalls ruhig. Was sollte Aufregung schon bringen?

»Redocssärah, Ruwobin, Nedroh. Das sind die Namen, die das Ritual ergeben hat. Der Dämon, mit dem ich mich unterhielt, sprach äußerst undeutlich, müsst Ihr wissen.«

»Wie lauteten die Fragen?« Rahags gelangweilte Augen durchbohrten Theodus.

»Wer beschwor den ersten Dämon? Darauf folgte ›Redocssärah‹. Was er noch über ihn wüsste? Daraufhin kam ›Nedroh‹, und schließlich, was der Dämon hier hatte tun sollte, dann kam ›Ruwobin‹.« Theodus zuckte ratlos mit den Schultern.

Der Erzherzog kniff die Augen unmerklich zusammen, zeigte aber sonst keinerlei Regung. Erst als Miretta wieder den Raum betrat und fragte, ob alles recht wäre, lächelte er sie milde an und sprach fordernd: »Noch einen Wein.«

Im Folgenden entstand ein Schweigen, das den unterschiedlichen Stand der Männer unterstrich. Theodus war das gleichgültig. Er konzentrierte sich auf die Antworten des Dämons. Der Dämon hieß Nogganon, war von Redocssärah gerufen worden und sollte irgendwas mit Ruwobin machen. Nedroh war die Zusatzinformation über Redocssärah. Er durchforstete alle Sagen, die er kannte, auch alle alten Zauberer und auch die wenigen Dämonennamen, die ihm geläufig waren, doch ohne Ergebnis. Ein Klatschen riss den Magier aus seinen Gedanken.

Der Erzherzog warf immer wieder gelangweilt Fleischstücke auf den Boden, während er an seinem Wein nippte. Theodus empfand es als höchste Beleidigung, doch hielt er sich im Bewusstsein der Stellung des Gastes zurück. Sein Blick hatte bereits aber alles verraten.

Gelassen erwiderte der gelangweilte Adlige seinen Blick. »Ich mag nun mal kein Schweinefleisch. Das ist für die Hunde.«

Der Magiermeister blickte völlig entgeistert drein. »Was für Hunde?«

»Ihr habt keine Hunde? Ach zu dumm.« Der Erzherzog warf weiterhin Fleischstücke auf den Boden. Abwesend sprach er weiter. »Meine Hunde horchen aufs Wort. Wenn ich ihnen Fleisch hinwerfe und ›Fressen‹ sage, fressen sie. Ha, ha, ha.« Sein Lachen wirkte derart aufgesetzt, dass Theodus mit dem Gedanken spielte, den Raum zu verlassen. *Die Hunde horchen aufs Wort. Pah! ... HUNDE!*

Theodus riss die Augen auf und sprang vom Stuhl. Er wusste, er hatte gerade das Ende eines Gedankens erhascht. Es war nur ein Faden, eine winzige Faser, doch er musste ihr folgen. Baddo hatte etwas damit zutun, und der Dämon. *Wenn man einen Hund erzog, bedeutete das nicht, dass er einen verstand ... Redocssärah, Ruwobin, Nedroh.* Was, wenn die Antworten vor ihm lagen, er musste nur denken, wie ein Hund, nein, wie ein Dämon. Dämonen kamen aus einer anderen Welt. Sie betonten anders. Sie hatten andere Sprachwerkzeuge und sie hatten mit Sicherheit eine andere Wahrnehmung. Während Theodus hektisch im Raum auf und ab lief, fühlte sich jetzt der Erzherzog seinerseits unbehaglich. »Was quält Euch denn so, guter Mann. Eure Unruhe lässt einem ja die Fußnägel rückwärts rollen.«

»Hunde! Rückwärts! Das ist es!« Theodus ging noch schneller auf und ab. Rahags Blick wechselt jetzt von vorsätzlichem Desinteresse zu schlichter Nichtachtung.

»Redocssärah, Ruwobin, Nedroh. Das heißt rückwärts ... äh .... ›Harässcoder‹, ›Nibuwor‹ und ›Horden‹?« Theodus machte ein dümmliches Gesicht.

»Ni'Buwor hieß der Kräuterhändle.« Rahags desinteressierter Blick war jetzt wieder da.

»Stimmt! Natürlich!« Theodus war fasziniert und begeistert. »Das war der ... einen Moment ... der, in dessen Haus Ihr Euch mit Ottheim treffen solltet.«

»Korrekt.«

»Aber was bei allen Byten heißt dann ›Harässcoder‹ und ›Horden‹?«

»Nun, das ist offensichtlich.« Rahag trank gemächlich von seinem Wein.

Theodus starrt völlig entgeistert in zwei wässrig blaue Augen und konnte nicht fassen, dass sein Gegenüber ihn nicht auf der Stelle aufklärte.

»Wie wäre es mit ›Orden‹ statt ›Horden‹ wie der Heilerorden.«

»Ja, natürlich! Es war ja auch jemand aus dem Orden, nämlich Ottheim.« Theodus stutzte. »Aber Ottheim heißt rückwärts Miehtto. So ein Wort kam nicht vor. Es muss etwas mit ›Harässcoder‹ zu tun haben.«

»Vielleicht hat es etwas mit ›Köder‹ zu tun, schließlich wurd ich in die Falle gelockt. Und das andere bedeutet ›harren‹ wie ›auf die Beute warten‹.«

»Oder vielleicht Herr Askodian, das war ein Magiermeister aus alter Zeit.«

Miretta verschwand auf ein Geräusch hin und dann konnte man es in der Küche rumoren hören. Als sie den Wein brachte, trat Ankwin hinter ihr ins Zimmer. Er nickte dem Erzherzog nur kurz zu, was selbst unter diesen Umständen einer Beleidigung sehr nahe kam und fing sofort an zu sprechen. »Ich musste leider um ein Goldstück erhöhen.«

»Wie viele habt Ihr?« Die Zahl der angeworbenen Männer schien den Erzherzog weit mehr zu interessieren als die Antworten des kleinen Dämons.

»Etwas mehr als Einhundert Mann. Sie warten zur dritten Stunde am Westtor. Manche sind sogar beritten.«

Die rechte Braue des Erzherzogs hob sich um ein kleines Stück. »Nicht schlecht, Herr Krieger, doch auch nicht ganz billig. Ich breche nun auf und kümmere mich um die restlichen Pferde. Die Stadtwache wird Brakenburg ja wohl auch eine Zeitlang ohne sie bewachen können.« Der Erzherzog stand auf. »Das Schicksal ist mit den Tatkräftigen, frisch auf. Lasst uns einen Königsmord verhindern.«

Ankwin dachte an Lavielle und drehte sich sorgenvoll zur Tür. »Vielleicht hat Aresco ja etwas bemerkt und kann das Attentat noch verhindern, schließlich ist er ja oberster Heiler.«

Rahag und Theodus schauten sich an und wäre der Erzherzog nicht auf die Etikette bedacht gewesen, hätte er es gleichzeitig mit Theodus ausgesprochen. So verblieb nur der Magier. »Harässcoder heißt ›Aresco der‹. Es fehlte nur das ›Heiler‹.«

HOLZ UND STOLZ
(Katym im Frühling)

Mindestens zehn Stadtgardisten umkreisten Garock, vier Männer lagen bereits am Boden. Der Riese selbst blutete stark an der Schulter und schwang ein langes Holzstück in der Linken, während die Rechte den Dolch führte. Hätte Bermeer wetten müssen, er hätte auf Garock getippt, allein schon sein Gesichtsausdruck lehrte einem das Fürchten. Gerade ging auch ein weiterer Gardist zu Boden, allerdings knieten zwei der hinteren und spannten schon ihre Armbrüste. Der Todesgaukler hörte einen weiteren Trupp heranstürmen.

Mit der Stadtwache zu reden und ihnen klar zu machen, dass sie die Guten waren, hatte jetzt wohl keine Aussicht mehr auf Erfolg. Für einen Kampf waren es zu viele, aber er war noch unentdeckt, also blieb nur eins. Schnell fasste Bermeer einen Entschluss.

Er hielt direkt auf einen der Armbrustschützen zu, sprang auf dessen Schulter, kalkulierte das Einsacken durch die unerwartete Belastung mit ein und sprang an einen der großen Holzstapel. Der Schütze wurde durch das Gewicht des Blutboten so auf den Schaft seiner Waffe gedrückt, dass er vor Schmerz laut aufschrie.

Während Bermeer weiter nach oben kletterte, schauten sich einige der Gardisten verwirrt nach ihrem Kameraden um, was Garock einen weiteren Schlag ermöglichte. Wieder ging für einen Gardisten das Licht aus.

Der zweite Armbrustschütze legte auf Bermeer an, während die anderen Garock weiter in das Kontor drängten. So hatte es der Gaukler gewollte. Er hüpfte ein Stück in die Höhe und ließ sich seitlich auf den Stapel fallen, während er mit beiden Füßen gegen einen Keil trat, der den Haltepfosten an der Decke fixierte. Er wollte schon lachen, doch der Keil hatte nur gewackelt.

»Willst du mich verkohlen,
soll dich Brebor holen!«

Er trat er noch einmal dagegen. Dann geschah alles gleichzeitig. Er spürte einen starken Schmerz im rechten Oberschenkel, der Keil löste sich und der Stapel begann auf die Gardisten zu zu poltern. Im letzten Moment, bevor die Hölzer unter ihm nach gaben, konnte Bermeer sich an einem Deckenbalken festhalten.

Sechs der Gardisten wurden schreiend unter den Rundhölzern begraben. Garock und die übrigen drei hatten sich mit einem Sprung nach hinten retten können und die Verstärkung der Gardisten stand vor dem nun versperrten Eingang.

»Bei dem vielen Holz,
bricht nicht nur der Stolz. Hi, hi.«

Heißer kichernd baumelte der Blutbote an dem Deckenbalken und suchte gleichzeitig eine Möglichkeit, mit dem Bolzen im Oberschenkel einigermaßen sicher nach unten zu springen.

Draußen wurden schon die ersten Kommandos gebrüllt, um das Gebäude zu umstellen, und aus dem Gewirr der Stämme drangen Schmerzensschreie und Stöhnen. Garock schickte einen weiteren Gardisten, der gerade neben ihm aufstehen wollte, mit einem groben Ellbogenstoß auf das Nasenbein in die Nacht. Der zweite hatte sich bei dem Sprung verletzt und hielt sich die Hand, während er versuchte, weg zukriechen und der letzte rannte ins Labyrinth der Holzstapel.

Bermeer hatte sich mittlerweile an dem Balken ein Stück weiter hangeln können und begann eine Leiter herunterzusteigen.

»Das Ei ist kaputt, der Junge tot.
Kümmern wir uns um unsre Not.«

Bermeer sah Garock direkt an und las in seinem Gesicht.

»Ich brachte ihn nicht um,
er kam mir selbst zuvor.
Der Junge sprang ...
und ritt den Lomosh-Batur.«

Er hob seinen Dolch auf und setzte dann hinzu.

»Flüchten oder kämpfen,
was meinst du?
Das Heil liegt oben,
hier unten ist schon alles zu.«

Garock nickte keuchend und sie begannen sofort, die Stiegen des Kontors hinaufzusteigen. Garock hatte Mühen, sich durch die engen Luken zu zwängen, während Bermeer durch seine Verletzung kaum schneller war. Als Bermeer auf dem obersten Boden angelangt war, hörten sie die ersten Gardisten schon unten die Leitern erklimmen. Kaum hatte sich auch Garock durch die letzte Öffnung gequält, schlug der Gaukler die Klappe zu und wälzte einen Getreidesack darauf. Garock legte noch einen Weiteren dazu. Das verschaffte ihnen etwas Zeit. Hastg humpelte der Gaukler zu der vorderen Tür, durch die er eingestiegen war und spähte nach unten. Dann drehte er sich zu dem Riesen und flüsterte:

»Der Ausweg aus der Klemme:
Wie ich's mir gedacht,
versperrt durch die Stämme,
wird's Tor nicht bewacht.«

Schon begann er mit der Hand nach dem Seil des Flaschenzuges zu angeln. Garock ging ebenfalls zur Öffnung. Schließlich übergab Bermeer seinem Freund das Ende mit dem Haken. Der Hüne hatte große Schwierigkeiten, sich aus der schmalen Öffnung zu schälen, als Bermeer noch einen Kommentar abgab.

»'s ist fiese und ein Jammer hier,
der Riese und die Kammertür.«

Jetzt musste sogar der Riese lachen, was sich in einem tiefen Kollern äußerte. Der Widerspruch zwischen dem lachenden Hünen in der kleinen Tür und ihrer schlechten Lage brachte wiederum Bermeer zum Kichern.

Schließlich war Garock draußen. Ein Poltern bestätigte ihnen, dass die Gardisten jetzt versuchten, die Falltür aufzustemmen. Der Berisi stand nur noch mit einem Fuß auf dem Sims und hielt sich mit der rechten Hand an dem oberen Balken, während er mit der anderen den Haken an seinem Gürtel befestigte. Plötzlich schwindelte es Garock und ihm wurde schlecht. Dem bleichen Hünen stand der kalte Schweiß auf der Stirn. Bermeer bemerkte es nicht und stieg auf seinen Rücken.

»Wollen hoffen bei der Fahrt,
dass die Roll' geschmiert ward, hi, hi.«

Garock würgte und ergriff das andere Seil, mit dem er bremsen konnte, und langsam ging es nach unten. Die Schmerzen in seiner Schulter wuchsen ins Unerträgliche und ihm schwindelte wieder, doch wenn er losließ oder daneben griff, stürzten sie beide in die Tiefe. Fünf Fuß über dem Boden verfehlte Garocks Hand das Seil und sie schlugen auf das Pflaster. Schon hörten sie, wie um die Ecke ein Posten Verstärkung rief und auch von oben kamen Rufe und Anweisungen.

Bermeer war auf Garock gelandet und das Fallen gewohnt. Humpelnd erhob er sich und zerrte an dem Hünen.

»Los, steh auf, du Kriegertier,

müssen schleunigst fort von hier!«

Erst rührte sich der Berisi nicht, aber schließlich verriet Bermeer ein Stöhnen, dass er zu sich kam. Die Schritte der Gardisten kamen näher und endlose Augenblicke verstrichen, doch schließlich stand Garock wieder auf wackeligen Beinen.

Mit letzter Kraft begannen die beiden ungleichen Freunde, sich in die Dunkelheit der Gassen zu schleppen. Sie hielten auf die Promenade im Süden zu. Garock war kaum bei sich und Bermeer musste ihn sogar noch stützen, was in Anbetracht seiner Größer und seiner Verletzung ein Meisterstück war. Die Promenade kam endlich in greifbare Nähe. In dem Viertel der Kontore war inzwischen so viel Lärm, dass die Hunde unentwegt bellten. Ihre einzige Chance waren die alten Trampelpfade, die zwischen den Kränen steil nach unten ins Tal führten. Pitto hatte ihm offenbar einen Hinweis gegeben. Das Einzige, was noch zwischen ihnen und dem Weg aus der Stadt lag, war ein kleines Wachhaus mit zwei Wachen, die durch den Lärm mit Sicherheit vorgewarnt waren.

MORGENGEBET
(Rhodenquell im Frühling ... vor langer Zeit)

Alles war schwerelos. Sie fühlte weder Schmerz noch Furcht. Langsam zog ihr Geist durch die Dämmerung dahin. Die junge Heilerin konnte den Himmel nicht recht vom Horizont unterscheiden. Für einen Moment öffnete die verhangene Wolkendecke einen Spalt und Licht fiel auf die konturlose Landschaft unter ihr. Ein Meer war zu sehen, ein rotes Meer. Darin trieben zahllose kleine Punkte, es waren Leichen. Lavielle legte die Stirn in Falten. *War das in Ordnung oder war das schlimm?* Dann konnte sie Garock auch ausmachen und spürte einen kleinen Stich. Sie war sich unschlüssig. Kaum hatte sie mit den Schultern gezuckt, war der Spalt in den Wolken auch schon wieder verschwunden und alles lag erneut im Schatten. Dämmerung.

Plötzlich spürte sie einen immer stärker werdenden Wind. Ihr Handgelenke fingen an zu jucken. Die Windstöße kamen von allen Seiten und wirbelten sie herum und doch verlor sie die Orientierung nicht. Auf der einen Seite erhellte sich der Horizont. Aus den mächtigen, immer heller werdenden Wolkenhaufen formten sich riesige weiße Pferde, die ihre Reiter mit großer Geschwindigkeit auf sie zu trugen.

Hinter ihr wurde das Grau schwarzrot und dunkle Schemen rangen in dem Wabern der Wolken um Gestalt und Form. Schließlich waren zwei große glühende Augen zu sehen. Hinter ihnen bildete sich der riesige Körper eines Drachen aus. Ihm voraus eilte ein blauschwarzer Schatten, der vor Wut und Gier heulte. Bald würden die beiden Heere aufeinandertreffen. Lavielle genoss die Schwerelosigkeit und war neugierig auf die Schlacht.

***

Vorsichtig drückte er den Ast, der ihm die Sicht versperrte, ein wenig nieder, während er seinen Atem zur Ruhe zwang. Es war kurz vor dem Morgengrauen und nicht viel zu sehen. Das Wehrkloster Rhodenquell war kaum von seiner Umgebung zu unterscheiden. Nur vereinzelt konnte man das Flackern einer Fackel, eines Wachfeuers oder einer Lampe erkennen, und man roch den Rauch. Bis auf die üblichen Geräusche des nächtlichen Waldes war alles still.

Bermeers Auftrag war klar. Er musste so viel in Erfahrung bringen, wie möglich, ohne sich zu verraten oder den König, Lavielle oder Garock zu gefährden. Der König war noch nicht gefährdet, hatte er ihn doch schließlich heute Nacht überholt. Die Wagen des königlichen Trosses hatte man an dem Gasthaus nicht übersehen können. Das lag etwa zwei Stunden entfernt. Vor Mittag würde der König also nicht ankommen. Damit ihr Vorhaben gelang, musste Ankwin und die anderen früher kommen, folglich war an Schlaf nicht zu denken.

Mit dem ersten fahlen Schimmern am östlichen Himmel versuchte der Assassine, sich ein Bild von dem alten Kloster zu machen. Die gute Nachricht war, den Graben hatte man zum größten Teil zugeschüttet, die schlechte, dass sich die Mauern in einem sehr guten Zustand befanden. So weit er sehen konnte, waren sie überall mindestens fünfzehn Fuß hoch, und, wenn alle Posten besetzt waren, auch gut überwacht. Über dem Tor war außerdem ein Torhaus, was darauf schließen ließ, dass es sich um ein doppeltes Tor handelte. Soweit er wusste, war Rhodenquell vor langer Zeit einmal eine äußerst wichtige Grenzburg gewesen.

Bei Tageslicht außen herum zu gehen, schien ihm zwar ungefährlich, doch Bermeer wollte die Sache erledigt wissen. Sogleich machte er sich daran, wieder von dem Baum herunter zu klettern. Vielleicht ergab sich auf der anderen Seite eine Möglichkeit. Auf halber Höhe bemerkte er eine Bewegung auf einem der Türme. Schlagartig gefror ihm das Blut in den Adern.

Eine kleine bleiche Gestalt sah direkt zu ihm herüber und winkte ihm. Es konnte nicht sein, dass er hier auf dem Baum entdeckt worden war, und doch wusste er ganz genau, dass man ihn ansah. Der Gaukler kniff die Augen zusammen und wäre beinahe vom Baum gefallen. Pitto, der Gauklerjunge, der damals beim

Überfall auf die Shervendi erschlagen worden war, Fereds jüngster Sohn, stand hinter einer der Zinnen und winkte ihm ganz deutlich.

Bermeer presste die Augenlider zusammen und atmete heftig. Als er sie wieder öffnete, war der Junge weg. Zitternd stieg er weiter abwärts. Der Junge war ihm das letzte Mal erschienen, als der kleine Villon beerdigt worden war. Der Todesgaukler lehnte sich an den mächtigen Stamm und sank langsam daran herunter. Zitternd und mit Tränen in den Augen saß er eine ganze Weile so da.

Wollte ihm der Geist des Jungen etwas sagen? Sollte er entgegen dem Befehl alleine in die Burg eindringen? Waren Lavielle oder Garock in akuter Gefahr?

***

Der schwere gehetzte Atem Weißwinds gab den Rhythmus vor. So schnell es Weg und Dunkelheit überhaupt nur zuließen, waren die Reiter unterwegs. Knapp achtzig Mann und allen voran Ankwin.

Der Krieger war sich sicher, dass nicht nur sein treues Pferd in dieser Nacht an die Grenzen seiner Belastbarkeit getrieben wurde. Immer wieder musste er sogar anhalten, um auf Reiter zu warten, die sich eine höhere Geschwindigkeit einfach nicht zutrauten. Schon kurz, nachdem sie von der Stadt losgeritten waren, hatten sie das erste Pferd verloren. Mittlerweile waren es bereits dreiundzwanzig. Das Bewusstsein, dass der Sturz eines Pferdes meistens dessen Tod bedeutete, biss sich ständig mit den Gedanken an Lavielle und Garock, die wahrscheinlich in höchster Gefahr schwebten. An Schlimmeres wollte er gar nicht denken.

Als sie wieder einmal warten mussten, bis der Rest aufschloss, sprach ihn Rahag an. »Wenn Ihr weiter so gefahrverachtend durch die Nacht reitet, haben wir bald keiner Männer mehr, mit denen wir die Burg einnehmen oder gar den König schützen können. Wir müssen langsamer reiten!«

»Ihr wisst ganz genau, dass wir jetzt schon zu lange brauchen. Wir dürfen keine Zeit verlieren!«

Noch bevor Rahag etwas erwidern konnte, näherte sich Theodus. Er schien zwar sehr unbequem im Sattel zu sitzen, wie alle Anfänger, aber doch entging Ankwin nicht, dass er nicht unter den Letzten war. »Ihr schlagt Euch gut im Sattel, Herr Theodus!«

»Der Segen der Byten führt mein Pferd. Ein kleiner Zauber, der es ... Wie auch immer. Ich hätte da eine Idee. Wenn wir an die Burg kommen und die Tore sind verschlossen, müssen wir diese irgendwie öffnen und auf eine Belagerung werden wir es wohl kaum ankommen lassen.«

»Worauf will er hinaus?« Rahag sah den Magier beinahe neugierig an.

»Ich könnte für etwas Licht sorgen, sodass zumindest ein paar der Reiter ungefährdet mit hohem Tempo vorwärtskämen. Diese Vorhut müsste dann mit Bermeers Hilfe in die Burg eindringen und dafür sorgen, dass das Tor offen ist, wenn der Rest der Reiter ankommt.«

»Gar nicht so übel für einen Mann der staubigen Bücher.« Rahag brachte es tatsächlich fertig, gelangweilt zu schauen und trotzdem anerkennend zu lächeln. Er wandt sich Ankwin zu. »Reitet Ihr mit den zwanzig Schnellsten voraus. Ich übernehme die Nachhut, warne den König und komme dann so schnell wie möglich nach. Die Nacht wird alt, allzu lange bleibt die Dunkelheit nicht mehr.«

Sofort bellte Ankwin ein paar Kommandos und deutete zwanzig Reiter heraus. Theodus ritt ein Stück voraus, holte etwas aus einem kleinen Beutel am Gürtel und sprach fremde Worte. Schließlich begann seine Hand, weiß zu glühen. »Staubige Bücher, ha!« Dann ritt er in vollem Galopp voran. Seine Hand erstrahlte mittlerweile in gleißendem Licht und erhellte den Weg vor ihnen auf gut zehn Pferdelängen. Einmal mehr war Ankwin erstaunt, zu was der Magier fähig war.

***

Die Pferde hatten mittlerweile alle Schaum vor den Mäulern. Mann und Pferd waren über und über mit Dreck bespritzt, doch sie waren gut vorangekommen. Das Licht hatte Theodus schon eine ganze Weile nicht mehr gebraucht. Plötzlich sprang ihnen eine kleine Gestalt wild winkend in den Weg. Kurz vor Bermeer brachten sie die keuchenden Gäule zum Stehen. Viele zitterten und eines ließ ein tiefes Schnauben hören und brach zusammen. Während Ankwin absprang, Weißwind auf den Hals klopfte und zu dem Gaukler ging, machten sich die anderen sofort daran, das tote Pferd vom Weg zu ziehen. Man wollte nicht riskieren, sich durch eine Unachtsamkeit zu verraten.

»Zu früh für einen Morgenhappen,

zu spät für manchen guten Rappen.« Bermeer wollte gleich weiter sprechen, doch als Ankwin ihm die Hand bot, schlug er grinsend ein.

»Trotz allem schön, Euch munter und lebendig zu sehen, Bermeer. Was habt Ihr für Kunde?«

»Vielleicht fünf oder auch zehn

Wachen habe ich gesehen.«

»Bedenkt man die Ablösung also mindestens zwanzig, bei so vielen hohen Heilern, wahrscheinlich, einige mehr.« Ankwin kniff abschätzend die Augen zusammen.

»Nicht viel bemerkte ich auf meiner Lauer.

Das Tor ist zu und hoch die Mauer.

Der Burg ist alt, die Burg ist gut.

Doch sinken muss er nicht, der Mut.

Geht man von hinten an sie ran,

weiß ich einen Weg hinan.

Bringt die Pferde ein Stück zurück.

Auf dem Fuß folgt unser Glück.«

Mit wenigen leisen Kommandos und Handzeichen wurden die Pferde von zwei Männern weggebracht, während alle anderen dem kleinen Assassinen durch das Unterholz folgten. Nur wenig später blickte Ankwin mit Bermeer und dem Schäfer aus einem Gebüsch heraus auf die Rückseite der Burg. Man konnte deutlich sehen, dass hier vor langer Zeit einmal die Mauer eingerissen worden war. Sie war mittlerweile wieder aufgebaut worden, allerdings nicht so hoch, wie ursprünglich. Die Stelle war gerade mal zehn Fuß hoch.

»Hier tut Zeit not, wir müssen es sofort versuchen. So früh am Tag sind die Wachen vielleicht noch nicht abgelöst und müde von der Nacht. Und die meisten werden wahrscheinlich beim Morgengebet sein.« Ankwin war zu allem entschlossen.

»Die Deckung ist viel zu dünn. Der Weg dorthin ist fast nur freies Feld. Das schafft vielleicht einer, aber zwanzig Mann, da werden wir auf jeden Fall entdeckt.« Calbin gefiel die Sache überhaupt nicht.

»Da hätte ich vielleicht eine Lösung.« Theodus kniete sich neben die anderen und fing an, mit seinen Händen sonderbare Gesten durchzuführen.

»Element, das jeder kennt,

das Leben nimmt und Leben schenkt,

wachse mir zu willen.

Gebäre Nebel. Wachse.«

Kaum hatte der Magier die Worte gesprochen, als sich über der Wasseroberfläche nahe der Mauer, wohl einem Rest des ehemaligen Burggrabens, Nebelschwaden bildeten. Theodus bewegte seine Arme, als würde er an einem schweren Vorhang ziehen, und die wachsenden Schwaden zogen langsam über den Bach, der aus dem Gewässer kam, zur Wiese. Innerhalb kurzer Zeit war das ganze freie Feld und ein paar Buschgruppen, die sich gut als Deckung eigneten, von einem dicken, aber nicht unnatürlichen Bodennebel überzogen.

Der Einzige, der Worte fand, war Bermeer.

»Beherrscht das Wasser und die Erd'.

Ob ich auch ein Magier werd'?«

Ankwin nickte anerkennend. Der Schäfer blickte unbeeindruckt weiter abschätzend auf die Burg. »Die Mauer wird allerdings noch ein Problem. Wir müssen Anker werfen. Das könnte laut werden.«

»Kein Problem, Herr Flinke-Hand,

wie die Gaukler hoch die Wand.

Wenn wir alle ...«

Bermeer erklärte kurz seinen Plan. Er war so einfach, dass außer einer Entdeckung vor der Mauer nicht viel schief gehen konnte.

***

Die Reiter auf ihren weißen Wolkenpferden hatten den Drachen jetzt beinahe erreicht. In Lavielle wuchs die Unruhe. Ihre Handgelenke juckten schrecklich und die wachsende Unruhe ging zusehends in blanke Angst über. Plötzlich verwandelten sich die weißen Pferde samt Reiter in Burgtürme und Mauern. Auf den Mauern standen Wachen, die mit Eindringlingen kämpften. Dann konnte sie Ankwin unter ihnen sehen. »Ankwin, was machst du auf der Mauer? Ankwin, pass auf!« Hatte sie gerufen oder es nur gedacht. Ihr war, als wären die Worte in ihrem Hals stecken geblieben.

***

Der frische Duft der feuchten Erde und der Pflanzen stieg ihm in die Nase. Ankwin lag tief niedergedrückt im hohen Gras der taufeuchten Wiese und starrte auf die Mauer vor ihm. Sie war vielleicht noch einen Steinwurf entfernt. Hinter ihm kamen nun nach und nach alle anderen an und duckten sich hinter dem Gebüsch. Bermeer klopfte ihm auf die Schulter. Das Zeichen! Auf der Mauer war niemand zu sehen.

Ankwin sprang auf und wäre durch den feuchten Untergrund fast hingefallen. Sie mussten unerkannt in die Burg. So viele Leben hingen davon ab. *Lavielle!* Die kleine Burg tanzte in seinem Sichtfeld auf und ab, bis nur noch die Mauer zu sehen war. Keuchend ließ er sich mit dem Rücken gegen die Steine fallen. Sofort erschienen links und rechts neben ihm die anderen vier. Sie gingen leicht in die Knie, pressten sich gegen die Mauer und gaben sich die Hände. Dann kamen wie verabredet die nächsten und stiegen sich gegenseitig helfend auf die Schultern der ersten. Bermeer rannte aus dem Nebel heran und war mit seinem geringen Körpergewicht und seinen kleinen harten Muskeln schneller oben, als sie für die ganze Pyramide gebraucht hatten. Schon baumelte ein Seil herunter.

Ankwin spürte die Entlastung, als der Mann über ihm nach oben gezogen wurde. Jetzt ergriff er das Seil, das für ihn bestimmt war und stemmte sich gegen die Wand. Während man oben zog, versuchte er, sich, so gut es ging, von der Wand abzustemmen und zu unterstützen. Er war auf halber Höhe, als es ihm in Mark und Bein fuhr.

»Alarm!« Sie waren entdeckt worden. Schon hörte man Waffen, die aufeinander schlugen. Offenbar befanden sie sich sogar schon im Kampf, denn er musste sich das letzte Stück alleine nach oben ziehen. Die Mauerkrone kam in greifbare Nähe, ein Finger, zwei Finger, die ganze Hand. Er konnte sich festhalten und zog sich zwischen zwei Zinnen auf den Wehrgang. Die Wachen, es waren wie erwartet Ordenswachen der Heiler, griffen sie von beiden Seiten mit Kurzschwertern und Hellebarden an. Ankwin versuchte, sich einen Überblick zu verschaffen, und blickte über die Brüstung in den Burghof. Er hatte erwartet, dass sich die Heiler beim Morgengebet befanden, aber was er sah, verschlug ihm für einen Moment den Atem.

In der Mitte des Hofes war ein Scheiterhaufen aufgetürmt worden. Ringsherum lagen symmetrisch angeordnet dreizehn gefesselte Geiseln, die Füße auf dem Holz, den Kopf nach unten. Überall waren sonderbare dunkelrot braune Zeichen hingeschmiert worden, wohl mit dem Blut der vielen Toten, die an einer Mauer aufgetürmt worden waren. Der Hof war voll von Ordenswächtern und Heilern, Frauen waren keine darunter.

Hinter dem Scheiterhaufen stand ein Mann in Heilerrobe. Er war über und über mit Blut besudelt, sein Bart triefte vor rotem Lebenssaft. Er hatte beide Arme gehoben und rief unverständliche Worte. Er wurde durch drei Wachen abgeschirmt. Hinter ihm war Lavielle. Man hatte sie an einen Eisenring gefesselt. Sie hing mehr, als dass sie stand. Ihre Augen flatterten. Ihr Name wollte aus seiner Kehle, doch er war nicht fähig, zu rufen. Von Garock war nichts zu sehen, was kein gutes Zeichen war.

Für einen kurzen Moment wollte er dem Impuls folgen und einfach über die Brüstung in den Hof springen. Doch das wäre reiner Selbstmord gewesen. Direkt unter ihm standen bereits zehn Wächter mit Hellebarden und schauten finster nach oben zu den Eindringlingen. Ein Weiterer hastete hinzu. Er hatte einen Bogen.

»Wir müssen hier weg, runter vom Wehrgang.« Ankwin hatte mehr mit sich selbst gesprochen. Verzweifelt schaute er sich um, fieberhaft nach irgendeiner Möglichkeit suchend, das Blatt zu wenden. Dann sah er Bermeer. Er war offensichtlich auf das Dach des Wehrganges geklettert und hatte sich hinter den einen Angreifern heruntergelassen. Schon fiel er ihnen in den Rücken.

Ankwin wusste, dass ihnen nicht viel Zeit blieb. Bermeer war gut, aber mit einem Dolch gegen eine Hellebarde war nicht viel zu machen. Er zog sein Schwert und drängte sich in Richtung Gaukler. Er wusste, dass es gefährlich sein konnte einen eigenen Mann im Kampf zu stören, doch der Dieb, der vor ihm mit einem Wächter kämpfte, war ihm zu langsam. Während er den Mann am Kragen nach hinten zog und den Wächter seinerseits angriff, rief er nach dem Magier. »Theodus! Bermeer braucht Hilfe!«

Nur wenige Momente später war zu sehen, dass sich der Todesgaukler scheinbar mühelos der Angriffe erwehrte. Seine Augen schauten in verschiedene Richtungen und seine Geschwindigkeit schien höher.

Ankwin konnte sich nicht leisten, auf Lavielle zu schauen, doch das Bild ihres Leidens reichte für die schäumende Wut, die in ihm wuchs. Seinen nächsten Schlag führte er mit solcher Gewalt aus, dass er das Schwert des Gegners zerbrach. Zwei weitere Schläge und sie waren bei Bermeer, dessen Gegner gerade am Hals getroffen gurgelnd zu Boden ging. Hinter dem Gaukler war offenbar nur die Wachstube, von dort kam keiner mehr. Er hatte also den Rücken frei, aber aus der anderen Richtung drängten weitere Wächter und die ersten der Diebe waren schon durch den Bogenschützen gefallen.

Calbin schlug sich wacker und brachte einen Wächter zu Boden, als Ankwin bemerkte, dass der Bogenschütze im Hof auf ihn anlegte. Der Impuls, den Schäfer sofort aus der Schusslinie zu zerren, wurde nur für einen kurzen Moment unterbrochen. Beißendes Flüstern rief dem Bärenfelsener ins Gedächtnis, wer der Mann war - *Er ist ein Erpresser, Mörder und Dieb und der einzige, der weiß, was in der Kiste ist. Dieb! DIEB!*

Ankwin schüttelte den Kopf, um die Gedanken loszuwerden, und griff nach dem Diebeskönig, nur um im selben Augenblick den satten Klang eines Pfeiles zu hören, der den Schädel Calbins knirschend durchschlug. Durch die Wucht des Schusses taumelte der Schäfer nach hinten und fiel über die Mauer. Ankwin hatte ihn noch zu fassen bekommen und er hing für einen kurzen Moment an Ankwins Hand. Schmerzen schossen dem Krieger in die Rechte. Er musste ihn loslassen, sonst würde er mitgerissen. Ungläubig starrte der Bastardkönig ihn an. Ankwin ließ los und sank hinter die Brüstung. Dann war nur noch ein sattes Platschen zu hören, als die Leiche ins Wasser des Burggrabens fiel. Der Dieb war tot.

DER LOMOSH-DANG
(Nahe Katym im Frühling)

Kaum war die Sonne richtig aufgegangen, hatte sich die kühle Insellandschaft in ein schwüles, stickiges Paradies für Mücken verwandelt. Die Gischt des Lomosh-Batur sorgte dafür, dass das gesamte Gebiet des Lomosh-Dang von Feuchtigkeit durchtränkt war. Das große Becken, in dem diese Insellandschaft lag, sorgte außerdem dafür, dass sie sich auch schon im Frühling schnell aufheizte. Das ständige Summen der Insekten bildete die Obertöne zum anhaltenden dumpfen Dröhnen des großen Wasserfalls, der trotz der Entfernung immer noch lautstark donnerte und aller Welt zeigte, was für eine Macht er hatte. Und wieder gab es nur Fisch.

Lustlos und genervt verscheuchte Bermeer ein paar Fliegen von dem braunen, verschwitzten Verband an seinem Schenkel und versuchte, sich in eine bequemere Position zu drehen, was allerdings erfolglos blieb.

Sie lagen beide nun schon seit Tagen hier auf einer der unzähligen Inseln des Dang zwischen giftig grünen Büschen und tausenden Moskitos und kurierten ihre Wunden aus. Garocks Schulter hatte sich gut gemacht und der Schwindel war mittlerweile auch verschwunden, nur seine Rippen bereiteten ihm noch höllische Schmerzen. Bermeers einzige Verwundung hatte sich entzündet und pulsierte im trägen Rhythmus seines Herzens.

Nach dem Vorfall im Kontor hatte sie sich über die alten Trampelpfade retten können. Die beiden Wächter an dem kleinen Tor waren kein Problem gewesen. Der Weg nach unten hatte sich allerdings als wahrer Albtraum erwiesen. Garock hatte schwere Schwindelanfälle erlitten und mit Übelkeit zu kämpfen gehabt. Bermeer hatte sich mit dem Bolzen im Bein nur unter großen Schmerzen bewegen können, trotzdem hatte er Garock mehr als nur gestützt. Schließlich waren sie unten angekommen und dann lief in Anbetracht der Situation alles relativ gut.

Sie waren in der Lage gewesen, sich in der ärmlichen Siedlung am Fuße des Batur alles zusammen zu stehlen, was sie benötigt hatten. Lediglich die nötigen Kräuter zur Behandlung der Wunden hatten sie in dem alten heruntergekommenen Holzträgerdörfchen nicht gefunden. Nach einem abenteuerlichen Stolpermarsch durch die morastige Welt des Lomosh-Dang, der sie ihre letzten Kräfte gekostet hatte, waren sie irgendwo im Unterholz zusammengebrochen und erst am nächsten Abend wieder erwacht.

Beide waren noch bis zur Dunkelheit außer Stande, überhaupt etwas zu tun. Schließlich hatte Garock ihnen etwas Wasser und Feuerholz geholt und sie hatten die Wunden notdürftig versorgen können. Danach hatte sich Garock aber übergeben und war wieder ohnmächtig geworden. Erst der nächste Tag brachte beide zumindest wieder unter die Lebenden.

Zu ihrer körperlichen Verfassung kam noch, dass sie Moakin und das Ei zwar gefunden, aber beides gleich wieder verloren hatten. Bei dem Ei war das nicht weiter schlimm. Jetzt konnte damit nichts mehr angerichtet werden, aber was den Jungen anbelangte, hatte Bermeer ein schlechtes Gewissen und wusste, dass es Garock genauso ging. Der Gaukler machte sich große Vorwürfe. Hatte er Moakin in den Tod getrieben? Was hatte der Junge schon von der Welt gewusst? Er war nur ein armer Bauersjunge, der Hoffnung auf ein besseres Leben gehegt hatte. Bermeer konnte sich im Augenblick selbst nicht leiden, was selten vorkam.

»Wenn ich noch einen Tag länger hier liege,
schwör' ich, werde ich zur Fliege.
Wir müssen hier fort, müssen gehen,
sonst ist feuchtes Grün das Letzte, was wir sehen.«

Bermeer sah seinen großen Freund kläglich und flehend an und war dem Abgrund des Aufgebens dieses Mal verdammt nahe. Die letzten Monate hatten ihn offenbar mehr gefordert, als er sich hatte eingestehen wollen.

Garock sah Bermeer eine Weile in die Augen, dann konnte der Assassine ein Brummen hören. Erst war es von dem ständigen Gesumme der Insekten kaum zu unterscheiden, doch es wuchs und wurde zu einem kräftigen Ton. Garock summte. Er erhob sich und

und verschwand im Unterholz. Nach einem längeren Zeitraum, in dem der Assassine den Krieger ab zu lauter und leiser summen hatte hören, erschien dieser wieder mit einem mächtigen Bündel Grünzeug in seiner rechten Pranke. Er fletschte die Zähne und Bermeer wusste, er freute sich über seine Idee.

Schon machte er sich daran, den Verband des Gauklers zu wechseln und Teile der gesammelten Kräuter darauf zu legen. Dann packte er ihre wenige Habe zusammen, zog seinen Dolch und schnitt ein paar Ranken einer Kletterpflanze von einem nahestehenden Baum. Bermeer sah ihm interessiert zu und genoss gleichzeitig das Summen, das sich bald zu einem Lied auswuchs. Es tat gut.

Während Garock mit beachtlichem Geschick aus den Pflanzensträngen einige Schlaufen formten und diese untereinander verband, sang er immer kräftiger. Bermeer fragte sich für einen Moment, warum Garock nicht schon öfter gesungen hatte, aber im Nordgebirge war es ihm dafür zu schlecht gegangen und auf dem Boot wären sie weithin zuhören gewesen. Doch hier mitten im Lomosh-Dang geriet das Lied Garocks immer kräftiger. Es war ein äußerst rhythmischer Singsang, der sich durch alle Tonlagen bewegte und den Gaukler auf andere Gedanken brachte. Schließlich umwickelte der Berisi ein paar Stellen des Pflanzengeflechts mit Stofffetzen und zog es sich wie eine Art Hüftgurt über. Bermeer klatschte in die Hände.

»Diesmal wird der Bot' getragen.

Was für'ne Ehr', was soll ich sagen.

Ja, wir spielen Pferd und Reiter.

Endlich geht es wieder weiter.

Ich der Ritter, du das Tier.

Suchen Fräulein Kunigund.

Hältst du es auch aus mit mir,

an deinem Ohr mein Plappermund?«

ROTER RITTER
(Brakenburg im Sommer)

Sonderbarerweise empfand er die Studien umso langweiliger, je mehr er las. Mittlerweile hatte Murajin vierzig oder fünfzig Bücher gelesen, darunter sogar Werke, die die Lehren der Magie enthüllten, doch, auch wenn er sie intuitiv verstand, er konnte weder zaubern noch sich irgendeinen anderen Reim darauf machen, wie er die Wegelagerer hatte besiegen können. Bei einigen der Bücher hatte er sogar das Gefühl, sie schon einmal gelesen zu haben und war sich mittlerweile sicher, dass er nicht nur Ankwin gewesen war, sonder auf wunderbare Weise wohl auch dieser Theodus. Jedes mal, wenn er Baddo im Archiv half oder bei ihm Bücher las und das Gespräch in diese Richtung lenkte, hüllte sich der Archivar allerdings in Schweigen. Es war zum Verrücktwerden.

Sie waren jetzt inzwischen seit etwa zehn Wochen in Brakenburg und der Frühling machte bereits dem Sommer Platz. Helmin traf er jetzt nicht mehr jeden Tag. Ab und zu sah er sie bei Lavielle und ab und zu aßen sie gemeinsam bei Baddo und Miretta zuhause. Lavielle besuchte er immer noch täglich. Die Kräuterfrau tat das sicherlich auch, nur zu anderen Zeiten als er. Sie hatte sich mittlerweile tatsächlich dafür entschieden, eine richtige Heilerin zu werden, und ihr schien es bei allem Zeitaufwand viel Freude zu bereiten. Sie machte sich allerdings immer noch große Sorgen und Vorwürfe wegen Lavielle, deren Zustand unverändert schlecht war.

Murajin hatte ihretwegen auch ein schlechtes Gewissen, doch Baddo beruhigte ihn dann immer wieder. *›Manche Dinge kann man nicht erzwingen. Entweder bringt sie die Zeit oder man muss lernen, ohne sie zu leben.‹*

Meistens halfen diese oder ähnliche Worte des Magiers, aber heute war wieder einer dieser Tage, an denen Murajin oft an Lavielle denken musste und sich in Rage dachte. Sie war so eine schöne Frau und durch ihren Zustand so schrecklich verwundbar und schutzbedürftig. Obwohl er sich außerdem an keine einzige

491

Begebenheit erinnern konnte, spürte er dennoch die große Vertrautheit, die sie beide selbst durch den Schleier ihrer seelischen Trübung verband. Es musste etwas geschehen.

Frustriert schlug er den Folianten über Kraftlinien zu und schaute Baddo durch die entstandene Staubwolke herausfordernd an. Dieser ignorierte ihn geflissentlich und sortierte irgendwelche Pergamente in ein Regal, während er ab und zu irgendetwas in eine Liste kritzelte. Trabius lauerte unter dem Regal und gab komische Geräusche von sich.

»Was war mit Theodus? Ich meine, du sagtest etwas von einer Patenschaft und dem Myriton. Kannst du oder willst du mir nicht mehr dazu sagen?«

Der Magier schien den Wiedergänger gar nicht zu hören und kritzelte etwas in seine Liste.

»Verdammt, Baddo! Hör mir doch zu!«

Immer noch ignorierte ihn der hagere Mann. Murajin wurde wütend und schlug auf den Tisch, sodass sich die Echse weiter unter das Regal zurückzog und hellrot leuchtend fauchte, doch Baddo schien ihn nicht wahrzunehmen.

»Du hörst mir jetzt zu oder ...!«

»Oder was?« Baddo hatte sich plötzlich umgedreht und ihn seinerseits angebrüllt. Sein Gesicht glich einem verzerrten Trugbild seiner selbst und triefte vor Herablassung. Murajin war außer sich. *Dieser eingebildete Drecksack!* Er streckte den Arm aus, schloss die Hand, ohne den Magier auch nur zu berühren, und fuhr zurück.

Baddo wurde mit einem kräftigen Ruck in seine Richtung gezerrt, hielt dann aber stand. Er grinste breit und schien auf einmal wieder so sympathisch wie eh und je. Murajin starrte ihn verwirrt und mit offenem Mund an, während seine brennende Wut gierig nach weiterer Erregung suchte.

»Hab' ich es mir gedacht.« Baddo sprach eine kurze Formel und kehrte die Handflächen nach außen, worauf Murajin einen kleinen Stich in der Hand verspürte. »Du beherrschst die Drachenmagie.«

»Ich ... was?«

»Wille und Wort, mein Lieber, Wille und Wort. Das ist die älteste und reinste Form der Magie. Sie bedarf keiner

Zauberformeln oder spezieller Gesten. Man denkt, man handelt und es geschieht.« Baddos Augen leuchteten wie die eines kleinen Jungen, der einen kandierten Apfel bekommen hatte. »Das einzige Problem ist nur, dass niemand mehr die Sprache denkt und spricht, die dafür notwendig ist, weil niemand sie kennt ... außer dir.«

Murajin spürte sein Herz deutlich in seiner Brust hämmern und begann zu zittern. Einerseits erleichterte ihn, dass Baddo ihn offensichtlich absichtlich provoziert hatte, andererseits war da noch etwas anderes in ihm, das enttäuscht zu sein schien, dass die Wut schon ausgebrannt war.

»Ankwin hat, wie wir ja vermuten, von dem Drachenei getrunken und wurde durch das Feuer zu einem Drachen transformiert. Dieser Drache fraß Theodus, der wiederum zu diesem Zeitpunkt seine gesamte Lebens- und Zauberkraft durch die grüne Patenschaft direkt vom Myriton bezog. Die Patenschaft sorgt normalerweise dafür, dass die Seele nach Beendigung der Aufgabe in eine andere sterbende, also freiwerdende Existenzform übergeht. Das muss im Falle von Theodus der sterbende Drache gewesen sein, der sich, nach dessen Tod, wieder in Ankwin verwandelte. Ja, natürlich ...« Baddo fasste sich an die Stirn.

Murajin konnte kaum folgen und die Tragweite, die der Magier den Umständen zu maß, nicht nachvollziehen. »Um was geht es hier? Ich kann also zaubern, wenn ich wütend bin, aber der Rest ...?«

»Verstehst du denn nicht?« Der Archivar sah Murajin für einen Moment erwartungsvoll an, dann schien ihm etwas einzufallen. »Nein, du verstehst natürlich nicht. Woher auch ...? Du bist ein roter Ritter.«

»Ich bin ein was?« Murajin war hin und hergerissen zwischen dem Gedanke, Baddo wäre verrückt geworden, und der Vorstellung, was ein roter Ritter sein könnte.

»Wir Magier nennen einen Widerspruch im Gefüge des Myriton einen roten Ritter. Genaugenommen kann es darin keinen Widerspruch geben, aber es widerspricht allen bis dahin entwickelten Lehren und ist entweder einmalig oder lässt sich nicht erklären. Also ...«

»Warum zum Henker heißt das Roter Ritter?« Ankwins Wut loderte für einen Moment wieder auf.

»Äh ... Wenn ich mich richtig erinnere, kommt das daher, weil es eine irrwitzige Sage über einen Ritter gibt, der einen Drachen geröstet und gegessen hat. Diese Sage ist eigentlich eher ein Schwank und diente mit Sicherheit nur der Unterhaltung, aber der Kern der Geschichte bedeutet, dass alles auf dem Kopf steht, verkehrt ist, nicht funktionieren kann. Ich glaube, hier im Hause gibt es sogar irgendwo ein Wandgemälde, dass diese Sage darstellt.« Baddo hatte sich mittlerweile gesetzt und nippte an einer Tasse mit kaltem Tee, während er Trabius mit sanften Handbewegungen unter dem Schrank hervorlockte.

Murajin versuchte, die neuen Informationen zu sortieren. »Das heißt also, in mir steckt dieser Theodus, der ein magisches Bündnis mit dem Myriton eingegangen ist, ein Krieger, der eigentlich tot sein müsste und ein halbausgebrüteter Drache. Der Drache ist böse und steht im Widerspruch zu diesem grünen Dings und dem Myriton. Richtig?«

»So in etwa. Ich stoße hier allerdings auch an meine Grenzen. Ich habe bis jetzt nur herausgefunden, dass die Verwendung von Dracheneiern zu nichts Gutem führt. Um genau zu sein, nichts für die Menschen Gutes, das ist wie immer eine Ansichtssache. Ich glaube, der Schinderkult sah das damals ein bisschen anders.«

Während der folgenden Stille schüttelte Murajin immer wieder ungläubig den Kopf. Schließlich brach er das Schweigen mit einer neuen Frage. »Und wenn ich dann diese Wort-Wille-Magie anwende, wenn es denn klappt, dann tue ich etwas Böses?«

»Nun, das ist ein weites Feld. Ich habe die Dämonologie studiert und dort gibt es viele Zauber, die sich für das Gute verwenden lassen und im herkömmlichen Sinne aus etwas Bösem oder besser Ungutem entspringen. Mir stellt sich viel mehr die Frage, ob *du* im Kern gut oder böse bist.« Baddo sah Murajin so abschätzend an, wie ein Pferdehändler ein Pferd.

»Ob ich böse ...? Aber ich habe doch niemandem etwas getan.«

»Ja, ja. Schon gut. Das hat noch etwas Zeit.« Baddo lächelte eines seiner breiten Grinsens.

»Ich denke, es ist an der Zeit, dass wir beide dieses Regal durchforsten, um noch weitere Informationen über den Schinderkult, Drachen und Drachenmagie zusammenzusammeln. Einverstanden? Wir werden schon herausfinden, wer oder was du bist.«

Obwohl er nichts greifen konnte, schienen plötzlich die unterschiedlichsten Gedanken und Empfindungen auf den Wiedergänger einzudrängen. Schemenhafte Bilder Lavielles, als sie noch jünger war, Erinnerungen an einen Riesen und einen Zwerg, blutige Eindrücke schrecklicher Kämpfe, zerschlagene Gesichter und blutige Knöchel, Hass, ein Flüstern, Glücksgefühle, hunderte magischer Zeichen und Formeln, Gesprächsfetzen magischen Diskussionen, wieder Blut und Feuer und am Ende dieser scheinbar unstillbare Wunsch nach Muscheln. Ruckartig stand er auf und hielt sich die pochende Schläfe. Baddo sah ihn besorgt und machte Anstalten, ihm irgendwie zu helfen, doch Murajin hob seine Hand. »Einverstanden.«, ächzte er. Das unbändige Verlangen nach etwas oder jemand, der ihm irgendwie Halt und Orientierung gab, ein Licht aussandte in allem dem düsteren Gedankenchaos, trieb ihn an und er zwang sich zur Ruhe. »Aber erst muss ich noch zu Lavielle. Ich hoffe, du verstehst.«

**

Wie schon die vielen Male zuvor stand Murajin vor der Tür zu Lavielles Zimmer. Man konnte Stimmen und auch Schreie und laute Anweisungen hören. Der Ordenswächter sah teilnahmslos an ihm vorbei. Helmin saß Nägel kauend auf einer Bank neben der Tür. Die Ausbildung und die Aufgaben hier taten ihr offensichtlich gut, doch jedes Mal, wenn sie Lavielle besuchte, schien das sofort wieder von ihr abzufallen.

Nach einer kleinen Ewigkeit kam Schwester Ronda mit zwei Ordensbrüdern aus dem Zimmer. Sie schien etwas erschöpft und winkte die beiden mit ernster Miene zu sich her. »Ich muss Euch beiden leider mitteilen, dass ich keinerlei Hoffnung hege. Lavielles Zustand ist schlimmer geworden. Es ist, als ob sie sich mehr und mehr verschließt. Ihre Seele findet den Ausgang aus dem Versteck, dass sie sich zu ihrem eigenen Schutz erschaffen hat, nicht mehr.«

Helmin begann zu schluchzen.

»Es muss doch einen Weg geben. Sie ist schließlich eine Eurer Schwestern!« Murajin wurde so ärgerlich, dass die Ordenswache ihn eindringlich beobachtete.

»Ich kann Eure Wut verstehen. Sie gründet auf der gleichen Verzweiflung, die mich auch befällt. Aber gleichgültig, ob sie unsere Schwester ist oder nicht. Wir können ihr nicht helfen.« Ronda machte eine Pause und versuchte, Helmin aufmunternd anzulächeln, während sie ihr übers Haar strich. »Das Einzige, was ich mir vorstellen könnte, wäre Feuer mit Feuer zu bekämpfen, und das ist nicht der Weg der Heiler, zu mal es große Risiken birgt. Abgesehen davon fehlen uns dazu die Möglichkeiten.«

»Was meint Ihr? Was für Möglichkeiten.« Murajin kämpfte seine Ungeduld nieder, wusste er doch ganz genau, dass sie ihm nichts brachte, doch als die Mutter der Wut war sie schwer zurückzuhalten.

»Wenn Lavielle das auslösende Ereignis noch einmal durchleben könnte,« Ronda suchte nach Worten, »oder zumindest etwas ähnliches, dann bestünde vielleicht eine Chance. Aber ich bin der festen Überzeugung, dass das nur möglich ist, wenn sie im Kreis höchstvertrauter Menschen ist. Verzeiht mir, wenn ich Euch zu nahe trete, ihr habt viel für sie getan, aber ich meine Personen, mit denen sie über Jahre hinweg gemeinsam durchs Leben ging. Ich habe mir von Shkuhum berichten lassen, wer dort in Frage käme, aber man berichtete mir, dass Lavielle zwar ein Vorbild an Fürsorge und Wärme war, aber Vertraute hatte sie keine, bis auf einen Mann, der sie stets begleitete, einen Berisi. Er muss damals bei ihr gewesen sein. Helmin, erinnerst du dich vielleicht.«

Helmin schniefte. »Ja, Garock. Der war da, aber der ist dann fortgegangen. Ich weiß nicht, wo er ist. Er sucht meinen Jungen.«

»Wo ist dein Junge?« Mitgefühl schwang in ihrer Stimme mit.

»Er ... er ist fortgelaufen.« Die Kräuterfrau musste schlucken.

Ronda presste die Lippen aufeinander und sah Murajin hilfesuchend an. »Ihr könnt jetzt zu Ihr, wenn Ihr möchtet. Uns bleibt immer noch, für sie zu beten. Mawana ist die Mutter, und sie wird wissen, was sie tut. Entschuldigt mich jetzt. Andere bedürfen noch meiner Hilfe.«

Murajin setzte sich zu Helmin, legte den Arm um sie und sie weinte noch eine Weile. Dann erhoben sie sich und betraten das Zimmer.

Lavielle hatte tiefe Ringe unter den Augen, war mager und völlig zerzaust. Man hatte sie mit Lederriemen ans Bett gebunden. Ihre Knöchel waren wund gescheuert. Sie schauten die beiden an, als wären sie freundliche Geister. »Will nicht. Roter Ritter, Eierdieb. Piep, piep, piep.« Sie lächelte irr.

Murajin lief es kalt den Rücken hinab. Woher kannte sie diesen Begriff? Irgendetwas war da noch. Irgendwo hatte Lavielle noch eine Verbindung zu dieser Welt. Sie mussten sie nur finden. Wortlos ging er zu der schönen Heilerin und küsste sie auf die Stirn. Dann drehte er sich zu der alten Novizin. »Helmin. Wir müssen uns nachher unterhalten.«

Helmin nickte nur stumm und Lavielle lächelte wieder beide an. »Roter Ritter, Zwerg und Riese, steht't 'ne Burg da auf der Wiese. Hi, hi. So hat's der Gaukler immer gemacht, ja gemacht. Will nicht.«

BLUTIGER TANZ
(Rhodenquell im Frühling ... vor langer Zeit)

Überrascht vom plötzlichen Tod des Schäfers und wütend über seine eigene schuldige Untätigkeit knurrte Ankwin wütend, dann wuchs das Knurren zu einem markerschütternden Schrei. In einem Wirbelwind aus Raserei und erbarmungslosen Schlägen drängte er die heranstürmenden Wächter auf dem Wehrgang zurück. Es gelang ihm, sie ins Treppenhaus zurückzuwerfen, wo sie selbst die Tür schlossen, um sich vor seinem wahnsinnigen Angriff zu retten. Der Krieger sank keuchend auf die Knie.

Für den Moment waren sie hinter der Brüstung sicher vor dem Bogenschützen. Er schaute den Gang entlang. Zwischen all den Toten konnte er noch acht Mann ausmachen einschließlich Bermeer und Theodus. Alle saßen sie geduckt hinter der Brüstung und blickten zu ihm. Als er sich zu einem Spalt in den Brettern der Brüstung drehen wollte, stach ihn irgendetwas in die Seite. Ein Pfeil steckte in seiner Hüfte. Den musste er sich vorher eingefangen haben. Er verdrängte den Schmerz und brach den Schaft kurzerhand knapp über dem Wams ab, dann blickte er durch den Spalt.

Zu dem Bogenschützen hatten sich zwei Weitere gesellt. Lavielle schien immer noch in einer Art Trance und der Heiler, vermutlich Ottheim oder Aresco, zuckte mittlerweile rhythmisch zu seinem eigenen Sprechgesang. Der Scheiterhaufen brannte jetzt und ein anderer Heiler schnitt den dreizehn Geiseln einer nach der anderen die Kehle durch. Schon beim Tod des ersten Opfers veränderte sich das Feuer des Scheiterhaufens und flackerte rötlich.

Wo blieb die Verstärkung? Das Tor musste geöffnet werden! Was auch immer da unten vorging, musste aufgehalten und Lavielle befreit werden.

Entschieden presste er seine gedämpften Anweisungen heraus. »Greift euch etwas und werft es auf mein Zeichen, nach unten. Bermeer, du kommst mit mir. Wir gehen zum Torhaus. Du und du, ihr bleibt beim Magier. Der Rest kommt mit uns. Theodus, schick alles darunter, was du hast. Alles klar?« Acht blutverschmierte Gesichter nickte ihm zu.

»Los!« Sofort warfen die Männer Waffen, Helme und Schuhe der Toten nach unten, was die Bogenschützen einigermaßen ablenkte, doch ein Pfeil fand trotzdem sein Ziel und traf Theodus. Aus dessen Hand löste sich ein Blitz und schoss ungezielt in das gegenüberliegende Dach, wo es sofort zu qualmen anfing. Schmerzverzerrt sank er hinter die Brüstung.

Ankwin hatte sich allerdings schon in Richtung Tür gedreht. Er hoffte nur, dass seine Vermutung stimmte und die Tür nicht mehr das war, was sie vorgab zu sein - stabil. Schließlich war die Burg hier lange nicht mehr als Wehranlage genutzt worden und es bestand eine Chance. Er rannte auf sie zu und sprang mit beiden Füßen voran auf die Mitte des Türblattes. Dann fiel er unsanft auf den Boden und die Luft entwich aus seiner Lunge. Die Pfeilspitze meldete sich brüllend zu Wort. Die Tür hatte sich bewegt, hielt aber noch stand. Ein Schatten flog über ihn hinweg und die Tür gab krachen nach.

»Herbei, herbei, ihr Heilerschänder,
durchtrenne Kehlen, Bein und Bänder!«

Bermeer war schon wieder auf den Beinen und trieb die Wächter die Treppe hinunter. Ankwin ließ sich nicht die Zeit, seine Lunge wieder mit Luft zu füllen. Der Gaukler war zwar todesverachtend, doch Ankwin wusste, dass der offene Kampf gegen größere Waffen seine Sache nicht war. Erst, als er hinter Bermeer aufschloss, atmete er wieder ein. Gemeinsam gelang es ihnen, bis an den Fuß der Treppe zu kommen. Als sie auf den Hof traten, waren elf der dreizehn Geiseln tot. Ihr Blut vereinigten sich in einem unheilvollen Rinnsal und floß über das schmutzige Pflaster. Der Beschwörer lachte mittlerweile aus vollem Hals, drehte sich plötzlich zu Lavielle und riss ihr irgendetwas brutal von der Brust.

Ihre ohnehin schon zerschundene Heilerrobe hing jetzt nur noch in Fetzen herunter. Schlagartig wurde ihr Blick klar und sie sah voller Schrecken und Unglaube auf den Scheiterhaufen, in dessen Mitte sich jetzt eine blau schwarze Gestalt abzeichnete.

***

Die weißen Wolken und der Drache vermengten sich zu blutigem Rot. Lavielle wirbelte wie ein Herbstblatt durch die Luft. Sie fühlte weder Schmerz noch Glück, dann riss die dunkle Wolkendecke auf und grelles Licht flutete alles bis zur Konturlosigkeit. Sie presste die Augen zusammen und versuchte jedoch, sie sofort wieder zu öffnen. Ihre Augen brannten und tränten. Der Geruch von Blut, Tod und Feuer stieg ihr in die Nase. Kampflärm und das Knistern brennenden Holzes drang an ihr Ohr.

Nach und nach wurde ihre Sicht klar. Vor ihr stand Aresco, in Blut getränkt, und schaute sie boshaft lachend an. Er hielt einen Seelenschützer in der Hand. Er hatte sie damit betäubt. »Das solltest du dir nicht entgehen lassen! Heiß den Seelenfresser willkommen mit deinem Flehen und deiner Angst!« Er trat zur Seite und Lavielle sah in einem von Leichen umringten Feuer einen blau schwarzen Dämon, der sich wuterfüllt in seinem unsichtbaren Gefängnis wand.

Sie hatten einen Dämon beschworen. Die Quelle war ein weiteres Mal geschändet worden. Fassungslos starrte sie auf die Kreatur und die vielen Wächter und Heiler, die mit irgendjemandem kämpften. In einem Akt der Verzweiflung zerrte sie an ihren Fesseln, die ihr ins wunde Fleisch schnitten. Panik stieg in ihr auf. Die blanke Angst um das eigene Überleben wollte sie übermannen. Wieder riss sie an den schmerzenden Fesseln. Dann drängte sich etwas in ihr Bewusstsein. *Garock!* Sie hatten ihn getötet.

Die noch eben auflodernde Ohnmacht schlug in ein Gefühl um, dass die Heilerin nur schlecht kannte. Der in ihr soeben geborene Hass verlieh ihr neue Kraft und wieder zerrte sie an ihren Fesseln.

***

Er öffnete die Augen und sah zuerst nur verschwommen. Er schmeckte immer noch Blut und das Rauschen war auch noch zuhören. Doch da war noch etwas, gleichmäßig und stark. Er konnte es ganz deutlich schlagen spüren.

***

Die Ausmaße des Dämons brachten den Todesgaukler für einen Moment zum Staunen. Er war sogar größer als der Berisi. Schemenhaftigkeit wechselte mit rotem Feuer und klarem Blauschwarz.

Bermeer löste sich von dem Anblick und wollte Ankwin schon weiterziehen, doch ehe er etwas erreichen konnte, flog eine Tür auf der anderen Seite des Hofes auf, wobei eine der Flügel aus den Angeln ging. Der blutige Körper eines Wächters war von innen gegen sie geworfen worden. Er lag nun zuckend am Boden davor. In der Türöffnung erschien Garock, nass und blutverschmiert und mit einem hasserfüllten Gesichtsausdruck, der Bermeer für einen weiteren Moment stocken ließ. Grimm war ihm bei Garock vertraut, hatte er ihn doch schon kämpfen sehen, aber dieser unverhohlene Hass machte den Riesen zu einer Naturgewalt.

Der Berisi hatte einen großen verkrusteten Blutfleck auf der Brust und sah übel aus. Ohne sich umzublicken, wandte sich der Hüne Aresco zu, der bei Lavielle stand. Dessen Wächter rannten sofort auf den Hünen zu. Garock griff sich in Ermangelung einer Waffe ein langes Holzscheit von einem Stapel Brennholz an der Wand. Das Dach darüber brannte jetzt lichterloh.

Auch Ankwin und dem Gaukler stürmten neue Angreifer entgegen. Ein Knurren durchriss das Kampfgetümmel. Der Seelenfresser stand offenbar kurz vor seiner vollkommenen Inkarnation.

Endlich konnte sich Ankwin aus der Starre befreien und seine Wut über die Misshandlung Lavielles schäumte giftiggrün in ihm empor. *Misshandelt! Misshandelt und gefoltert! Lavielle!*

Zwischen ihnen und dem Torhaus war eine große Zahl an Wächtern. Hinter ihnen drängten die letzten vier Diebe aus dem

Treppenhaus. Sie waren also zahlenmäßig weit unterlegen, doch Ankwin stellte sich den Wächtern sofort entschlossen entgegen. Er wusste, so würden sie es nicht schaffen, aber dann sollte es eben so sein. Gerade als der Bärenfelsener den Feinden entgegenlaufen wollte, fuhr ein blauer Funkenregen auf die Bogenschützen nieder und verwirrte sie vollkommen. Oben an der Brüstung stand Theodus mit blassem aber grimmigem Gesicht und der Pfeil steckte noch in seiner Schulter. Immer wieder schickte er Scharen von blauen Funken unter die Feinde. Die Funken blieben wie Insektenschwärme an den Männern kleben und sie verloren jede Orientierung.

Mit einem Streich hatte Garock zwei seiner Gegner niedergeschmettert. Dem Dritten wich er mit einer Drehung aus und rammte ihm die Front des Scheites ins Gesicht. Leblos klappte er zusammen. Der Beschwörer lachte immer noch und tanzte zu einem unbekannten Rhythmus, während er Lavielle ansah und auf den Scheiterhaufen zeigte. Garock erschlug den Mann, der die Hälse der Geiseln geöffnet hatte, achtlos im Vorbeigehen und trat zu Lavielle. Das Ritual schien ins Stocken zu geraten. Der Dämon knurrte lauter und fing an, ungeduldig zu brüllen.

Als der Berisi die Heilerin losband, kicherte der oberste Heiler nur irre vor sich hin und machte sich sofort daran, auch der letzten Geisel die Kehle zu öffnen. Garock bemerkte die Bewegung zu spät im Augenwinkel und schlug aus der Drehung auf den Heiler ein. Dieser ging sofort zu Boden, doch er hatte sein blutiges Werk schon vollbracht. Mit einem Brüllen, dass alles Bisherige in den Schatten stellte, schlug sich der Seelenfresser auf die Brust. Einige hielten sich die Ohren zu, Fensterläden bebten und Scheiben und Tongefäße zerbrachen. Dann sah der blauschwarze Dämon sich um, als wolle er sich orientieren. Sofort fasste er das Tor ins Auge und wollte darauf zugehen, doch Garock stellte sich ihm in den Weg.

Der blutüberzogene Heiler stand wieder auf und lachte trotz seiner Verletzung, als hielte er Garock für einen kompletten Narren. Sein Lachen veränderte sich zu einem Gurgeln und seine Augen verdrehten sich. Lavielle hatte ihm seinen eigenen Dolch von hinten durch den Hals getrieben. »Mawana möge Euch verzeihen, doch ich bete darum, dass sie es ebenso wenig tut, wie ich es kann.«

Ankwin hatte sich mit der Unterstützung des Magiers gut vorangearbeitet, doch schien die Zahl der Gegner schier endlos. Bermeer war es wenigstens gelungen, irgendwie zum Torhaus vorzudringen. Ankwin sah ihn darin verschwinden.

Zwischen Garock und dem Seelenfresser war mittlerweile ein furchtbarer Schlagabtausch entstanden. Immer wieder fauchten die scharfen Krallen des Dämons um Haaresbreite an dem Berisi-Krieger vorbei oder ritzen dessen Haut und dieser steckte dafür Hiebe von Garocks Holzscheit ein. Der Dämon war langsam, aber wenn er traf, wurde der Fels Garock in seiner Grundfeste erschüttert.

»Theodus! Konzentriere dich auf den Dämon!« Ankwin wusste, dass sie zu fünft nur wenig Chancen gegen die Masse von Wächtern hatten, aber Garock würde vor dem Dämon nicht mehr lange bestehen können.

Sofort hörte der Funkenregen auf und Theodus sah sich suchend um. Er hatte nur die Dämonenkralle um den Hals. Das war alles, was er an Dämonenzaubern hatte. Es musste noch einen Zauber der vierten Stufe geben, den er jetzt brauchen konnte. *Der Rankenbund!*

Sofort sprach der Magiermeister die nötigen Worte des Zaubers, der eigentlich zur Verstärkung einsturzgefährdeter Höhlen und baufälliger Häuser gedacht war. Er spürte deutlich, dass er nicht mehr viel zaubern konnte, ehe ihn seine Kräfte verließen. Lange blaue Fäden lösten sich aus seiner Hand und schossen in die Fugen des gepflasterten Hofes. Nur Augenblicke später konnte man kleine Keime sehen, die sich durch das Pflaster drückten. Sofort wurden sie fingerdick und strebte in Richtung des Dämons. Garock befand sich ebenfalls im Wirkungsfeld, aber Theodus hatte keine Wahl. Schon hatten die ersten Triebe die beiden Hünen erreichten und umschlangen ihre Füße.

Ankwin stand inzwischen nur noch mit zwei Mann Rücken an Rücken und erwehrte sich seiner Haut, so gut es ging. Über seine Gegner hinweg sah er nur die Köpfe Garocks und des Dämons.

Von Lavielle war nichts zu sehen. Seine Wut fand in der bloßen Zahl der Gegner langsam ihre Grenzen. Mit einem Mal wurde das Tor geöffnet. Bermeer winkte von der Brüstung oberhalb des Tores. Er hatte es geschafft. Doch niemand drängte herein, kein Rahag mit achtzig Dieben, keine Verstärkung. Ankwin fluchte und das heißere Wispern in seinem Kopf wuchs und schürte seinen Hass. *Drecksherzog! Verräter!* Schon ging der nächste Gegner in der neuentfachten Wut des Kriegers zu Boden. Ankwin war wie gespalten, einerseits überrascht über den erneuten Kraftzuwachs, andererseits erschrocken über das Geflüster, das er hörte und den Hass, den er spürte. Plötzlich gesellte sich zu dem Kampflärm und dem Geflüster ein weiteres Geräusch. Noch ehe Ankwin es richtig erkannte, drangen die Verursacher durch das Tor. Die Verstärkung war eingetroffen.

Wenige Momente später spürte der Krieger die Entlastung, die sie brachte. Er warf einen Blick zu Theodus, der immer noch auf dem Wehrgang stand und blass und schweißüberströmt seine verkrampften Finger auf den Dämon richtete. Garock und der Seelenfresser waren mittlerweile beide von dicken Ranken umwunden und kämpften mehr gegen diese als miteinander. Das wutentbrannte Brüllen des blauschwarzen Riesen hallte im Burghof wieder und ließ alle, ob Freund oder Feind, erschauern. Jetzt sah Ankwin auch Lavielle, die mit halb entblößter Brust und zerzaustem Haar einer Rachegöttin gleich dastand und ihrerseits zauberte. Sie schien Garock zu unterstützen. Dann ging alles ganz schnell.

Der Dämon senkte den Kopf und zog die Arme auf die Brust. Es verging ein Moment, in dem Ankwin alles gleichzeitig wahrnahm. Die gedungenen Diebe Brakenburgs drängten in den Burghof und auf die Wächter des Ordens ein. Theodus zitterte vor Anstrengung und hielt seinen Zauber aufrecht. Garock versuchte, trotz seiner Fesseln, irgendwie, den Dämon zu schlagen, und Lavielle konzentrierte sich auf den Hünen. Dann breitete der Seelenfresser mit einem Ruck seine Arme aus und zerriss seine Fesseln. Theodus wankte und musste sich an der Brüstung festhalten. Ohne auf Garock oder irgendjemand sonst zu achten, begann der blauschwarzer Andersweltler loszulaufen, genau auf das Tor zu.

»Bermeer! Schließ das Tor! Der Dämon will zum König! Schließ das Tor.« Bermeer schien Ankwins Rufe nicht recht zu verstehen und hielt sich die Hand ans Ohr. »Schließ das Tor!« Ankwins Stimme war an der Grenze ihrer Kraft.

Endlich schien der Assassine begriffen zu haben und drehte sich um. Hastig wollte er erst die dicken Seile der Winde kappen, doch die Zeit war zu knapp. Kurzentschlossen schwang sich Bermeer über die Brüstung und war mit wenigen Sätzen an der Fassade heruntergeklettert. Trotz des Dämons, der auf ihn zu rannte und dabei achtlos alles in seinem Weg zur Seite schlug oder nieder rannte, drehte ihm der Gaukler den Rücken zu und warf sich gegen das Tor, um es zu schließen. Dann wurde der Dämon mitten im Lauf gebremst. Eine der Ranken verband ihn noch mit Garock und er hatte den Berisi von den Beinen gerissen. Wütend sah der Dämon über seine Schulter und blickte Garock an, dann begann er wieder loszulaufen.

Bermeer gelang es gerade noch, den schweren Sperrbalken herunterzuklappen, als der Seelenfresser das Tor rammte. Der Gaukler flog wie eine Puppe zur Seite. Ohne Anstrengung warf der Andersweltler den Sperrbalken hinter sich, riss das Tor auf und rannte hindurch. Garock, der sich irgendwo festzuhalten suchte, griff aus Reflex den Sperrbalken und beide waren durch das Tor verschwunden.

Ankwin sah Lavielle schon zu Bermeer rennen. Dieser lag leblos am Boden. Er blickte kurz zu Theodus. Der stand zitternd an der Brüstung und erwiderte seinen Blick. Er vollführte eine Geste und der Krieger wurde von einem blauen Strahl getroffen, dann sackte der Magier hinter die Brüstung.

***

Ankwin rannte durch das Tor und spürte sofort, dass er schneller laufen konnte. Er war erst zuversichtlich, sie schnell einholen zu können, doch der Seelenfresser war samt Garock schon in den

Wald gelaufen und außer Sicht. Zu Fuß würde er ihn also trotzdem nicht einholen. *Weißwind!* Der Krieger beschleunigte seinen Schritt und rannte direkt zu dem Versteck der Pferde. Doch was sollte er tun, wenn er den Dämon eingeholt hatte? *Weder Eisen noch Feuer!* Er hob kurzerhand einen faustgroßen Stein auf.

Bei den Pferden angelangt, sprach er kurz und sorgenvoll zu seinem tierischen Weggefährten Ihm war ganz bewusst, dass das treue Pferd in der vergangenen Nacht einen langen Gewaltritt hinter sich gebracht hatte. Es war wie die anderen weder abgerieben noch zugedeckt worden. »Weißwind, mein Freund, du hast heute schon mehr geleistet als jemals zuvor und doch musst du mich jetzt noch einmal tragen und deinem Namen alle Ehre machen.« Dann sprang er auf.

Laut wiehernd stieg der Schimmel in die Höhe und begann zu laufen, als riefe Gikaned, das Götterpferd, selbst nach ihm. Schon nach kurzer Zeit konnte Ankwin das sonderbare Paar ausmachen. Garock wurde immer noch hinterher geschleift. Er hatte sich allerdings mittlerweile an den Ranken entlang näher an den Dämon gezogen, wohl um die Wahrscheinlichkeit, irgendwo hängenzubleiben, zu verringern.

»Heyjah!« Weißwind gab noch einmal alles. Sie verließen den Wald wieder und stießen auf ein großes Feld. Auf der anderen Seite kamen die ersten Reiter des Königstrosses in Sicht. Der Dämon war fast in der Mitte des Feldes, als Ankwin erst Garock und dann ihn einholte. Der Krieger machte sich bereit, aus vollem Galopp auf die Kreatur zu springen, den Stein fest in der Hand. Dann stoppte der Dämon plötzlich und drehte sich um.

Mit unbarmherziger Gewalt schlug er aus. Weißwind wieherte und Ankwin flog in hohem Bogen an dem Seelenfresser vorbei. Als er die Augen wieder öffnete, stand das blau schwarze Monstrum schon über ihm und holte aus. Die mächtigen Arme des Untiers würden ihn zermalmen. Für einen Ausweg war es zu spät. Dann traf etwas mit brachialer Gewalt auf den Rücken des Dämons und dem jungen Krieger flogen kleine Holzsplitter um die Ohren. Der blaue Riese sank auf ein Knie, Ankwin rollte sich zur Seite und die Faust des Monsters krachte ungebremst in die Erde. Ein Brüllen quittierte seinen Schmerz.

Garock hatte dem Seelenfresser einen mächtigen Schlag versetzt. Nun schlug der Bersisi erneut auf das Untier ein. Er traf ihn mit voller Wucht im Nacken, worauf der Seelenfresser auf das zweite Knie sank. Der Sperrbalken allerdings zerbarst nun endgültig in lange, dicke Splitter. Speichel troff dem Krieger ins Gesicht und er spürte den heißen Atem des Undings. Ankwin kroch rückwärts und versuchte gleichzeitig aufzustehen. Seine Hände fingerten nach dem Stein, der nirgends zu finden war. Der Berisi hielt sich schmerzverzerrt die Hand. Der Dämon stand wieder auf und wollte auf Ankwin zerstampfen, dann trat eine dunkelblaue Spitze aus seiner Brust. Garock hatte ihm einen der Balkensplitter mit der Linken in den Rücken getrieben. Mit einem markerschütternden Schrei fiel der Seelenfresser wie ein gefällter Baum direkt auf Ankwin. Das letzte, was der Krieger sah, war sein Pferd Weißwind, dass nicht weit von ihm mit großen Augen keuchend im Gras lag. Blaue Dunkelheit umfing ihn.

SCHWELLENZAUBER
(Brakenburg im Sommer)

Langsam schritten sie neben einander her und keiner sprach ein Wort. Beiden war der Besuch bei Lavielle ziemlich an die Nieren gegangen. Schließlich fand sich am Rand des Weges eine Bank und sie setzten sich. Sie genossen eine Weile den herrlich duftenden Seelengarten, der in der Abendsonne überirdische Schönheit und Friede ausstrahlte.

»Es ist eine Schande.« Helmin malte mit dem Kiefer und starrte ins Leere.

»Ja. Du hast Recht, so kann es auf jeden Fall nicht weiter gehen.«

»Wie meinst du das?« Sie schaute ihn verwundert an. »Was hast du vor?«

»Wir holen sie da raus. Das hätten wir schon viel eher tun müssen. Eigentlich hätten wir sie gar nicht hier abgeben dürfen. Sie hat es selbst immer wieder gesagt.« Murajin Blicke streiften ohne Ziel umher.

»Du meinst, wir sollen ...? Du willst sie da heimlich rausholen? Wie stellst du dir das vor? Ich meine, sie wird schließlich bewacht. Und freiwillig werden sie sie bestimmt nicht herausgeben.« Helmin kam ein schrecklicher Gedanke. »Oder willst du etwa die Ordenswache töten?«

»So weit muss es ja nicht kommen.« Murajin hatte bereits über diese Möglichkeit nachgedacht. »Wenn es sein muss, würde ich es tun, aber vielleicht fällt uns noch eine bessere Lösung ein.«

»Und dann? Was willst du dann mit ihr machen? Ronda hat gesagt, sie hat keine Hoffnung, dass Lavielle ...«

»Außer sie durchlebt das gleiche oder ein ähnliches Trauma, dann ...« Murajins sprach jetzt leidenschaftlicher.

Und auch Helmin erregte sich an dem Thema. »... könnte es vielleicht sein, dass sie sich wieder erinnert. Vielleicht.«

»Es zu versuchen, ist in jedem Fall besser, als dass sie in einem Zimmer angebunden wie ein Tier dahinsiecht.« Murajin wurde zorniger.

»Aber wir können doch nicht deine ganze Bestattung nach spielen. Außerdem fehlt ein vertrautes Gesicht.« Helmin schloss die Augen und versuchte, die Ruhe zu genießen. Sie war völlig ratlos, aber Murajin hatte Recht. Es musste etwas geschehen.

»Nein ... das können wir nicht.« Murajin schlug entmutigt und frustriert mit der Faust in die hohle Hand, dann schwiegen sie wieder.

»Hast du etwas über die Geschichte des Ordens gelesen oder überhaupt etwas über die Vergangenheit?«

»Ja. Wie kommst du darauf?«

»Na ja, Lavielle ist doch, das weiß ich von ihr persönlich, jahrelang mit Garock, Bermeer, diesem Theodus und dir durch das Land gezogen. Und ihr habt viele gefährliche Situationen durchlebt. Da müsste doch ...«

»... in irgendeiner Chronik etwas darüber stehen. Helmin, das ist eine großartige Idee. Ich erinnere mich an eine ganze Reihe von Büchern. Es handelte sich um die Legenden des Ordens. Als ich Obogan danach fragte, meinte er, dass das nur die langweiligen Reiseberichte der Heiler auf Wanderschaft waren. Deswegen habe ich nicht reingeschaut, aber das ändern wir.«

Allein das Gefühl, vielleicht etwas gegen Lavielles Zustand tun können, hob seine Laune.

»Wir sollten Baddo fragen, ob er uns hilft. Vielleicht weiß er Rat. Schließlich kannte er Theodus gut und Lavielle, soweit ich weiß, auch.«

***

»Ihr wollt *was*? Na hör sich das einer an. Miretta, hast du das gehört? Die beiden wollen Lavielle einfach aus den Orden holen und nach Rhodenquell schleppen.« Baddo schien überrascht, aber die Vorstellung, etwas Verbotenes zu tun, gefiel ihm offenbar.

»Warum nach Rhodenquell? Wegen des Wassers?« Mirettas Stimme klang gedämpft aus der Küche.

»Nein, wegen der Erinn ... Ich erklär's dir später, Schatz!«

»Was?«

»Schon gut!« Baddo grinste. »Habe ich doch richtig vermutet, oder? Ihr wollt Sie mit der Erinnerung an den Schinderheiler zurückholen, stimmt's?« Erwartungsvoll riss der Magier die Augen auf.

»Stimmt. Schwester Ronda hat gemeint, dass so etwas helfen könnte.« Murajin sah ihn fragend an.

»Ja, ich kenn mich ein bisschen damit aus. Ich hatte mal einen Kollegen, dem war es ganz ähnlich ...« Plötzlich begriff Baddo, dass weder der Wiedergänger noch Helmin die Geschichte hören wollte. »Na, ist ja auch egal. Du hast aber vorher etwas erwähnt von wegen, es muss ein Vertrauter dabei sein, jemand den sie gut kennt. Wie wollt ihr das anstellen?«

Angespannt starrt Murajin auf seinen Teller. »Wir hatten gehofft, dass ich vielleicht genüge. Schließlich bin oder war ich ja mal Ankwin, ach verdammt.« Mit einem Mal kam ihm die Idee schrecklich dämlich vor.

Baddo sah ins Leere und ließ seine herausragenden Augäpfel nachdenklich hin und her tanzen. »Ach«, wieder grinste er, »ihr habt Schwester Ronda nichts davon erzählt, dass du einst Ankwin warst. Sie hätte zu viele Fragen gestellt. Verstehe.« Nachdenklich wippte der Magier mit dem Kopf und starrte abwesend auf die Suppe, die ihm Miretta vorsetzte. »Kein Wunder, dass sie dich überwacht. Sie ahnt wahrscheinlich etwas.«

»Ronda lässt mich überwachen? Und das erzählst du mir erst jetzt?« Murajin war völlig verwirrt und Helmin erschrak.

»Ja, ja, aber keine Sorge. Ich habe dem guten Rebian, so heißt dein Verfolger, einen kleinen Zauber angedeihen lassen. Jedes Mal, wenn er die Schwelle der Magierschule überschreitet, muss er sich sofort auf eine Bank setzen und schlafen. Er träumt dann, dass er dich lesen zu sehen. Hihi.« Seine Gäste sahen Baddo entgeistert an und konnten seine Freude über den kleinen Zauber anscheinend nicht teilen. Miretta hatte sich mittlerweile gesetzt und sah ihn etwas verärgert an.

»Baddo, du alter Kindskopf. Erklär deinen Gästen, was du da mit Ronda meinst. Stell dir einfach vor, du würdest es mir erzählen. Ich wünsche einen guten Appetit.« Entschieden begann sie zu essen.

Liebevoll schaute Baddo zu ihr hin. »Du hast Recht. Verzeiht mir bitte. Manchmal gehen meine Gedanken mit mir durch. Also, ich denke, Ronda wusste von Anfang an Bescheid. Zumindest ahnte sie etwas. Schließlich spricht sie die rituelle Sprache der Heilerinnen bestimmt besser als wir. Sie wusste sofort, was Murajin bedeutet und dass dir eine Heilerin den Namen gegeben hat. Sie hat nur eins und eins zusammengezählt und ihr war klar, dass du da irgendwie nicht ins Bild passt.«

»Du meinst, sie traut mir nicht, aber weiß noch nicht, warum?« Murajin begann jetzt auch zu essen. Der Magier schien alles im Griff zu haben.

»So in etwa. Das mit dem Schwellenzauber, das muss ich euch erzählen. Damals während des Studiums, da hatten wir einen Adepten, ich sage euch ...«

»Baddo, du kommst schon wieder vom Thema. Das kannst du doch später noch erzählen.« Dieses Mal hatte Miretta geduldiger gesprochen.

Für einen Moment sah Baddo irritiert zu Miretta, dann besann er sich. »Wo war ich? ... Auf jeden Fall müssen wir uns für Ronda und Rebian etwas einfallen lassen, denn die Entführung einer seelisch Kranken aus dem Orden der Heilerinnen ist etwas anderes als ein Besuch in der Bibliothek der Magier.« Baddo war die Vorfreude auf ihr Vorhaben in jedem Winkel seines langen Gesichtes anzusehen.

EINE FÜRSTLICHE NACHT
(Birgenheim im Frühling)

Der Fleischfetzen nervte ihn entsetzlich. Schon den ganzen Abend hatte er versucht, ihn zwischen seinen Backenzähnen hervorzuholen. Seine Zungenspitze war bereits halbtaub und wund vom ständigen Saugen an dem widerspenstigen Stück Perlhuhn. Das Abendessen war zwar schmackhaft, aber der Vogel äußerst zäh gewesen. Brenkus stieß vom Grunde seines Magens her auf. Eine Wohltat.

Wenigstens der Wein hielt, was er versprochen hatte. Blieb nur noch abzuwarten, ob die fesche Bauersfrau das auch tat. Er hatte am letzten Markttag Recht sprechen müssen, das war immer eine sehr lästige Sache. Dieses Mal allerdings hatte sie auch durchaus ihr Gutes. Ein altes Bäuerlein hatte wohl aus Gier oder aus Altersschwachsinn ein Stück eines benachbarten Ackers gepflügt und somit angeblich zu seinem eigenen machen wollen, denn er hatte dabei den Grenzstein gleich mit gepflügt.

Brenkus hatte das Urteil noch nicht gefällt, da ein Nachbar gehört werden sollte, der aber noch bei einem Verwandten im Nachbardorf war. Glücklicherweise war die Frau des Klägers sehr ansehnlich und mit den Gaben der Natur reich beschenkt worden. Ihr Mann hatte ihm kurz nach der Anhörung persönlich angeboten, doch in einem persönlichen Gespräch mit ihr den Fall noch einmal zu überdenken. So ruhte also die Gerechtigkeit auf ihren Schenkeln.

Das sollte Brenkus nur Recht sein. Die ansehnlichen Mägde seiner Burg hatte er schon mehrmals durch, seine Frau hatte ihm schon einen Stammhalter geschenkt und war zudem hässlich wie die Nacht und so war ein frisches Gesicht doch äußerst erbaulich. Der Fürst grinste breit, machte eine sonderbare Miene und furzte erneut in das zugige Loch, auf dem er saß. Zu viele Zwiebeln.

Dann nahm er noch einen Schluck aus dem Weinkelch und versuchte den Fetzen damit heraus zu spülen. Der Wein brannte etwas auf seiner Zungenspitze, und das Perlhuhn blieb, wo es war.

Er wollte sich dadurch die gute Laune nicht vermiesen lassen und zuckte die Achseln.

Fleischfetzen hin oder her, die Dinge standen nicht schlecht. Die unerwartete Bestattung Ankwins hatte einiges an Steuergeldern in die Kasse gespült und die Suche am Brandberg würde ihm auch noch einiges einbringen. Diese Heilerschlampe hatte doch tatsächlich gedacht, sie könnte hier in seinem Fürstentum herumkommandieren und über seinen Kopf hinweg bestimmen, was zu tun war. Das hatte sie nun davon. Sie war beim Anblick des Drachen verrückt geworden. Er hatte ihn dank der Götter nicht gesehen, da er rechtzeitig geflohen war.

Und jetzt war Ankwin tot, die Heilerin auf dem Weg nach Brakenburg und ihre sonderbaren Freunde weit weg. So konnte er sich also in aller Ruhe um den Nachlass des armen Verstorbenen kümmern. Der durfte ja auf keinen Fall in die Hände der Bauern fallen. Er stieß noch einmal auf und erhob sich dann von dem stillen Örtchen.

Fürst Brenkus verließ den kleinen zugigen Erker und begab sich vom Wein schwankend und voller Vorfreude auf die Nacht ins Schlafgemach, dem einzigen Raum in der ganzen Burg, in dem es um diese Zeit angenehm warm war. Der Frühling lag zwar schon in den letzten Zügen, aber selbst noch die Sommerabende konnten hier im Norden sehr kalt werden.

Die wenigen Kerzen und das Feuer im Kamin tauchten seine Kammer wie immer in ein unstetes Schattenspiel. Neben dem derben Geruch des Holzfeuers und einem anderen, den er nicht zuordnen konnte, meinte er trotz des ausgiebigen Weingenusses, den Duft der Frau wahrzunehmen, die bestimmt schon die Laken vorwärmte.

»Na, wo steckt das feine Täubchen denn?« Gierig lächelnd trat er an das große Himmelbett heran und griff nach einer der dicken Felldecken. Er konnte das Weib im Halbdunkel nicht recht erkennen, meinte sie aber, direkt vor sich zu erahnen. Als er nach ihr griff, stellt sich der feste Hintern, den er erwartet hatte, als ein weiteres Laken heraus. Vielleicht hatte er doch zuviel Wein genossen.

»Wo steckst du? Komm endlich her.« Die Ungeduld des Fürsten wuchs. Mit nachlässigen Bewegungen streifte er seinen edlen Nachtmantel ab und ließ ihn achtlos auf den Boden fallen, dann kroch er auf alle Vieren quer über das Bett.

»Na warte, du Teufelsbraten. Dir werd' ich's schon noch zei ...« Brenkus war auf der anderen Bettseite angekommen und schaute über die Kante ins Halbdunkel. Dort lag die schöne Bauersfrau, wie Gondar sie geschaffen hatte, allerdings war sie gefesselt und geknebelt und sah ihn mit großen angsterfüllten Augen an.

Der weinselige Blick des Fürsten blieb völlig verwirrt an ihren bebenden Brüsten hängen, während sein von fleischlicher Gier umnebelter Verstand verzweifelt versuchte, einen Sinn in dem Gesehenen zu entdecken.

»Guten Abend, hoher Fürst,
ich darf Euch doch sehr bitten.
Schaut der guten Bauersfrau
nicht so auf die ...«

Ein Blitz fuhr in seinen Hinterkopf und der Donnerhall riss ihn ins Reich der Träume.

***

Ein Schmerz in der Wange riss in zurück in die Realität seines Schlafgemachs. Verwirrt und ängstlich schaute sich Brenkus um und sofort begriff er, dass er an sein Bett gefesselt war. Direkt davor zeichneten sich die riesigen Umrisse eines Menschen ab. Seine derbe Gesichtszüge wurden nur schlecht vom Feuer ausgeleuchtet und das unterstrich den Grimm in ihnen noch. Schließlich erkannte er den Hünen darin wieder, der ihn damals mit der Heilerin besucht hatte. Im Augenwinkel sah er eine Bewegung und blickte erschrocken zur Seite.

Auf dem Rand seines Bettes saß der sonderbare Gaukler, der immer in Reimen gesprochen hatte. Der Panik nahe wanderte sein Blick zwischen den beiden hin und her. Schließlich bahnte sich ein Gedanke den Weg durch die weinvernebelten Auen seines Bewusstseins. *Hilfe!* Er wollte gerade den Mund öffnen, als der

Riese mit einem tiefen Brummen zu summen begann. Der Ruf blieb Brenkus im Halse stecken.

Der Ton erhob sich schnell zu einem tiefen Singsang, der nach einer kurzen Weile mit dem Wort ›Garock-Kaa‹ endete. Völlig verwirrt schaute der Fürst zu dem Gaukler. Der lächelte ihn feindselig an und beugte sich ganz nah an sein Ohr. Dann sprach er leise.

»Ging es hier nach meiner Seele
lägst du da mit offner Kehle,
doch der Krieger will erst wissen,
ob die Heilerin noch lebt.
Sei gewiss, es wird beschissen,
so ihr Blut am Rock dir klebt.
Er hat eben grad geschworen,
kommst nicht weg hier ungeschoren.
Wenn ein Haar gekrümmt an ihr,
zerquetscht wirst du wie Lausgetier.
Kein Schwur, den er ausgesprochen,
je im Leichtsinn ward gebrochen.
Betest besser zu den Göttern,
keiner tat Lavielle verletzen,
sonst von schwarzgefiedert' Spöttern
wird zerpickt dein Fleisch in Fetzen.
Lange wird die Sühne dauern.
Ausgetilgt wird dein Geschlecht.
Geschliffen werden diese Mauern.
Rache ist des Freundes Recht.«

Ruckartig bewegte sich der Hüne auf ihn zu, worauf Brenkus seine Blase entleerte. Dann gingen sie und schlossen leise die Tür. Der Fürst lag geknebelt bis in den späten Vormittag in seinem Bett, da es nie einer wagte, ihn vor der Zeit zu stören.

BLÖDES SPIEL
(Brakenburg im Sommer)

Zuerst wollten sie Lavielle an einem hohen Feiertag der Heiler aus dem Orden holen. Da aber dann in Rhodenquell mit Sicherheit auch viel los gewesen wäre, hatten sie diesen Ansatz verworfen. Eine weitere Schwierigkeit war außerdem, dass Lavielle durch ihre hohe Stellung im Orden und die außergewöhnliche Schwere ihre Krankheit innerhalb der Mauern der Heiler recht bekannt war. Miretta gab zu bedenken, dass, wenn man wüsste, wer sie geholt hat, sie wahrscheinlich alle gesucht würden. Schließlich hatte Schwester Ronda ja sowieso schon ein misstrauisches Auge auf Murajin geworfen.

Dieser hatte dann vorgeschlagen, sie irgendwie als Leiche hinaus zu schmuggeln, und Baddo meinte, es wäre am Besten, sie mitten in der Nacht abzuholen. Aber letzten Endes war keiner von den Vorschlägen wirklich überzeugt. Schließlich hatte Helmin die offenkundig einfachste und erfolgversprechendste Idee.

***

Murajin fühlte sich überhaupt nicht wohl in seiner Haut. Die Robe eines Heilers, die Helmin ihm besorgt hatte, war zu eng. Er durfte die Schultern kaum anspannen und laufen würde er damit auf keinen Fall können. Doch Helmins Plan war Helmins Plan und sie hatten keinen besseren.

Ein gutes Stück vor ihm liefen schon einige Brüder und Schwestern in Richtung des Platzes, wo allmorgendlich das Tanzgebet der Heiler stattfand. So war wenigstens gewährleistet, dass die meisten hier beschäftigt waren und unnötige Zeugen auf das Mindestmaß reduziert wurden. Rebian schlummerte tief und fest auf einer der Bänke in der Magiergilde. Murajin verlangsamte seinen Schritt noch etwas und sah zur Seite, nur um nichts zu sehen.

Die Kapuze der verdammten Robe war ebenfalls zu klein und verdeckte ihm die Sicht. Umständlich zog er sie ein wenig beiseite. Er war jetzt auf der Höhe des Gebäudes, in dem sich Lavielle im ersten Stock befand. Hinter ihm war noch eine kleine Gruppe von Heilern. Er stellte sich an einen Baum und tat so, als ob er sich einen Stein aus der Sandale holen würde, und sah dabei nach unten, sodass man sein Gesicht nicht sehen konnte. Als er sich bückte, knackte die Robe an den Grenzen ihrer Belastbarkeit

Ein letzter Blick, niemand war mehr zu sehen. *Endlich!* Murajin stellte sich hinter den Baum und wartete noch. Da wurde der große Gong geschlagen und alle außer denen, die einen unverzichtbaren Dienst taten, tanzten jetzt in Mawanas Sinne. Eilig ging er auf das Gebäude zu und fluchte leise, als er merkte, wie ihn die Robe wieder bremste. Er stand nun genau unter Lavielles Fenster. Die Wand war mit Pflanzenranken bewachsen. Ein sonderbares Gefühl überkam ihn, ein Déjà-vu einer bittersüßen Erinnerung, die er nicht in Worte fassen konnte.

»Alles klar.« Helmin stand unvermittelt neben ihm und hielt die geknotete Bettwäsche, das Seil und die Riemen bereit. Sie hatte sich aus einer anderen Richtung angenähert.

»Ja, alles klar.« Er nahm ihr das Seil ab und band eines der Enden um seinen Arm, dann begann er, die Wand nach oben zu klettern. Schon nach zwei Griffen und dem Anheben des Knies bemerkte er, dass das so nicht klappen würde. Wütend beugte er sich nach unten, ergriff den Saum und riss die Robe an der seitlichen Naht auf. Helmins Kopfschütteln ignorierte er und begann wieder, zu klettern.

Oben angekommen, hielt er sich mit roten Kopf und nur einem Arm fest und und hebelte das Fenster vorsichtig mit einem Dolch auf. *Bermeer wäre stolz auf dich.* Warum hatte er das gerade gedacht? Bermeer war doch der Zwerg, der mit diesem Garock den Sohn Helmins suchte. Ärgerlich über das Unvermögen, sich richtig erinnern zu können, stieß er das Fenster vorsichtig auf und zog sich weiter hoch. Er hing jetzt mit dem Ellenbogen auf der Fensterbank.

»Ankwin? Nein, du bist nicht Ankwin.« Lavielle lag wie erwartet angebunden auf dem Bett und strahlte ihn an.

Murajin rang kurz nach Luft. »Hallo, Lavielle. Wir spielen jetzt ein Spiel. Der, der am leisesten ist, hat gewonnen, in Ordnung?« Trotz seiner zitternden Arme und seines schweren Atems hatte er versucht, so ruhig und leise wie möglich zu sprechen. Lavielle nickte aufgeregt.

Für einen Moment dachte, Murajin, seine Arme würden ihm den Dienst versagen und er läge gleich neben Helmin auf dem Rasen, aber dann war er schließlich im Zimmer. Eilig knüpfte er das Ende des Wäscheseils am Bett fest. Dann schnitt er Lavielle los und begann sie, in die Seilschlaufe, die er schon gestern Abend geknüpft hatte, hineinzuzwängen. Erst musste Lavielle kichern, doch nach einer Weile veränderte sich ihr Gesichtsausdruck. »Will nicht.«

»Du musst leise sein, Lavielle, so geht das Spiel.«

»Blödes Spiel. Will nicht.«

Nach einem längeren Hin und Her hatte er die Heilerin endlich so weit, dass sie aus dem Fenster stieg, während er sie von oben sicherte.

»Hui, das ist schön.« Gluckste Lavielle.

Murajin traten Schweißperlen auf die Stirn und seine Arme fühlten sich ausgebrannt an. Er ächzte und hoffte gleichzeitig, dass der Posten vor der Tür keinen Verdacht schöpfte. Endlich spürte er, wie das Seil locker wurde, und ging behutsam ans Fenster. Unten stand Laville und kicherte, während sich Helmin sofort daran machte, das Seil loszubinden.

Jetzt hieß es, Spuren verwischen. Er entfernte die zerschnittenen Lederriemen und ersetzte sie durch die aufgenagten. Wenn er daran dachte, taten ihm seine Zähne wieder weh. Zufrieden über den Lauf der Dinge schob er das Bett ans Fenster. Doch das Bett war eindeutig schwerer als erwartet. Er durfte nicht zu ruckartig drücken, sonst wäre es zu laut gewesen. Mittlerweile zeigte die zu enge Robe große dunkle Flecken. Er war schweißgebadet. Nun stand das Bett, wo es sein sollte und er schlich wieder zum Fenster.

Schwer atmend starrte Murajin nach unten. Von den beiden Frauen war nichts zu sehen. Helmin war offenbar wie verabredet mit Lavielle hinter eines der Gebüsche gegangen und zog sie um. Umständlich stieg er durch das Fenster und musste alle Kraft aufbringen, um sich möglichst leise hinunter zu lassen. Irgendwie war das alles in seiner Vorstellung viel leichter vonstattengegangen. Etwa eine Mannslänge über dem Boden verließen ihn seine Kräfte und er landete unsanft auf dem Rücken. Selbst, wenn er hätte schreien wollen, es hätte nicht geklappt. Die Luft war so schnell aus der geschockten Lunge entwichen, dass er für einen Moment gar nichts tun konnte, als auf das Wiederkehren des Atemreflexes zu warten. Wie ein Junikäfer lag Murajin auf dem Rücken und hatte einen hochroten Kopf. Auch, wenn er nicht einmal genau wusste, wer er war, so wünschte er sich doch aus tiefsten Herzen, dass ihm jetzt keiner zusah.

»Wie ein Käfer. Lustiges Spiel.« Lavielle kicherte.

So viel zu meinem Wunsch. Ein langer, lauter Klang riss den Wiedergänger aus der Starre. *Der Gong!* Das Morgengebet war zu Ende. So schnell es ihm möglich war, stand er auf und sah sich noch einmal um. Außer der verknoteten Bettwäsche war nichts zu sehen. Wer also keine Ahnung vom Ausbrechen oder Spurenlesen hatte, würde glauben, Lavielle sei selbst ausgebrochen. Murajin beeilte sich, auf den Weg zu kommen, sodass niemand Verdacht schöpfen konnte. Schon trat Helmin mit Lavielle an der Hand hinter dem Gebüsch hervor. In der Kürze der Zeit war es der Kräuterfrau gelungen, aus der seelisch verwirrten Patientin wieder eine auf den ersten Blick passable Heilerin zu machen.

Sie begaben sich sofort in den Seelengarten. Dort gab es viele Ausgänge und keine Wachen.

Murajin schlug dennoch das Herz bis zum Hals.

»Habe ich jetzt gewonnen?« Lavielle blickte drein, als wolle sie gleich weinen.

»Aber, ja Lavielle. Du hast gewonnen.« Helmin strich ihr übers Haar.

»Blödes Spiel. Will nicht.«

»Musst du auch nicht mehr. Versprochen.«

Der Rest war jetzt tatsächlich ein Kinderspiel. Baddo wartete mit einem einspännigen Wagen in der vereinbarten Gasse und ehe es Mittag war, befanden sie sich schon außer Sicht der Stadt.

STATUE
(Brakenburg im Frühling ... vor langer Zeit)

Lavielle versuchte wieder einmal, das Chaos ihrer Gedanken und Gefühle zu sortieren. Garock lief schweigend neben ihr her und sie war dankbar dafür. Allein seine Anwesenheit gab ihr Halt.

In den letzten Wochen hatte sie mehr erlebt, als in ihrem gesamten Leben zuvor. Sie hatte sich verliebt, einen Prozess als Verteidigerin gegen eine ganze Stadt gewonnen und den schweigsamsten Mann der Welt kennengelernt. Dann war sie Heilerin geworden und Theodus und Bermeer waren in ihre Leben getreten. Weiland glaubte, sie besäße das zweite Gesicht. Sie war sich da nicht mehr so sicher.

Sie war Zeugin einer Dämonenbeschwörung geworden, hatte den Urquell und dessen Schändung gesehen und wäre fast als Haustier des verrückten Aresco geendet. Garock wäre beinahe gestorben. Jetzt war sie auch noch königliche Beraterin und sollte den ganzen Orden umkrempeln. Auch wenn ihr bei den Gedanken an das alles schwindelte, so machten ihr doch die Gefühle, die sie für Ankwin hegte, die größten Sorgen. Sie liebten ihn von ganzem Herzen, doch er war unerreichbar für sie. Sie seufzte, dann begann Garock zu summen.

Auf wunderbare Weise brachte er es wieder fertig, ihre Stimmung vor dem Kippen zu bewahren. Am Ende war doch fast alles gut gegangen. Jetzt waren sie auf dem Weg zu Bruder Weiland, um ihm die letzten Begebenheiten zu erzählen. Sie schritten durch den nur schwach besuchten Seelengarten auf seine Wohnstatt zu.

Schon sahen sie den alten Mann im Schneidersitz vor seinem Häuschen sitzen. Die warme Sommersonne tauchte ihn in gleißendes Licht. Sein weißes Haar schien heller als gewöhnlich. Für einen Augenblick hatte Lavielle ihn für eine Statue gehalten. Sie wollte gerade lachen und ihren Gedanken mit Garock teilen, als dieser aufhörte zu summen. Sofort spürte Lavielle, dass etwas nicht stimmte. Sie sah noch einmal zu Weiland, dann begriff sie es. Mit jedem Schritt, den sie dem alten Heiler nun näher kamen, wurde das Gefühl mehr und mehr zu unumstößlichen Wahrheit.

Schweigend standen sie eine Weile vor Weiland. Er saß in absoluter Gelassenheit in der Sonne und hatte ein Lächeln auf den Lippen. Auf eine Weise, die nicht in Worte zu fassen war, fehlte seinen milchigen Augen allerdings der listige Glanz, der ihnen immer so eigen gewesen war. Weiland war tot.

Lavielle begannen vor Rührung die Tränen über die Wangen zu laufen. Sie war dankbar dafür, wie friedlich er gegangen war.

Garock hob wieder zu summen an, doch dieses Mal steigerte es sich zu einem Gesang. Nach einer Weile begann die Heilerin mit zu summen, sie konnte gar nicht anders. Die Melodie war zu eingängig. Sie öffnete den Mund und unterstützte durch ihren Gesang dann die fremdartigen Worte des Kriegers, die folgten.

***

Der Tod Weilands rührte Garock zutiefst. Nach den letzten Tagen und Wochen der Anspannung, des Leids und der Schmerzen brachte es der alte Heiler doch tatsächlich noch fertig, seinen Tod zu einem Geschenk zu machen. Der Friede, den er im Augenblick seines Todes empfunden haben musste, strahlte noch immer und ging auf den Hünen über.

Er hatte Garock trotz oder vielleicht gerade durch seine Blindheit immer genau verstanden. Der Berisi hatte seine Gegenwart sehr geschätzt und war sich sicher, dass er noch vieles von ihm hätte lernen können. Hankuma hatte aber andere Pläne und ihre Weisheit war unendlich.

Er begann sich einzustimmen für ein Lied des Abschieds und der Trauer. Als er seine Melodie gefunden hatte, stimmte Lavielle neben ihm leise summend mit ein.

»Ich bin Garock, der Krieger, und komme von weit her,
von Berishad, das trocken ist, und ohne Meer.
Wo der Wind den Sand verweht,
und sich das Land nach jedem Tropfen sehnt.

Wenn Hankuma kommt mit ihrer schwarzen Schleppe
und ihr Kleid ausbreitet über der endlosen Steppe,
kann man durch das Gewebe noch den Himmel sehen.
Zahllos sind die Sterne dann und wunderschön.
Ich gehe mit meinen eigenen Füßen, weil Hankuma es so will,
und wenn ich die Erde spüre, ist meine Seele still.
Mein Weg ist lang und ich töte die vierbeinige Schlange.
Der Wind der Zeit streichelt meine Wange,
doch unverzagt folge ich der schwarzen Frau,
bis meine Welt wird alt und grau.
Ihr weises Wort Hankuma spricht:
Vertraue mir und glaube an mich.
Sie füllt mein Herz mit Leben
und wird mein Schicksal für mich weben.

Große Göttin, großer Geist,
heute kommt ein Mann zu dir,
der Heiler war und Weiland heißt.
Auf deinen Pfaden ging er hier.
Er war ein guter Mann
und liebte deine Erde.
Nimm ihn zu dir, nimm ihn an,
dass er Teil des Ganzen werde.
Großer Geist Hankuma, Weiland kommt,
er ging deinen Weg, Weiland kommt.

Er war Weiland, der Heiler, wird ewig Teil sein meiner Seele.
Er wird mich stützen und halten, mir raten, wenn ich fehle.
Deiner Prüfungen nahm Weiland immer an, bestand,
denn blind sah er die Welt durch Herz und Hand.

Und auch der Heiler, dessen Name ich nicht weiß,
grüß ihn von mir und sende ihm meinen Dank.
Er rettete mich aus größter Not und ging dann leise.
Ohne ihn könnt ich deinen Weg nicht mehr beschreiten.
Er gab sein Leben für das meine und für meine Eitelkeiten.

Ich war aus Liebe blind für die Gefahr,
doch jetzt ist mein Herz still und und mein Auge klar.

Hankuma ist der Wegund ich bin Garock, der Krieger.
Ich bin Garock, der Krieger, und mein Weg ist lang.«

STEIN UND FINDER

(Rhodenquell im Sommer)

Die glühende Scheibe schien sich nur zögerlich über die Spitzen der Bäume zu erheben, als wäre sie selbst noch nicht ganz wach. Für Ventorian war das immer ein ganz besonderer Moment. Die Sonne erhob sich vom Nachtlager und warf ihrem Geliebten, dem Mond, der die ganze Nacht über sie gewacht hatte, einen letzten Kuss zu, bevor er sich zur Ruhe begab. Nie fanden sie zueinander und doch liebten sie sich innig und vertrauten einander im stetigen Wechsel ihr Leben an. Sein Leben verlief ganz ähnlich. Als Krieger und Mitglied des Heilerordens hatte er den fleischlichen Freuden abgeschworen und doch verspürte er oft eine natürliche Sehnsucht nach den Frauen und somit auch nach den Heilerinnen. Aber es war weit mehr also bloßes Begehren. Er verehrte die Heilerinnen zutiefst. Seine Aufgabe war es, immer über sie zu wachen, so wie sie immer über seine Gesundheit wachten. Seine Entscheidung, dem Orden bei zutreten und keusch zu bleiben, hatte er nie bereut.

Im Gegenteil war er sehr stolz darauf, es nach nur drei Jahren schon hier her nach Rhodenquell geschafft zu haben und den Urquell bewachen zu dürfen. Hierher kamen schon immer nur die discipliniertesten und besten Ordenswachen des ganzen Landes. Wenn er es genau bedachte, nicht schon immer. Vor über dreißig Jahren hatten hier genau an diesem Ort viele Ordenswachen große Schande über ihren Stand gebracht. Wenn er sich richtig an die Geschichten seines früheren Hauptmannes erinnerte, waren sie damals vom obersten Heiler selbst verführt worden und hatten unbeschreibliche Frevel begangen. Seitdem war das Fest des Wassers hier so streng reglementiert, dass nur den allerwenigsten mehr als einmal die Ehre zu Teil wurde und die Ordenswachen durften den Bereich der Quelle nur in absoluten Notfällen betreten. Ein Ort der Freude war Rhodenquell seit damals nicht mehr.

Insgeheim war er froh, dass die große Zeremonie für dieses Jahr bereits vorüber war. Sie hatten bis zur vergangenen Woche noch

Zusatzdienste deswegen schieben müssen. Trotz der starken Einschränkungen kamen jedes Mal sehr viele Besucher aus allen Ecken des Landes, um am höchsten Fest der Heiler teilnehmen zu können.

»Guten Morgen, Bruder.«

Baltor, seine Ablösung, trat aus dem Wachraum und holte ihn aus seinen Gedanken. Er lächelte ihn müde an.

»Guten Morgen, Bruder.«

»Und, war etwas in der Nacht?«

»Nein, alles ruhig.« Für einen Moment sahen beide über die Brüstung und betrachteten eine Weile die aufgehende Sonne. Der Wald vor der kleinen Burg lag still und friedlich im Morgennebel. Die frische Lufuft umschmeichelte Ventorians übernächtigtes Gesicht und ließ ihn frösteln. *Zeit, sich hinzulegen.* Er freute sich auf sein Bett und wandte sich zum Gehen.

»He, sieh mal. Wer kommt denn da so früh am Morgen?« Baltor zeigte auf die Stelle, an der der Weg aus dem Wald kam.

Müde folgte der Ordenskrieger dem Fingerzeig seines Bruders und kniff die Augen zusammen. Ein einspänniger Wagen mit zwei Personen daauf und zwei Personen daneben näherten sich dem Wehrkloster. Er war sich nicht sicher, aber er meinte, die eine Frau auf dem Wagen müsste eine Heilerin sein.

»Komisch, angemeldet ist niemand.«

»Na, geh schon. Das bekomme ich auch alleine hin.« Baltor nickte gutmütig mit dem Kopf in Richtung Wachstube.

»Nein, nein. Das interessiert mich. Ich helfe dir noch.«

Gemeinsam warteten sie, bis die Gruppe in Rufweite war.

»Halt! Seid gegrüßt und reines Wasser! Wer begehrt Einlass nach Rhodenquell?« Baltors Stimme zerriss die morgendliche Ruhe und zog einen Schlussstrich unter den Frieden der Nacht.

»Auch Euch reines Wasser. Ich bin Lavielle a Shan Savè, hohe Schwester aus dem fernen Shkuhum und ich habe viele Schwestern. Dies sind meine Begleiter, Novizin Helmin, Ainno und sein Bruder Mangger. Wir sind gekommen, um die heilige Waschung zu vollziehen.« Die Heilerin war zu weit weg, als das man Einzelheiten hätte erkennen können, aber sie saß sonderbar steif auf dem Wagen.

Ventorian sah Baltor fragend an. Irgendetwas war komisch an der Sache. Er wusste nur nicht recht was, aber schließlich verlangte hier eine hohe Schwester Einlass und er konnte keinen Grund entdecken, warum sie ihn nicht gewährt bekommen sollte. Baltor sah das offensichtlich genauso, denn er ging kurzerhand zur Wachstube und gab den Befehl zum Öffnen des Tores.

Nach einem Rumoren und Knarren schwangen schließlich die beiden Torflügel auf und der Wagen fuhr an.

»Geh du ruhig nach unten. Ich bleib solange hier oben auf Posten.«

Baltor sah Ventorian dankbar an. »Ich schau, dass ich es so kurz wie möglich mache.« Eilig stieg er die steile Treppe hinab, um die Heilerin gebührend zu empfangen.

Die Männer der neuen Wache traten bereits im Hof an, wie es die Befehle bei hohen Angehörigen des Ordens verlangten. Baltor stellte sich zu Ihnen, nahm Haltung an und wartete, bis der Wagen im Hof zu tehen kam. Dann eilte er zu der Heilerin, um sie noch einmal förmlich zu begrüßen.

Er hatte schon einige schöne Frauen in seinem Leben gesehen, aber diese Heilerin war außergewöhnlich, obwohl ihr anzusehen war, das es ihr nicht gut ging. Ihre Robe wies sie eindeutig als hohe Heilerin aus und auch, was er über die Aura der Heilerinnen gelernt hatte, fühlte sich richtig an.

»Guten Morgen, hohe Lavielle, und reines Wasser. Seid herzlich willkommen in den heiligen Mauern von Rhodenquell. Mein Name ist Baltor. Die Wache ist angetreten und es gibt keine Vorkommnisse.« Baltor war trotz seiner Erfahrung im Umgang mit hohen Heilerinnen aufgeregt.

»Will nicht ...«, die Heilerin sah ihn sonderbar an und, hätte er es nicht besser gewusst, Baltor hätte gesagt, sie wäre trotzig.

»Ich ... Verzeiht ... Ich verstehe nicht ganz.«

»Sie will nicht, dass ... so viel Aufhebens um uns gemacht wird. Habt Dank, Baltor.« Helmin lächelte den Wächter freundlich an. »Die hohe Schwester ist nicht ohne Grund hier. Sie hat große Schmerzen und erhofft Heilung durch die Quelle. Wenn ihr also nichts dagegen habt, würden wir jetzt gerne dort hingehen und die heilige Waschung vollziehen.«

***

Die Reise war ohne Probleme verlaufen. Kein Reiterkommando hatte sie eingeholt und auch sonst war nichts Nennenswertes passiert. Einzig Lavielle machte Baddo doch einige Sorgen. Seit Murajin und Helmin sie aus dem Orden geholt hatten, war ihr nichts anderes als ›Will nicht‹ über die Lippen gekommen. Die Kräuterfrau hatte gemeint, dies wäre recht normal und das Lavielle schon in schlimmerem Zustand gewesen wäre. Der Magier hatte an ihrem Unterton und dem Gesichtsausdruck des Wiedergängers allerdings sofort erkannt, dass es durchaus Grund zur Sorge gab. Vielleicht wollte Helmin einfach an keine Verschlechterung glauben und Murajin wollte ihre Hoffnung nicht zerstören. Baddo wich mit einem großen Schritt einer Pfütze auf.

Es war früh am Morgen, aber sie waren bereits ein gutes Stück vorangekommen. Sie hatten die Herberge weit vor Sonnenaufgang verlassen, denn sie wollten ihr Glück nicht herausfordern und, bevor sie überhaupt das Wehrkloster erreicht hatten, erwischt werden. Ihr Plan war nicht der schlechteste. Baddo hoffte nur, die Heilerin würde ihnen durch einen ihrer Anfälle nicht einen Strich durch die Rechnung machen.

Vor ihnen wurde der Weg heller. Das war laut der Wegbeschreibung des Wirtes die Lichtung, auf der das Wehrkloster stand. Baddos Anspannung stieg und sein Magen zog sich zusammen. Er war zwar ein erfahrener Magier, aber dieses Vorhaben war etwas völlig anderes und machte ihn nervös.

Als die Gruppe den Wald verließ, lag Rhodenquell noch im Morgennebel. Eine beschauliche kleine Burg. Kein Mensch würde vermuten, dass sie das größte Heiligtum des Heilerordens barg. Baddo musste zugeben, dass seine Nervosität nicht nur von der unberechenbaren Situation kam. Seine berufsbedingte Neugier an allem Mythische und Magischen ließ sein Herz ebenfalls höher schlagen. Schließlich war er, so weit er wusste, der erste Magier in der Geschichte, der den Urquell sehen sollte. Selbst damals nach dem Schindermassaker war Theodus nicht unten in der Grotte gewesen.

»Zwei Wachen auf den Zinnen, rechts über dem Tor.«, raunte Murajin, der anscheinend sehr gute Augen hatte, denn Baddo sah keine Menschenseele.

»Will nicht ...«

»Wird schon.« Helmin tätschelte Lavielles Hand, aber sie schien mehr sich selbst zu beruhigen.

Jetzt war es soweit. Nun würde sich zeigen, ob ihr Plan aufging. Mit unveränderter Geschwindigkeit rollte der Wagen den Weg entlang, bis schließlich einer der Wachen Sie anrief.

»Halt! Seid gegrüßt und reines Wasser! Wer begehrt Einlass nach Rhodenquell?« Die Stimme des Wächters klang befehlsgewohnt und autoritär.

»Auch Euch reines Wasser. Ich bin Lavielle a Shan Savè, hohe Schwester aus dem fernen Shkuhum und ich habe viele Schwestern. Dies sind meine Begleiter, Novizin Helmin, Ainno und sein Bruder Mangger. Wir sind gekommen, um die heilige Waschung zu vollziehen.«

Hatte er die richtigen Worte gewählt? Helmin hatte ihm zwar alles erklärt, aber sie war schließlich erst seit einem halben Jahr im Orden. Würden sie ihm und Murajin die Rolle des einfachen Knechtes abnehmen? Oben wurde endlich Befehl gegeben, das Tor zu öffnen. So weit, so gut. Der Stimmenzauber hatte offenbar funktioniert und die Wachen das Theater geschluckt.

Als sie durch das Tor fuhren, baute sich schon ein Begrüßungskommando auf, wie er es erwartet hatte. Jetzt kam es darauf an, wie Lavielle reagierte, denn aus nächster Nähe hätten die Ordenswachen sicherlich sofort bemerkt, das Magie im Spiel war. Baddo wusste, dass sie eine zwar nur sehr basale magische Ausbildung genossen hatten, aber sie hatten eine. Jeder halbwegs in den Künsten des Myriton Bewanderte würde sofort den Braten riechen. Er war nur froh, dass Lavielles Aura noch intakt war. Bei der Murajins und seiner eigenen machte er sich da noch mehr Sorgen, denn seine machte ihn als Magier erkennbar und die des

Wiedergängers war so außergewöhnlich, dass es sicher aufgefallen wäre. Sie konnten also nur hoffen, dass die Wachen den Wiedergänger und ihn nicht genau unter die Lupe nahmen.

»Guten Morgen, hohe Lavielle, und reines Wasser. Seid herzlich willkommen in den heiligen Mauern von Rhodenquell. Mein Name ist Baltor. Die Wache ist angetreten und es gibt keine Vorkommnisse.« Der höflich aber doch sehr bestimmte Ton des Hauptmannes machte Baddo unsicher.

»Will nicht ...«, Lavielles trotzig kläglichen Worte ließen dem Magier einen Schauer über den Rücken laufen. *Jetzt haben sie uns.*

»Ich ... Verzeiht ... Ich verstehe nicht ganz.« Baltor schien irritiert.

»Sie will nicht, dass ... so viel Aufhebens um uns gemacht wird. Habt Dank, Baltor.« Helmin lächelte nervös. »Die hohe Schwester ist nicht ohne Grund hier. Sie hat große Schmerzen und erhofft Heilung durch die Quelle. Wenn ihr also nichts dagegen habt, würden wir jetzt gerne dort hingehen und die heilige Waschung vollziehen.«

Für einen kurzen Moment wäre Baddo beinahe der Schweiß ausgebrochen, aber die gute Helmin hatte die Situation augenscheinlich gerettet. Der Ordenskrieger nickte knapp und gab Befehle. Als man sich daran machte, den Frauen vom Wagen zu helfen, ging Baddo sogar das Risiko ein, einen kleinen Berührungszauber zu wirken. Lavielles Worte, was auch immer sie sagen würde, wären für eine Weile nur ein Flüstern.

***

Endlich standen sie in der beeindruckenden Grotte. Lavielles Anspannung wuchs spürbar und immer wieder flüsterte sie ihr ›Will nicht...‹. Gleich einem verstörten Kind suchte sie die Nähe Helmins.

Baltor erwiderte ihr Gewisper zuweilen mit einem fragenden Blick. Dann wandt er sich noch einmal der Heilerin zu. »Erweist uns die Ehre und ruft, wenn Ihr etwas benötigt.«

Glücklicherweise neigte Lavielle ihren Kopf und man konnte im Halbdunkel der Höhle ihre Lippen nur schlecht erkennen.

»Habt Dank, guter Baltor.« Baddo lächelte freundlich und der Ordenswächter entfernte sich.

»Wie geht es jetzt weiter?« Murajins Anspannung war ihm ins Gesicht geschrieben.

»Wir müssen versuchen, Lavielle eine Erinnerung zu ermöglichen. Vielleicht sollten wir damit beginnen, sie etwas herumzuführen.«

Unter Baddos Anleitungen führten sie Lavielle überall in der Höhle herum, doch sie wurde nur verstockter. Murajin schlug schließlich vor, dass sich Lavielle ins Wasser begeben sollte. Die beiden Männer drehten sich um und Helmin versuchte, die Heilerin dazu zu bewegen, sich zu entkleiden und ins Wasser zu bringen. Doch außer einer verwirrten Heilerin, die einem Esel gleich bis zu den Knien im kühlen Wasser stand und die Augenbrauen zusammenzog, erreichten sie nichts. Alles war vergebens. Nichts schien bei ihr irgend eine Regung hervorzurufen, die auf ein Erinnern hätte schließen lassen.

Nach einer kleinen Ewigkeit standen und saßen sie ratlos am Rand des Beckens, starrten in das schwache Glitzern und Verzweiflung machte sich breit.

»Was sollen wir denn nur tun?« Helmin weinte.

Baddo schwieg, da er mit seiner Weisheit am Ende war. Sie hatten nach einem Strohhalm gegriffen und waren gescheitert. Murajins Anspannung wandelte sich mehr und mehr in Ungeduld und Wut. »Es muss doch möglich sein. Warum erinnere ich mich nicht? Verdammt nochmal! In meinem Kopf ist bestimmt irgendetwas versteckt.« Er hämmerte sich mit der Faust auf die Schläfe.

»Nicht fluchen. Nicht böse sein. Reines Wasser.« Lavielle sah Murajin direkt in die Augen. »Kannst nichts dafür. Der Stein fehlt. Kannst nichts dafür. Der Finder fehlt.«

Die anderen drei sahen sich entgeistert an und keiner konnte einen Sinn in den Worten der Heilerin entdecken. Wieder folgte ein langes Schweigen. Schließlich setzte Baddo sein zuversichtlichstes

Grinsen auf. »Wir dürfen nicht verzagen. Ganz umsonst war das alles hier auf jeden Fall nicht. Lavielle spricht wieder etwas anderes außer ›Will nicht‹.«

»Will nicht ...« Wie zur Bestätigung hatte Lavielle die Worte wiederholt, doch ihre Miene war dieses Mal nicht zu deuten.

Baddo verdrehte kurz die Augen. »Wie auch immer. Wenn ich das alles richtig sehe, fehlen uns tatsächlich nur ein paar«, er suchte nach Worten, »Zutaten, dann erinnert sie sich wieder. Ich halte es für das Beste, wenn wir uns erst einmal eine Kammer geben lassen und uns beraten. Und, wenn ich ehrlich bin, hängt mir der Magen schon bei den Knien. Ein Frühstück täte jetzt bestimmt allen gut. Manchmal muss man erst loslassen, bevor man wieder zupacken kann.«

Trotz der gedrückten Stimmung schienen alle dankbar um den Vorschlag. Gleich einer Trauerprozession stiegen sie die Treppen nach oben zum Licht.

KIESELSTEINE
(Brakenburg im Frühling ... vor langer Zeit)

Der kleine Kiesel in seiner Hand war schon ganz feucht vom ständigen Herumspielen. Theodus gestand es sich nur ungern ein, aber er war nervös. Der Verband an seiner Schulter juckte, aber er benötigte wenigstens keine Schlinge mehr. Er dachte an die anderen, die schwerste Verletzungen erlitten hatten. Allen voran Bermeer, der von dem Dämon beinahe erdrückt worden und nur dank des schnellen Eingreifens von Lavielle überhaupt noch am Leben war. Auch Garock, Ankwin und Lavielle, hatten schwer gelitten, doch sie ertrugen das alles, ohne viel darüber zu sprechen. Das konnte er auch. Er hatte genug Selbstbeherrschung - aber es juckte entsetzlich.

Wieder ging es in der Schlange ein Stück vorwärts. Theodus versuchte, das angespannte Warten zu überbrücken, und dachte weiter über die letzten Tage nach. Der König war in Sicherheit, Lavielle und Garock gerettet und Aresco tot. Soweit er wusste, rumorte es kräftig in den Reihen der Heiler. Ottheim war auf der Flucht, unzählige Heiler bis auf Weiteres festgesetzt. Es wurde sogar gemunkelt, dass der König den ganzen Orden auflösen würde. Lavielle tat ihm leid, aber man würde abwarten müssen, was sie zuwege brachte.

Wenigstens drohte nicht mehr die Gefahr, dass irgendwo plötzlich ein Dämon erschien. Das war abgeschlossen und seine Zeit als Ankläger nun endgültig vorbei, was ihm durchaus etwas Wehmut bereitete, hatte er doch nicht nur interessante Wortgefechte ausgefochten, sondern auch außergewöhnliche Menschen kennengelernt und einiges erlebt. An Freundschaft wollte er noch kaum denken, dazu hatte er zu viele Enttäuschungen erlebt.

Die Aula war wieder brechend voll und der Wahlgang hatte schon begonnen. Seine Kontrahenten hatte tolle Reden geschwungen, aber auch seine Rede war ihm ordentlich geraten. Das Ergebnis blieb dennoch abzuwarten. Und es juckte entsetzlich.

Er versuchte sich wieder davon abzulenken und steuerte seine Gedanken zu Baddo, der irgendwo am anderen Ende der Aula darauf wartete, sein Steinchen in einen der großen Töpfe zu werfen. Er war mit Sicherheit auch aufgeregt, schließlich ging es darum, möglicherweise die Zukunft der Gilde prägend mitzugestalten. Auf der Suche nach ihm streifte sein Blick Wenzer, den jungen Magier, der ihn damals am Haupteingang so bewundernd angesprochen hatte. Er stand direkt neben Bravion und unterhielt sich angeregt mit dem Dicken.

In dem allgemeinen Gemurmel war manchmal das Fallen eines Steinchens zu hören. Die Magier gingen zu einer der Türen hinaus, ließen ihr Steinchen in eine der aufgestellten Töpfe fallen. Fünf Töpfe, fünf Namen. An jedem Ausgang stand ein Freiwilliger, der sich der Wahl enthielt und sie überwachte.

Theodus stand mittlerweile im vorderen Teil der Schlange. Einige waren noch vor ihm, aber er konnte die Gefäße bereits sehen. Mit jedem weiteren Schritt konnte er etwas tiefer hineinsehen. Eigentlich ging er nicht davon aus, dass er gewählt würde, aber die Möglichkeit bestand zumindest. Wieder ein Schritt näher.

»Platz machen! Im Namen des Königs!« Gardisten drangen in die Aula und machten sich auf energische Weise Platz und es wurden erste Unmutsbekundungen laut.

Schon stand der königliche Herold in der Mitte des Runds und die Fanfaren ertönten ohrenbetäubend.

»Volk von Brakenburg, Magier der Schule, hört den Beschluss des Königs!

Aufgrund einer Verschwörung gegen den König, die auch aus den Reihen dieser Schule genährt wurde, hält es seine Majestät für seine höchste Pflicht, wieder Ordnung in die wichtigste magische Instanz dieses Landes zu bringen.«

Einige Buhrufe ertönten, und die Magier, die bereits abgestimmt hatten, versuchten, wieder hereinzudrängen, doch Geiwan ignorierte sie. »Aus diesem Grunde werden die Statuten der Schule bis auf weiteres mit sofortiger Wirkung aufgehoben. Die Wahl zum obersten Magier wird hiermit beendet und jedwedes Ergebnis aus ihr ist ungültig.

Zur sicheren Weiterführung setzt seine Majestät ab sofort einen ihm direkt unterstellten Rat aus drei Magiern seines Vertrauens ein. Ihren Anweisungen und ihrem Ratschluss nicht Folge zu leisten oder ihnen zu widersprechen, ist bis zum Inkrafttreten neuer Statuten bei Strafe verboten.«

Die letzten Zwischenrufe verstummten und alle warteten gespannt darauf, wer nun eingesetzt werden würde.

»Der Rat setzt sich wie folgt zusammen. Ratsvorsitzender ist der Magiermeister Magonn Manuch.« Ein Murmeln ging durch die Menge. Magonn war ein angesehenes Mitglied der Gilde und ein ehemaliger Schüler Uharans.

»Beisitzer sind Galbar Sadonie und Bravion al Kara.

So habe ich gesprochen und so wird es geschrieben.

Geiwan, königlicher Herold.«

Sofort plapperte und schrie wieder alles durcheinander. Theodus konnte nicht glauben, was er soeben miterlebt hatte. Dann fiel es ihm wie Schuppen von den Augen. Zumindest Bravion musste einiges dazu beigetragen haben, dass es soweit gekommen war, und da ein Mensch wie er keinen solchen Weitblick hatte, hingen die anderen beiden wahrscheinlich auch mit drin. *Verdammte Intriganten! Schlangengrube!*

Für ein Moment wollte ihm die Zornesröte ins Gesicht steigen, doch Theodus rief sich sofort zur Ruhe und stellte sich eine Frage. Wollte er das Beste für die Gilde oder war er verärgert, weil er vielleicht gewählt worden wäre? Wenn man es recht bedachte, war die Entscheidung des Königs vielleicht nicht die schlechteste. Die Gilde brauchte eine eindeutige Führung und durfte sich im Moment keinen Ärger mit dem König leisten. Sie war empfindlich geschwächt worden, also waren solche Maßnahmen durchaus nachvollziehbar. Ein vom König eingesetzter Rat war nicht anzweifelbar, eine Wahl hingegen schon. Dass sich dann Intriganten und Schattentreiber diesen Umstand zu Nutze machten, störten ihn jetzt wenig, solange es der Gilde gut ging. Wenn er ehrlich war, hätte er das Amt zwar angenommen, aber glücklich hätte es ihn vermutlich nicht gemacht.

Magonn begab sich in der Mitte der Aula und hob beschwichtigend die Arme. Die anderen beiden stellten sich neben ihn. »Beruhigt euch, Ruhe bitte. Werte Kollegen! Verhalten wir uns doch, wie es unserer Ausbildung und unserem Stand geziemt, kultiviert, ruhig und alle Fakten betrachtend.« Schon am Ende der ersten Worte war es dem Magier gelungen, für Ruhe zu sorgen. »Ich weiß, dass das alles sehr plötzlich kommt. Selbstverständlich auch für meine beiden Kollegen hier und mich.« Er ließ die wenigen Zwischenrufe unkommentiert und stoisch verhallen. »Ich bin mir sicher, dass seine Hoheit Winnegast III. in seinem weisen Ratschluss große Hoffnungen in uns setzt. Schließlich hätte er die Gilde auch weiterhin geschlossen lassen können.« Er machte eine Pause, um seinen Worten mehr Wirkung zu geben. »Wir sind uns einig«, und dabei schaute er Bravion und Galbar an, worauf beide nickten, »dass die Schule ab sofort wieder geöffnet ist und wir das tun, was wir am besten können - Magie lehren und Magie lernen, das unendliche Myriton erforschen und uns von seinem Reichtum und seiner Vielfalt überwältigen lassen, ein Leben führen, dass einzig und allein dem Wohl der Menschen dient und Verzicht bedeutet, Verzicht auf alles, was weltlich ist und uns nur abbringt vom Ringen um Weisheit. Lasst uns diese Schule von Neuem formen und als eine Einheit in die Zukunft tragen. Ich glaube fest an Euch, meine lieben Kollegen und Brüder im Geiste. Ausdauer, Enthaltsamkeit und ein starkes Herz. Geht nun bitte, um eure Pflichten im Sinne der Schule wieder aufzunehmen. Ich danke euch.«

Theodus war nicht wenig beeindruckt von den Worten Magonns und offenbar ging das den meisten Anwesenden nicht anders. Die Tatsache, dass sich der schmierige Bravion im Rat befand, hinterließ zwar einen äußerst seifigen Nachgeschmack, aber im Grunde hatte der Vorsitzende des neuen Rates absolut Recht.

Der junge Magier reihte sich in den Strom der anderen ein, die sich jetzt daran machten, die Aula zu verlassen. Dann ging etwas vor sich, dass Theodus im ersten Moment nicht begriff, doch je länger er darüber nachdachte, um so besser gefiel ihm die Geste.

Jeder, der die Aula verließ, ließ trotzdem sein Steinchen in eines der Gefäße fallen. Jedem war klar, dass die Wahl nicht gültig war, und doch wurde sie zumindest zu Ende geführt. Was den jungen Magiermeister aber am meisten überraschte, war der Füllstand des Gefäßes, auf dem sein Name stand. Es war eindeutig voller als drei der anderen und mit dem von Baddo augenscheinlich gleichauf.

Er lächelte und ließ seinen Stein in das Gefäß Baddos fallen. Ein leises Klacken verriet ihm, dass der Kiesel bei seinen vielen Brüdern angekommen war.

WUT

(Rhodenquell im Sommer)

Baddo stand mit Murajin vor der Burg in der Sonne und beide zogen ein sorgenvolles Gesicht. Sie waren jetzt über eine Woche hier in dem kleinen Wehrkloster, doch es hatte sich nichts Neues ergeben. Einzig die Ordenswächter wurden immer misstrauischer. Lange würde sie hier nicht mehr bleiben können, ohne eine Konfrontation zu provozieren.

Da sie Lavielle nicht überfordern wollten, konnten sie sowieso nicht den ganzen Tag in der Grotte herumprobieren. So hatte der Magier vorgeschlagen, Murajin wenigstens ein wenig im Wald zu trainieren. Aber auch das war genauso wenig erfolgreich verlaufen. Das lag zum einen daran, das Murajin sich an nichts erinnerte, was für die Zauberei von Bedeutung gewesen wäre und er andererseits viel zu verkrampft ans Werk ging, um Erfolg zu haben.

Nach allem, was Baddo über die Drachenmagie wusste, konnte man sie nur meistern, wenn man seinen Gefühlen folgte. Dazu brauchte man allerdings ein ausgeglichenes Gefühlsleben, sonst konnte der Gebrauch sehr gefährlich werden. Bei den wenigen kleinen Erfolgen, die Murajin erzielt hatte, war er immer auf Abstand geblieben. Der Wiedergänger hatte einen Ast in Flammen gesetzt und bei dem Versuch, ein Tier zu rufen, waren unter seinen Füßen alle Käfer und Würmer aus der Erde gekrochen. Von einem Durchbruch konnte man also noch keinesfalls sprechen.

Ein weiterer Grund mochte sein, dass Baddo sich selbst überhaupt nicht im klaren war, wie Murajin in das Geflecht der einzelnen magischen Mächte passte. Einerseits steckte in ihm durch Theodus, der sich offenbar durch die grüne Patenschaft mit ihm vereinigt hatte, die Macht des Myriton. Dann war da Ankwin selbst, der allein durch seine starke Seele und seine mächtige Überzeugung, als Krieger Gutes tun zu müssen, einen nicht zu unterschätzenden Einfluss darstellte. Und als Drittes kam der Einfluss Gordobirs hinzu, der in Form des Eies dazu gelangt war, wobei Baddo nicht wusste, wie viel Ankwin damals davon getrunken hatte. Murajin als Ganzes stellte also genau genommen einen absoluten Widerspruch der Kräfte dar, eben einen Roten Ritter.

Lediglich Baddos Experimentierfreude und unstillbare Neugier war es geschuldet, dass er sich überhaupt in Murajins Nähe aufhielt und ihn sogar ermutigte, zu zaubern. Seine innere Stimme allerdings warnte ihn stetig vor den möglichen Folgen, deren Ausmaß überhaupt nicht abzusehen war, doch der Forscherdrang hatte bis jetzt immer gesiegt.

»Kopf hoch, Murajin. Das wird schon. Lass uns jetzt lieber überlegen, wie es mit Lavielle und Helmin weitergehen soll.«

»Wieso Helmin?« Murajins Blick streifte abwesend durch den Wald.

»Na, ist doch sonnenklar. Seit Lavielle verschwunden ist, fehlt die Novizin Helmin auch. Schwester Ronda braucht nur eins und eins zusammenzuzählen und ihr wird klar, dass sie da mit drin steckt. Du glaubst doch wohl kaum, dass sie ihre Ausbildung zur Heilerin jetzt noch fortsetzen kann?«

»Verdammt! Daran habe ich noch gar nicht gedacht. Ich hätte sie da nicht mit hineinziehen dürfen.« Die Miene des Wiedergängers verfinsterte sich und neben ihm brach wie von Geisterhand ein Baumstumpf entzwei.

Verdutzt starrte beide auf den gespaltenen Klotz, dann fing Baddo an zu lachen. »Na ja, immerhin besser als die Würmer vorhin.«

»Das bringt uns aber nicht weiter. Ich denke, wir müssen fort von hier.«

Die beiden Männer wandten sich dem Kloster zu und zurück blieb ein gespaltener Baumstumpf, der zu qualmen begonnen hatte.

***

Als Garock und Bermeer in Birgenheim erfahren hatten, dass Lavielle mit Helmin nach Barkenburg geschickt worden war, hatten sie sich nach einer kurzen Unterhaltung mit dem Fürsten und einem Abstecher zum Grab Ankwins sofort auf den Weg gemacht.

Beide konnten keinen Zusammenhang erkennen. Das Grab war geöffnet und leer gewesen. Lediglich einen Sack mit den Überresten einiger Grabbeigaben der ersten Bestattung war ihnen in die Hände gefallen. Die Beute musste von einem Grabräuber stammen, aber wenn es ein Räuber war, warum hatte der seine Beute zurückgelassen und wo bei allen Göttern war der Leichnam Ankwins abgeblieben? Der Fürst war es nicht gewesen. Er hätte die Schätze mit Sicherheit eingestrichen. In Helmins Hütte hatten sie dann noch Ankwins letztes Totenhemd gefunden und konnte sich auch darauf keinen Reim machen.

Tot war tot, so hatten sie sich schließlich entschieden, zuerst nach Lavielle zu suchen, da sie hoffentlich noch am Leben war. Die Suche nach dem Leichnam des Freundes würde warten müssen.

Keinerlei Pause hatten sich die beiden gegönnt, was man ihnen mittlerweile sehr deutlich ansehen konnte. Garock hatte einiges an Gewicht eingebüßt und er selbst wurde bei seinem ohnehin geringen Körpergewicht mittlerweile sehr schnell müde, was kein gutes Zeichen war. Tiefe Furchen und Ringe zierten ihre unrasierten und ungewaschenen Gesichter. Die Heiler hätten sie beinahe nicht im Orden eingelassen.

Auf der Reise nach Brakenburg hatten sie herausgefunden, dass die Frauen eine männliche Begleitung gehabt hatten, was sich bei der Nachfrage im Heilerorden bestätigte. Als Garock den Namen Murajin hörte, hatte er ihn zwar übersetzen können, aber Sinn machte das alles immer noch nicht.

Nachdem Schwester Ronda ihnen dann von Lavielles verschlechtertem Zustand, der Flucht und dem Verschwinden Helmins berichtet hatte, war ihnen nur ein Ort außer Birgenheim in den Sinn gekommen, an dem der Versuch einer Heilung Lavielles überhaupt Sinn machte - Rhodenquell.

Trotz ihres abgezehrten Zustandes waren sie dem Tross der Heiler voraus. Sie wollten Lavielle auf jeden Fall vor Schwester Ronda erreichen, darin waren sich die beiden Freunde sofort einig gewesen. Die Tatsache, dass die oberste Heilerin so viele Ordenswachen mit nahm, untermauerte ihren Verdacht, dass sie mehr vorhatte, als Lavielle nur zurückzubringen.

Bermeer spürte mittlerweile jeden Grashalm durch seine Stiefel und seine Fußsohlen brannten. Es gab keine Stelle an seinem Körper, die ihm nicht weh tat. Der Berisi sprach noch weniger als gewöhnlich, was dem Todesgaukler zeigte, dass auch er an der Grenze der Belastbarkeit war. Doch sie würden ihre Freundin nicht aufgeben.

Seine Lunge brannte und seine Kehle schrie nach Wasser, doch der Assassine blieb trotz seiner kürzeren Beine gleichauf mit seinem Hünenfreund. Wenn ihn sein Gehör nicht trog, war der Heilertross nicht weit entfernt und schloss immer weiter auf. Das war auch nur eine Frage der Zeit gewesen, da sie im Gegensatz zu den Ordenswächtern ohne Pferde unterwegs waren. Sie hatten nur durch weniger Schlaf, kürzerer Pausen und Querfeldeinläufe einen kleinen Vorsprung herausarbeiten können. Das war der Preis der Freundschaft. Garock würde nie ein Pferd reiten und in seinem Zustand hatte er ihn nicht wirklich alleine lassen wollen.

Wie weit mochte das Kloster noch sein? Bermeer versuchte, sich durch seine Erinnerungen zu pflügen, und sich so von den Strapazen abzulenken. Einzig an einen kleinen Bach, der vor einer Weile den Weg gekreuzt hatte, vermochte er sich zu erinner, aber weit konnte es nicht mehr sein.

Plötzlich blieb Garock stehen und Bermeer wäre fast in ihn hinein gerannt. Für einen kurzen Moment stützte der Gaukler die Hände auf die Knie, um zu Atem zu kommen, und sah zu Boden. Neben dem seinen und dem tiefen schnellen Atem des Berisi hörte er noch einen weiteren - ein Pferd.

Vor ihnen stand ein einspänniger Wagen. Lavielle und Helmin saßen darauf. Daneben stand Baddo und strahlte sie mit seinem unverkennbaren Grinsen an. Auf der anderen Seite stand Ankwin.

Ankwin!

Garock befreite sich als erster aus der Starre und zog seinen Dolch. Einem antrainierten Handlungsmuster folgend vollführte Bermeer eine Hunderte Male geübte Bewegungen. Auch er zog seinen Dolch und ging auf Abstand zu Garock, sodass sie nun im Dreieck standen. Sein Verstand war zweigeteilt. Die eine Hälfte machte sich kampfbereit und erwartete das Schlimmste, die andere fragte sich, wie das möglich sein konnte, und freute sich, den alten Freund zu sehen.

»Will nicht!« Lavielle strahlte über das ganze Gesicht und hatte die zwei Worte wie einen Freudenschrei ausgesprochen. Helmin war völlig überrascht und wusste überhaupt nicht, was für ein Gesicht sie machen sollte. Murajin hatte ebenfalls zur Waffe gegriffen und eine Haltung eingenommen, die einen Kampf erwarten ließ.

»Hoh, hoh. Immer mit der Ruhe, Freunde. Ihr werdet doch jetzt nicht einen alten Bekannten niederstrecken.« Baddo hob beschwichtigend die Arme. »Murajin, das sind deine Freunde Garock und Bermeer.« Murajin war keine Entspannung anzusehen.

»Bermeer! Garock! Vertraut mir. Ich erkläre euch alles, soweit ich kann. Es geht keine Gefahr von ihm aus.« Baddo war sich sicher, dass ihr in dieser Situation einwenig lügen durfte.

Die Stimmung knisterte, jeder musterte den anderen und war auf der Suche nach dem kleinsten Anzeichen für eine aggressive Handlung. Die drei Freunde ließen sich nicht aus den Augen.

Dann näherten sich Reiter. Vier Ordenswachen umkreisten die Gruppe weiterhin zu Pferd. Drei stiegen ab. Schwester Ronda selbst blieb auch im Sattel. »Mawana sei Dank! Schwester Lavielle ist am Leben. Schaut, ob es ihr gutgeht und bindet den Rest. Wer weiß, ob das wirklich Freunde von ihr sind?«

Die vier Reiter senkten ihre Speere und ließen sie vor den Gesichtern der Männer kreisen. Zwei der abgestiegenen Wachen machten sich daran, zu Lavielle hinaufzusteigen. Der letzte holte Stricke hervor.

Murajins Miene verdunkelte sich, als würde das letzte Unwetter über die Erde ziehen und die Adern auf seiner Stirn schwollen sichtlich an. Garock sah auf die Speerspitze vor seiner Brust. Sie wies genau auf eine lange Narbe. Er durchbohrte seinen Wächter mit einem Blick, der Wasser entzündet hätte. Baddo steckte seine Hände langsam in seine Ärmel und sah abwartend umher. Bermeer senkte seinen Dolch. Helmin schlug die Hände vors Gesicht und weinte.

»Will nicht! Will nicht! Stein? Finder? Will nicht!« Lavielle begann jetzt auch zu weinen.

Bermeer kam eine Idee. Langsam und leise begann er zu sprechen.

»Ruhig Blut, ihr guten Ordenswächter.
Und du, Lavielle, hör mir gut zu.
Erinnerst du dich an den Schlächter,
der Garock töten wollt' im Nu?
Der Speer, der schwebt nun wieder
vor der Brust ihm auf und nieder.«

Ronda zog die Augenbrauen zusammen, gab aber keinen Befehl. Die beiden Wächter an der Seite Lavielles verharrten in der Bewegung. Lavielle selbst blickte zuerst zu Bermeer, dann starrte sie mit blankem Entsetzen auf die Klinge des Speers, die vor Garocks Brust kreiste. Etwas lauter, aber immer noch sehr betont und langsam sprach der Todesgaukler weiter.

»Aresco hieß der böse Mann.
Er schändete das Heiligtum
mit Folter, Mord und Zauberbann.
Wollt' Macht und Blut und eilig Ruhm.«

Alle waren gebannt von der eindringlichen Stimme des Assassinen. Lavielle lag offenbar in einem schweren inneren Konflikt. Ihre Lippen bebten und die Muskeln ihres Gesichtes schienen außer Kontrolle zu sein. Ankwin ertrug ihr Leiden kaum und wurde noch wütender: »Schweig still! Du Narr!«

Doch Bermeer sprach weiter.

»Wir hätten Garock fast verloren,
doch er ist wahrlich auserkoren.
Er tötete den finstern Drachen
und Ankwin fuhr der Götter Nachen.«

»Will nicht ...« Lavielle flüsterte, fing an zu zucken und beugte sich vorn über, ohne den Blick vom Speer zu nehmen.

»In Birgenheim versprach ich's dir
im weißen eis'gen Schnee,
ich würd dich schon noch wieder finden,
vergäßest du dich je.

Die Schuld zu zahlen bin ich hier,
wir haben dich gefunden.
Friede sei dem wunden Herz,
und Seel' an Leib gebunden.«

Lavielles Augen schienen aus den Höhlen herausspringen zu wollen. Schmerzerfüllt sah sie zu der Speerspitze, dann wanderte ihr flehender Blick zu Murajin. Ihrer Kehle entstieg ein schrecklicher Schrei, der vom Grunde ihrer Seele kam. »Ankwiiiiiin!«

Murajin war rot vor Zorn. »Genug!« Mit dem linken Arm ergriff er den Speer vor sich und vollführte mit dem rechten eine Geste, als würde er etwas wegwischen wollen. Augenblicklich flog die eine Wache, die neben Lavielle am Wagen stand, wie eine Puppe an einen Baum und fiel ächzend zu Boden.

Dann geschah alles gleichzeitig. Garock ergriff ebenfalls den ihm drohenden Speer, zog ihn zu sich herunter und ließ seinen Handballen seitlich darauf nieder fahren. Der Stiel splitterte in Fetzen. Bermeer machte eine seitliche Rolle unter eines der Pferde weg, sodass es irritiert wurde und nervös tänzelte. Einer der Reiter begann, Befehle zu Brüllen. Ronda schrie vor Schreck. Baddo nutzte die Ablenkung und begann, mit seinen Händen eine Geste zu vollführen.

Helmin schlug verzweifelt mit beiden Händen auf den zweiten Wächter, der jetzt hinter ihr und Lavielle auf dem Wagen stand. Unschlüssig, ob er zuschlagen oder abwehren sollte, riss er nur die Arme vors Gesicht. Lavielle hatte inzwischen die gesamte Luft aus ihren Lungen geschrien. Helmin kam in Rage und steigerte ihre Angriffe. Der Wächter machte eine hektische Abwehrbewegung und sein Nieten besetzter Handschuh fuhr in Lavielles Richtung. Diese sackte vom Schreien im gleichen Moment erschöpft zur Seite und wurde von der Hand heftig am Kopf getroffen. Mit einem Schmerzensschrei fiel sie vom Wagen und schlug ungebremst auf den Boden.

Garock schnaubte, griff nach dem Bein eines Reiters und zerrte ihn wie ein Stoffbündel aus dem Sattel. Bermeer stand nun seitlich hinter seinem Gegner und öffnete flugs einer seiner Sattelriemen. Sofort kam dieser auf dem tänzelnden Pferd ins Ungleichgewicht.

Helmin und Ronda schrien in heilloser Panik. Baddo hatte seine Geste vollendet. Seine Wache wurde schlagartig weiß und erstarrte in einem Eispanzer.

Murajin war jetzt weder Magier noch Krieger, sondern reine Wut. Voller Zorn hielt er immer noch den Speer seines Gegenübers fest und starrte ihn an. Sein Brustkorb hob sich, als er Luft holte und er wirkte mächtiger denn ja. Dann brüllte er den Mann so grimmig und schrecklich an, dass dieser augenblicklich seine Blase entleerte. Seine Hand schoss nach vorn und ergriff die Wache am Hals. Murajin hob ihn an, bis er frei schwebte, und blickte ihm hasserfüllt in die Augen.

»Murajin, halt!« Lavielle hat sich etwas aufgerichtet, hielt ihr Auge. Der Wiedergänger verharrte in der Bewegung und sah zu ihr hinüber. »Nicht, Murajin. Es ist alles gut. Garock, Bermeer, hört auf.« Es kostete sie große Anstrengung, die Worte zu sprechen.

Ronda begriff die Situation und rief die Wächter zur Ruhe. Auch die Wache am Baum erhob sich langsam und stöhnend.

Alle eilten zu Lavielle und wollten ihr helfen. Sie stütze sich auf die Rechte, während sie mit der Linken ihr Auge verdeckte. Blut lief ihr über die Wange. Sie streckte die blutige Hand aus. Ihr Auge war ausgeschlagen. »Zurück. Ich brauche Platz und Luft.« Erstaunt über die klaren Anweisungen taten alle, wie geheißen.

Lavielle schlug die Beine unter und kniete nun wie zum Gebet. Sie hob die Rechte zum Himmel und die Linke bedeckte wieder ihr verletztes Auge. Dann begann sie zu singen, erst leise und mit leicht belegten Stimmbändern, doch von Silbe zu Silbe wurde das Lied kräftiger. Ronda und die Wächter stimmten mit ein, denn sie alle kannten dieses Lied, das Lied der Heilung. Auch Garock fing zu summen an.

Nach einer Weile begannen Lavielles Gesicht und Hand grünlich zu leuchten und ein heller Ton lag für einen Moment in der Luft. Schließlich ließ sie die Hand sinken und das Lied ging dem Ende zu. Die Wunde war verheilt, doch wider Erwarten war das Auge nicht mehr grün, sondern milchig grau und eine kleine Narbe unterbrach ihre Augenbraue und setzte sich auf der Wange fort.

BEKANNTMACHUNGEN
(Brakenburg im Frühling ... vor langer Zeit)

Wieder stand Ankwin am Fenster und starrte hinaus. Es fiel ihm schwer, die vielen Gedanken, die ihm durch den Kopf gingen, zu sortieren. Lavielle und Garock waren in Sicherheit, doch ein guter Ausgang war es nicht wirklich gewesen. Er hatte für ihre Rettung einen hohen Preis zahlen müssen. Weißwind war tot. Das treue Pferd hatte ihn seit dem Beginn seiner Ausbildung begleitet und war nun an seinen Verletzungen durch den Dämon gestorben. Hatte er ihm zu viel abverlangt?

Das Verhältnis zu Lavielle machte ihm ebenfalls schwer zu schaffen. Aus falschem Stolz heraus hatte er sie nicht ernst genommen. Nein, es war mehr. Er hatte sein Geheimnis über ihr Wohlergehen gestellt und sie dadurch beinahe ganz verloren. Jetzt hatte sie sich noch weiter von ihm entfernt.

Auch Garock wäre fast gestorben. Nur ein Wunder hatte ihn vor dem sicheren Tod bewahrt. Ein Heiler hatte das Massaker in der Halle der Quelle nur knapp überlebt und sich unter den Toten verstecken können. Als man dann die Vorbereitungen für das Beschwörungsritual des Dämons traf, hatte er Garock mit letzter Kraft das Lied der Heilung gesungen und war dann an Entkräftung gestorben. Ein Leben für ein anderes. *Wäre der Drecksberisi doch nur verreckt! Er drängt sich zwischen Lavielle und mich! Diese verfluchte Kiste! Diese vermaledeiten Eier!* Er spürte immer wieder deutlich, wie die Frucht des Drachen in ihm die Kontrolle übernehmen wollte. Das dürfte er auf keinen Fall zulassen.

Der Schäfer kam ihm wieder in den Sinn. Auch wenn der ihn erpresst hatte, so hatte Ankwin doch seinen Kriegerkodex an ihm verraten. Er hatte im falschen Moment gezögert und nun war der König der Diebe tot. Einmal mehr würde ihm klar, dass der Weg des Kriegers nicht so einfach war, wie er noch vor wenigen Wochen angenommen hatte. *Er hat mich erpresst und den Tod verdient! Aber doch nicht so!* Wieder flüsterte es in ihm. Ja, er hatte den Tod verdient, aber nicht auf diese Weise. Nicht durch seine Feigheit und sein Zögern hätte er sterben dürfen.

Ohne den Schäfer und die Diebe hätten sie es niemals geschafft. Über die Hälfte der Männer hatte in dem kleinen Wehrkloster das Leben gelassen. Viele hatten weit tapferer gekämpft, als man für das Gold hätte erwarten können. Sie hätten gute Krieger abgegeben, ganz im Gegensatz zu ihm. Ankwin ballte seine Fäuste. Und zu allem Übel hatte sich der Bastardkönig auch irgendwie abgesichert. Ankwin war sich nicht sicher, was er davon zu halten hatte.

Lavielle hatte sich keine Zeit gelassen, sich von den schrecklichen Ereignissen zu erholen. Noch am selben Tag hatte sie den König bei einer Audienz darum gebeten, ja ihn angefleht, den Heilerorden zu erhalten, denn in einem ersten Anflug von Zorn wollte der ihn komplett verbieten. Es war das erste Mal gewesen, dass Ankwin den König gesehen hatte, und er musste zugeben, dass dieser bei aller Verschwendungssucht und Leichtlebigkeit, die man ihm nachsagte, dann sehr schnell und klug entschieden hatte. Nachdem er mit allen Beteiligten gesprochen hatte, waren noch am Abend seine Beschlüsse ergangen. Er zwang die Heiler zur Umstrukturierung des gesamten Ordens. Kein Mann durfte mehr eine Führungsposition bekleiden? Lavielle selbst setzte er kurzer Hand als seine Vertreterin im Orden ein. Sie musste nun überwachen, dass sein Wille umgesetzt würde, und ihm darüber Rede und Antwort stehen. So, wie Ankwin die Heiler bis jetzt kennengelernt hatte, war das wahrlich keine leichte Aufgabe.

Schwester Biree war zwar eine Frau, würde sich aber bestimmt übergangen fühlen, und nicht alle waren von Aresco verführt worden. Doch die Begründung des Königs war der Machthunger, der dem Manne seiner Meinung nach von Natur aus innewohnte. Wie mochte es Lavielle jetzt gehen?

Theodus ging es da nicht viel besser. Der Magiergilde war ein Dreierrat vorgesetzt worden und es ging das Gerücht um, dass Frauen aus demselben Grund wie bei den Heilern jetzt an der Magierschule zugelassen werden sollten.

Mit einem Mal wurde dem jungen Krieger das Arbeitszimmer zu klein und zu stickig. Er riss das Fenster auf, doch das brachte keine Linderung. Er musste hier raus, raus aus dem Haus, hinaus aus der Stadt. Weg von allem, weg von all denen, die ihm etwas bedeuteten. Sonst würde er sie nur wieder verletzen. Er stapfte wild entschlossen zur Türe und wollte das Haus verlassen, als es klopfte. Unwirsch riss er die Tür auf und Miron stand ungerührt vor ihm.

»Verzeiht, Herr, aber der König verlangt nach Euch.«

***

Ungeduldig stand Ankwin im Wartesaal für die königlichen Audienzen. Lavielle, Garock und Theodus hatten ihn schon erwartet. Bermeer war nicht geladen, das wusste Ankwin. Zum einen war er noch zu schwer verletzt und außerdem machte es keinen Sinn, einen Assassinen in aller Öffentlichkeit zu zeigen. So standen sie also nun zu viert unter all den anderen, wobei sich Lavielle und Ankwin einer gepflegten berisianischen Konversation befleißigten und damit Garock beinahe in den Schatten stellten.

Es war einer der seltenen Momente, in denen Ankwin das Geplapper des Magiers über die Gemälde und die edle Wandverkleidung nicht missen wollte. Mit Lavielle konnte er im Augenblick nicht viel besprechen. Ihm brannten tausend Fragen auf der Seele, aber für keine hätte er jetzt die Worte gefunden. Und Garock sprach so viel, wie eben Garock sprach - nichts.

Sie standen in einer größeren Ansammlung von Hofadligen und reichen Händlern, die alle beim König vorsprechen wollten. Der junge Krieger schweifte mit seinen Blicken umher, während er die Fachsimpeleien von Theodus dankbar über sich ergehen ließ. Für einen Moment blieb er an dem üppigen Dekolleté einer jungen Hofdame hängen, die ihm auch prompt ein errötetes Lächeln zurückwarf. Mit einem kurzen Seitenblick zu Lavielle ließ er seinen Blick dann sofort weiterwandern. Sie hatte anscheinend nichts bemerkt.

Nach einer ganzen Weile kam ein wenig Bewegung in die Menge. Erzherzog Rahag hatte den Raum betreten und ging direkt auf sie zu.

»Seid gegrüßt, Ihr Königsretter.« Seine wässrig blauen Augen kreisten in der Runde. Seinem Tonfall war nicht zu entnehmen, ob er die Bemerkung ernst meinte oder ironisch. Er ignorierte die Ehrbezeugungen um sich her völlig und sprach einfach mit gesenkter Stimme weiter.

»Wie man so hört, scheint der König einiges für Euch übrig zu haben. Hüh, hüh.«

Der Hofmarschall schlug mit dem Stock auf den Boden. »Ihre Majestät, der König!«

Alle Anwesenden neigten ihre Häupter und die Tür zum Thronsaal öffnete sich. Neben zwei Korden, seiner Leibwache, folgte dem Monarchen einer der Ratsherren, ein Schreiber und der Herold.

Dieser stellte sich, nachdem der König alle durch einen Wink dazu aufgefordert hatte, den Kopf wieder zu heben, feierlich hin.

»Volk von Brakenburg, höre, höre!« Es waren fast nur Adlige zugegen, doch es wurde darauf geachtet, dass die Bekanntmachungen für alle gleich lauteten. »Ihre Majestät König Winnegast III. entging vor wenigen Tagen nur knapp der Ermordung durch einen Dämon. Dieser war durch eine Person, deren Namen hier nie mehr genannt wird, beschworen worden, um mit dem Königsmord einen Sturz der bestehenden Ordnung herbeizuführen.

Es mögen vortreten: Prinz Ankwin vom Bärenfels, Heilerin Lavielle a Shan Savé, Magiermeister Theodus und der Herr Garock Kaa.«

Etwas überrascht von den Ereignissen traten die vier an den vom Herold gewiesenen Platz, worauf er weiter sprach.

»Unter Missachtung der Gefahr für das eigene Leben stellten sich diese Bürger des Reiches dem Dämon und auch den Verschwörern entgegen und konnten so Schlimmeres verhindern. Der Dämon ist verbannt und alle Verschwörer tot oder dingfest gemacht.« Ankwin schoss für einen Moment Ottheim durch den Kopf, über dessen Verbleib niemand Bescheid wusste. Die Adligen fingen mit großen Augen an zu tuscheln und eine Welle der Anerkennung und des Neids schwappte den vier Freunden entgegen.

»Herr Garock-Kaa! Der König erlässt Eure noch bestehende Strafe, die Euch durch das Brakenburger Gericht auferlegt ist, ernennt Euch zum Bürger dieser Stadt und zum Leibgardisten ehrenhalber.« Ein verhaltender Applaus wogte kurz durch den Saal. Garock nickte knapp.

»Frau Lavielle a Shan Savé! Ihr habt bereits die Aufgabe, die nötigen Umstrukturierungen innerhalb des Ordens im Sinne des Königs zu überwachen. Ihr seid ab sofort Beraterin seiner Majestät in Fragen des leiblichen und seelischen Wohls.« Lavielle machte einen Knicks. Der nun folgende Applaus war etwas stärker.

»Meister Theodus! Hiermit werdet Ihr zum ersten Zauberer am Hofe ernannt und seid persönlicher Berater des Königs in Fragen der Magie.« Theodus strahlte und verbeugte sich. Die Tatsache, dass es den Titel ›Erster Zauberer am Hofe‹ bis zu diesem Moment nicht gegeben hatte, war ihm gar nicht bewusst..

»Prinz Ankwin vom Bärenfels! Ihr seid ab sofort Leibgardist des Königs ehrenhalber und im Falle eines Krieges werden Euch tausend Mann unterstellt.« Ankwin wollte sich schon verbeugen, als der Herold weiter sprach. »Ihr habt bei der Rettung des Königs Euer Pferd verloren. Daher wird Euch außerdem das dreijährige Ross Hrothekarr übergeben. Es ist ein Sohn des ruminischen Sturmpferdes Komrak, dass seiner Hoheit dem Erzherzog gehört. Die Ausbildung zum Schlachtross hat bereits begonnen und Formen angenommen.« Ankwins Augen wurden groß, doch als sich die Tür öffnete und das schwarze Pferd hereingeführt wurde, konnte er seine Freude nicht mehr verbergen.

Das anmutige Tier war schwarz wie die Nacht und hatte eine sichelförmige Blässe auf der Stirn. Und es war so groß, dass Garocks Schultern nur bis zu seinem Rücken reichten. Ankwin verbeugte sich überschwänglich. Sein Applaus ging jedoch im allgemeinen Gemurmel über das Pferd unter.

Dann trat Garock behutsam an das Pferd heran und Ankwin

konnte als einer der wenigen die leise gesprochenen Worte hören. »Kua wee al djim, Hrothekaarr.«

Die Blicke der beiden Krieger trafen sich. Der Riese nickte ihm betont höflich zu. Ankwin las darin eine tiefe Respektsbekundung und vielleicht auch eine Spur Neid.

»Mit königlichem Siegel, Geiwan.« Der Herold wickelte sein Pergament auf und trat zur Seite.

König Winnegast lächelte alle huldvoll an und schritt auf Garock zu. Er legte den Kopf in den Nacken und zog die Augenbrauen hoch. »Ob Ihr wohl ein paar Eurer Verwandten davon überzeugen könntet, in meine Leibgarde einzutreten?« Noch ehe er Garock in Verlegenheit brachte, antworten zu müssen, klopfte er Theodus und Ankwin im Vorbeigehen auf die Schultern und sah ihnen dabei kurz ins Gesicht. Dann trat er zu Lavielle und nahm ihren Kopf zwischen die Hände. »Mein Pech, dass Ihr schon Euer Gelübde abgelegt habt.« Dann küsste er sie auf die Stirn.

GUTES UND SCHLECHTES
(Rhodenquell im Frühling)

Nachdem die wichtigsten Nachrichten ausgetauscht worden waren, hatte sich der Tag in sonderbarem Schweigen und Nachdenklichkeit dahingezogen. Am frühen Abend saßen nun alle in dem Speisesaal des Wehrklosters. Die Ordenswachen aus Brakenburg sowie Ronda hatten ein schlechtes Gewissen, da sie Garock, dem langjährigen Freund einer hohen Heilerin und Ehrenmitglied des Ordens, misstraut hatten. Sie hatten sich zurückgezogen, nur Ronda saß still in einer Ecke. Die Wachen der Burg, wussten überhaupt nicht, wie sie die Situation einordnen sollten, und konzentrierten sich daher auf ihre Pflichten, wodurch sie sehr förmlich und distanziert wirkten.

Helmin saß zusammengesunken etwas abseits und wurde von Baddo getröstet. Die Nachricht vom Tod ihres Sohnes hatte sie am Boden zerstört.

Garock und Bermeer saßen wie zwei ausgebrannte Ruinen am Tisch und schwiegen ihr Dünnbier an. Die Anspannung und die Anstrengungen der letzten Monate hatten tiefe Furchen in ihren Gesichtern hinterlassen und fielen jetzt nach und nach von ihnen ab. Übrig blieben zwei einfache, müde, ausgemergelte Männer, die in ihrer Unterschiedlichkeit doch so ähnlich waren. Sie schienen wie paralysiert und versuchten zu verstehen, warum Ankwin hier und doch nicht hier war. Und auch die Veränderungen bei Lavielle waren schwer einzuordnen.

Murajin stand am Kamin und starrte nur ins Feuer, während Lavielle aufrecht am Kopfende der Tafel saß. Sie strahlte wieder die Würde von früher aus, doch ihr weißes Haar und die unterschiedlichen Augen verliehen ihr noch mehr Charisma. Ihr gesundes Auge war geschlossen und das blinde schien in eine Welt zu starren, die jedem normalen Menschen den Verstand geraubt hätte. Ihr Körper wippte leicht hin und her. Plötzlich entfuhr ihrer

Kehle ein seufzender Laut. Das graue Auge schloss sich und das grüne wurde aufgeschlagen.

»Versammelt euch bitte alle am Tisch. Ich durfte Mawanas Werke schauen und habe neue Kunde.«

Mit einer Mischung aus abgespannter Mattigkeit, tiefer Trauer und einer Spur Neugier setzten sich alle an die Tafel und blickten zu Lavielle.

»Ich bin Lavielle a Shan Savé. Ich komme aus Shkuhum und habe viele Schwestern.« Ronda sah zu Boden. Dann blickte Lavielle freundlich jeden Einzelnen an. »Und ich habe viele Freunde. Dank euch und vor allem dank dir, Bermeer, fand ich den Weg zurück in diese Welt. Es ist die Welt der Schmerzen, des Leids und der Entbehrung, aber es ist die Welt, in die ich gehöre. Und seid unverzagt, sie birgt immer noch Liebe, Freude und Glück.« Garock war sich nicht sicher, aber er meinte, Lavielle schimmerte in leichtem Grün.

»Und ihr dürft euch sicher sein, dass jeder von uns noch mindestens eine Aufgabe hat.«

Lavielle sah zu Helmin. »Liebe Helmin, ich danke dir von ganzem Herzen für die Opfer, die du erbracht hast. Dein Sohn gehört nicht dazu.«

Die Heilerin machte eine Pause und in den Gesichtern der Anwesenden wuchs die Erkenntnis um die Bedeutung ihrer Worte. Helmin entglitten die Gesichtszüge. »Was heißt das?«

»Das ist die Gute der beiden Nachrichten. Er lebt.«

Helmin schlug die Hand vor den Mund und riss die Augen auf. Baddo streichelte aufmunternd ihre die Schulter. Garock runzelte die Stirn und Bermeer schluckte.

»Hat doch dieser kleine Fuchs
'nen Trick gezeigt mir altem Luchs.
Ist der alte Gauklermann
dem Jungen auf den Leim gegang'n.
Willst du die Jagd ganz schnell beenden
und die Sach' zum Guten wenden,
muss man sterben sehen dich
und die Leiche finden nich'.«

552

»Die Schlechte?« Garock sah Lavielle direkt an.

»Die schlechte Nachricht ist, dass das letzte Ei ebenfalls noch existiert. Die Suche und die Jagd nach dem Ei müssen also weitergehen.«

Bermeer nickte langsam mit dem Kopf und schmunzelte anerkennend.

»Moakin beherrscht sie gut,

die Spitzbüberei.

mein Aug' sah Schal' und Blut

vor meinem Fuß zerschlagenes Ei.«

»Die Bilder sind nicht deutlich gewesen, aber Moakin und das Ei sind ohne Zweifel unbeschadet.« Lavielle stand auf.

»Ich sagte am Anfang, seid unverzagt und sage es noch. Es mag ein Ei der Drachenbrut noch in dieser Welt existieren. Und wahrscheinlich strecken dunkle Kräfte ihre Finger danach aus, aber achtet auf das Gute, das heute geschehen ist. Es überwiegt das Schlechte.«

Sie wies auf Helmin. »Eine Mutter hat erfahren, dass ihr Sohn noch lebt.« Dann blickte sie zu Garock und Bermeer. »Ich durfte erleben, dass meine Freunde, die Wächter des Pfades, nach langen harten Prüfungen unversehrt zurückkehrten, um mich zu retten.«

Bei diesen Worten horchten Garock und Bermeer auf, riefen sie ihnen doch die letzten Worte von Theodus in Erinnerung. Er hatte sie als die Wächter von Licht und Schatten, als die Wächter des Pfades bezeichnet und Lavielle Frieden gewünscht. Sie würden sich in einem anderen Leben wieder sehen. Er hatte recht behalten.

Lavielle sprach weiter. »Ich kam zurück in diese Welt und habe jetzt endgültig das, was ich schon immer haben sollte, das zweite Gesicht. Und die Bilder, die ich sehe, sind deutlicher denn je.«

Lavielle legte ihren Arm auf die Schulter Murajins. »Mein lieber Murajin. In dir sind uns zwei gute Freunde wiedergekehrt.

Jung wird alt und alt wird tot.

Was alt und tot wird neu gebor'n.

Aus zwei wird eins und ist doch viel,

viel mehr als wie zuvor'n.

Zwei Seelen pochen noch in deiner Brust, aber sei gewiss, das wird nicht so bleiben. Du warst Theodus und du warst Ankwin, doch sie sind beide nicht mehr. Du bist auch nicht die Summe ihre Leben. Du bist Murajin, der rote Ritter, Drachenmagier und Krieger. Mawana hat dir eine neue Rolle zugedacht auf der Bühne dieser Weltund du darfst sie nun suchen.«

Nach einer kleinen Pause klatschte Lavielle in die Hände und ihr Gesichtsausdruck hatte allen Ernst und alle Weltfremde abgeworfen. Sie fing an zu strahlen und man sah ihr schönstes Lächeln. »Und weil das Gute überwiegt und wir alle einen Grund zum Feiern haben, so wollen wir heute ein Fest bereiten, das Rhodenquell schon lange nicht mehr gesehen hat. Es soll wieder ein Ort der Freude werden. Holt die Bauern aus den Dörfern, sagt den Brüdern und Schwestern Bescheid. Entzündet alle Lichter. Öffnet alle Tore. Welcher Ort wäre besser geeignet für solche Freude als Rhodenquell, Hüterin des heiligen Wassers.« Ronda warf Lavielle einen kurzen zweifelnden Blick zu.

»Keine Sorge, liebe Schwester. Mawana wird ihr gütiges Auge auf uns haben und mit uns feiern.«

KÄSE UND WEIN

(Katym im Frühling)

Es war ein herrlicher Tag. Die Sonne lachte auf die Wiesen und Felder herab und Moakin fiel es in diesem Moment schwer, zu glauben, dass es je anders gewesen war.

Die Stadt lag friedlich im Licht des späten Vormittags und sie konnten die Aargeier am Kliff unter ihnen schreien hören. Der Lomosh-Batur sang dazu im Hintergrund sein donnerndes Lied. Die Aussicht war herrlich - als läge ihnen das Untere Land zu Füßen.

Shaija tanzte nahe des Abgrunds durch das Gras, jagte Schmetterlinge, hob hier und da einen Stein auf, hielt ihn ins Licht, betrachtete Käfer und pflückte Blumen. Sie hatte sich einen Kranz geflochten und schien schöner zu strahlen als die Sonne. Moakin war erleichtert, dass sie sich beruhigt hatte. Bis zu dem Moment, als sie ihren Anteil in Händen hielt, war sie zu tiefst beleidigt gewesen, dass Dekmanto und er sie nicht in den Plan eingewiesen hatten. Der Kopfgeldjäger hatte gemeint, dass sie dann überzeugender heulen würde.

Der Junge lehnte sich ausgelassen an den Baum zurück, nahm einen Schluck aus dem Weinschlauch und schloss die Augen. Das Kitzeln auf der Zunge und die Beschwingtheit, die der rote Saft ihm brachte, begann ihm sehr zu gefallen. Moakin sog die Luft tief durch seine Nase ein und nahm all die herrlichen Gerüche und Düfte der Sommerwiese in sich auf. Das Mädchen hatte mit dem Picknick eine gute Idee gehabt. Er war rundum zufrieden.

Bermeer hatte den Trick am Bruch geschluckt, hielt ihn für tot und das Ei für zerstört. Wenn er jetzt daran zurückdachte, konnte er kaum noch glauben, dass er den Mut aufgebracht hatte, sich mit dem Seil im Dunkeln unterhalb der Promenade zu den Holzkränen zu schwingen. Dekmanto war es damals zigmal mit ihm durchgegangen, doch er hatte es erst geglaubt, als es funktioniert hatte. Sein Verfolger war ihm so dicht auf den Fersen gewesen, dass er den Haken beinahe nicht erwischt hatte. So nah an dem bröckelnden Abgrund hatte er mit dem linken Arm in der Luft wedeln müssen, um sein Gleichgewicht zu halten, und gleichzeitig mit dem rechten den Haken am Gürtel befestigt.

Das einzige, das er von dem Flug durch die Nacht noch wusste, war, dass er so laut geschrien hatte, wie noch nie zuvor in seinem Leben. Erst als er in die gespannten Seile geschwungen war und die starken Arme des Kopfgeldjägers ihn festgehalten hatten, war es ihm möglich gewesen, wieder die Augen zu öffnen. Um ein Haar hätte er sich damals eingenässt, doch wenn Moakin jetzt so darüber nachdachte, spürte er das sonderbare Verlangen, so etwas irgendwann wieder einmal zu machen. Das Gefühl danach war unbeschreiblich gewesen und lebendiger hatte er sich noch nie gefühlt.

Seine Aufgeregtheit hätte sie dann sogar noch fast verraten. Dekmanto hatte ihm plötzlich den plappernden Mund zu gehalten als ihnen Garock und Bermeer auf dem Trampelpfad von oben entgegenkamen. Zu ihrem Glück war der Riese anscheinend so schwer verletzt worden, dass der Kleine ihn mehr oder weniger trug. Sie hatten sich nur in einen Schatten drücken müssen, um unentdeckt zu bleiben.

Moakins blendende Stimmung wurde ein wenig durch sein schlechtes Gewissen getrübt. Die Beiden waren zwar komisch gewesen, aber genaugenommen hatten sie ihm nichts getan. Er hatte schließlich die Eier gestohlen und sie hatten sie nur wiederhaben wollen und bei Penteref hatte sie ihn und Shaija sogar gerettet. Anfangs war er dagegen gewesen, die beiden in eine solche Falle zu locken, doch Dekmanto hatte ihn schließlich überzeugt.

Das Ergebnis hatte dem Kopfgeldjäger Recht gegeben. Garock und Bermeer waren aus dem Kampf mit den vielen angeheuerten Schlägern als Sieger hervorgegangen und der Gaukler hatte ihn sogar fast noch erwischt. Dass dann Dekmanto noch die Stadtwache alarmiert hatte, war ihm unnötig erschienen. Doch auch hier hatte der Kopfgeldjäger richtig gelegen. Es war alles so verdammt knapp gewesen. In der Hektik wäre Moakin das bemalte Ei des Riesenvogels beinahe zu früh aus der Tasche gefallen.

Er war fasziniert gewesen, wie schnell der Mann im Handwerkerviertel mit etwas Farbe und Gips aus den Eiern dieser Vögel perfekte Kopien des Dracheneies gefertigt hatte. Der Preis, den sie für so ein Ei hatten zahlen müssen, war gar nicht mal so hoch gewesen. Bedachte man, dass irgend so ein armer Teufel das Kliff hinunter klettern, sich gegen die Vögel wehren und seine Beute heil nach oben bringen musste, so waren Fünf Braken wirklich billig.

Fünf Braken und sie hatten für das Ei von dem echten Käufer, diesem Morrtag'or, hundertsechzig Kunnige bekommen. Moakins Anteil würde es ihm ermöglichen, hier verdammt gut zu leben und endlich lesen zu lernen. Seine Mutter kam ihm in den Sinn und mit Wehmut dachte er daran, wie sie sich jetzt wohl noch im kalten Birgenheim abschinden musste. Sobald er alles geregelt hatte, würde er sie endlich nachholen. Zuerst wollte er ein gemachter Mann sein.

Dekmanto hatte ihnen angeboten, weiter bei ihm in die Lehre zu gehen, aber Moakin wusste nicht so recht, ob er wirklich in das halbseidene Geschäft der Kopfgeldjäger, Diebe und Räuber einsteigen sollte. Er wollte eigentlich nur nie wieder Entbehrungen erleiden und respektiert werden. Shaija hingegen war Feuer und Flamme für die Idee. Sie schien sich als Diebin pudelwohl zu fühlen und es fiel ihr immer leichter, ihre Opfer mit ihren Reizen zu umgarnen.

Ein Schatten fiel auf ihn und Moakin öffnete blinzelnd die Augen. Shaija stand genau über ihm und verdeckte die Sonne. Sie war im Gegenlicht ein schwarzer Schatten, der herrlich duftete.

»Meinst du, Dekmanto kommt noch vorbei?« Moakin hob die Hand, um die Augen zu beschatten, als Shaija in die Hocke ging.

»Nein, der säuft und fickt sich bestimmt die Seele aus dem Leib.« Das Mädchen sah gelangweilt auf eine Blume zwischen ihren Fingern.

Moakin mochte es nicht, wenn sich Shaija so derb ausdrückte, aber irgendwie zog es ihn auch an.

»Käse?« Er hob ihr ein Stück entgegen.

Sie erhob sich für einen Moment, stellt sich über Moakin und ließ sich dann auf seinem Schoß nieder. Das Gewicht ihres zarten Körpers lastete angenehm auf seinen Lenden. Er hielt noch immer das Stück Käse hoch. Sie lächelte ihn an, nähert sich seiner Hand mit dem Kopf und nahm den Käse direkt mit dem Mund langsam von seinen Fingern. Dabei lutschte sie für einen kurzen Moment daran und sah ihm direkt in die Augen.

Moakin schoss es sofort in den Unterleib. Zaghaft ließ er die Hand auf ihre linke Brust sinken und spürte deren herrliche Festigkeit durch das dünne Sommerkleid. Shaija beugte sich zu ihm und küsste ihn lange und innig. Der Geschmack von Käse und Wein verschmolz in Leidenschaft.

DIE BUTTERRÜBE
(Birgenheim im Frühling)

Beol fluchte vor sich hin. Es war so kalt. Der Winter war wieder einmal sehr hartnäckig und wollte dem herannahenden Frühling nicht weichen.

Kraftlos stieß der Fallensteller das Grabholz in den schlammigen Grund. Der halb gefrorene Boden gab nur widerwillig etwas von sich her. Die obere Schicht war aufgeweicht, die darunter zäh wie Harz und dann kam schon der Frost. Beol flucht erneut. Warum hatte er auch in seiner Panik direkt ins Dorf laufen müssen? Klar, dass dann die Leute lästige Fragen stellten.

Beim nächsten Stich ins Erdreich platze eine seiner Blasen auf und er wollte heulen vor Wut. Er sah aber ängstlich zu der Wache, die, nur wenige Schritte von ihm entfernt, gelangweilt an einem Baum lehnte. *Von wegen ›Ausgesorgt bis ans Lebensende‹. Scheiße verdammt!*

Ausgerechnet an der Tür von Winger hatte er klopfen müssen. Der kroch dem Fürsten doch soweit in den Arsch, dass er riechen konnte, was der zum Frühstück hatte. *Verflucht!* Wäre er doch nicht so verdammt gierig gewesen. Jetzt hätte er schon auf halben Weg nach Katym sein können. Vor ihm glitzerte es zwischen den matschigen Schollen.

Eilig bohrte er seine wunden Finger in den Dreck und befreite einen kleinen Batzen Gold aus den braunen Fängen der Erde. Das war sein Essen für heute.

»Ich hab was!« Eilfertig hastete er zu dem Mann am Baum und hielt ihm seinen Fund mit einer Mischung aus Stolz und schmieriger Unterwürfigkeit entgegen. Die grobschlächtige Wache reckte nur kurz griesgrämig das Kinn vor und nickte in Richtung des Eimers.

Beol ließ den Klumpen in das hölzerne Behältnis fallen und ein hohles Geräusch bestätigte ihm, dass noch nicht einmal der Boden bedeckt war. Seit über zwei Wochen grub er jetzt hier und an keinem Tag war die Suche wirklich ergiebig gewesen. Heute war sein bislang ertragreichster Tag gewesen.

Er hastete zu dem Sack, der an einem Ast hing, und stöberte gierig darin herum. Schon hatte er eine der schrumpeligen Butterrüben in der Hand und biss hinein. Das Knirschen der Erde zwischen seinen Zähnen ignorierte er und konzentrierte sich lieber auf den herbsüßen Geschmack. Der Fallensteller zwang sich, gut zu kauen, wusste er doch, dass sein kleiner Magen sonst womöglich alles gleich wieder zurückwies. Und die nächste Mahlzeit war keineswegs sicher. Der Fürst war eindeutig gewesen.

Er hatte die Grabstätte Ankwins geschändet und musste jetzt dafür büßen. Bevor er nicht sein eigenes Gewicht in Wertgegenständen am Brandberg ausgegraben hatte, würde er nicht freikommen und ohne Ertrag kein Essen. ›Dass du mir lernst, was es heißt, für sein Essen zu arbeiten.‹ hatte der Fürst gesagt. Als ob gerade der wüsste, was arbeiten hieß.

Hinzu kam, dass bald noch weitere Leute von Brenkus geschickt würden, die hier graben sollten. Dann war die Ausbeute noch geringer. Wenn er Pech hatte, würde ihm am Ende noch irgendein Körperteil abgehackt und er müsste Birgenheim verlassen. *Verdammter Dreck! Verfluchte Scheiße!*

Das Ankwin aus seinem zweiten Grab gestiegen war und nun bestimmt als Wiedergänger die Gegend unsicher machte, hatte er für sich behalten. Sie hätten ihn dafür wahrscheinlich gleich totgeschlagen. Sein Glück war, dass er den Sack mit seiner Beute im Wald hatte liegenlassen. Sonst hätten sie ihm vor dem Totschlagen noch gehäutet. Dem Fürsten war sowieso immer langweilig und da wäre ein irrer Wilderer, der die Ernte verdirbt, gerade recht gekommen.

Für einen Moment dachte er daran, nach seiner Strafe noch einmal in den Wald zu gehen und nachzusehen, ob das Gold noch dort lag oder es vielleicht doch gleich zu verraten, um die Strafe zu verkürzen. Er verwarf diesen Plan allerdings gleich wieder. Zu tief saß die Angst vor dem Wiedergänger in Beols kleiner Seele. Der Geist hatte sich sein Gold bestimmt wieder geholt.

Vielleicht würde er ja auch den Fürsten holen, denn Beol wusste ganz genau, was der mit den Schätzen vorhatte. Er hatte schon ein Gerücht gehört, dass der Fürst des Nachts von etwas heimgesucht worden sei.

Beol Fellfänger grinste. Dass Brenkus knapp bei Kasse war, wusste das ganze Tal. Das, was Beol hier ausgrub, würde bestimmt nicht in ein Grabmal für Ankwin wandern, sondern in den Säckel von Brenkus. Beol genoss die Vorstellung, dass der Fürst vom Halben heimgesucht wurde, und malte es sich gerade aus, als er einen Stoß in die Rippen bekam.

»Los! Die Mittagspause ist vorbei. Grab weiter!«

MORRTAG'ORS KAUF
(weit im Westen)

»... Kiste wurde von Ankwin persönlich in den Keller des Hauses Brakenstein gebracht und dort vergraben. Keiner der Bediensteten war zugegen. Zehn Jahre später nahm er sie dann mit nach Birgenheim.

Dort lebte er etwa zwanzig Jahre als Einsiedler, wobei er in den letzten beiden immer kränker wurde. Die Kräuterfrau des Dorfes, Helmin Aga Rothaar, pflegte ihn bis zum Schluss.« Morrtag'or räusperte sich, wofür er sofort einen ungeduldigen Blick seines Herrn kassierte.

»Als er dann starb, erschienen Lavielle, Garock und Bermeer plötzlich in Birgenheim. In Absprache mit dem Fürsten trafen sie Vorkehrungen für eine dem Toten angemessene Bestattung. Der Scheiterhaufen war dementsprechend drei Mann hoch.« Ein verächtliches Augenbrauenzucken ließ Morrtag'or stocken.

»Bei den Vorbereitungen müssen die drei dann die Truhe wiedergefunden haben. Ob sie sie öffnen konnten, ist nicht klar, ich gehe aber nicht davon aus. Sie betrachteten die Truhe als gefährlich und wollten sie auf dem Scheiterhaufen mit verbrennen. Jetzt klärt sich das mit dem Drachen auch auf.

Als der Scheiterhaufen nämlich brannte, verwandelte sich Ankwin in einen Drachen. Das muss durch den Genuss eines der Dracheneier verursacht worden sein. Zu diesem Zeitpunkt, waren, wie wir jetzt mit Sicherheit wissen, die verbliebenen zwei Eier des Geleges bereits nicht mehr in der Kiste.«

Sein Herr beugte sich weit in seinem Stuhl vor und fixierte Morrtag'or jetzt ganz genau. Der bekannte Teil der Geschichte war jetzt nämlich zu Ende.

Der Diener streckte den Rücken durch und konnte einen gewissen Stolz nicht verbergen. Jahrelang hatte ihn sein Herr immer wieder weit fortgeschickt und die unmöglichsten Dinge erledigen lassen, nur um diese Geschichte Stück für Stück zusammen zu

562

tragen. Und jetzt endlich war Morrtag'or am Ende angelangt. Hätte sein Herr das Lachen und die Freude seiner Bediensteten nicht immer so konsequent missbilligt, er hätte über das ganze Gesicht gestrahlt. So blieb er äußerlich beherrscht und erzählte weiter.

»Moakin, der Sohn der Kräuterfrau, stahl die Eier in einem günstigen Moment und floh aus Birgenheim.

Während der Feuerbestattung erschien dann noch Theodus und warnte seine Freunde vor dem Drachen. Bei dem Kampf mit dem Drachen starb er und Garock und Bermeer wurden schwer verletzt. Ankwin kam also durch den Berisi zu Tode. Lavielle erlitt einen Schock und ist bis heute nicht mehr bei Verstand.«

Das breite Grinsen seines Herrn ließ den Diener ein weiteres Mal innehalten. Er holte Luft und setzte zu dem Höhepunkt der Erzählung an.

»Garock und Bermeer ließen die Heilerin zurück und machten sich nach zwei Wochen auf, den Jungen zu suchen. Lavielle wurde von Helmin zu den Heilerinnen nach Brakenburg gebracht.

In Bockswalden hätte der Junge die Eier beinahe an den Sklavenhändler Penteref verkauft, doch den beiden Jägern gelingt es, rechtzeitig aufzuholen. Sie störten den Handel und ergatterten ein Ei. Das muss sich noch in ihrem Besitz befinden. Penteref hätte Moakin versklavt, doch durch den Tumult konnte er mit einer Sklavin namens Shaija fliehen.

Die beiden schafften es nach Katym, wo sich ihnen ein Kopfgeldjäger annahm. Er stellte dann Kontakt zu uns her. Wir konnten es so arrangieren, dass Bermeer und Garock davon ausgehen müssen, dass der Junge tot ist und das Ei zerstört wurde.«

»Und das Ei? Wo ist es? Morrtag'or, spann mich nicht auf die Folter, sonst mach ich das mit dir.«

»Ja, Herr.« Der Diener klatschte in die Hände und augenblicklich öffnete sich die Tür. Zwei Pagen brachten eine Kiste herein und stellte sie unter vielen Verbeugungen vor dem Thron ab.

Morrtag'or kniete sich neben die Kiste, zog den Schlüssel, der um seinen Hals hing, hervor und öffnete sie voller Stolz.

Für einen Moment blieb sein Herr völlig ausdruckslos sitzen und spielte mit seinen Fingern auf der hölzernen Lehne. Seine

Augen leuchteten aber. Dann sprang er auf, ging zur Kiste und holte das Drachenei heraus.

»Morrtag'or, Morrtag'or. Ich wusste, ich habe in dir den richtigen Mann für die Aufgabe gewählt.« Fasziniert von der Struktur und Oberfläche des Eis strich er mit den Fingern darüber.

»Wie es sich anfühlt.« Der Herr strich noch einmal darüber. Dann begann er plötzlich zu schnuppern. Er roch an seinen Finger, dann an der Kiste, dann am Ei. Morrtag'or erschrak zu Tode, denn der Blick seines Herrn war Hass und Feuer.

»Du Narr hast dir ein falsches Ei andrehen lassen.« Der Herr hatte das Ei jetzt aus der Kiste genommen und hielt es dem Diener hin. Morrtag'or wusste nicht, was er sagen sollte. »Geh mir aus den Augen und bring mir die Eier!« Wütend wurde das Ei vor die Füße des Dieners geworfen, wo es in tausend Splitter zerschellte. Zwischen all dem blutigen Inhalt konnte man sehen, dass zwischen den Kalksplittern Gipsteile lagen.

»Und zwar beide! Und derjenige, der es dir verkauft hat! Ich will seinen Kopf! Geh jetzt, geh! Und wenn du ein weiteres Mal versagst, wird das dein letztes Mal sein und du wirst dir wünschen, ich hätte dich jetzt an dem falschen Ei hier ersticken lassen.« Am Ende seines Wutausbruches war der Herr wieder völlig ruhig und bewegte sich langsam auf seinen Stuhl zu.

Morrtag'or war wohl noch nie so schnell aus diesem Saal gerannt, wie gerade eben. Er hatte seinen Meister enttäuscht und ihn ein Vermögen gekostet. Bei aller Angst vor ihm war auch sein Stolz verletzt. Dekmanto und die beiden Kinder hatten ihn aufs Kreuz gelegt.

Ebenfalls von mir erschienen sind ...

»Ankwin - Tod eines Kriegers«
(Erster Teil der Saga)

»Ankwin - Death of a Warrior«
(Erster Teil der Saga auf Englisch)

»Die Kapsel«
(Eine Science-Fiction-Novelle)

www.ingramcontent.com/pod-product-compliance
Lightning Source LLC
Chambersburg PA
CBHW020243030726
47499CB00001B/40